크나우스고르
세계의 독자들을 사로잡다

크나우스고르에게 유년기는 삶의 진실이자 모든 것의 원천이며 열기다.
유년기를 벗어난 삶의 여행은 우리 모두가 경험해야 하는 것이고 어쩌면 그것은
태양으로부터 벗어나는 것과 유사하다. 『유년의 섬』은 우리를 유년기로
돌아가게 한다. 지금은 너무 멀어진 유년기의 추억 속으로 흠뻑 빠지게 한다.
마치 우리에게 "이것 좀 봐. 느껴봐. 모든 순간을 기억해봐. 너의 손아귀에서
달아나려는 기억들을 다시 붙잡아봐"라고 말하는 것 같다.
제임스 우드_문학평론가

크나우스고르는 어떤 주제든 그의 수줍음, 열정, 솔직함으로
자신만의 글을 쓸 수 있는 작가다.
에드먼드 화이트_『게으른 산책자』 저자

『유년의 섬』에는 사랑, 분노, 죄책감이 반복된다. 부모로서 나는 크나우스고르의
투쟁이 흥미롭다. 섬세하고 기발하면서도 영리하게 구성된 것 같다.
D.T. 맥스_『살인단백질 이야기』 저자

크나우스고르의 가장 특별한 능력은 글 속에 작가가 온전히 존재하고
자신의 존재를 명확하게 의식하고 있다는 점이다. 마치 글쓰기와 삶이 동시에
일어나고 있는 것처럼 일상의 모든 디테일이 꾸밈없이 쓰여 있다.
『유년의 섬』을 읽는 동안에는 그의 이야기에 빠져드는 것 말고는 그 어떤 것도
보이지 않는다. 독자는 그의 삶을 함께 살고 있는 것이다.
제이디 스미스_『하얀 이빨』 저자

크나우스고르의 사고는 참으로 훌륭하게도 자유롭다.
독일_프랑크푸르터 알게마이네 차이퉁

크나우스고르는 모든 전형적인 문학적 가식을 벗어던진 살아 있는 영웅이다.
벌거벗은 몸이 그 어떤 화려한 치장보다 값지다는 것을 증명한 문학계의 황제다.
조나단 레덤_『머더리스 브루클린』 저자

크나우스고르의 길은 필연성이 있다. 구름 사이로 비치는 빛, 거세게 부는 바람에
생각지도 않는 표정을 짓는 북쪽의 망망대해처럼.
오노 마사쓰구_2015 아쿠타가와상 수상 작가

나는 이토록 완벽하게 일상적인 것을 파헤치고 초월적인 글쓰기를
두려움 없이 시도하는 작가에게 빠져들었다. 『유년의 섬』은 정말 재미있기도
하지만 한 인간의 가치와 삶의 의미에 대한 모범적인 논거를 제시한다.
레베카 미드_작가 겸 언론인

어린아이만이 느낄 수 있는 감각적인 경험에 대한 강렬한 묘사.
심미적인 즐거움이 있는 『유년의 섬』은 불후의 고전이다.
노르웨이_클라세캄펜

멈출 수가 없다. 멈추고 싶지만 멈출 수가 없다.
한 장만 더 읽고 저녁을 만들 것이다. 딱 한 장만 더 읽고…
스웨덴_베스테르부텐스 퀴리렌

두려움에 가득 차 있으나 자유롭다, 지독하게 상세하다.
입센 이후 노르웨이 최고의 문학 스타다.
영국_뉴스테이츠먼

그는 우리가 삶의 일상성 속에 살기 원한다. 때로는 선명하고,
때로는 지루하고, 때로는 매우 중요하지만 결국 모두 일상적인 것이다.
삶은 각자에게 다르게 나타날 뿐 결국 우리 모두에게 일어나기 때문이다.
발터 베냐민이 말한 "진실하고 지혜로운 서사"가 이런 것이 아닐까.
미국_더 뉴요커

문학이 존재할 수 있는 새로운 방법이 아직도 남아 있음을 증명했다.
노르웨이_다그블라데

크나우스고르의 내러티브는 시공간을 넘나든다. 일정한 플롯도 없다. 다양한
사건을 전형적인 틀 속에 구겨 넣지 않았기에 오롯이 살아나는 그 무엇이 있다.
영국_가디언

크나우스고르는 일상의 신비한 순간들을 찾아낸다.
『유년의 섬』은 어린아이들이느끼는 기쁨과 불안감으로 가득하다.
크나우스고르는 그들의 과장된 감정을 눈부실 정도로 아름답게 되살린다.
영국_타임스

크나우스고르가 쏟아내는 디테일한 서사를 읽으면 우리는 모순적이게도 우리가
지나온 어린 시절을 회복할 수도 인식할 수도 없다는 사실을 깨닫게 된다.
영국_이브닝 스탠다드

유년의 섬

MIN KAMP 3

나의
투쟁
4

유년의 섬

칼 오베 크나우스고르

손화수 옮김

한길사

일러두기

• 이 책은 노르웨이에서 발간된 Karl Ove Knausgård의 *Min Kamp* 3(Oslo: Forlaget Oktober, 2010)를
옮긴 것이다.
• 독자의 이해를 돕기 위해 옮긴이가 각주를 넣었다.

유년기의 무게는 입으로 훅 불면
사방으로 흩어지는 민들레 홀씨만큼이나
가벼운 것인지도 모른다.
그 민들레 홀씨에 담긴 아름다운 유년의 기억.

1969년 8월 후덥지근하고 구름이 잔뜩 낀 어느 날. 노르웨이 남쪽 해안 한 작은 섬 가장자리를 두르는 오솔길 위로, 바다와 산기슭 사이의 길 위로, 시냇물과 숲 언저리 사이의 자갈길 위로, 크고 작은 언덕과 각진 길모퉁이 위로, 가끔은 양옆의 키 큰 나무들이 만드는 터널과 바다로 빠져들 듯 쭉 뻗은 길 위로 버스 한 대가 달렸다. 아렌달 증기선 회사 소속의 다른 버스들과 마찬가지로 연한 갈색과 짙은 갈색으로 치장한 버스였다.

다리를 건너 작은 만을 따라 달리던 버스는 오른쪽으로 방향을 꺾은 다음 멈춰 섰다. 문이 열리자 한 가족이 내렸다. 키가 크고 호리호리한 아버지는 하얀 셔츠와 연한 색 폴리에스테르 바지를 입고, 여행 가방을 두 개 들고 있었다. 베이지색 코트와 긴 머리를 하늘색 스카프로 가린 어머니는 한 손으로는 유모차를 끌고 다른 한 손으로는 작은 소년의 손을 잡고 있었다. 버스가 출발하자 아스팔트 위로 회색 매연이 짙게 깔렸다.

"한참 더 걸어야 해."

아버지가 말했다.

"걸을 수 있겠니, 윙베?"

어머니의 말에 소년은 고개를 끄덕이며 자신 있게 소리쳤다.

"문제없어요!"

네 살 하고도 6개월을 넘긴 소년은 은발에 가까울 정도로 연한 색 머리카락과 여름 햇살에 그을린 갈색 피부를 지니고 있었다. 8개월을 갓 넘긴 소년의 동생은 유모차에 앉아 하늘을 올려다보았다. 어디에 있는지, 어디로 가고 있는지도 모르는 채.

그들은 천천히 오르막길을 올랐다. 자갈돌로 뒤덮인 오솔길에서는 소나기가 남기고 간 흔적인 듯 여기저기 깊게 파인 자국을 볼 수 있었다. 비탈진 오솔길 양옆은 들판이 있었다. 500미터쯤 이어져 있는 들판의 끝에는 거센 바닷바람에 지쳐버린 듯 더 자라지 못한 키 작은 나무들이 숲을 이루고 있었다. 숲이 끝나는 곳에서부터 시작된 내리막길은 조약돌이 가득한 해안선까지 이어져 있었다. 길 오른쪽에 이제 막 지은 새집 한 채를 제외하면 인근에 사람이 사는 집은 하나도 없었다.

유모차의 바퀴 소리만 들렸다. 아기는 흔들리는 유모차 속에서 스르르 눈을 감더니 잠에 빠졌다. 짙은 색 머리를 짧게 자른 아버지의 얼굴엔 역시 짙은 갈색 수염이 듬성듬성 나 있었다. 아버지가 여행 가방을 내려놓고 손을 들어 이마에 흐르는 땀을 훔쳤다.

"숨이 막힐 것처럼 덥군."

"그러네요. 바다 쪽으로 가까이 가면 더 시원해지지 않을까요?"

"그러길 바라야지."

아버지는 여행 가방 손잡이를 잡으면서 말했다.

자식 둘을 둔 젊은 부부. 이들은 어느 면으로 봐도 평범하기 그지 없는 가족이었다. 오슬로의 비슬렛 스타디움 옆, 테레세 거리에서 5년을 살다가 건축 붐이 일어난 드로뫼이아에 새집을 짓고 이사 온 이들 가족은 집이 완공될 때까지 기다리는 동안 호베라는 곳의 한 낡은 집에 세들어 살았다. 오슬로에서 살 때, 남자는 낮에는 대학에서 영어와 노르웨이어를 공부하고 밤에는 경비원 일을 했다. 여자는 울레볼 간호학교에 다녔다. 남자는 공부를 다 마치기도 전에 취업원서를 내 롤리헤덴 중학교에서 교사로 근무했으며, 여자는 코케플라센 요양원에서 일할 예정이었다.

두 사람은 열일곱 살 때 크리스티안산에서 처음 만났다. 여자는 열아홉 살이 되던 해에 임신했고, 스무 살이 되던 해에 고향인 서쪽 지방의 한 시골 마을에서 결혼식을 올렸다. 남자의 가족과 친척 중 그의 결혼식에 참석한 사람은 아무도 없었다. 결혼식 사진을 보면 남자는 매 순간 환하게 웃고 있었지만, 어딘지 모르게 외로워 보였다. 여자의 가족이나 친척들과 잘 어울리지 못하는 것 같기도 했다.

스물네 살이 되던 해, 그들은 삶의 무게를 조금씩 느끼기 시작했다. 직업을 가져야만 했고, 집을 마련해야만 했다. 그때부터 각자의 인생은 물론 앞으로 닥칠 미래의 삶조차도 스스로의 몫으로 오롯이 받아들여야만 했다.

아니, 정말 그랬던가.

두 사람은 1944년, 같은 해에 태어났다. 제1차 세계대전 직후 세대에 속했던 그들은 여러 면에서 거대한 규모의 사회적 변화를 처음으로 체험했다. 1950년대는 갖가지 국가적·사회적 기관들이 제대로 된 모습을 갖추어 나가기 시작하던 때였다. 교육기관, 보건기관, 사회기관, 국토개발 기관 등 각종 공공 기관이 눈 깜짝할 만큼 짧은 기간에 중앙집중화되었기에, 그 시대 사람들은 그 결과를 피부로 느끼며 살았다.

여자의 아버지는 1900년대 초에 출생했고, 여자가 태어나고 자란 위트레 송은의 쇠르뵈보그에 자리한 작은 농장에서 한평생 살았

으며 교육이라곤 전혀 받지 못했다. 여자의 증조할아버지는 대대손
손 살아오던 작은 섬마을에서 뭍으로 이사해 농장에 자리 잡고 기반
을 마련했다. 여자의 어머니는 그곳에서 100여 킬로미터쯤 떨어진
윌스테르의 작은 마을에서 자랐으며 역시 교육이라곤 받지 못했다.
그녀의 조상들이 이 마을에 자리 잡은 것은 1500년대로 거슬러 올
라간다.

이에 비해 남자의 아버지와 삼촌들은 여자 쪽 집안 사람들보다 교
육을 많이 받았다는 점에서 사회적 척도를 달리한다. 하지만 그들
역시 조상 대대로 살아오던 터전 크리스티안산에서 벗어나지 못하
는 삶을 살았다. 교육을 받지 못한 남자의 어머니는 오스고르스트란
에서 태어났다. 그녀의 아버지는 선장이었고 친척 중에는 경찰관도
있었다. 두 사람이 처음 만났을 때, 여자는 남자를 따라 남자의 고향
으로 이사했다. 이것이 바로 그 시대를 아우르는 삶의 패턴이었다.

50년대와 60년대를 거치며 일어났던 사회적 변화는 자극과 강렬
함을 동반하지 않은 조용한 혁명이라 해도 과언이 아니었다. 어부와
농부, 노동자와 상인들의 자식은 대학 교육을 받고 교사와 심리학자
가 되거나 역사학자와 사회학자가 되었다. 하지만 여전히 조상 대대
로 살아오던 지역에서 벗어나 삶의 터전을 잡는 일은 흔치 않았다.
그 시기의 사람들이 이러한 사회적 물결을 너무나 당연하게 받아들
였던 것은 당시를 지배하던 시대적 흐름 때문이었다. 시대적 흐름은
외부에서 들어오는 것이지만 그 영향력은 내부에서 발휘된다. 누구
나 시대적 흐름 앞에서는 평등했지만, 시대적 흐름은 개개인에게 동
일하게 적용되지 않았다.

60년대의 젊은 여인은 이웃 농가 출신의 남자를 만나 남은 평생
을 그 지역에서 살아야 한다는 것을 비합리적이고 부조리한 일이라

고 생각했다. 여인들은 밖으로 나가고 싶어 했다! 밖으로 나가서 자신의 꿈을 이루며 살고 싶어 했던 것이다! 이것은 당시 온 나라에 퍼져 살던 그녀 또래 여인들을 지배한 일반적인 생각이었다. 하지만 왜 그들은 살던 곳에서 벗어나고 싶어 했을까. 이 강렬한 신념과 믿음은 어디에서 연유한 것일까. 아니, 이 새로운 확신은 어디에서 온 것일까.

여자의 집안에서는 이러한 전통을 찾아볼 수 없었다. 조상 대대로 내려오던 삶의 터전을 벗어나 외지로 나간 사람은 그녀의 삼촌 마그누스밖에 없었다. 그는 가난을 이기지 못하고 미국으로 떠났으나 미국에서의 삶도 노르웨이 서쪽 지방 작은 농가에서의 삶과 그리 다르지 않았다.

남자의 집안은 조금 달랐다. 60년대에 젊은 아버지가 된 남자는 고등교육받는 일을 자연스럽게 받아들였다. 하지만 그 어느 누구도 남자가 작은 시골 마을의 농갓집 딸과 결혼해서 남쪽 지방의 한 작은 도시 외곽에 자리 잡고 살 것이라고는 예상하지 못했다.

1969년 8월, 구름이 잔뜩 낀 후덥지근한 오후, 남자와 여자는 그들이 살게 될 새집으로 향했다. 남자는 60년대 옷으로 가득한 무거운 여행 가방 두 개를 끌며 걸었고, 여자는 하얀 레이스가 달린 60년대식 유아복을 입은 아이를 태운 60년대 유모차를 끌면서 걸었다.

두 사람 사이에는 첫째 아들 웽베가 기대감과 호기심에 찬 표정으로 주변을 두리번거리면서 즐겁게 걷고 있었다. 평지와 작은 숲을 가로지르고 열린 울타리 문을 지나 걸어 들어간 곳에는 커다란 주택단지가 있었다. 그 오른쪽에는 브롤젠 씨가 운영하는 자동차 정비소가 있었다. 왼쪽에는 드넓게 펼쳐진 자갈밭 중앙에 빨간 헛간이 하나 있었고 그 뒤에는 소나무 숲이 자리하고 있었다.

그곳에서 동쪽으로 1킬로미터쯤 떨어진 곳에는 트로뫼이 교회가 있었다. 교회 건물은 1150년대에 지어졌지만, 사용된 자재는 훨씬 이전의 것이었다. 그래서 사람들은 트로뫼이 교회가 노르웨이에서 역사가 가장 깊은 교회일지도 모른다고 입을 모았다. 작은 언덕 꼭대기에 있는 교회는 오래전부터 그곳을 지나가는 배를 인도하는 표지가 되어왔으며 해양지도에도 빠지지 않고 기록되었다.

앞바다에 자리한 작은 섬 가운데 메르뇌라는 섬에는 매우 오래된 농지가 있다. 1700~1800년대, 상업이 번성했던 시기에는 갖가지 외국산 목재와 식물들이 이곳으로 들어오기도 했다. 학생들이 에우스트 아그데르 박물관에 단체 관람을 가서 그 당시 또는 더 오래전에 네덜란드나 중국에서 유입된 구시대 유물들을 볼 수 있었다. 우리는 트로뫼이아섬에서 자라는 이국적이고 희귀한 식물들은 당시 이곳을 드나들던 상선들을 통해 들어온 것이라고 학교에서 배웠다.

노르웨이에서 가장 먼저 감자를 재배했던 지역도 바로 이곳이었다. 스노리 사가 문학*에도 여러 번 언급된 이 섬의 지표면 아래에서 석기시대 화살촉이 발굴되기도 했고, 파도에 둥글게 깎인 해변가의 조약돌 사이에서 화석이 발견된 적도 있었다.

가족들이 새집으로 천천히 걸음을 옮겼다. 그 주변 모습은 900년대나 1200년대 또는 1600년대나 1800년대의 모습과는 거리가 멀었다. 가족들 눈에는 제2차 세계대전이 남기고 간 흔적이 보였다. 그곳은 독일군의 잔재가 남아 있는 곳이었다. 여기저기 보이는 헛간이나 집들은 독일군이 지어놓은 것이었으며, 숲속에는 그들이 사용했

---

* 아이슬란드 시인이자 학자인 스노리가 북유럽 신화와 노르웨이왕들의 역사를 엮은 사가.

던 나지막한 벙커들도 본래 모습을 유지한 채 남아 있었다. 해변가의 언덕 꼭대기에서는 포구를 볼 수 있었고, 심지어 독일군이 사용했던 오래된 경비행장도 근처에서 볼 수 있었다.

앞으로 그들이 살 집은 숲 한가운데 자리하고 있었다. 붉은색 페인트칠을 한 건물의 창틀은 하얀색이었다. 쉴 새 없이 파도 소리를 전해오는 바다는 불과 몇백 미터밖에 떨어져 있지 않았지만 집에서는 보이지 않았다. 그곳에서는 늘 숲의 향기와 소금기를 머금은 바다 냄새를 맡을 수 있었다.

아버지는 여행 가방을 내려놓고 열쇠를 꺼내 대문을 열었다. 일층에는 현관과 부엌, 벽난로가 설치된 거실 그리고 세탁실 겸 욕실이 있었고, 이층에는 침실 세 개가 있었다. 벽에는 방음 장치가 전혀 되어 있지 않았고, 부엌에는 최소한의 기기들만 설치되어 있었다. 전화기는 물론 식기세척기와 세탁기도 없었다. 텔레비전조차 찾아볼 수 없었다.

"마침내 여기까지 왔구나."

아버지는 침실에 여행 가방을 들여놓으면서 말했다. 윙베는 창과 창 사이를 뛰어다니며 밖을 내다보았고, 어머니는 대문 앞 계단에 갓난아기가 자고 있는 유모차를 세워놓았다.

물론 나는 그때 일을 전혀 기억할 수 없다. 부모님이 찍은 사진 속의 내 모습을 알아볼 수도 없다. 그렇다. 예를 들어, 사지를 버둥거리며 그 누구도 알지 못하는 이유로 얼굴을 찡그리고 고함을 지르면서 기저귀를 갈기 위해 누워 있는 피부가 발간 갓난아기, 털이 북실북실한 담요 위에 하얀 잠옷을 입고 살짝 떨리는 듯한 짙은 눈동자와 빨갛게 상기된 얼굴로 누워 있는 갓난아기를 두고 '나'라는 단어를 사용하는 건 무언가 크게 잘못된 것 같은 느낌이 들 정도다. 그 조그마한 존재는 지금 말뫼에 앉아 이 글을 쓰고 있는 나와 동일한 존재인가. 구름이 잔뜩 낀 9월의 하늘을 올려다보며, 구식 환풍기가 나직이 윙윙 소리를 내며 돌아가는 말뫼의 한 건물 안에 앉아, 창을 통해 가을바람이 몰아치는 길을 줄지어 달리는 자동차들을 보면서 글을 쓰고 있는 이 40대의 남자가 40년 후 스웨덴의 한 숲속에 있는 요양원에서 사지를 달달 떨며 침을 흘리고 앉아 있을지도 모르는 백발의 구부정한 늙은이와 같은 사람이라고 할 수 있을까. 또는 먼 훗날 사지를 쭉 뻗고 영안실에 안치된 시신과 같은 사람이라 할 수 있을까.

사람들은 여전히 '칼 오베'라는 이름을 떠올릴 것이다. 단 하나의 이름이 이 모든 존재를 가리킨다는 것이 놀랍지 않은가. 어머니의 뱃속에 있던 태아, 유아용 침대에 누워 있던 갓난아기, 컴퓨터 앞에 앉아 있는 40대 남자, 의자에 앉아 있는 백발의 늙은이, 영안실에 누워 있는 시신을 진정 단 하나의 이름으로 묶을 수 있을까. 세월에 따라 조금씩 달라지는 우리의 정체성과 자아 분석력을 고려한다면 나이에 따라 이름도 달라져야 하지 않을까. 예를 들면 뱃속의 태아는 옌스 오베, 갓난아기는 닐스 오베, 다섯 살에서 열 살까지는 페르 오베, 열 살부터 열두 살까지는 게이르 오베, 열세 살부터 열일곱 살까지는 쿠르트 오베, 열일곱 살부터 스물세 살까지는 욘 오베, 스물세 살부터 서른두 살까지는 토르 오베, 서른두 살부터 마흔여섯 살까지는 칼 오베, 이런 식으로 말이다. 그렇게 한다면 앞부분의 이름은 나이에 따라 변해가는 내 모습을 가리킬 것이고, 미들 네임은 한 인간의 연속성을, 성은 핏줄과 가족을 의미하는 소속성을 의미할 것이다.

아니, 나는 그 당시의 일을 전혀 기억할 수 없다. 심지어는 언젠가 우리가 살았던 집을 아버지가 손으로 가리켰는데도 기억해내지 못했다. 당시의 일에 대해 내가 알고 있는 것은 부모님이 해주었던 이야기나 사진을 통해서일 뿐이다. 당시 남쪽 지방에는 겨울에 눈이 많이 내렸다. 사진 속, 집으로 향하는 눈 쌓인 골목길은 마치 비좁은 협곡을 떠오르게 했다. 내가 타고 있는 유모차를 밀던 윙베 형, 자그마한 스키를 신고 카메라를 향해 환한 미소를 짓던 윙베 형. 집 안에서 나를 가리키며 크게 웃던 형의 모습이나 유아용 침대 난간을 붙잡고 서 있던 내 모습.

그때 나는 형을 '아우아'라고 불렀다. 그것은 내가 난생처음으로 입 밖에 냈던 단어이기도 했다. 윙베 형은 당시 내 말을 이해할 수 있는 유일한 사람이었기 때문에 부모님을 위해 내 말을 통역해주기도 했다. 형은 동네 집집마다 돌아다니면서 대문을 두드렸고 함께 놀 만한 또래 아이들이 있는지 물어보았다. 할머니는 우리를 볼 때마다 어린아이 목소리를 흉내 내며 "여기 함께 놀 수 있는 친구가 살고 있나요?"라고 말하면서 큰 소리로 웃곤 했다.

나는 언젠가 대문 앞 계단에서 떨어져 크게 다쳤다는 것도 알고 있다. 일종의 쇼크를 받았던 나는 숨을 멈추었고 얼굴은 백짓장처럼 하얗게 변했으며 사지는 마비되었다. 어머니는 나를 양팔에 안고 전화기가 있는 이웃집으로 달려갔다. 어머니는 내가 간질을 앓는다고 생각했으나 병원에서는 간질은커녕 아무런 병도 없다고 안심시켜주었다.

나는 아버지가 훌륭한 교육자로서 꽤 만족스런 삶을 살았다는 것도 잘 알고 있다. 그때 아버지는 담임을 맡고 있던 학급 아이들을 데리고 산에 올라간 적이 있다. 사진 속 아버지는 너무나 젊었고, 70년대 초에 유행하는 옷을 입은 10대 아이들에게 둘러싸여 행복

17

하고 환한 표정을 짓고 있었다. 털실로 짠 스웨터, 통 넓은 바지, 고무장화. 아이들의 헤어스타일은 60년대와 마찬가지로 바람이 잔뜩 들어간 것처럼 큼지막했지만, 부드럽고 자연스럽게 늘어뜨린 모양이었다.

언젠가 어머니는 아버지가 그때처럼 행복해했던 적은 없었다고 말했다. 할머니와 윙베 형 그리고 내가 함께 찍은 사진도 있었다. 그중 두 장은 얼음으로 뒤덮인 호숫가 앞에서 할머니가 직접 짜준 스웨터를 입고 있는 윙베 형과 나를 찍은 사진이었다. 사진 속의 나는 연갈색과 진한 갈색이 섞인 스웨터를 입고 있었다. 또 다른 두 장은 크리스티안산의 할머니 댁 베란다에서 찍은 사진이었다. 그중 한 장에는 할머니와 뺨을 맞대고 카메라를 보고 있는 내 모습이 담겨 있었고, 다른 한 장에는 나직하고 푸른 하늘 아래 서서 아래쪽 도시를 바라보는 우리의 모습이 담겨 있었다. 그때 나는 겨우 두세 살 정도밖에 되지 않았던 것 같다.

이 사진들이 일종의 기억을 의미한다고 말하는 사람도 있을 것이다. 그렇다. 사진은 일종의 기억이다. 하지만 그러한 사진 속에 '나'의 기억은 포함되지 않는다. 그렇다면 그 사진들이 의미하는 것은 무엇일까. 나는 친구들과 애인들, 그들의 가족이 찍은 그 시대의 사진을 수도 없이 많이 봐왔다. 모두 하나같이 비슷비슷했다. 비슷한 색깔, 비슷한 옷차림, 비슷한 방 구조, 비슷한 일상. 나는 이러한 사진들 속에서 그 어떤 유대감도 느낄 수 없기에 특별한 의미를 찾을 수 없다.

그 이전 세대의 사진들은 더 그랬다. 내 눈에 비친 사진들은 낯선 옷을 입고 무언가를 하고 있는 얼굴들의 집합체일 뿐이었기에 의미를 찾을 수 없었다. 우리가 사진 속에 담는 것은 인간이 아니라 시간이다. 사진은 인간을 붙잡아둘 수 없다. 사진 속 사람들이 나와 뗄 수 없을 정도로 가까운 사람이라 해도 마찬가지다.

테레세 거리의 한 아파트에서 하늘색 원피스를 입고 60년대의 전형적인 카메라 포즈를 취하며 양 무릎을 붙인 채 부엌 오븐 앞에 앉아 있는 이 여인은 누구란 말인가? 올림머리를 한 이 여인? 너무나 온화하고 옅은 미소를 짓고 있어서 미소처럼 보이지 않는 미소를 담고 있는 이 푸른 눈동자의 여인은 누구인가? 한 손으로는 빨간 뚜껑을 덮은 반짝반짝 광이 나는 주전자를 들고 있는 이 여인? 그렇다. 이 여인은 바로 내 어머니다. 하지만 여인이 그때 무엇을 생각하고 있었으며, 스스로의 과거와 현재, 미래의 삶을 어떤 눈으로 바라보고 있었는지 사진을 통해 알 수 있는 방법은 없다. 그녀는 단지 한 여자일 뿐 사진은 여자에 대해 아무것도 설명해주지 않는다. 낯선 공간에 앉아 있는 낯선 여인. 이것이 전부다.

10년 후, 집을 나설 때 휴대용 커피 잔을 가져오는 걸 잊었기에 역시 같은 주전자의 빨간 뚜껑에 커피를 따라 마시며 산 중턱에 앉아 있는 이 남자는 누구인가? 잘 정리된 갈색 수염과 숱이 많은 갈색 머리의 이 남자? 두텁고 섬세한 입술과 유쾌한 눈빛을 지닌 이 남자는 누구일까? 그렇다. 그는 바로 내 아버지다. 하지만 사진을 찍었던 그 순간 아버지가 어떤 사람이었는지 아는 사람은 지금 아무도 없다.

모든 사진이 다 그렇다. 나를 찍은 사진들도 마찬가지다. 텅 비어 있다고 할 수 있을 정도다. 사진을 통해 내가 찾을 수 있는 유일한 의미는 사진 속에 새겨져 있는 시간뿐이다. 그럼에도 이 사진들은 다른 이들에게도 그렇듯, 나 자신은 물론 사사롭고 개인적인 내 역사의 일부라 할 수 있다. 의미, 무의미, 의미, 무의미, 의미. 이것은 파두다 우리의 삶을 거쳐 흐르는 이 파도는 삶의 바탕에 자리한 기본적인 긴장감을 만들어낸다. 태어난 후 6년 동안의 기억과 그 시절의 사진이나 물건들은 내 정체성의 중요한 한 부분을 차지하고, 나는 삶의 의미와 연속성 외곽에 자리한 공허하고 텅 빈 공간을 이것들로 채워 나간다. 나는 이를 바탕으로 칼 오베, 욍베, 어머니와 아버지, 호베에 있던 집, 튀바켄에 있던 집, 할아버지와 할머니, 한 무리의 아이들과 이웃들의 이미지를 지어올렸다.

다 낡아 쓰러져가는 슬럼가의 집과 같은 이 기억들을 나는 유년기라고 부른다.

삶의 한자리에 차지하는 기억의 크기는 측정할 수 없다. 기억을 이루는 최고의 가치가 진실이 아니라는 간단한 이유 때문만은 아니다. 기억이 맞는지 틀리는지 결정하는 것은 진실의 여부와는 상관이 없다. 기억은 전적으로 한 개인의 관심과 흥미에 따라 존재하는 것이다. 기억은 실용적인 것이다. 때로는 교활하고 음흉할 때도 있지만 악의나 적대감은 찾아볼 수 없다. 오히려 기억은 우리의 만족감을 충족시키기 위해 존재하는 것이라 해도 과언이 아니다. 어떤 기억들은 망각의 세계로 밀려나기도 하고, 어떤 기억들은 다시 알아볼 수 없을 정도로 왜곡되기도 하며, 또 어떤 기억들은 오해에서 비롯되기도 한다. 반면 어떤 기억은, 의미가 없기는 매한가지이지만, 너무나 선명하고 정확하게 우리 머릿속에 남아 있다. 하지만 우리는 기억을 선명하고 정확하게 만드는 것이 무엇인지 알 수 없으며, 그것은 우리가 결정할 수 있는 일이 아니다.

내 삶의 첫 6년 동안이 기억은 거의 건무히디 해도 지나치지 않는다. 나는 그 당시의 일을 거의 기억하지 못한다. 누가 나를 보살펴주었는지, 내가 무엇을 했는지, 누구와 함께 놀았는지 전혀 기억할 수 없다. 즉, 1968년부터 1974년까지의 시기는 내 삶을 차지하는 거대한 무無의 공간이라 할 수 있다. 굳이 당시의 조각난 기억들을 끄집어낸다 해도 내보일 수 있는 것은 거의 없다. 작은 산처럼 보이는 듬성듬성한 숲을 바라보며 나무다리 위에 서 있던 일 정도다. 발밑에는 녹색과 흰색을 머금고 세차게 흐르는 강이 있었고, 나는 다리 위에서 신나게 폴짝폴짝 뛰었다. 나무다리는 마구 흔들렸고 나는 크게 웃음을 터뜨렸다. 내 옆에는 이웃집 소년 게이르 프레스트바크모가 함께 폴짝폴짝 뛰면서 웃고 있었다.

언젠가 차의 뒷좌석에 앉아 있던 내 모습도 기억난다. 신호등 앞에서 차를 멈춘 아버지가 뒷좌석을 돌아보면서 미원달렌으로 가서 스타트 팀의 축구 경기를 볼 것이라 말했다. 하지만 그 후의 기억은 하나도 남아 있지 않다. 어떻게 경기장으로 갔는지, 어떻게 경기가 끝났는지, 또 어떻게 집으로 돌아왔는지 기억나지 않는다. 또 다른 기억은 집 뒤편 언덕으로 올라가 노란색과 녹색 플라스틱 장난감 트럭을 밀면서 놀았던 것이다. 그 순간의 느낌은 이 세상의 부와 행복을 모두 가진 것처럼 매혹적이었다.

그것이 전부다. 내 삶의 첫 6년 동안의 기억.

하지만 그것은 내가 일고여덟 살 즈음 되었을 때야 비로소 형태를 갖추기 시작했던 기억들이다. 유년기의 마법 같은 내 인생의 첫 기억! 물론 다른 형태의 기억들도 얼마든지 찾을 수 있다. 정확하지 않아 원하는 때에 의지력만으로는 끄집어낼 수 없지만, 가끔 의식 속에서 저절로 스멀스멀 피어오르기 시작해 어느 순간 일종의 투명한 해파리처럼 흐늘거리면서 내게 다가오는 기억들은 특정한 냄새나 맛, 소리를 매개체로 형태를 찾아나갈 때도 있다. 이러한 기억들을

21

접하는 순간, 나는 항상 강렬한 행복감을 맛본다.

또 다른 형태의 기억은 신체와 관련된 것이다. 예를 들어 눈부신 햇살 앞에서 눈을 가리기 위해 손을 들어올린다든지, 허공의 공을 잡아낸다든지, 친구와 함께 강가에서 연을 날리는 행위들 속에서 그동안 잊고 있던 기억들과 순간적으로 만나게 된다. 이러한 기억들은 항상 감정과 느낌을 동반한다. 갑작스런 울분과 분노, 갑작스런 슬픔과 눈물, 갑작스런 두려움. 이러한 느낌과 감정이 온몸을 휩쓸 때면 나는 힘없이 그 먼 옛날로 순식간에 내동댕이쳐진다.

또 다른 형태의 기억은 자연풍경과 관련된 것이다. 어린 시절의 자연풍경은 그 이후의 풍경과 다를 수밖에 없다. 기억 속 풍경에서는 돌멩이 하나, 나무 한 그루조차도 의미를 지니고 있다. 우리가 그것들을 일생에 단 한 번밖에 보지 못했거나 또는 너무나 오랫동안 수도 없이 보아와서 우리의 의식 속 깊은 곳에 둥지를 틀고 있기 때문이다. 그것은 성인이 되어 눈을 지그시 감고 회상에 잠길 때면 어렴풋이 떠오르는 집 앞의 자연풍경처럼 희미하고 부정확한 것이 아니라, 날카로울 정도로 정확하고 자세한 기억이다. 한여름, 집 앞 골목길의 자갈돌이 푸르스름한 빛을 발하는 모습이 기억나는 것처럼.

그것! 바로 그것이 유년기의 집 앞 골목길인 것이다. 그리고 그 길에 서 있던 70년대의 자동차들! 딱정벌레차, 두꺼비차, 타우누스, 그라나다, 아스코나, 카데트, 콘술, 라다, 아마존… 어쨌든 골목길에는 갈색 울타리가 있었고, 그 길은 작은 도랑을 사이에 두고 노르도센 링베이와 근처의 주택단지 두 곳을 가로지르는 엘그스티엔과 마주하고 있었다.

거뭇거뭇하고 기름진 흙으로 뒤덮인 비탈길은 갓길에서부터 시작해 숲속까지 이어져 있었다. 갓길에 핀 작고 가녀린 녹색 식물들은 순식간에 무성해졌고, 얼마 가지 않아 거뭇거뭇한 흙으로만 덮여 있던 비탈길은 이름 모를 덤불로 빽빽해졌다. 작은 나무와 잔디, 디기탈리스와 민들레, 고사리와 야생 덤불들은 곧 길과 길이 아닌 곳을 명확하게 구분해 자리 잡기 시작했다.

갓돌이 나란히 자리한 언덕길에는 비가 오면 홍수가 난 것처럼 물이 넘쳐 흐를 때도 있었다. 그 오른편에는 새로 생긴 슈퍼마켓 비맥스B-Max로 가는 작은 지름길이 있었다. 슈퍼마켓 옆의 습지는 자동차 두 대만 주차할 수 있을 정도로 작았으며, 그 위로는 자작나무 한 그루가 목이 마른 듯 나뭇가지를 축 늘어뜨리고 있었다. 언덕 꼭대기에 있던 올센 씨 집 뒤에는 좁다란 골목길이 있었고, 그 길은 그레블링베이엔이라고 불렸다. 골목길 왼편의 첫 번째 집에는 욘과 트루데가 살고 있었다. 돌무덤으로 만든 것 같은 공터에 자리한 그들의 집을 지나칠 때면 항상 겁이 나서 발을 떼기가 쉽지 않았다. 그건 욘이 가끔씩 지나가는 아이들에게 돌멩이나 눈덩이를 뭉쳐 던지기 때문이기도 했지만, 더 큰 이유는 그 집에 커다란 셰퍼드가 있었기 때문이다.

그 셰퍼드는… 아, 이제 기억이 난다. 그 망할 놈의 개! 그 개는 항상 골목길이나 베란다에 목줄로 묶여 있었는데 사람들이 지나갈 때마다 목줄이 끊겨져라 앞뒤로 달음박질치며 미친 듯이 짖어댔다. 앙상한 뼈가 다 드러나는 몸에 어딘가 아픈 것처럼 눈동자가 누런 개. 한번은 골목 아래쪽을 지나가고 있었는데 그 개가 나를 향해 쏜살같이 달려왔다. 목줄을 놓친 트루데는 허겁지겁 개의 꽁무니를 따라갔다. 숲속에서 곰을 만났을 때처럼 짐승에게 쫓기면 도망치기보다 그 자리에 가만히 서 있는 게 낫다는 말을 들은 적이 있었기에 나는 순간적으로 걸음을 멈췄다. 크게 도움이 되진 않았다. 개는 내가 꼼짝

하지 않았는데도 전혀 관심 없다는 듯 입을 쫙 벌리고 내 손목을 물어버렸다. 몇 초 후 도착한 트루데가 허겁지겁 목줄을 잡아당겼고 개는 그제야 내 손목을 놓아주었다. 나는 엉엉 울면서 집으로 뛰어갔다.

그날 이후, 그 개와 관련된 모든 것이 무서워졌다. 짖는 소리, 누런 눈동자, 입가에 흐르는 침, 내 팔에 상처를 냈던 크고 뾰족한 이빨. 나는 야단을 맞을까봐 집에 와서 아무 말도 하지 않았다. 그런 일에는 칭찬보다 야단맞을 확률이 더 큰 법이다. 아예 처음부터 그곳에 가지 않았다면 더 좋았을 것이라는 말부터 시작해서 울지 말았어야 한다는 말과 그까짓 개 한 마리가 무서울 게 어디 있느냐는 말까지.

그날부터 나는 그 개를 볼 때마다 두려움에 휩싸였다. 결정적인 이유는 위험한 짐승이 공격해올 때는 움직이지 않고 가만히 있어야 한다는 것뿐만 아니라, 개들은 상대방이 느끼는 두려움의 냄새를 맡을 수 있다는 이야기를 어디선가 들었기 때문이다. 누가 그런 말을 해주었는지는 기억나지 않는다. 어쨌든 개들이 상대방이 풍기는 두려움의 냄새를 맡을 수 있다는 건 누구나 다 알고 있는 사실이다. 개들은 그 냄새를 맡게 되면 전염된 듯 자기도 두려워하거나 공격적으로 변해 위협을 가한다고 한다. 만약 상대방이 전혀 두려워하지 않는다면 개들도 온순해진다고 한다.

곰곰이 생각해보지 않을 수 없었다. 도대체 어떻게 두려움의 냄새를 맡을 수 있단 말인가. 두려움은 어떤 냄새를 풍길까. 개들이 냄새를 맡을 수 없도록 두려워하지 않는 척하는 게 과연 가능할까. 아무리 그렇지 않은 척하더라도 그 느낌은 사라지지 않을 텐데.

두 집 건너 살았던 카네스트륌 씨도 개를 키웠다. 골든 리트리버로 이름은 알렉스였고 양처럼 순했다. 개는 네발로 갈 수 있는 곳이면 어디든 카네스트룀 씨를 따라다녔다. 순한 눈동자와 부드럽고 호의적인 움직임. 나는 그 개조차 두려워했다. 왜냐하면 그 개는 언덕을 올라 그 집에 다가가는 사람이 보이기만 하면 조심스럽지도, 호의적이지도 않은 묵직한 소리로 맹렬하게 짖어댔기 때문이다. 나는 걸음을 멈추고 개에게 말을 걸었다.

"안녕, 알렉스."

만약 근처에 아무도 없으면 이렇게 말했다.

"난 안 무서워. 너도 알지? 전혀 무섭지 않단 말이야."

근처에 누가 있으면 아무렇지도 않은 척 태연하게 개를 지나쳤다. 개가 코앞에 있을 때면 허리를 숙이고 옆구리를 몇 번 쓰다듬어주기도 했다. 그럴 때면 겁이 나서 심장이 거칠게 뛰었고, 온몸의 근육이 힘없이 축축 늘어지는 것 같았다.

"조용히 해, 알렉스!"

지하실에서 막 나온 다그 로타르가 자갈밭을 뛰어오면서 이렇게 소리 지를 때도 있었고, 허겁지겁 현관문을 열면서 개를 꾸짖기도 했다.

"칼 오베는 개를 무서워한단 말이야."

"아냐, 그렇지 않아."

다그 로타르는 어색한 미소를 지으며 나를 바라보았다. 이미 다 알고 있으니 그런 말은 할 필요가 없다는 듯.

그리고 우리는 걸었다.

어디로 걸었냐고?

숲속으로.

우베실렌을 향해.

다리 위로,

감믈레 튀바켄으로.

플라스틱 보트를 만드는 공장으로.

산 위로.

첸나 쪽으로.

비맥스 슈퍼마켓 쪽으로.

피나 주유소 쪽으로.

우리는 집 근처 골목길을 뛰어다니거나 이웃집 대문 앞에서 놀거나, 길가의 벽돌이나 야생 체리나무 위에 올라가 놀았다. 여기저기 하염없이 걸을 때도 있었다.

그것이 전부였다. 그것이 내가 알고 있는 세상이었다.

하지만 그 세상은 말로 다할 수 없을 정도로 매혹적인 세상이었다.

새로 건립된 주택단지는 과거의 뿌리가 없으며, 위성도시 안에서 볼 수 있었던 것처럼 미래를 향해 뻗어나가는 가지들도 볼 수 없다. 필요해서 생긴 주택단지는 실용적인 요구에 대한 해답일 뿐이며, 외지에서 몰려온 사람들이 모여 사는 곳이기도 하다. 권력을 지닌 자들이 숲속의 공터를 개발하고 그곳에 집을 지어 팔겠다고 결정하면 그렇게 되는 것이다.

터가 개발되기 전, 숲속에는 덴마크에서 온 베크 씨가 살던 집 한 채밖에 없었다. 그는 숲 한가운데에 그 누구의 힘도 빌리지 않고 홀로 집을 지었다. 베크 씨 가족에겐 차가 없었고, 세탁기나 텔레비전도 없었다. 정원도 없었던 그 집에는 갖가지 나무로 둘러싸인 평평한 땅 한 조각밖에 없었다. 그 땅에는 방수포로 덮어놓은 장작 더미와 겨울이 되면 거꾸로 엎어놓은 작은 보트 하나가 전부였다. 베크

26

씨의 딸 잉가릴과 리사는 중학교에 다녔는데 우리가 그 동네로 이사 간 첫해에 욍베 형을 돌봐주었다. 그들의 남동생 욘은 나보다 두 살 많았고, 항상 집에서 만든 듯한 이상한 옷을 입고 다녔다.

그는 우리가 흥미를 느끼는 것에는 전혀 관심을 보이지 않았고, 우리가 뭔지 모르는 것에만 관심을 보였다. 그는 열두 살 때 혼자 힘으로 보트를 만들기도 했다. 우리가 동화나 꿈속에서 보고 이것저것 뚝딱거려 만들었던 장난감 배가 아니라 실제로 노를 저을 수 있는 배를 만들었다. 일반적으로 본다면 그는 또래 아이들에게 왕따를 당하기에 충분했지만, 그런 일은 일어나지 않았다. 그와 우리들 사이의 거리감이 너무나 컸기 때문이다. 그는 우리들 중의 하나라고 할 수 없었고, 우리들 틈에 끼려고 하지도 않았다. 자전거를 타고 다니는 그의 아버지는 언젠가 숲 한가운데서 홀로 조용히 살아가는 꿈을 지니고 덴마크에서 왔다. 그러니 숲속에 주택단지가 조성된다는 결정과 함께 집 근처에 공사용 중장비가 들어오던 날 그는 분명 심한 절망감을 느꼈을 것이다.

전국 각지의 새로 건립된 주택단지에 자리 잡은 가족들에겐 모두 아이들이 있었다. 길 건너편에는 구스타브센 씨 가족이 이사를 왔다. 그는 소방관이었으며, 그의 아내는 가정주부였다. 혼닝스보그에서 온 그들에겐 롤프와 레이프 토레라는 남자아이 둘이 있었다. 우리 집 근처에는 프레스트바크모 씨 가족이 이사를 왔다. 그는 중학교 교사였고 그의 아내는 간호사였다. 트롬스에서 이사 온 그들에겐 그로와 게이르라는 아이 둘이 있었다. 그 옆집에는 카네스트룀 씨 가족이 이사를 왔다. 그는 우체국 직원이었고 그의 아내는 가정주부였다. 크리스티안순에서 이사 온 그들에겐 스테이나르, 잉그리 안네, 다그 로타르 그리고 운니까지 아이가 넷 있었다. 맞은편 집에는 남쪽 지방에서 이사 온 칼센 씨가 살고 있었다. 그는 선원이었고 그의 아내는 상점 점원이었다. 두 사람 사이에는 켄트 아르네, 안네 레네라는 아이가 둘 있었다.

조금 위쪽에 자리 잡은 집에는 역시 뱃사람인 크리스텐센 씨가 이사를 왔는데 그의 아내가 무슨 일을 했는지는 기억나지 않는다. 아이들 이름은 마리안네와 에바였다. 그들의 맞은편 집에는 베르겐에서 온 야콥센 씨 부부가 살았으며, 남자는 인쇄소 직원이었고, 아내는 가정주부였다. 두 사람 사이에는 게이르, 트론, 벤케라는 아이가 셋 있었다. 그들의 집에서 좀더 위쪽에 자리한 집에는 남쪽 지방 출신의 린들란 씨 가족이 살았으며, 아이들 이름은 게이르 호콘과 모르텐이었다.

거기서부터는 기억이 가물가물하다. 그곳에 살던 아이들 이름은 언뜻 기억이 나지만, 그들의 부모님이 어떤 직업을 가지고 있었는지는 기억나지 않는다. 벤테, 토네 엘리사벳, 토네, 리브 베릿, 스테이나르, 코레, 루네, 얀 아틀레, 오들라우그, 할보르 등이 그곳에 살던 아이들의 이름이다. 대부분은 내 또래였고, 조금 큰 아이들은 나보다 일곱 살쯤 많았으며, 어린아이들은 나보다 네 살쯤 적었다. 그중 다섯 아이는 나와 같은 반에서 공부했다.

우리는 1970년 여름에 그곳으로 이사 갔다. 그때 근처 집들은 대부분 공사 중이었다. 폭발물이 터지기 직전 울리던 경고 사이렌은 나의 성장기를 채운 평범한 소리였다. 폭발과 함께 그 충격으로 근처 땅은 물론 우리 집 거실 바닥까지 파도처럼 울렁거릴 때 사람들이 느낄 수 있는 특별한 느낌은 내게 그저 그런 평범한 일상에 불과했다. 길과 전선, 숲과 바다 등 지표면 위에 서로 다른 지점을 잇는 연결 고리가 있다는 것은 자연스러운 일이지만, 땅 밑에도 그러한 것이 있다는 사실은 놀랍기만 했다.

우리가 서 있는 땅은 그 어떤 일이 일어나도 끄떡없는 견고한 것이 아니었던가. 나뿐만 아니라 또래 아이들도 모두 땅에 난 크고 작은 구멍에 특별한 관심을 보였다. 우리는 이웃집에서 땅을 파게 되면 그것이 하수구 공사든, 전선 설치 공사든, 지하실 건축 공사든 이유를 막론하고 매번 그곳에 모여 깊어지는 땅 밑을 바라보았다. 파들어간 곳이 누런색이면 모래가 있었고, 검은색이나 갈색이면 흙이 있었고, 회색이면 진흙이 있었다. 바닥에 이르면 얼마 지나지 않아 그곳에 황토색 물이 차올랐고 가끔은 불쑥 솟아오른 커다란 돌멩이들 때문에 더 이상 물이 차오르지 않고 고여 있기도 했다.

공사하는 곳에서는 으레 커다란 새를 닮은 노란색과 주황색 굴착기를 볼 수 있었다. 기다란 목 끝에 달린 기계삽은 부리를 닮았고, 그 옆에 주차된 트럭의 전조등은 눈을 닮았으며 그릴 가드는 입을, 방수포로 덮어놓은 뒷면은 허리를 연상시켰다. 대규모 공사가 진행될 때는 손이 쑥 들어갈 만큼 큰 그릴 가드와 거대한 바퀴가 장착된 노란색 불도저나 덤프트럭이 서 있기도 했다. 운이 좋으면 공사장 근처에서 도화선 한 무더기를 찾을 때도 있었다.

도화선은 서로 장난감을 맞바꾸는 아이들 사이에서 꽤 인기가 많았다. 가끔은 어른 키만큼 큰 전선 드럼을 발견할 때도 있었고, 매끈매끈하고 팔목만큼이나 굵은 적갈색 플라스틱 관이 산더미처럼 쌓여 있는 것을 발견할 때도 있었다. 내 키보다 조금 더 높이 차곡차곡 쌓여 있는 시멘트 관이나 표면이 거칠거칠한 시멘트 거푸집도 볼 수 있었다.

공사장 폭발 장소에서 흔히 사용하던 길쭉하게 잘린 낡은 자동차 바퀴들을 발견하면 그 위에 올라가 놀기도 했다. 썩지 않게 하기 위해 오일을 입힌 푸르스름한 빛의 목재 전신주들, 다이너마이트가 들어 있는 상자들, 공사장 인부들이 점심을 먹거나 옷을 갈아입던 가건물들. 인부들이 가건물 안에 있으면, 우리는 멀찍이 떨어져서 그들을 바라보았다. 인부들이 없으면, 우리는 땅에 파놓은 구멍 속으로 내려가 보거나, 덤프트럭 바퀴에 올라가보기도 하고, 쌓여 있는 플라스틱 관 위에 올라가 균형 잡기 놀이도 했다. 가끔은 가건물 문에 손을 대어보거나 창을 통해 안을 들여다보기도 했다. 우물처럼 깊숙한 시멘트 주형 안으로 내려가볼 때도 있었으며 커다란 전선 드럼을 굴려보려 낑낑대며 힘을 써보기도 했고, 주머니 한가득 끊어진 전선 조각과 플라스틱 손잡이 또는 도화선을 모으기도 했다.

어린 내 눈에 비친 공사장 인부들은 세상에서 가장 멋지고 훌륭한 사람들이었으며, 그들이 하는 일은 이 세상 어떤 일보다 더 가치 있고 의미 있는 일이었다. 우리는 기술적인 면이나 기계에는 전혀 관심이 없었다. 내겐 인부들의 사사로운 행위들이 공사와 함께 변해가는 자연풍경만큼이나 흥미로웠다. 헐렁한 주황색이나 푸른색 작업복을 입은 인부들이 중장비 사이에 서서, 한 손으로는 헬멧을 벗어 들고 다른 한 손으로는 쌀포대 같은 바지 주머니에서 빗을 꺼내 머리 빗는 모습, 일을 끝낸 인부들이 가건물 안에서 옷을 갈아입고 평상복 차림으로 나와 자신이 몰고 온 자동차를 타고 공사장을 빠져나가는 모습은 신비로워 보이기까지 했다.

우리가 관심 어린 눈으로 흥미롭게 지켜본 또 다른 사람들도 있었다. 통신사에서 나온 인부가 동네에 도착하면, 그 소문은 마치 마른 숲에 불이 번지듯 순식간에 아이들 사이에 퍼졌다. 그곳에는 자가 있었고, 통신사 인부가 있었고, 그들의 매혹적인 작업화가 있었다. 그들은 작업화를 신고 연장 벨트를 두른 후, 자신의 몸과 전신주를 연결하는 스트랩을 잘 고정시키고 천천히 전신주 위쪽을 향해 움직였다.

우리는 그들의 움직임을 전혀 이해할 수 없었다. 도대체 어떻게 저런 일이 가능할까? 전혀 힘들이지 않고 허리를 꼿꼿하게 편 채 미끄러지듯 전신주 위로 스르르 올라가는 그들을 보며, 우리는 눈을 동그랗게 뜨고 입을 쫙 벌렸다. 그들이 전신주 위에서 일을 시작해도 우리는 계속 자리를 지켰다. 곧, 그들이 다시 힘들이지 않고 이해할 수 없는 움직임으로 미끄러지듯 전신주 아래로 내려온다는 것을 알고 있었기 때문이다. 코끼리 코를 닮은 쇠붙이를 장착한 그 신발만 있다면 못 할 일이 없을 것 같았다.

하수관 공사를 하는 인부들도 빼놓을 수 없다. 아스팔트 위나 인도 옆에 자리한 수많은 맨홀 옆에 차를 세워놓고 허리까지 올라오는 긴 장화를 신은 후, 묵직하고 커다란 맨홀 뚜껑을 살짝 들어올려 옆으로 밀어놓고 땅 밑으로 내려가던 인부들. 무릎과 허벅지, 배와 가슴이 차례차례 사라지고 마침내 땅속으로 자취를 감추는 그들의 머리… 땅속에는 무엇이 있을까? 물이 흐르는 터널이 있을까? 걸어다닐 수는 있을까? 정말 매혹적이지 않을 수 없었다.

어쩌면 땅속으로 사라진 인부는 지금쯤 약 20미터 전방에 내동댕이치듯 세워져 있는 켄트 아르네의 자전거 근처에 도달했을지도 모른다. 물론 그는 여전히 지표면 아래 있을 것이다! 아니, 어쩌면 맨홀은 큰 화재가 났을 때 불을 끌 수 있도록 물을 모아놓은 일종의 소방용 창고가 아닐까? 궁금하기 짝이 없었지만 우리는 진실을 알아내지 못했다. 인부들은 우리에게 항상 멀찍이 떨어져 있으라고 엄하게 당부했기 때문이다. 그들에게 직접 물어보는 건 생각조차 할 수 없었다. 물론 우리들 가운데 거대한 동전처럼 생긴 맨홀 뚜껑을 열어 볼 정도로 힘센 아이는 한 명도 없었다. 그렇기 때문에 맨홀은 당시 우리의 관심을 끌었던 다른 것들과 함께 오랫동안 신비롭게 남아 있었다.

우리는 초등학교에 입학하기 전 어디든지 마음대로 갈 수 있었다. 금지된 곳은 두 곳이었다. 하나는 다리에서부터 피나 주유소까지 이르는 찻길이었고, 다른 하나는 바닷가였다. 어른들은 우리에게 무슨 일이 있어도 혼자 바닷가에 가지 말라고 신신당부했다. 우리는 그 이유를 알지 못했다. 어른들은 우리가 바다에 빠질지도 모른다고 생각했던 것일까. 또래 아이들과 가끔 축구를 했던 산기슭의 작은 강가에 모여 있을 때 한 아이가 30미터쯤 되는 가파른 비탈길 옆에 있는 강을 내려다보며 그건 물속에 사는 괴물 때문이라고 말했다. 아이들을 발견하면 순식간에 물속으로 끌어들이는 괴물.

"누가 그랬어?"

"우리 엄마랑 아빠가."

"여기도?"

"응."

우리는 우베실렌의 회색빛 물빛을 내려다보았다. 저런 곳이라면 물속에 괴물이 살고 있을지도 모른다는 생각이 들었다.

"여기만?"

누군가 말을 이었다.

"그렇다면 다른 데 가서 놀면 되잖아? 첸나 같은 곳 말이야."

"리틀 하와이도 좋아."

"거긴 다른 괴물이 살고 있대. 위험하긴 마찬가지야. 정말이야. 우리 엄마랑 아빠가 그랬어. 애들을 보면 물속으로 데려가서 익사시킨대."

"뭍으로도 올라올 수 있어?"

"그건 나도 몰라. 음… 그건 아닐 거야. 확실해. 너무 멀잖아. 물가에서만 놀지 않으면 괜찮을 거야."

그날 이후, 나는 물속에 사는 괴물이 두려워지기 시작했다. 하지만 여우만큼 무섭지는 않았다. 나는 여우만 떠올리면 겁에 질려 어쩔 줄을 몰랐다. 덤불이 살짝 흔들리거나 숲속에서 무언가 재빨리 움직이는 소리만 들리면 나는 안전한 곳을 향해 줄행랑쳤다. 내가 생각한 안전한 곳은 여우들이 꼬리를 들이밀지 못하는 활짝 열린 공터나 공사장 등이었다. 내가 여우를 얼마나 무서워했냐면 이층침대에 누워 있던 윙베 형이 그 아래 누워 있던 내게 "나는 여우다. 이제 너를 잡으러 갈 거야"라고 한마디만 해도 겁에 질려 떨었다. "아냐, 형은 여우가 아냐!"라고 소리치면, 형은 아래층에 누워 있던 내게 손을 뻗어 마구 휘두르며 "맞아, 난 여우야!"라고 말하며 놀리기를 멈추지 않았다.

가끔 윙베 형이 그렇게 나를 놀리긴 했지만, 어느 날 갑자기 내 방이 생겨서 혼자 자려니 형이 그리워지기 시작했다. 무섭진 않았다. 새로 생긴 방도 집 안에 있는 건 매한가지였으니까. 하지만 형과 함께 있으면 더 좋을 것 같다는 생각은 지울 수 없었다. 형과 한방에 있으면, 언제든 마음 내킬 때 말을 걸 수 있어서 좋았다. 예를 들어 "형도 지금 무서워?"라고 물으면 형은 "아아니, 왜 내가 지금 무서워해야 하는 거지? 무서워할 이유는 하나도 없잖아?"라고 말했다. 그러면 나는 안심하고 잠들 수 있었다.

여우에 대한 두려움은 일곱 살 때쯤 사라졌다. 하지만 두려움이 사라지고 난은 빈 공간은 곧 또 다른 두려움으로 채워졌다. 어느 날

33

오전, 아무도 없는 거실에 홀로 켜져 있던 텔레비전 앞을 지나다가 화면 속에서 머리 없는 남자가 계단을 올라가는 것을 보고 기겁한 적이 있다.

세상에! 나는 방으로 뛰어 들어갔지만 도움이 되지 않았다. 방 안에서도 혼자 무방비 상태로 있는 건 마찬가지였기에 어머니나 윙베 형을 찾아야만 했다. 머리 없는 남자의 이미지는 과거에 어둑어둑할 때만 나를 엄습했던 여느 기괴한 이미지와는 달리 시도 때도 없이 나를 덮쳤다.

머리 없는 남자는 한낮에도 내게 다가왔다. 혼자 있을 때면 심장이 쿵쿵 뛰었고 두려움이 온몸의 신경을 타고 번졌다. 창으로 내리쬐는 눈부신 햇살과 새들이 지저귀는 소리도 도움이 되지 않았다. 빛 속에서 느껴지는 어둠을 접할 때보다 더 공포스러운 것은 없다.

그렇다, 내가 진정으로 두려워하는 것은 빛 속에 자리한 어둠이다. 이 어둠에서 벗어나기 위해 내가 할 수 있는 것은 아무것도 없었기에 나는 더 무력해졌고 더 두려워졌다. 소리를 질러 도움을 청하거나 사방이 활짝 트인 넓은 공간에 서 있어도 두려움은 사라지지 않았다. 줄행랑쳐도 도움이 되지 않았다.

아버지가 어렸을 때 즐겨보던 탐정 잡지 표지를 내게 보여준 적이 있다. 한 남자를 등에 업은 해골이 고개를 돌려 텅 빈 구멍만 남은 눈으로 나를 바라보던 그림. 그 해골은 밤낮으로 내 머릿속을 헤집고 들어왔고, 나는 두려움에 떨었다.

나는 욕실의 온수도 무서워했다. 더운물을 틀면 수도관을 통해 쇳조각이 부딪치는 듯한 날카로운 소리가 났고, 즉시 물을 잠그지 않으면 수도관에서 무언가 쿵쿵 부딪치는 듯한 소리까지 났다. 나는 날카롭고 야생적이기까지 한 이 소리를 들을 때마다 숨이 멎을 정도로 두려웠다.

소리를 피할 수 있는 방법이 하나 있긴 했다. 냉수를 먼저 튼 다음 서서히 온수를 틀면 수도관에서 소리가 거의 나지 않았다. 어머니와 아버지, 윙베 형은 이런 식으로 온수를 사용했다. 물론 나도 이 방법을 시도해본 적이 있다. 하지만 귀를 찢는 듯한 날카로운 소리에 이어 마치 아래층에서 누군가가 화를 내며 발을 쿵쿵 구르는 듯한 소리는 점점 빨라지기만 했다. 겁에 질린 나는 얼른 물을 잠그고 도망치듯 욕실을 나와버렸다. 그 때문에 나는 아침마다 찬물로 세수를 하거나 윙베 형이 사용하고 남겨둔 미적지근하고 더러운 물에 얼굴을 씻었다.

개, 여우, 수도관은 구체적이고 물리적인 위협이기에 눈에 보이지 않으면 그만이었다. 하지만 머리 없는 남자나 비웃는 듯 나를 돌아보던 해골은 죽음의 세계에 속하는 것이기에, 눈으로 볼 수 없다 해도 함께 있는 것 같은 느낌이 들었다. 어둠 속에서 계단을 오르거나 옷장을 열 때, 심지어는 침대 밑이나 욕실 안에서도 나는 이들을 떠올리고 두려움에 몸을 떨었다. 어둑어둑한 저녁, 유리창에 비친 내 모습을 이들과 연관 지어 생각할 때가 많았다. 어쩌면 밖이 어두울 때만 유리창에 내 모습이 비쳤기 때문일지도 모른다. 새카만 유리창에 비친 내 모습을 보며 그것이 내가 아니라 나를 바라보고 있는 죽은 자라 상상하면 섬뜩해서 소름이 끼쳤다.

초등학교에 입학하자 물속에 사는 괴물이나 니세,* 트롤** 등을 믿

* 북유럽 전래 동화에 등장하는 작은 도깨비.
** 북유럽 신화의 스칸디나비아, 스코틀랜드 전설 속에 등장하는 신화 속 괴물.

35

는 아이는 주변에서 볼 수 없었다. 그런 것들을 믿는 아이가 있으면 우리는 크게 웃음을 터뜨리며 놀리기까지 했다. 반면 귀신이나 유령을 믿는 아이는 꽤 많았다. 어쩌면 그런 것들에게서 완전히 고개를 돌릴 수 없었기 때문일지도 모른다. 왜냐하면 어디를 가든 죽은 사람은 있기 마련이니까. 우리도 그런 것쯤은 알고 있었다. 반면 전설이나 신화에서 비롯된 믿음도 있었다. 이것은 무지개의 끝이 닿은 땅에서 보물을 찾을 수 있다는 이야기처럼 좀더 밝고 순수한 영역에 속한다.

어느 늦가을 오후, 우리는 무지개의 끝을 따라가 보물을 찾아보기로 했다. 9월의 어느 토요일이었던 것 같다. 오전 내내 내린 비가 길을 휩쓸고 지나간 후였다. 집을 나선 우리는 게이르 호콘의 집 앞, 불어난 도랑 근처에 모였다. 거기서부터 나무가 빽빽한 산기슭까지 이어진 길에는 산꼭대기에서 흘러내린 물이 이끼와 잔디와 흙을 머금은 채 흥건하게 고여 있었다. 우리는 고무장화를 신고 형형색색의 비옷을 입고 있었다. 모자의 안감이 사각사각 귀를 스쳤다. 모자를 쓰고 있으면 내 숨소리는 물론 고개를 조금만 돌려도 그 소리가 확대되어 들린다. 반면 모자 밖에서 나는 소리는 마치 다른 세상에서 벌어지는 일처럼 희미하게 들려오기 마련이다.

길 건너 나란히 서 있는 나무 위에는 안개가 장막처럼 걸려 있었다. 머리 위 산꼭대기에도 안개가 자욱했다. 길 양옆에 나란히 자리한 주황색 지붕들은 구름 낀 하늘 아래 광택이라곤 찾아볼 수 없는 무딘 빛을 발산하고 있었다. 숲 위에 걸린 부어오른 듯한 하늘에서는 빗방울이 떨어지기 시작했고, 모자 위로 떨어지는 빗방울 소리에 우리의 귀는 더욱 예민하게 반응했다.

우리는 웅덩이를 만들기로 했다. 하지만 삽으로 퍼올린 모래는 계

속 옆으로 흘러내리기만 했다. 야콥센 씨의 가족이 차를 타고 언덕
길을 올라오고 있었다. 우리는 주저 없이 삽을 내던지고 그들의 집
을 향해 뛰기 시작했다. 야콥센 씨의 차와 우리는 그의 집 앞에 거의
동시에 도착했다. 푸르스름한 매연이 공기 중에 떠돌았다. 성냥개비
처럼 빼빼 마른 야콥센 씨가 담배 한 개비를 입에 물고 차에서 내렸
다. 그가 허리를 굽혀 의자 밑의 손잡이를 끌어올리고 의자를 앞으
로 밀었다. 그러자 뒷좌석에 앉아 있던 그의 두 아들, 게이르와 트론
이 차에서 내렸다. 조수석 문을 연 그의 아내는 얼굴이 창백한 빨간
머리 소녀, 벤케를 데리고 내렸다.

"안녕!"

"안녕."

우리는 게이르와 트론에게 인사를 건넸다.

"어디서 오는 길이야?"

"시내에 다녀왔어."

"안녕!"

그들의 아버지가 인사를 건넸다.

"안녕하세요!"

"너희들, 독일어로 칠백칠십칠이 뭔지 들어볼래?"

"네!"

"지벤훈데르트운트지벤집지히!"

그는 쉰 목소리로 말하고 나서 크게 웃었다.

"하하하!"

우리도 함께 따라 웃었다. 그의 웃음소리는 기침 소리로 변했다.

"이제 슬슬 들어가볼까…"

기침을 멈춘 그가 열쇠를 꽂고 차문을 잠갔다. 그는 쉴 새 없이 입

술과 한쪽 눈을 실룩거렸다.

"너희들은 어디 가는 길이니?"

트론이 물었다.

"그냥 이 근처에서 놀고 있었어."

"나도 끼워줘."

"응."

트론은 나와 동갑이었지만 몸집은 또래 아이들보다 훨씬 작았다. 두 눈은 구슬처럼 동그랗고 좀 작다 싶은 빨간 아랫입술은 도톰했으며, 인형 같은 얼굴 위에는 곱곱슬한 금발머리가 덮여 있었다.

그의 형은 그와 전혀 닮지 않았다. 가느다란 두 눈은 어딘지 모르게 교활한 빛을 띠고 있었고, 입가에는 자주 조롱하는 듯한 미소가 어려 있었다. 생기 없는 머리카락은 옅은 갈색이었고, 콧잔등에는 주근깨가 빈틈없을 정도로 많았다. 몸집은 트론과 마찬가지로 또래에 비해 작은 편이었다.

"비옷을 챙겨입는 게 좋겠구나."

그의 어머니가 말했다.

"얼른 비옷 입고 다시 나올게."

트론이 집 안으로 뛰어가며 말했다. 우리는 아무 말도 하지 않고 두 마리 펭귄처럼 두 팔을 축 늘어뜨린 채 그가 나오기만을 기다렸다.

어느새 비가 그쳤다. 정원에 듬성듬성 서 있는 높다란 소나무 꼭대기로 산들바람이 스쳤다. 땅에 떨어져 있던 누런 V자형 솔잎들은 갓길로 흘러내리는 빗물을 타고 여기저기 무리 지어 모여 있었다.

등 뒤의 하늘에는 구름 사이로 햇살이 세어나오기 시작했다. 시붕과 잔디와 나무들, 언덕과 비탈길이 햇살을 머금고 반짝였다. 우리가 '산'이라고 부르는 언덕 위에 무지개가 생겼다.

"저것 봐! 무지개야!"

내가 소리쳤다.

"우와!"

게이르가 감탄했다.

대문을 열고 나온 트론이 우리를 향해 뛰어왔다.

"산 위에 무지개가 생겼어!"

게이르가 소리쳤다.

"보물 찾으러 갈래?"

"그러자!"

트론이 맞장구쳤다.

우리는 달리기 시작했다. 켄트 아르네의 여동생 안네 레네가 칼센 씨의 잔디밭에 서서 우리를 눈으로 따랐다. 아직 어린 안네 레네는 혼자 집 밖으로 나가는 일이 없도록 긴 끈이 달린 가죽띠를 몸에 두르고 있었다. 그녀의 어머니가 타고 다니는 빨간 자동차는 집 앞 골목길에 주차되어 있었다. 담장에 달려 있는 전구에 불이 켜졌다. 힘차게 뛰어가던 트론이 구스타브센 씨 집 앞에서 속도를 늦췄다.

"레이프 토레도 데려가자."

"집에 없을 것 같은데."

내가 말했다.

"집에 있는지 물어보자."

트론의 말에 우리는 나란히 서 있는 대문 기둥 사이로 들어갔다. 아버지는 대문은 없고 대문 기둥만 서 있는 그 집의 입구를 볼 때마다 입을 삐죽거리며 비웃었다. 대문 기둥 위에는 허리를 굽힌 벌거벗은 남자의 조각상이 있었다. 조각상의 등에는 속이 텅 빈 금속 공이 있었고, 금속 공에는 화살처럼 생긴 막대기가 삐죽 솟아 있었다. 그것은 일종의 해시계였다. 아버지는 그 해시계를 보고도 조롱을 멈추지 않았다. 두 개나 되는 해시계를 도대체 어디다 쓰려는 걸까?

"레이프 토레!"

트론이 소리쳤다.

"얼른 나와 봐!"

그가 우리를 돌아보았다. 우리는 입을 모아 다시 소리쳤다.

"레이프 토레! 얼른 나와 봐!"

몇 초가 지났다. 부엌 창이 열리더니 레이프 토레의 어머니가 고개를 쑥 내밀었다.

"곧 나갈 거야. 지금 비옷을 챙겨입는 중이니까 다시 소리 지를 필요는 없어."

나는 무지개 끝으로 가면 틀림없이 보물을 찾을 수 있을 거라 믿었다. 다리 세 개가 달린 커다란 검은색 상자 속에 들어 있는 반짝이는 보물들. 금, 은, 다이아몬드, 루비, 사파이어. 무지개의 끝이 땅과 닿은 곳에는 분명히 보물 상자가 있을 것이다. 지난번에도 무지개 끝의 보물을 찾으러 가보았지만 그때는 실패로 끝났다. 이번에는 서둘러야 한다고 생각했다. 무지개는 금방 사라질 테니까.

대문 안쪽의 거뭇거뭇한 그림자가 마침내 문을 열고 나왔다. 레이프 토레였다. 그에게서 따스한 기운이 파도처럼 번져나왔다. 그의 집은 항상 무더울 정도로 따스했다. 나는 그 따스한 기운 속에 섞인 달짝지근하고 퀴퀴한 냄새를 맡을 수 있었다. 그의 집에서는 항상 그런 냄새가 났다. 우리 집을 제외한 동네의 모든 집에서 특유의 냄새를 맡을 수 있었다.

"뭘 하려고?"

그가 대문을 쾅 닫자 대문의 유리창이 심하게 흔들리며 달그락 소리를 냈다.

"산 위에 무지개가 떴어. 보물을 찾으러 가는 중이야."

트론이 말했다.

"그럼 얼른 가보자!"

레이프 토레가 달리기 시작했다. 우리는 그의 뒤를 따라 언덕의 내리막길과 산으로 향하는 오르막길을 달렸다.

우리 집 마당에는 어머니의 녹색 딱정벌레차와 아버지의 빨간 카데트가 나란히 세워져 있었다. 윙베 형의 자전거는 보이지 않았다. 오전에 집에서 나올 무렵, 어머니는 대청소를 하고 있었다. 나는 전기청소기 소리를 제일 싫어했다. 그 소리를 들으면 사방의 벽이 나를 조여오는 것 같았다. 어머니는 대청소할 때면 항상 창을 활짝 열기 때문에 찬 공기가 집 안으로 스며들었다. 마치 찬 공기에 전염되기라도 한 듯, 어머니는 허리를 굽히고 물통에 걸레를 짜거나 비질을 하거나 전기청소기를 돌리는 데 온정신을 집중했다. 토요일 오전에 대청소할 때면 나는 으슬으슬한 찬 공기에 자주 몸을 떨었다. 가끔은 침대에 누워 제일 좋아하는 만화책을 읽는 것이 힘들 정도로 추울 때도 있었다. 그럴 때면 나는 주섬주섬 옷을 껴입고 밖으로 나가 동네에 무슨 일이 벌어지는지 확인하곤 했다.

어머니와 아버지는 대청소를 함께했다. 당시 시대 상황으로 보면 흔히 있는 일은 아니었다. 내 친구들의 아버지는 대청소를 할 때 손 하나 까딱하지 않았다. 예외가 있다면 프레스트바크모 씨뿐이었다. 하지만 그가 청소하는 모습을 직접 본 적은 없다. 그래서 그가 정말 청소를 함께하는지 의구심이 들 때도 있었다.

그 주 토요일에는 아버지가 청소를 도와주지 않았다. 아버지는 서재에 앉아 담배를 피웠다. 학생들의 과제를 확인했을 수도 있고, 서류를 읽어보았을 수도 있고, 오랫동안 수집해온 우표첩을 살펴보거나 『팬텀』만화책을 읽었을지도 모른다. 그렇게 서재에서 시간을 보내던 아버지는 차를 타고 시내 수산시장에 가서 게를 사왔다.

우리 집 앞, 비맥스 슈퍼마켓으로 향하는 길이 시작되는 지점에 물이 차올랐다. 숲 언저리에서 흘러들어온 물 때문에 맨홀이 잠길 정도였다. 레이프 토레의 형 롤프는 그것을 수리해야 하는 건 아버지의 책임이라고 말했다. '책임.' 그것은 롤프가 평소 자주 쓰는 말이 아니었기에, 난 롤프가 그의 부모님에게서 엿들은 말을 그대로 따라 하는 것이라 짐작했다.

아버지는 섬의 모든 일을 관장하는 지역단체의 고문이었다. 그 때문에 레이프 토레의 아버지 구스타브센 씨가 그런 말을 했을 것이다. 아버지가 해야 하는 일은 지역단체의 문제점을 보고해서 누군가가 수리할 수 있도록 관장하는 것이었다. 오르막길을 걷고 있을 때나는 작고 가녀린 나무 사이로 넘쳐흐르는 물을 보았다. 콸콸 솟아오르는 물 위로 하얀 휴지 조각들이 드문드문 떠 있는 것을 본 나는기회를 봐서 아버지에게 말해야겠다고 마음먹었다. 월요일 지역단체 회의에 참석하면 꼭 이 일을 보고하라고 말이다.

그런데 생각지도 않게 바로 그곳에서 아버지를 보았다. 모자가 없는 푸른 비옷과 파란 청바지를 입고 마당으로 나온 아버지는 무릎까지 올라오는 긴 녹색 장화를 신고 집 건물 모퉁이를 돌고 있던 중이었다. 한 손에 든 사다리 때문에 상체를 뒤틀고 있던 아버지는 곧 잔디 위에 사다리를 내려놓고 사다리의 윗부분을 지붕에 걸쳐놓았다.

나는 아이들을 따라잡기 위해 얼른 몸을 돌렸다.

"아직 무지개가 걸려 있어!"

내가 소리쳤다.

"응, 우리도 봤어!"

레이프 토레가 대답했다.

오솔길이 시작되는 지점에서 아이들과 합류한 나는, 나무 사이를 걷고 있던 트론의 노란색 비옷 뒤에 바짝 따라붙었다. 우거진 길을 헤치기 위해 누군가가 나뭇가지를 들어올리기만 하면 몰덴 씨가 사는 갈색 집 담벼락 옆으로 물방울이 후두둑 떨어졌다. 몰덴 씨에게는 우리 또래의 아이는 없고, 커다란 안경을 낀 장발의 중학생만 있었다. 갈색 스웨터에 나팔바지를 자주 입고 다니던 그 중학생의 이름은 알 수 없어서 우리는 그를 그냥 몰덴이라고 불렀다.

산으로 올라가는 가장 빠른 지름길은 몰덴 씨의 정원을 가로지르는 길이었다. 우리는 누런 잔디로 뒤덮인 가파르고 미끌미끌한 오르막길을 천천히 걸었다. 나는 가끔씩 작은 나뭇가지를 잡고 거기에 몸을 의지해 발걸음을 옮겼다. 산꼭대기에 거의 다다랐을 무렵, 빽빽한 나뭇가지를 헤치며 더 나아가기는 어렵겠다는 생각이 스쳤다. 적어도 그처럼 땅이 젖어 있을 때는 말이다. 다행히도 우리는 여기저기 흩어져 있는 크고 작은 돌멩이 사이에 발을 고정시키고 꼭대기까지 어렵지 않게 올라갈 수 있었다.

"그런데 무지개는 어디로 사라졌을까?"

가장 먼저 꼭대기에 이른 트론이 소리쳤다.

"저기 있잖아!"

게이르가 조금 떨어진 곳의 평지를 가리키면서 말했다.

"이럴 수가!"

레이프 토레가 말을 이었다.

"무지개는 저 밑에 있어, 저길 봐!"

모두 고개를 돌려 아래쪽을 내려다보았다. 무지개는 저 멀리 아래쪽 숲 위에 걸려 있었다. 한쪽 끝은 베크 씨 지붕 위에 걸려 있었고, 다른 한쪽은 시냇가 잔디밭 위에 멈추어 있었다.

"저 밑으로 내려가볼까?"

트론이 말했다.

"하지만 보물은 아직 여기 있을지도 모르잖아."

레이프 토레가 말을 이었다.

"여기서 먼저 찾아보는 게 좋을 것 같아."

한마디 덧붙이자면 당시 우리는 남쪽 지방 사투리로 대화를 나누었다.

"아냐, 여긴 없어."

내가 반박했다.

"무지개가 없는데 어떻게 보물을 찾을 수 있겠니."

"그새 누가 와서 보물을 옮겨갔을 리도 없잖아? 난 여기부터 먼저 찾아보는 게 좋다고 생각해."

레이프 토레가 말했다.

"소용없을걸."

내가 말을 이었다.

"너, 바보 아냐? 무지개 밑의 보물은 사람들이 가져오는 게 아니야. 보물은 무지개와 함께 생겨났다 사라지는 거야!"

"진짜 바보는 너야."

레이프 토레가 말을 이었다.

"보물이 저절로 사라질 리는 없어!"

"아냐, 정말 그렇다니까!"

"아니야!"

“아니라니까!”

나는 화를 내며 말을 이었다.

“그럼 네가 한번 찾아봐. 정말 보물을 찾을 수 있는지 한번 보자.”

“나도 보고 싶어.”

트론이 말했다.

“나도!”

게이르가 맞장구쳤다.

“난, 싫어!”

내가 소리쳤다.

아이들은 몸을 돌려 양옆을 두리번거리면서 걷기 시작했다. 나도 그들의 뒤를 따르고 싶었지만 내뱉은 말이 있었기에 그럴 수는 없었다. 나는 주변 경관을 환히 볼 수 있는 널찍한 공터를 향해 그들과 반대 방향으로 걷기 시작했다. 그곳에서는 높이 솟아오른 나무 사이로 아래쪽 다리를 볼 수 있었고, 배들이 오가는 바다도 볼 수 있었다. 맞은편에 있는 거대한 흰색 가스탱크들도 볼 수 있었다. 예르스타홀멘은 물론 새로 생긴 길과 나직한 콘크리트 다리, 안쪽에 자리한 우베실렌과 주택단지도 볼 수 있었다. 나뭇가지 사이로 보이는 붉은색과 주황색 지붕들, 찻길과 우리 집 정원, 구스타브센 씨의 정원. 그 외에는 나무에 가려 잘 보이지 않았다.

우리 동네 위의 하늘은 어느새 파란색으로 변해 있었다. 시내 쪽을 덮고 있는 구름은 하얀색이었고, 우베실렌 뒤쪽을 덮고 있는 묵직한 구름은 우중충한 회색이었다.

아래쪽에 아버지가 보였다. 지붕에 걸친 사다리 위에 서 있는 아버지는 개미만큼이나 작았다.

아버지는 여기 있는 나를 볼 수 있을까?

바람 한 줄기가 스쳤다.

나는 등을 돌려 아이들을 찾았다. 노란색 점 두 개와 연두색 점 하나가 나무 사이에서 왔다 갔다 했다. 산꼭대기의 평지는 저 멀리 보이는 하늘과 마찬가지로 짙은 회색빛을 띠고 있었고, 바윗돌 사이에는 색 바랜 풀이 솟아나 있었다. 두툼한 나뭇가지에서 뻗어나온 가느다란 나뭇가지에는 바늘처럼 뾰족하고 조그마한 또 다른 나뭇가지들이 달려 있었다. 그것을 보고 있으니 왠지 이상한 기분이 들었다.

저 멀리 보이는 숲에는 들어가 본 적이 없었다. 그 방향으로 내가 가보았던 가장 먼 곳은 숲이 시작되는 입구에서 30미터 정도 더 안쪽으로 들어가야 하는 곳, 땅 위에 뿌리를 드러낸 거대한 나무 한 그루가 서 있는 곳이 전부였다. 그곳에서 가파른 언덕 아래를 내려다보면 무성한 히스 덤불과 양옆에 자리한 소나무들 그리고 조금 더 아래쪽에 커다란 벽처럼 빽빽하게 줄지어 서 있는 전나무밖에 보이지 않는다.

언젠가 게이르는 그곳에서 여우를 보았다고 말했다. 나는 그의 말을 믿지 않았지만, 그토록 두려워했던 여우에 관한 이야기였기에 그것이 진실이든 거짓이든 괜한 객기를 부리고 싶지 않았다. 우리는 도시락과 과일주스를 넣은 병을 들고 위쪽으로 올라갔다. 그곳에서는 우리에게 익숙한 세상을 훤히 내려다볼 수 있었다.

"여기 있어!"

레이프 토레가 소리쳤다.

"이럴 수가! 보물이 여기 있단 말이야!"

"이럴 수가!"

게이르가 뒤이어 소리쳤다.

"너희들, 나를 속일 생각하지 마!"

나는 아이들을 향해 소리를 질렀다.

"오!"

레이프 토레가 말을 이었다.

"이제 우리는 백만장자가 될 수 있어!"

"세상에!"

트론도 지지 않고 소리쳤다.

갑자기 조용해졌다.

정말 아이들이 보물을 찾았을까?

아니, 그들은 나를 속이려고 장난치는 게 틀림없었다.

하지만 무지개의 끝은 분명히 바로 그곳에 닿아 있지 않았던가.

만약 레이프 토레의 말이 사실이라면 어떻게 할까. 정말 보물이 담긴 상자가 무지개와 함께 사라지지 않고 그곳에 남아 있다면.

나는 방울열매 덤불 뒤에 서 있는 그들을 더 잘 보기 위해 몇 발짝 앞으로 몸을 내밀었다.

"여길 좀 봐!"

레이프 토레가 소리쳤다.

나는 나무둥치와 덤불 사이를 뛰다시피 하며 그들에게 다가갔다.

아이들이 일제히 나를 바라보았다.

"속았지? 하하하! 속아 넘어갔어!"

"다 알고 있었어."

나는 아무렇지 않게 말을 이었다.

"너희들을 데리러 왔을 뿐이야. 서두르지 않으면 저쪽에 있던 무지개도 곧 사라져버릴 거라고!"

"흥! 우리한테 속았지? 인정해!"

47

"게이르, 얼른 가서 보물 상자가 있는지 확인해보자."

게이르는 레이프 토레와 트론을 번갈아 쳐다보았다. 그다지 마음이 내키지 않는 모양이었다. 하지만 그는 나와 단짝이어서 결국 내 말대로 움직였다. 트론과 레이프 토레도 마지못한 표정으로 뒤를 따랐다.

"오줌 마려워."

레이프 토레가 말했다.

"누가 더 멀리 오줌 누는지 내기할래? 여기 산기슭에서 저 아래로 오줌을 누면 굉장히 멀리 나갈 거야."

저 밑에서 아버지가 보고 있을지도 모르는데 여기서 오줌을 누라고?

레이프 토레는 덧입은 비옷 바지를 이미 벗고 바지 지퍼를 만지작거리고 있었다. 게이르와 트론은 그의 양옆에 서서 엉덩이를 실룩거리며 비옷 바지를 벗는 중이었다.

"난 싫어. 방금 오줌을 눴거든."

"거짓말하지 마!"

게이르는 양손으로 고추를 잡은 채 고개를 뒤로 돌리면서 말을 이었다.

"하루 종일 같이 있었지만 난 네가 오줌 누는 건 못 봤어."

"너희들이 보물을 찾고 있을 때 저기서 혼자 눴어."

다음 순간, 아이들의 미적지근한 오줌에서 연기가 모락모락 피어올랐다. 나는 누가 이겼는지 보기 위해 앞으로 쑥 나가보았다. 놀랍게도 승자는 트론이었다.

"롤프는 고추를 뒤집어 깠단 말이야."

레이프 토레가 바지 지퍼를 올리면서 말을 이었다.

"그러면 오줌이 훨씬 멀리 나가거든."

"무지개가 사라졌어."

오줌을 다 눈 게이르가 고추를 잡고 흔들면서 말했다.

모두들 아래쪽을 내려다보았다.

"이젠 뭘 하지?"

트론이 물었다.

"나도 몰라."

레이프 토레가 대답했다.

"우리, 보트 창고에 가볼래?"

내가 제안했다.

"거기서 뭘 하게?"

레이프 토레가 물었다.

"지붕 위에 올라가면 재밌을 거야."

"그러자!"

레이프 토레가 신나게 말했다.

우리는 비탈길을 내려가 빽빽한 전나무 숲을 가로질렀다. 5분 후, 우리는 시냇가 자갈길에 이르렀다. 시냇물 건너편은 잔디로 무성했다. 우리는 겨울이 되면 그곳에서 스키를 탔고, 여름이나 가을에는 지금처럼 멀뚱멀뚱 서서 뭘 하고 놀지 고민하곤 했다.

진흙이 깔린 시냇물 바닥은 너무 얕아서 헤엄치기 힘들었다. 시냇가에 있는 작은 선창은 낡아서 쓰러질 것 같았고, 맞은편에 있는 작은 돌섬은 갈매기 똥으로 뒤덮여 있었다. 우리가 시냇물 주변을 어슬렁거릴 때는 그날처럼 딱히 할 일이 없을 때가 대부분이었다.

근처 비탈진 길과 숲 사이에 자리한 낡은 흰색 집에는 백발이 성성한 老부인이 살고 있었다. 우리는 그녀에 대해 아는 것이 하나도 없었다. 이름이 뭔지도 몰랐고, 그곳에서 무엇을 하며 사는지도 몰랐다. 가끔 우리는 두 손을 창에 대고 얼굴을 유리에 바짝 붙인 채 노부인의 집 안을 들여다보기도 했다. 특별한 이유가 있어서도 아니고, 호기심을 충족시키기 위해서도 아니었다. 그저 할 일이 없었기 때문이었다.

우리는 낡은 가구들이 있는 거실과 낡은 물건이 가득한 부엌을 들여다보며 시간을 보냈다. 집 옆에는 비좁은 자갈길을 사이에 두고 다 쓰러져가는 빨간 헛간이 하나 있었다. 숲에서 흘러내려오는 물은 아래쪽에 모여 강을 이루었다. 강가에는 페인트칠도 하지 않고 두꺼운 골판지로 지붕을 대신한 보트 창고가 있었고, 주변에는 양치류 식물들과 가느다란 줄기에 엄청나게 큰 잎을 달고 있는 이름 모를 활엽수들로 무성했다. 마치 헤엄치듯 두 손으로 커다란 잎을 헤치며 앞으로 나아가면 그토록 푸르고 무성했던 강변은 벌거벗은 듯 텅 빈 공간으로 변해버렸다. 이름 모를 풀에게 속아 넘어간 것만 같았다. 커다란 잎을 헤치면 눈앞에 보이는 것은 흙뿐이었다. 물가에는 흙인지 진흙인지 모를 것들이 마치 녹슨 쇳조각처럼 불그스름한 빛을 띠고 우리를 맞이했다. 가끔 그곳에서 비닐봉지 조각이나 말똥 등 생각지도 못했던 것들을 발견하기도 했다. 하지만 그날처럼 엄청난 양의 빗물이 흘러내려와 작은 삼각지 근처에서 거품을 내며 모여 있다가 다시 강으로 흘러들어가는 날이면 강가에서 찾을 수 있는 것은 아무것도 없었다.

낡은 보트 창고는 빛바랜 회색을 띠고 있었고, 벌어진 나무 판자 사이로는 주먹을 넣을 수 있을 정도의 틈이 있었다. 덕분에 우리는 안에 들어가지 않고도 창고가 어떻게 생겼는지 살펴볼 수 있었다. 우리는 벌어진 판자 틈새로 잠시 안을 들여다본 후, 올라가보기로 한 지붕 위로 관심을 돌렸다. 목적을 달성하기 위해서는 무언가 딛고 올라갈 것이 필요했다. 주변을 둘러보았지만 받침대로 사용할 만한 것은 아무것도 없었다. 우리는 노부인의 헛간으로 발걸음을 옮기면서 좌우를 둘러보았다. 우선 마당 안쪽에 차가 있는지부터 살펴보았다. 가끔은 거기에 노부인의 아들로 보이는 남자의 차가 주차되어 있을 때도 있었다. 그는 우리가 그곳에서부터 썰매를 타고 내리막길로 내려가려 하면 단번에 우리를 쫓아냈다. 물론 그의 어머니가 그곳에서 썰매 탈 일은 없을 것이다. 우리는 그가 있는지 살펴보았다.

차는 보이지 않았다.

담벼락에는 하얀 플라스틱 통 몇 개가 세워져 있었다. 나는 외할아버지 댁에서 본 적이 있기 때문에 그것이 무엇인지 금방 알 수 있었다. 그것은 개미산이었다. 그 옆에는 녹슨 배럴과 자물쇠가 떨어져나간 낡은 문짝 하나가 널브러져 있었다.

별안간 눈에 띄는 것이 있었다. 목재 화물 운반대!

우리는 그것을 들어올려보았다. 땅에 뿌리를 내린 듯 꼼짝도 하지 않았다. 낑낑거리며 겨우 들어올렸더니 작은 거미를 닮은 이름 모를 벌레들이 우수수 떨어져내렸다. 우리는 힘을 합쳐 목재 화물 운반대를 보트 창고까지 옮겨온 후 벽에 비스듬히 세워두었다. 우리 중에 가장 용감한 레이프 토레가 먼저 그것을 밟고 지붕 위로 올라가보기로 했다. 그는 화물 운반대 위에 서서 한쪽 팔꿈치를 지붕 위에 올렸다. 다른 손으로는 지붕 끝을 꼭 잡고 다리 한쪽을 힘차게 허공으로 차올렸다. 차올린 다리가 지붕에 닿는가 싶더니 몸의 무게가 다리에 실리는 바람에 그만 손을 놓쳐버리고 말았다. 순간, 그는 빈 자루처럼 힘없이 떨어져버렸다. 그는 비스듬히 세워둔 화물 운반대에 옆구리를 부딪친 후 땅으로 미끄러졌다

"아얏! 에잇, 씨팔! 오!오!오!"

그는 천천히 몸을 일으켰다. 손을 살펴보고선 엉덩이를 쓱쓱 문질렀다.

"아파죽겠어! 이번엔 너희들 중에 누가 한번 올라가봐!"

그가 나를 바라보며 말했다.

"난 팔 힘이 세지 않아서…"

나는 얼버무렸다.

"내가 해볼게."

게이르가 나섰다.

레이프 토레가 용감하다면, 게이르는 앞뒤를 가리지 않을 정도로 무모했다. 그렇다고 해서 시도 때도 없이 야생마처럼 날뛴다는 말은 아니다. 그는 원하는 것을 얻어 만족할 때면 하루 종일 방 안에 가만히 앉아 그림을 그리거나 방귀를 뀌면서 시간을 보낼 수 있는 아이였다. 하지만 누군가 그를 옆에서 부추기면 앞뒤 생각 없이 달려들 때가 많았다. 따지고 보면 귀가 얇아서 그렇다고 할 수 있다.

어느 해 여름, 우리는 그의 아버지의 도움을 받아 함께 장난감 자동차를 만들었다. 나는 완성된 차 안에 가만히 앉아 있었고 그는 차를 밀며 동네 한 바퀴를 돌았다. 그렇게 하면 힘이 세진다고 했더니, 그는 두말없이 나를 태우고 차를 밀었다. 귀가 얇을 뿐 아니라 멍청하다고 해야 할까. 옆에서 잘 부추기기만 하면 무엇이든 할 아이였다.

게이르는 레이프 토레와는 다른 방법으로 지붕 오르기를 시도했다. 그는 화물 운반대 위에 서서 삐죽 나온 지붕 가장자리를 양손으로 움켜쥔 후, 두 다리로 벽을 타고 오르기 시작했나. 하지만 가냘픈 손가락에 온몸의 무게가 실리니 그도 오래 견디지 못했다. 바보 같은 짓이었다. 성공한다 해도 지붕 처마 아래 수평으로 매달려 있을 수밖에 없었을 테니 말이다. 아니나 다를까, 손을 놓친 그는 화물 운반대에 엉덩방아를 찧고 바닥에 뒤통수를 부딪쳤다.

작은 신음소리가 새어나왔다. 그가 몸을 일으켰을 때, 나는 그가 바닥에 머리를 세게 부딪쳤다는 것을 알 수 있었다. 그는 끙끙 앓으면서 몇 발짝 절뚝절뚝 걸었다. 끙! 그는 다시 지붕에 올랐다. 이번에는 레이프 토레와 같은 방법으로 시도했다. 한쪽 다리를 지붕 위에 걸치는 순간, 그의 몸은 마치 전기에 감전된 듯 움찔했고 눈 깜짝할 사이에 지붕 위에 무릎을 대고 올라가 우리를 내려다보고 있었다.

"식은 죽 먹기야!"

그가 의기양양하게 소리쳤다.

"너희들도 해봐! 내가 위에서 끌어올려 줄게!"

"네가 우리를 끌어올려 준다고? 어림없는 소리! 넌 그 정도로 힘이 세지 않아!"

트론이 비아냥거렸다.

"적어도 시도는 해볼 수 있잖아."

게이르가 말했다.

"이제 내려와."

레이프 토레가 말을 이었다.

"곧 집에 가야 할 시간이야."

"나도 마찬가지야."

내가 맞장구쳤다.

그런데도 게이르는 실망한 기색을 보이지 않았다. 기분이 나쁜 것 같지도 않았다.

"여기서 뛰어내려 볼게."

"너무 높지 않니?"

레이프 토레가 말했다.

"아냐, 이까짓 높이야 뭐. 조금만 집중하면 돼."

게이르는 지붕 위에 웅크리고 앉아 심호흡을 하며 땅을 쏘아보았다. 마치 물속에서 집중하는 사람 같았다. 갑자기 그의 몸에 감돌던 긴장감이 사라졌다. 생각을 고쳐먹었기 때문일까. 잠시 후, 그는 다시 마음을 다잡았는지 굳은 표정으로 뛰어내렸다. 땅에서 몇 바퀴 데굴데굴 구른 후 용수철처럼 톡 튀어오른 그는 아무렇지도 않다는 것을 보여주기 위해 허벅지에 묻은 흙을 툭툭 털어내고 허리를 쭉 폈다.

만약 내가 지붕 위에 올라갔다가 저렇게 뛰어내렸다면 너무나 만족스러워 속으로 쾌재를 불렀을 것이다. 물론 레이프 토레도 포기하진 않았을 것이다. 만에 하나 실패했다면 체면을 구기지 않기 위해 밤을 새워서라도 성공할 때까지 시도해보았을 것이 틀림없다. 하지만 게이르는 달랐다. 그는 갑자기 생각지도 못했던 일을 거뜬히 해 낼 때가 있다. 쌓인 눈 더미 위에서 뛰어내려 5미터 앞에 착지했던 적도 있다. 물론 뒷일은 전혀 생각지 않았다. 무슨 일을 하든 그는 자기 방식대로 행동하는 것이었다. 그게 바로 게이르였다.

우리는 더 왈가왈부하지 않고 오르막길을 걷기 시작했다. 물이 넘쳐흘러 길이 망가진 곳도 있었고, 전에 보지 못했던 새로운 도랑이 생겨난 곳도 있었다. 우리는 물이 특히 더 많이 고여 있는 곳에 멈춰서서 발뒤꿈치로 땅을 꾹 눌러보았다. 젖은 자갈돌이 장화 위로 톡톡 튀어오를 때의 기분은 그 무엇보다 좋았다. 시린 손을 꽉 움켜쥐자 눌린 곳이 하얗게 변했다. 하지만 한쪽 엄지손가락에 난 사마귀 세 개, 다른 엄지손가락에 난 사마귀 두 개, 집게손가락에 난 사마귀

한 개, 손등에 난 사마귀 세 개의 색깔은 언제나 그랬듯 연분홍빛을 유지하고 있었다. 사마귀 표면에 붙어 있는 점 같은 각질도 마찬가지였다.

우리는 방향을 바꾸어 돌담이 끝나고 숲이 시작되는 길로 접어들었다. 전나무로 벽을 이룬 곳의 뒤편에는 10여 미터 높이의 가파른 내리막길이 나 있었고, 그 길은 해안선까지 이어져 있었다. 나는 이곳에 오거나 이곳과 비슷한 풍경을 볼 때면 뭍의 자연이 바닷속의 자연과 비슷하다는 생각에 가슴이 설렜다. 푸른 평지는 잔잔한 바닷물에 비교할 수 있으며, 뭍에 솟아오른 산은 수면 위에 솟아오른 바위섬과 비슷하지 않은가.

아, 보트를 타고 숲을 항해할 수 있다면! 나무 사이로 헤엄칠 수 있다면! 그럴 수만 있다면!

우리는 가끔 날씨 좋은 날이면 바다가 코앞에 보이는 곳까지 차를 타고 가기도 했다. 예전에 사격장으로 사용되던 공터에 차를 세우고 커다란 바위 위에 자리 잡고 앉으면 스포르네스 해변이 눈앞에 보였다. 나는 외진 바위 위에 앉아 있기보다 차라리 스포르네스 해변으로 가고 싶었다. 그곳에는 하얀 모래사장이 있고 바닷물은 내가 물장구치고 놀기에 딱 알맞은 깊이였기 때문이다.

우리가 자주 가던 바위 부근의 해수면은 너무 깊었다. 바위 근처에도 우묵한 곳이 있긴 있었다. 물로 가득 채워진 작은 도랑 같은 그곳에서 헤엄칠 수는 있었지만 매우 좁고 바닥도 평평하지 않았으며 표면은 미역과 조개 등으로 뒤덮여 있었다. 파도가 몰아치면 물이 목까지 올라왔고, 구명조끼는 귀까지 붕 떠올랐다. 가파른 절벽에 부딪힌 바닷물은 거품 이는 소리를 만들어냈고 오랜 시간을 거치며 절벽에 구멍을 만들기도 했다.

밀려들어오는 파도를 보면 갑자기 두려워졌다. 숨이 막힐 것 같았다. 내 입에서는 떨리는 듯한 깊은 신음이 흘러나왔다. 파도가 밀려나갈 때 만들어내는 거품 소리도 무섭긴 매한가지였다. 바다가 잔잔할 때면 아버지는 노란색과 녹색 고무 매트리스에 바람을 넣어주었고, 나는 벌거벗은 채 젖은 매트리스 위에 엎드려 바다 위에 떠 있을 수 있었다. 등을 태우는 따가운 햇살 아래, 양팔로 소금기 가득한 바닷물을 상쾌하게 저으며 파도에 흔들리는 바위 근처의 해초를 보았다. 수면 아래의 물고기나 게, 저 멀리 떠 있는 페리를 바라보기도 했다.

오후에는 수평선에 모습을 드러낸 덴마크행 크루즈 선박을 볼 수 있었다. 페리의 하얗고 거대한 몸체는 우리가 집으로 돌아갈 때까지도 저 멀리 나직한 바위섬 사이에서 천천히 흔들리기만 할 뿐 움직이는 것 같지 않았다. 비너스호였던가? 아니, 크리스티안 쿠아르트호였을지도 모른다. 거대한 페리가 들어오면 남서쪽 지방의 섬에 사는 아이들은 물론 반대편의 갈테순데에 사는 아이들과 우리에겐 낯설게만 여겨졌던 히스외이아에 사는 아이들까지도 페리가 만들어내는 집채만 한 파도 속에서 헤엄치기 위해 바닷가로 몰려나왔다.

그날 오후에도 나는 매트리스 위에 누워 양손을 노 삼아 바닷물위에서 한적한 시간을 보내고 있었다. 그때 갑자기 집채만 한 파도가 몰려왔다. 나는 급히 몸을 일으켰지만 중심을 잡지 못해 물에 빠지고 말았다. 내 몸은 무거운 돌멩이처럼 하염없이 밑으로 내려갔다. 그곳의 수심은 3미터 정도였다. 겁에 질린 나는 두 팔과 두 다리를 정신없이 움직였고, 비명을 지르다가 소금물을 왕창 삼켜버렸다. 두려움은 더욱 커졌지만 약 20초 정도로 오래가진 않았다. 아버지가 뭍에서 나를 지켜보고 있었기 때문이다. 아버지는 바닷물 속으로 뛰어들어 나를 뭍으로 끌어올렸고, 나는 바닷물을 토해낸 후 몸을 달달 떨면서 집으로 갔다.

집으로 돌아온 후 나는 게이르와 함께 언덕 위에 올라갔다. 바닷가에서 있었던 일을 그에게 이야기하는 순간, 그간 내가 알고 있던 견고한 세상은 오직 표면에 불과하다는 생각이 들었다. 가파른 산인 줄 알았던 것이 사실은 깊은 바닷속에서 불쑥 솟아오른 섬일 수도 있다는 생각. 물론 전에도 알고 있던 사실이었다. 하지만 우리가 발을 디디고 사는 이 세상이 오직 표면에 불과할 뿐이라는 생각을 그토록 직접적이고 강렬하게 느꼈던 것은 그날이 처음이었다.

그날 경험했던 일 때문에 바위섬 사이의 비좁은 웅덩이 속에서 물장구칠 때 가끔 두려움을 느꼈지만 나는 바닷가에서 시간을 보내는 것을 좋아했다. 윙베 형 옆에 커다란 수건을 깔고 앉아 거울처럼 반짝이는 연푸른색 바다가 수평선으로 사라지는 것을 함께 보거나, 거대한 배들이 물 위에서 느릿느릿 움직이는 것을 보거나, 파란 하늘을 향해 나란히 서 있는 토룽겐의 하얀 등대 두 개를 바라보고 있을 때면 그 어느 때보다 행복했다. 빨간색 체크 무늬 아이스박스 속에서 콜라를 꺼내마시고, 비스킷을 먹으며, 햇살에 그을린 건장한 아버지가 절벽 위에 서 있다가 2초 후에 2미터 아래 바닷속으로 뛰어드는 모습을 볼 때도 마찬가지였다. 수면으로 쑥 올라와 머리를 흔들어 물기를 털어내고 이마에 흘러내린 머리를 뒤로 쓱 넘긴 후, 파도 사이에서 팔을 묵직하고 느릿느릿하게 움직이며 뭍을 향해 헤엄쳐오는 아버지의 눈은 행복과 기쁨으로 반짝였다.

산속에 있는 돌개구멍에서 놀 때도 마찬가지였다. 두 개 중 하나는 어른 키만큼이나 깊었고 선명한 나선형으로 산 아래쪽까지 뻗어 있었으며, 짜디짠 바닷물로 가득 찬 표면에는 푸른 해초들이 즐비했고 바닥 역시 미역이나 파래 등으로 가득했다. 다른 하나는 비교적 얕은 구멍이었지만 아름답기는 매한가지였다. 짜고 미적지근한 물로 채워진 산속의 얕은 웅덩이는 가끔 큰 비가 올 때만 신선한 물로 다시 채워졌다. 그 표면에는 이름 모를 조그마한 날벌레들이 날아다녔고, 바닥에는 누런 해초들로 가득했다.

어느 날 아버지는 내게 헤엄치는 법을 가르쳐야겠다고 마음먹은 것 같았다. 아버지는 내게 바닷가로 따라 나오라고 했다. 작고 미끈 미끈한 해초들이 수면 위로 고개를 내밀고 있었다. 내가 서 있던 곳은 수심이 50센티미터밖에 되지 않았다. 바위섬 사이로 헤엄치던 아버지는 어느새 뭍에서 4, 5미터쯤 떨어진 곳으로 가서 나를 향해 몸을 돌렸다.

"헤엄쳐서 와봐!"

"물이 너무 깊어요!"

거짓말이 아니었다. 물은 꽤 깊었다. 커다란 두 암초 사이의 수심은 얼핏 보아도 3미터는 되는 것 같았다.

"칼 오베, 내가 여기 서 있을 테니 걱정 마. 만약에라도 네가 물에 빠지면 내가 그냥 보고만 있을 것 같니? 얼른 헤엄쳐 봐. 전혀 위험하지 않아! 넌 할 수 있어. 몸을 던지고 팔을 쭉 뻗어봐. 그렇게만 하면 헤엄칠 수 있단 말이야. 넌 할 수 있어!"

나는 물속으로 몸을 굽혀보았다.

저 깊은 곳에 녹색 바닥이 보였다. 정말 내가 저 위를 헤엄쳐갈 수 있을까?

겁에 질릴 때면 언제나 그렇듯 심장이 쿵쿵 뛰기 시작했다.

"못 하겠어요!"

나는 아버지를 향해 소리쳤다.

"할 수 있다니까!"

아버지가 내게 소리 질렀다.

"아주 쉬워! 그냥 물에 몸을 맡기고 팔을 움직여 봐. 그러면 눈 깜짝할 새에 여기까지 와 있을 테니까."

"할 수 없다니까요!"

아버지가 한숨을 푹 내쉬더니 나를 향해 헤엄쳐왔다.

"알았어. 그러면 내가 네 옆에서 함께 헤엄칠게. 한 손으로 네 배를 받쳐주면 가라앉는 일은 없을 거야. 그렇지?"

하지만 나는 헤엄칠 수 없었다. 왜 아버지는 이해를 못 하는 걸까? 나는 울기 시작했다.

"못 하겠어요."

물은 가슴과 머리까지 차오를 정도로 깊었다. 저 물에 두 팔과 두 다리와 손가락과 발가락을 담가야 한다. 온몸을 감싸오는 깊은 물. 이 두려움을 없애버리는 게 과연 가능한 일일까.

아버지의 얼굴에서 미소가 사라졌다. 찌푸린 얼굴로 뭍에 올라온 아버지는 소지품을 놓아둔 곳에 가서 구명조끼를 가져왔다.

"이걸 입어."

아버지는 구명조끼를 내게 던졌다.

"이걸 입으면 물에 가라앉지 않을 거야. 굳이 가라앉으려고 마음먹는다면 또 모르겠지만."

나는 구명조끼를 입어도 소용없다는 것을 잘 알고 있었지만, 말없이 아버지가 시키는 대로 했다.

다시 물속에 뛰어든 아버지가 나를 향해 몸을 돌렸다.

"자, 이제 헤엄쳐 봐. 이쪽으로 오는 거야."

나는 몸을 굽혔다. 바닷물이 수영복 바지를 적셨다. 나는 물속에서 두 팔을 쭉 뻗어보았다.

"그렇게 하면 돼!"

물에 몸을 맡기고 팔을 움직이기만 하면 끝나는 일이 아니었던가.

하지만 나는 그렇게 할 수 없었다. 저 깊은 물속을 헤엄쳐간다는 건 생각조차 할 수 없는 일이었다.

눈물이 흘러내렸다.

"자, 힘을 내! 어서 헤엄쳐 봐!"

아버지가 소리쳤다.

"시간이 없어. 하루 종일 여기서 이러고 있을 수는 없잖아!"

"저는 못 하겠어요! 제 말이 안 들리세요?"

굳은 표정의 아버지가 화난 눈빛으로 나를 쏘아보았다.

"자꾸 고집 피울래?"

"아니에요…"

눈물과 함께 딸꾹질이 났다. 두 팔이 마구 떨리기 시작했다.

"자, 이리로 와봐."

아버지는 나를 물속으로 끌어당겼지만, 나는 몸을 비틀어 뭍으로 도망가버렸다.

"싫어요!"

아버지는 한숨을 폭 내쉬었다.

뭍으로 올라온 아버지는 양손에 수건을 들고 얼굴을 문질렀다. 나는 구명조끼를 벗고 아버지를 뒤따라가다가 몇 미터 뒤에서 걸음을 멈췄다. 아버지는 팔을 들어 양쪽 겨드랑이를 번갈아 닦은 후, 몸을 굽혀 허벅지의 물기를 닦아내고는 수건을 옆으로 휙 던졌다. 셔츠를 입고 수평선을 지그시 바라보며 단추를 채운 후 양말을 신고 갈색 가죽신을 신었다. 끈이 없는 가죽신은 수영복은커녕 양말과도 어울리지 않았다.

"뭘 기다리고 있어?"

나는 할아버지와 할머니가 사준 하늘색 라스 팔마스 티셔츠를 입고, 파란색 운동화를 신은 후 끈을 동여맸다. 아버지는 꺼내놓았던 빈 콜라병 두 개와 오렌지 껍질을 아이스박스에 다시 담아 어깨에 둘러맨 후, 젖은 수건을 뭉쳐 손에 들고 걷기 시작했다. 차에 도착할 때까지 아무 말도 하지 않았던 아버지는 트렁크를 열고 아이스박스를 넣은 후, 내 손에서 구명조끼를 빼앗아 아버지의 수건 옆에 나란히 놓았다. 나도 젖은 수건을 들고 있었는데, 못 본 것 같았다. 하지만 난 그런 걸로 아버지를 번거롭게 하고 싶지 않았다.

그곳에 도착했을 때 그늘에 세워둔 차는 어느새 따가운 햇살 아래 자리 잡고 있었다. 검은색 시트에 허벅지가 닿으니 불에 타는 듯 화끈거렸다. 순간 나는 젖은 수건을 깔고 앉아볼까 생각했다. 하지만 아버지에게 들킬 것이 뻔했다. 하는 수 없이 두 손을 허벅지 밑에 넣고 시트 가장자리에 살짝 걸터앉았다.

아버지는 시동을 걸고 걷는 속도와 비슷할 정도로 느릿느릿 차를 운전했다. 그곳은 사격 훈련장으로 사용되던 곳이라 길이 자갈로 메워져 있었고 여기저기 움푹 파인 곳도 많아서 차를 천천히 몰아야 했다. 가끔 길옆에 쭉쭉 뻗은 나뭇가지와 덤불들이 차의 앞 차창이나 지붕을 스쳤다. 커다란 나뭇가지가 앞 유리에 닿을 때면 쿵 하는 소리가 들리기도 했다. 손바닥은 여전히 화끈거렸지만 조금 전보다는 참을 만했다. 문득 아버지도 뜨거운 시트 위에 반바지 차림으로 앉아 있다는 것이 떠올랐다. 백미러로 아버지의 얼굴을 살짝 훔쳐보았다. 여전히 굳은 표정이었지만 허벅지가 화끈거려 그런지는 알 수 없었다.

교회 옆 큰길로 나오자마자 아버지는 속도를 내기 시작했고, 집까지 이르는 5킬로미터쯤 되는 거리는 제한속도를 넘기며 달렸다.

"물 공포증이 있나봐."

그날 오후, 아버지는 어머니에게 이렇게 말했다. 그건 사실이 아니었지만 나는 아무 말도 하지 않았다. 난 그 정도로 어리석지는 않았으니까.

그로부터 일주일 후, 외할머니와 외할아버지가 뛰바켄에 있는 우리 집에 처음으로 오셨다. 쇠르뷔보그의 농장에서 두 분을 보았을 때는 조금도 이상하다는 생각을 하지 않았다. 검은색 오버롤 작업복을 입고, 챙이 짧은 모자를 쓰고, 긴 갈색 고무장화를 신은 할아버지가 연신 담배 가루를 툭툭 뱉어내던 모습. 낡았지만 깨끗한 꽃무늬 원피스를 입고 언제나 눈에 보일 듯 말 듯 손을 살짝 떨던 백발의 풍채 좋은 외할머니 모습. 하지만 아버지가 셰빅에서부터 차로 모셔온 두 분이 우리 집에 들어서자 왠지 다른 세상에서 온 사람들을 보는 것처럼 낯선 느낌이 들었다.

외할아버지는 하늘색 와이셔츠와 회색 양복 정장에 회색 모자를 쓰고 한 손으로는 파이프의 머리 부분을 꼭 쥐고 있었다. 외할아버지는 무엇을 가리킬 때 파이프의 손잡이 부분을 손가락 대신 사용한다는 것을 나는 그날 오후 우리 집 정원에 있을 때 처음 알았다. 외할머니는 연회색 코트와 연회색 신발을 신고 있었으며, 팔에는 핸드백을 걸고 있었다. 여기서는 그런 옷차림을 한 사람을 찾아볼 수 없다. 시내에서도 마찬가지다. 두 분은 마치 다른 시간대의 다른 세상에서 온 것만 같았다.

두 분은 우리 집을 낯선 분위기로 채웠다. 어머니와 아버지도 갑자기 평소와 다르게 행동하기 시작했다. 특히 아버지는 마치 성탄절 파티에 온 것처럼 행동했다. 평소의 '안 돼!'는 제안조의 부드러운 말투로 바뀌었고, 날카로운 눈빛은 호의적이고 따스한 눈빛으로 변했으며 심지어 욍베 형과 내 곁을 지나칠 때는 친구처럼 슬쩍 어깨에 손을 얹기도 했다. 비록 외할아버지와 기분 좋게 대화를 나누긴 했지만 나는 아버지가 외할아버지의 이야기에 전혀 관심이 없다는 것을 알아챌 수 있었다. 대화 도중에 시선을 다른 곳으로 옮기는 일이 잦았고 그럴 때마다 아버지의 눈빛은 죽은 사람처럼 생기라곤 조금도 찾아볼 수 없었다. 외할아버지는 낯선 분위기에 적응하지 못했기 때문인지 아버지의 태도를 눈치채지 못했다. 아니, 어쩌면 보고도 못 본 척했는지도 모른다.

두 분이 우리 집에 머물던 어느 날 저녁, 아버지는 시내에 가서 게를 사왔다. 게는 아버지에게 파티 음식이라 해도 과언이 아니었다. 철이 이르긴 했지만 아버지는 살이 통통한 게를 고를 수 있었다. 하지만 외할아버지와 외할머니는 게를 드시지 않았다. 외할아버지는 고기를 잡으려고 던져놓은 그물에 게가 걸리면 그 자리에서 골라내어 바다에 던져버렸다. 아버지는 말도 안 되는 소리라고 했다. 게가 바닷속을 자유롭게 헤엄쳐 다니지 않고 바닥을 기어 다닌다는 이유만으로 다른 물고기보다 더럽다고 할 수는 없다고 기회가 생길 때마다 열변을 토했다. 물론 게는 바닥에 떨어진 갖가지 죽은 동물의 시체나 찌꺼기를 먹고사는지 모른다. 하지만 바로 저녁에 사온 바로 그 게가 스카게르라크의 깊은 바닷속에 있는 죽은 동물을 먹었다고 할 수는 없지 않은가.

나는 오후에 어른들과 함께 잠시 정원에 앉아 시간을 보냈다. 어른들은 커피를 마셨고, 나는 주스를 마셨다. 그러고는 내 방으로 와 침대에 누워 만화책을 읽고 있는데 계단을 올라오는 외할아버지와 외할머니의 발소리가 들렸다. 두 분은 아무 말도 하지 않고 무거운 발걸음으로 거실에 들어갔다. 창으로 쏟아져 들어오는 햇살에 벽은 황금색으로 변했다. 창밖의 잔디는 아버지가 스프링클러를 작동시켰는데도 따가운 햇살에 누렇게 지쳐 있었다. 점점이 짙은 갈색으로 변해버린 잔디도 있었다. 창밖으로 보이는 길과 건물들, 정원과 정원용 가구들, 흩어져 있는 장난감과 자동차, 벽이나 계단 옆에 세워져 있는 갖가지 크고 작은 가정용 장비들은 모두 잠에 빠져버린 것 같았다. 땀으로 젖은 가슴이 이불에 닿으니 끈적끈적하고 불쾌했다. 자리에서 일어나 문을 열고 거실로 나갔다. 외할아버지와 외할머니가 의자에 앉아 있었다.

"텔레비전을 보시겠어요?"

"그래. 지금 뉴스 할 시간이지?"

외할아버지가 말했다.

나는 텔레비전 앞으로 다가가 전원을 켰다. 몇 초가 지나자 화면에 그림이 나타나고 점점 밝아졌다. 딩동딩동 하는 실로폰 소리가 점점 커지면서 저녁 뉴스를 상징하는 대문자 N이 화면에 나타났다. 나는 한 발짝 뒤로 물러났다. 외할아버지는 몸을 앞으로 쑥 내밀고 파이프 손잡이로 텔레비전을 가리켰다.

"이제 시작하나봐요."

나는 외할아버지에게 말했다.

사실 내가 텔레비전을 허락 없이 혼자 켜는 것은 금지 사항이었다. 벽쪽 책장 위에 있는 라디오도 마찬가지였다. 무언가 듣고 싶거나 보고 싶은 프로그램이 있으면 어머니나 아버지에게 먼저 허락을 받아야 했다. 오늘은 혼자 결정을 내리고 내 마음대로 텔레비전을 켰지만 외할아버지와 외할머니를 위한 일이니 부모님에게 야단맞지는 않을 것이라 생각했다.

갑자기 화면이 심하게 흔들렸다. 색깔이 변하는가 싶더니 화면이 꺼졌다 켜졌다를 반복했다. 곧 펑 하는 소리와 함께 화면이 새카맣게 변해버렸다.

앗!

이를 어쩌지. 이를 어떻게 한담.

"무슨 일이야?"

외할아버지가 물었다.

"텔레비전이 고장났나봐요."

내 눈에 눈물이 차올랐다.

텔레비전을 고장낸 것이 바로 나라는 생각 때문이었다.

"어쩔 수 없지, 뭐. 가끔 이런 일도 일어나는 법이니까. 그렇다면 라디오 뉴스를 들어야겠구나. 솔직히 난 라디오 뉴스를 더 좋아해."

외할아버지가 말했다.

자리에서 일어난 외할아버지는 라디오를 켜기 위해 작은 걸음으로 거실을 총총 가로질렀다. 나는 서둘러 내 방으로 들어와버렸다. 너무나 겁이 나서 뱃속이 뒤틀릴 것 같아 얼른 침대에 누웠다. 활활 열이 나는 듯한 뜨거운 피부에 이불이 닿으니 서늘한 기운이 느껴졌다. 바닥에 쌓여 있던 만화책을 들어올렸지만 읽을 수가 없었다. 곧 아버지가 들어와서 텔레비전을 켜겠지. 만약 내가 혼자 있을 때 텔레비전이 고장났다면 아버지는 때가 되어 저절로 고장 났다고 생각했을 것이다. 결국엔 내가 범인이라는 것을 알아차리게 되겠지만 말이다. 아버지는 그런 일이라면 귀신같이 알아차렸다. 나를 단 한 번만 쳐다보아도 끼새른 눈치채고 퍼즐을 맞추듯 하나하나 앞뒤를 끼워 맞출 것이다. 그런데 지금은 아무 일도 없었다는 시늉조차 할 수 없다. 외할아버지와 외할머니가 무슨 일이 있었는지 아버지에게 말할 것이고, 그 일을 숨기려 했던 나는 더 나쁜 상황에 처하게 될 것이 분명했다.

침대에서 몸을 일으켰다. 무언가에 배가 눌린 듯 답답했다. 나를 눌러왔던 것은 병이 났을 때 느낄 수 있는 부드러운 열기와는 거리가 멀었다. 그것은 차갑고 날카로운 것으로 이 세상의 어떤 눈물로도 고칠 수 없는 것이었다.

한참을 혼자 앉아 울었다.

윙베 형이 집에 있었다면 나는 형의 방에 가서 형과 함께 오래도록 앉아 있었을 것이다. 하지만 형은 스테이나르, 코레와 함께 강에서 헤엄치고 있는 중이었다.

문득 형 방에 가면 비록 비어 있긴 하지만 형을 더 가까이 느낄 수 있을 것 같다는 생각이 들었다. 문을 열고 살그머니 형의 방으로 들어가 보았다. 형의 침대와 벽장문은 푸른색 페인트칠이 되어 있었고 내 침대와 벽장문은 주황색 칠이 되어 있었다. 윙베 형의 냄새가 났다. 나는 형의 침대에 털썩 주저앉았다.

창문이 조금 열려 있었다!

생각지도 못했던 일이었다. 조금씩 기분이 좋아지기 시작했다. 테라스에 있는 부모님에게 들키지 않고 그들의 말을 엿들을 수 있으니 말이다. 만약 창문이 닫혀 있었다면 창문을 열 때 나는 소리 때문에 당장 들켰을 것이다.

아버지의 목소리는 기분이 좋을 때면 흔히 그렇듯 부드럽고 조용하게 높아졌다 낮아졌다를 반복하고 있었다. 중산중산 좀더 밝고 온화한 어머니의 목소리도 들렸다. 거실에서는 라디오 소리가 들려왔다. 문득 외할아버지와 외할머니는 거실 소파에 앉아 입을 벌린 채 자고 있을 것이라는 생각이 들었다. 우리가 쉬르뵈보그의 농가를 방문할 때도 가끔 그랬으니까.

밖에서 컵이 마주치는 소리가 들렸다.

탁자 위를 정리하는 것일까.

집 안으로 향하는 어머니의 슬리퍼 소리로 미루어보아 틀림없이 그런 것 같았다.

그렇다면 나는 어머니와 단 둘이 있을 기회를 얻을 수 있을 것이다! 아버지에게 들키기 전에 어머니에게 먼저 모든 것을 털어놓을 수도 있을 것이다!

아래층 문이 열리는 소리가 나기를 기다렸다. 커피 잔과 접시, 유리컵 등을 담은 쟁반과 윙베 형이 빨래집게로 만든 받침대 위에 빨간색 뚜껑의 반짝이는 주전자를 올려놓은 어머니가 계단을 올라왔을 때, 나는 얼른 방문을 열고 나갔다.

"밖에는 날씨가 이렇게 좋은데 여태 집 안에 있었어?"

"네."

내 앞을 지나치려던 어머니가 걸음을 멈췄다.

"왜 무슨 일이라도 있었어? 걱정거리라도 생긴 거야?"

나는 고개를 푹 숙였다.

"그러니?"

"텔레비전이 고장났어요."

"오, 그랬구나. 이를 어쩌지⋯ 외할아버지와 외할머니는 지금 거실에 계시니?"

나는 고개를 끄덕였다.

"두 분을 모시러 들어왔단다. 저녁 햇살이 아주 좋아. 너도 나와

보렴. 원한다면 과일주스를 좀더 마셔도 좋아."

고개를 절레절레 흔들고 내 방으로 뛰어가던 나는 방문 앞에서 걸음을 멈췄다. 정원에 부모님과 함께 앉아 있는 게 더 도움이 될 것 같다는 생각이 들었다. 내가 텔레비전을 고장낸 걸 알았다 해도 손님들 앞에서는 크게 야단치지 않을 테니까.

하지만 바로 그 때문에 아버지가 더 크게 화를 낼 수도 있었다. 지난번 쉬르뵈보그에서 모두 식사 테이블 앞에 둘러앉아 있을 때였다. 샤르탄 삼촌은 욍베 형이 이웃 농가에 살고 있는 비외른 아틀레와 주먹질을 했다고 말했다. 우리는 그 말에 웃음을 터뜨렸다. 아버지도 마찬가지였다. 그날 어머니와 나는 가게에 갔고 다른 사람들은 낮잠을 자고 있었다. 욍베 형은 만화책을 읽으려고 방으로 들어갔다. 아버지는 곧바로 욍베 형에게 가서 이웃집 소년과 주먹질을 했다는 이유로 형을 들어올려 침대 위에 내동댕이쳤다.

아니, 어쩌면 오늘 일은 여기서 마무리 지을 수도 있을 것 같았다. 만약 외할아버지와 외할머니가 텔레비전이 고장났다고 말한다면 그들과 함께 앉아 있는 동안 아버지는 화를 누그러뜨릴지도 모른다.

나는 다시 침대에 주저앉았다. 몸이 떨리기 시작하면서 눈물이 울컥 솟았다.

오… 오… 오…

곧 아버지가 올 것이다.

나는 잘 알고 있었다.

곧 아버지가 올 것이라는걸.

나는 두 눈을 꾹 감고 양손으로 귀를 막은 채, 아무것도 보이지 않고 아무것도 들리지 않는다는 시늉을 했다. 내가 느낄 수 있는 것은 오직 어둠과 나의 숨소리뿐이었다.

잠시 후, 나는 조금 전의 일을 까맣게 잊고 침대 위에 무릎을 꿇고 앉아 창밖을 내다보았다. 석양빛을 머금은 지붕은 불에 활활 타는 것 같았고 창은 눈이 부실 정도로 반짝이고 있었다.

아래층 문이 열렸다 닫혔다.

나는 어쩔 줄 몰라하며 방 안을 두리번거렸다. 침대에서 몸을 일으켜 책상 의자를 쭉 빼내고 앉았다.

계단을 올라오는 묵직한 발소리. 아버지가 틀림없었다.

무슨 이유에서인지 문을 향해 등을 돌리고 앉아 있을 수가 없었다. 나는 자리에서 벌떡 일어나 침대 가장자리에 걸터앉았다.

아버지가 문을 홱 열었다. 한 발짝 방 안으로 들어온 후 걸음을 멈추고 나를 뚫어지게 쳐다보았다.

가늘게 뜬 두 눈, 꾹 다문 입술.

"뭘 하고 있었니?"

"아무것도 안 했어요."

나는 바닥을 내려다보며 말했다.

"나와 이야기할 때는 나를 봐!"

나는 고개를 들었지만 도저히 아버지를 바라볼 수가 없어서 다시 고개를 푹 숙였다.

"귀가 먹었어? 나를 보란 말이야!"

고개를 들었다. 하지만 여전히 아버지와 눈을 마주치는 것은 불가능했다.

아버지는 재빨리 세 발짝 걸어와 내 귀를 비틀면서 나를 일으켜 세웠다.

"텔레비전을 켤 때는 어떻게 하라고 했지?"

딸꾹질이 나서 대답을 제대로 할 수가 없었다.

"내가 뭐라고 했어, 대답해봐!"

아버지는 내 귀를 더 힘껏 비틀었다.

"호… 혼자… 켜… 켜지… 말라고…"

아버지는 내 귀에서 손을 뗀 후 양손으로 내 팔을 움켜쥐고 마구 흔들었다.

"내 눈을 봐!"

아버지가 소리쳤다.

고개를 들었다. 눈물이 흘러내려 아버지를 볼 수가 없었다.

나를 움켜쥔 아버지의 손에 더욱 힘이 들어갔다.

"텔레비전에 손도 대지 말라고 했어, 안 했어? 내 말 잊었어? 이제 텔레비전을 새로 사야 한단 말이야. 그 돈은 어디서 나올 것 같아? 어디 네가 한번 대답해봐!"

"죄… 죄송… 해요."

나는 흐느끼면서 말했다.

아버지는 나를 침대 위로 내동댕이쳤다.

"내가 나와도 된다고 할 때까지 방에서 나오지 마!"

"네."

"내일까지 이 방에서 꼼짝도 하지 마!"

"네."

아버지가 방을 나갔다. 나는 서럽게 우느라 아버지의 발소리를 듣지 못했다. 나의 숨소리는 가파른 계단을 오를 때처럼 거칠어졌고, 가슴과 양손은 사시나무 떨듯 달달 떨렸다. 침대에 누워 20분간이나 서글프게 울고 나니, 겨우 눈물이 멈추었다. 다시 몸을 일으켜 무릎을 꿇고 앉아 창밖을 내다보았다. 떨리던 두 팔과 두 다리도 조금씩 진정되는 것 같았다. 마치 세찬 폭풍을 경험한 후 고요한 방 안에 들어온 것만 같은 느낌이었다.

창을 통해 이웃집인 프레스트바크모 씨의 집 건물과 앞마당이 훤히 보였다. 구스타브셴 씨의 앞마당과 칼셴 씨의 집 건물 일부분과 크리스텐센 씨의 지붕도 볼 수 있었다. 대문 앞의 골목길은 우체통이 서 있는 곳까지만 보였다. 오후가 되자 더 찬란해진 햇빛은 언덕 위 나무 꼭대기에 걸려 있었다. 바람에 흔들리는 나무와 덤불을 찾아볼 수 없을 정도로 사방은 고요했다.

사람들은 저마다 정원에 모여 앉아 오후의 한적함을 즐기고 있었다. 정원 앞마당에 앉아 있는 사람들은 없었다. 아버지는 앞마당에 보란 듯이 앉아 있는 사람들은 쇼윈도 앞에 앉아 포즈를 취하는 사람들과 별반 다르지 않다고 말했다. 대부분의 집에는 정원용 가구와 그릴 기계를 뒷마당에 놓아두었다.

갑자기 눈에 띄는 움직임이 있었다. 칼셴 씨의 대문 앞으로 켄트 아르네가 달려왔다. 나는 주차된 차 너머로 햇살에 반짝이는 그의 머리카락만 볼 수 있었다. 마치 인형극 무대 위에서 움직이는 인형을 보는 것 같았다. 잠시 사라졌던 그가 자전거를 타고 다시 나타났다. 그가 두 발을 자전거 페달 위에 얹고 선 채로 브레이크를 잡았다. 앞길로 나간 그가 곧 속도를 내며 달리기 시작했다. 그는 모퉁이를 돌기 직전 급히 브레이크를 잡고, 구스타브셴 씨의 마당으로 들어갔다.

뱃사람이었던 그의 아버지는 2년 전에 세상을 떠났다. 그와 관련된 기억은 단 하나밖에 없다. 언젠가 그와 함께 언덕 아래로 걸어간 적이 있었다. 어느 맑은 날, 살을 에는 듯한 추위에도 눈은 오지 않았다. 신발에 장착해 탈 수 있는 작은 주황색 스케이트를 손에 들고 있었던 기억으로 미루어보아 우리는 첸나 호수로 가는 길이었던 것 같다.

나는 그의 아버지가 세상을 떠난 날도 기억한다. 우리 집 앞, 양 갈래 길이 시작되는 곳에 서 있던 레이프 토레가 켄트 아르네의 아버지가 돌아가셨다고 말했다. 우리는 함께 켄트 아르네의 집을 올려다보았다. 소문에 따르면, 그는 거대한 가스통을 세척하기 위해 그 속에 들어갔던 동료를 끌어올려 주려다가 가스에 중독되어 의식을 잃고 통 속에 빠져 숨을 거두었다고 했다. 우리는 켄트 아르네가 있을 때는 그의 아버지 이야기를 하지 않았다. 죽음에 대한 이야기도 하지 않았다. 이후, 켄트 아르네의 집에는 새로운 남자가 이사 왔다. 이상하게도 그의 성 또한 칼센이었다.

우리의 서열을 따진다면 항상 다그 로타르가 1등, 켄트 아르네가 2등이었다. 켄트 아르네는 우리보다 한 살 어렸고 다그 로타르보다는 두 살이나 어렸지만 말이다. 레이프 토레는 3등, 게이르 호콘은 4등, 트론은 5등, 게이르는 6등, 나는 7등이었다.

"레이프 토레! 나와 놀자!"

켄트 아르네가 집 앞에서 소리쳤다. 무릎까지 오는 짧은 청바지를 입고 운동화를 신은 레이프 토레가 나와, 집 앞에 세워져 있던 롤프의 자전거에 올라탔다. 곧 그들은 함께 언덕 아래로 사라졌다. 프레스트바크모 씨의 고양이는 구스타브센 씨와 한센 씨의 집 사이에 있는 평평한 언덕 중턱에 꼼짝도 하지 않고 앉아 있었다.

나는 다시 침대에 누웠다. 만화책을 몇 장 뒤적거린 후, 밖에서 무슨 일이 벌어지는지 궁금해 얼굴을 문에 바짝 대고 귀를 기울였다. 아무 소리도 들리지 않는 것을 보니 모두들 여전히 정원에 앉아 있는 것 같았다. 외할아버지와 외할머니가 오셨는데 설마 반찬을 건너뛸 것 같진 않았다. 아니, 설마가 사람 잡는다고 하지 않았나?

30분쯤 지나자, 모두들 계단을 올라왔다. 한 분이 내 방 벽 쪽에 있는 욕실로 들어갔다. 발소리로 미루어보아 아버지는 아닌 것 같았다. 하지만 발소리의 주인공이 어머니인지 외할머니인지 외할아버지인지 짐작하기는 쉽지 않았다. 변기 물이 내려가는 소리에 뒤이어 온수 배수관에서 쿵쿵 하는 소리가 들려왔다. 그렇다면 외할머니 또는 외할아버지임이 틀림없었다.

심하게 배가 고팠다.

창밖의 그림자는 너무나 길쭉한 데다 뒤틀려 있기까지 해서 그 원래의 모습을 짐작하기 어려웠다. 그림자는 어둠 속에 존재하는 평행적 세상을 반영하는 것만 같았다. 어둑어둑한 울타리, 어둑어둑한 나무, 어둑어둑한 사람들이 모여 사는 어둑어둑한 집들은 무기력한 기형의 괴물처럼 빛 속에 자리 잡고 있었다. 그 모습을 보니 마치 썰물이 지나간 후 모습을 드러내는 미역과 해초, 조개와 게들이 다닥다닥 붙어 있는 거뭇거뭇한 바윗돌을 보는 것만 같았다. 저녁이 되면 왜 그림자가 점점 길어질까? 그림자는 땅을 향해 밀려들어오는 어둠의 조수潮水처럼 밤을 향해 팔을 뻗고 있기 때문이다. 그림자는 그런 행위를 통해 내면 깊숙한 곳의 동경을 채워나간다.

시계를 보았다. 밤 10시 10분이었다. 20분만 지나면 잠자리에 들 시간이었다.

집 안에 갇혀 있는 벌을 받을 때면 오후에 밖에 나갈 수가 없어 답답하다. 할 수 있는 일이라곤 창을 통해 밖에서 놀고 있는 아이들을 바라보는 것밖에 없다. 저녁이 되면 습관처럼 해왔던 일들조차 분명하게 구분할 수 없어 더욱 답답했다. 할 일 없이 방에 앉아 있다가 옷을 벗고 잠자리에 드는 일. 평소에는 깨어 있는 시간과 잠자리에 드는 시간이 명확히 구분되지만, 방 안에 갇혀 있다 보니 이 두 가지 일

73

의 경계를 구분하기가 쉽지 않았다. 내가 하는 일을 통해 나라는 존재를 확인하기가 불가능해진 것이다. 잠자리에 들기 전 밤참을 먹고, 양치질을 하고, 세수를 하고, 잠옷을 입는 일은 단순히 물리적 행위일 뿐만 아니라 나의 내면을 채워주는 행위이기도 했다. 옷을 입고 침대에 누워 있는 지금의 나는 평소 옷을 벗고 침대에 누워 있는 나와 같은 존재인가. 나의 이 두 가지 모습을 구분하는 경계는 무엇인가.

점점 짜증이 나기 시작했다.

다시 문에 귀를 바짝 대어보았다. 밖은 조용했다. 목소리가 들리는 듯하더니 다시 정적이 흘렀다. 나는 훌쩍훌쩍 울다가 티셔츠와 반바지를 벗고 침대에 누워 이불을 턱까지 끌어올렸다. 맞은편 벽에는 여전히 희미한 햇살이 남아 있었다. 만화책을 몇 쪽 읽다가 바닥에 내려놓고 눈을 감았다. 잠들기 직전 내가 했던 생각은 텔레비전이 고장난 것은 내 잘못이 아니라는 것이었다.

눈을 뜨고 손목시계를 확인했다. 형광색의 구불구불한 시곗바늘은 2시 10분을 가리키고 있었다. 무엇 때문에 잠이 깼는지 곰곰이 생각하느라 한참을 꼼짝 않고 누워 있었다. 귓전에서 들리는 맥박소리를 제외하면 방 안은 쥐 죽은 듯이 고요했다. 도로를 달리는 차도 없었고 저 멀리 바다 위를 항해하는 배도 없었으며 하늘을 나는 비행기도 없었다. 발소리도, 목소리도 들리지 않았다. 집 안에서도 아무 소리가 나지 않았다.

고개를 들어 숨을 죽이고 귀를 기울였다. 몇 초 후, 정원에서 낯선 소리가 들려왔다. 너무나 크고 높은 소리여서 처음엔 그게 무엇인지 짐작할 수 없었다. 잠시 후 소리를 내는 것이 무엇인지 알 것 같았다.

갑자기 두려워지기 시작했다.

끼이이이. 끼이이. 끼이이이.

자리에서 일어나 무릎을 꿇고 앉아 커튼을 열고 창밖을 내다보았다. 지붕 위에 걸린 보름달이 잔디 위를 희미하게 비추고 있었다. 거센 바람 한 줄기가 스치자 잔디가 파도처럼 휩쓸렸고, 울타리 끝에 걸린 하얀 비닐봉지가 바람에 펄럭였다. 바람이 무엇인지 모르는 사람이 있다면 비닐봉지가 저절로 움직인다고 믿을 것이라는 생각이 들었다. 문득 하늘을 찌를 듯 높은 곳에 앉아 있는 것처럼 발가락과 손가락 끝이 간질간질해졌다. 심장이 빨리 뛰기 시작했다. 긴장했을 때처럼 배 주변의 근육이 팽팽해졌다. 나는 몇 번이나 침을 꿀꺽 삼켰다. 밤은 귀신과 유령, 머리 없는 남자, 기괴하게 얼굴을 찌푸린 해골의 시간이다. 그 밤과 나 사이에는 얇은 벽 하나뿐이다.

다시 소리가 들려왔다!

끼이이이이.

나는 회색빛 잔디밭을 바라보았다. 울타리 저편, 5미터쯤 떨어진 곳에 앉아 있는 프레스트바크모 씨의 고양이가 눈에 들어왔다. 고양이는 잔디 위에 엎드려 무언가를 앞발로 툭툭 치고 있었다. 작은 회색 돌멩이 또는 진흙 덩어리처럼 보이는 것이 고양이의 발에 맞고 창 쪽으로 휙 날아들었다. 고양이는 몸을 일으켜 그것을 따라왔다. 작은 회색 덩어리는 잔디 위에서 꼼짝도 하지 않았다. 고양이는 앞발로 조심스레 그것을 툭툭 치더니 입속에 쑥 집어넣었다. 다시 높고 가는 소리가 들리기 시작했을 때, 나는 그것이 생쥐라는 사실을 깨달았다.

고양이는 갑작스런 소리에 당황했는지 머리를 좌우로 세차게 흔들더니 생쥐를 저 멀리 힘껏 뱉어버렸다. 이번에는 생쥐가 가만히

있지 않고 쏜살같이 잔디밭을 가로질러 달리기 시작했다. 고양이
는 제자리에 앉아서 꼼짝하지 않고 눈으로 생쥐를 좇았다. 언뜻 보
니 고양이는 생쥐를 포기한 것 같았다. 생쥐가 프레스트바크모 씨의
정원과 맞닿아 있는 화단에 이르렀을 때, 고양이는 번개처럼 생쥐를
향해 달렸다. 세 번 점프한 후, 고양이는 생쥐를 잡을 수 있었다.

옆방에서 아버지의 목소리가 들렸다. 속삭이듯 나직이 웅얼거리
는 소리는 시작도 끝도 찾을 수 없었다. 아버지가 잠꼬대할 때 흔히
들을 수 있는 소리였다. 침대에서 몸을 일으키는 소리가 들렸다. 발
소리로 미루어보아 어머니라는 것을 짐작할 수 있었다. 창밖에서는
고양이가 춤을 추듯 점프하고 있었다. 다시 한차례 거센 바람이 잔
디를 파도처럼 휩쓸었다. 나는 고개를 들어 노랗고 묵직한 달을 향
해 뻗어 있는 섬세한 검은색 소나무 가지들이 바람에 흔들리는 것을
바라보았다.

어머니가 욕실 문을 열었다. 변기 뚜껑을 들어올리는 소리를 듣자
마자 나는 두 손으로 귀를 막고 나직하게 콧노래를 부르기 시작했
다. 어머니의 소리. 무엇이 지글지글 끓는 듯한 소리, 마치 뜨거운 김
이 피어오르는 듯한 소리는 내가 가장 혐오하는 소리였다. 아버지의
우레 같은 소리도 싫었지만 어머니의 소리와는 비교할 수 없었다.

아아, 아아. 나는 입으로 나직한 소리를 내며 속으로 열을 세었다.
눈으로는 창밖의 고양이를 따랐다. 고양이는 장난에 싫증이 났는지
생쥐를 입에 물고 울타리 덤불을 통해 밖으로 나간 후 길을 건넜다.
구스타브센 씨의 집 앞 진입로에서 멈춰 선 고양이는 캠핑카 뒤편에
생쥐를 내려놓고 한참 동안 뚫어지게 바라보았다. 생쥐는 꼼짝도 하
지 않고 누워 있었다.

고양이는 돌담 벽 위로 올라가 대문 기둥 위에 자리한 지구본 모

양의 해시계를 향해 사뿐사뿐 걷기 시작했다. 나는 중얼거리던 콧노래를 멈추고 귀를 막고 있는 양손을 내려놓았다. 욕실 물탱크에서 쉭쉭 물이 빠지는 소리가 들렸다. 고양이가 갑자기 꼼짝하지 않고 있던 생쥐를 향해 몸을 홱 돌렸다. 수도꼭지에서 흘러내린 물이 세면대에 부딪히는 소리가 들렸다.

담 위에서 뛰어내린 고양이는 작은 사자처럼 몸을 웅크리고 앉았다. 어머니가 욕실 문 손잡이를 돌리는 순간, 마치 그 소리에 정신을 차린 듯 생쥐가 몸을 움찔했다. 다음 순간, 생쥐는 절망적으로 고양이를 피해 달리기 시작했다. 고양이는 이 순간을 미리 짐작하고 있었다는 듯 번개처럼 재빨리 생쥐를 향해 몸을 던졌다. 불행히도 이번에는 한발 늦었다. 생쥐는 고양이가 자신을 덮치기 직전 잔디 위에 버려져 있는 하얀 석면 자재 밑으로 몸을 숨겼다.

마치 짐승들의 번개같이 재빠른 움직임에 전염된 듯, 나는 침대에 누운 후에도 급하게 콩콩 뛰던 심장을 가라앉힐 수 없었다. 어쩌면 나도 작은 짐승이기 때문이었을까? 자세를 바꾸어 보았다. 베개를 침대 발치로 옮겼다. 커튼을 옆으로 조금 젖히고 끝을 볼 수 없는 해변 같은 밤하늘과 그 밤하늘을 가득 채운 모래알 같은 별들을 올려다보았다.

저 드넓은 우주에는 무엇이 있을까.

다그 로타르는 아무것도 없다고 했다. 게이르는 무언가 끊임없이 활활 타고 있다고 말했다. 나는 게이르의 말이 맞을지도 모른다고 생각했다. 모래알로 가득한 해변을 닮은 밤하늘은 무언가 타고 있는 것처럼 보이기도 했으니까.

어머니와 아버지의 침실은 다시 조용해졌다.

커튼을 닫고 눈을 감았다. 정적과 어둠이 천천히 집 안을 뒤덮을 무렵 나는 깊은 잠에 빠졌다.

다음 날 아침 눈을 뜨니 외할아버지와 외할머니, 어머니가 거실에 앉아서 커피를 마시고 있었다. 잔디밭에 있던 아버지는 손에 들고 있는 스프링클러를 땅에 내려놓았다. 물줄기는 손을 크게 젓는 듯 반원을 그리며 잔디밭에서 정원 아래쪽에 있는 허브정원까지 쏟아졌다. 반대편 동쪽 숲 위에 걸려 있는 태양은 정원을 향해 빛을 내리쬐고 있었다. 공기는 어제와 똑같이 움직임이라곤 전혀 느낄 수 없을 정도로 묵직했다. 하늘은 여느 아침과 마찬가지로 마치 베일에 감추어져 있는 듯 희미해보였다. 윙베 형은 식탁에서 아침식사를 하고 있었다. 갈색 에그컵에 담긴 하얀 달걀은 일요일 아침 분위기를 자아냈다. 나는 윙베 형의 맞은편, 내 자리에 앉았다.

"어제 무슨 일 있었어?"

윙베 형이 나직이 물었다.

"왜 벌을 받았니?"

"텔레비전을 고장냈어."

형은 영문을 모르겠다는 표정으로 나를 바라보며 빵칼을 입 쪽으로 가져갔다.

"외할아버지와 외할머니에게 텔레비전을 켜드렸는데 펑 하는 소리가 나더니 고장났어. 아무도 그 이야기를 안 해줬어?"

윙베 형은 클로브 치즈를 얹은 빵 한 조각을 크게 베어 물었다. 나는 삶은 달걀의 윗부분을 나이프로 톡톡 쳐서 뚜껑을 열듯 떼어낸 후, 찻숟가락으로 부드러운 흰자를 들어올렸다. 손을 뻗어 작은 소금통을 가져와 양을 조절하기 위해 집게손가락으로 조심스레 통을 쳤다. 빵에 버터를 바르고 컵에 우유를 따랐다. 아래층에서 아버지가 문 여는 소리가 들렸다. 달걀흰자를 미리 먹은 나는 노른자가 잘 삶아졌는지 확인하기 위해 숟가락으로 살짝 찔러보았다.

"오늘도 집에 갇혀 있어야 해."

"하루 종일? 아니면 저녁에만?"

윙베 형의 질문에 나는 어깨를 으쓱 추켜올려 보였다. 잘 삶아진 달걀노른자가 찻숟가락 가장자리에서 부스러졌다.

"아마 하루 종일 집에 있어야 할 것 같아."

창밖으로 보이는 길은 햇살을 반사시키며 반짝였지만, 빽빽하게 늘어선 전나무 아래 도랑에는 어두침침한 그림자가 드리워져 있었다.

자전거 한 대가 전속력으로 내리막길을 내려오고 있었다. 열다섯 살 정도 되어 보이는 소년은 한 손으로 핸들을 잡고 다른 한 손으로는 짐받이 위에 끈으로 돌돌 감아놓은 빨간 기름통을 잡고 있었다. 소년의 검은 머리카락이 바람에 휘날렸다.

계단에서 아버지의 발소리가 들렸다. 나는 얼른 자세를 바로하고 재빨리 식탁 위로 눈길을 던져 모든 게 제자리에 있는지 확인했다. 에그컵 주변에 떨어져 있는 부스러진 달걀노른자 가루는 한 손으로 모아서 식탁 밑에 받치고 있던 다른 손 위로 쓸어 담았다. 허리를 구부정하게 굽히고 두 발을 바닥에 대고 있던 윙베 형은 아버지가 부엌에 들어오는 순간, 그제야 의자를 식탁 앞으로 바짝 당기고 허리를 쭉 폈다.

"물놀이 도구를 찾아오거라. 오늘은 호베로 소풍 갈 거야."

"저도요?"라는 말이 입 밖으로 새어나올 뻔했지만 나는 아무 말도 하지 않았다. 어쩌면 아버지는 내게 하루 종일 집에 있으라고 벌을 주었던 것을 벌써 잊었는지도 모르는데 괜히 말을 꺼내서 아버지에게 상기시켜줄 필요는 없다고 생각했기 때문이다. 어쩌면 아버지는 어제 내게 벌을 준 것을 후회하고 있는지도 모른다. 나는 얼른 수영복과 지하실 빨래 걸이에 널려 있는 수건을 가져와 물안경과 함께 비닐봉지에 넣었다. 호베에 있는 두 해변 가운데 한곳이 목적지라면 물안경도 필요하다고 생각했다. 나는 방에 들어가서 출발할 때까지 기다렸다.

30분 후, 우리는 섬 외곽으로 차를 몰았다. 일 년 중 가장 맑은 날이었다. 바닷물은 잔잔했으며 파도소리조차 들리지 않았기에 그곳에서 항상 침묵을 지키고 있던 바위섬들과 숲속에서 들려오는 작은 발소리, 음료수가 들어 있는 병이 서로 부딪히는 소리는 태어나서 처음 들어보는 듯 낯설고 신비롭기까지 했다. 그 때문인지 하늘 한가운데 활활 타오르고 있던 그날의 태양은 원시적이고 원초적인 존재처럼 여겨졌다. 저 멀리 하늘과 맞닿은 수평선 속으로 사라지는 깊고 깊은 바다 표면은 희미한 물안개를 머금은 채 밝고 부드러운 빛을 발하고 있었다.

윙베 형과 나, 어머니와 아버지는 수영복으로 갈아입고 햇살에 달아오른 미적지근한 바닷물에 더운 몸을 식혔다. 외출복을 곱게 차려입고 나온 외할머니와 외할아버지는 주변 풍경과는 상관없다는 듯 뭍에 앉아 있었다. 50년대 서쪽 지방의 향기를 물씬 풍기는 그들의 분위기는 옷차림과 태도, 사투리 등 겉으로 드러난 외적 요소뿐만 아니라 그들의 영혼과 성품에서 우러나오는 근본적인 것이었다. 따가운 햇살에 이맛살을 찌푸리고 바위 위에 앉아 있는 그들은 너무나 이상하고 낯설게 느껴졌다.

외할아버지와 외할머니는 다음 날 집으로 돌아갔다. 아버지는 두 분을 세빅까지 모셔다드리는 김에 당신의 부모님을 찾아뵈었다. 어머니는 윙베 형과 나를 데리고 예르스타반네로 향했다. 우리는 그곳에서 수영을 하고 비스킷도 먹으면서 하루를 즐길 예정이었다. 하지만 어머니가 길을 찾지 못하는 바람에 우리는 덤불과 잡목이 우거진 숲속을 한참 동안 걸어야 했다. 막상 그곳에 가니 물은 녹조로 지저분했고 바윗돌은 미끌미끌했다. 엎친 데 덮친 격으로 그곳에 도착해 비스킷과 오렌지가 들어 있는 광주리와 아이스박스를 내려놓자마자 비가 오기 시작했다.

어머니는 우리를 데리고 하루를 잘 보내려고 노력했지만 의도와 달리 결과는 정반대가 되고 말았다. 나는 그런 어머니가 안쓰러웠다. 되돌릴 수 없는 일이었기에 가능한 한 빨리 잊어버리는 것이 최선이라고 생각했다. 그건 어려운 일이 아니었다. 그 주에는 너무나 특별한 일이 줄지어 일어났으니까.

초등학교 입학을 앞두고 있던 나는 갖가지 새 물건들을 손에 넣었다. 그 첫 번째는 토요일에 어머니가 시내에서 사준 책가방이었다. 네모난 책가방의 푸른색 겉면은 반짝반짝 빛이 날 정도로 매끈했고, 가방끈은 흰색이었으며, 안쪽에는 주머니가 두 개나 있었다. 나는 연필 하나, 볼펜 하나, 지우개 하나, 연필깎이 하나를 넣은 새 주황색 필통을 한쪽 주머니에 넣고, 다른 주머니에는 역시 새로 산 공책을 넣어두었다. 윙베 형의 공책과 마찬가지로 겉면에 갈색과 주황색 체크 무늬가 그려진 것이었다. 그런데도 책가방이 많이 빈 것 같아 만화책도 몇 권 넣어두었다. 그날부터 나는 입학식 날까지 며칠을 기다려야 하는지 손으로 세어보며 매일 저녁 잠자리에 들기 전 책상 위에 올려둔 책가방을 바라보았다. 내가 아는 대부분의 동네 아이들과 함께 초등학교에 입학하는 날까지는 꽤 많이 남아 있었다 우리는 이미 학교에 한 번 가본 적이 있었다. 담임선생님이 될 사람과 인사를 나누었고 자리에 앉아 그림도 그려 보았다. 하지만 입학식을 하고 정식으로 학생이 된다는 것은 예비 모임과는 달리 뭔가 공식적이고 자못 심각한 일이라는 것을 느낄 수 있었다. 물론 학교를 싫어하는 아이들도 있었다. 좀더 큰 아이들은 대부분 학교를 싫어했기 때문에 우리도 학교를 싫어해야 한다는 생각을 한 적이 있었다. 하지만 처음으로 학교에 간다는 것은 너무나 매력적인 일이었다. 우리가 알고 있는 것은 너무나 적었고, 앞으로 일어날 일에 대해 기대를 하지 않을 수 없었다. 여기에 더해 학교에 입학하는 그날부터 우리는 좀더 큰 아이들과 같은 세상에 속하게 된다. 그러면 우리도 학교를 싫어할 수 있는 자격을 얻게 되는 셈이다. 하지만 지금은 아니다. 우리가 지금 다른 이야기를 하고 있는가? 그렇진 않을 것이다…

원래 우리가 가야 하는 학교는 아버지와 게이르의 아버지가 일하고 있는 롤리헤덴 학교였다. 동네의 큰 아이들은 모두 그 학교에 다녔다. 하지만 우리 학년은 학생 수가 너무 많아서 섬 동쪽에 있는 다른 학교에 나뉘어 배정되었다. 동쪽의 낯선 아이들이 다니던 이 학교는 5, 6킬로미터쯤 더 떨어져 있어서 우리는 통학버스를 타야 했다. 그것은 굉장한 특혜였고 즐거운 일이었다. 매일 아침 우리를 학교에 데려다주기 위해 버스가 집 앞까지 오다니!

어머니는 내게 하늘색 바지와 하늘색 재킷, 발목 부근에 하얀 줄무늬가 들어간 파란색 운동화를 새로 사주었다. 나는 아버지가 집에 없을 때마다 새 옷을 입고 현관에 있는 커다란 거울 앞에 서보았다. 가끔은 새 책가방을 메고 거울을 보기도 했다. 마침내 입학식 날이 되었다. 어머니는 대문 앞에서 새 옷을 입고 새 책가방을 멘 나의 사진을 찍어주었다. 신입생이 된다는 긴장감과 기대감에 뱃속이 간질 간질해졌다. 동시에 특별히 좋은 옷을 입고 서 있다는 생각을 하니 온 세상을 다 얻은 것처럼 뿌듯해졌다.

전날 저녁, 목욕을 하고 있는데 어머니가 와서 내 머리를 감겨주었다. 아침에 눈을 뜨니 온 집안은 여전히 잠에 빠져 고요했다. 해가 아래쪽 길목의 전나무 가지를 기어오르던 이른 시간이었다. 오, 옷장에서 새 옷을 꺼낼 때의 그 설렘이란! 창밖에는 새들이 지저귀고 있었다. 여름. 거대하고 푸른 아침 하늘에는 희미한 장막처럼 안개가 끼어 있었고, 길 양옆에는 잠에서 덜 깬 고요한 건물들이 줄지어 서 있었다. 5월 17일 제헌절 축제 행진이 시작되기 직전처럼 마음이 들뜨기 시작했다.

책가방에 넣어두었던 만화책을 꺼냈다. 가방을 등에 메고 끈을 조절한 후 다시 책상 위에 올려놓았다. 재킷의 지퍼를 올렸다 내렸다 하며 생각에 잠겼다. 지퍼를 끝까지 올리면 꽤 멋져 보이긴 했지만 속에 입고 있는 새 티셔츠를 내보일 수 없어 걱정되었다. 거실로 나가 창밖을 내다보았다. 푸른 나뭇가지 뒤로 주황색 태양이 활활 타오르듯 빛을 뿜어내고 있었다. 살금살금 부엌으로 간 나는 구스타브 센 씨의 집을 바라보았다. 아직 아무도 일어나지 않은 듯 움직임이 조금도 보이지 않았다. 현관 거울 앞에 선 나는 재킷 지퍼를 올렸다 내렸다 하며 다시 생각에 잠겼다. 티셔츠도 예쁜데 어떻게 한담… 티셔츠도 보이면 좋을 텐데…

시간을 때우기 위해 양치질을 하는 게 좋겠다!

욕실에 들어가 칫솔에 물을 조금 묻히고 치약을 발랐다. 거울을 보면서 꽤 오랫동안 열심히 이를 닦았다. 칫솔로 이빨을 문지르는 소리가 마치 내 머릿속에서 들려오는 것 같았다. 양치질에 정신이 팔려 아버지가 욕실 문을 열고 들어오는 것도 알아채지 못했다. 아버지는 속옷만 입고 있었다.

"아침식사도 하기 전에 양치질을 하니? 이 무슨 엉뚱한 짓이야? 얼른 칫솔을 내려놓고 방으로 들어가!"

욕실 앞 붉은색 카펫 위에 발을 올려놓기도 전에 아버지는 욕실 문을 쾅 닫고 소변을 보기 시작했다. 방에 돌아온 나는 침대에 앉아 창문 너머 프레스트바크모 씨의 집을 바라보았다. 어둑한 부엌 창에 어른거렸던 것은 머리 두 개가 아닌가? 그렇다. 그것은 틀림없는 사람의 그림자였다. 이제 본격적으로 하루가 시작되는 것 같았다. 워키토키가 있으면 좋을 텐데. 게이르와 바로 그 순간 대화를 나눌 수 있을 테니까. 아, 정말 그럴 수 있다면 얼마나 좋을까!

아버지는 욕실에서 나와 침실로 들어갔다. 아버지와 어머니의 목소리가 들렸다. 어머니도 일어난 것 같았다.

나는 어머니가 부엌에 갈 때까지 방에 앉아 기다렸다. 아버지는 이미 부엌에서 식사 준비를 하고 있었다. 나는 어머니의 등을 보며 정해진 내 자리에 앉았다. 어쩐 일인지 부모님은 지금껏 거의 먹어보지 못했던 콘플레이크를 사두었다. 어머니는 오목한 접시와 숟가락을 내 앞에 밀어주었고, 나는 울퉁불퉁한 모양의 노란 콘플레이크 위에 우유를 부었다. 문득 콘플레이크는 우유를 붓기 전 사각사각하게 먹을 때 맛이 더 좋다는 생각이 들어 잠시 후회했다. 하지만 우유를 부어놓고 시간이 좀 지나니 콘플레이크는 부드러워졌고 원래의 맛에 우유 맛까지 더해지니 생각보다 훨씬 맛있었다. 거기다 미리 뿌려둔 설탕의 단맛까지 겹쳐지니 지금까지 먹어본 음식 가운데 가장 맛있는 것 같았다.

음, 정말 그랬던가?

평소 아침식사를 하지 않는 아버지는 거실로 가서 담배를 피우면서 커피를 마셨다. 윙베 형이 부엌에 들어와 말없이 자리에 앉았다. 형은 콘플레이크 위에 우유를 붓고 설탕을 뿌린 후 허겁지겁 먹기 시작했다.

"기대되니?"

한참 후 형이 내게 물었다.

"응, 조금."

"기대할 건 아무것도 없어."

"왜 기대가 되지 않겠니."

어머니가 끼어들었다.

"윙베 너도 처음 학교 가는 날 기대감에 들떠 있었어. 너도 기억하지?"

"어… 네. 그랬던 것 같아요."

형은 자전거를 타고 학교에 갔다. 아버지가 1교시 이전에 할 일이 있어 특별히 일찍 출근하는 날이 아니라면 형은 항상 아버지보다 조금 먼저 집을 나섰다. 형이 아버지 차를 타고 함께 학교에 가는 것은 생각할 수조차 없었다. 전날 밤에 눈이 아주 많이 내려 자전거를 타고 가기 힘든 날만 제외하면 말이다. 형은 아버지가 같은 학교 교사라는 이유로 특별대우를 받는 걸 좋아하지 않았다.

식사를 마치고 아버지와 형이 집을 나선 후에도 나는 어머니와 함께 부엌에 앉아 있었다. 어머니는 신문을 읽었고 나는 쉴 새 없이 조잘대며 이야기했다.

"어머니, 학교에 가면 첫 시간부터 글자를 쓸까요? 아니, 첫 시간에는 주로 그림을 그리나요? 레이프 토레는 입학하고 며칠 동안은 거의 아무것도 배우지 않는다고 했어요. 하긴 모두들 글자를 다 알고 학교에 오는 건 아니니까. 계산할 줄 아는 아이도 거의 없잖아요. 아마 계산할 줄 아는 사람은 저밖에 없을걸요. 적어도 제가 알기론 그래요. 저는 이미 다섯 살 때 더하기 빼기를 배웠잖아요. 어머니도 기억하죠?"

"네가 처음 글자를 배웠던 때를 기억하냐고?"

어머니가 물었다.

"옛날에 시외버스 정류장 앞에 서서 제가 간판을 읽었던 거 기억나요? 카페 페테리아? 그때 어머니와 윙베 형이 배를 잡고 웃었어요. 지금은 그게 카페테리아라는 걸 알아요. 신문의 큰 글자도 읽어볼까요?"

어머니가 고개를 끄덕였다. 나는 신문 기사 제목을 읽었다. 더듬거리긴 했지만 잘못 읽은 글자는 하나도 없었다.

"참 잘 읽었어. 학교에서도 잘할 수 있을 거야."

어머니가 나를 칭찬해주었다.

어머니는 신문을 읽을 때면 귓불을 만지작거리는 버릇이 있다. 귀를 잡은 손은 고양이처럼 조용하고 재빠르게 움직였다.

어머니가 신문을 내려놓고 나를 바라보았다.

"기대되니?"

"조금요."

어머니는 미소를 지으며 내 머리를 쓰다듬어준 후 식탁을 치우기 시작했다. 나는 방으로 되돌아갔다. 학교 가는 첫날이라 10시까지만 가면 되었다. 그런데도 어쩌다 보니 시간이 촉박해서 서둘러야 했다. 어머니는 이런 일에 집중을 못 하고 허둥거리는 습관이 있었다. 창밖에는 첫 등교를 앞둔 신입생들이 각자의 집 앞에 서 있는 모습이 보였다. 게이르, 레이프 토레, 트론, 게이르 호콘, 마리안네. 빗질

한 머리, 다림질한 원피스와 셔츠. 그들은 부모님의 카메라 앞에서 자랑스런 미소를 띠고 서 있었다. 어머니는 한 손을 올려 전나무 꼭대기 위에서 천천히 움직이고 있는 해를 가렸고, 나는 어머니 옆에 서서 미소를 지었다. 다른 아이들은 이미 차를 타고 학교로 떠난 후였다. 동네에 마지막으로 남은 우리는 그제야 서두르기 시작했다.

어머니는 그날 특별히 하루 휴가를 냈다. 나는 녹색 폴크스바겐 차 문을 열고 앞좌석을 끌어당긴 후 뒷좌석에 앉았다. 어머니는 핸드백에서 차 열쇠를 꺼내 시동을 걸고, 담배를 한 대 피워문 후 어깨 너머로 시선을 던지며 후진했다. 어머니는 언덕 위로 몇 미터 올라간 다음 기어를 바꾸고 속도를 내기 시작했다. 나는 엔진 소리가 돌담 벽에 부딪혀 만들어내는 메아리 소리를 들으며, 앞좌석 사이로 창밖을 더 잘 보기 위해 뒷자리 가운데로 자리를 옮겼다. 맞은편 선착장에 보이는 하얀 탱크 두 개, 크리스텐 씨의 빨간 페인트칠을 한 집 그리고 다가올 여섯 해 동안 하루도 빠짐없이 보게 될 창밖의 온갖 풍경을 눈에 담으면서 한 번도 가보지 못했던 섬 동쪽으로 향했다. 낯선 길을 달리던 어머니는 조금 스트레스를 받은 것 같았다.

"칼 오베, 저 길이니? 혹시 기억 나?"

어머니는 담배꽁초를 재떨이에 던져 넣으며 백미러에 비친 내게 물었다.

"기억이 잘 안 나요. 그런데 저 길이 맞는 것 같아요. 적어도 왼편에 있던 길이라는 건 기억해요."

그곳에는 슈퍼마켓 하나와 가정집 여러 채가 있었다. 학교 건물은 어디에도 보이지 않았다. 바다는 깊고 푸르렀으며, 건물들의 그림자가 드리운 곳은 검은색을 띠고 있었다. 노란색, 갈색, 연두색 등 육지의 색들은 몇 주 동안이나 계속된 무더위에 색이 바래졌고 바닷물

표면의 차가운 푸른색과 묘하게 어우러져 있었다.

어머니는 자갈길로 들어섰다. 차 꽁무니로 먼지바람이 일었다. 길은 점점 좁아졌다. 아무것도 보이지 않자 어머니는 차를 돌려 온 길로 되돌아나갔다. 해변을 따라 맞은편 길을 따라가 보았지만 그 또한 학교로 가는 길은 아니었다.

"어머니, 제시간에 도착할 수 있을까요?"

"글쎄… 지도를 가져오지 않은 게 후회되는구나!"

"지난번에 한 번 가봤던 길이잖아요."

"응. 하지만 기억이 안 나."

우리는 10분 전에 지나쳤던 언덕 위로 다시 올라가 교회 옆의 샛길을 통해 큰길로 나갔다. 교차로에 있는 이정표 앞에 이르자 어머니는 속력을 줄이고 몸을 앞으로 쑥 내밀었다.

"어머니, 저기예요!"

나는 손가락으로 앞쪽을 가리켰다. 학교 건물이 보이지는 않았지만, 길 오른쪽의 잔디밭은 기억할 수 있었다. 완만한 경사 길을 올라가니 언덕 꼭대기에 있는 학교 건물이 보였다. 교문 앞 자갈길에는 이미 차 여러 대가 나란히 세워져 있었다. 방향을 틀자 운동장에 빽빽이 모여 있는 사람들이 보였다. 그들은 높다란 깃대 옆 연단 위에서 손을 크게 휘저으며 말하고 있는 남자를 쳐다보고 있었다.

"서둘러야 해요! 벌써 시작했나 봐요, 어머니. 벌써 시작했다고요!"

"응, 그런 것 같구나. 하지만 주차부터 해야지. 저기, 저기에 차를 세우면 되겠구나."

어머니는 허름한 흰색 체육관 건물 뒤 아스팔트로 포장된 곳에 차를 세웠다. 낯선 곳이었기에 우리는 오솔길을 따라 걷다가 축구 경기장을 가로지르는 지름길을 택하지 않고 맞은편 길을 빙 둘러 학교 운동장으로 갔다. 어머니는 내 팔을 잡고 총총걸음으로 걸었다. 뛰다시피 걷는 나는 걸음을 옮길 때마다 등에 부딪히는 새 책가방을 느낄 수 있어 기분이 좋았다. 하늘색 바지와 하늘색 재킷, 파란색 운동화를 신고 있다는 생각이 뒤를 잇자 하늘을 날 것만 같았다.

운동장에 도착하니, 모여 있던 사람들이 나지막한 학교 건물 안으로 들어가고 있었다.

"입학식을 놓쳐버렸구나."

어머니가 말했다.

"괜찮아요, 어머니. 우리도 얼른 저쪽으로 가요."

나는 게이르와 그의 어머니를 발견하고 어머니의 손을 잡아끌었다. 두 여인은 미소를 지으면서 인사를 나눴다. 우리는 학부모와 아이들 사이를 뚫고 계단을 올라갔다. 게이르의 책가방은 내 것과 똑같았다. 둘러보니 남자아이들 대부분이 똑같은 책가방을 메고 있었다. 반면 여자아이들의 책가방은 가지각색이었다.

"어디로 가야 하는지 아세요?"

어머니가 게이르의 어머니인 마르타 씨에게 물었다.

"글쎄요, 저도 잘 모르겠는걸요."

마르타 씨가 웃으며 말을 이었다.

"아이들 담임선생님을 따라가면 될 거예요."

그녀가 고갯짓을 하며 가리키는 곳을 보니 담임선생님이 서 있었다. 선생님은 계단 앞에 서서 학생들을 불러모았다. 게이르와 나는 사람들을 뚫고 뛰어가 계단 옆 복도 끝 쪽에 자리 잡고 섰다. 하지만 선생님이 복도 앞쪽에 서 있는 아이들부터 교실로 데리고 들어가는 바람에, 가장 먼저 교실에 들어갈 수 있으리라 생각했던 우리는 거의 마지막까지 기다려야 했다.

교실은 새 옷을 차려입은 학생들과 학부모들로 가득 찼다. 창밖으로 시냇물이 보였고, 그 뒤에는 나무로 빽빽한 숲이 보였다. 담임 선생님이 교단 앞에 섰다. 칠판에는 '1학년 B반에 온 것을 환영합니다'라는 글자가 분홍색 분필로 적혀 있었고 테두리는 꽃으로 장식되어 있었다. 교단 옆 벽에는 커다란 지도와 도표가 걸려 있었다.

"안녕하세요, 여러분!"

담임선생님이 말을 이었다.

"산드네스 초등학교에 오신 것을 환영합니다. 저는 헬가 토르게르센이라고 해요. 여러분의 담임이랍니다. 앞으로 여러분과 함께 보낼 시간이 무척 기대됩니다. 참, 그거 아세요? 오늘 이곳에 처음 온 사람은 여러분뿐만이 아니랍니다. 저도 오늘 이 학교에 처음 왔어요. 이 학급은 제게 첫 학급이 되는 셈이죠."

나는 주변을 둘러보았다. 어른들은 모두 미소를 짓고 있었고, 아이들은 대부분 나처럼 주위를 두리번거리고 있었다. 게이르 호콘, 드론, 게이르, 레이프 토레, 마리안네가 보였다. 사나운 개를 기르는 집에서 우리가 지나갈 때마다 돌을 던지던 아이도 보였다. 다른 아이들은 한 번도 본 적이 없었다.

"이제 출석을 부르겠습니다."

담임선생님이 고개를 들며 말을 이었다.

"출석이 뭔지 아는 사람?"

아무도 대답하지 않았다.

"선생님이 이름을 부르면 이름 불린 사람이 대답하는 거예요."

나는 자랑스레 대답했다.

모두 나를 쳐다보았다. 나는 뻐드렁니를 드러내며 환한 미소를 지었다.

"맞아요. 우선 A부터 시작하겠습니다. A는 알파벳의 가장 첫 글자
죠. 여러분들은 곧 알파벳도 배우게 될 거예요. 일단 A부터 시작하
죠. 안네 리즈벳!"

"네."

나를 포함한 모든 아이가 소리나는 쪽으로 고개를 돌렸다.

가녀린 몸에 검은 머리가 반짝이는 소녀는 인디언 같았다.

"아스게이르?"

"네!"

커다란 앞니에 머리를 길게 기른 소년이 대답했다.

출석을 부른 후 우리는 각자 정해진 자리에 앉았고 학부모들은 벽
쪽에 나란히 서서 우리를 지켜보았다. 선생님은 우리에게 리코더와
책, 공책 한 권과 시간표, 지역 은행에서 제작한 돼지 저금통과 황금
색 개미가 그려진 은행 광고 책자를 나누어주었다. 가을 학기에는
일주일에 한 번씩 섬 반대쪽에 있는 다른 학교로 가서 수영 강습을
받을 계획이라고 했다. 트로뫼이아에는 수영장이 없었기 때문이다.
선생님은 우리에게 수영 교실 신청서를 나누어주었다. 우리는 어른
들이 지켜보는 가운데 그림도 그렸다. 어느새 학교에서 보내는 첫날
이 다 지나가버렸다. 처음으로 혼자 버스를 타고 처음으로 혼자 학
교에 가서 세 시간 동안 공부하는 일과는 다음 날부터 시작될 예정
이었다.

교실을 나서서 집으로 향하는 길에도 새롭고 낯선 것들 때문에 들
뜬 마음을 가라앉히기 쉽지 않았다. 수많은 아이가 부모님과 함께
차를 타고 동시에 출발하는 모습은 제헌절 축제 때나 볼 수 있는 광
경이었기에 더욱 그러했다. 하지만 시간이 지나자 실망감이 스멀스

멀 자라나기 시작했다. 집에 가까워질수록 실망감은 더욱 커졌다.

첫 등교 일이었지만 특별한 일은 일어나지 않았다.

나는 이미 글자를 읽고 쓸 수 있으며 간단한 계산까지도 할 수 있었기에 학교에 가면 내 실력을 보여줄 기회를 얻을 수 있으리라 믿었다. 적어도 조금은 말이다. 종소리에 맞춰 쉬는 시간에 밖으로 나가 놀거나 수업하러 교실에 들어가는 일도 할 수 있을 것이라 기대했으며, 새 필통과 새 책가방을 열어볼 기회도 있을 것이라 생각했다.

생각과는 달리 학교에서의 첫날은 내 기대에 전혀 미치지 못했다. 너무나 멋진 새 옷도 집에 돌아오자마자 벗어서 옷장 속에 다시 걸어두어야 했다. 새 옷 입을 날이 또 오기만을 기다릴 수밖에 없었다. 부엌에 앉아 저녁식사를 준비하는 어머니와 대화를 나누었다. 평소엔 한낮에 어머니와 단둘이 이야기를 나눌 수 있는 기회가 전혀 없었기에 나는 기뻐 어쩔 줄 몰랐다. 나는 어머니의 관심을 오롯이 독차지할 수 있다는 생각에 이 시간을 마음껏 누리기로 작정하고 온갖 이야기를 조잘조잘 뱉어냈다.

"함께 놀 수 있는 고양이가 있었으면 좋겠어요. 우리도 고양이를 키우면 안 될까요?"

"그럴 수 있다면 좋겠구나. 나도 고양이를 좋아하거든. 함께 있으면 지루하지 않고 좋을 거야."

"아버지가 고양이를 싫어하나요?"

"글쎄, 그건 나도 모르겠구나. 아버지는 그냥 관심이 없을 뿐이라고 생각해. 사실 고양이를 키우면 손이 많이 가잖니. 아버지는 그걸 싫어할 거야."

"제가 고양이를 돌보면 되잖아요. 아무 문제 없어요."

"그건 나도 알아. 한번 생각해보자꾸나."

"그래요. 만약 욍베 형도 고양이를 키우고 싶어 한다면 고양이를 원하는 사람이 세 명이나 되잖아요?"

어머니가 웃음을 터뜨렸다.

"그게 그렇게 쉬운 일은 아니란다. 조금 참고 기다려보렴. 앞으로의 일은 모르는 법이잖니."

어머니는 껍질 벗긴 당근을 도마 위에 놓고 잘게 채썰기를 한 후, 뼈와 고기를 삶고 있던 커다란 냄비 속에 넣었다. 나는 고개를 돌려 창밖을 내다보았다. 어머니가 뜨개질로 만든 주황색 커튼 구멍 사이로 보이는 골목길은 여느 날의 한낮과 마찬가지로 텅 비어 있었다.

문득 양파 냄새가 강하게 코를 찔렀다. 나는 얼른 어머니를 향해 고개를 돌렸다. 팔을 쭉 뻗은 채 양파를 썰고 있던 어머니가 눈물을 흘리고 있었다.

다시 창밖으로 고개를 돌리니 평상복으로 갈아입은 게이르가 언덕 아래로 뛰어 내려오고 있었다. 몇 초 후, 반쯤 열린 창으로 집 앞 자갈길을 뛰어다니는 그의 발소리가 들려왔다.

"칼 오베, 나와 놀자!"

"어머니, 밖에 나가서 놀다 올게요."

나는 의자에서 미끄러지듯 내려왔다.

"알았어. 어디로 갈 거니?"

"저도 몰라요."

"멀리 가지 말거라."

"네."

나는 게이르가 우리 집에 아무도 없는 줄 알고 돌아갈까봐 서둘러 아래층으로 내려가 대문을 열었다. 게이르와 인사를 나눈 후 신발을 신기 위해 몸을 굽혔다.

"진짜 성냥을 구했어."

게이르가 반바지 주머니를 툭툭 치면서 나직이 귓속말을 했다.

"정말? 어디서 구했니?"

나도 역시 소리 죽여 물어보았다.

"우리 집. 거실에 있는 걸 가져왔어."

"훔친 거야?"

그가 고개를 끄덕였다.

나는 집을 나선 후 대문을 잘 닫았다.

"불을 붙여보자."

내가 게이르에게 제안했다.

"응. 그러자."

게이르가 맞장구쳤다.

"뭘 태울까?"

"뭐든 상관없잖아. 일단 태울 수 있는 물건부터 찾아보자. 성냥갑 속엔 성냥이 가득 들어 있으니까 뭐든 굉장히 많이 태울 수 있어."

"그러려면 연기가 나도 눈에 띄지 않는 곳으로 가야 해. 산 위로 올라가는 건 어때?"

"그게 좋겠다."

"불을 끌 수 있는 것도 가져가야지."

나는 말을 이었다.

"잠깐만 기다려. 페트병에 물을 담아올게."

나는 다시 문을 열고 들어가 운동화를 벗어던진 후 계단을 올라갔다. 부엌에 들어서자 어머니가 고개를 돌려 나를 바라보았다.

"산책 갈 거예요. 페트병에 물을 담아 가려고요."

"물 대신 과일주스는 어때? 원한다면 과일주스를 담아줄게. 오늘은 네가 학생이 된 첫날이니까."

나는 잠시 망설했다. 내게 필요한 건 과일주스가 아니라 물이었다. 하지만 물을 가져가겠다고 고집부린다면 어머니가 의심할 것 같았다. 나는 평소에 물보다 과일주스를 더 좋아했으니까. 나는 둘러댈 말을 찾기 위해 잠시 생각에 잠겼다.

"아니에요. 게이르가 물을 가져가니까 저도 그렇게 할래요."

말하는 순간 심장이 쿵쿵 뛰기 시작했다.

"그래? 그렇다면야."

어머니는 싱크대 아래에서 짙은 녹색의 빈 페트병을 찾아 물을 채운 후 뚜껑을 꼭 닫아 내게 건네주었다.

"빵도 몇 개 가져갈래?"

나는 잠시 생각에 잠겼다.

"괜찮아요. 아니… 두 조각 정도 가져갈게요. 파테*를 발라주세요."

어머니가 빵을 써는 동안 나는 창밖으로 고개를 쑥 내밀었다.

"곧 내려갈게. 잠시만 기다려!"

내가 소리 지르자 게이르가 진지한 눈빛으로 나를 올려다보며 고개를 끄덕였다.

나는 어머니가 챙겨준 도시락과 물이 든 페트병을 비닐봉지에 넣고 서둘러 아래층으로 내려갔다. 게이르와 나는 언덕을 오르기 시작했다. 뜨거운 햇살에 바짝 마른 길옆의 갓돌은 발을 대면 금방이

• 간이나 자투리 고기, 생선살 등을 갈아서 밀가루 반죽을 입혀 오븐에 구워낸 요리. 빵에 발라 먹거나 얹어 먹기도 한다.

라도 부스러질 것만 같았고, 차가 다니는 흙길은 딱딱하기 그지없었다. 이토록 더운 날에 우리는 가끔 달아오른 아스팔트 위에 엉덩이를 대고 앉아 누가 오래 견디나 내기를 하기도 했다. 하지만 그날은 할 일이 있어서 그런 일은 하지 않았다.

"한번 봐도 돼?"

게이르는 주머니에서 성냥갑을 꺼냈다. 성냥갑을 받아 흔들어보니 꽉 차 있다는 것을 단번에 알 수 있었다. 갑을 열어보니 머리가 빨간 성냥이 가득 들어 있었다.

불을 붙여야지. 불을 붙여봐야지.

"모두 새 거네!"

나는 성냥갑을 돌려주며 말을 이었다.

"네가 가져간 걸 눈치채면 어떡하지?"

"그런 일은 없을 거야. 만약 눈치채고 닦달한다 해도 딱 잡아떼면 그만이야. 내가 성냥을 가져갔다는 증거는 어디에도 없으니까 말이야."

몰덴 씨의 집 앞에서부터 오솔길이 시작되었다. 말라서 누렇게 변한 잔디 사이에 갈색으로 변해버린 잔디도 보였다. 게이르네 집은 어머니가 엄했고 아버지는 상냥했다. 다그 로타르네 집은 어머니와 아버지 둘 다 상냥했다. 굳이 따진다면 아버지 쪽이 좀더 엄하다고 할 수 있다. 하지만 나는 우리 아버지처럼 엄한 사람은 없을 것이라고 확신했다.

걸음을 멈춘 게이르가 성냥 한 개를 꺼내 성냥갑 옆면의 빨간 유황 머리를 쓱 문질렀다.

"지금 뭐하는 거니! 여기선 안 돼! 누가 보면 어쩌려고!"

나는 깜짝 놀라 소리 질렀다.

"쳇."

게이르는 코웃음을 쳤지만 얼른 내 말대로 성냥을 집어넣고 다시 걷기 시작했다.

언덕 꼭대기에 이른 우리는 여느 때와 마찬가지로 주위를 둘러보았다. 바다에서 뭍으로 쑥 들어온 곳에는 작고 하얀 삼각형 보트가 네 개 있었고, 그 뒤에 자리한 커다란 선박 위에는 굴착기로 보이는 대형 기계가 실려 있었다. 예르스타홀멘 쪽에는 작은 보트 두 대가 정박되어 있었다.

불을 붙이자. 불을 붙여보자.

숲속으로 들어가자 즐거운 긴장감에 몸이 떨렸다. 햇살은 나뭇가지들이 만들어낸 그림자 속에서 겁 많은 작은 동물처럼 살짝 흔들리고 있었다. 우리는 뿌리가 뽑힌 채 넘어져 있는 나무둥치 뒤에서 걸음을 멈췄다. 내가 비닐봉지에서 물병을 꺼내는 동안, 게이르는 몸을 굽히고 성냥에 불을 붙였다. 투명해 보이는 불길이 뾰족한 잔디 끝을 타고 너울너울 번져나갔다. 불길이 거의 어른 손만큼 커지자 나는 얼른 물을 부었다. 한 줄기 연기가 마치 조금 전의 일과는 전혀 상관없다는 듯 공중으로 피어올랐다.

"누가 봤을 거라고 생각해?"

게이르가 물었다.

"연기는 아주 멀리서도 잘 보여. 인디언들은 몇 킬로미터나 떨어진 곳에서도 연기를 이용해 서로 연락을 주고받았다는 말을 들은 적이 있어."

"아주 빨리 타는걸. 너도 봤지?"

게이르는 한 손으로 머리를 획 넘기면서 미소를 지었다.

"응, 나도 봤어."

"다른 곳으로 가서 불을 붙여볼까?"

"응, 그러자. 하지만 이번엔 내 차례야."

"알았어."

그는 불장난할 적당한 장소를 찾으면서 내게 성냥을 넘겨주었다.

게이르는 어떤 일에 직접 참여하지 않아도 옆에 서서 안절부절못했으며, 직접 참여할 때면 온 정신을 집중했기에 옆에서 무슨 말을 해도 잘 알아듣지 못했다. 그는 내가 알고 있는 아이들 가운데 상상력이 가장 뛰어났다. 예를 들어 보물찾기나 뱃놀이, 인디언 놀이나 레이싱 놀이, 우주선이나 해적선 놀이 또는 밀수꾼이나 왕자, 원숭이나 비밀스런 마법사가 되어 함께 놀 때면 놀이에 푹 빠져 시간 가는 줄 몰랐다.

반면 레이프 토레나 게이르 호콘은 금방 싫증 내고 다른 놀이를 찾아 나섰다. 이들은 갖가지 상상력을 발휘해서 놀기보다는 눈앞에 보이는 것들에만 잠시 관심을 보이곤 했다.

놀이터와 축구 경기장 사이의 공터에는 가느다란 버드나무 사이에 폐차 한 대가 버려져 있었다. 좌석과 핸들, 기어와 페달, 대시보드와 차문 등이 모두 그럴싸한 형태로 남아 있어 우리는 그 안에서 자주 놀았다. 클러치를 누르고, 기어를 변속하고, 핸들을 돌리며 백미러를 조정하거나 전속력으로 달리는 흔들리는 차 안에 앉아 있는 것처럼 몸을 흔들어보기도 했다.

게이르는 온갖 상상력을 동원해 놀이를 만들어냈다. 예를 들어 깨진 창문은 우리가 은행을 털고 도주할 때 경찰의 총에 맞은 것이라고 했고, 바닥의 검은 고무패드 위에 여전히 깨진 유리조각이 있는 듯 조심하라고 소리치기도 했다. 한 사람이 운전하는 동안 다른 한 사람은 차의 지붕 위로 기어 올라가 뒤따르는 경찰에게 총 쏘는 시늉을 할 때도 있었다.

이 놀이는 해질 녘 집으로 돌아갈 시간에, 주변에 경찰이 없는 것을 확인하고 차를 주차장에 세운 후 훔친 돈을 나눠가질 때까지 계속되었다. 가끔은 폐차가 달 착륙선이라 상상하고 차에서 내린 후 무중력 상태인 것처럼 몸을 흐늘흐늘 움직이며 걷기도 했다.

이런 놀이들은 게이르가 아니면 할 수 없었다. 나는 자주 게이르와 함께 놀 곳을 물색하기 위해 새로운 곳을 찾아다녔다. 가끔은 이미 가보았던 곳, 즉 커다란 구멍이 뚫린 참나무 둥치 근처나 강 수면 위로 불쑥 솟은 작은 바위 위, 지하실 기초 공사를 하려고 파놓은 물로 가득한 구덩이 또는 거대한 다리 위의 시멘트 기둥이나 처음 몇 미터까지는 우리도 기어 올라갈 수 있는 숲속의 굵직한 금속 와이어 근처에서 놀기도 했다. 특히 쳰나 호수와 맞은편 길 사이에 자리한 폐허는 우리의 아지트 역할을 했다. 거기보다 더 먼 곳은 가보지 못했다. 깊은 호수 옆에 자리한 거무칙칙한 폐허 건물 벽은 이끼가 끼어 미끈미끈했고 군데군데 썩은 곳도 있었다. 폐차장 두 곳과 손바닥만 한 바위섬 세 개가 불쑥 솟아 있는 작은 강도 우리가 자주 가는 곳이었다. 나무가 빽빽하게 우거진 바위섬 하나는 도로변에서 그리 멀지 않은 비탈진 곳에 있었지만 수심이 깊어 거뭇거뭇해보였다.

피나로 가는 길옆에 자리한 크리스털처럼 반짝이는 하얀 돌산도 우리의 놀이장소 가운데 하나였다. 다리 건너 감플레 튀바켄에 있는 작은 보트 공장도 우리가 놀기에 더없이 좋은 곳이었다. 빈 창고와 보트 자재들, 녹슨 블록과 기계들. 그곳에 가면 기름 냄새, 석탄 냄새와 어우러진 짜디짠 바다 냄새를 맡을 수 있었다.

우리는 하루도 빠지지 않고 1, 2킬로미터 내외에 있는 이 모든 곳에 가서 놀았다. 놀이의 요점은 우리가 그곳에서 찾으려 하는 것, 이미 찾아낸 것들을 우리만의 비밀로 간직하는 것이었다. 게이르가 아 닌 다른 아이들과는 땅따먹기를 하거나 작대기 세우기, 공을 차거나 스키를 타는 등 흔한 놀이를 하면서 시간을 보냈다. 하지만 게이르 와 놀 때는 전설 속의 용이 살고 있을 만한 곳을 찾아나서는 등 모든 상상력을 동원하곤 했다. 이것이 바로 게이르와 내가 함께 노는 방 법이었다.

하지만 이번에는 우리가 찾아나서는 장소가 아니라, 우리가 하는 일 그 자체만으로도 시간을 보내기에 충분했다.

불을 붙이자. 불을 붙여보자.

우리는 몇 미터 떨어진 곳으로 발걸음을 옮겼다. 땅 위까지 길게 축 늘어진 나뭇가지는 회색빛을 띠고 있었고 나뭇잎이라곤 하나도 붙어 있지 않아 나이 많은 나무임을 한눈에 알 수 있었다. 나는 엄지 와 집게손가락으로 나뭇가지를 살짝 부러뜨려보았다. 수분이 전혀 남아 있지 않은 듯, 바짝 마른 나뭇가지는 쉽게 툭 끊어졌고 곧 가루 처럼 부스러졌다. 작은 언덕 꼭대기에 서 있는 나무 아래에는 마른 흙 사이로 잔디가 자라는 곳도 있었고, 누런 솔잎들이 떨어져 있는 곳도 있었다.

나는 땅에 무릎을 대고 앉아 성냥에 불을 붙인 후 잔디 위로 가져 갔다. 곧 잔디에 불이 옮겨 붙었다. 처음엔 눈에 보이지 않을 정도로 투명한 불꽃이었지만 잔디 위의 공기가 흔들릴 정도로 뜨거웠다. 잠 시 후, 불이 붙은 잔디는 조그맣게 오그라들었고 불길은 옆으로 천 천히 번지기 시작했다. 어떤 면에서는 불길이 너무 빨리 번졌다고 할 수도 있을 것이다. 마치 떼로 움직이는 개미들을 보면 매우 빨리 움직이는 것 같지만, 개미를 한 마리 한 마리 따로 떼어놓고 관찰하 면 아주 천천히 움직이는 것처럼 말이다. 눈 깜짝할 사이에 불길이 내 허리까지 치솟아 올랐다.

"불을 꺼! 불을 끄란 말이야!"

나는 게이르에게 소리쳤다.

그가 잔디 위에 물을 쏟아붓자 타오르던 불은 지지직 소리를 내며 숨을 죽이기 시작했다. 나는 사그라지는 불꽃을 재빨리 손바닥으로 내리치며 완전히 불을 껐다.

"휴!"

나는 불을 끈 후 안도의 한숨을 내쉬었다.

"큰일 날 뻔했어!"

게이르가 웃음을 터뜨리며 말을 이었다.

"진짜 빨리 타들어가던걸!"

나는 몸을 일으켰다.

"누가 봤으면 어쩌지? 저 밑에 가서 누가 이쪽을 올려다봤는지 확인해볼까?"

나는 게이르의 대답을 기다리지 않고 부드러운 이끼와 히스 덤불이 덮고 있는 언덕길을 뛰어 내려갔다. 갑자기 고개를 든 두려움이 온몸을 휘감았다. 방금 했던 일을 떠올리니 당황스러웠다. 깊이를 알 수 없는 두려움. 아, 이제 무슨 일이 일어날 것인가? 난 어떻게 하면 좋을까.

언덕 기슭에서 걸음을 멈춘 나는 햇살을 가리기라도 하듯 이마 위로 손을 가져갔다. 아버지의 차는 대문 앞 진입로에 세워져 있었지만, 아버지의 모습은 보이지 않았다. 어쩌면 아버지는 밖에 있다가 방금 집 안으로 들어갔는지도 모른다. 구스타브센 씨는 잔디밭을 거닐고 있었다. 그가 불길을 보았다면 틀림없이 아버지에게 고자질할 것이다. 지금 당장은 아니더라도 언젠가는 말이다.

아버지를 떠올리니, 아버지가 이 세상에 존재한다는 사실만으로도 두려워졌다.

게이르를 돌아보았다. 그는 내가 가져온 비닐봉지를 한 손에 들고 뛰어오고 있었다. 저 밑에는 게이르 호콘의 남동생으로 보이는 아이가 길옆 모래밭에 앉아 놀고 있었다. 자동차 한 대가 날벌레 눈처럼 생긴 전조등을 켜고 언덕 위로 올라오다 깜빡이를 넣고 왼쪽 길모퉁이로 사라졌다.

"지금 내려가면 안 될 것 같아. 누가 연기를 보았다면 언덕 위에서 내려오는 우리를 보고 불을 낸 사람이 누구인지 금방 알아챌 거란 말이야."

나는 걱정스런 표정으로 말했다.

아, 왜 그랬을까? 왜? 왜?

"지금 여기 서 있는 것도 위험해. 아래쪽에서 보면 다 보이니까."

나는 다시 말을 이었다.

"얼른 나를 따라와!"

우리는 나무가 우거진 비탈길로 내려갔다. 언덕 아래쪽에 다다른 우리는 길에서 10여 킬로미터쯤 떨어진 숲을 가로질러 집으로 돌아갔다. 불에 태운 설탕처럼 찐득찐득한 갈색 진액이 흐르는 커다란 전나무 옆에서 발걸음을 멈추니 진한 나무향이 코를 찔렀다. 옆에는 폭이 넓고 얕은 시냇물이 탁한 녹색을 띤 채 흐르고 있었다. 저 멀리 마가목 사이로 우리 집이 보였다. 나는 손에 숯검정이 묻어 있는지 확인해보았다. 다행히 손은 깨끗했다. 하지만 손에서 탄 냄새가 나는 것 같아 얼른 손을 물에 넣어 깨끗이 헹군 다음 바지에 물기를 닦았다.

"성냥은 어떻게 할 거니?"

게이르는 어깨를 으쓱해보였다.

"숨겨야지, 뭐."

"만약 들키더라도 내 이야기는 절대 하지 마, 알았지? 우리가 함께 불장난했다고 말하면 안 된단 말이야."

"알았어. 그건 그렇고 이 비닐봉지는 네 거잖아."

우리는 길을 따라 걷기 시작했다.

"오늘 뭘 더 태울 생각이 있니?"

나는 슬쩍 물어보았다.

"아니."

"레이프 토레가 와도?"

"오늘은 아냐. 내일이면 또 몰라도."

그의 표정이 갑자기 환하게 밝아졌다.

"내일 학교에 성냥을 가져갈까?"

"미쳤니?"

게이르가 웃음을 터뜨렸다. 우리는 길을 건넜다.

"잘 가!"

그가 언덕을 뛰어 올라가며 작별 인사를 건넸다.

나는 울타리 옆 누런 잔디 위에 주차된 어머니의 딱정벌레차와 회색 쓰레기통을 차례차례 지나 대문 앞 자갈밭으로 걸어 들어갔다. 다시 두려움이 밀려왔다. 아버지의 빨간 차는 햇살에 반짝이고 있었다. 부엌 창으로 내다보는 가족 누군가와 눈이 마주칠까봐 나는 얼른 두 손을 맞잡고 고개를 푹 숙였다.

사랑하는 신이시여. 부디 아무 일도 일어나지 않도록 도와주소서. 그렇게만 해주신다면 앞으로는 절대 나쁜 짓을 하지 않겠습니다. 절

대, 절대 나쁜 짓을 하지 않겠다고 진심으로 약속합니다. 아멘.

대문을 열고 집 안으로 들어섰다.

햇빛이 내리쬐는 밖에 있다 어두침침한 현관에 들어서니 서늘한 공기가 나를 맞아주었다. 집 안에는 미트스튜 냄새가 가득 배어 있었다. 허리를 굽혀 운동화 끈을 푼 다음 신발을 벽 쪽에 나란히 놓아두고 애써 아무 일 없었다는 듯 평상시와 다름없는 표정을 지으며 계단을 올라갔다. 계단을 오르던 나는 잠시 걸음을 멈췄다. 어떻게 하면 가장 자연스러워 보일까. 내 방으로 바로 들어가는 것이 좋을까, 아니면 부엌으로 가서 저녁식사가 다 되었는지 확인해보는 것이 좋을까.

접시 부딪히는 소리와 사람들의 목소리가 들려왔다.

혹시 식사 시간에 늦은 건 아닐까?

다른 사람들은 이미 저녁식사를 끝냈을까?

오, 이럴 수가. 이런 일이 생기다니.

어떡하지?

조용히 몸을 돌려 밖으로 나가 언덕 위의 숲으로 올라간 다음 다시는 집으로 돌아오지 않겠다는 생각을 하자 겁에 질렸던 가슴이 뻥 뚫리는 것 같기도 했다.

내가 집을 나가 영영 돌아오지 않으면, 가족들은 가슴을 치며 후회하겠지.

"이제 왔니, 칼 오베?"

아버지의 목소리가 들렸다.

나는 침을 꿀꺽 삼켰다. 고개를 세차게 흔들며 눈을 깜박이면서 심호흡을 했다.

"네."

"식사 중이야! 얼른 들어오너라!"

신이 내 기도를 들은 것이 틀림없었다. 아버지는 기분이 좋아보였다. 부엌으로 들어가니 아버지는 두 다리를 쩍 벌린 채 의자에 등을 기대고 앉아 있었다. 아버지가 두 팔을 활짝 벌리고 눈을 가늘게 뜨며 내게 말했다.

"밖에서 뭘 하고 놀았기에 식사 시간을 잊어버렸니?"

나는 윙베 형 옆자리에 앉았다. 아버지는 긴 식탁의 오른쪽 끝에 앉아 있었고, 어머니는 왼쪽 끝에 앉아 있었다. 회색과 흰색 대리석을 닮은 레스파텍스* 식탁 가장자리는 회색으로 둘러져 있었고, 매끈매끈한 다리 아랫부분에는 고무가 붙어 있었다. 식탁 위에는 갈색 접시들과 밑바닥에 듀라렉스**라고 적힌 녹색 유리잔, 납작한 빵이 들어 있는 광주리, 나무 국자를 담은 커다란 냄비 하나가 있었다.

"게이르랑 놀다 왔어요."

나는 나무 국자로 살코기를 건져 올리려고 몸을 앞으로 쑥 내밀면서 말했다.

"어디서?"

아버지가 포크를 들며 물었다. 턱수염에 묻은 작은 양파 조각이 눈에 들어왔다.

"숲속에서요."

"그래?"

아버지는 음식을 씹어 넘기면서도 내게서 눈을 떼지 않았다.

• 브랜드명.
•• 브랜드명.

"너희들이 언덕 위로 올라가는 걸 본 것 같은데?"

순간 나는 온몸이 마비되는 것 같았다.

"언덕 위에는 가지 않았어요."

나는 결국 거짓말을 하고 말았다.

"거짓말하지 마. 도대체 무슨 짓을 했기에 언덕 위엔 가지 않았다고 잡아떼는 거냐?"

"정말이에요. 언덕 위에 가지 않았어요."

어머니와 아버지는 은밀하게 눈빛을 교환했다. 아버지는 아무 말도 하지 않았고, 나는 다시 손을 움직일 수 있었다. 접시에 음식을 담고 먹기 시작했다. 아버지는 팔을 크게 휘저으며 한 번 더 접시를 채웠다. 내 옆자리에 앉아 이미 식사를 마친 윙베 형은 한 손은 허벅지 위에, 다른 한 손은 식탁 가장자리에 올려놓았다.

"학교 첫날은 어땠니? 숙제도 있어?"

나는 고개를 저었다.

"담임선생님은 좋아?"

고개를 끄덕였다.

"선생님 성함이 뭐니?"

"헬가 토르게르센이에요."

"아, 그렇구나. 혹시 어디에 사는지 이야기해주셨니?"

"산둠에 산다고 했어요."

"아주 좋아 보였어요. 젊고 활발해 보이더군요."

어머니가 말했다.

"그런데 오늘 조금 늦었어요."

대화 주제가 달라지는 바람에 나는 마음을 푹 놓고 말해버렸다.

"그래?"

아버지가 어머니를 바라보았다.

"그런 이야기는 하지 않았잖소?"

"길을 잘못 들었어요. 몇 분 늦긴 했지만 중요한 사항은 빠뜨리지 않고 다 들었어요. 그렇지 않니, 칼 오베?"

"네."

나는 우물쭈물하며 대답했다.

"입안에 음식을 넣은 채로 말하면 안 돼."

아버지가 야단쳤다.

"네."

"너는 어땠어, 윙베? 첫날이었는데 특별한 일이 있었니?"

"아뇨."

윙베 형은 허리를 쭉 펴고 자세를 바로잡으며 대답했다.

"오늘은 축구 훈련이 있는 날이지?"

어머니가 형에게 물었다.

"네."

트라우마 축구팀에 속해 있던 윙베 형은 얼마 전에 살트뢰 팀으로 옮겼다. 형의 친구들 대부분이 속해 있는 트라우마 팀은 하얀 줄무늬가 사선으로 들어간 푸른색 셔츠와 하얀색 반바지, 푸른색과 흰색이 섞인 양말이 유니폼이었다. 보기만 해도 행복할 정도로 멋있었다. 살트뢰 팀은 섬의 반대편에 있는 밀집 지역을 중심으로 구성된 축구팀으로, 형은 오늘부터 그 팀에서 훈련할 예정이었다. 지금까지 한 번도 가보지 않은 다리를 건너서 축구 훈련장까지 혼자 가야 하는 것이다. 형은 집에서 축구 훈련장까지 5킬로미터나 된다고 했다.

"학교에서의 첫날이 어땠는지 더 이야기해봐, 칼 오베."

아버지가 나를 다그쳤다.

107

나는 고개를 끄덕이며 침을 꿀꺽 삼켰다.

"모두들 수영 강습을 받을 거라고 했어요. 여섯 번 강습을 받는데 다른 학교로 가야 한대요."

"그렇군."

아버지는 손등으로 입을 문질렀다. 하지만 턱수염에 붙은 양파 조각은 떨어지지 않았다.

"좋은 생각이야. 섬에 살면서 수영을 못 한다는 건 말이 안 되니까 미리미리 배워놓는 게 좋아."

"공짜래요."

어머니가 말했다.

"수영모자가 필요해요. 수영모자를 가져가야 하거든요. 이참에 수영복도 하나 새로 샀으면 좋겠어요. 반바지 말고… 진짜 수영복…"

"수영모자는 사줄게. 하지만 반바지로도 충분히 수영할 수 있어."

아버지가 말했다.

"물안경도 있으면 좋겠어요."

"물안경도?"

아버지가 장난스런 눈빛으로 말을 이었다.

"두고 보자꾸나."

아버지는 접시를 밀어놓고 의자에 등을 기댔다.

"잘 먹었소. 아주 맛있었어요."

아버지가 말했다.

"잘 먹었습니다."

윙베 형이 자리에서 일어나며 말했다. 5초 후, 형의 방문이 닫히는 소리가 들렸다.

나는 아버지가 좀더 말을 걸지도 모른다는 생각에 계속 자리에 앉아 있었다. 아버지는 창밖으로 맞은편 교차로에서 자전거에 매달리듯 서 있는 아이들 넷을 잠시 바라본 후 몸을 일으켰다. 그러고는 말 없이 빈 접시를 싱크대에 넣고 오렌지를 꺼낸 후 신문을 팔에 끼고 아래층 서재로 내려갔다. 어머니가 식탁을 치우기 시작하자 나는 윙베 형 방으로 갔다.

형은 가방을 챙기고 있었다. 나는 침대에 앉아 형을 지켜보았다. 형은 징이 박힌 검은색 아디다스 축구화와 엄브로 축구용 반바지, 스타트 팀이 사용하는 노란색과 검은색이 섞인 축구용 양말을 가지고 있었다. 어머니는 처음에 그라네 팀이 신는 하얀색과 검은색이 섞인 양말을 사주었지만 형이 싫다고 해서 그 양말은 내가 신게 되었다. 형의 물건 중 가장 멋있는 것은 하얀 줄무늬가 들어간 매끈매끈하고 반짝반짝 빛나는 푸른색 아디다스 체육복이었다. 예전에 자주 보던 축축 늘어지고 거칠거칠한 구식 체육복과는 차원이 달랐다. 가끔 형의 아디다스 체육복에 코를 묻고 냄새를 맡으면 그 환상적인 향기에 취할 것만 같았다. 나도 형처럼 그런 체육복을 가졌으면 좋겠다는 바람 때문이었을까. 아니, 어쩌면 강한 인조섬유 냄새 때문에 그것은 이 세상에 속한 것이 아니라는 생각을 했는지도 모른다. 그것은 미래의 냄새였다. 형은 체육복 말고도 비가 올 때 자주 걸쳐 입던 푸른색과 흰색이 섞인 아디다스 재킷도 있었다.

윙베 형은 아무 말 없이 가방을 챙겼다. 커다란 빨간색 지퍼를 올린 후 책상 위에 가방을 내려놓았다. 나는 시간표를 살펴보는 형에게 말을 걸었다.

"오늘 숙제 있어?"

형은 고개를 저었다.

"우리도 없어. 책 커버는 씌웠어?"

"아니, 책 커버는 이번 주 안에만 씌우면 돼."

"난 오늘 저녁에 책 커버를 씌울 거야."

내가 말을 이었다.

"어머니가 도와주실 거야."

"좋겠다!"

형이 자리에서 일어섰다.

"이제 간다. 자정이 될 때까지 내가 돌아오지 않으면 머리 없는 남자가 나를 잡아먹은 줄 알아. 하하, 나도 어떻게 될지 궁금하군!"

형은 웃음을 터뜨리며 계단을 내려갔다. 나는 욕실 창문을 통해 눈으로 형을 따라잡았다. 형은 한쪽 발을 자전거 페달 위에 얹고, 땅을 박찬 다른 쪽 발을 허공으로 던진 후 안장 위로 넘겼다. 가장 낮은 기어로 힘겹게 오르막길을 오른 뒤 교차로까지 이어지는 내리막길을 날아가는 듯 힘들이지 않고 미끄러져 내려갔다.

형의 모습이 사라지자 나는 복도로 나가 어머니와 아버지가 어디 있는지 확인해보았다. 집 안은 쥐죽은 듯이 고요했다.

"어머니?"

나는 나직이 어머니를 불러보았다.

아무런 대답도 들리지 않았다.

부엌에 가보았지만 어머니는 보이지 않았다. 거실 안쪽도 살펴보았지만 마찬가지였다. 침실로 간 건 아닐까?

나는 침실 앞에 멈춰 섰다.

인기척은 들리지 않았다.

정원으로 나갔을까?

나는 여러 창문으로 정원 구석구석을 살펴보았지만 어머니의 그림자도 찾을 수 없었다.

어머니의 차는 집 앞에 주차되어 있을까?

차는 집 앞에 세워져 있었다.

어머니가 어디 있는지 모르니 집 안에서 내 자리를 잃어버린 것 같았다. 당황해서 안절부절못하다 결국 내 방으로 들어가 침대 위에서 만화책을 읽기 시작했다. 문득 어머니는 아래층 아버지 서재에 계실지도 모른다는 생각이 스쳤다.

나는 서재에 발을 들여놓은 적이 거의 없다. 몇 번 서재에 간 적이 있긴 하지만 그때는 무엇을 물어보기 위해서였다. 보고 싶은 TV 프로그램을 봐도 좋은지 물어볼 때도 나는 먼저 방문을 두드린 후 아버지가 들어오라고 해야 문을 열고 들어갔다. 아버지 서재를 두드리기 위해서는 엄청난 용기가 필요했다. 그 때문에 나는 가끔 보고 싶은 TV 프로그램이 있어도 포기할 때가 많았다. 아버지가 먼저 우리에게 서재로 들어오라고 한 적도 있었다. 우리에게 무언가를 주거나 보여주기 위해서였다. 예를 들어 우표가 붙어 있는 편지봉투 같은 것들. 우리는 세를 주기 위해 따로 마련해둔 공간으로 가서 그곳에 있는 싱크대에 물을 받아 편지봉투를 한참 담가두곤 했다. 물에 불은 편지봉투에서 우표를 조심스레 떼어내고 몇 시간 동안 잘 말린 후 앨범에 꽂아두는 건 우리가 해야 할 일이었다.

그 외에는 아버지 서재에 들어가본 적이 없다. 심지어 집에 혼자 있을 때에도 그곳에 들어가봐야겠다는 생각은 하지 않았다. 아버지에게 들킬 확률이 너무나 컸으니까. 아버지는 평소와 조금이라도 다른 것이 있으면, 내가 아무리 숨기려 해도 귀신같이 알아내곤 했다.

그날 오후 언덕 위에서 있었던 일도 마찬가지다. 아버지는 우리가 그쪽으로 갔다는 것만 알고 있었을 뿐인데, 우리가 무언가 나쁜 짓을 했다는 것을 눈치챘다. 그날 아버지의 기분이 좋았던 것은 내게 너무나 다행이었다. 그렇지 않았다면 아버지는 분명 모든 것을 다 캐냈을 것이다.

　나는 침대에 엎드려『템포』잡지를 읽었다. 그것은 웡베 형이 얀 아틀레에게 빌린 것이었다. 나는 이미 그 잡지를 몇 번이나 읽었다. 좀 큰 아이들이 읽는 책을 읽고 있으면 더할 나위 없이 훌륭하면서도 감히 범접할 수 없는 미지의 세계에 은밀하게 속한 것 같은 강렬한 느낌을 받았다.『포 빙게네』와『캄프세리엔』에서 읽었던 제2차 세계대전 이야기,『텍스 윌러』『조나탄 헥스』또는『블루베리』에 나오는 1800년대의 미국 이야기,『폴 템플』에서 읽었던 제1, 2차 세계대전 사이 영국의 사정 또는 판타지 장르의 팬텀, 슈퍼맨, 배트맨, 판타스틱 4, 그리고 모든 디즈니 등장인물 등은 각기 다른 나의 모습을 반영했다. 특히『템포』에서 연재했던 시리즈 가운데 자동차 경주장에서 벌어지는 일이나,『버스터』에 연재했던 시리즈 가운데『조니 퓨마』와『빌리 부츠』같은 만화는 배경이나 스토리가 내가 알고 있는 현실에서도 찾아볼 수 있는 것이었기에 특히 더 매혹적이었던 것 같다. 포멜1 레이서들이 착용하는 가죽점퍼와 바이저가 부착된 헬멧은 여름이면 볼 수 있는 오토바이 운전자들을 떠오르게 했고, 스포일러가 장착된 나지막한 스포츠카는 가끔 텔레비전에서 본 자동차 경주를 연상시켰다. 경주장의 가장자리를 두른 울타리나 경쟁자의 차에 부딪혀 몇 바퀴를 구른 후 불이 붙은 차체 속에서 운전자가 불에 타 죽거나 아무 일도 없었다는 듯 무덤덤하게 차에서 내려 유유히 사고 현장을 떠나는 모습은 특히 기억에 남았다.

　나는 평소 이러한 이야기에 정신없이 빠져들곤 했다. 만화책을 읽다 보면 머릿속에 다른 잡생각은 하나도 들지 않을 정도였다. 적어도 내가 주도하는 생각의 흐름은 찾아볼 수 없었다. 이렇게 나는 이야기 속에 빠져들었던 것이다.

그날 오후엔 만화책을 펼치는 둥 마는 둥 옆으로 밀어놓았다. 무슨 이유에서인지 몸이 들썩거려 가만히 앉아 있을 수가 없었다. 다섯 시쯤 되었을 때, 나는 밖으로 나가기로 마음먹었다. 계단에 서서 귀를 기울여 보았지만 집 안에선 아무 소리도 들리지 않았다. 어머니는 아직도 아버지 서재에 있는 것이 틀림없었다. 도대체 어머니는 거기에서 뭘 하고 있는 걸까. 평소엔 좀처럼 서재에 발을 들이는 법이 없는데. 하루 중 이 시간에는 더욱 그런 것 같다고 생각하며, 나는 현관에 나가 허리를 굽히고 신발 끈을 묶었다. 아버지 서재 문을 두드려보았다. 일층 현관 옆의 문을 열면 복도를 지나 문이 세 개 보인다. 욕실, 서재, 그리고 작은 창고가 딸린 부엌으로 향하는 문이다. 원래 이 공간은 세를 주기 위해 만들어놓았지만 단 한 번도 세입자가 들어와 산 적은 없다.

"잠시 밖에 나갔다 올게요. 게이르 집에 갈 거예요!"

나는 집 밖에 나갈 때면 항상 어디 가는지 말하고 가야 한다고 배웠다.

몇 초의 정적 후에 서재에서 들려오는 아버지의 목소리엔 약간의 짜증이 묻어 있었다.

"알았어, 알았다고!"

다시 몇 초간 정적이 흘렀다.

뒤이어 어머니의 목소리가 들렸다. 아버지의 짜증 섞인 목소리를 무마하기라도 하듯 상냥하고 부드러운 목소리였다.

"알았어, 잘 다녀와, 칼 오베!"

나는 기다렸다는 듯 집을 나섰다. 조심스레 대문을 닫고 게이르네 집으로 달려갔다. 대문 앞에 서서 게이르의 이름을 몇 번 소리쳐 부

113

르니 그의 어머니가 뒷마당 쪽에서 돌아 나왔다. 그녀는 정원을 손질할 때 사용하는 작업용 장갑을 끼고, 카키색 반바지에 푸른색 셔츠를 입고 있었다. 검은색 나무 신발을 신고 손에는 빨간색 삽을 들고 있었다.

"안녕, 칼 오베! 게이르는 조금 전에 레이프 토레와 함께 나갔어."

"어디로 간다고 하던가요?"

"그건 모르겠어. 아무 말도 하지 않고 그냥 나가던걸."

"알겠습니다. 안녕히 계세요!"

나는 몸을 돌려 천천히 경사진 골목길을 오르기 시작했다. 눈물이 차올라 두 눈이 젖어오기 시작했다. 게이르는 왜 내게 아무 말도 하지 않았을까?

나는 양 갈래로 나뉜 길의 갓돌 앞에 멈추어 섰다. 숨을 죽이고 혹시 게이르의 목소리가 들리지 않을까 귀를 기울여보았다. 아무 소리도 들리지 않았다. 나는 갓돌에 털썩 주저앉았다. 꺼칠꺼칠한 시멘트에 허벅지 맨살이 닿았다. 아래쪽 도랑에 흐드러지게 피어 있는 민들레는 먼지로 뒤덮여 회색으로 변해버렸다. 옆에 버려진 녹슨 석쇠 살창 사이에는 햇살에 빛이 바랜 빈 담뱃갑이 끼어 있었다.

게이르 일행은 어디로 간 걸까.

우베실렌으로 갔을까.

선착장으로 간 건 아닐까.

동네 축구장이나 놀이터에서 놀고 있을까.

혹시 게이르가 우리 둘만의 장소에 레이프 토레를 데려간 건 아닐까.

아니, 언덕 위로 올라갔는지도 몰라.

나는 언덕 꼭대기를 바라보았다. 그들의 그림자조자 보이지 않았다. 몸을 일으켜 다시 걷기 시작했다. 체리나무 옆 교차로에서는 선착장으로 갈 수 있는 길이 세 갈래로 나뉘어 있었다. 나는 가장 오른쪽 길을 택했다. 오솔길로 들어갈 수 있는 작은 나무문을 열고 걷기 시작했다. 길 한쪽 옆은 커다란 떡갈나무가 드리운 짙은 그늘 때문에 어둑어둑했다. 우리가 자주 축구하던 맞은편 들판에는 흙과 낙엽이 수북하게 쌓여 있었다. 길 양옆의 경사로에는 무릎까지 올라올 정도로 잔디가 자라 있었다. 이른 봄인데도 사람들이 많이 다녀간 곳은 잔디가 납작하게 누워 있기도 했다. 숲속의 오솔길은 돌멩이로 뒤덮여 있었다. 회색빛이 감도는 가파른 절벽을 따라 여기저기 듬성듬성 서 있는 키 작은 나무들도 볼 수 있었다. 오솔길을 벗어나니 최근에 지은 선착장이 보였고 세쌍둥이처럼 꼭 닮은 부두 세 곳은 판자로 만든 가교와 주황색 수상 플랫폼으로 채워져 있었다.

그들은 여기에도 없었다. 그대로 발길을 돌리기가 민망해 부두로 내려가 보기로 마음먹었다. 부두 끝에 정박된 작은 나무배 안에는 카네스트룀 씨가 앉아 있었다. 호기심이 생긴 나는 나무배 쪽으로 내려가 보았다. 배 안에 혼자 있던 카네스트룀 씨가 고개를 들어 뱃머리 쪽에 서 있는 나를 쳐다보았다.

"어, 여긴 웬일이니? 혼자 여기까지 왔어? 난 보다시피 방금 낚시하고 왔단다."

그의 안경에 햇살이 반사되었다. 콧수염에 짧은 머리카락, 정수리에는 머리카락이 거의 보이지 않았다. 그는 청 반바지에 체크 무늬 셔츠를 입고 샌들을 신고 있었다.

"내가 잡은 물고기를 보여줄까?"

그가 빨간색 양동이를 번쩍 들어올렸다. 양동이 안에는 반짝이는 푸른색을 머금은 날씬하고 매끈매끈한 고등어가 한가득 들어 있었다. 고등어 몇 마리가 몸을 꿈틀거리자 그 움직임은 서로 몸을 맞댄 채 하나의 생명체처럼 붙어 있는 다른 고등어에게로 번져나갔다.

"우와! 그 많은 물고기를 직접 잡으셨어요?"

그가 고개를 끄덕였다.

"불과 몇 분 만에 잡은 거란다. 떼를 지어 헤엄치고 있는 걸 발견했지. 앞으로 며칠 동안 끼니 걱정은 하지 않아도 될 것 같아!"

그는 양동이를 좁다란 통로 위에 내려놓고, 미끼 등 낚시 도구가 들어 있는 박스와 기름통을 들어올려 양동이 옆에 놓았다. 그는 쉴 새 없이 유행 지난 옛 노래를 흥얼거렸다.

"혹시 다그 로타르가 어디 있는지 아세요?"

"아니, 모르겠는데. 다그 로타르를 찾고 있니?"

"네, 조금…"

"배에 타보고 싶니?"

나는 고개를 저었다.

"아뇨. 보시다시피 지금 좀 바빠서요."

"그렇구나."

그는 배에서 내린 후 몸을 굽혀 통로 위에 올려둔 것들을 집어들었다. 나는 얼른 그에게서 멀찍이 떨어졌다. 자갈이 듬성듬성한 주차장을 지나 갓돌 위에 올라가 균형을 잡으면서 비틀비틀 걸은 후 마침내 큰길에 이르렀고, 거기서부터는 숲으로 향하는 가파른 내리막길을 걷기 시작했다. 그 길의 끝에는 동네 사람들이 즐겨 찾는 나벤호수가 있었다. 여름이 되면 사람들은 그곳에서 수영을 하거나 10여 미터나 되는 강가 절벽 위에 올라가 다이빙을 하기도 했다. 어떤 이들은 폭이 10여 미터쯤 되는 수로를 헤엄쳐 맞은편에 있는 예르스타홀멘까지 가기도 했다. 물은 항상 깊고 차가웠다. 나는 헤엄을 못 쳤지만 그곳에 가면 새롭고 흥미로운 일을 보고 경험할 수 있었기에 가끔 그곳을 찾곤 했다.

숲속에서 목소리가 들려왔다. 아이의 목소리와 변성기에 접어든 소년의 목소리였다. 잠시 후 햇살을 점점이 머금은 나무둥치 사이에서 다그 로타르와 스테이나르가 모습을 드러냈다. 그들의 머리는 젖어 있었고, 둘 다 겨드랑이 밑에 수건을 끼고 있었다.

"안녕, 칼 오베!"

나를 발견한 다그 로타르가 소리쳤다.

"방금 독사를 봤어!"

"정말? 어디서? 여기서?"

그는 고개를 끄덕이며 내 앞에 멈춰 섰다. 스테이나르도 멈춰 섰지만 나와 대화를 나누기보다는 얼른 그곳을 벗어나고 싶다는 바람을 은연중에 몸으로 표현했다. 그는 중학생이었고, 아버지 반의 학생이기도 했다. 머리가 길고 짙은 그의 윗입술 위에는 거뭇거뭇한 수염이 보였다. 그는 취미로 베이스 기타를 연주했으며, 지하실에는 그만의 공간이 있었다. 심지어 그곳으로 들어가는 대문도 따로 있었다.

"내리막길을 달려가고 있었는데 말이야…"

다그 로타르가 오솔길을 가리키며 말을 이었다.

"굉장히 빨리 달리고 있었거든. 길이 꺾이는 곳에서 방향을 틀려던 찰나, 길 위에 똬리를 틀고 있는 뱀을 봤어. 아주 빨리 달리고 있던 참이라 멈추기 힘들 정도였어!"

"그래서? 아무 일도 없었어?"

내가 이 세상에서 무서워하는 것이 있다면, 그건 뱀과 지렁이 같은 동물이었다.

"뱀은 번개처럼 숲속으로 사라졌어."

"그 뱀이 독사였다고?"

"응, 확실해. 머리 부분에 체크 무늬가 있었어."

그가 미소를 지으며 나를 바라보았다. 삼각형 얼굴에 푸른 눈동자와 부드러운 금발을 지닌 그는 가끔 폭발할 듯 열정적인 표정을 지을 때가 있었다.

"오솔길에 가는 게 두려운 거야?"

"글쎄… 잘 모르겠어. 오솔길 아래쪽에 게이르도 있니?"

그가 고개를 저었다.

"외른이 동생과 함께 거기에 왔더라. 그리고 에바와 마리안네의 부모님도 계셨어."

"집에 가는 길이지? 나도 함께 가면 안 될까?"

"얼마든지."

다그 로타르가 말을 이었다.

"하지만 난 바로 집에 가야 하기 때문에 같이 놀진 못해. 저녁식사 시간이거든."

"나도 집에 가야 해. 교과서에 책 커버를 씌워야 해서 말이야."

다그 로타르와 스테이나르는 나를 집까지 바래다주고 각자 자신의 집으로 향했다. 나는 바로 집에 들어가지 않고 대문 앞에 잠시 서 있다가, 다시 게이르와 레이프 토레를 찾아보려고 발길을 돌렸다. 그들은 어디에서도 볼 수 없었다. 잠시 주저하던 나는 좀더 멀리 가보았다. 언덕 꼭대기에서 내리쬐는 햇살에 어깨가 타들어가는 것 같았다. 그들이 갑자기 나타날지도 모른다고 생각하며 길 건너편으로 눈길을 돌려보았지만 소용없었다.

집 뒤편의 골목길을 향해 달렸다. 길가에는 우리 집 정원의 경계를 표시하는 울타리가 있었고, 이 울타리가 끝나는 지점에서 시작되는 프레스트바크모 씨의 돌담은 가늘고 어린 수많은 사시나무에 반쯤 가려 있었다. 여름이 되면 이 사시나무들은 석양 무렵의 햇살을 머금고 가늘게 몸을 떨었다. 돌담이 끝나는 곳에는 길 양쪽에 집들이 나란히 서 있었다. 어린 가로수가 빽빽하게 들어선 이 길을 걷다 보면 커다란 습지가 나오고, 그 끝에는 가파른 경사 위에 비스듬히 자란 거대한 너도밤나무가 마치 모든 것을 집어삼키기라도 하듯 작은 강 위로 커다란 그림자를 드리웠다.

서로 다른 모습으로 자라 각기 개성이 독특한 커다란 나무들을 보면 이상하다는 생각이 들었다. 빛과 그림자의 조합 속에 나무둥치와 뿌리, 나무껍질과 가지가 발산하는 매력에 빠져들다 보면 마치 나무들이 말을 걸어오는 것 같았다. 물론 나무가 소리내어 말하는 것은 아니다. 나무들은 자신을 봐주는 사람들을 향해 손을 뻗고 다가가 그들만의 독특하고 아름다운 모습으로 자신을 피력한다. 나는 숲속을 거닐 때는 물론 주택가를 지나칠 때도 말로 표현할 수 없을 정도로 느릿느릿 자라는 나무들의 목소리, 그들의 존재를 느낄 수 있었다.

집 아래쪽 강가에 서 있는 전나무는 둥치가 엄청나게 컸지만 껍질은 촉촉하기 그지없었으며, 흙 밑에서 형태를 드러내는 뿌리는 마치 뱀의 똬리를 보는 것 같았다. 피라미드를 닮은 전나무는 멀리서는 빈틈이 없을 정도로 매끈해 보였지만, 가까이서 보면 수없이 많은 짙은 초록색이 작지만 완벽한 형태의 바늘 모양 잎으로 이루어져 있었다. 위쪽의 잔가지들이 만들어놓은 지붕 밑에는 구멍이 송송 뚫린 말라버린 연회색 가지들이 있었고, 수분을 한껏 머금어 검은색에 가까운 가지들도 볼 수 있었다.

프레스트바크모 씨 땅에서 자라는 소나무는 마치 선박 위의 돛대처럼 하늘을 향해 가늘고 길게 뻗어 있었다. 타들어가는 불꽃처럼 붉은 기를 머금은 나무껍질을 타고 올라가면 가지 끝 쪽에서 산들바람만 불어도 흔들리는 초록색의 작은 술을 닮은 잎들이 다음 해를 기다리며 한껏 몸을 웅크리고 있었다. 축구장 뒤편에 서 있는 떡갈나무의 밑부분은 나무둥치라기보다는 오히려 바위처럼 보였지만, 너도밤나무의 탄탄하고 옹골진 느낌은 찾아볼 수 없었다. 떡갈나무의 가지 또한 사방팔방으로 쭉쭉 뻗어나가 숲을 덮고 있는 반원형의 얇은 장막처럼 보일 뿐이었다. 위쪽의 가지들은 나무둥치 부근에서 뻗어 나온 굵직하고 튼튼한 가지들과는 분명 한 나무에 속한 개체임에 분명하지만 너무 가늘고 여려 보여서 그 기원을 의심하지 않을 수 없었다.

둥치 부분에는 나무가 토해낸 것 같은 작은 동굴 같은 구멍이 있었다. 언뜻 보면 부드럽게 느껴졌지만 가까이 다가가서 보면 딱딱하기 그지없었다. 그 각진 구멍 속을 들여다보면 인간의 작은 머리통만 한 빈 공간이 있었다. 잎은 또 어떤가. 어떤 가지에서 뻗어나오든 동일한 아름다움을 지니고 햇살 속에서 자라나지 않는가. 가지에 매달려 바람에 흔들리는 잎은 부드러운 곡선인 것도 있었고, 뾰족하게 각이 져 있는 것도 있었다. 두텁고 매끈매끈한 녹색 잎들은 몇 달이 지나면 땅에 떨어져 갈색을 머금고 푸석푸석하게 변해버릴 것이다. 가을이 되면 나무 밑으로 떨어져내린 잎들이 두꺼운 담요처럼 층층이 쌓였다. 초가을에는 햇살에 타버린 듯한 누런색과 녹색 잎이 대부분이었지만, 늦가을에 접어들면 그 색은 더욱 짙어지고 물기를 머금어 축축해졌다.

120

습지 앞의 경사진 곳에 서 있는 나무는 그 이름을 알 수 없었다. 커다랗게 하늘로 쭉쭉 뻗은 다른 나무들과 달리, 이 나무는 언뜻 같아 보이는 서로 다른 네 갈래 둥치에서 뻗어나와 사방팔방으로 뱀처럼 곡선을 그리며 자라고 있었다. 회색빛을 머금은 녹색 나무껍질 표면은 속이 빈 작고 우묵한 구멍으로 뒤덮여 있었다. 떡갈나무와 너도밤나무의 장엄하고 웅대한 느낌을 주는 구멍과는 달리 어딘지 모르게 미세하고 미묘한 느낌을 주는 구멍이었다. 가지에는 굵은 줄이 매달려 덜렁거리고 있었다. 윗동네에 사는 아이들이 매달아놓은 것이 틀림없었다. 거리로 치면 우리 동네에서 그곳까지의 거리나, 윗동네에서 그곳까지의 거리는 거의 비슷했다.

마침 아무도 없었기에 나는 경사진 길을 올라가 나무 앞에 멈춰서서 두 팔로 굵은 가지에 매달려 몸에 반동을 준 후 앞으로 훌쩍 뛰어내렸다. 그렇게 두 번을 뛰고 난 뒤 나무 앞에 서서 또 뭘 하며 놀까 생각에 잠겼다. 갓난아기와 부부가 살고 있는 언덕 위의 집에서는 포크와 나이프가 그릇에 부딪히는 소리가 났다. 그들을 볼 수는 없었지만 아마 정원에서 식사를 하고 있는 것 같았다.

저 멀리서 비행기 소리가 들렸다. 나는 메마른 습지 속으로 몇 발짝 걸어 들어가 하늘을 올려다보았다. 나직하게 날고 있는 작은 수상 경비행기의 날개에 햇살이 반사되어 반짝였다. 언덕 뒤편을 향해 달음질쳐보았다. 꼭대기에서부터 언덕 뒤편까지 짙은 그림자가 하늘을 뒤덮고 있어서 공기가 서늘했다. 카네스트룀 씨네 집을 들여다보니 정원에 나와 있는 사람은 아무도 없었다. 그는 지금쯤 바다에서 잡은 고등어로 저녁식사를 하고 있을 것이다.

오솔길 아래로 시선을 돌렸다. 내게 너무나 익숙한 길이었다. 길 위의 작은 돌멩이 하나, 여기저기 흩어져 있는 도랑이나 흙무덤조차 낯설지 않았다. 만약 우리 집에서부터 이 길을 거쳐 비맥스 슈퍼마켓까지 달리기 경주를 한다면 나는 일등할 자신이 있었다. 눈 감고도 달릴 수 있는 길이었기에 모퉁이 앞에서 방향을 바꿀 때 속도를 줄일 필요가 없었고, 발을 헛디딜까 조심하지 않아도 되었다. 큰길에서 달리기를 하면 항상 레이프 토레가 이겼다. 하지만 이 길에서만큼은 내가 이길 자신이 있었다. 생각만 해도 기분이 좋아졌다. 나는 이 좋은 기분을 가능한 한 오래 간직하기 위해 애썼다.

저 멀리 축구장이 보이기도 전에, 나는 축구장에서 들리는 아이들의 목소리와 웃음소리를 들을 수 있었다. 숲을 거쳐 내 귀에 닿은 아이들의 소리가 마치 원숭이들이 울부짖는 기괴한 소리를 닮았다고 생각했다. 앞이 활짝 트인 들판에 도착했다. 눈앞에 보이는 축구장에는 크고 작은 아이들로 가득했다. 대부분은 이전에 보지 못했던 아이들이었다. 그들은 저마다 한 번씩 공을 차보려는 욕심에 여기저기 움직이는 둥근 공을 따라 재빨리 방향을 바꾸기도 했고, 공을 따라잡으려 힘껏 달리기도 했다. 숲 한가운데 자리한 축구장은 아이들의 발밑에서 단단해진 짙은색 흙으로 뒤덮여 있었고, 완만하게 경사진 한쪽 가장자리에는 나무 뿌리들이 흙을 비집고 듬성듬성 솟아나와 있었다. 산등성이와 닿아 있는 반대편 가장자리는, 뻣뻣한 잔디 사이로 커다란 돌멩이들이 여기저기 보이는 다른 쪽 가장자리와 비교했을 때 그 길이가 훨씬 짧았다.

나의 모든 꿈은 이곳에서 생겨났다 해도 과언이 아니었다. 이곳에서 모든 것을 잊고 정신없이 달릴 때면 말할 수 없이 행복했다.

"나도 끼워줘!"

아이들의 발을 맞고 나간 공이 산등성이에 부딪혔다.

골문을 지키던 롤프가 나를 향해 돌아섰다.

"원한다면 나 대신 골문을 지켜도 돼."

"응."

내가 골문을 향해 달려가자, 롤프는 천천히 그곳을 떠났다.

"지금부터는 칼 오베가 우리 팀 골문을 지킬 거야!"

그가 소리쳤다.

나는 기다란 막대기 두 개 사이에 서서 여기저기 움직이는 공을 보며, 우리 팀 선수와 상대 팀 선수를 구별하기 위해 정신을 집중했다. 공이 골대 가까이 오면 나는 몸을 숙이고 공을 막아낼 준비를 했다. 공이 골대를 향해 나직이 날아오고 있었다. 나는 얼른 몸을 던져 공을 잡아낸 다음, 세 번 정도 땅에 공을 튀긴 후 힘껏 발로 찼다. 커다랗고 낡은 축구공은 뜨거운 햇살에 말라버린 흙색이었으며, 공기가 충분하지 않아 물컹물컹했고, 여기저기 가죽이 떨어져나간 곳도 있었다. 내 발을 벗어난 축구공은 공중에서 나직한 반원형을 그리며 축구장 오른쪽 가장자리에 떨어졌다. 내가 찬 공을 따라 한 무리의 아이들이 순식간에 모여드는 모습을 보니 이상하게 기분이 좋아졌다.

나는 항상 골키퍼가 되고 싶어서 기회가 생길 때마다 골문을 지켰다. 골문을 향해 날아오는 공을 몸을 던져 막아낼 때의 기분은 그 어디에도 비할 수 없었다. 문제라면 나는 한쪽 방향, 즉 왼쪽으로만 몸을 던질 수 있었다. 공을 막기 위해 오른쪽으로 몸을 던질 때면 어쩐 일인지 자연의 법칙을 거스르는 듯한 기분이 들었다. 오른쪽으로 몸을 던질 수가 없던 나는, 공이 오른쪽에서 날아오면 다리 한쪽을 쭉 내밀어 공을 막곤 했다.

나무들이 만들어내는 그림자가 축구장 안으로 점점 더 깊이 침범해왔다. 점점이 생긴 그림자들은 순식간에 모였다가 흩어지는 아이들에게로 녹아들었다. 곧 공을 따라 달리는 아이들보다 걷는 아이들이 많아지기 시작했다. 어떤 아이는 상체를 굽히고 두 손으로 무릎을 짚은 채 제자리에 가만히 서 있기도 했다. 나는 실망감을 감출 수 없었다. 그것은 곧 경기가 막바지를 향하고 있다는 뜻이었으니까.

"이제 집에 갈 시간이야."

어떤 아이가 소리쳤다.

"나도 마찬가지야."

다른 아이의 목소리가 들려왔다.

"조금만 더 놀다 가자."

세 번째 아이의 목소리였다.

"나도 이제 집에 가야 해."

"새로 팀을 짜볼까?"

"그럴 필요 없을 것 같은데. 나도 가야 되거든."

"나도!"

몇 분이 채 지나기도 전에 아이들은 하나둘 자리를 떴고, 축구장은 텅 비어버렸다.

어머니가 사온 책 커버는 반투명한 하늘색 비닐이었다. 우리는 부엌 식탁 앞에 함께 앉았다. 나는 돌돌 말려 있는 비닐을 쭉 펴서 가위로 잘랐다. 잘라낸 자리가 울퉁불퉁하면 어머니가 다시 가위질을 해서 매끈하게 만들어주었다. 나는 잘라낸 비닐 위에 책을 펴서 얹은 후, 비닐로 싸고 모서리에 테이프를 붙였다. 앞에서 뜨개질하던 어머니는 책 커버 여기저기에 튀어나온 부분이 있으면 보기 좋게 뒷손질을 해주었다.

어머니는 내게 줄 스웨터를 짜고 있는 중이었다. 나는 뜨개질 책에서 그 스웨터를 직접 골랐다. 가장자리를 짙은 갈색으로 두른 흰색 스웨터였다. 접히지 않게 위로 쭉 올라온 목깃과 양쪽 허리 부분에 트임이 있는 일종의 로인클로스* 같은 스웨터였다. 나는 인디언 옷차림을 연상시키는 이 스웨터를 보는 순간 첫눈에 마음에 들었다. 그래서 어머니가 뜨개질을 하면 어디까지 진행되었는지 유심히 지켜보곤 했다.

어머니는 시간이 날 때마다 바느질이나 뜨개질을 했다. 거실과 부엌의 커튼은 어머니가 코바늘로 뜨개질해서 만든 것이었고, 우리 침실의 커튼은 어머니가 직접 바느질해서 만든 것이었다. 윙베 형 방에는 갈색 가장자리에 갈색 꽃무늬 자수가 들어간 흰색 커튼이 걸려 있었고, 내 방에는 빨간색 가장자리에 빨간색 꽃무늬 자수가 들어간 흰색 커튼이 걸려 있었다. 뿐만 아니라, 어머니는 뜨개질을 해서 스웨터와 모자, 속을 넣은 바지를 만들기도 했고, 구멍 난 바지와 재킷에 천을 덧대어 수선하기도 했다. 어머니는 항상 음식을 만들거나 빵을 구웠고 청소를 하거나 뜨개질을 했다. 이런 일을 하지 않을 때면 책을 읽었다. 우리 집에는 책장 가득 책이 꽂혀 있었다. 당시 내 친구들 집에서는 책이 가득 꽂혀 있는 책장을 볼 수 없었다.

어머니는 아버지와 달리 친구도 많았다. 대부분은 직장에서 함께 일하는 또래 여자들이었다. 어머니는 그들을 찾아가기도 했고, 가끔 우리 집으로 초대하기도 했다. 나는 어머니의 친구들을 좋아했다. 그중에는 나와 함께 유치원에 다녔던 토르와 리브의 어머니인 다그니 아주머니도 있었다. 조금 뚱뚱했던 안네 마이 아주머니는 항상 웃는 얼굴이었고, 우리 집에 올 때마다 내게 초콜릿을 건네주었다.

* 허리에 두르는 옷.

그녀는 시트로엥을 타고 다녔고, 유치원에서 소풍 간 그림스타라는 곳에 살고 있었다. 마이 아주머니에겐 윙베 형과 동갑인 라스라는 아들과 그보다 두 살 어린 마리안네라는 딸이 있었다.

어머니 친구들은 우리 집에 자주 오지 않았다. 아버지가 별로 좋아하지 않았기 때문이다. 하지만 적어도 매달 한 번 정도는 우리 집에서 모임을 했는데, 나는 그때마다 아주머니 사이에 끼어 그들의 기분 좋은 눈길과 미소를 보면서 그 시간을 즐기곤 했다. 가끔 어머니는 요양원 식당에서 모임을 할 때도 있었다. 그런 날엔 어머니의 직장 동료들이 아이들을 데리고 왔다. 성탄절이 가까워질 때면 모두 함께 그곳에 모여 성탄절 선물을 직접 만들기도 했다.

어머니는 진지하지만 부드러운 표정으로 흘러내린 긴 머리카락을 귀 뒤로 넘겼다.

"어머니, 다그 로타르가 독사를 봤대요!"

"그래? 어디서 봤을까?"

"나벤으로 내려가는 오솔길에서요. 너무 빨리 달리고 있던 참이라 길에 있던 뱀을 밟을 뻔했대요! 그런데 뱀도 겁을 먹었는지 재빨리 숲속으로 사라졌다고 했어요."

"다행이구나."

"어머니가 어렸을 때 살았던 곳에도 독사가 있었나요?"

어머니는 고개를 저었다.

"서쪽 지방에는 독사가 없어."

"왜요?"

어머니는 가볍게 소리내어 웃었다.

"그건 나도 몰라. 독사가 살기엔 너무 추워서 그런 거 아닐까?"

나는 '내게 키스해줘요, 나를 위해 키스해주세요, 바이 바이, 베이비, 바이 바이'라는 노래를 흥얼거리면서 의자 밑으로 다리를 흔들 거리는 동시에 손가락으로는 식탁을 두드리며 리듬을 맞췄다.

"오늘 카네스트룀 씨가 고등어를 많이 잡았어요. 제 눈으로 직접 봤어요. 양동이에 한가득 들어 있는 고등어를 제게 보여주었거든요. 우리도 배가 있으면 좋겠어요. 어머니는 어떻게 생각하세요?"

"원하는 것도 많구나. 배도 갖고 싶고, 고양이도 갖고 싶고… 생각 좀 해보자. 올해는 힘들 것 같아. 내년에 다시 생각해보자꾸나. 너도 알다시피 배를 사려면 돈이 많이 필요해. 그렇게 갖고 싶다면 아버지한테 물어보는 게 어때?"

어머니가 내게 가위를 건네주면서 말했다.

아버지한테 물어보라고? 어림없는 일이었다. 하지만 나는 그 말을 입밖에 내지 않고 묵묵히 가위질을 했다. 가윗날에 스친 비닐이 저절로 매끈하게 잘리기를 기대했지만, 마음과는 달리 가위가 중간에서 멈춰버렸다. 가위 손잡이를 꾹 눌렀더니 비닐이 울퉁불퉁하게 잘려나갔다.

"윙베는 오늘 늦는 모양이구나."

어머니가 창밖을 내다보며 말했다.

"형은 다 컸으니까 혼자서도 알아서 잘할 거예요."

어머니가 내게 미소를 지었다.

"그렇겠지."

"참, 신청서! 수영 교실 신청서에 서명해주시겠어요?"

어머니는 고개를 끄덕였다. 나는 벌떡 일어나 내 방으로 달려갔다. 책가방에서 신청서를 꺼내 다시 부엌으로 달려가려는 찰나, 아래층 문이 열리는 소리가 났다. 그 소리를 듣는 순간 심장이 멎는 것 같았다.

계단을 올라오는 아버지의 묵직한 발소리가 들렸다. 아버지의 눈길이 욕실 앞에 꼼짝 않고 서 있는 내게로 향했다.

"집 안에서는 뛰지 말라고 했지! 도대체 몇 번을 말해야 알아듣겠니? 쿵쿵 뛰는 소리에 온 집 안이 흔들릴 정도잖아!"

"네."

계단을 다 올라온 아버지가 나를 지나쳐갔다. 하얀 셔츠를 입은 아버지의 넓직한 등. 아버지가 부엌으로 들어가는 순간, 좋았던 기분이 순식간에 사그라들었다. 그렇다고 부엌에 들어가지 않을 수는 없었다.

어머니는 조금 전과 마찬가지로 식탁 의자에 앉아 있었고, 아버지는 창밖을 내다보고 있었다. 나는 신청서를 식탁 위에 조심스레 내려놓았다.

"여기요."

책은 한 권밖에 남아 있지 않았다. 나는 조용히 앉아 마지막 남은 책에 커버를 씌우기 시작했다. 움직이는 것은 내 손밖에 없었고 주변에는 정적만이 감돌 뿐이었다. 아버지는 무언가를 우물우물 씹고 있었다.

"윙베는? 아직 집에 안 왔소?"

아버지가 물었다.

"아직 안 왔네요. 조금 걱정되기 시작해요."

아버지가 식탁을 내려다보았다.

"이건 뭐야?"

"수영 교실 신청서예요. 어머니가 서명해준다고 했어요."

"어디 한번 볼까…"

인쇄물을 집어 들고 찬찬히 읽어보던 아버지가 펜을 가져와 서명하고 내게 다시 건네주었다.

"자, 이제 됐지?"

아버지가 식탁 위를 턱으로 가리키며 말을 이었다.

"그것들을 다 네 방으로 가져가. 간단하게 밤참을 먹을 테니, 남은 건 네 방에서 마무리하도록 해."

"네."

나는 비닐을 둘둘 말아 겨드랑이에 낀 후, 한 손에는 차곡차곡 쌓아놓은 책을 들고 다른 한 손으로는 가위와 테이프를 쥔 채 부엌을 나섰다.

방으로 들어온 나는 책상 앞에 앉아 마지막 책의 커버를 씌우기 위해 비닐을 자르기 시작했다. 그때 창문 아래 자갈길 위로 자전거 바퀴 소리가 들렸다. 잠시 후 대문 열리는 소리가 났다.

아버지는 현관에 서서 윙베 형을 기다리고 있었다.

"이게 무슨 경우야?"

윙베 형의 말소리는 나직해서 잘 알아들을 수 없었지만, 그럴듯하게 잘 둘러댄 것이 틀림없었다. 왜냐하면 몇 분이 채 지나기도 전에 윙베 형의 방문 소리가 들렸으니까. 나는 잘라낸 비닐 위에 책을 얹고 모서리를 접은 후, 테이프를 자르는 동안 비닐이 움직이지 않게 그 위를 다른 책으로 눌러놓았다. 테이프가 너무 딱 붙어 있어서 떼어내기 쉽지 않았다. 겨우 테이프 끝을 떼어냈나 싶었지만 저절로 끊어져버리는 바람에 나는 다시 테이프와 씨름을 해야 했다.

등 뒤에서 방문 열리는 소리가 났다. 윙베 형이었다.

"뭐 하고 있었어?"

"보다시피 책 커버를 씌우고 있었지."

"오늘 훈련 마치 후에 빵과 주스를 먹었어 축구팀에서 말이야. 참,

오늘 우리 팀에 여자애들도 들어왔어. 그중 한 명은 진짜 축구를 잘 하더라."

"여자애가? 그게 가능해?"

"그런가봐. 그리고 칼 프레드릭이 나를 굉장히 친절하게 대해주 었어."

열린 창으로 발소리와 대화 소리가 한꺼번에 들려왔다. 나는 얼른 집게손가락에 붙여둔 테이프를 비닐에 붙이고 소리의 주인이 누군 지 확인하기 위해 창밖을 내다보았다.

게이르와 레이프 토레였다. 그들은 레이프 토레네 집으로 가는 진 입로에 함께 서서 웃고 있었다. 둘은 서로에게 작별 인사를 했고, 게 이르는 자신의 집 대문을 향해 뛰어갔다. 게이르가 몸을 돌렸을 때 나는 비로소 그의 얼굴을 볼 수 있었다. 그는 입가에 옅은 미소를 띤 채 바지 주머니를 손으로 꼭 잡아 쥐고 있었다.

나는 윙베 형을 향해 몸을 돌렸다.

"형의 포지션은 뭐야?"

"아직 몰라. 아마 수비수로 뛰게 될 것 같아."

"유니폼은 무슨 색이야?"

"파란색이랑 흰색."

"트라우마 팀처럼?"

"거의 비슷해."

"얼른 내려와! 밤참 먹을 시간이야!"

부엌에서 아버지의 목소리가 들렸다. 부엌에 들어가니, 식탁에 는 각각 빵 세 조각이 담긴 접시 두 개와 우유를 가득 담은 컵 두 개 가 놓여 있었디. 클로브 치즈, 염소젖 치즈 그리고 잼. 이미니와 아버 지는 거실에 앉아 텔레비전을 보고 있었다. 창밖의 거리는 회색빛을 머금고 있었다. 가로수의 가지들도 마찬가지였다. 하지만 부두 반대편 하늘은 구름 한 점 없는 파란빛을 띠고 있었다. 문득 눈부시게 푸른 하늘 아래의 세상은 내가 앉아 있는 이곳과는 전혀 다른 세상일지도 모른다는 생각이 스쳤다.

다음 날 아침, 아버지가 방문 여는 소리에 잠이 깼다.
"얼른 일어나, 잠꾸러기 같으니! 새소리가 들리지? 해가 벌써 중천에 떴어!"
나는 이불을 젖히고 침대에서 내려갔다. 문밖으로 사라지는 아버지의 발소리 외에는 아무 소리도 들리지 않았다. 화요일. 어머니는 이른 시간에 출근했고, 윙베 형도 아침 일찍 학교에 갔다. 아버지는 화요일이면 2교시부터 수업을 시작하기 때문에 느지막이 집에서 나서곤 했다.
나는 옷장을 열어 내가 가지고 있는 옷 가운데 가장 근사한 흰색 셔츠 한 벌과 파란색 코르덴 바지를 꺼냈다. 곰곰이 생각하니 흰색 셔츠는 평상복으로 어울리지 않을 것 같았다. 아버지에게 잔소리 들을 게 뻔했다. 왜 뜬금없이 멋 부리려 하냐고 핀잔을 주거나, 어쩌면 당장 갈아입으라고 소리 지를지도 몰랐다. 흰색 셔츠보다는 흰색 아디다스 티셔츠가 훨씬 나을 것 같았다.
나는 옷을 옆에 끼고 욕실로 갔다. 윙베 형은 잊지 않고 나를 위해 세면대에 물을 받아놓았다. 나는 욕실 문을 닫고 변기 뚜껑을 올린 후 오줌을 누었다. 오줌 색은 가끔 아침이면 볼 수 있는 짙은 누런색이 아니라 녹색을 띤 노란색이었다. 변기 밖으로 튀지 않도록 한껏 조심했지만 오줌을 다 누고 보니 변기 옆 푸르스름한 회색 리놀륨 바닥에 투명한 액체가 몇 방울 떨어져 있었다. 나는 휴지를 뜯어 바닦을 닦은 후 변기 속에 던져 넣고 물을 내렸다. 변기 물이 콸콸 내려가는 소리를 들으면서 세면대 앞에 섰다. 세면대 물속에는 옅은 녹색이 어려 있었고, 거의 투명해 보이는 먼지 같은 것들이 빙글빙글 돌고 있었다. 그것이 무엇인지는 알 수 없었다. 나는 양손을 오목하게 모아 물을 뜨고 허리를 굽혀 그 속에 얼굴을 담갔다. 물은 내 체온보다 약간 차가운 듯했다. 등줄기를 타고 소름이 돋았다. 손에 비누칠을 하고 눈을 감은 후 얼굴을 문질렀다. 비눗기를 씻어내고 내 자리에 걸려 있는 두꺼운 갈색 수건으로 물기를 닦아냈다.

다 됐어!

나는 커튼을 열고 욕실 창밖을 내다보았다. 숲속의 나무들은 방금 떠오른 햇살을 받아 아스팔트 위로 깊고 어둑어둑한 그림자를 드리우고 있었다. 나는 얼른 옷을 입고 부엌으로 갔다.

식탁의 내 자리에는 오목한 접시 위에 시리얼이 가득 담겨 있었고, 그 옆에는 우유통이 놓여 있었다. 아버지는 보이지 않았다.

서재에서 출근 준비를 하고 있을까?

대답이라도 하듯 거실에서 아버지의 발소리가 들려왔다.

나는 자리에 앉아 우유를 붓고 시리얼을 한 숟가락 떠서 입으로 가져갔다.

앗! 제기랄!

상한 우유였다. 입안을 가득 채워오는 상한 우유 맛에 토할 것만 같았다. 그 순간, 나는 부엌 쪽으로 오고 있는 아버지의 발소리를 듣고 얼른 상한 우유를 삼켜버렸다. 아버지는 부엌에 들어와 조리대에 기대어 서서 미소를 지으며 나를 바라보았다. 나는 다시 숟가락으로 시리얼을 띠서 입으로 가져갔다. 상한 우유를 삼킬 생각을 하니 벌써부터 뱃속이 뒤집어지는 것 같았다. 나는 냄새를 맡지 않으려 입으로만 숨을 쉬며 시리얼을 삼켰다.

아, 씨팔!

조리대 앞에 서 있는 아버지는 도무지 움직일 생각을 하지 않았다. 만약 아버지가 서재로만 가준다면 나는 시리얼을 쓰레기통에 부어버리고 아버지가 눈치채지 못하도록 다른 쓰레기로 그 위를 살짝 덮어둘 텐데. 하지만 아버지가 부엌이나 이층에서 서성인다면 내게는 다른 선택지가 없었다.

잠시 후 아버지가 몸을 돌려 찬장을 열고 내 앞에 놓인 오목한 접시와 똑같은 접시를 꺼냈다. 서랍을 열고 숟가락을 가져온 아버지는 내 맞은편에 앉았다.

지금까지 이런 일은 한 번도 없었다.

"나도 맛을 좀 봐야겠다."

아버지는 초록색과 빨간색 장닭이 그려진 봉지에 담겨 있는 바삭바삭한 노란색 시리얼을 접시에 쏟아붓고 우유통을 향해 팔을 뻗었다.

나는 꼼짝도 할 수 없었다. 잠시 후 벌어질 재앙을 생각하니 정신이 아득해졌다.

아버지는 숟가락 한가득 시리얼을 떠서 입속에 넣었다. 그와 동시에 아버지의 얼굴이 일그러졌다. 아버지는 시리얼을 씹지도 않고 접시에 뱉어버렸다.

"젠장! 우유가 상했잖아! 에잇!"

아버지가 나를 바라보았다. 그때 나를 바라보던 아버지의 눈빛은 평생 잊을 수가 없다. 어쩐 일인지 아버지의 눈빛은 내가 짐작했던 것처럼 화를 내는 눈빛과는 거리가 멀었다. 그 눈빛은 갑자기 이해할 수 없는 일에 맞닥뜨렸을 때 볼 수 있는 의아함과 놀라움을 담고 있었다.

"시리얼에 상한 우유를 부어 먹었니?"

아버지의 말에 나는 고개를 끄덕였다.

"그러면 안 돼! 새 우유를 부어 먹도록 해, 알았지?"

아버지는 자리에서 일어나 상한 우유를 세면대에 콸콸 붓고 우유
통을 헹군 다음 납작하게 접어 싱크대 밑 쓰레기통에 넣었다. 그러
고는 냉장고에서 새 우유통을 가져왔다.

"자, 여기!"

아버지는 내 접시를 가져가 시리얼을 싱크대에 쏟아붓고 수세미
로 접시를 깨끗하게 닦은 후 다시 내 앞에 놓았다.

"이제 됐지? 시리얼에 새 우유를 부어 먹어."

"네."

아버지는 자신의 접시도 닦아 자리로 되가져왔다. 우리는 침묵 속
에서 시리얼을 함께 먹었다.

처음 맞는 학교생활은 생소하기 그지없었지만 매일매일 비슷한
형태로 흘러갔다. 덕분에 몇 주 후에는 새로운 학교생활에 익숙해질
수 있었고, 매일매일을 으레 그러려니 하고 받아들이게 되었다. 선
생님이 교단 위에서 말한 것은 모두 진실이었고, 그대로 이루어졌으
며, 터무니없이 여겨지는 것들조차 당연하게 받아들이게 되었다. 예
수님이 물 위를 걸은 것은 진실이 되었으며, 신이 불 붙은 덤불 속에
서 나타나 모세 앞에 모습을 드러낸 것도 진실이 되었다. 질병을 옮
기는 세균은 너무나 작아 우리 눈에 보이지 않는다는 것도 진실이
되었으며, 우리 인간을 포함한 이 세상의 모든 것은 박테리아보나
훨씬 작은 미세한 입자로 이루어져 있다는 것도 진실이 되었다. 나

134

무들이 햇빛을 먹고산다는 것도 진실이 되었다. 선생님들이 하는 말은 우리의 행동에도 절대적인 영향을 미쳤으며, 우리는 선생님들의 모든 말과 행동을 두말없이 받아들였다.

학교에 근무하는 선생님들은 대부분 제2차 세계대전 직전이나 제1차 세계대전 중에 태어난 사람들로 나이가 꽤 많았다. 당연히 그들의 교사 경력 또한 30~40년 정도로 꽤 길었다. 흰머리에 정장을 입은 그들은 우리의 이름을 기억하지 못했고, 그들의 지식과 지혜는 우리에게 다다르지 못했다. 톰메센이라는 선생님은 일주일에 한 번씩 점심시간이 되면 교단 앞에 구부정하게 앉아 우리에게 책을 읽어주었다. 창백하고 누렇게 뜬 피부에 푸른빛이 감도는 입술 사이로 나오는 발음은 부정확했다. 그가 읽어주는 책은 황량한 오지에 사는 한 여인의 이야기였지만 우리는 어떤 내용인지 하나도 알아들을 수 없었다. 하지만 그는 그 시간을 매우 화기애애한 시간으로 오해하고 있었다. 조그마한 저학년 학생들을 대하는 그의 호의적인 제스처는 정작 아이들에겐 짜증스럽다 못해 고통스럽기까지 했다. 그가 알 수 없는 내용의 책을 부정확한 발음으로 우물우물 읽어줄 때, 우리는 꼼짝 않고 자리에 앉아 있어야 했기 때문이다.

50대 중반의 뮈클레부스트 선생님은 서쪽 지방 출신으로 히쇠이야에 살고 있었으며, 엄격하기 그지없었다. 그의 수업 시간이 되면 우리는 한 줄로 서서 발을 맞추어 교실로 들어가야 했다. 교실에 들어가면 선생님이 교단 옆에 서서 학생들을 하나하나 둘러볼 때까지 차렷 자세로 책상 옆에 서 있어야만 했다. 모든 것이 마음에 들면, 선생님은 칠판 앞에 서서 "안녕하십니까" 또는 "좋은 아침입니다"라고 학생들에게 인사를 건넸다. 우리는 여기에 맞추어 "안녕하십니까, 선생님" 또는 "좋은 아침입니다, 선생님"이라고 대답한 후에야 자리에 앉을 수 있었다. 가끔 학생들 가운데 누가 말썽이라도 부리면, 선생님은 따귀를 때리는 것도 마다하지 않았고, 벽 쪽으로 학생들을 밀치기도 했다. 그는 마음에 들지 않는 학생들을 특별히 더 자주 체벌했다. 그가 담당하는 체육 시간에는 대부분 대형 맞추기 훈련을 했다. 그 나이 또래의 선생님들은 하나같이 형식을 중요하게 여겼고 엄격하기 짝이 없었다.

그들에겐 우리가 이해할 수 없는 아우라가 있었다. 하지만 우리는 그들을 존중했고 두려워하기까지 했다. 그들 가운데 한 명은 내가 부적절한 말을 했다는 이유로 내 머리를 잡아당겨 허공으로 들어올리기도 했다. 말을 듣지 않거나 규칙을 어기는 학생들에겐 어김없이 가정통신문을 보냈다. 학생들은 수업을 마치면 통학버스를 타고 집에 가야 했기 때문에 학교에 남는 체벌을 주는 일은 거의 없었다. 이들처럼 평생을 학교에서 근무한 선생님들이 있는가 하면, 우리 부모님 또래나 그보다 좀더 어린 세대에 속하는 선생님들도 있었다.

우리 담임선생님인 헬가 토르게르센 씨도 젊은 세대에 속했다. 그녀는 학생들이 흔히 말하는 '착한' 선생님이었다. 시도 때도 없이 교탁을 탕탕 내리치지 않았고, 화를 내며 소리 지르지도 않았으며, 학생들을 때리거나 밀치지도 않았다. 문제가 생기면 항상 문제를 일으킨 당사자를 따로 불러 대화를 했고, 언제나 침착하고 차분하게 상황을 정리했다. 그녀는 학생들에게 교사라는 직업을 앞세워 다가가기보다는 한 인간으로 다가가려 노력했다. 사실 그녀에게는 전자나 후자나 그리 다를 바가 없었다. 그녀는 교실 안에 있을 때나 갓 결혼한 남편과 집에 있거나 밖에서 친구들과 어울릴 때도 그리 다르지 않았다. 젊은 선생님들은 모두 그녀와 비슷했고, 우리는 그들을 좋아하고 따랐다.

서른 중반의 오스문센 교장 선생님은 턱수염을 기른 건장한 남자였다. 외모만 본다면 언뜻 우리 아버지와 많이 닮은 것 같기도 했다. 교장 선생님은 젊은 세대에 속했지만, 우리는 그를 제일 두려워했다. 그의 말투나 행동 때문이 아니라 그의 직위 때문이었다. 규칙을 어기거나 나쁜 짓을 한 학생은 항상 교장실로 불려가 벌을 받았으니까. 그는 수업을 맡진 않았지만, 항상 학교 안을 여기저기 그림자처럼 돌아다녔다. 그 때문에 우리는 더욱 그를 두려워했던 것 같다.

그는 학생들 사이에서 전설적인 존재였다. 우리가 입학하기 전해에 마을 동쪽에 있는 한 작은 돌섬 부근에서 오래된 난파선이 발견되었다. 1768년에 바닷속으로 가라앉았던 난파선이 발견되자 신문과 텔레비전에서는 연일 이 소식을 보도했다. 오스문센 교장 선생님은 난파선을 발견한 잠수부 셋 가운데 한 명이었다. 돛단배 항해를 제외하고 깊은 물속을 잠수하는 것은 내가 상상할 수 있는 모든 일 가운데 가장 멋진 일이었다. 그런데 교장 선생님이 잠수부였다니! 마치 우주 비행사를 교장 선생님으로 둔 것과 마찬가지로 멋진 일이었다.

나는 그림을 그릴 때도 항해 중인 돛단배나 난파선과 잠수부, 물고기와 상어 등으로 도화지를 가득 채우곤 했다. 당시 즐겨보던 텔레비전 프로그램도 대부분 자연에 관한 것이었다. 가끔 텔레비전에서 산호초나 상어 사이를 헤엄치는 잠수부를 보게 되면 그날 이후 몇 주 동안은 그 이야기만 하곤 했다. 그런데 작년에 턱수염이 더부룩한 교장 선생님이 물속에 잠겨 있던 난파선에서 코끼리 이빨을 하나 발견해 그것을 손에 들고 수면 위로 올라왔다는 이야기를 들은 것이다.

그는 입학식 다음 날 우리 반에 와서 전반적인 학교생활과 교칙에

137

대해 설명해주었다. 그가 교실을 나선 후, 담임선생님은 교장 선생님이 나중에 다시 와서 난파선 이야기를 해줄 것이라고 했다. 그녀는 교장 선생님이 이야기하는 동안 뒷짐을 지고 얼굴에 환한 미소를 띤 채 창가에 서 있었다. 보름 후, 교장 선생님이 다시 우리 반을 찾아왔을 때도 마찬가지였다.

나는 교장 선생님이 난파선을 발견한 이야기에 기대감을 잔뜩 품었지만, 막상 이야기를 듣고 나서는 조금 실망했다. 알고 보니 난파선은 바다 수면에서 불과 몇 미터밖에 떨어지지 않은 비교적 얕은 곳에서 발견되었다. 나는 난파선이 수심 수백 미터나 되는 곳에서 발견되었으리라 짐작했고, 잠수부들이 수면으로 올라올 때도 부력 조절을 위해 가이드라인을 따라 천천히 부상했을 것이라 생각했었다. 어두운 바닷속에서 희미하게 반짝이는 그들의 전조등과 수심계, 어쩌면 그들 근처에 있었을지도 모르는 작은 잠수함까지 상상하고 있던 참이었다.

하지만 난파선은 불과 수심 몇 미터밖에 되지 않는 곳에서 헤엄치던 사람들 발밑에서 발견되었다고 했다. 그렇다면 오리발과 물안경, 스노클만 있다면 그 어떤 평범한 소년들도 난파선을 발견할 수 있지 않았을까? 교장 선생님은 당시의 사진도 보여주었다. 잠수부들이 승선했던 배는 만에서 조금 떨어진 곳에 정박되어 있었고, 그들은 잠수복과 호흡기를 착용하고 있었다. 뿐만 아니라 지도와 관련 자료까지 갖추어져 있는 것으로 보아 모든 것이 사전에 치밀하게 계획된 일이었다.

아버지도 텔레비전에 나올 뻔한 적이 있었다. 방송국에서 정치와 관련된 주제로 아버지와 인터뷰를 했고, 그날 서녁 뉴스 시간에 방송될 예정이었다. 우리는 텔레비전 앞에 모여 앉아 아버지가 나오기를 기다렸지만 그날은 인터뷰가 방송되지 않았다. 그다음 날도 마찬가지였다. 아버지가 라디오 방송에 출연한 적은 있었다. 우표 수집과 관련해 인터뷰한 내용이 라디오에 나왔던 것이다. 그날 나는 이 사실을 깜박 잊고 밖에서 놀다가 저녁 늦게 집에 돌아왔다. 방송은 이미 끝난 후였고, 나는 아버지에게 크게 혼났다.

학교 선생님들은 대부분 내 이름을 기억하지 못하거나 엉뚱하게 부르곤 했다. 같은 교직에 근무했기에 아버지와 잘 알고 있던 그들은 내 이름이 아버지의 이름을 딴 것이라 지레짐작했던 것이다. 어쨌거나 그들이 내가 아버지의 아들이라는 것을 알고 있다는 사실에 나는 괜히 기분이 좋아졌다. 나는 입학 첫날부터 우리 반에서 가장 모범적인 학생이 되기 위해 최선을 다했고, 아버지의 귀에 그 이야기가 전해지기를 바랐다.

나는 학교 가는 것을 좋아했다. 학교에서 일어나는 일과 여러 가지 일이 일어나는 교실도 좋아했다.

엉덩이와 등이 닿는 부분에 각각 나무판자를 대어 철심으로 이어 놓은 키 작은 낡은 의자, 수많은 학생이 해를 거듭해 사용해서 연필 자국과 칼자국이 가득한 책상. 하얀 분필과 지우개로 사용한 스펀지 그리고 칠판. 선생님의 손안에서 쑥쑥 자라나는 하얀 글자들. 흰색의 O, U, I, E, Å, Æ가 그 수를 더해 가면 선생님의 손도 흰색으로 변해갔다. 하얀 분필가루가 가득 묻어 있는 스펀지를 물에 담그면 짙은 색으로 변해가는 것도 좋았다. 물 묻은 스펀지로 글자들을 지우면 몇 분 동안이나 물기를 머금고 있다가 이전과 마찬가지로 깨끗하게 변하는 칠판도 좋았다.

카르 띠이 지방 사투리를 쓰던 담임선생님은 짧은 머리에 커다란 안경을 끼고 다녔다. 블라우스와 스커트를 즐겨 입던 선생님은 우리에게 많은 것을 가르쳐주었고 질문을 하기도 했다. 우리는 수업 시간에 혼잣말을 중얼거리거나 옆사람과 잡담하면 안 된다고 배웠다. 무슨 말을 하고 싶으면 손을 들고 선생님의 허락을 받아야 했다. 입학 후 초기에는 대부분의 학생들이 손을 들고 제각기 무슨 말인가를 하려 했다. 차례를 기다리다 안달 난 학생들은 "저요, 저요!"라고 외치며 손을 번쩍 들고 허공에 마구 휘두르기도 했다. 쉬는 시간이 되면 아이들의 기대감과 들뜬 움직임도 함께 시작되었고, 다시 수업 시간 종이 울리면 이들의 기대감과 들뜬 움직임은 순식간에 사그라졌다.

우리가 외투를 걸어놓았던 교실 앞 복도의 옷걸이들, 지난 수십 년 동안 교실 바닥을 닦았던 소나무향 세척제 냄새, 화장실의 지린내, 냉장고 속의 비릿한 우유 냄새, 점심시간이 되면 일제히 뚜껑이 열리는 스무 개의 도시락 냄새. 일주일에 한 번씩 같은 반 학생들에게 알림장이나 과제물을 나누어주고, 칠판을 닦고, 점심시간에 우유를 가져오는 등의 책임을 맡는 주번이 되면 선택받은 학생이 되었다는 기분에 으쓱해지곤 했다. 모두 교실 안에 앉아 있는 수업 시간에 홀로 텅 빈 복도를 걸을 때의 그 특별한 느낌도 빼놓을 수 없다. 복도 양옆에 나란히 걸린 학생들의 외투, 교실 안에서 들려오는 나직한 말소리, 리놀륨 바닥에 희미하게 반사되는 햇살. 허공에 떠 있는 수천 개의 먼지 알갱이들이 햇빛 속에서 이리저리 움직이는 모습은 마치 은하수를 연상시키기도 했다.

갑자기 교실 문이 열리며 한 학생이 복도로 뛰어나오면 긴 복도를 가득 채웠던 특별한 느낌은 사라지고, 온 세상의 관심과 의미가 그 아이에게 집중되는 것 같았다. 마치 모든 냄새, 먼지와 햇살, 외투와

140

교실 안에서 들려오던 나직한 말소리가 그 아이에게로 빨려 들어가는 것 같은 느낌은, 우주의 먼지 사이를 유영하며 창백한 꼬리로 주변의 모든 것을 빨아들이는 밝은 혜성을 보는 느낌과 비슷했다.

나는 게이르가 우리 집 초인종을 누를 때와 그와 함께 슈퍼마켓 앞에서 노는 것을 좋아했다. 등하교 버스를 탈 때 누가 먼저 정류장에 도착하는지, 또 누가 줄에 빨리 가방을 내려놓는지 내기하는 것도 좋아했다. 앞쪽에 가방을 내려놓으면 버스에 일찍 올라타 좋은 자리를 맡을 수 있었다. 가게에서 어슬렁거리면서 동네 여기저기 사는 아이들이 가게 안에 들어서는 것을 보는 것도 좋아했다. 가게 뒤편 언덕 위 주택가에 사는 아이들도 있었고, 언덕 아래 감믈레 튀바켄에 사는 아이들도 있었으며, 산등성이 너머 동네에 사는 아이들도 있었다.

나는 특히 안네 리즈벳과 마주치는 것을 좋아했다. 그녀는 반짝반짝 윤이 나는 검은 머리에, 짙은 색 눈동자와 도톰하고 빨간 입술을 가지고 있었다. 항상 기분 좋은 표정을 지었고 자주 큰 소리를 내어 웃기도 했다. 그녀의 눈동자는 아름다운 갈색이었을 뿐 아니라 마치 항상 무언가를 기대하고 있는 듯 반짝반짝 빛이 났다.

그녀는 이웃집에 사는 솔베이와 항상 함께 다녔다. 마치 나와 게이르처럼. 솔베이는 창백한 얼굴에 주근깨가 가득했다. 말이 별로 없었고, 눈동자는 선하기 그지없었다. 둘은 튀바켄 주택가 가장 위쪽에 살고 있었다. 나는 그 동네에 한두 번밖에 가본 적이 없어서 그곳에 누가 사는지 잘 알지 못했다. 안네 리즈벳은 학급에서 자기 소개를 할 때 한 살 어린 여동생과 네 살 어린 남동생이 있다고 말했다. 베문이라는 학생도 그 동네에서 산다고 했다.

베문은 통통히고 항상 조신스럽게 행동했으며 심지어 느리고 무디기까지 했다. 달리기를 하면 항상 꼴찌를 했고, 연약한 여자아이처럼 힘없이 공을 던졌으며, 축구를 못했고, 글자도 못 읽었다. 하지만 그림 그리기를 좋아했고 밖에 나가기보다는 실내에 앉아 무언가 하는 것을 좋아했다. 그의 어머니는 몸집이 컸고 열정적으로 움직였다. 눈동자는 항상 화가 나 있는 것 같았고 목소리는 귀를 찢을 듯 날카로웠다. 빼빼 마르고 창백한 그의 아버지는 목발을 짚고 다녔다. 베문은 자기 아버지가 일종의 근육병을 앓고 있으며 혈우병도 있다고 자랑스레 말했다.

"혈우병? 그게 뭐야?"

누군가 그에게 묻자, 베문은 상처가 나면 피가 멈추지 않는 병이라고 대답했다. 한 번 피가 흐르기 시작하면 이를 멈추기 위해 약을 먹거나 병원에 가야 한다고 했다. 그렇게 하지 않으면 죽을 수도 있다고 덧붙였다.

안네 리즈벳, 솔베이 그리고 베문이 사는 동네에는 우리보다 한두 살 많거나 적은 아이들도 많이 살았다. 학교에 다니기 시작하니, 그들도 우리 세상에 갑자기 포함된 것 같았다. 다른 동네도 마찬가지였다. 그 느낌은 무대의 장막이 걷히는 것을 볼 때와 비슷했다. 우리는 지금껏 무대 전체라고 생각했던 세상이 서막에 불과했다는 것을 깨닫게 되었다.

언덕 옆에는 5미터 정도 경사를 이루며 아래쪽으로 뻗어 있는 하얀 돌담과 녹색 철조망으로 둘러싸인 집이 한 채 있었다. 언덕 꼭대기에서 내려다보면 정원의 푸른 잔디가 한눈에 들어왔던 그 낯선 집은 이제 같은 반 학생인 시브 요한네센이 살고 있는 집으로 내게 익숙히 디기있다. 우거진 숲 뒤편의 오솔길을 50미터쯤 걸어가면 스베레, 게이르 B 그리고 에이빈이 사는 집이 나왔다. 그 아래쪽에는 전혀 다른 동네, 전혀 다른 세상에 속했던 또 한 채의 집이 있었고, 그곳에는 크리스틴 타마라, 마리안 그리고 아스게이르가 살고 있었다.

모두 각자의 공간에서 각자의 친구들과 함께 살고 있었다. 전혀 다른 세상이라고만 여겼던 그들의 공간과 그들의 친구들은 입학한 지 불과 몇 주 지나지 않아 늦여름이 되자 문을 활짝 열고 나에게 다가왔다. 새롭기도 하고 익숙하기도 한 세상이었다. 우리는 서로 닮은꼴이었고, 비슷한 하루하루를 보내고 있었으며, 언제든 열린 마음으로 서로를 받아들일 준비가 되어 있었다.

동시에 우리는 각자의 개성이 있었다. 쇨비는 수줍음을 많이 타서 거의 말을 하지 못했다. 운니는 매주 토요일 부모님과 함께 시장에 나가 집에서 직접 키운 채소를 팔았다. 베문의 아버지는 목발을 짚고 다녔고, 크리스틴 타마라는 한쪽 눈을 가린 안경을 끼고 다녔다. 항상 터프한 척 폼을 잡고 다니던 게이르 호콘은 칠판 앞에만 서면 부끄러워 어쩔 줄 몰라 몸을 배배 꼬았다. 다그 마그네는 항상 코웃음을 쳤고, 게이르는 태어났을 때 한참 동안 숨을 쉬지 않아 바로 종부성사를 받았다고 했다. 아스게이르는 항상 몸에서 지린내가 살짝 났고, 마리안네는 남자아이들보다 훨씬 힘이 셌다. 에이빈은 이미 글자를 읽고 쓸 수 있었으며, 축구를 잘했다. 몸집이 작은 트론은 번개처럼 빨랐고, 솔베이는 그림을 잘 그렸다. 안네 리즈벳의 아버지는 잠수부였고, 욘은 우리 반 아이들 가운데 삼촌이 가장 많았다.

학교에서 3교시까지만 수업을 받고 집으로 돌아가는 길이었다. 12시쯤 슈퍼마켓 앞 정류장에서 내린 나는 게이르, 욘과 함께 걸었디. 푸른 하늘에서 햇볕이 따갑게 내리쬐고 있었고, 메마른 길 위에는 먼지가 수북했다. 욘의 집 앞에 이르자, 그가 자기 집에서 과일주스를 마시고 가라며 게이르와 나를 초대했다. 우리는 선뜻 그를 따라 집 안으로 들어가 베란다에 자리 잡고 앉았다. 책가방은 플라스틱 의자 밑에 내려놓았다. 잠시 후, 그가 거실로 향하는 문을 열고 소리쳤다.

"어머니, 과일주스를 가져다주세요. 우리 반 친구들이 놀러왔어요!"

그의 어머니가 베란다로 나왔다. 하얀 비키니만 걸친 그녀의 피부는 햇볕에 그을린 갈색이었고, 길게 늘어뜨린 머리는 짙은 금발이었다. 그녀가 끼고 있던 선글라스는 얼굴 절반을 모두 가릴 만큼 컸다.

"욘의 친구들이니? 주스가 있는지 살펴볼게. 잠시만 기다려."

그녀는 거실을 거쳐 부엌으로 들어갔다. 거실은 어딘지 모르게 텅 비어 있는 듯한 느낌을 주었다. 우리 집 거실과 비슷했지만 가구가 그리 많지 않았고 벽에는 그림도 걸려 있지 않았다. 아래쪽 길로 같은 반 여자아이들이 지나가고 있었다. 욘은 베란다 난간에 기대서서 몸을 앞으로 쭉 뺀 채 그들이 원숭이를 닮았다고 소리쳤다.

게이르와 나는 소리내어 웃었다.

여자아이들은 모른 척 길모퉁이로 사라졌다. 우리 반 몇몇 남자아이들보다 훨씬 키가 큰 마리안네는 광대뼈가 높이 솟아올랐고 이마가 넓었다. 얼굴 양쪽에 길게 늘어뜨린 금발 머리 때문에 마치 커튼을 달고 다니는 것 같았다. 그녀는 가끔 화가 날 때나 당황할 때면 이마에 주름을 지었고 두 눈은 말로 형언할 수 없는 특별한 느낌으로 반짝였다. 나는 왠지 그런 그녀의 모습을 바라보는 게 좋았다. 그녀는 회기 날 때면 다른 여자아이들과는 달리 서칠게 보복을 하기도 했다.

욘의 어머니가 주스가 담긴 커다란 머그와 유리컵 세 개를 쟁반에 받쳐왔다. 우리 앞에 유리컵을 하나씩 내려놓은 그녀는 주스를 컵에 가득 따라주었다. 빨간 주스 위에는 얼음 조각이 둥둥 떠 있었다. 나는 거실로 다시 들어가는 그녀의 뒷모습을 바라보았다. 그리 아름답지는 않았지만 무슨 이유에서인지 눈길을 끌었다.

"방금 우리 어머니 엉덩이를 본 거니?"

욘이 큰 소리로 웃으면서 말했다.

나는 욘이 무슨 말을 하는지 이해할 수 없었다. 내가 그녀의 엉덩이를 훔쳐볼 이유는 하나도 없었다. 욘이 큰 소리로 말했기 때문에 그녀도 분명 그 말을 들었을 것이라 생각하니 부끄러워 얼굴이 달아올랐다.

"아냐, 안 봤어!"

욘이 더 큰 소리로 웃었다.

"어머니! 잠깐만 나와보세요!"

그녀가 베란다로 나왔다. 여전히 비키니 차림이었다.

"칼 오베가 어머니 엉덩이를 훔쳐봤어요!"

그녀가 손을 들어 욘의 따귀를 때렸다.

욘은 여전히 웃고 있었다. 당황한 나는 게이르를 바라보았다. 게이르는 모른 척 허공을 바라보며 휘파람을 휘익 불었다. 욘의 어머니가 거실 안으로 자취를 감추었다. 나는 컵을 들어올려 천천히 한 모금에 다 마셨다.

"내 방에 가볼래?"

욘이 물었다.

우리는 고개를 끄덕인 후 어둑어둑한 거실을 지나 그의 방으로 갔다. 한쪽 벽에는 오토바이 포스터가 걸려 있었고, 다른 쪽 벽에는 거

145

의 옷을 걸치지 않은 반나체 여인의 포스터가 걸려 있었다. 선탠을 했는지 그녀의 피부는 주황색을 띠고 있었다.

"이건 가와사키 750 모델이야. 너희들, 주스 더 마실래?"

"아냐, 괜찮아. 곧 저녁 먹을 시간이라 집에 가야 해."

"나도 마찬가지야."

게이르가 맞장구쳤다.

욘의 집을 나서자 개 한 마리가 우리를 보며 으르렁거렸다. 우리는 언덕을 내려올 때까지 한마디도 하지 않았다. 욘이 베란다에 서서 우리에게 손을 흔들었다. 게이르도 그를 향해 손을 흔들어주었다.

내가 욘의 어머니 엉덩이를 훔쳐볼 이유는 없었다. 나도 사람들의 엉덩이가 어떻게 생겼는지 잘 알고 있는데 일부러 훔쳐볼 이유는 없지 않은가. 그런데 왜 욘은 그런 말을 했을까? 왜 자기 어머니에게 큰 소리로 고자질했을까? 왜 그녀는 욘의 따귀를 때렸을까? 욘이 따귀를 맞은 후에도 마치 아무 일 없었다는 듯 큰 소리로 웃었던 이유는 뭘까? 친구들 앞에서 어머니에게 따귀를 맞았는데도 웃을 수 있을까? 아니, 그의 어머니가 욘의 따귀를 때린 이유는 정말 무엇이었을까?

내가 그의 어머니를 쳐다본 건 사실이었고, 그 순간 약간의 죄의식을 느꼈던 것도 사실이었다. 왜냐하면 그녀는 비키니 차림이었으니까. 하지만 그녀의 엉덩이를 보진 않았다. 내가 그녀의 엉덩이를 볼 이유는 하나도 없었다.

그날은 내가 욘의 집을 방문한 첫날이자 마지막 날이었다. 나는 그 후에도 가끔 욘과 함께 축구를 하거나 상에서 불상구*를 치며 놀았지만, 우리 집으로 그를 초대한 적은 한 번도 없었다. 우리 반 아이들은 하나같이 욘을 조금 두려워했다. 우리는 욘이 터프한 척하지만 사실은 전혀 그렇지 않다고 입을 모았다. 사실 우리는 모두 욘이 꽤 터프하다는 것을 잘 알고 있었다. 그는 우리보다 나이 많은 아이들과 어울렸고, 가끔 주먹질을 하며 싸우기도 했다. 우리 반에서 그런 일에 휘말렸던 아이는 욘밖에 없었다. 뿐만 아니라 선생님에게 반항하고 시키는 일을 제대로 하지 않는 아이도 욘밖에 없었다. 그는 아침에 항상 피곤해했다. 밤늦게 잠자리에 들어도 어머니가 야단치지 않는다고 했다. 가끔 수업 시간 중에 전날 집에서 무엇을 했는지 서로 이야기를 나눌 때면, 그는 항상 삼촌 이야기를 하곤 했다. 우리는 그가 말하는 삼촌이 어떤 삼촌인지 묻지 않았다. 물어볼 이유도 없었다. 욘은 우리 반 그 어떤 아이들보다 삼촌이 많았다.

며칠 후, 토요일이 되었다. 9월 초였기에 이른 가을임이 분명했지만, 여름처럼 무더운 날이었다. 길 양옆의 들판은 이글거리는 햇살 아래 마른 먼지로 가득했고, 하늘은 짙은 푸른색이었다. 그런 날에 바람을 타고 떨어지는 첫 낙엽을 보니 자연의 법칙을 거스르는 것 같다는 느낌이 들 정도였다. 바람은 훈훈했고, 아이들의 얼굴은 땀으로 번질번질했다. 게이르와 나는 각자 도시락과 주스를 한 병씩 가방에 넣고, 언덕 위로 올라갔다. 우리는 이미 가본 적 있는 익숙한 길을 따라 걷기로 했다. 길고 평평한 길을 따라 걷다 왼쪽으로 방향을 꺾으면 피나로 향하는 오솔길이 나왔다. 그곳으로 가기 위해선 먼저 마당이 넓은 집 한 채를 지나야만 했다. 그 집 주인은 매우 화를 잘 내는 사람이었다.

지난봄 어느 일요일에 우리는 그의 집 마당 끝자락에서 축구를 한 적이 있다. 마당의 한쪽 경계선은 자갈돌로 표시되어 있었고, 반대

147

편에는 작은 강이 흘렀다. 축구를 한 지 30분쯤 지났을까. 집 주인이 주먹 쥔 손을 마구 흔들면서 성큼성큼 걸어와 우리에게 소리를 질렀다. 우리는 그 모습을 보고 재빨리 도망쳤다. 하지만 지금은 그의 집 마당에서 축구를 하려는 게 아니라 그냥 지나치기만 할 것이다. 강을 따라 걷다보면 오솔길이 나왔다. 대로라 해도 될 만큼 널찍한 그 오솔길은 작고 평평한 흰색 돌로 뒤덮여 있었다. 울타리 중앙에 작은 나무문이 보였다.

문을 옆으로 밀고 들어서니 한 번도 보지 못했던 신세계가 눈앞에 펼쳐졌다. 어둑한 그림자가 감싼 길 양옆에는 키 큰 나무들이 나란히 서 있어서 마치 터널 속을 들어가는 것 같았다. 저 멀리 길이 꺾이는 지점에는 하얀 돌산이 햇빛을 반사시키고 있었다. 발아래 하얀 돌멩이들은 그 돌산에서 흩어져 나온 것이 분명했다.

우리는 돌산 앞에 멈춰 섰다. 하얀 돌산은 숲속을 지나치다 보면 만날 수 있는 울퉁불퉁한 여느 다른 산과 달리, 수없이 많은 평평하고 납작한 암석이 어슷하게 차곡차곡 쌓인 언덕을 연상시켰다. 혹시 우리 발밑에 있는 하얀 돌들은 희귀한 광석이 아닐까. 언뜻 보기엔 그랬다. 하지만 사람들이 모여 사는 동네와 너무 가까이 있었기에 그것이 정말 희귀한 광석이라면 이미 누군가가 싹 쓸어갔을 것이 틀림없었다. 그것을 알고 있는데도 우리는 발밑의 하얀 돌멩이를 주워 배낭에 집어넣었다.

우리는 내리막길로 내려갔다. 강 상류에는 깊은 구덩이를 향해 물이 흘러내리고 있었고, 길이 시작되는 하류 쪽에는 계단처럼 층층이 자리한 흙과 암석을 따라 마치 커튼처럼 장막을 치듯 물이 흘러내렸다.

지표면과 수면이 거의 비슷한 곳에 이른 우리는 물길의 방향을 돌려 길 위로 물이 흐르도록 돌을 쌓아 작은 댐을 만들기로 했다. 커다란 돌을 하나씩 옮겨 얕은 강물 속에 내려놓고 돌과 돌 사이의 빈틈은 이끼와 풀로 채웠다. 30분쯤 지나자 강물은 우리가 원하던 대로 방향을 바꾸어 길 위로 흘러내리기 시작했다. 갑자기 저 멀리서 총소리가 났다. 깜짝 놀란 우리는 서로를 마주본 후, 얼른 배낭을 둘러메고 아래쪽으로 달리기 시작했다.

누가 이 근처에서 사냥을 하고 있는 걸까? 수백 미터에 달하는 평지를 지나자, 커다란 가문비나무가 만든 깊고 짙은 녹색 그림자가 우리 앞을 가로막았다. 백 미터쯤 앞쪽에는 아스팔트길이 모습을 드러냈다. 다시 왼쪽에서 총소리가 들렸다. 조금 전보다 훨씬 크게 들렸다. 우리는 다시 발길을 멈추었다가, 폭신폭신한 이끼 위로 블루베리와 히스 덤불이 무성한 곳을 지나, 나무가 빽빽이 서 있는 완만한 언덕 위로 올라갔다. 20미터 아래쪽에는 나무 한 그루 보이지 않는 거대한 쓰레기 처리장이 햇살을 받아내고 있었다.

쓰레기 처리장이라니!

숲속에서 쓰레기 처리장을 발견하다니!

쓰레기 더미 위에는 마치 그곳이 바다라도 되는 듯 갈매기들이 끼룩끼룩 울부짖으며 날고 있었다. 달콤한 듯, 신 듯 강렬한 냄새가 코를 찔렀다. 다시 총소리가 들렸다. 그리 크지 않았고, 마치 접시에 금이 가는 듯한 메마른 소리였다. 우리는 천천히 쓰레기 더미 가장자리 쪽으로 내려갔다. 순간 엎어지면 코 닿을 듯한 거리에 서 있는 두 사나이를 발견했다. 한 사람은 폐차 더미 옆에 서 있었고, 다른 사람은 그 옆에 엎드려 있었다. 둘 다 쓰레기 더미를 향해 총구를 겨누고 있었다. 곧 총성이 두 번 연달아 들려왔다. 엎드려 있던 남자가 몸을 일으키자, 둘은 장총을 손에 들고 쓰레기 더미로 다가갔다. 우리는 방금 그들이 서 있던 곳으로 가보았다. 그들은 산더미처럼 쌓여 있는 쓰레기 속에 좁은 길처럼 이어져 있는 빈틈을 따라 걷고 있었다. 두 사람의 옷차림을 보니 영락없는 사냥꾼이었다. 장화와 장갑까지 끼고 있었다. 어른처럼 보였지만 나이는 그다지 많은 것 같지 않았다.

그들 주변에는 폐차와 고장난 냉장고, 텔레비전, 부서진 옷장과 낡은 서랍장으로 가득했다. 나는 쓰레기 더미 속에서 소파와 의자, 탁자와 램프를 보았고, 스키와 자전거, 낚싯대와 샹들리에, 자동차 보닛, 종이 박스, 나무 박스, 스티로폼 박스뿐만 아니라 셀 수 없이 많은 불룩한 비닐봉지도 보았다. 우리 눈앞에 있던 것은 말 그대로 쓰레기였다. 일반 가정집에서 매일 배출하는 쓰레기와 다를 것 없는 음식물 쓰레기를 담은 비닐봉지와 각종 상품 포장지가 가장 많았다. 하지만 우리가 서 있는 곳에는 낡고 부서진 물건이나 커다란 가구가 대부분이었다. 그것은 전체 쓰레기 더미 가운데 약 5분의 1을 차지하고 있었다.

"게이르, 저 아저씨들이 들쥐를 쏘고 있어. 저길 좀 봐!"

그들은 우리와 멀찍이 떨어진 곳에 서 있었다. 그중 한 명이 들쥐의 꼬리를 잡고 들어올렸다. 들쥐의 몸 옆 부분은 총에 맞아 완전히 뭉개져 있었다. 그는 들쥐의 꼬리를 잡고 허공에 몇 번 빙글빙글 돌린 다음 획 던졌다. 들쥐는 바람을 가르고 날아가 비닐봉지 위에 떨어진 후 바닥으로 미끄러졌다. 그들은 소리내어 웃었다. 다른 한 명이 바닥에 널브러진 들쥐를 장화 끝으로 살짝 들어올려 저 멀리 차던졌다.

그들이 우리가 서 있는 자리로 되돌아왔다. 그들은 햇살에 눈이 부신지 눈을 가늘게 뜨고 우리를 쳐다보았다. 그 둘이 형제라는 것은 첫눈에 알 수 있었다.

"산책하는 중이니?"

그는 곱실거리는 빨간 머리 위에 푸른색 챙모자를 쓰고 있었다. 넓적한 얼굴에 입술이 두터운 그의 콧수염에도 붉은 기가 감돌았다.

우리는 고개를 끄덕였다.

"쓰레기 처리장으로 산책을 오다니! 별일이구나."

그의 머리는 거의 흰색에 가까운 옅은 금발이었고, 콧수염이 없었지만 조금 전의 사나이와 마치 사진을 찍어놓은 것처럼 똑같이 생겼다.

"여기서 도시락을 먹을 거니? 쓰레기 더미 위에서?"

그들은 웃음을 터뜨렸다. 우리도 함께 따라 웃었다.

"우리가 들쥐 사냥하는 걸 보고 싶니?"

첫 번째 사나이가 말했다.

"네!"

게이르가 대답했다.

"그렇다면 우리 뒤에 서 있으렴. 이건 아주 중요한 일이야. 알았지? 아무 소리도 내면 안 돼. 우리를 방해하면 안 되니까."

우리는 고개를 끄덕였다.

이번엔 두 사람 모두 땅에 엎드렸다. 그들은 아주 오랫동안 꼼짝도 하지 않았다. 나는 그들이 총으로 조준하는 곳을 가만히 지켜보았다. 아무것도 보이지 않았다. 갑자기 총소리가 들렸고, 나는 그제야 들쥐 한 마리를 볼 수 있었다. 저 멀리 총에 맞아 만신창이가 된 들쥐 한 마리가 갑자기 불어오는 거센 바람에 휩쓸리듯 땅으로 획 떨어졌다.

엎드려 있던 그들이 몸을 일으켰다.

"우리랑 함께 가서 총 맞은 들쥐를 볼래?"

그들 가운데 한 명이 말했다.

"뭐 볼 게 있다고 그래? 그냥 들쥐일 뿐인데!"

다른 한 명이 말했다.

"저는 보고 싶어요!"

게이르가 말했다.

"저도요!"

들쥐는 완전히 숨이 끊기지 않았는지 몸을 비틀고 있었다. 꼬리는 총에 맞아 어디론가 날아가버렸다. 한 사나이가 장총의 개머리판으로 들쥐의 머리를 힘껏 내리쳤다. 툭 하고 무딘 소리가 나자마자 들쥐는 꼼짝도 하지 않았다. 그가 장총의 개머리판을 걱정스러운 표정으로 바라보았다.

"오, 방금 내가 왜 그런 짓을 했을까…"

"터프한 척하려 했잖아. 이제 가볼까? 차에 가서 총을 잘 닦으면 돼."

우리는 그들의 뒤를 따랐다.

"부모님은 너희들이 여기 있는 줄 알고 계시니?"

"네."

나는 얼른 대답했다.

"좋아. 그렇다면 여기 있는 물건에 손대면 안 된다는 말씀도 하셨겠구나? 여긴 온갖 병균과 세균이 득실득실하거든."

"네."

나는 다시 자신 있게 대답했다.

"좋아. 그럼 우리는 이만 가볼세. 안녕!"

몇 분 후, 길 아래쪽에서 차에 시동 거는 소리가 들렸다. 쓰레기 처리장에는 우리뿐이었다. 우리는 한참 동안 그곳에서 여기저기 뛰어다니면서 쓰레기 더미를 살펴보았다. 상자나 봉지를 툴툴 털어 비워내기도 했고, 뒤에 뭔가 근사한 것이 있을지도 모른다는 생각에 커다란 옷장을 쓰러뜨리기도 했다. 그러는 중에도 우리는 각자 무엇을 발견했는지 큰 소리로 서로에게 알려주곤 했다.

내가 찾아낸 것 가운데 가장 마음에 들었던 것은 깨끗한 비닐봉지 안에 가득 들어 있는 잡지였다. 새것처럼 보이는『템포』『버스터』같은 만화책,『텍스 윌러』포켓북은 물론 60년대에 발행된 길쭉한 카우보이 잡지도 있었다. 게이르는 손전등과 사슴 문양을 수놓은 작은 손수건 그리고 유모차 바퀴 두 개를 찾았다. 쓰레기 더미를 뒤지는 것이 시들해질 무렵, 우리는 찾아낸 물건들을 들고 언덕 위로 올라가 덤불 속에 앉아 도시락을 먹었다.

게이르는 빵을 싸온 종이를 구겨서 힘껏 던졌다. 아래쪽의 쓰레기 더미 위로 던질 생각이었지만, 갑자기 불어온 바람 때문에 그것은 코앞에 내려앉아 버렸다.

"같이 똥 쌀래?"

게이르가 뜬금없이 말했다.

"그러지 뭐. 그런데 어디서?"

"글쎄…"

그가 어깨를 으쓱해보였다.

우리는 똥 누기에 적합한 장소를 찾기 위해 숲속을 거닐었다. 쓰레기 더미 옆에서 똥을 눌 수도 있었지만 왠지 적절치 않다는 생각이 들었다. 이상하기도 했고 더럽기도 했다. 그곳에 있는 쓰레기들은 대부분 속이 비치는 비닐봉지나 상자, 낡은 가전제품과 신문지 뭉치였다. 눅눅하고 냄새나는 음식물 쓰레기들은 모두 비닐봉지 속에 들어 있었다. 우리는 숲속에서 똥을 누기로 했다.

"저 나무 좀 봐!"

게이르가 소리 질렀다.

10여 미터쯤 앞에 커다란 소나무 한 그루가 쓰러져 있었다. 우리는 나무둥치 위로 올라가 바지를 내린 후, 나뭇가지를 꽉 잡고 몸의 중심을 잡았다. 게이르는 똥이 나오는 순간 엉덩이를 옆으로 움직였다. 똥이 엉덩이 바로 밑에 쌓이는 것을 피하기 위해서였다.

"봤어? 너도 봤지?"

그가 큰 소리로 웃으며 말했다.

"하하하!"

나는 게이르와 반대로 마치 도심 한가운데 폭탄을 떨어뜨리는 전투기처럼 똥을 한곳에 쌓아올렸다. 똥이 조금씩 조금씩 엉덩이를 빠져나가 바닥에 닿기 직전, 엉덩이와 분리되는 그 순간의 느낌은 말로 표현할 수 없을 정도로 좋았다.

나는 가끔 며칠씩 똥을 참곤 했다. 굉장히 큰 똥을 만들어내고 싶기도 했거니와 오래도록 참았던 똥을 마침내 배출시킬 때의 느낌이 좋아서였다. 너무 똥이 마려워 똑바로 서 있기 힘들 정도인데도 엉덩이 근육을 조여가며 꿋꿋하게 참았다가, 다시 뱃속에 똥을 모으기 위해 힘차게 똥을 밀어낼 때의 느낌이란! 하지만 그것은 위험한 짓이었다. 오래 참다 보면 똥이 너무 커져 배설하기 힘들어졌다. 산더미만 한 똥이 나올 때의 고통은 이루 말할 수 없었다. 온몸을 휩쓰는 고통은 잔인할 정도로 폭발적이었다. 으으…! 흐으으…! 엄청난 고통 때문에 눈앞이 캄캄해지려는 찰나, 똥이 내 몸을 쑥 빠져나갔다.

오, 이렇게 좋을 수기!

환상적인 느낌이 온몸을 휘감았다.

통증은 사라졌다.

똥은 변기 속에 퉁 떨어졌다.

다시 편안하고 기분 좋은 느낌이 찾아왔다. 그렇다, 그 느낌이 너무 좋아 엉덩이를 닦기 위해 몸을 일으키고 싶지 않을 정도였다.

하지만 그게 과연 가치 있는 일일까?

며칠 동안 저장해둔 똥을 배설하기로 마음먹은 날이면, 나는 아침부터 걱정이 되어 불안해지기까지 했다. 너무 아플 것이라는 생각에 화장실도 가고 싶지 않았다. 하지만 화장실에 가지 않으면 통증은 점점 더 심해질 것이 틀림없었다.

변기 위에 앉는 수밖에 없었다. 내게 찾아올 고통을 받아들여야 한다는 비장한 생각과 함께 마음을 다잡는 수밖에 없었다.

한번은 똥 눌 일이 너무나 걱정되고 불안해서 다른 방법을 찾아보기도 했다. 변기 위에 앉은 나는 엉거주춤 일어나 손가락을 똥구멍 속으로 찔러넣어 보았다. 바로 거기! 내 손가락은 돌처럼 단단한 똥과 만났다. 똥의 위치를 확인한 나는 똥구멍을 넓히기 위해 손가락을 살살 움직여보았다. 동시에 배에 힘을 주며 천천히 똥을 내보냈다. 결국 변기가 꽉 찰 정도로 엄청난 양의 똥을 배출시킬 수 있었다. 똥이 엉덩이와 완전히 분리될 때까지 통증은 가시지 않았다. 하지만 생각했던 것처럼 많이 아프진 않았다.

나는 그날 똥을 누는 새로운 방법을 찾아냈다!

손가락이 누렇게 변하는 건 그다지 위험하지 않았다. 비누로 깨끗이 씻으면 되니까. 하지만 냄새는 지우기 쉽지 않았다. 아무리 빡빡 문질러도 손가락에 묻어 있는 희미한 똥 냄새는 하루 종일, 아니 가끔은 다음 날 아침까지도 남아 있었다.

똥을 눌 때는 이 모든 장단점의 균형을 유지해야 한다.

볼일을 다 본 게이르와 나는 나뭇잎으로 뒤를 닦고 결과물을 보기 위해 자리를 옮겼다. 내 똥은 여기저기 푸르스름한 부분이 보였고, 설사와 비슷할 정도로 물기를 많이 머금고 있었기에 이미 옆으로 조금 흘러내려가 있었다. 게이르의 똥은 연갈색으로 가장자리가 거뭇거뭇했으며 형태가 단단했다.

"네 똥이 내 똥보다 냄새가 더 지독하다는 걸 생각하면 좀 이상하지 않아?"

나는 잘난 척하며 게이르에게 말했다.

"냄새가 지독한 건 네 똥이야!"

게이르가 소리쳤다.

"아냐!"

"어휴, 이렇게 지독할 수가!"

그는 한 손으로 코를 쥐어잡으며, 다른 한 손으로는 기다란 나뭇가지로 내 똥을 휘휘 저었다.

파리 몇 마리가 똥 무더기 위에 내려앉았다. 그 파리들도 푸르스름한 색을 띠고 있었다.

"이제 집에 갈래? 우리 똥이 어떻게 변했는지 확인하러 다음 주 토요일에 여기 다시 오는 건 어때?"

"다음 주 주말엔 집에 없을 것 같아."

그가 대답했다.

"어디 갈 건데?"

"리쇠르. 새로 구입할 보트를 보러 갈 예정이야."

우리는 각자 물건을 챙겨 집으로 향했다. 게이르는 양손에 유모차 바퀴를 하나씩 들고 걸었고, 나는 잡지기 기득 들이 있는 비닐봉지를 들고 걸었다. 우리는 오늘 어디서 놀았는지 부모님에게 절대 말하지 않기로 약속했다. 부모님이 알게 된다면 다시는 이곳에 못 오게 될 것이 분명했다. 나는 만약 아버지가 잡지를 보고 어디서 났느냐고 묻는다면 옆 동네에 사는 외른에게서 빌렸다고 대답할 생각이었다.

현관에 들어선 나는 숨소리도 내지 않고 가만히 서 있었다. 별다른 소리가 들리지 않자, 나는 안심하고 신발 끈을 풀었다.

순간 안쪽에서 문 여는 소리가 들렸다. 나는 신발 한 짝을 벗어 벽쪽에 밀어두었다. 다시 문 여는 소리가 들렸다. 이번에는 더욱 가까운 곳에서 나는 소리였다. 그와 동시에 아버지가 내 앞에 서 있었다.

나는 다른 쪽 신발을 벗고 굽혔던 몸을 폈다.

"어디 갔다온 거야?"

"숲에서 놀다 왔어요."

갑자기 집으로 오는 길에 생각해두었던 변명거리가 떠올라 얼른 바닥에 시선을 고정하고 덧붙였다.

"그리고 언덕 위에서도 놀다 왔어요."

"봉지 속엔 뭐가 들어 있니?"

"잡지 몇 권…"

"어디서 났어?"

"외른에게 빌렸어요. 언덕 위에 사는 아이예요."

"어디 보자."

나는 아버지에게 봉지를 내밀었다. 아버지는 봉지 속에서 『텍스 윌러』 포켓북을 꺼냈다.

"이건 내가 좀 봐야겠다."

아버지는 책을 들고 서재로 갔다.

계단을 오르는데 등뒤에서 아버지가 나를 불렀다.

아버지가 알아차린 건 아닐까? 혹시 책에서 퀴퀴한 쓰레기 냄새가 나는 건 아닐까?

나는 몸을 돌려 계단을 내려갔다. 다리가 후들후들 떨려 몸을 지탱할 수 없을 지경이었다.

아버지는 서재 문 앞에 서 있었다.

"이번 주 용돈을 아직 못 받았지? 윙베는 조금 전에 받았단다. 자, 여기."

아버지는 내 손에 5크로네짜리 동전 하나를 쥐어주었다.

"오, 고맙습니다, 아버지!"

"비맥스는 벌써 문을 닫았으니까 사탕을 사려면 피나까지 가야해."

피나까지는 꽤 먼 거리였다. 먼저 긴 언덕을 올라 평지를 지난 후, 숲속의 긴 오솔길을 거쳐 자갈로 뒤덮인 내리막길을 걸어가야 했다. 내리막길의 끝에 이르면 큰길이 나오고, 바로 거기에 천국과 지옥을 한곳에 모아둔 것 같은 키오스크와 주유소가 있었다. 언덕의 오르막길과 평지는 문제없었다. 양옆 길에는 집과 자동차와 사람들로 바글바글했으니까. 문제는 오솔길이었다. 오솔길에 접어들어 불과 몇 미터만 걸으면 우거진 나무가 빽빽하게 서 있었고, 사람들은 코빼기도 볼 수 없었다. 보이는 것은 오직 나뭇잎과 덤불, 나무둥치와 야생화, 여기저기 흩어져 있는 작은 습지와 웅덩이뿐이었다.

나는 그곳을 지날 때마다 큰 소리로 노래를 불렀다. 「오솔길을 걷네」「작은 푸른 새」「잠자는 곰」「바다와 뭍을 지나」 등의 동요를 부르다 보면, 비록 혼자 있어도 혼자 있다는 느낌이 들지 않았다. 노래를 부르지 않을 때는 혼잣말을 중얼거렸다. 저기에는 누가 살고 있을까. 이 숲은 영원히 이어질까? 아니, 그럴 리가 없지. 이곳은 섬이니까 걷다보면 바다가 나올 거야. 어쩌면 지금쯤 덴마크로 가는 크루즈가 지나가고 있을지도 몰라. 가게에 가면 녹스를 사야지. 폭스도 사고. 녹스 폭스, 폭스 녹스, 녹스 폭스.

오른쪽에 확 트인 공간이 눈에 들어왔다. 키 큰 활엽수들이 빽빽하게 들어서서 햇살을 막아버리는 바람에 땅에 자라는 식물들이 거의 없기 때문이다.

잠시 후 자갈길에 도착했다. 오래된 하얀 집과 역시 오래된 빨간 축사를 지나가니 큰길에서 들려오는 차소리가 귀에 닿았다. 마침내 큰길에 이르니 보기만 해도 설레는 주유소와 키오스크 건물이 50미터쯤 앞에 있었다.

나란히 서 있는 주유기 네 대에 꽂혀 있는 노즐은 이마에 손을 가져가 인사를 건네는 사람을 연상시켰다. 어스름한 저녁 빛을 머금고 키 큰 장대에 꽂혀 펄럭이는 하얀 깃발에는 'FINA'라는 푸른색 글자가 찍혀 있었다. 깃발 아래에는 꽁무니에 트레일러를 단 트럭 한 대가 서 있었다. 운전사는 열린 차창에 한 팔을 걸치고 아래쪽에 서 있는 남자와 대화를 나누고 있었다. 키오스크 앞에는 스쿠터 세 대가 주차되어 있었다. 주유기 앞에 자동차 한 대가 정차하더니, 한 남자가 내려 불룩한 뒷주머니에서 지갑을 꺼내고 주유기의 노즐을 차체에 꽂았다. 나는 그의 앞에 멈춰 섰다. 주유기가 돌아가는 소리와 함께 숫자가 빠르게 움직였다. 주유기는 사람의 얼굴을 닮았고, 빠르게 움직이는 숫자들은 마치 쉴 새 없이 윙크를 퍼붓는 눈동자 같다고 생각했다. 주유를 하며 다른 곳을 바라보는 남자의 모습이 너무나 멋있었다. 별 신경을 쓰지 않아도 할 일을 제대로 해내는 사람처럼 보였다.

키오스크 문을 열었다. 맥박이 빨라지기 시작했다. 그 안에서 무슨 일이 벌어질지 전혀 예상할 수 없었다. 누가 말을 걸어오면 어떡하지? 누가 내게 농담을 해서 거기 있던 사람들이 모두 웃음을 터뜨리면 어떻게 하지?

"저기 크나우스고르 주니어가 오는군"이라고 말을 걸어오는 사람이 있을지도 모르고, "아버지는 뭐하시니? 집에서 채점하고 계시는 건 아냐?"라고 말하는 사람이 있을지도 몰랐다.

그곳에 모이는 사람들은 대부분 중학교 학생들이었다. 그들은 청바지를 입고 심지어는 가죽점퍼를 입고 오기도 했다. 그들의 점퍼에는 '폰티악' '페라리' '머스탱' 같은 상표 이름이 붙어 있을 때도 있었다. 어떤 이들은 목에 머플러를 걸치기도 했다. 모두 눈을 가릴 정도로 앞머리를 길게 늘어뜨리고 있었고, 손을 사용하는 대신 고개를 휙 젖혀 앞머리를 쓸어넘기곤 했다. 그들은 가게 밖에 나가면 쉴 새 없이 길바닥에 침을 뱉었고 누구라고 할 것 없이 모두 콜라를 마셨다. 어떤 이는 콜라병에 땅콩을 집어넣어 마시기도 했다. 먹고 마시는 것을 한 번에 해결할 수 있기 때문이라고 말했다. 미성년자가 대부분이었지만 담배도 피웠다. 나이 어린 학생들은 자전거를 탔고, 좀 나이가 든 학생들은 스쿠터를 탔다. 가끔 이들은 이제 막 면허를 따고 차를 운전하는 청년들과 함께 어울리기도 했다.

그곳은 바로 악의 소굴이었다. 스쿠터, 긴 머리, 흡연, 결석, 도박. 이 모든 악이 바로 그곳에서 이루어졌던 것이다.

그들이 내게 크나우스고르 주니어라고 말하면서 터뜨리는 웃음소리는 내가 이 세상에서 알고 있는 가장 기분 나쁜 소리였다. 그럴때면 나는 아무 말도 하지 않고 고개를 푹 숙인 채 사려고 했던 물건만 사고 나와버리는 수밖에 없었다.

"크나우스고르 주니어가 겁에 질려 있는 것 같은데?"

그들은 기분 좋을 때면 내게 이렇게 소리치곤 했다. 가끔은 내게 아무 말 하지 않을 때도 있었다. 그러니 키오스크 안에서 어떤 일이 벌어질지 전혀 예상할 수 없었다.

그날은 아무도 내게 말을 걸지 않았다. 셋은 슬롯머신 앞에 서 있었고, 넷은 자리에 앉아 콜라를 마시고 있었다. 구석진 안쪽에는 화장을 짙게 한 여학생 셋이 앉아 연신 코웃음을 치며 대화를 나누고 있었다.

나는 폭스와 녹스 캐러멜을 샀다. 가진 돈을 모두 썼기 때문에 캐러멜은 꽤 많았다. 점원은 투명한 비닐봉지에 캐러멜을 담아주었다. 나는 누가 볼까봐 얼른 키오스크를 빠져나왔다.

언덕길을 올라 오솔길에 들어섰다. 해가 진 후라 선선했다. 그다지 무섭지 않은걸? 나는 숲속의 공터를 둘러싸고 있는 키 큰 나무들을 하나하나 둘러보았다. 혹시 나무 뒤에서 무언가 움직이는 것이 있는지 확인해보기 위해서였다. 나는 혼잣말을 중얼거리기 시작했다. 어떻게 하지? 폭스와 녹스를 번갈아가며 먹을까, 아니면 폭스부터 먼저 먹어치우고 녹스를 먹을까?

갑자기 오른쪽 덤불 사이에서 무언가 움직이는 소리가 났다.

나는 걸음을 멈추고 소리나는 쪽을 뚫어지게 바라보았다. 만약을 위해 조심스레 몇 발짝 뒤로 물러섰다.

다시 알 수 없는 소리가 들렸다.

도대체 뭘까?

"거기 누가 있나요?"

정적만 감돌 뿐이었다.

나는 허리를 굽혀 돌멩이를 하나 주워들었다. 덤불을 향해 힘껏 돌멩이를 던진 후, 있는 힘을 다해 언덕 위로 달렸다. 잠시 후 걸음을 멈추고 뒤에 아무도 따라오지 않는다는 걸 확인한 나는 큰 소리로 웃기 시작했다.

"그것 봐, 아무것도 아니잖아!"

나는 다시 언덕을 오르기 시작했다.

죽은 사람은 생각하지 않는 게 좋다. 그래서 나는 다른 생각을 하려 애썼다. 예를 들어 귀신이나 유령이 나무 뒤에 서 있을지도 모른다는 생각을 하기 시작하면 도무지 머릿속에서 그 생각을 떨쳐낼 수 없기 때문이다. 그 두려움은 점점 더 커지기 마련이다. 그럴 때면 앞만 보고 달리는 수밖에 없다. 심장이 가슴을 찢고 나올 정도로 세차게 뛰고, 온몸을 휩쓰는 소리 없는 비명에 정신을 잃을 정도로.

집으로 돌아오는 길이 그럭저럭 나쁘지 않았는데도 아래쪽에 나란히 자리한 집들을 보는 순간 마음이 놓였다. 집을 나설 때만 해도 밝았는데, 돌아올 무렵이 되니 골목길 사이로 회색을 머금은 어스름한 빛이 깔려 있었다.

나는 천천히 뛰기 시작했다.

길 끝에 여자아이 둘이 서 있었다. 그들은 잔디밭을 가로지르는 나를 흘낏 쳐다보더니 내게 달려오기 시작했다.

도대체 왜 내게 달려오는 걸까?

나는 내게 다가오는 그들을 한 번 쳐다본 후, 아무 일도 없었다는 듯 앞만 보고 걸었다.

그들이 내 앞을 가로막았다.

그 가운데 한 명은 동네에서 가장 몸집이 큰 톰의 누이동생이었다. 톰은 반짝반짝 광이 나는 빨간 자동차를 타고 다녔다. 다른 한 명은 한 번도 본 적 없는 아이였다. 둘 다 적어도 열 살은 되어 보였다.

"어디서 오는 길이니?"

한 여자아이가 내게 말을 걸었다.

"피나에서 오는 길이야."

"거기서 뭘 했어?"

다른 한 명이 내게 물었다.

"아무것도 안 했어."

나는 그들을 지나치려 발을 뗐다.

그들은 길을 비켜주기는커녕 내 앞을 가로막고 섰다.

"비켜. 집에 가야 돼."

"그 봉지 안에 뭐가 들어 있니?"

"아무것도 없어."

"거짓말 마. 폭스와 녹스 캐러멜이 들어 있는 게 다 보이는걸."

"그래서 어쩌라고? 형이 사달라고 해서 심부름을 다녀오는 길이
야. 우리 형은 열한 살이거든."

"그거 내놔."

"싫어."

톰의 누이동생이 봉지를 움켜쥐었다. 내가 봉지를 뺏기지 않으려
고 옆으로 휙 빼내자, 다른 여자아이가 팔을 뻗어 나를 밀쳤다.

"봉지를 내놔!"

"싫어!"

땅에 쓰러진 나는 봉지를 두 팔로 꽉 껴안고 몸을 일으켰다.

여자아이가 다시 나를 힘껏 밀쳤다. 나는 다시 땅에 쓰러졌고 울
기 시작했다.

"이건 내 거야! 너희들이 가져가면 안 되는 거야!"

"네 거라고? 네 형 거라며?"

여자아이가 내게서 봉지를 낚아챘다. 둘은 빼앗은 봉지를 들고 낄 낄대며 잔디밭을 가로질러 어디론가 사라졌다.

"내 거라고 했잖아!"

나는 그들의 등 뒤에 대고 소리쳤다.

"내 거란 말이야!"

나는 집으로 가는 내내 울었다.

그들은 내 캐러멜을 가져가버렸다. 어떻게 이런 일이 있을 수 있지? 아무것도 아니라는 듯 내게 천연덕스럽게 다가와 내 물건을 가져가버리다니! 그건 분명 내 건데! 아버지에게서 받은 용돈으로 피나까지 가서 사온 캐러멜인데! 그런 캐러멜을 빼앗아가다니! 그들은 심지어 나를 밀치기까지 했다. 과연 그토록 나쁜 짓을 하는 게 가능할까?

집이 가까워졌을 때, 나는 스웨터 소매로 눈물을 훔쳤다. 내가 울었다는 것을 아무도 알아채지 못하도록 눈을 깜박이기도 하고 고개를 힘차게 흔들어보기도 했다.

다섯 살 때, 트론의 여동생 벤케가 내게 커다란 돌멩이를 던진 적이 있다. 배 한가운데 돌을 맞은 나는 소리내어 울면서 우리 집 정원 울타리까지 뛰어갔다. 아버지는 정원에서 잔디를 다듬고 있었다. 나는 아버지가 나를 도와줄 거라고 철썩같이 믿고 있었다. 하지만 아버지는 벤케가 여자아이일 뿐만 아니라 나보다 한 살 어리기까지 하다며, 오히려 내게 징징거리지 말라고 호통쳤다. 심지어 조그마한 여자아이에게 맞고 다니는 나 때문에 부끄럽기까지 하다고 말했다. 아버지는 내게 이해하냐고 물었지만, 나는 전혀 이해할 수 없었다. 다른 사람에게 돌을 던지는 것이 나쁜 일이라는 건 누구나 알고 있는 사실 아닌가? 돌에 맞아 우는 사람보다 돌을 던진 사람이 더 나쁜 게 아닌가?

하지만 아버지에겐 그토록 당연한 논리가 통하지 않았다. 팔짱을 낀 아버지는 길에서 노는 아이들을 이글거리는 듯한 엄한 눈빛으로 바라보더니, 턱으로 그들을 가리키면서 여기서 귀찮게 하지 말고 얼른 나가서 아이들과 함께 어울려 놀라고 말했다.

집에 오는 길에 내게서 캐러멜을 빼앗아간 아이들도 여자였다. 그러니 아버지에게 좋은 말 듣기는 불가능했다.

나는 현관에 서서 귀를 기울였다. 아무 소리도 나지 않는 것을 확인한 후, 신발을 벗어 벽에 나란히 붙여두었다. 발소리를 내지 않으려 조심하며 윙베 형의 방으로 갔다. 문을 여는 순간, 빼앗긴 캐러멜이 떠올라 눈물이 샘솟듯 흘렀다.

윙베 형은 침대에 엎드려 두 발을 번쩍 치켜든 채 『버스터』를 읽고 있었다. 만화책 앞에는 군것질거리가 흩어져 있었다.

"왜 울어?"

나는 길에서 겪은 일을 모두 이야기해주었다.

"그냥 도망치지 그랬어?"

"그럴 수가 없었어. 그 애들이 내 앞을 가로막고 있었거든."

"그 아이들이 너를 밀쳤을 때, 너도 같이 밀치지 그랬어?"

"나보다 훨씬 힘도 세고 몸집도 큰데 내가 어떻게…"

나는 미처 말을 맺지 못하고 소리내어 흐느끼기 시작했다.

"그렇게까지 울 필요는 없잖아? 내 캐러멜을 나눠 먹으면 기분이 좀 나아지겠니?"

"으… 응…"

나는 딸꾹질을 하며 대답했다.

"많이 줄 수는 없어. 조금만 줄게. 요거랑 요거, 그리고 이거랑 저거. 어때? 기분이 좀 나아졌어?"

"응, 훨씬 좋아졌어. 형 방에 조금만 더 앉아 있다 가면 안 될까?"

"캐러멜을 다 먹을 때까지 여기 있어도 좋아. 다 먹은 후엔 네 방으로 가야 돼. 알았지?"

"오케이."

형이 준 캐러멜을 다 먹은 후 찬물로 세수하니 다시 태어난 것처럼 개운해졌다. 부엌에는 어머니가 저녁식사를 준비하는 듯 오븐 위에서 팬 돌아가는 소리가 들렸다. 이층에 있는 동안 아버지 소리는 전혀 들리지 않았기에, 나는 아버지가 서재에 있을 거라 짐작했다.

나는 부엌으로 가서 식탁 의자에 앉았다.

"토요일인데 용돈으로 맛있는 걸 사 먹었니?"

어머니는 프라이팬에 고기를 굽고 있었다. 지글지글 고기 굽는 소리와 함께 김이 모락모락 피어오르고 있었다. 프라이팬 옆 커다란 냄비 안에서 무언가 끓고 있었지만, 그 소리는 팬이 돌아가는 소리에 묻혀버렸다.

"네."

"피나 주유소까지 갔다온 거야?"

어머니는 항상 피나 주유소라고 정확하게 말했다. 우리는 피나라고만 해도 다 알아듣는데.

"네. 그런데 오늘 저녁은 뭐예요?"

"쌀밥과 스튜를 먹을 거야."

"파이애플이 들어간 스튜인가요?"

어머니가 미소를 지었다.

"아냐, 파인애플은 들어가지 않아. 오늘은 멕시코식 스튜를 먹을 거야."

"아, 네…"

침묵이 흘렀다. 어머니는 양념이 든 봉지를 자르고 그 내용물을 다진 고기 위에 뿌렸다. 계량기로 물의 양을 재어 냄비 속에 부은 후, 물이 끓기 시작하자 쌀을 넣었다. 잠시 후, 어머니가 내 맞은편 의자에 앉아 등을 기댔다.

"어머니가 직장에서 하는 일은 정확히 어떤 건가요?"

"이미 알고 있을 텐데? 너도 내가 일하는 곳에 자주 와봤잖아."

"어머니는 그곳에 사는 사람들을 돌봐주는 일을 하나요?"

"응, 그렇게 말할 수도 있겠지."

"그 사람들은 왜 거기 살고 있나요? 자기 집에서 살지 않고…?"

어머니는 곰곰이 생각에 잠겼다. 기다리다 지루해서 다른 생각을 하려는 찰나, 어머니가 대답했다.

"그곳에 사는 사람들은 항상 극도의 불안감에 시달리고 있단다. 그게 뭔지 아니?"

나는 고개를 저었다.

"그들은 항상 무언가를 두려워하거나 걱정하지만, 정작 그 이유를 모르고 있단다."

"항상요?"

어머니가 고개를 끄덕였다.

"그래. 나는 그들이 불안해하지 않도록 대화를 나누거나 여러 가지 활동을 함께한단다."

"하지만… 그 사람들은 특별히 두려워하는 게 없다고 했잖아요? 그렇다면 항상 아무 이유 없이 두려워하는 건가요?"

167

"응, 그렇단다. 이유 없이 두려워하고 불안해하지. 이런 증세가 사라지면 다시 각자의 집으로 돌아가 생활한단다."

짧은 침묵이 이어졌다.

"그런데 갑자기 왜 묻는 거야? 요즘 그런 것들에 대해서 생각하고 있니?"

"아니에요. 담임선생님이 우리에게 부모님이 하시는 일에 대해서 물었어요. 어머니가 코케플라센 요양원에서 일한다고 했더니, 선생님은 어머니가 거기서 무슨 일을 하는지 궁금하다고 하셨어요. 참, 게이르는 뭐라고 대답했는지 아세요? 걔는 자기 어머니가 하는 일이 사람들에게 신발 끈 묶는 법을 가르쳐주는 거라고 했어요."

"재밌게 말을 잘 했구나. 게이르의 어머니는 불안해하고 두려워하는 사람들이 아니라 행동에 제약을 받는 사람들을 보살펴주는 일을 한단다. 우리가 매일 너무나 쉽게 하는 일들을 그들은 어렵다고 생각하지. 예를 들면 요리를 하거나 청소를 하거나 옷을 갈아입는 일 등… 마르타 씨는 그런 사람들을 도와준단다."

어머니가 몸을 일으켜 냄비 속을 저었다.

"그런 사람들을 저능아라고 하죠?"

"아냐, 지적장애인이라고 한단다."

어머니가 내게 흘낏 눈길을 던지며 말을 이었다.

"저능아는 좋지 않은 말이야."

"그런가요?"

"응."

아래층에서 문 여는 소리가 들렸다.

"윙베 형 방에 갔다 올게요."

나는 자리에서 얼른 일어났다.

"그러렴."

나는 뛰지 않으려 조심하며 최대한 걸음을 빨리했다. 다시 들려오는 문소리와 동시에 나는 윙베 형 방에 도착했다. 아버지가 나를 보지 못했을 것이라 안심하는 순간, 다시 문소리가 들렸고 어느새 아버지는 계단 밑에 와 있었다.

계단을 올라오는 아버지의 발소리가 들리기가 무섭게 나는 재빨리 윙베 형의 방문을 열고 들어갔다.

형은 여전히 엎드려서 잡지를 읽고 있었다. 축구 잡지였다.

"저녁 다 됐어?"

형이 나를 돌아보며 물었다.

"응, 그런 것 같아. 그런데, 형, 만화책 좀 빌려줘."

"알았어. 하지만 조심해서 잘 다뤄야 해, 알았지?"

윙베 형의 방문 앞을 지나는 아버지의 발소리가 들렸다. 나는 책장에 꽂혀 있는 잡지를 살펴보는 척 고개를 푹 숙였다. 형은 월간지를 모으고 있었다. 형의 『배트맨』 잡지는 바인더에 차곡차곡 정리되어 책장에 꽂혀 있었지만 내 것은 방 여기저기에 낱권으로 흩어져 있었다. 형은 배트맨 클럽 회원이기도 했다.

"바인더를 모두 빌려가도 돼?"

"말도 안 되는 소리!"

"앨범은?"

"그건 괜찮아. 하지만 다 보고 제자리에 꽂아놔!"

우리는 토요일이 되면 오전에 라이스 푸딩을 먹었고, 오후에는 이른 저녁을 먹었다. 저녁식사로는 주로 스튜를 먹었고, 평소 부엌 식탁에서 식사하던 것과는 달리 항상 거실의 손님용 식탁을 이용했다. 각자의 자리에는 냅킨이 놓여 있었고, 부모님은 식사 중에 와인이나 맥주를 마셨으며 우리는 탄산수를 마셨다. 식사를 마친 후엔 함께 모여 텔레비전을 보았다.

주말 저녁에는 주로 브로드웨이쇼를 연상시키는 프로그램들이 방영되었다. 오슬로 스튜디오에서 제작된 쇼 프로그램에는 그물 스타킹을 신은 여인들과 양복에 모자를 쓰고 하얀 스카프를 두른 남자들이 지팡이를 들고 계단을 내려오면서 노래를 불렀다. 그들이 자주 불렀던 노래는 「뉴욕, 뉴욕」이었다. 어머니가 좋아했던 가수 쉴비 방은 그런 프로그램에서 자주 볼 수 있었다. 그 외에도 토요일 저녁 쇼 프로그램에는 레이프 유스테르, 아르베 옵살, 다그 프뢸란 같은 가수들이 등장했다. 그랑프리에 자주 등장했던 벤케 뮈레는 유치원 어린이 역할을 맡아 콩트를 선보이기도 했다. 쇼 프로그램이 방영되지 않을 때는 유러피언 챔피언 리그 결승전이나 유럽컵 결승전 또는 윔블던 테니스 경기가 방송되었다.

그날 저녁에는 남루한 옷을 걸친 한 남자가 지붕 위에서 묵직한 중저음으로 노래를 부르고 있었다. '오울 맨 리보'라고 노래를 부르는 것 같았다. 나는 그 멜로디를 저녁 내내 흥얼거렸다. 양치질을 할 때도 '오울 맨 리보'. 잠옷으로 갈아입을 때도 '오울 맨 리보'. 침대에 누워 잠이 들기 직전에도 '오울 맨 리보'.

부모님은 미닫이문을 닫아놓고 거실에 앉아 담배를 피우며 대화를 나눴다. 잔잔히 흐르는 음악 소리와 저녁식사 때 남긴 와인을 비우는 소리도 들렸다. 가끔 아버지의 화난 듯한 목소리가 거실을 울리면, 내 귀엔 들리지 않았지만 어머니의 달래는 듯한 차분한 목소리가 뒤를 이을 것이라는 사실을 알고 있었다.

잠이 들었다. 한밤중에 언뜻 눈을 떴을 때도 여전히 거실에서 부모님의 말소리가 들려왔다. 밤새도록 대화를 나눌 작정일까. 나는 다시 잠에 빠졌다.

　여름의 마지막 발버둥처럼 느껴지던 무덥고 화창한 9월의 날씨는 갑자기 내린 비와 함께 완전히 뒷전으로 물러났다. 티셔츠와 반바지는 스웨터와 긴 바지로 바뀌었고, 아침에는 재킷을 껴입었다. 가을비가 내리는 날이 많아지면서 자연히 장화를 신고 비옷을 입는 날도 늘어났다. 강물은 넘쳐흘렀고, 자갈길 위에는 여기저기 웅덩이가 생겨났으며, 갓길에 흐르는 빗물에는 모래와 작은 돌멩이, 솔잎 등이 둥둥 떠다녔다. 강에서 물장구치는 사람들은 사라졌고, 부둣가로 향하는 큰길에는 주말에 보트를 타기 위해 바다로 나가는 사람들 대신 낚시하러 가는 사람들의 자동차 행렬이 이어졌다. 아버지도 낚싯대와 낚싯줄, 미끼와 작살을 준비해 짙은 녹색 비옷을 입고 섬 외곽으로 차를 타고 나갔다. 주말이 되면, 지난겨울 내내 살이 통통하게 오른 대구를 잡기 위해 아버지는 몇 시간이고 홀로 서서 낚시를 하곤 했다.

　수영 교실이 이맘때 즈음 문을 여는 것은 너무나 자연스러운 일이었다. 밖에는 한여름의 따가운 햇볕이 내리쬐는데 실내에서 헤엄친다는 건 어딘지 모르게 부자연스럽지 않은가. 매주 화요일 저녁마다 수영 교실 강습이 있었고 가을 내내 진행될 예정이었다. 우리 반 학생들은 모두 수영 강습을 신청했다. 어머니는 내가 일어나기 전에 출근했기 때문에, 나는 전날 저녁부터 퇴근길에 수영모를 사와야 한다고 신신당부했다. 진작 수영모를 샀어야 했는데 어쩐 일인지 미루고 미루다 전날이 되어서야 서두르게 된 것이었다.

　어머니의 자동차 소리가 들리자마자 나는 얼른 현관으로 뛰어나가 기다렸다. 어머니는 코트를 입고 어깨에 가방을 메고 있었다. 나를 본 어머니는 피곤한 듯했지만 얼굴에 환한 미소가 번졌다. 하지만 스포츠 가게 쇼핑백은 어디에도 없었다. 어머니 가방 속에 있을까? 수영모는 그다지 크지 않으니 말이다.

"수영모를 사왔나요?"

"앗, 깜박 잊었네."

"잊었다고요? 그러면 안 되는데… 수영 교실은 당장 오늘 저녁에 시작한단 말이에요!"

"미안하구나. 퇴근길에 이런저런 다른 생각을 하다 깜박 잊었어. 그런데… 수영 교실은 몇 시에 시작하지?"

"여섯 시요."

어머니는 시계를 보았다.

"아직 3시 30분이니 서두르면 되겠어. 가게는 4시에 닫거든. 지금 당장 차를 타고 가면 가게 문이 닫히기 전에 도착할 수 있을 거야. 아버지에겐 내가 한 시간 후에 다시 집에 올 거라고 전해주렴."

나는 고개를 끄덕였다.

"어머니, 서두르세요!"

아버지는 부엌에 서서 고기를 굽고 있었다. 프라이팬 위로 연기가 피어올랐다. 감자를 삶고 있는 냄비 뚜껑이 달그락 달그락 소리를 냈다. 아버지는 라디오를 켜놓고 내게 등을 보인 채 한 손에는 주걱을 들고, 다른 한 손으로는 조리대를 짚어 몸을 기댔다.

"아버지?"

아버지가 몸을 홱 돌렸다.

"왜? 무슨 일이야?"

"어머니가 한 시간쯤 후에 집에 오신대요. 아버지에게 전해 달라고 했어요."

172

"집에 왔다가 다시 차를 타고 나갔단 말이니?"

나는 고개를 끄덕였다.

"왜? 무슨 일로?"

"수영모를 사러 갔어요. 오늘 제가 수영 강습을 받는 첫날이거든요."

나를 바라보는 아버지의 눈길에 짜증이 담겨 있었다는 것은 의심할 여지가 없었다. 하지만 상황이 상황인지라 나는 바로 몸을 돌려 나올 수가 없었다.

아버지가 내 방 쪽을 턱으로 가리키자 나는 너무나 쉽게 상황을 벗어날 수 있다는 생각에 기쁜 마음으로 부엌에서 나왔다.

10분 후, 우리를 부르는 아버지의 목소리가 들렸다. 우리는 각자의 방에서 나와 부엌으로 갔다. 소리나지 않게 조심스레 식탁 의자를 빼서 자리에 앉은 후, 아버지가 삶은 감자, 구운 고기와 구운 양파, 삶은 당근을 접시에 담아줄 때까지 기다렸다. 우리는 등을 곧게 펴고 입과 머리, 팔 아래쪽을 제외하고선 꼼짝도 않는 상태에서 식사를 했다.

아무도 말을 하지 않았다. 접시에 고기 뼈와 감자 껍질만 남긴 우리는 잘 먹었다고 예의바르게 인사한 후 각자의 방으로 돌아갔다. 부엌에서 주전자의 뜨거운 김이 쉭쉭 올라오는 소리가 들리는 것으로 보아 아버지는 커피를 마시려는 것 같았다. 소리가 멈추자 서재로 향하는 아버지의 발소리가 들렸다. 분명 한 손에는 커피 잔을 들고 있으리라. 나는 침대에 누워 만화책을 읽으면서도 창밖에서 들려올지 모르는 자동차 소리에 온 신경을 집중했다.

잠시 후 골목 모퉁이를 돌아 들어오는 어머니의 차 소리가 들렸다. 너무나 익숙한 소리였다. 곧 어머니의 차가 방향을 꺾어 집에 들어올 것이라 예상하며 침대에서 벌떡 일어났다. 아버지가 아래층 서재에 있었기 때문에 어머니를 기다리기에 가장 좋은 장소는 계단 위였다.

대문 열리는 소리에 이어 어머니가 장화와 외투를 벗어 옷걸이에 거는 소리가 들렸다. 현관 앞 카펫을 지나는 발소리는 계단을 오르는 발소리로 바뀌었고, 그 소리는 내 머릿속에서 어머니의 모습과 연결되었다.

"수영모를 샀나요?"

"응, 아주 예쁜 걸로 샀어."

"봐도 돼요?"

어머니는 손에 들고 있던 하얀 인터스포츠 쇼핑백을 내게 건네주었다. 나는 쇼핑백 속에서 수영모를 꺼냈다.

"어머니… 수영모에 꽃이 달려 있잖아요! 이런 걸 어떻게 쓰라고… 이건 여자 수영모예요! 저더러 여자 수영모를 쓰라고요? 싫어요!"

"예쁘잖아?"

수영모를 들고 우두커니 서 있는 내 눈에는 어느새 눈물이 고이기 시작했다. 하얀색 수영모에는 단순한 꽃무늬 프린트가 아니라 플라스틱처럼 보이는 작은 입체 꽃송이가 빽빽하게 달려 있었다.

"당장 가게에 다시 가서 다른 걸로 바꿔주세요."

"칼 오베, 그건 할 수 없어. 벌써 가게 문을 닫은 걸 어떡하니."

어머니는 나를 바라보며 머리를 쓰다듬어주었다.

"이게 그렇게 마음에 안 들어?"

"이걸 들고 수영 교실에 갈 수는 없어요. 오늘은 집에 있을래요."

"칼 오베…"

두 눈에서 눈물이 주르륵 흘러내렸다.

"네가 수영 교실을 얼마나 기대하고 있었는지 잘 아는데 기껏 수영모 때문에 안 가겠다니… 생각을 달리해보렴. 내가 다음 수업 시간 전에 새 수영모를 사줄게. 이 수영모는 내가 쓰면 돼. 나도 수영모가 하나 있으면 좋겠다고 생각했거든. 꽃무늬가 참 예쁘지 않니?"

"어머니는 아무것도 몰라요! 저더러 여자 수영모를 쓰고 수영을 하라고요? 있을 수 없는 일이에요!"

나는 소리를 지르다시피 했다.

"난 지금 네가 떼를 쓴다는 생각밖에 안 드는구나."

그 순간, 문 소리가 쾅 나며 아버지가 서재에서 나왔다. 아버지는 몇 킬로미터나 떨어져 있어도 이런 상황이 생기면 귀신같이 알고 모습을 드러내곤 했다. 나는 흐르는 눈물을 번개처럼 재빨리 훔치고 수영모를 쇼핑백 속에 집어넣었다. 하지만 때는 이미 늦었다. 아버지는 이미 계단 밑에 서 있었던 것이다.

"무슨 일이야?"

아버지의 목소리였다.

"칼 오베가 내가 사온 수영모를 마음에 들어 하지 않네요. 수영모 때문에 아예 수영 교실에도 안 가겠다고 떼를 쓰고 있어요."

"그게 무슨 말도 안 되는 소리야!"

아버지가 계단을 성큼성큼 올라와 손으로 내 턱을 들어올렸다.

"넌 오늘 어머니가 사준 수영모를 가지고 수영 교실에 가, 알았어?"

"네."

"이런 일로 징징 짜지 말고. 사내자식이 원…"

"네."

175

나는 젖은 눈 밑을 손으로 문질러 닦았다.

"수영 교실에 갈 때까지 네 방에 들어가 있어."

나는 아버지가 시키는 대로 했다.

"수영모 하나 때문에 다시 시내까지 가다니, 당신도 참…"

두 사람이 부엌으로 들어가며 나누는 말소리가 들렸다.

"하지만 칼 오베가 수영 교실이 시작하기를 얼마나 기다렸는데요… 이 정도쯤이야. 수영모를 사주겠다고 약속했는데 잊고 있었던 제 잘못이죠."

한 시간 후, 어머니가 나를 데리러 방에 들어왔다. 나는 어머니와 아무 말도 하지 않겠다고 결심했기에 입을 꾹 다문 채 장화를 신고 비옷을 입었다. 수영복과 수건, 수영모가 든 봉지는 한 손으로 들었다. 대문을 여니, 게이르와 레이프 토레가 밖에서 나를 기다리고 있었다. 그들도 역시 비닐봉지를 하나씩 들고 있었다. 어스름한 저녁이었고 가랑비가 내리고 있었다. 그들의 머리는 비를 맞아 축축했고, 그들의 비옷은 가로등 불빛을 받아 반짝였다.

그들은 어머니에게 인사를 건넸고, 어머니도 그들에게 인사를 했다. 우리는 어머니의 뒤를 따라 차를 향해 걸어갔다. 어머니는 차문을 열고 좌석을 앞으로 당겼고, 우리는 뒷좌석에 나란히 앉았다.

어머니가 열쇠를 꽂고 시동을 걸었다.

"배출기에 문제가 있나요?"

레이프 토레가 아는 척을 하며 물었다.

"응, 오래된 차라서 그래."

어머니는 오르막길을 후진으로 올랐다. 앞 차창에서 와이퍼가 천천히 움직이기 시작했다. 어둠 속 맞은편 길에 서 있던 가문비나무가 전조등 빛을 받으며 마치 우리에게 성큼 다가오는 것 같았다.

"게이르는 수영할 줄 알아요."

어머니와 아무 말도 하지 않겠다고 결심했던 기억이 문득 떠올랐으나, 이미 내뱉은 말은 어쩔 수 없었다.

"그래?"

어머니는 깜빡이를 켜고 오른쪽을 흘깃 살펴본 후 큰길로 차를 몰았다. 교차로 앞에 이르자 조금 전과 같은 동작이 반복되었다. 단지 방향이 바뀌었을 뿐이었다. 왼쪽 깜빡이가 켜졌고, 어머니는 왼쪽 창문 밖으로 시선을 던져 길을 확인했다.

"레이프 토레, 너는 어때? 너도 수영할 줄 아니?"

어머니가 물었다.

다리 위로 향하는 오르막길을 오르자 차의 엔진 소리는 불쑥 튀어나온 맞은편 산등성이에 부딪쳐 메아리를 만들어냈다. 저 멀리서 돛대의 빨간 불빛이 어둠 속에서 반짝였다. 잘 모르는 사람이 본다면 그건 돛대의 불빛이 아니라 허공에서 움직이는 비행물체의 불빛이라 오해할 수도 있을 것 같았다.

레이프 토레가 고개를 저었다.

"음… 조금 할 줄 알아요."

그가 잠시 후에 대답했다.

다리를 건너는 동안, 가랑비를 머금은 어둠은 바다의 만과 뭍의 언덕으로 서서히 스며들었다. 그럼에도 바다와 육지를 구별하는 것은 어렵지 않았다. 육지의 어둠은 바다 표면을 어루만지는 매끈한 어둠보다 더욱 깊고 짙었다. 저 멀리 수평선 근처에 남아 있는 저녁빛은 밤하늘의 별빛을 연상시켰고, 가까운 해안에 남아 있는 저녁빛은 이미 뭍의 자연풍경 속에 녹아들어 있었다. 바다 위로 녹색과 빨간색의 등대 불빛이 비추어 내리고 있었다.

우리는 다리를 건너 맞은편 교차로에 진입했다. 차도 한쪽 옆에는 정원이 딸린 집들이 나란히 서 있었고, 다른 쪽 옆에는 마치 장막처럼 내려앉은 어둠 속에서 공장과 사무실 건물들이 누런색의 희미한 가로등 불빛을 받으며 모습을 드러냈다. 세차게 내리는 빗줄기 사이로 와이퍼가 더욱 빨리 움직이기 시작했다. 레이프 토레와 롤프는 이미 함께 수영 강습을 받은 적이 있었다.

수영 교실 강사는 40대 중반 여자였고, 롤프의 말에 따르면 너무나 엄격한 사람이라고 했다. 하지만 롤프는 평소에 생각 없이 말을 많이 하는 아이였기에 나는 그의 말을 한 귀로 듣고 한 귀로 흘려버렸다. 그는 레이프 토레나 다른 아이들을 놀릴 기회가 생기기만 하면 이를 놓치는 법이 없었다. 나는 물안경이 없지만 물속에서도 눈을 뜰 수 있기 때문에 아무 문제 없다고 말했다. 게이르는 자신의 물안경을 꺼내서 보여주었다. 푸른색 렌즈에 흰색 줄무늬 장식이 박혀 있는 스피도 물안경이었다.

"수영모는 가져왔어?"

레이프 토레가 물었다.

"아버지 것을 가져왔더니 너무 커서 헐렁할 것 같아."

게이르가 소리내어 웃으면서 말했다.

"너희 아버지는 수영모가 있어? 우리 아버지는 없는데. 너희 아버지는 어때?"

레이프 토레가 나를 돌아보면서 물었다.

"아마 없을 거야. 어머니, 지금 몇 시죠? 시간 내에 도착할 수 있을까요?"

어머니는 왼손을 들어 시계를 보았다.

"지금 5시 25분이니까 시간은 충분해."

"그런데 왜 여자 어른과 아이들만 수영모를 쓸까?"

레이프 토레가 말했다.

"그건 사실이 아냐. 수영 선수들도 수영모를 쓰잖아."

내가 아는 척을 했다.

"우리 아버지는 다음 달 월급을 받으면 노르웨이 국기가 그려진 하얀 수영모를 사준다고 했어."

게이르가 말을 이었다.

"오늘 그렇게 약속했어. 내가 수영을 잘하게 되면 수영 클럽에 회원으로 등록할 거야. 시내에 있는 클럽 말이야."

"하지만 우린 축구 클럽에 같이 등록하기로 했잖아."

내가 말했다.

"어… 그랬구나. 하지만 두 가지를 동시에 해도 될 거야."

어머니는 깜빡이를 넣고 큰길에서 벗어나 자갈길을 따라 달리다가 어둠이 덮인 학교 건물 앞에서 차를 세웠다.

"저 건물인 것 같아."

어머니가 학교 옆 나지막한 건물을 손가락으로 가리켰다.

"맞아요."

레이프 토레가 말했다.

"건물 앞에 트론과 게이르 호콘이 서 있는 걸 보니까 맞는 것 같아요."

"한 시간 후에 다시 데리러 올게."

어머니가 말했다.

"행운을 빌어!"

우리는 각자 비닐봉지를 하나씩 들고 건물 출입문을 향해 달려갔다. 어머니의 녹색 딱정벌레차는 온 길을 되돌아갔다.

찬 공기가 어려 있는 탈의실은 으슬으슬 춥기까지 했다. 녹색 바닥과 흰 벽을 비추어내리는 천장의 불빛은 날카로웠다. 벽을 따라 배치된 베이지색 나무 벤치 위에는 옷걸이가 걸려 있었다. 이미 도착한 남자아이 다섯이 웃음을 섞어가며 대화를 나누다가 옷을 벗기 시작했다. 우리를 본 그들이 인사를 건넸다.

"수영장 물이 굉장히 차가워!"

스베레가 말했다.

"얼음처럼 차갑더라."

옆에 있던 게이르 B가 거들었다.

"벌써 들어가봤어?"

레이프 토레가 물었다.

"물론이지."

스베레가 대답했다.

나는 벤치에 앉아 스웨터를 벗고, 몸을 일으켜 바지를 벗었다. 코를 간질이는 소독약 냄새에 기분이 좋아졌다. 나는 소독약 냄새를 좋아했고, 수영장을 좋아했으며, 물장구치는 것도 좋아했다. 게이르 B, 스베레, 다그 마그네는 벌거벗은 채 샤워실로 들어갔다. 트론과 게이르 호콘이 뒤를 따랐다. 우리는 수영장에 들어가기 전에 꼭 샤워를 해야 한다고 배웠다. 몇몇 아이는 바로 물을 틀어 몸을 맡겼고, 또 다른 몇몇 아이는 샤워기에서 멀찍이 떨어져 마치 종잡을 수 없는 낯선 동물을 대할 때처럼 팔을 쭉 내밀어 조심스레 물을 틀고 더운 물이 나올 때까지 기다렸다. 모두 벽을 향해 등을 돌리고 서 있었다. 아이들의 머리카락은 물에 젖어 이마 위로 흘러내렸다.

나는 속옷을 벗고 벤치 위에 벗은 옷을 모아둔 후, 게이르와 레이프 토레가 옷을 다 벗을 때까지 기다렸다. 문이 열리고 욘을 포함한 남자아이 넷이 한꺼번에 들어왔다. 옷을 입고 있을 때와 벌거벗고 있을 때의 기분은 천지 차이였다. 나는 벌거벗고 서 있는 그 상황이 민망해서 봉지에서 비누와 수건을 꺼내들고 가장 안쪽에 있는 샤워실로 서둘러 들어갔다. 게이르와 레이프 토레도 남아 있는 두 칸의 빈 샤워실 안으로 각각 들어갔다.

　서서히 수증기가 차오르는 공간 속에서 따스한 물이 쏟아져 내리는 샤워기 밑에 서 있을 때의 기분은 말할 수 없이 좋았다. 나는 그곳에 영원히 서 있어도 좋겠다고 생각했다. 하지만 내 피부를 생각한다면 그렇게 할 수 없었다. 내 피부는 샤워를 할 때마다 빨갛게 달아올랐다. 특히 엉덩이 부분은 더 그랬기 때문에, 뜨거운 물에 10분만서 있어도 내 엉덩이는 원숭이의 빨간 궁둥이처럼 변해버리곤 했다. 아이들이 그런 내 엉덩이를 모른 척할 리 없었다.

　나는 2분 후쯤 내 엉덩이를 확인한 후 물을 껐다. 서둘러 몸을 닦고 수영복을 입었다. 내 엉덩이는 뜨거운 물에 닿으면 빨갛게 달아오를 뿐 아니라 뽈록하게 튀어나오기까지 했다. 아버지는 그런 내 엉덩이를 보고 풍선 궁둥이라고 놀렸다. 그건 사실이었다. 나는 그런 나의 엉덩이를 아무에게도 보여주고 싶지 않았다. 내 엉덩이가 풍선 궁둥이라는 소문이 퍼지기라도 한다면? 그건 상상하기도 싫었다.

　나는 벤치에 앉아 무릎에 손을 대고 상체를 굽혔다. 샤워실에서 나오는 아이들의 옅은 색 머리카락은 물에 젖어 짙은 색으로 변해 있었고, 불과 몇 주 전만 해도 햇살에 그을려 티셔츠와 반바지의 경계선이 분명했던 피부는 창백하게 변해 있었다. 게다가 하나같이 말랐다. 사실 우리 반에는 통통한 아이가 한 명도 없었다. 뚱뚱하다며 몰래 주고받던 귓속말의 주인공 베문조차도 알고 보면 전혀 뚱뚱하지 않았다. 그는 단지 기력 없이 움직이는 데다 얼굴살이 다른 아이들보다 많을 뿐이었다. 그런데도 우리는 베문이 우리 반에서 제일 뚱뚱하다고 믿었다. 하긴 누군가는 가장 뚱뚱하다는 말을 듣기 마련이다.

탈의실의 선선한 공기 때문인지 팔에 소름이 돋았다. 나는 팔을 몇 차례 손으로 문질렀다. 기분 좋은 소독약 냄새를 떠올리며 다시 억지로나마 좋은 기분을 계속 이어가려 애를 써보았다. 하지만 기분은 다시 좋아지지 않았다. 좋은 기분은 내가 닿을 수 없는 곳에 있거나 이미 다 써버린 것 같았다.

살짝 열린 탈의실 문틈으로 수영장을 환하게 밝힌 불빛이 새어 들어왔다.

"이제 시작하나봐!"

한 아이가 소리쳤다.

샤워실에 있던 아이들이 서둘러 탈의실로 나왔다. 이미 나와 있던 아이들은 급히 수영복을 입고 물안경과 수영모를 썼다.

호루라기 소리가 수영장을 가득 채웠다. 나는 봉지에서 수영모를 꺼내 손에 구겨 쥐고 욘과 게이르의 뒤를 따라 수영장으로 들어갔다. 여자아이들도 동시에 수영장으로 들어왔다. 강사 선생님은 수영장 가장자리에 서서 우리에게 손짓했다. 그녀는 목에 호루라기를 걸고, 물에 젖지 않도록 코팅한 종이 한 장을 손에 들고 있었다.

그녀가 다시 호루라기를 불자, 아직 탈의실에 남아 있던 아이들이 서둘러 뛰어나왔다.

"수영장 안에서 뛰면 안 됩니다! 무슨 일이 있어도 수영장 안에선 절대 뛰면 안 돼요. 바닥이 딱딱하고 미끄럽기 때문에 그렇습니다."

그녀가 안경을 고쳐 썼다.

"수영 교실에 오신 여러분을 환영합니다! 여러분들은 오늘부터 수영 강습을 여섯 번 받게 될 것입니다. 수영 교실이 끝날 때쯤엔 한 사람도 빠짐없이 수영하는 것이 우리의 목표입니다. 오늘은 첫날이니 쉬운 동작부터 배워보겠습니다. 먼저 물속에 들어가 자유롭게 시간을 보낸 후, 저기 보이는 매트리스 위에서 팔 동작을 배우도록 하겠습니다."

"여기서요?"

스베레가 물었다.

"물속이 아니라 물 밖에서 팔 동작을 배우나요?"

"그렇습니다. 일단 여러분들이 지켜야 할 주의사항을 말씀드리겠습니다. 수영장에 들어오기 전에는 반드시 샤워를 해야 합니다. 아직 샤워를 하지 않은 사람이 있나요?"

아무도 입을 떼지 않았다.

"좋습니다. 이제 모두 수영모를 써주시기 바랍니다. 다시 말씀드리지만, 수영장 안에서는 뛰는 것이 엄격히 금지되어 있습니다. 수업이 끝난 후에도 마찬가지입니다. 절대 뛰면 안 됩니다! 수영장에 들어갈 때도 다이빙을 하는 것은 금지되어 있습니다. 물에 들어갈 때는 반드시 저기 보이는 사다리를 이용해주시기 바랍니다."

"정말 다이빙을 하면 안 되나요?"

욘이 물었다.

"다이빙을 할 수 있습니까?"

"네, 조금…"

"절대 안 됩니다, 조금 할 줄 안다고 다이빙을 시도하는 것은 매우 위험한 일입니다. 다시 한번 말씀드리지만 다이빙과 뛰어다니는 일은 엄격히 금지되어 있습니다. 그리고 여러분들은 호루라기 소리가 들리면 즉각 제가 있는 곳으로 모여주시기 바랍니다. 알겠습니까?"

"네."

"그러면 먼저 출석을 불러보겠습니다. 이름을 부르면 대답해주시기 바랍니다."

가장 먼저 이름이 불린 아이는 안네 리즈벳이었다. 그녀는 빨간색 수영복을 입고 미소를 지으며 뒷줄에 서 있다가, 이름이 불리자 소리내어 웃는 것처럼 대답했다. 문득 한숨이 저절로 나왔다. 내 이름을 부를 때까지 초조하게 기다렸다. 자신의 이름에 대답하는 것은 마치 칼에 한 조각씩 베어져 옆으로 밀쳐지는 빵 조각과 다를 바 없다는 생각이 들었다. 평상시엔 학교에서 출석을 부르는 일이 좋기만 했다. 힘차게 대답하면, 바로 그 순간 내게로 일제히 쏠리는 아이들의 눈동자와 관심에 기분이 좋아지곤 했다. 하지만 수영장에선 달랐다.

"욘!"

"네!"

욘은 손을 번쩍 치켜들고 허공을 휘휘 저었다.

강사 선생님은 보일 듯 말 듯 고개를 끄덕이고 다시 출석부로 시선을 돌렸다.

"칼 오베!"

"네."

그녀가 나를 바라보았다.

"왜 수영모를 쓰지 않았습니까? 수영모를 가져오지 않았니요?"

"여기 있습니다."

나는 수영모를 쥐고 있는 손을 살짝 들어보였다.

"그렇다면 얼른 수영모를 쓰세요!"

"좀 기다렸다가 물에 들어갈 때 쓰겠습니다."

"좀 기다리는 일은 하지 않는 게 좋습니다. 지금 당장 수영모를 착용하세요!"

나는 구겨 쥔 수영모를 양손으로 펼쳐 쭈뼛쭈뼛 머리에 눌러썼다. 아이들의 시선을 피하기는 불가능했다.

"칼 오베 좀 봐!"

누군가가 소리쳤다.

"여자 수영모를 가져왔어!"

"수영모에 꽃이 달려 있네! 그건 나이 많은 아줌마들이나 쓰는 수영모잖아!"

"자, 조용! 조용!"

강사 선생님이 소리쳤다.

"어떤 수영모를 쓰든 상관없습니다. 마리안네!"

"네."

마리안네가 대답했다.

아이들의 관심은 쉽게 사그라들지 않았다. 나를 가리키는 손가락과 들릴 듯 말 듯한 코웃음, 무례한 눈빛. 마치 수영모에 불이 붙은 듯 머리가 화끈거리기 시작했다.

출석을 부르고 나서 모두 수영장 가장자리에 있는 사다리를 타고 물속으로 들어갔다. 물이 차가웠다. 나는 얼른 온몸을 물에 담그는 것이 좋겠다고 생각해 구부렸던 몸을 물속에 던져넣고, 수영장 바닥에 발이 닿을 때까지 두 다리를 열심히 움직였다. 나는 물속에서는 헤엄칠 수 있었다. 문제는 수면 위에서였다. 바닥에서 불과 몇 센티미터밖에 떨어지지 않은 곳에 발을 두고 머리 위의 수면을 올려다볼 때의 그 기분이란! 잠시 후 수면 위로 올라온 나는 게이르를 찾기 위해 두리번거렸다.

"네 어머니 수영모를 빌려왔니?"

스베레가 다가와 말을 걸었다.

"아냐. 넌 내가 수영모도 없을 거라고 생각하니?"

게이르와 레이프 토레는 이미 킥판을 각자 하나씩 차지하고 그 위에서 사지를 버둥거리면서 놀고 있었다. 나는 그들에게 다가갔다.

"좀더 깊은 데로 들어가서 잠수해볼래?"

그들은 고개를 끄덕였다. 우리는 물속에서 무거워진 두 다리를 천천히 움직이며 겨드랑이까지 물이 올라오는 곳으로 걸어갔다.

"네가 물속에서 두 눈을 뜰 수 있다는 게 정말이야?"

레이프 토레가 물었다.

"응. 눈을 감지 않으면 돼."

"그러면 눈이 아플 텐데?"

"난 안 아파!"

나는 레이프 토레가 내게 그 질문을 해주어서 고마웠다. 잠시 후, 우리는 잠수부들처럼 두 발이 허공으로 향할 때까지 열심히 하체를 흔들어댔다. 그나마 게이르가 비슷하게 했을 뿐 성공한 아이는 아무도 없었다. 게이르는 물에서 하는 것이라면 무엇이든 다 잘했다.

호루라기 소리가 들렸다. 우리는 팔다리 동작을 연습하기 위해 얇은 매트리스 위로 자리를 옮겼다. 수영모는 어느새 잊고 있었다. 갑자기 마리안네가 내게 다가왔다.

"왜 여자 수영모를 가져왔어? 꽃무늬가 예쁘다고 생각했니?"

"수영모 이야기는 이제 그만하도록 하세요! 알겠습니까?"

186

어느새 우리 뒤에 다가와 있던 강사 선생님이 소리쳤다.

"네…"

잠시 후 우리는 매트리스 위에 엎드려 커다랗고 창백한 개구리처럼 두 팔과 두 다리를 버둥거렸다. 강사 선생님은 매트리스 사이를 돌아다니면서 아이들의 움직임을 고쳐주었다. 우리는 다시 각자 킥판을 들고 물속으로 들어가 매트리스 위에서 연습했던 동작을 되풀이했다.

어느새 시간이 흘러 수영 강습을 마칠 때가 되었다. 강사 선생님은 수영장 가장자리에 모인 우리들에게 첫 시간인데도 잘했다며 칭찬을 해주었고, 다음 시간에는 무엇을 할지 간략하게 알려주었다. 우리는 선생님의 지시에 따라 샤워를 하고 탈의실로 들어갔다. 벤치에 앉아 수영모를 봉지에 집어넣으려는 순간, 스베레가 다가와 내 손에서 수영모를 낚아챘다.

"어디 한번 볼까?"

"안 돼! 얼른 돌려줘!"

나는 그를 향해 두 팔을 뻗었지만, 그는 재빨리 뒷걸음질 쳐서 피했다. 뿐만 아니라 그는 내 수영모를 머리에 쓰고 엉덩이를 흔들며 걷기 시작했다.

"오, 꽃이 달린 내 수영모 어때용? 정말 예쁘죵?"

그가 여자 목소리를 흉내 내며 말했다.

"얼른 돌려줘!"

나는 자리에서 벌떡 일어났다.

그는 계속 엉덩이를 흔들면서 몇 발짝 더 걸었다.

"칼 오베는 여자 수영모를 쓴대. 칼 오베의 수영모는 여자 수영모!"

내가 그에게 달려가자, 그는 수영모를 벗어 손에 쥐고 다시 뒷걸음질 쳤다.

"얼른 내놔! 내 거란 말이야!"

나는 다시 스베레를 향해 팔을 뻗었다. 그는 수영모를 욘에게 던졌다.

"칼 오베는 여자 수영모를 쓰고 있어요!"

그가 노래를 부르기 시작했다. 나는 욘에게 다가가 수영모를 뺏으려 했다. 갑자기 욘이 내 팔을 잡아 비틀었다. 내 눈앞에는 그가 쥐고 있는 수영모가 달랑거리고 있었다.

나는 울기 시작했다.

"얼른 돌려줘! 돌려달란 말이야!"

눈물이 앞을 가려 아무것도 보이지 않았다.

욘은 수영모를 스베레에게 던졌다.

스베레는 수영모를 허공에 치켜들고 찬찬히 살펴보는 척했다.

"꽃무늬가 너무 예쁜걸! 정말 아름다워!"

"얼른 돌려줘!"

누군가가 소리쳤다.

"울고 있잖아!"

"오, 불쌍하기도 해라. 예쁜 수영모를 다시 갖고 싶니?"

그는 수영모를 벤치 위로 던졌다. 나는 얼른 수영모를 봉지 속에 넣은 다음, 수건을 들고 샤워실로 들어갔다. 따스한 물줄기 아래 잠시 서 있다가 몸을 닦고 서둘러 옷을 입은 후, 제일 먼저 탈의실을 나왔다. 복도에 있는 장화를 신고 유리문을 열어 아스팔트길 위로 발을 내디뎠다. 여기저기 생겨난 커다랗고 얕은 웅덩이 위로 빗방울이 떨어져 내리고 있었다. 아무도 보이지 않았다. 나는 옆에 있는 학교 건물 쪽으로 걸었다. 우리 학교 건물과 너무 비슷해 구별할 수 없을 정도였다. 저 멀리, 정확히 한 시간 전에 우리를 내려준 어머니의 녹색 딱정벌레차가 눈에 들어왔다.

나는 차문을 열고 뒷좌석에 앉았다.

"수영 교실은 어땠니?"

어머니가 뒷좌석으로 고개를 돌리면서 말했다. 어머니의 얼굴은 학교 건물 가장자리에 독수리처럼 매달려 있는 가로등 불빛을 받아 희미하게 윤곽만 겨우 알아볼 수 있을 정도였다.

"그럭저럭…"

"좋았어?"

"네."

"게이르와 레이프 토레는 어디 있니?"

"곧 올 거예요."

"이제 수영을 할 수 있니?"

"조금… 그런데 오늘은 대부분 물 밖에서만 수영을 배웠어요."

"물 밖에서?"

"네, 매트리스 위에서 팔 동작을 배웠어요."

"아, 그랬구나."

어머니는 다시 앞으로 고개를 돌렸다. 손에 들고 있는 담배에서 연기가 피어올라 앞 차창 밑에 두터운 회색 장막을 만들어냈다. 어머니는 담배를 한 모금 더 빨아들인 후, 작은 금속 재떨이 속에 꽁초를 집어넣었다. 수영장 건물 앞에는 한 무리의 아이들이 모여 있었다. 아스팔트로 포장된 길 위에 자동차의 전조등 빛이 어렸다. 연달아 들어온 차 두 대가 건물 바로 앞에서 멈춰 섰다.

"어머니 차가 여기 있다고 말해주는 게 좋을 것 같아요."

나는 차문을 열었다.

"게이르! 레이프 토레! 차는 여기 있어!"

그들은 나를 향해 고개를 돌렸지만 여전히 출입문 앞에 다른 아이들과 함께 서 있었다.

"게이르! 레이프 토레! 얼른 이리로 와!"

그제야 둘은 움직이기 시작했다. 아이들에게 무슨 말을 하고선 어슬렁어슬렁 걸어오고 있었다. 그들의 손에서 덜렁거리는 하얀 비닐봉지는 가로등 불빛을 반사시켰다. 언뜻 그것은 사람의 머리처럼 보이기도 했다.

"오셨어요?"

그들은 뒷좌석에 나란히 앉으며 어머니에게 말을 건넸다.

"응. 수영 교실은 어땠어? 좋았어?"

"어… 네…"

그들은 나를 흘낏 돌아보았다.

"네, 꽤 좋았어요. 그런데 강사 선생님이 참 엄격해서…"

"남자 선생님이었어?"

어머니가 차에 시동을 걸면서 물었다.

"아뇨, 여자 선생님이었어요."

"아, 그렇구나."

그로부터 사흘 후 나는 게이르, 레이프 토레, 트론과 함께 숲속으로 산책을 갔다. 무지개가 끝나는 지점에서 보물 상자를 찾다 실패한 나는, 나무 사이를 헤엄쳐다닐 수 있다면 얼마나 좋을지 상상해보았다. 하지만 곧, 아무리 연습해도 내가 마음대로 헤엄치는 날은 오지 않을 것이라는 불길한 생각이 뒤를 이었다. 외할아버지도 수영

190

을 못 했다. 직업 어부로 일한 적이 있었는데 말이다. 외할머니가 수영을 할 수 있었는지는 아는 바가 없다. 하지만 외할머니가 수영하는 모습은 어쩐 일인지 상상하기 쉽지 않았다.

바람에 흔들리는 소나무 위로 구름이 마치 조깅하듯 빠른 속도로 하늘을 거쳐 갔다.

지금 몇 시쯤 되었을까?

"게이르, 시계를 가져왔니?"

그가 고개를 저었다.

"나한테 시계가 있어."

트론이 말했다. 그는 시계 찬 손을 획 치켜들어 몇 번 흔들었다. 그러자 옷소매가 스르륵 올라가더니 시계가 손목 위에서 제자리를 찾았다.

"1시 25분. 아니, 2시 30분이야."

"2시 30분이라고?"

그가 고개를 끄덕였다. 갑자기 뱃속이 뒤틀리는 듯한 통증을 느꼈다. 토요일이면 우리는 항상 오후 1시에 함께 모여 라이스 푸딩을 먹곤 했다.

젠장!

나는 있는 힘을 다해 달리기 시작했다. 마치 달리기를 하면 도움이 되기라도 하듯.

"엉덩이에 개미가 들어간 거야? 뭐야?"

레이프 토레가 등 뒤에서 소리쳤다. 나는 고개를 돌렸다.

"오후 1시에 함께 식사를 하기로 했어. 서둘러야 해."

솔잎이 떨어져 있는 푹신한 흙길을 따라 올라가 작은 시냇물을 건너 커다란 저나무 한 그루를 지나치면 큰길로 향하는 오르막길이 나왔다. 집 앞에 주차된 부모님 차가 눈에 들어왔다. 하지만 웡베 형의 자전거는 보이지 않았다. 형은 이미 푸딩을 먹고 밖에 나간 걸까? 나처럼 식사 시간에 늦은 건 아닐까?

웡베 형도 식사 시간을 지키지 못했을 것이라는 간당간당한 희망에 조금 위안이 되는 것 같았다.

집 앞 골목길에 들어섰다. 아버지가 뒷마당에 있다가 건물을 돌아나올 수도 있다는 생각이 스쳤다. 어쩌면 현관에 서서 나를 기다리고 있을지도 모른다. 서재에 있다가 내 발소리를 듣고 문을 쾅 열고 나올 수도 있었다. 아니, 부엌 창가에 서서 집으로 들어서는 나를 지켜보고 있는지도 모른다.

나는 소리나지 않게 살금살금 대문을 닫고 현관에 서서 몇 초 동안 꼼짝도 하지 않았다. 머리 위에서 누군가가 부엌을 거니는 듯한 발소리가 났다. 아버지의 발소리였다. 나는 장화를 벗어 벽 쪽에 나란히 기대어 놓았다. 비옷을 벗어 지하실 옷걸이에 걸어두었다. 그자리에 멈춰 서서 서랍장 위에 걸린 거울에 비친 내 모습을 바라보았다. 양 볼은 발갛게 달아올라 있었고, 머리카락은 부스스했다. 코밑에는 말간 콧물이 고여 있었다. 이빨은 항상 그랬듯이 앞으로 툭 튀어나와 있었다. 사람들은 내게 젖은 이빨을 말리려고 입 밖으로 내밀고 있냐며 농담을 하기도 했다. 나는 계단을 올라 부엌으로 들어갔다. 어머니는 싱크대 앞에 서서 설거지를 하고 있었고, 아버지는 식탁에 앉아 게 다리의 속살을 파먹고 있었다. 어머니와 아버지가 동시에 나를 돌아보았다. 라이스 푸딩이 들어 있는 냄비에는 여전히 주황색 플라스틱 국자가 꽂혀 있었다.

"깜박 잊었어요. 죄송합니다. 밖에서 놀다보니 시간 가는 줄 몰랐어요."

"앉아라. 배고프지?"

아버지가 말했다.

어머니는 찬장에서 오목한 접시를 꺼내 라이스 푸딩을 담아 식탁으로 가져왔다. 식탁 위에는 미처 치우지 않은 설탕통과 버터, 계핏가루가 놓여 있었다.

"어디서 놀다 왔니?"

어머니가 물었다.

"참, 숟가락도 필요하겠구나."

"여기저기…"

"누구랑?"

아버지가 고개도 들지 않고 말했다. 아버지는 털이 숭숭 난 주황색 게 다리 속에서 하얀 살점을 파내어 입으로 가져갔다. 그러고는 게 다리에 입을 대어 남아 있는 속살을 먹기 위해 힘껏 빨아들였다. 추르릅 하는 소리와 함께 속살이 아버지의 입속으로 빨려 들어가는 모습이 연상되었다.

"게이르, 레이프 토레, 트론이랑 함께 있었어요."

아버지는 게 다리의 관절을 꺾고 다시 속살을 파먹기 시작했다. 나는 이미 식어버린 푸딩 위에 버터를 한 조각 올리고 그 위에 계핏가루와 설탕을 뿌렸다.

"난 오늘 지붕의 홈통을 청소했어. 너도 있었으면 좋았을 텐데."

"네."

"좀 있다 장작을 팰 생각이야. 너도 식사를 마치고 함께 나가자."

나는 억지로 즐거운 표정을 지으면서 고개를 끄덕였다. 하지만 아버지는 이미 내 생각을 꿰뚫어보고 있었을 게 틀림없었다.

"참, 오는 저녁에 축구 경기가 있지? 오늘은 어떤 팀이 경기를

193

하니?"

"스토크와 노이치예요."

"노리치!"

아버지가 발음을 고쳐주었다.

"노이-이치."

나는 녹색과 노란색 유니폼을 입는 노리치 팀을 좋아했다. 하얀 유니폼에 빨간 줄무늬가 비스듬하게 들어간 유니폼을 입는 스토크 팀도 좋아했다. 하지만 내가 가장 좋아하는 팀은 울버햄프턴이었다. 그들의 주황색과 검은색 유니폼에는 늑대 로고가 박혀 있었다. 늑대 팀. 그건 나의 팀이었다.

나는 축구 경기가 시작할 때까지 내 방에 들어가서 책을 읽고 싶었다. 하지만 아버지의 말을 거역할 수 없었다. 그랬다가는 무슨 일이 생길지 몰랐기 때문에 억지로 행복한 표정을 지어야 했다.

라이스 푸딩은 차갑게 식어 있어서 불과 몇 분 만에 접시를 비울 수 있었다.

"이제 배가 부르니?"

나는 고개를 끄덕였다.

"그럼, 나가볼까?"

아버지는 게 껍질을 쓰레기통에 쏟아붓고 빈 접시를 조리대 위에 올려놓은 후 밖으로 나갔다. 나는 아버지의 뒤를 따랐다. 욍베 형의 방에서는 음악 소리가 흘러나왔다. 나는 어리둥절한 표정으로 고개를 돌렸다. 어떻게 이런 일이 가능할까? 형의 자전거는 분명히 집 앞에 없었는데?

"준비 다 됐니?"

아버지가 계단 앞에 서서 나를 불렀다. 나는 서둘러 장화를 신고 외투를 걸친 다음 밖으로 나가 아버지를 기다렸다. 몇 분 후, 아버지는 손에 도끼를 들고 장난기 가득한 눈빛으로 나를 바라보며 문을 나섰다. 나는 아버지의 등을 보며 빗물을 머금어 축축한 잔디밭 위로 걸어갔다. 아버지는 평소 우리에게 잔디밭에 들어가면 안 된다고 말했다. 하지만 아버지와 함께라면 그 규칙은 쓸모없는 것이 되었다.

아버지는 이미 오래전에 부엌 창 밑, 울타리 옆에 서 있는 커다란 떡갈나무 한 그루를 베어놓았다. 그 자리에 남아 있는 것은 굵직한 통나무뿐이었고, 우리는 그것을 도끼로 패서 장작을 만들 예정이었다. 내가 할 일은 없었다. 그저 아버지 곁에 서서 아버지가 하는 일을 지켜보기만 하면 되었다. 아버지는 그런 나의 역할에 '정신적인 협력'이라는 이름을 붙여주었다.

아버지가 방수포를 걷어내고 통나무 한 개를 꺼내 커다란 나무 그루터기 위에 올려놓았다.

"이제 시작해볼까?"

아버지는 도끼를 어깨 너머로 가져간 후, 잠시 집중했다가 아래로 내리쳤다. 도끼날이 하얀 나무둥치에 깊이 박혔다.

"요즘 학교생활은 잘 하고 있니?"

"네."

아버지는 도끼에 박힌 통나무를 통째로 들어올려 다시 힘껏 아래로 내리쳤다. 통나무는 두 조각났다. 아버지는 조각난 통나무를 도끼로 한 번 더 내려찍은 다음 조각난 장작을 커다란 바위 옆에 내려놓았다. 이마에 흐르는 땀을 훔치고 허리를 쭉 펴는 아버지를 보니 매우 만족해하고 있다는 것을 단번에 알 수 있었다.

"담임선생님은? 토르게르센 씨라고 했나?"

"네. 아주 좋은 사람이에요."

"좋은 사람이라고?"

아버지는 새 통나무를 가져와 조금 전에 했던 일을 되풀이했다.

"네."

"그렇다면 좋지 않은 선생님도 있다는 말이니?"

나는 대답하지 않고 잠시 생각에 잠겼다. 아버지는 일손을 멈추고 나를 흘낏 바라보았다.

"네가 담임선생님이 좋은 사람이라고 해서 물어본 거야. 좋은 사람이 있다고 생각했다면 좋지 않은 사람도 있을 거라는 생각에서 말이지. 그렇지 않다면 굳이 그런 말을 할 필요도 없지 않겠니? 내 말이 무슨 말인지 이해하지?"

아버지는 다시 장작을 패기 시작했다.

"네, 이해할 수 있을 것 같아요."

나는 아버지가 잠시 쉬는 틈을 타서 맞은편 잔디밭에 차오르는 물을 바라보았다.

"뮈클레부스트 씨는 좋지 않은 사람에 속해요."

나는 다시 아버지 쪽으로 고개를 돌리고 말을 이었다.

"뮈클레부스트? 내가 잘 아는 사람이야."

"그래요?"

"물론이지. 교사 협회에서 회의가 있을 때면 가끔 만나기도 한단다. 다음에 만나면 네가 한 말을 그대로 전해줄게."

"안 돼요. 절대 그러면 안 돼요. 제발 부탁이에요!"

아버지가 미소를 지었다.

"농담이야. 진정해."

침묵이 흘렀다. 아버지는 일했고, 나는 두 팔을 축 늘어뜨리고 아버지 옆에 서서 바라보기만 했다. 얇은 양말을 신고 나왔기에 두 발이 차가워지기 시작했다. 손가락도 마찬가지였다.

거리는 텅 비어 있었다. 가끔 지나가는 자동차만 보일 뿐 사람은 그림자도 볼 수 없었다. 어스름하게 깔리는 저녁 빛에 쫓기듯, 나란히 자리한 이웃집에서 차례차례 불빛이 새어나오기 시작했다. 어느새 비구름이 사라지고 활짝 열린 듯한 하늘을 바라보고 있으니 어둠은 땅에서부터 스멀스멀 올라오는 것 같았다. 우리 발밑에는 수천, 수만 개의 보이지 않는 구멍이 있어서, 저녁이 되면 땅속에 숨어 있던 어둠이 그 구멍을 통해 새어나오는 것만 같았다.

아버지의 이마에서 땀이 흘러내렸다. 나는 얼어붙은 양손을 맞잡고 힘껏 비벼보았다. 아버지가 통나무에 도끼날을 박고 허리를 펴는 순간 방귀를 뀌었다. 그것이 방귀 소리라는 것은 의심할 여지가 없었다.

"아버지는 우리더러 화장실 안에서만 방귀를 뀌어야 한다고 하셨잖아요."

아버지는 아무 말도 하지 않았다.

"야외에 있을 때는 달라."

고개를 드는 아버지와 눈이 마주쳤다.

"야외에서는 얼마든지 자유롭게 방귀를 뀌어도 돼."

아버지는 한 번에 통나무를 두 동강 내었다. 도끼 소리는 우리 집 벽과 맞은편 산등성이에 부딪쳤다가 메아리가 되어 되돌아왔다. 산등성이가 만들어내는 메아리는 시간 차를 두고 되돌아왔기에, 아버지가 장작을 패면 정확히 1초 후에 저 멀리서 누군가 똑같은 일을 하고 있을 거라 상상하기에 충분했다.

아버지는 네 조각으로 쪼갠 나무 토막을 장작 더미 위에 던져놓고 다시 새 통나무를 가져왔다.

"칼 오베, 조각난 나무 토막을 차곡차곡 쌓아올려 보렴."

나는 고개를 끄덕이고 장작 더미 쪽으로 걸어갔다.

어떻게 쌓으면 될까? 아버지는 어떤 식으로 장작을 쌓으려 했을까? 여기서부터 쌓아야 할까, 저기서부터 쌓아야 할까? 짧고 높게 쌓아올려야 할까, 길고 낮게 쌓아올려야 할까?

나는 아버지를 돌아보았다. 아버지는 내게 눈길도 주지 않았다. 나는 쭈그리고 앉아 장작 하나를 손에 쥐었다. 먼저 하나를 가로로 내려놓고 그 옆에 다섯 개를 나란히 놓았다. 다음 장작부터는 이미 쌓아놓은 장작 위에 세로로 내려놓았다. 아래쪽 더미와 위쪽 더미의 길이가 정확히 일치하도록 쌓고 보니 이층의 장작 더미는 보기 좋은 정사각형을 이루고 있었다. 문제는 다음 장작부터였다. 이미 만들어 놓은 정사각형 더미 위에 더 높이 쌓아올릴지, 아니면 그 옆에 새로운 정사각형 더미를 만들지 결정할 수가 없었다.

"지금 뭐하고 있는 거야?"

아버지가 소리쳤다.

"바보 같으니. 장작은 그런 식으로 쌓으면 안 돼!"

아버지는 몸을 굽혀 내가 정성들여 쌓아놓은 장작을 커다란 손으로 뭉개버렸다. 그것을 바라보는 내 눈에 눈물이 고이기 시작했다.

"이렇게 일렬로 쭉 쌓아봐! 지금까지 장작 쌓는 걸 한 번도 못 봤어?"

아버지가 나를 쏘아보았다.

"칼 오베, 거기 서서 여자아이처럼 울기만 할 거야? 도대체 네가 잘 하는 게 뭐니?"

아버지는 다시 장작을 패기 시작했다. 나는 아버지가 시키는 대로 다시 장작을 쌓았다. 참았던 울음이 딸꾹질이 되어 입술 밖으로 새어나왔다. 손발이 얼어붙기 시작했다. 장작을 일렬로 쭉 쌓는 것은 그다지 어렵지 않았다. 문제는 얼마나 길게 쌓아야 하는지 전혀 모른다는 점이었다. 마당에 흩어져 있는 장작을 모두 나란히 쌓은 나는 몸을 일으켜 두 팔을 축 늘어뜨린 채 아버지를 바라보았다. 아버지가 곁눈질로 나를 흘깃 쳐다보았다. 조금 전 화난 듯한 아버지의 눈빛은 이미 온데간데없이 사라지고 없었다. 하긴 내가 아버지의 짜증을 돋우는 말이나 행동을 하지 않았다면 아버지도 화를 내지 않았을 것이다.

문득 축구 경기가 떠올랐다. 벌써 시작했을 텐데. 아버지는 축구 중계방송을 까맣게 잊어버린 것이 분명했다. 그렇다고 이 상황에서 아버지에게 축구 경기를 보러 들어가자고 보챌 수는 없었다. 차갑게 얼어붙은 손가락과 발가락이 아프게 저려오기 시작했다. 아버지는 그걸 아는지 모르는지 묵묵히 도끼질만 하고 있었다. 가끔 일손을 멈추고 흘러내린 머리카락을 뒤로 쓸어넘길 때면, 아버지의 머리도 손을 따라 천천히 같은 방향으로 움직였다. 아버지에게서만 볼 수 있는 특별한 모습이었다.

우리는 얼마 전 푸스네스에 사서함을 배정받았다. 그래서 우리 집 앞의 우체통에는 신문만 배달될 뿐, 일반 우편물은 푸스네스까지 차를 타고 가서 가져와야 했다. 지난주 토요일에는 우편물을 가지러가는 아버지를 따라 함께 푸스네스까지 갔다. 그날 아버지는 차 안의 백미러를 보며 1분을 꽉 채우는 시간 동안 빗으로 정성스레 머리를 다듬었다. 차에서 내리기 직전에는 거울을 보며 숱이 풍성한 머리카락을 손으로 살짝 툭툭 쳐보기까지 했다. 나는 그런 아버지의 모습을 한 번도 본 적이 없었다. 아버지가 우편물을 가지러 건물 안으로 들어갔을 때, 지나가던 한 여인이 걸음을 멈추고 아버지를 돌아보았다. 아버지를 아는 사람 같지는 않았다. 나는 차창으로 여인의 움직임을 유심히 지켜보았다. 왜 그녀는 걸음을 멈추고 아버지를 돌아보았을까? 아버지와 아는 사람이었을까? 나는 한 번도 본 적이 없는 사람이었는데… 혹시 아버지 제자의 어머니였는지도 모른다.

나는 아버지가 던져주는 장작을 나란히 쌓으면서, 얼어붙은 발가락을 장화 속에서 이리저리 움직여보았다. 하지만 도움이 되기는커녕 더 아프기만 했다.

나는 심호흡을 하며 아버지에게 춥다고 말하려 했다. 하지만 끝내 말하지 못했다. 괜히 고개를 돌려 그 자리에 있어서는 안 될 물웅덩이를 하염없이 바라보기만 했다. 녹슨 커다란 양동이에 담긴 물 표면에 끊임없이 생겨나는 커다랗고 투명한 물방울도 바라보았다. 다시 고개를 돌리니, 스테이나르가 맞은편 길에서 걸어오고 있었다. 그는 등에 커다란 기타 가방을 메고 구부정하게 걷고 있었다. 어깨까지 내려오는 길고 검은 머리는 그가 걸을 때마다 살랑살랑 흔들렸다.

"안녕하세요, 크나우스고르 씨!"

그가 우리 집 앞을 지나치며 인사를 건넸다.

아버지는 허리를 펴고 고개를 끄덕이며 인사를 대신했다.

"잘 지냈어?"

"장작을 패고 계시는군요."

스테이나르는 발걸음을 늦추지도 않고 말했다.

"누군가는 해야 할 일이니까."

아버지는 다시 장작을 패기 시작했다. 나는 발을 동동거렸다.

"당장 그만둬!"

"춥단 말이에요!"

아버지가 차가운 눈빛으로 나를 쏘아보았다.

"춥다고 했니?"

순식간에 눈이 젖어왔다.

"제 말투를 흉내 내지 마세요!"

"데 말투를 흉내 내디 마데요? 이젠 내가 네 말투도 흉내 내면 안 되는구나?"

"안 돼요!"

나는 소리를 꽥 질렀다.

아버지의 몸이 굳어졌다. 도끼를 내려놓고 내게 성큼성큼 다가오더니 내 귀를 잡고 비틀었다.

"감히 말대꾸를 해?"

"아니에요."

나는 땅을 내려다보며 말했다.

아버지는 귀를 더욱 심하게 비틀었다.

"내가 말할 때는 나를 쳐다봐!"

나는 고개를 들었다.

"말대꾸는 용납할 수 없다. 알아듣겠니?"

"네."

아버지는 내 귀에서 손을 떼고 몸을 돌려 그루터기 위에 새 통나무를 올려놓았다. 나는 숨을 쉴 수 없을 정도로 심하게 흐느꼈다. 아버지는 내게 눈길도 주지 않았다. 남아 있는 건 나무토막 두 개밖에 없었다.

나는 나지막하게 일렬로 쌓아둔 장작더미 앞으로 가서 새 장작을 그 위에 올려놓았다. 그러는 중에도 장화 속에 있는 발가락을 쉴 새 없이 꼼지락거려 보았다. 울음은 겨우 멈출 수 있었지만 몸속에 남아 있는 흐느낌은 가끔 갑작스런 파도처럼 솟아올라 딸꾹질 형태로 입술을 빠져나왔다.

소매로 젖은 눈을 닦았다. 아버지는 장작 네 개를 내게 던졌고, 나는 그것을 더미 위에 쌓아올렸다. 비참함 속에서 허우적거리던 내게 한 줄기 빛 같은 생각이 떠올랐다. 나는 축구 경기를 보지 않으리라 마음먹었다. 집에 들어가자마자 나는 내 방으로 직행할 생각이었다. 아버지는 윙베 형과 함께 축구 경기를 보는 수밖에 없을 것이다.

그렇다.

그렇게 해야지.

"자, 이것만 쌓으면 끝이야."

아버지는 마지막 장작 네 개를 내게 던져주며 말했다.

나는 한마디도 하지 않고 아버지의 뒤를 따라 들어가 외투를 벗고 계단을 올라갔다. 보아하니 윙베 형은 벌써 거실에 나와 축구 중계를 보고 있는 것 같았다. 나는 뒤도 돌아보지 않고 내 방으로 들어갔다.

나는 책상 앞에 앉아 책을 읽는 척했다.

아버지는 지금쯤 내가 거실에 없다는 것을 알아챘을까.

물론이다. 몇 분이 지나자 아버지가 내 방문을 활짝 열고 들어왔다.

"축구 중계가 시작되었어. 얼른 거실로 나와."

"안 볼 거예요."

나는 아버지와 눈도 마주치지 않고 말했다.

"지금 반항하는 거야?"

아버지가 다가와 내 두 팔을 잡고 끌어올렸다.

"얼른 나와!"

아버지가 내 팔을 놓았다.

나는 제자리에 가만히 서 있었다.

"축구 경기를 안 볼 거라고 했잖아요!"

아버지는 아무 말도 하지 않고 내 팔을 잡아끌었다. 나는 속수무책으로 질질 끌려나가는 수밖에 없었다. 거실에 도착한 아버지는 윙베 형 옆자리에 나를 던지듯 내려놓았다.

"넌 지금부터 여기 앉아서 우리와 함께 축구 경기를 보는 거야. 알았어?"

나는 눈을 꾹 감고 아버지의 얼굴을 보지 않겠다고 결심했지만, 막상 아버지가 눈앞에 서 있으니 그럴 용기가 나지 않았다.

아버지는 아이스버그 사탕 한 봉지와 초콜릿을 입힌 영국제 캐러멜 한 봉지를 사놓았다. 내가 제일 좋아하는 군것질거리는 캐러멜이었다. 아이스버그 사탕도 캐러멜만큼 좋아했다. 토요일 저녁이 되면 아버지는 옆자리에 군것질거리를 두고 가끔 윙베 형과 내게 하나씩 던져주곤 했다. 그날도 마찬가지였다. 하지만 나는 아버지가 던져주는 것에 손도 대지 않았다. 결국 아버지가 그것을 보고야 말았다.

"왜 안 먹니?"

"먹고 싶지 않아요."

아버지가 자리에서 일어났다.

"얼른 먹어."

"싫어요."

대답하는 순간, 눈물이 왈칵 솟았다.

"싫어요. 싫단 말이에요."

"당장 먹지 못해? 하나도 남김없이 다 먹어!"

203

아버지는 내 팔을 힘주어 잡았다.

"시… 싫단 말이에요. 먹기 싫다고요!"

나는 딸꾹질까지 하며 말했다.

아버지는 내 머리가 탁자에 거의 닿을 때까지 뒤통수를 눌렀다.

"여기 있잖아. 보이지? 이걸 먹으라는 소리야. 지금 당장!"

"네."

대답과 동시에 내 머리를 누르는 아버지의 손에서 힘이 빠졌다. 하지만 아버지는 여전히 내 앞에 서서 캐러멜을 입속으로 가져가는 나를 지켜보았다.

다음 날은 크리스티안산에 사는 할아버지와 할머니를 뵈러 갈 예정이었다. 우리는 크리스티안산에 연고를 둔 스타트 팀이 홈경기를 할 때면 경기도 볼 겸 두 분을 찾아뵙곤 했다. 먼저 할아버지 댁에서 저녁을 먹고, 아버지와 윙베 형은 축구 경기장을 찾았다. 가끔은 어머니도 함께 갔다. 나는 너무 어렸기 때문에 할머니와 함께 집에 남아 있어야 했다.

일요일이 되면 부모님은 평소보다 멋진 옷으로 차려입었다. 아버지는 흰색 와이셔츠에 팔꿈치를 덧댄 갈색 트위드 재킷에 연갈색 면바지를 입었다. 어머니는 푸른색 원피스를 입었다. 윙베 형과 나는 셔츠와 코르덴 바지를 입었다. 형의 바지는 갈색이었고, 내 바지는 파란색이었다.

하늘에는 구름이 잔뜩 끼어 있었다. 하지만 가벼운 옅은 색 구름이었기에 비는 올 것 같지 않았다. 바짝 마른 아스팔트 위에는 먼지가 가득했고, 메마른 자갈돌은 푸르스름한 흿색빛을 띠고 있었다. 길 양옆에 굳건히 서 있는 소나무 둥치 역시 불그스름하게 메말라 있었다.

윙베 형과 나는 뒷좌석에 앉았고, 부모님은 앞좌석에 앉았다. 아버지는 차에 올라타기 전 담배 한 개비를 피웠다. 나는 아버지 뒤쪽에 자리 잡았다. 옆으로 비스듬히 누우면 아버지가 거울로 볼 수 없으리라 생각했기 때문이었다. 다리 앞 언덕길의 교차로에 도착했을 때, 나는 두 손을 맞잡고 속으로 기도했다.

신이시여, 제발 오늘 사고가 일어나지 않도록 도와주세요. 아멘.

나는 장거리 여행을 떠날 때마다 이렇게 기도하곤 했다. 왜냐하면 아버지는 항상 제한 속도를 넘어 달렸고, 자주 추월했다. 어머니는 아버지의 운전 실력이 훌륭하다고 입버릇처럼 말했다. 물론 어머니가 거짓말을 하는 건 아닐 것이다. 하지만 아버지가 옆 차를 추월하기 위해 차선을 급히 바꿀 때마다 공포감이 덮쳤다.

속도와 성정은 비례하는 것일까. 어머니는 항상 조심히 운전했다. 다른 차에게 길을 양보했고, 앞차가 아무리 천천히 달려도 조급해하지 않고 그 뒤를 따랐다. 평소에도 화내는 법이 없었고, 항상 우리를 도와주기 위해 없는 시간도 쪼개어 썼으며, 일이 잘못되어도 크게 속상해하지 않았다. 살다 보면 일이 꼬이는 날도 있기 마련이라고 했다. 어머니는 우리와 대화하는 것을 좋아했고, 우리가 하는 말에 관심을 보였으며, 직접적으로 중요하다고 생각하지 않는 일도 기꺼이 했다. 예를 들어 가끔 와플과 도넛, 코코아와 갓 구운 빵을 내오기도 했던 것이다.

반면 아버지는 그때그때 마주치는 상황 속에서 직접적인 의미를 지니고 있지 않은 것들을 무지막지하게 제거해버렸다. 한마디로 우리의 삶을 단순하고 직접적으로 만드는 데 일조했던 것이다. 음식은 단지 배를 채우기 위해서 먹는 것이었고, 함께 음식을 먹는 시간도 아버지에게는 별 의미가 없었다. 텔레비전을 볼 때는 텔레비전만 봐야 했고 잡담을 나누거나 다른 일을 하는 건 금지되었다. 정원에 나갈 때는 널돌을 따라 걸어야 했다. 널돌은 바로 그 목적으로 정원에 깔아놓은 것이었으니까. 커다랗고 푸른 잔디밭이 아무리 매혹적으로 보인다 해도, 우리는 절대 잔디밭으로 들어가 걷거나 뛰거나 드러누울 수 없었다.

윙베 형과 내가 단 한 번도 집에서 생일 파티를 하지 않은 것도 같은 이유에서였다. 아버지는 친구들을 초대해 파티를 하는 건 불필요한 일이라고 생각했고, 저녁식사 후 가족끼리 모여앉아 케이크 한 조각씩 먹는 것만으로도 충분하다고 믿었다. 집에 친구들을 데려오지 못하는 이유도 마찬가지였다. 집 밖으로 나가면 아이들과 함께 놀 수 있는 장소가 셀 수 없이 많은데, 굳이 아이들을 데려와 집 안을 어지럽히고 시끄럽게 만들 필요는 없다는 이유였다. 아이들이 자기 집으로 돌아가서 우리가 어떻게 살고 있는지 말을 퍼뜨리는 것을 사전에 방지하려는 의도도 없지 않았을 것이다. 이 또한 따져보면 아버지의 논리에 부합하는 것이었다.

우리는 망치와 스크루 드라이버, 집게와 톱, 눈을 치우는 커다란 삽과 빗자루 등과 같은 아버지의 물건에 손댈 수 없었다. 심지어 부엌에서 혼자 음식을 챙겨 먹는 것도 금지했기 때문에 우리는 빵 한 조각도 직접 칼로 썰 수 없었다. 라디오나 텔레비전을 직접 켜고 끄는 일도 할 수 없었다. 아버지는 우리에게 그런 것들을 허용해주면 매일 이것저것 부서지거나 고장날 것이라 생각했다 우리는 집 안에 있는 물건들은 손대지 않고 제자리에 가만히 놓아두어야 했다. 그것들을 만지고 사용할 수 있는 사람은 부모님뿐이었다. 어른들은 각 물건의 목적과 그 목적을 위한 올바른 사용법을 알고 있는 사람들이었다.

운전도 마찬가지였다. 아버지는 한 지점에서 다른 지점까지 가는 데 최소한의 시간만 투자했고, 최소한의 장애물만 허락했다. 그날은 트로뫼이아에서 30대 중학교 교사의 고향인 크리스티안산까지 차를 타고 갔다.

어렸을 때는 시간이 너무나 빨리 간다. 한 시간이 눈 깜박할 새에 지나가 버린다. 세상은 활짝 열려 있고, 아이들은 쉴 새 없이 여기저기 뛰어다니고, 쉴 새 없이 이런저런 일을 한다. 해가 지고 칠흑 같은 어둠이 내려앉으면 시간은 제자리에 멈춰 선다. 아직 아홉 시밖에 안 되었어? 어렸을 때는 시간이 너무나 느리게 간다. 한 시간이 하루처럼 느껴질 때도 있다. 활짝 열려 있던 세상이 막혀버렸다는 느낌이 들면, 여기저기 뛰어다니고 이것저것 할 수 있는 가능성도 사라져버린다. 머릿속에서든, 현실 속에서든 마찬가지다. 우리는 시간이라는 공간 속에 갇혀버리게 되는 것이다.

기대하는 장소로 가기 위해 한 어린아이가 너무나 익숙한 창밖 풍경을 보면서 한 시간 내내 차 안에 가만히 앉아 있는 것보다 더 지루한 일이 있을까. 앞좌석의 두 어른이 뿜어내는 담배 연기를 맡으면서 뒷좌석에 앉아 자세를 바꾸기 위해 움직이다가 저도 모르게 무릎으로 운전석 등받이를 툭 쳤을 때 들려오는 아버지의 짜증난 목소리를 받아내야 하는 것보다 더 지루한 일이 있을까.

아, 시간은 얼마나 느릿느릿 움직였던가. 오, 창밖의 풍경은 또 얼마나 느릿느릿 움직였던가. 아렌달 시내에서 가파른 오르막길을 지나 주택가를 지나고 히쇠이로 가는 다리를 건너고, 섬의 중앙을 가로지르는 대로를 지나 어머니의 직장인 코케플라센 요양원을 지나면 내리막길이 나왔다. 길 양옆에 나란히 자리한 가게들을 지나 니델바 다리를 건너면 네데네스를 향해 펼쳐진 널찍한 평지가 보였다. 듬성듬성 보이는 집과 숲과 들판. 그런데도 우리는 페빅에 도달하기 전이었다! 페빅에서 그림스타까지도 한참 걸리는데! 또 그림스타에서 릴레산까지는 얼마나 먼가. 릴레산에서 티메네스, 티메네스에서 바로드브로아, 바로드브로아에서 룬드…

우리는 뒷좌석에 앉아 창밖의 풍경이 변하는 것을 바라보면서 침묵을 지켰다. 완만하거나 뾰족한 바위섬이 여기저기 보이는 만을 지나고, 깊은 숲 한가운데 뻗어 있는 길을 지나고, 강과 시냇물을 따라 달렸다. 주택가와 공업지대, 넓은 들판이 차창을 스쳤다. 너무나 익숙한 풍경이라 다음엔 무엇이 우리를 기다리고 있을지 눈 감고도 알 수 있을 정도였다. 우리가 눈을 뜨고 정신을 차릴 때는 동물원 앞을 지날 때뿐이었다. 운이 좋으면 가끔 길고 높은 그물 울타리 너머로 동물 한두 마리를 볼 수 있었기 때문이다. 그것도 공짜로!

동물원을 지나면 우리는 다시 동면 상태에 빠졌다. 우리는 도시 외곽 풍경이 차창 밖에서 자리 잡기 시작할 때까지 한 시간 동안이나 뒷좌석에 앉아 침묵을 지켰다. 익숙한 도시 풍경이 보이기 시작하면 그때부터 자동차 여행의 지루함과 할아버지 댁을 방문한다는 기대감이 자리바꿈을 하기 시작했다.

차를 타고 시내로 들어간다는 것은 다시 시간 속으로 들어간다는 것을 의미했다. 사촌들이 사는 아래쪽 동네와 오아센의 상점들이 눈에 띄기 시작하면 시곗바늘은 다시 움직이기 시작했다. 욘 올라브외안 크리스틴은 셸레우 이모와 마그네 이모부 사이에서 태어난 아이들이다.

길 양옆에 나란히 서 있는 밤나무 뒤에는 낡고 높다란 벽돌집이 즐비했다. 약국도 있었고 룬딩겐 키오스크*도 있었으며, 신호등을 지나면 악기상도 볼 수 있었다. 비좁은 골목으로 접어들어 흰색 페인트칠을 한 나무집을 지나면 왼쪽에 할아버지 할머니가 사는 노란 집이 나왔다.

아버지는 집을 지나쳐 내리막길 쪽으로 차를 몰다가 후진으로 경사진 길을 다시 올라온 후 할아버지 댁 안으로 들어갔다.

부엌창 너머 할머니의 얼굴이 보였다. 매끈하게 니스 칠을 한 차고 문에는 검은색 쇠 자물쇠가 달려 있었다. 아버지는 차고 안에 차를 세웠다. 우리는 차에서 내려 대문 앞의 빨간 벽돌 계단을 올라갔다. 할머니가 대문을 활짝 열어주었다.

"어서 와! 얼른 들어오렴!"

우리는 좁은 현관으로 들어섰다.

"얼마나 기다렸는지 아니! 잘 왔어!"

할머니는 윙베 형을 끌어안고 살짝 흔들었다. 형은 고개를 슬쩍 돌렸지만 나는 형이 속으로 좋아하고 있다는 것을 알아챘다. 할머니는 내게도 긴 포옹을 건네며 내 몸을 살짝 흔들었다. 나도 고개를 돌렸지만 기분이 좋았다. 할머니의 뺨은 따스했고 향긋한 냄새가 났다.

"동물원에서 늑대를 봤어요!"

나는 할머니의 품을 벗어나며 말했다.

"그랬어?"

_____

* 주유소 옆, 페리 내부 등에서 볼 수 있는 작은 편의점.

할머니는 소리내어 웃으면서 내 머리를 쓰다듬어주었다.

"그건 거짓말이에요."

윙베 형이 끼어들었다.

"칼 오베가 혼자 상상한 거예요."

"그러니?"

할머니는 미소 띤 얼굴로 형의 머리도 쓰다듬어주었다.

"어쨌든 너희들을 볼 수 있어서 좋구나!"

우리는 현관 안쪽으로 들어가 붙박이장이 있는 복도에 서서 외투를 벗었다. 복도에서 계단까지는 카펫이 깔려 있었다. 이층으로 올라가면 오른쪽에 손님용 거실이 있고, 왼쪽에 부엌이 있었다. 손님용 거실은 성탄절이나 큰 행사가 있을 때만 사용하는 공간이었다. 벽 쪽에는 피아노가 있었고, 피아노 위에는 아버지와 삼촌들의 졸업사진이 놓여 있었다. 그 위에는 그림이 두 장 걸려 있었다. 다른 쪽 벽에는 짙은 색 진열장이 놓여 있었고, 그 위에는 두 분이 여행지에서 구입한 기념품들이 놓여 있었다. 그중에는 불빛이 반짝거리는 곤돌라도 있었고, 코가 엄청나게 긴 갈색 유리 주전자도 있었다. 주전자에는 반짝거리는 장식이 빽빽하게 달려 있었는데, 나는 그것이 다이아몬드나 루비가 틀림없다고 믿었다. 거실 안쪽에는 검은색 소파와 나지막한 탁자가 있었고, 소파 사이에는 로즈말링*으로 꾸며진 장식장이 있었다.

커다란 창문 밖으로는 강과 도심의 풍경을 한눈에 볼 수 있었다. 그날처럼 일상적인 방문에는 손님용 거실을 사용하지 않았기 때문에, 우리는 부엌과 일반 거실이 자리한 복도 왼쪽으로 자리를 옮겼

* 가구나 식기 등에 새겨진 노르웨이 농민풍의 꽃무늬 그림.

다. 일반 거실은 두 부분으로 나뉘어 있었고, 그중 아래쪽 부분은 미닫이문과 작은 계단을 사이에 두고 손님용 거실과 이어져 있었다. 일반 거실 벽은 반 이상이 유리창이었고, 창을 통해선 정원과 저 멀리 강과 바다의 접점은 물론 수평선에 탑처럼 우뚝 솟아 있는 하얀 그뢴닝겐 등대도 볼 수 있었다.

좋은 냄새가 났다. 할머니가 부엌에서 만들고 있는 미트볼과 소스 때문은 아니었다. 그곳에는 일상의 냄새 밑에 항상 은은하게 깔려 있는 특유한 향을 느낄 수 있었다. 과일 향을 닮은 달짝지근한 향은 집 밖에서도 맡을 수 있었다. 할아버지와 할머니는 우리 집에 올 때도 이 향을 가져왔다. 옷에 묻어 있던 것일까. 나는 두 분이 우리 집 현관에 들어서는 순간부터 이 특유의 향을 맡을 수 있었다.

"도로 사정은?"

할아버지가 부엌에서 나오면서 말했다.

"길이 막히진 않았어?"

할아버지가 다리를 벌리고 의자에 앉았다. 회색 스웨터 안에 푸른색 셔츠를 받쳐입었고, 불룩한 뱃살은 허리띠를 넘어 흘러내릴 것만 같았다. 염색한 검은색 머리는 뒤로 잘 빗어넘겼고, 미처 뒤로 넘기지 못한 머리카락 한 움큼이 이마 위에 떨어져 있었다. 입술 사이에는 피우다 만 담배 한 개비가 걸려 있었다.

"그다지 막히지 않았어요."

아버지가 대답했다.

"어제 축구 토토는 어떻게 됐니?"

할아버지가 다시 물었다.

"별로였어요. 최고 성적이 일곱 개였나…"

"난 열 개를 두 번이나 맞혔어."

"나쁘지 않군요."

"7번 경기와 11번 경기를 맞히지 못했지."

할아버지가 말을 이었다.

"마지막 경기는 좀 아쉬웠어. 연장전 마지막에 골이 나오는 바람에 말이야."

"맞아요. 저도 그 경기는 맞히지 못했어요."

"며칠 전에 네 아버지의 제자가 와서 뭐라고 했는지 아니?"

오븐 앞에 서 있던 할머니가 말했다.

"뭐라고 했나요?"

"아침에 여기까지 찾아와서 축구 토토에서 돈을 땄냐고 묻더구나. 엘링은 돈을 따지 못했다고 대답하고선 그건 왜 묻느냐고 되물었단다. 그랬더니 걔가 이렇게 말하더라. '기분이 좋아보여서 여쭤봤어요'라고."

할머니가 웃음을 터뜨리며 말을 이었다.

"네 아버지를 보면서 기분이 좋아보였대!"

아버지가 미소를 지었다.

"커피 마실까?"

할아버지가 물었다.

"네, 고맙습니다."

어머니가 대답했다.

"모두 거실에 가서 앉지?"

할머니가 제안했다.

"위층에서 만화책을 가져와도 돼요?"

윙베 형이 물었다.

"물론이지. 하지만 어지르면 안 된다!"

"네."

우리는 조심하며 걸음을 옮겼다. 할아버지 댁에서도 집 안에서 뛰는 건 금지되어 있었다. 복도 계단을 올라 삼층에 이르렀다. 꼭대기 층인 그곳에는 할아버지와 할머니의 침실 그리고 창고처럼 사용하는 커다란 방이 하나 있었다. 창고방에는 오래된 만화책과 잡지를 담아놓은 종이 박스들이 벽을 따라 나란히 자리하고 있었다. 아버지가 어렸을 때 보던 50년대 잡지들이었다. 그 방에는 잡지뿐 아니라 침대보와 이불보를 평평하게 다리는 도구, 낡은 재봉틀, 로봇처럼 보이는 납 인형과 역시 납으로 만든 팽이 등 여러 가지 잡다한 것들도 함께 보관되어 있었다.

우리의 관심을 끌었던 것은 만화책과 잡지뿐이었다. 아버지는 집으로 가져가는 것을 허락하지 않았기에 우리는 그곳에서 다 읽어야 했다. 그래서 가끔은 할아버지 댁에 도착해서 집에 갈 때까지 꼼짝 않고 앉아 만화책만 읽을 때도 있었다. 우리는 만화책을 한 움큼씩 챙겨 거실로 내려갔다. 잠시 후, 저녁 먹으러 오라는 할머니의 목소리가 들렸다.

식사를 마친 후, 할머니는 설거지를 했고 어머니는 옆에 서서 접시의 물기를 닦았다. 할아버지는 자리에 앉아 신문을 읽었고, 아버지는 거실 창가에 서서 바깥 풍경을 바라보았다. 잠시 후 할머니가 들어와 아버지에게 보여주고 싶은 게 있다며 정원에 함께 가자고 했다. 어머니와 할아버지는 함께 앉아 이야기를 나누었다. 하지만 대부분의 시간은 침묵으로 채워졌다.

나는 화장실에 가기 위해 자리에서 일어났다. 화장실이 일층에 있다는 사실이 마음에 들지 않아서 오랫동안 참았다가 더는 견딜 수 없어 서둘렀다. 복도로 나가 삐걱거리는 나무 계단을 밟고 아래층으

213

로 내려간 후, 나란히 닫혀 있는 방문 세 개를 지나 화장실로 들어갔다. 어둑어둑했다. 스위치를 올리고 불이 켜지기 전까지 몇 초 동안 머리가 쭈뼛 서는 듯한 두려움에 온몸을 떨었다. 불이 켜진 후에도 두려움은 가시지 않았다. 큰 소리가 나지 않도록 변기 가장자리를 잘 조준해서 소변을 보았다. 오줌 소리가 크게 나면, 혹여 그새 들려올지도 모르는 소리를 놓칠 수 있다고 생각했기 때문이다.

나는 변기물을 내리기 전에 손을 씻었다. 손을 먼저 씻으면 변기물을 내리자마자 화장실에서 나오면 되니까 물탱크에서 들리는 기분 나쁜 소리를 듣지 않아도 된다. 나는 검은색 공 모양 손잡이를 쥐고 몇 초 동안 가만히 서 있었다. 마음을 다잡고 손잡이를 밑으로 당긴 후, 재빨리 복도로 나갔다.

복도 역시 음산하기는 마찬가지였다. 그곳에 있는 모든 것이 제각각 소리 없는 신호를 보내는 것 같았다. 계단에 발을 올렸다. 그곳을 벗어나고 싶은 마음이 아무리 강해도 뛸 수 없었다. 금지된 일이었으니까. 위층 부엌에 도착해 다른 사람들의 모습을 보는 순간, 그제야 아래층에서부터 무언가가 나를 뒤따라오고 있는 듯한 기분 나쁜 느낌이 사라졌다.

창밖 언덕길에는 축구 경기장으로 가는 사람들의 행렬이 이어지고 있었다. 잠시 후 부모님과 윙베 형도 그 행렬의 뒤를 이을 것이다. 할아버지는 축구 경기장에 갈 때 항상 자전거를 탔다. 그래서 다른 사람보다 먼저 집을 나서야 했다. 회색 코트에 붉은빛이 감도는 황토색 머플러를 두르고, 회색 플랫캡 모자와 검은색 장갑을 꼈다. 나는 창문으로 자전거를 타고 가는 할아버지를 지켜보았다. 할머니는 냉동실에 보관해둔 빵을 꺼내왔다. 다른 사람들이 축구 경기를 보고 집에 올 때쯤이면 틀림없이 먹기 좋게 녹아 있을 것이다.

할머니가 장난기 어린 눈빛으로 나를 바라보았다.

"네게 줄 게 있어."

"그게 뭔가요?"

"기다려봐. 눈을 감아볼래?"

나는 시키는 대로 눈을 감았다. 할머니가 서랍 뒤지는 소리가 났다. 잠시 후 할머니가 내 앞에 섰다.

"이제 눈을 떠보렴."

그건 초콜릿이었다. 자주 볼 수 없는 맛있는 삼각형 초콜릿이었다.

"이걸 정말 저한테 주시는 거예요? 전부?"

"응."

"윙베 형은요?"

"윙베는 축구 경기장에서 재미있게 놀고 있을 거야. 집에 있는 너도 그만큼 재미있게 놀아야 하지 않겠니?"

"고맙습니다, 할머니."

종이 상자를 뜯고 얇은 알루미늄 포장지를 벗기자 삼각형 초콜릿이 모습을 드러냈다.

"윙베에겐 아무 말도 하지 마."

할머니가 은밀하게 눈을 찡긋하며 말을 이었다.

"이건 우리 둘만의 비밀이니까."

나는 초콜릿을 먹었고, 할머니는 곁에 앉아 낱말 퍼즐을 풀었다.

"곧 우리 집에 전화가 들어올 거예요."

"그래? 그렇다면 앞으로 더 자주 대화를 나눌 수 있겠구나."

"네. 원래는 우리 차례가 오려면 한참 더 기다려야 하는데, 아버지가 정치와 관련된 일을 해서 일찍 돌아온 거래요."

215

할머니가 웃음을 터뜨렸다.

"정치와 관련된 일을 한다고… 너도 참…"

"어… 왜요? 아버지가 정치와 관련된 일을 하는 건 맞잖아요?"

"그건 그렇고, 학교는 어때? 재밌니?"

나는 고개를 끄덕였다.

"네, 아주 재밌어요."

"무슨 시간이 제일 좋아?"

"쉬는 시간이오."

나는 이 말을 하면 할머니가 웃음을 터뜨리거나 적어도 미소를 지을 것이 확실하다고 생각했다.

초콜릿을 다 먹었다. 할머니는 퍼즐에 집중하고 있었다. 나는 꼭대기 창고방으로 올라가 장난감을 가져왔다.

할머니가 나를 가만히 바라보더니 축구 경기를 보러 가고 싶으냐고 물었다. 나는 그렇다고 대답했다. 우리는 외투를 입었고, 할머니는 차고에서 자전거를 꺼내왔다. 할머니는 한 발을 땅에 짚고 짐받이에 앉아 있는 나를 돌아보았다.

"준비됐니?"

"네."

"꼭 잡아. 이제 출발할 거야."

나는 두 팔로 할머니를 꼭 잡았다. 할머니는 발에 힘을 주어 땅을 구른 후 페달을 밟았다. 오르막길을 내려가 오른쪽으로 방향을 틀었다.

"불편하지 않니?"

나는 고개를 저었다. 하지만 할머니가 나를 볼 수 없다는 생각에 아차 싶어 얼른 큰 소리로 말했다.

"아뇨. 아주 편해요."

그건 사실이었다. 할머니를 꼭 부둥켜안고 있는 느낌이 좋았고, 할머니와 함께 자전거를 타는 것도 좋았다. 할머니는 나와 윙베 형의 머리를 쓰다듬어주는 유일한 사람이었고, 우리를 안아주고 팔을 쓰다듬어주는 유일한 사람이었으며, 우리와 함께 놀아주는 유일한 사람이었다. 아버지도 크리스마스이브에는 우리와 함께 놀아주었다. 하지만 그 놀이는 마스터 마인드나 체스, 차이니즈 체커나 야치, 카드를 이용한 크레이지 8 또는 포커게임 등 아버지가 좋아하는 것뿐이었다. 우리는 어머니와 놀이를 할 때도 있었지만, 어머니와 함께 있을 때는 부엌이나 어머니의 직장에서 같이 음식을 만드는 것이 대부분이었다. 그 또한 재미있고 즐거웠지만, 할머니와 함께 있을 때와 비교할 수 없었다. 할머니는 우리가 원하는 놀이를 함께 해주었고, 윙베 형이 과학 상자를 보여주었을 때 크게 관심을 보이기도 했다. 가끔은 나와 함께 퍼즐을 맞추기도 했다.

오르막길이 시작되었다. 바퀴가 점점 천천히 돌아가기 시작했다. 바퀴가 거의 멈출 무렵, 할머니는 자전거에서 내려 자전거를 끌면서 경사진 길을 올라갔다.

"넌 계속 앉아 있어도 돼."

나는 할머니가 숨을 몰아쉬며 힘들게 자전거를 끄는 동안 짐받이에 앉아 주변을 돌아보았다. 언덕 꼭대기에 오르자 할머니는 다시 자전거를 탔다. 거기서부터 경기장까지는 완만한 내리막길이었다. 갑자기 거대한 동물이 무겁게 한숨을 쉬는 듯한 소리와 함께 우렁찬 박수 소리가 들렸다. 그처럼 매혹적인 소리는 자주 들을 수 없었다. 할머니는 경기장 담 옆에 자전거를 세우고, 내가 짐받이에 서서 경기장 안을 들여다볼 수 있도록 나를 부축해주었다. 너무 멀리 떨어져 있어서 자세히 볼 수는 없었다. 녹색 잔디 위에서 흰색과 노란색 유니폼을 입은 선수들이 뛰어다니는 모습, 관중석에 앉아 있는 사람들이 검은 파도처럼 움직이는 모습뿐. 하지만 경기장 분위기는 오롯이 느낄 수 있었고, 그것은 이후에도 아주 오랫동안 내 기억에 남아 있었다.

집에 돌아온 할머니는 식사 준비를 시작했다. 잠시 후, 대문이 열리며 할아버지가 들어왔다. 할머니는 할아버지의 우울한 표정을 보고는 졌냐고 물었다.

할아버지는 고개를 끄덕이며 자리에 앉았고, 할머니는 할아버지에게 커피를 가져다주었다. 나는 두 사람 사이의 힘의 균형이 어떤 방식으로 존재하는지 이해할 수 없었다. 할머니는 할아버지를 섬기는 사람처럼 항상 때가 되면 음식을 준비했고, 설거지와 모든 집안일을 해냈다. 동시에 할아버지에게 자주 화를 내거나 불만을 표시했다. 할아버지를 야단칠 때도 있었고, 날카로운 말로 비꼴 때도 있었다.

반면 할아버지는 거의 말을 하지 않았고, 대답을 하지도 않았다. 대답할 필요가 없었기 때문일까? 할머니의 말이 조금도 중요하지 않다고 생각했기 때문일까? 아니, 어쩌면 대답할 수 없는 상황인지도 모른다. 윙베 형과 내게 그런 모습을 들킬 때면, 할머니는 마치 두 분이 장난치고 있다고 말하는 것처럼 우리에게 눈을 찡긋해보였다.

가끔은 할아버지를 꾸짖기 위해 우리를 이용할 때도 있었다. 예를 들어, "네 할아버지는 전구 하나도 제대로 못 갈아끼우는 사람이야"라고 말하면서 할아버지를 깎아내렸다. 그럴 때면 할아버지는 우리에게 보라 듯이 미소 띤 얼굴로 고개를 절레절레 젓곤 했다. 나는 할머니가 할아버지에게 음식을 가져다주거나 가끔 친절한 말 한마디

218

씩 던지는 것을 제외하고선 두 사람이 그 어떤 형태로도 친밀감을 표시하는 것을 본 적이 없었다.

"경기에 졌다면서?"

할머니는 10분 후 계단을 올라오는 부모님과 윙베 형에게 말을 걸었다.

"네. 원래 패배가 더 오래 기억에 남는 법이지요."

아버지가 할아버지를 돌아보며 말을 이었다.

"그렇죠, 아버지?"

할아버지는 무슨 말인가를 혼자 중얼거렸다.

할머니는 저녁이 되어 할아버지 댁을 나서는 우리에게 자두와 배가 각각 가득 들어 있는 봉지와 직접 구운 빵이 들어 있는 봉지를 건넸다. 할아버지는 의자에서 일어나기 귀찮다는 듯 이층에서 작별 인사를 했다. 반면, 할머니는 현관까지 우리를 따라와 모두에게 긴 포옹을 건넨 후, 우리가 보이지 않을 때까지 창가에 서서 손을 흔들었다.

이상하게도 집으로 가는 길은 훨씬 짧게 느껴졌다. 나는 어둠 속에서 차 타는 것을 좋아한다. 대시보드에 반짝이는 불빛, 앞좌석에서 들려오는 나직한 말소리, 양옆에서 파도처럼 흐르는 가로등 불빛, 어둡고 긴 차선을 따라가다 모퉁이를 돌 때 전조등 불빛을 타고 갑자기 시야에 들어오는 자연풍경. 어둠 속에서 갑자기 접하게 되는 나무 꼭대기, 산등성이, 육지 안으로 깊숙이 들어온 해안선.

나는 캄캄한 밤에 차를 타고 집에 도착할 때의 그 특별한 느낌도 좋아한다. 마당에 깔려 있는 자갈돌 위를 걷는 발소리, 차문이 닫히는 날카로운 소리, 열쇠가 서로 부딪혀 만들어내는 달그락거리는 소리, 대문 앞 랜턴빛 속에서 눈에 익숙한 것들을 발견했을 때의 그 느낌. 눈동자처럼 보이는 운동화의 신발 끈 구멍과 이마처럼 보이는 신발의 앞부분. 벽 가장자리를 따라 나직하게 붙어 있는 하얀 전기 콘센트는 차가운 눈빛을 연상시켰고, 외면하듯 모퉁이를 향해 돌아서 있는 옷걸이는 응석 부리는 어린아이를 떠오르게 한다.

방은 또 어떠한가. 마치 중학교 학생들처럼 연필꽂이에 옹기종기 꽂혀 있는 펜과 연필들. 어떤 것들은 마치 반항하듯 홀로 삐죽이 솟아나와 언제라도 무심하게 땅에 침을 뱉을 수 있다고 말하는 것 같기도 했다.

손대기 꺼려질 정도로 반듯하게 정리된 이불과 베개는 마치 이집트의 석관이나 우주선의 캡슐처럼 보였다. 나의 오랜 움직임을 기억하고 있는 그것들은 마치 언제든 나를 위해 움직일 준비가 되어 있다고 말하는 것 같기도 했다. 방문의 자물쇠 구멍은 눈동자와 입을 연상시켰고, 손잡이는 제자리를 찾지 못하는 긴 코를 연상시켰다.

나는 양치를 하고 부모님에게 저녁 인사를 한 후 침대에 누웠다. 30분쯤 책을 읽다 잘 생각이었다. 내가 제일 좋아하는 책이 두 권 있다. 가끔 나는 이 책을 꺼내들고 처음 읽는 것처럼 새로운 마음으로 읽어보려 했다. 하지만 이미 내용을 다 알고 있어서 항상 흥미로운 부분을 찾아 이리저리 책장을 뒤적이는 걸로 끝나버렸다.

그중 한 권은 『동물 박사』였다. 동물과 대화를 나눌 수 있는 특별한 능력을 지닌 남자가 아프리카로 갔다가 호텐토트족에게 포로로 잡히는 이야기였다. 우여곡절 끝에 탈출한 그는 마침내 찾고자 한 희귀한 동물을 발견할 수 있었다. 그것은 앞부분과 뒷부분에 각각 머리가 하나씩 달린 연체동물이었다.

다른 한 권은 『프레시 판타스티카』로, 분수대 위에서 균형을 멋지게 잡을 수 있는 한 소녀에 대한 이야기를 담은 것이었다. 물이 나오는 분수대 조각상 위에서 균형 잡는 연습을 하던 소녀가 결국 바다로 나가 물을 뿜어내는 고래의 등 위에서도 멋지게 균형을 잡을 수 있게 된다는 내용이었다.

그날 저녁, 나는 다른 책을 꺼내들었다. 『작은 마녀』라는 책이었다. 너무 어려서 블록스베르그에서 열리는 마녀회의에 참석할 권한을 얻지 못한 소녀가 몰래 그곳에 가는 이야기였다. 그녀는 블록스베르그로 향하는 도중 갖가지 금지된 일을 했다. 나는 소녀가 일요일에 마법을 사용하는 부분을 읽으면서 안절부절못했다. 그러다가 들키기라도 한다면… 예상과 다름없이 그녀는 다른 마녀에게 들켜 벌을 받을 위기에 처했지만, 결국 지혜를 짜내 위기를 모면할 수 있었다. 나는 몇 장 더 읽었다. 하지만 이미 잘 알고 있는 내용이어서 책장을 뒤적이며 그림만 보았다. 책장을 덮고 불을 끈 후, 베개에 머리를 대고 눈을 감았다.

깜박 잠들었다고 생각하는 순간, 초인종 소리가 들렸다.

딩동.

도대체 누굴까? 우리 집 초인종을 누르는 사람은 손님들뿐이었다. 그중 열에 아홉은 할아버지와 할머니였고, 매우 드물기는 했지만 가끔 외판원이 찾아오기도 했다. 가끔은 윙베 형의 친구가 찾아와 초인종을 누르기도 했다. 하지만 이토록 늦은 시간에 초인종을 누르고 찾아온 적은 한 번도 없었다.

나는 일어나 앉았다. 계단을 내려가는 어머니의 발소리에 이어 현관에서 나직한 말소리가 들렸다. 어머니는 계단을 올라와 아버지에게 무슨 말인가를 하고 다시 내려가서 옷을 입었다. 잠시 후, 대문이 닫히는 소리와 어머니의 자동차 소리가 들렸다.

두대체 무슨 일일까? 어머니는 어디로 갔을까? 10시가 다 된 늦은 시간에!

몇 분 후, 아버지가 계단을 내려가는 소리가 들렸다. 아버지가 서재로 들어가는 소리를 들은 나는 침대에서 일어나 조심스레 방문을 열고 복도로 나가 윙베 형 방으로 들어갔다.

형은 여전히 옷을 입은 채 침대에 누워 책을 읽고 있었다. 나를 본 형은 미소를 지으며 몸을 일으켰다.

"속옷만 입고 온 거야?"

"누가 초인종을 눌렀는지 알아?"

"구스타브센 씨 부인인 것 같아. 아이들도 함께 온 것 같던데."

"이 시간에? 왜? 어머니는 왜 차를 타고 나간 거지? 혹시 어머니가 어디로 갔는지 알아?"

윙베 형은 어깨를 으쓱 추켜보였다.

"어머니가 그들을 친척 집에 데려다준 것 같아."

"왜?"

"구스타브센 씨가 많이 취했나봐. 방금 부인과 아이들을 소리쳐 부르는 걸 못 들었니?"

나는 고개를 저었다.

"자고 있었어. 그렇다면 레이프 토레와 롤프도 함께 왔었어?"

형이 고개를 끄덕였다.

"세상에!"

"아버지가 곧 올라오실 거야. 얼른 네 방으로 가서 자는 척이라도 해. 나도 이제 잘 거니까."

"알았어. 잘 자."

"너도 잘 자."

방으로 돌아온 나는 커튼을 열고 구스타브센 씨의 집을 내려다보

222

았다. 평소와 다른 모습은 발견할 수 없었고, 여느 때와 마찬가지로 조용하기만 했다.

구스타브센 씨는 전에도 정신을 못 차릴 만큼 술에 취한 적이 있었다. 그가 술에 취해 고주망태가 되어 있다는 소문을 들은 나는 동네 아이들 서너 명과 함께 몰래 울타리를 넘어 창문으로 집 안을 들여다보았다. 특별한 점은 발견할 수 없었다. 그는 소파에 멍하니 앉아 앞만 바라보고 있었다. 또 한번은 그가 술에 취해 고함을 지르는 소리가 열린 창을 통해 잔디밭까지 흘러나왔다. 레이프 토레는 아무렇지 않다는 듯 웃어넘겼다. 하지만 오늘은 심각한 것 같았다. 그를 피해 한밤중에 집을 도망쳐 나오는 일은 한 번도 없었다.

다시 눈을 뜨니 어느덧 날이 밝아 있었다. 욕실에서 물소리가 났다. 욍베 형이 틀림없었다. 구스타브센 씨의 집을 둘러싸고 있는 3미터나 되는 높은 담장과 자로 잰 듯 반듯한 잔디밭 너머 큰길로 향하는 어머니의 차 소리가 들렸다. 그날은 어머니가 일찍 출근하는 날이었다. 욍베 형이 욕실에서 나와 방으로 들어가는 소리가 났다. 잠시 후, 계단을 내려가는 형의 발소리가 들렸다.

자전거!

형은 자전거를 어디에 세워놓았을까.

어젯밤에 깜박 잊고 물어보지 못했던 것이 후회되었다.

어쩌면 바로 그 때문에 형이 이른 아침부터 서둘렀던 건 아닐까. 자전거가 없으면 학교까지 걸어가야 할 테니까.

나는 침대에서 일어나 옷을 챙겨들고 욕실로 갔다. 형이 받아둔 물로 세수하고 옷을 입은 후 부엌에 갔다. 아버지는 식탁 위에 빵 세 조각을 담은 접시와 우유가 담긴 컵을 올려놓고 자취를 감춘 후였다. 식탁은 내 몫의 음식을 제외하곤 깨끗이 정리되어 있었다. 아버지는 거실에서 라디오를 들으면서 담배를 피우고 있었다.

밖에는 비가 내리고 있었다. 일직선으로 쭉쭉 내리던 빗줄기는 가끔 불어오는 거센 바람에 방향을 바꾸어 창을 때리기도 했다. 그 소리는 손가락으로 책상 위를 톡톡 내리치는 소리 같기도 했다.

월요일은 내가 가장 먼저 집에 도착하는 날이었다. 그래서 월요일에는 항상 대문 열쇠를 목걸이처럼 만들어 목에 걸고 학교에 갔다. 문제는 학교에서 돌아와도 잠긴 문을 열쇠로 열 수 없다는 것이었다.

열쇠를 가져간 첫 번째 월요일에도 그날처럼 비가 왔다. 비옷을 입고 장화를 신은 채 열쇠를 꼭 쥐고 마당의 자갈돌 위를 뛰어온 나는 혼자 대문을 열고 집에 들어간다는 생각에 어른이 된 것만 같은 뿌듯한 기분을 감출 수 없었다. 열쇠를 꽂는 건 문제없었다. 하지만 열쇠를 돌릴 수가 없었다. 아무리 힘을 쏟아부어도 열쇠는 꼼짝도 하지 않았다. 10여 분 동안 열쇠와 씨름하던 나는 울기 시작했다. 손은 빨갛게 얼어붙었고, 비는 세차게 내렸다. 다른 아이들은 이미 오래전에 자기 집으로 들어갔을 것이다.

바로 그 순간, 그다지 잘 알지 못하는 동네 아주머니가 다가왔다. 그녀는 축구장 건너편 언덕 위 꼭대기 집에 남편과 함께 살고 있었다. 나는 그녀를 보자마자 눈물을 닦지 않은 채 조금의 주저함도 없이 도움을 청했다. 그녀는 흔쾌히 승낙했고 잠긴 대문에 열쇠를 꽂았다. 어쩐 일인지 내 손에선 꼼짝도 않던 열쇠가 그녀의 손에선 물 흐르듯 부드럽게 돌아갔다. 순식간에 대문이 열렸다. 나는 고맙다는 인사를 하고 집으로 들어갔다. 문득 열쇠가 아니라 내게 문제가 있을지도 모른다는 생각이 들었다.

두 번째 월요일에는 날씨가 화창해서 책가방을 대문 앞에 던져두고 게이르의 집에 놀러갔다. 퇴근한 아버지는 대문 앞에 있는 내 책가방을 발견하고 다음부터는 그러지 말라고 주의를 주었다. 다시 한 주가 지나 월요일이 돌아왔다. 역시 날씨가 좋았다. 나는 이미 게이르와 함께 숙제할 예정이라고 말해놓았기 때문에 책가방을 들고 곧장 그의 집으로 갔다.

그 와중에 나는 월요일에 비가 오면 어떻게 해야 할까 걱정하지 않을 수 없었다. 가을과 초겨울이 되면 비 내리는 날이 점점 많아질 텐데… 우리 집 지하실에는 내 몸이 겨우 통과할 만한 작은 창문이 있다. 그 창문은 마당 잔디밭에서 50센티미터 높이에 있었다. 아침에 학교 가기 전 지하실 창문을 미리 열어놓으면 될 것 같았다. 그다지 어려운 일은 아니었다. 창 양쪽에 달린 고정 장치를 풀어놓는다 해도 걸쇠는 벽에 붙어 있기 때문에 표가 나지 않았다. 마당에 있는 커다란 쓰레기통을 옮겨와 디딤대로 사용한다면 창을 통해 지하실 안으로 들어가는 것은 식은 죽 먹기였다. 지하실로 들어온 후엔 대문을 열고 나가서 쓰레기통을 제자리에 옮겨두고 창문을 닫아버리면 그만이었다. 그렇게 집에 있게 된다면, 내가 열쇠를 사용하지 못해 쩔쩔맨다는 사실을 아무도 눈치채지 못할 것이다. 하지만 아무에게도 들키지 않고 지하실 창문의 고정 장치를 풀어놓는 일에는 위험이 따랐다. 물론 비 오는 날이라면 아침에 어차피 비옷을 가지러 지하실까지 가야 하기 때문에 의심을 살 이유는 없다. 고정 장치를 풀때 누군가 지하실 문에 귀를 대고 엿듣는 일만 없다면 말이다. 물론 아버지가 지하실 밖 복도에 서 있다면 불가능하겠지만.

나는 빵 세 조각을 먹고 우유컵을 비웠다. 욕실에 들어가 양치를 하고, 방에 가서 책가방을 가져온 후 계단을 내려갔다. 물탱크 두 개가 나란히 서 있는 지하실로 들어가 몇 초 동안 꼼짝도 하지 않고 제자리에 가만히 서 있었다. 계단에서 아무 소리도 나지 않는 것을 확인한 다음 발뒤꿈치를 들고 팔을 뻗어 창문의 고정 장치를 풀어놓았다. 얼른 비옷을 챙겨입고 책가방을 멘 후 현관으로 가서 푸른색과 흰색이 섞인 바이킹 장화를 신었다. 흰색 장화를 갖고 싶었지만 어머니가 이미 사온 것이라 어쩔 수 없었다. 아버지에게 다녀오겠다는 말을 하고 대문을 나섰다. 게이르의 집 앞에 도착하니, 그는 아침식사 중이라며 조금만 기다리라고 했다.

나는 빗물이 만들어놓은 웅덩이에 돌을 던지면서 시간을 보냈다. 게이르네 집 앞 골목길은 동네의 다른 집 앞처럼 자갈이 깔려 있지도 않았고 구스타브센 씨의 집 앞처럼 널돌이 깔려 있지도 않았다. 대신 잘 다져진 딱딱한 흙 위에 작고 둥그런 돌멩이가 흩어져 있었다. 다른 집들과 다른 점은 그뿐만이 아니었다. 그의 집 뒷마당에는 잔디가 아니라 감자, 당근, 콜라비, 서양무 등 각종 채소가 심어져 있었다. 마당과 숲의 경계에는 다른 집처럼 목재 울타리나 그물 울타리가 아니라 프레스트바크모 씨의 집처럼 직접 쌓아올린 돌담이 자리하고 있었다. 게이르의 집에서는 다른 집처럼 쓰레기통에 쓰레기를 버리지 않았다. 우유통이나 달걀판은 잘 보관해두었다가 다른 용도로 사용했고, 음식물 쓰레기는 돌담 옆 퇴비 처리장에 모았다가 채소를 가꿀 때 비료로 사용했다.

나는 고개를 쭉 뻗어 시멘트 믹서를 살펴보았다. 녹색의 둥그런 머리 부분은 하얀 방수포에 가려져 있었다. 마치 수건을 두른 사람의 머리처럼 보였다. 커다랗게 벌린 입속에 이빨처럼 보이는 것은 하나도 없었다 도대체 무엇 때문에 저토록 놀란 표정을 짓고 있을까?

게이르 호콘의 아버지가 녹색 타우누스를 몰고 길을 지나갔다. 나는 손을 들어 인사를 건넸다. 그도 운전대를 잡고 있는 손을 살짝 들어 아는 척을 해주었다.

갑자기 안네 리즈벳이 떠올랐다. 그녀를 떠올리자마자 기분 좋은 설렘이 뱃속을 휩쓸어 가슴까지 북받쳐 올랐다.

그녀는 지난 금요일에 학교에 오지 않았다. 솔베이는 안네 리즈벳이 아프다고 말했다. 오늘은 월요일이니까 다시 학교에 오겠지? 주말에 몸을 회복했을 거야.

오, 안네 리즈벳이 오늘은 꼭 학교에 와야 하는데!

나는 비맥스 앞에서 그녀를 볼 생각에 가슴이 두근거렸다.

그녀의 반짝이는 짙은 눈동자. 기분 좋은 목소리.

"게이르! 빨리 나와!"

대문 안쪽에서 부스럭거리는 소리가 들리는가 싶더니 잠시 후 그가 대문을 밀고 밖으로 나왔다.

"오늘은 샛길로 걸어가 볼래?"

그가 제안했다.

"그러지, 뭐."

우리는 그의 집 뒤편으로 돌아가 돌담을 넘어 오솔길 안으로 걸어갔다. 잔디와 이끼가 가득한 습지를 걷다보면 발이 젖기 마련이다. 장화를 신어도 도움이 되진 않았다. 우리는 장화 목까지 쑥쑥 빠지는 습지 속에서 마치 돌다리를 건너듯 흔들거리는 돌멩이를 찾아 폴짝폴짝 뛰었다. 발을 헛디뎌 습지에 빠졌을 때는 얼른 손을 짚고 일어났다. 축축한 기운이 비옷의 소매를 타고 스며들어 안에 입은 스웨터까지 번졌다. 우리는 소리내어 깔깔 웃으면서 쉴 새 없이 이런저런 말을 주고받았다.

진흙 구덩이 같은 미끌미끌한 축구장을 지나 오른쪽으로 방향을 틀었다. 숲속 나무 사이에는 오래전 마차가 다녔던 낡은 길이 여전히 그 형태를 유지하고 있었다. 여느 샛길보다 훨씬 널찍한 그 길에는 낙엽이 수북하게 쌓여 있었다. 노란색, 붉은색, 갈색의 낙엽 가운데 가끔 녹색 나뭇잎도 보였다. 흙으로 뒤덮인 작은 언덕 위에는 길게 자라 색이 바랜 잔디가 옆으로 비스듬하게 누워 있었다.

위쪽에 불쑥 튀어나온 돌산에는 송전탑이 세워져 있었다. 그 길은 강에서 20미터 정도 떨어진 곳에 새로 건설된 도로 앞에서 온데간데없이 자취를 감추어버렸다. 숲 아래쪽에는 떡갈나무가 빽빽이 들어차 있었다. 그 가운데 유난히 큰 떡갈나무 두 그루가 있었는데 그 사이에 폐차 한 대가 버려져 있었다. 거기서 1백여 미터 떨어진 곳에 버려진 또 다른 폐차보다 훨씬 낡고 볼품없었지만, 나는 그게 왠지 마음에 들었다. 더군다나 그곳에서 놀 때는 지나가는 사람들의 눈치를 보지 않아도 되어서 더 좋았다.

오, 숲속에 버려진 폐차 냄새란! 여기저기 구멍 난 의자의 인조가죽 냄새, 흙냄새와 곰팡이 냄새가 섞인 그 냄새는 숲속에 떨어져 있는 썩은 나뭇잎 냄새에 비하면 오히려 상쾌하기까지 했다. 차창 가장자리를 두른 검은색 고무가 제자리를 찾지 못해 덜렁거리는 모습은 동물의 더듬이를 떠오르게 했고 검은색 매트와 주변 흙속에 떨어져 박힌 깨진 유리조각들은 마치 다이아몬드처럼 보였다. 특히 검은색 매트를 흔들었을 때 주르륵 떨어져 내리는 온갖 벌레들이란!

혼비백산해서 황급히 그곳을 떠나는 각종 거미와 주걱벌레 그리고 쥐며느리의 재빠른 움직임과는 달리 액셀러레이터와 브레이크, 클러치는 아무리 힘을 써서 움직여 봐도 꼼짝하지 않았다. 바람을 타고 차창 속으로 흘러들어오는 허공의 빗줄기나 나뭇잎에 묻어 있던 빗방울이 얼굴을 스치는 느낌도 좋았다.

가끔 근처에서 이런저런 물건들을 찾아내는 것도 꽤 흥미로웠다. 빈 병들, 비닐봉지에 들어 있는 자동차 잡지나 포르노 잡지, 빈 담뱃갑, 워셔액이 담겨 있는 봉지, 콘돔. 심지어 똥이 가득 묻어 있는 속옷 한 벌을 찾아낸 적도 있다. 누군가 똥을 싼 후 숲속에 속옷을 버렸다고 생각하니 너무 웃겨서 배가 아플 정도로 한참 동안 웃었던 기억도 난다.

하긴 우리도 가끔 숲속에서 똥을 누었다. 나무 위에 기어 올라가 허공에 똥을 누기도 했고, 언덕 꼭대기에 올라가 아래쪽을 향해 똥을 누기도 했으며, 강이나 시냇물 속에 똥을 눈 적도 있다. 그렇게 똥을 누면 무슨 일이 생기는지, 어떤 기분인지 알고 싶어서였다.

똥 색깔도 우리의 관심사 가운데 하나였다. 거뭇거뭇한 색, 푸르스름한 색, 진한 갈색, 연한 갈색… 똥의 길이와 굵기도 마찬가지였다. 똥을 눈 후 똥이 어떻게 변하는지 관찰하는 것도 아주 흥미로웠다. 우리는 숲속의 덤불과 이끼 사이에 똥을 누고, 파리가 모여들 것인지 아니면 지나가는 차 바퀴에 깔려 납작하게 변할 것인지를 두고 내기하기도 했다. 숲속에서 눈 똥은 어쩐 일인지 그 냄새도 더욱 선명하고 강했다. 가끔씩 우리는 며칠 전에 눈 똥이 어떻게 변했는지 확인하기 위해 그곳을 다시 찾기도 했다. 똥은 온데간데없이 사라져버릴 때도 있었고, 바짝 마른 일부분만 남아 있을 때도 있었다. 어떤 때는 마치 녹아내린 것처럼 옆으로 질퍽하게 퍼져 있는 똥을 발견하기도 했다.

학교에 가는 길이었기에 숲속에서 그런 일을 할 시간이 없었다. 언덕을 내려가 오래된 놀이터를 지났다. 녹슨 미끄럼틀과 시소밖에 남아 있지 않은 놀이터엔 모래 알갱이도 얼마 남아 있지 않았다. 가파른 언덕을 올라가 차도와 인도의 경계선에 자리한 갓돌을 넘으니 맞은편에 비맥스 슈퍼마켓이 눈에 들어왔다. 정류장 앞에는 이미 아이들의 책가방이 줄지어 자리하고 있었다. 어떤 여자아이들은 비가 내리는데도 떼를 지어 고무줄놀이를 하고 있었다. 다른 아이들은 가게 앞 처마 밑에서 비를 피하고 있었다. 그런데 안네 리즈벳은 어디에 있을까. 오늘도 학교에 안 오는 건 아닐까?

버스가 오르막길을 올라오고 있었다. 게이르와 나는 뛰기 시작했다. 버스가 방향을 틀어 슈퍼마켓 앞 아스팔트길에 접어들었을 때, 우리는 숨을 몰아쉬면서 정류장에 도착했다. 가장 마지막으로 버스에 올라탄 우리는 제일 앞자리에 앉았다. 커다란 버스 창문에는 우리가 가지고 탄 습기 때문인지 서리가 어렸다. 아이들은 누가 먼저라고 할 것도 없이 습기 찬 창에 손가락으로 그림을 그리기 시작했다. 운전기사는 문을 닫고 버스를 몰아 큰길로 나갔다. 나는 의자에 무릎을 대고 돌아앉아 뒷자리를 살펴보았다.

그녀는 보이지 않았다. 갑자기 온몸에 구멍이 숭숭 뚫린 듯한 느낌과 함께 나를 서서히 채워왔던 기대감이 그 구멍으로 빠져나가는 것만 같았다. 하루 종일 그녀를 보지 못한다고 생각하니 너무나 허전했다. 어쩌면 다음 날도 그녀를 볼 수 없을지 모른다고 생각하니 슬퍼지기까지 했다. 어쩐 일인지 솔베이도 보이지 않았다. 그래서 안네 리즈벳이 얼마나 아픈지, 또 언제 학교에 다시 나오는지 물어볼 수 없었다.

버스는 10분 후 학교 앞에 도착했다. 우리는 운동장으로 뛰어 들어갔고, 종이 울릴 때까지 비를 피하기 위해 처마 밑에 서 있었다. 입학한 지 꽤 지났기 때문에 우리는 서로 누가 누구인지 대부분 알 수 있을 정도가 되었다. 직접 이름을 알게 된 아이도 있었고, 소문으로 이름만 들어본 아이도 있었다. 우리는 체육 시간이 되면 옆 반과 합동 수업을 했다. 옆 반 아이들은 대부분 이 동네 아이들이었기에 버스를 타고 옆 동네에서 온 우리 반 아이들을 마치 이방인 대하듯 했다. 학교는 그들의 학교였고, 선생님은 그들의 선생님이었다. 그들 눈에 우리는 외부에서 흘러들어와 아무런 권리도 주장하지 못하는 힘없는 존재에 불과했다.

그들은 매사에 자신감이 넘쳤다. 우리 반 아이들보다 싸움을 잘했고, 말썽도 많이 피웠으며, 해서는 안 될 무례한 말도 자주 했다. 적어도 몇몇은 그랬다. 우리 반에서 그들과 맞설 수 있는 아이는 그나마 좀 터프한 아스게이르와 욘밖에 없었다. 나머지 아이들은 그들이 밀면 밀치는 대로, 싸움을 걸어오면 걸어오는 대로 가만히 있는 수밖에 없었다. 갑자기 누군가 뒤에서 다가와 목에 팔을 두르고 잡아당기면 그대로 바닥에 쓰러지는 수밖에 없었다. 갑자기 누군가 버스 정류장이나 복도에서 어깨를 주먹으로 치면 아파도 참는 수밖에 없었다. 갑자기 누군가 축구를 하다가 발을 찧으면 그대로 쓰러지는 수밖에 없었다. 하지만 욘과 아스게이르는 가만히 있지 않고 그들에게 당한 만큼 되돌려주었고, 그들만큼이나 말썽을 많이 피웠다.

대부분 섬 동쪽에 사는 옆 반 아이들은 우리 반 아이들과는 옷차림도 달랐다. 적어도 몇몇은 그랬다. 그들의 옷은 형이나 누나에게서 물려받은 것 같았다. 바로 위의 형뿐만이 아니라 그 위의 형, 또 그 위의 형을 거쳐 대물림한 옷 같았다. 게이르와 나는 그들이 우리의 비밀 장소를 알아채고 침범하지 않을까 두려워했다. 그 외에는 별로 두려운 것이 없었다. 함께 똘똘 뭉쳐 있다 보면 두려운 일은 생기지 않는다는 것을 깨달았기 때문이다. 교실은 우리가 느끼기에 가장 안전한 장소였다.

종이 울리자 우리는 교실 앞 복도에 나란히 줄지어 섰다. 키가 크고 호리호리한 담임선생님이 계단을 내려왔다. 여느 때와 마찬가지로 그녀의 발걸음은 뻣뻣했고, 손놀림은 신경질적이었다. 우리는 비옷을 벗어 복도 옷걸이에 걸어두고 행진하듯 발을 맞추어 교실 안으로 들어가 각자 자리에 앉았다.

"안네 리즈벳은 오늘도 아파서 결석했어요!"

누군가가 소리쳤다.

"솔베이도요."

"베문도 결석했어요."

"레이프 토레도 오늘 결석했어요."

게이르의 목소리였다.

갑자기 어젯밤 일이 떠올랐다.

"베문은 머리가 이상하대요!"

에이빈이 소리쳤다.

"하하하!"

"조용, 조용!"

담임선생님이 말을 이었다.

"친구들에게 그렇게 말하면 안 돼. 적어도 이 자리에 없는 친구들에겐 더더욱 그런 말을 하면 안 되는 거야!"

"레이프 토레의 아버지는 어제 술을 많이 마셨대요!"

나는 자랑스럽게 말을 이었다.

"그래서 우리 어머니가 레이프 토레 가족들을 친척 집까지 태워주었어요. 그래서 오늘 학교에 오지 못했을 거예요."

"쉿!"

담임선생님은 손가락을 입에 대고 나를 쳐다보면서 고개를 절레

절레 흔들었다. 종이에 무언가를 적은 후, 선생님은 아이들을 차례차례 둘러보았다.

"더 결석한 사람은 없겠지? 그럼 이제 수업을 시작해볼까?"

그녀는 교단 가장자리에 앉았다. 이번 주에는 농가에 대해서 배울 차례였다. 선생님은 농가에 가본 사람이 있느냐고 물었다.

나는 힘차게 손을 들었다. 손을 높이 들다 못해 거의 자리에서 일어선 나는 "저요, 저요! 저는 농장에 가본 적이 있어요!"라고 크게 소리쳤다.

보아하니 나만 하고 싶은 말이 있는 건 아니었다. 선생님이 지목한 아이는 내가 아니었다. 대답할 기회를 얻은 아이는 게이르 B였다.

"저는 레고랜드에서 말을 타 봤어요."

"레고랜드는 농가가 아냐."

내가 큰 소리로 외쳤다.

"난 농가에 아주 많이 가봤어. 우리 외할머니와 외할아버지는…"

"칼 오베, 네 차례였니?"

담임선생님이 말했다.

"아뇨…"

나는 고개를 숙이며 말을 잇지 못했다.

"맞아, 레고랜드는 농가가 아니란다."

선생님이 말을 이었다.

"하지만 말은 농가에 속한 동물이라고 할 수 있어. 자, 다음엔 운니가 말해볼까?"

운니? 운니가 누구였더라?

나는 고개를 돌려보았다. 아, 항상 코웃음 치는 금발의 통통한 여자아이.

"저는 농가에 살고 있어요."

그녀는 발갛게 상기된 얼굴로 말을 이었다.

"하지만 우리 집에는 동물이 한 마리도 없어요. 우린 채소를 키워요. 아버지는 집에서 키운 채소를 시내에서 팔아요."

"저는 동물이 있는 농가에 가봤어요!"

내가 다시 소리쳤다.

"저도요!"

스베레의 목소리였다.

"각자 차례가 돌아올 때까지 기다려. 모두에게 기회를 줄 테니까 조급해할 필요는 없어."

선생님이 말했다.

선생님은 다섯 명을 지목한 후 마침내 나를 가리켰다. 나는 그제야 들었던 손을 내리고 하고 싶었던 말을 모두 쏟아냈다. 외할머니와 외할아버지는 농가에 살며, 거기에는 소 두 마리와 송아지 한 마리가 있고 닭도 셀 수 없이 많다고 했다. 나는 그곳에서 달걀을 직접 가져오기도 했고, 아침에 외할아버지를 따라 소젖을 짜본 적도 있다고 말했다. 외할아버지는 이른 아침 외양간으로 가서 소똥을 치우고 먹이를 준 다음 젖을 짰고 가끔 소들은 꼬리를 들어 오줌이나 똥을 싸기도 한다고 덧붙였다.

아이들의 웃음소리가 파도처럼 다가와 내게 부딪쳤다. 기분이 좋아진 나는 의기양양하게 다시 말문을 열었다. 아이들의 관심을 한몸에 받으며 발갛게 상기된 얼굴로 소가 내게도 오줌을 눈 적이 있다고 덧붙였다.

나는 교실을 둘러보며 아이들의 웃음소리에 흠뻑 빠졌다. 선생님은 아무 말도 하지 않고 내 말을 듣고 있었다. 나는 선생님이 내 말을 믿지 않는다고 생각했다.

아이들이 발표를 마치자, 선생님은 『올라-올라-헤이아』라는 책을 읽어주었다. 책을 다 읽은 선생님은 아이들에게 책 내용에 대해 질문을 던졌다. 수업 시간 내내 내겐 눈길도 주지 않고 무시하던 선생님은 쉬는 시간 종이 울리자 내게 잠시 남으라고 말했다.

"칼 오베, 잠시 남을래? 할 말이 있단다."

아이들이 운동장으로 달려 나가는 동안 나는 교탁 옆에서 선생님이 무슨 말을 할까 궁금해하며 기다렸다. 교실에 선생님과 나만 남아 있게 되자, 선생님은 교단 가장자리에 앉아 나를 쳐다보았다.

"다른 사람들이 어떻게 지내는지 안다고 해서 그걸 모두 말할 필요는 없단다. 예를 들어 오늘 네가 했던 레이프 토레 아버지 이야기 말이야. 만약 레이프 토레가 네 말을 들었다면 속상해하지 않았을까?"

"네…"

"레이프 토레는 다른 아이들이 그런 일을 알게 되는 걸 싫어할 거야. 이해하지?"

"네…"

나는 울기 시작했다.

"사람들에겐 사생활이라는 게 있단다. 그게 뭔지 아니?"

"아뇨."

나는 코를 훌쩍거리면서 대답했다.

"그건 집 안에서 일어나는 극히 개인적인 일이란다. 우리 집에서 일어나는 일, 너희 집에서 일어나는 일, 우리 모두 각자의 집에서 경험하는 일을 말하지. 그중에는 남들에게 알리고 싶지 않은 일도 많단다. 그런 일을 알게 된다 해도 남들에게 퍼뜨릴 필요는 없어. 이해할 수 있겠니?"

나는 고개를 끄덕였다.

"좋아, 칼 오베. 슬퍼할 필요는 없어. 모르고 한 행동이었으니까. 하지만 이제부턴 조심해야 해, 알았지? 자, 이제 나가봐."

나는 계단과 복도를 지나 운동장으로 뛰어갔다. 여기저기 모여 있는 아이들의 무리를 훑어보았다. 여자아이들은 고무줄놀이나 술래잡기를 하고 있었다. 축구장의 골대 앞에는 남자아이들이 모여 공을 뺏기에 여념이 없었다. 축구장 한가운데에는 누런색 물웅덩이가 있었다. 게이르, 게이르 호콘, 에이빈은 깃대 옆의 바위 앞 벤치 옆에 서 있었다. 나는 그들을 향해 달려갔다. 그들은 게이르 호콘의 보트 카드를 뽑으며 시간을 보내고 있었다.

"울었어?"

에이빈이 물었다.

나는 고개를 저었다.

"바람 때문에 그래."

"선생님이 뭐라고 했는데?"

"특별한 말은 안 했어. 나도 보트 카드 놀이에 끼워줘."

"울었지?"

에이빈이 다그쳤다.

우리 반에서 공부를 가장 잘하는 아이는 스베레, 나, 에이빈이었다. 수학 과목에선 에이빈이 1등, 스베레가 2등, 내가 3등이었다. 읽고 쓰기에선 내가 1등, 에이빈이 2등, 스베레가 3등이었다. 하지만 에이빈은 나보다 달리기를 훨씬 잘했다. 우리 반 남자아이 가운데 에이빈보다 빠른 아이는 트론밖에 없었다. 나는 여섯 번째로 달리기를 잘했다. 에이빈은 나보다 힘도 훨씬 셌다. 나는 끝에서 두 번째로 힘이 셌다. 꼴찌는 베문이었지만, 그는 우리 반에서 가장 뚱뚱하고 가장 멍청한 아이였기 때문에 그를 아예 제쳐놓는 일이 많았다. 그렇게 따지면 나는 우리 반에서 가장 비실비실한 아이가 되는 셈이다. 심지어 우리 반에서 가장 몸집이 작은 트론조차도 나보다 힘이 셌다.

나는 우리 반에서 세 번째로 키가 컸다. 트론은 나보다 조금 작았다. 나는 우리 반에서 네 번째로 축구를 잘했다. 나보다 축구를 잘하는 아이는 아스게이르, 트론 그리고 욘이었다. 에이빈은 우리 반에서 다섯 번째로 축구를 잘하는 아이였다. 나는 에이빈보다 그림을 잘 그렸고, 게이르와 베문은 나보다 그림을 더 잘 그렸다. 둘은 눈에 보이는 모든 것을 그릴 수 있었다. 공 던지기에선 내가 끝에서 두 번째였다. 역시 꼴찌는 베문이었다.

"계단을 내려올 때 바람이 세게 불어서 그래. 울지 않았다고! 어서 내게도 카드를 한 장 줘봐."

내가 처음으로 뽑은 카드는 'S/S 프랑스'였다. 세계에서 가장 큰 여객선 카드를 뽑은 덕분에 다른 아이들을 한 번에 이길 수 있었다.

다음 시간에는 공책에 알파벳을 적었다. 소ku를 적을 때 사용하는u, 어린양lam을 적을 때 사용하는a, 거위gås를 적을 때 사용하는å. 숙제는 그날 배운 알파벳을 여러 번 적는 것이었다. 선생님은 오늘 결석한 학생들 집 근처에 사는 사람이 하굣길에 들러 숙제를 전해주라고 말했다.

눈이 번쩍 뜨이는 기회였다. 하지만 나는 마지막 시간인 체육 수업을 할 때까지 그것을 전혀 깨닫지 못하고 있었다. 체육관에서 달리기를 하던 중, 문득 숙제를 알려준다는 핑계로 안네 리즈벳을 만날 수 있겠다는 생각이 들었다. 순간 내 몸은 후끈 달아올랐고, 마음이 들떠 수업에 집중할 수가 없었다. 수업을 마친 우리는 탈의실에서 옷을 갈아입고 밖으로 나와 버스를 기다렸다. 나는 게이르에게 내 계획을 말해주었다. 그는 코를 찡긋하며 별로 내켜 하지 않았다.

"안네 리즈벳? 왜? 우린 걔네 집에 한 번도 가본 적이 없잖아."

"이번 기회에 한 번 가보는 것도 괜찮을 것 같아서."

"베문도 그 동네에 살잖아. 베문이 숙제를 전해줘도 될 텐데?"

"넌 정말 아무것도 모르는구나! 일단 거길 가보자는 게 내 말의 요점이라고!"

그는 여전히 시큰둥했다. 하지만 내가 계속 다그치니 그도 어쩔 수 없다는 듯 그러자고 했다.

버스는 여느 때처럼 비맥스 앞에서 아이들을 한꺼번에 내려주지 않고, 언덕 위의 주택가까지 올라가서 아이들을 차례차례 내려주었다. 가끔 그런 일이 있기도 했다. 하지만 비좁은 언덕길을 오르는 거대한 버스를 보고 있으면 좁다란 시냇물에 거대한 여객선이 떠 있는 것처럼 왠지 어울리지 않는다는 생각이 스쳤다. 우리는 버스에서 내린 뒤 한참 동안 길에 서서 아스팔트 위로 한숨을 쉬듯 거뭇거뭇한 연기를 내뿜는 버스 꽁무니를 바라보았다.

"내가 너희 집으로 갈까, 아님 네가 우리 집으로 올래?"

"네가 와."

게이르가 대답했다.

"알았어."

집 앞 골목길에 들어섰다. 다행히도 길은 텅 비어 있었다. 비는 그쳤지만, 눈에 보이는 모든 것은 축축하게 젖어 있었다. 짙은 갈색 외벽은 빗물을 머금고 축축하게 젖어 있었다. 대문 앞 시멘트 계단에 움푹 파여 있는 곳마다 빗물이 고여 있었으며, 벽에 기대어 세워진 삽 손잡이에는 물방울이 맺혀 금방이라도 떨어질 듯 흔들거렸다. 나는 비옷 지퍼를 내리고 열쇠를 꺼냈다. 오늘은 성공할 수 있을까. 역시나 마찬가지였다. 열쇠를 집어넣긴 했지만 돌릴 수 없었다. 길 위쪽을 바라보았다. 아무도 없었다. 나는 얼른 담장 옆에 있는 쓰레기통으로 뛰어갔다. 뚜껑을 열고 반쯤 찬 검은색 봉지를 꺼내 땅에 내려놓은 후, 쓰레기통 손잡이를 움켜쥐고 들어올렸다. 생각했던 것보다 훨씬 무거워서 집 앞까지 가는 동안 몇 번이나 발걸음을 멈추고 쉬어야 했다. 언덕에는 여전히 아무도 보이지 않았다.

자동차 한 대가 지나갔다. 운전석에는 낯선 사람이 앉아 있었다. 안도의 한숨을 내쉬고 쓰레기통을 지하실 창문 앞에 세웠다. 뚜껑 위에 올라가 창문을 들어올린 후 머리와 어깨부터 밀어넣었다. 어둡고 훈훈한 빈 지하실을 바라보던 나는 누군가 나를 지켜보지 않을까 뒤를 돌아보며 확인할 수 없었기에 불안했다. 몸을 비틀며 상체를 집어넣었다. 팔을 뻗어 물탱크의 쇠파이프를 잡고 하체를 끌어당겼다.

지하실에 들어온 후에는 장화를 벗어들고 현관까지 가서, 다시 장화를 신었다. 대문을 열고 밖으로 나갔는데 괜한 불안감에 언덕 아래에서 시선을 뗄 수가 없었다. 차도 사람도 보이지 않았다. 아버지가 오더라도 2분 후에 왔으면 좋겠다고 바랐다. 잊은 물건이 있어 다시 학교로 돌아가거나, 몸이 아파 조금 늦게 퇴근한다면 얼마나 좋을까. 문득 아버지가 아팠던 적이 한 번도 없었다는 생각이 스쳤다. 물론 그건 좋은 일이다.

갑자기 기분이 좋아졌다. 나는 얼른 지하실 창문 앞에 세워둔 쓰레기통을 제자리로 가져가 검은색 쓰레기봉투를 다시 집어넣었다.

봉투 가장자리를 원래대로 잘 접어놓고 다시 지하실 창문 앞으로 뛰어가 보았다. 쓰레기통을 세워둔 자리에 잔디가 납작하게 누워 있었다. 이 일을 어쩌지. 쓰레기통의 가장자리가 누른 자리엔 축축한 흙이 솟아 올라와 있었다. 나는 얼른 쭈그려 앉아 손으로 잔디를 툭툭 쳐서 일으켜 세웠다. 허리를 펴고 다시 살펴보았다.

아무래도 표시가 너무 많이 나는 것 같았다.

하지만 아버지가 무엇 때문에 잔디가 누워 있는지 전혀 짐작하지 못한다면?

그럴 리가 없었다. 아버지는 모든 것을 꿰뚫어본다. 이런 것을 그냥 지나칠 사람도 아니었다.

나는 다시 쭈그리고 앉아 잔디를 세웠다.

이 정도면 될까.

꽤 그럴듯했다.

만약 아버지가 의아해하더라도 난 모르는 일이라고 딱 잡아떼면 된다. 쓰레기통을 여기까지 가져와 창문을 통해 안으로 들어갔다는 건 짐작도 못 할 것이다. 설사 납작해진 잔디를 본다 해도 그 이유를 알아차리지 못할 것이다. 나를 추궁해도 표정 하나 변하지 않고 평상시와 같은 목소리로 딱 잡아뗀다면 아버지도 어쩔 수 없을 것이다.

나는 축축하고 지저분한 손을 허벅지에 문질러 닦은 후, 책가방을 들고 방으로 올라갔다. 흰색 셔츠로 갈아입기 위해 옷장 문을 열었다. 안네 리즈벳에게 멋진 모습을 보여주고 싶어서였다. 하지만 잠시 후 생각을 고쳐먹었다. 만약 아버지가 왜 옷을 갈아입었느냐고 물으면 어떻게 할까. 마땅한 대답을 찾을 수 없을 것 같았다.

대문을 잠그고 지하실 물탱크 위로 기어 올라갔다. 창밖으로 발을 먼저 내밀고 조심해서 뛰어내렸다. 얼른 몸을 일으켜 집 앞으로 돌아가 아무 일도 없는 척 천연덕스럽게 서 있었다.

여전히 지나가는 차들은 보이지 않았다. 저 멀리 교차로 근처에 욘 베크, 게이르 호콘, 켄트 아르네 그리고 외이빈 순트가 서 있었다. 나를 발견한 그들이 자전거를 타고 다가왔다. 나는 그들이 올 때까지 가만히 서 있었다.

"너도 그 이야기 들었니?"

게이르 호콘이 내 앞에서 브레이크를 잡으며 말을 걸었다.

"어떤 이야기?"

"빈홀름에서 일하던 직원이 오늘 오전에 와이어에 몸이 잘려나갔대. 두 동강 났다고 하더라."

"두 동강 났다고?"

"응."

욘 베크가 끼어들었다.

"견인선에 있던 와이어가 끊어지면서 그 끝부분이 옆에 있는 사람을 스쳤고, 순간적으로 몸이 두 동강 났다고 들었어. 아버지가 해준 이야기야. 거기서 일하던 사람들은 그 사고 때문에 오늘 모두 하루 쉰다고 했어."

견인선에서 일하던 사람이 와이어에 몸이 절단되는 모습을 상상해보았다. 머리와 팔이 붙어 있는 상체가 두 다리 옆에 떨어져 내린 모습을 떠올리니 끔찍했다.

"네 자전거가 펑크 났다고 하더니 아직 못 고쳤어?"

켄트 아르네가 물었다.

나는 고개를 끄덕였다.

"내 자전거에 타."

241

"괜찮아. 난 지금 게이르 집에 가는 중이야. 너희들은 어디 갈 거니?"

게이르 호콘이 어깨를 으쓱 추켰다.

"부둣가로 가볼까 생각 중이야."

"너랑 게이르는 어디 갈 건데?"

켄트 아르네가 물었다.

"오늘 결석한 아이에게 숙제를 알려주러 갈 거야."

"누구 집에 가는지 물어봐도 돼?"

게이르 호콘이 말했다.

"베문."

"베문하고 같이 놀 거니?"

"아니, 오늘만. 난 이만 가볼게."

나는 언덕을 올라가 게이르를 불러냈다. 그는 빵 조각을 손에 쥐고 나왔다.

20분 후, 우리는 비맥스 앞에 도착했다. 모퉁이를 돌자마자 시작된 평지는 점점 경사가 심해졌고, 그 꼭대기에는 주택가가 있었다. 안네 리즈벳, 솔베이, 베문의 집은 바로 거기 있었다. 우리 집에서 완전히 반대쪽 길로 가도 그곳에 갈 수 있었다. 그 길은 원을 이루며 수많은 샛길과 이어져 있기 때문이다. 우리 집 앞으로 난 길도 그 원 안에 포함되어 있었다. 뿐만 아니라 섬을 한 바퀴 빙 도는 대로도 원형으로 이루어져 있었다. 그렇게 따지면 우리는 원형의 길 속에 자리한 원형의 길 그리고 그 속에 자리한 또 다른 원형의 길 위에 살고 있었던 셈이다.

슈퍼마켓에서 100미터 떨어진 곳에는 두 갈래 길이 평행하게 나 있었지만 우리가 서 있는 곳에서는 볼 수 없었다. 평행한 두 길 사이에는 높이가 10미터 정도 되는 돌무덤이 있었기 때문에 그 너머를 보는 것은 불가능했다. 돌무덤 주위에는 나직한 시멘트벽과 녹색 철조망 울타리가 세워져 있었다. 돌무덤을 넘어서면 우리가 걸어온 길을 다시 볼 수 있었다.

돌무덤 위에 오르니 아래쪽으로 지나가는 자동차는 볼 수 없었지만 그 소리는 선명히 들을 수 있었다. 우리는 시멘트벽 쪽으로 내려가 보기로 마음먹었다. 피나 주유소에서부터 올라오는 희미한 자동차 소리는 점점 커졌고, 우리 발밑을 지날 때쯤엔 시멘트벽이 만들어내는 메아리 때문에 더욱 커졌다.

우리는 아래쪽으로 돌멩이를 던져 지나가는 자동차를 맞추어보자고 의기투합했다. 그곳에선 자동차를 볼 수 없었기 때문에 소리를 듣고 위치를 예상한 후 돌을 던져야 했다. 우리는 각자 손에 돌멩이를 하나씩 쥐고 차가 오기를 기다렸다. 돌멩이는 우리 손보다 훨씬 컸지만 울타리 너머로 던질 수 없을 만큼 무겁진 않았다. 거기서 돌멩이를 던지면 10미터 아래 차도로 떨어질 것이었다.

게이르가 먼저 던져보기로 했다. 그는 차가 우리 발 바로 아래 지점에 도착했을 때 돌을 던졌다. 물론 돌멩이가 떨어졌을 때 차는 이미 지나간 후였다. 우리는 아스팔트에 부딪혀 데굴데굴 구르는 돌멩이 소리를 들었다. 내 차례가 되었다. 나는 돌을 너무 일찍 던져버렸다. 소리로 미루어 짐작해보니 돌멩이는 자동차의 50미터쯤 앞에 떨어진 것 같았다.

한 여인이 쇼핑백을 양손에 들고 걸어오고 있었다. 그녀는 걸음을 멈추고 우리에게 말을 걸었다. 한 번도 본 적 없는 사람이었다.

"너희든 거기서 뭐하고 있니?"

"아무것도 안 해요."

게이르가 대답했다.

"얼른 올라와. 거긴 가파른 곳이라 위험해."

그녀는 다시 걷기 시작했지만, 우리에게서 눈을 떼지 않았다. 그녀는 자기 말을 듣는 게 좋을 거라면서 걸음을 옮겼다.

우리는 베문의 집에 도착할 때까지 갓돌 위에서 중심을 잡으면서 걸었다. 그의 여동생이 마당 모래밭에 무릎을 대고 앉아서 놀고 있었다. 아이의 비옷은 노란색이었고, 플라스틱 양동이는 파란색, 장난감 삽은 녹색이었다.

"베문 집에 먼저 가볼까?"

게이르가 말했다.

"아니, 안네 리즈벳의 집부터 가보자."

그녀의 이름을 말하는 순간, 내 몸은 전기에 감전된 것처럼 짜릿해졌다.

"무슨 일이야?"

게이르가 물었다.

"뭘?"

"너, 오늘 왠지 이상해."

"이상하다고? 설마! 난 평소와 똑같은데?"

몇 발짝 더 걸어가니 길 한쪽 옆에 물이 얇은 장막처럼 흘러내리고 있었다. 언뜻 보니 물이 흘러내리는 것이 아니라 허공에 모인 물방울들이 바르르 떨고 있는 것만 같았다. 그 뒤로 안네 리즈벳의 집이 보였다. 언덕 꼭대기의 집 앞뜰엔 잔디가 깔려 있었고, 반대편 아래쪽에는 숲이 시작되고 있었다. 꼭대기 층 창에서 불빛이 새어나오고 있었다. 혹시 저기가 안네 리즈벳의 방일까? 맞은편 길에는 뮈르

방 씨의 집과 솔베이가 사는 집이 나란히 서 있었다. 역시 아래쪽으로는 습기를 머금은 녹색 숲이 보였다. 솔베이의 집을 지나자 숲 가장자리에 자갈을 깔아놓은 작은 공터가 나왔다. 안네 리즈벳의 집으로 향하는 진입로는 거기서부터 시작되었다. 대문 앞 램프에서 불빛이 반짝였다.

"네가 초인종을 눌러볼래?"

대문 앞에 도착하자 나는 게이르를 돌아보며 말했다.

게이르가 팔을 쭉 뻗어 초인종을 눌렀다. 심장이 두근거렸다. 몇 초가 지났다. 그녀의 어머니가 대문을 열어주었다.

"혹시 안네 리즈벳이 집에 있나요?"

"응."

"저희는 같은 반 학생이에요. 숙제를 알려주러 왔어요."

게이르가 말했다.

"참 착한 아이들이구나. 잠깐 안으로 들어올래?"

그녀는 금발에 푸른 눈동자를 지니고 있었다. 안네 리즈벳과는 너무나 달랐지만, 자세히 보니 닮은 것 같기도 했다.

"안네 리즈벳! 친구들이 찾아왔어!"

"내려갈게요!"

위층에서 그녀의 목소리가 들렸다.

"아프다고 하던데요?"

내 말에 그녀의 어머니가 고개를 저었다.

"다 나았어. 혹시나 싶어 오늘 하루 더 집에 있으라고 했을 뿐이란다."

"아, 네…"

계단에서 발소리와 함께 그녀가 모습을 드러냈다. 한 손에 빵 조

245

각을 든 그녀는 음식이 가득 들어 있는 입을 벌리고 미소를 지었다.

"안녕!"

"우린 네가 많이 아픈 줄 알았어."

"숙제가 뭔지 알려주러 왔어."

게이르가 말했다.

그녀는 빨간색 무늬로 장식된 흰색 폴로 스웨터에 파란색 바지를 입고 있었다. 입술과 코 사이에는 하얀 우유 자국이 남아 있었다.

"밖에 나가서 놀래? 난 오늘 하루 종일 집 안에만 있었어. 어제도 그랬어."

"그럴까? 넌 어때, 게이르?"

"나도 좋아."

그녀는 하얀 장화를 신고 빨간 비옷을 입었다. 그녀의 어머니는 위층으로 올라갔다.

"어머니, 잠시 밖에서 놀다 올게요!"

우리는 대문 밖으로 뛰어나가는 그녀의 뒤를 따랐다.

"뭐하고 놀까?"

그녀는 자갈로 덮인 공터에서 걸음을 멈추고 우리를 돌아보았다.

"솔베이 집에 같이 갈래?"

이번에도 우리는 두말없이 그녀의 뒤를 따랐다. 솔베이가 대문 밖으로 나왔다. 안네 리즈벳은 우리에게 고무줄놀이를 하자고 제안했다. 게이르와 나는 얼떨결에 각자 고무줄 한쪽 끝을 받아쥐고 다리에 동여맸다. 솔베이와 안네 리즈벳은 고무줄 위로 폴짝폴짝 뛰기도 하고, 춤을 추듯 앞뒤로 빙글빙글 돌기도 했다. 그들은 내가 보기엔 너무나 복잡한 동작을 마치 아무것도 아니라는 듯 쉽게 해냈다.

내 차례가 되었다. 안네 리즈벳은 내게 발동작을 가르쳐주었다.

그녀의 손이 내 어깨에 닿는 순간, 전기에 감전된 것 같은 짜릿함이 온몸을 휘감았다. 그녀의 짙고 아름다운 눈동자가 반짝였다. 그녀는 어눌한 내 동작을 보고 큰 소리로 웃었다. 오, 내 얼굴을 살짝 스친 그녀의 머리카락에서 이루 말할 수 없이 좋은 향이 났다.

너무나 환상적이었다. 모든 것이 환상적이었다. 머리 위의 하늘이 거뭇거뭇하게 변하기 시작했다. 회색 구름 사이로 푸르스름한 빛을 띤 검은색 구름이 숲을 뒤덮었다. 잠시 후, 굵직한 빗방울이 떨어지기 시작했다. 우리는 비옷에 달린 모자를 썼다. 모자에 떨어진 빗방울은 얼굴을 타고 흘러내렸고, 자갈돌은 우리 발밑에서 달그락 달그락 기분 좋은 소리를 냈다. 공터 가로등에 불이 켜졌다. 저 밑에서 자동차 한 대가 천천히 올라오고 있었다.

"우리 아버지야!"

안네 리즈벳이 소리쳤다.

볼보 스테이션왜건 한 대가 골목길 앞에서 멈춰섰다. 검은색 턱수염을 지닌 크고 건장한 남자가 차에서 내렸다. 그가 손을 흔들자, 안네 리즈벳은 그에게 달려갔다. 그는 몸을 굽혀 그녀를 포옹하고 집 안으로 들어갔다.

"이제 저녁 먹을 시간이야."

그녀가 말했다.

"그런데 숙제가 뭐라고 했지?"

내가 숙제를 말해주자, 그녀는 고개를 끄덕이면서 작별 인사를 한 후 대문 안으로 사라졌다.

"나도 이제 집에 가야 돼."

왠지 눈빛이 슬퍼 보이는 솔베이가 고무줄을 돌돌 감으면서 말했다.

"우리도 집에 갈 시간이 되었어."

내가 말했다.

교차로에 다다라 나는 슈퍼마켓까지 뛰어가 보자고 제안했다. 게이르는 순순히 내 제안을 받아들였다. 슈퍼마켓 앞에 이르자 게이르가 홀테까지 그레블링베이엔이나 숲을 통하지 않고 큰길로만 가보자고 제안했다. 나는 그의 말을 순순히 따랐다. 홀테에 이른 우리는 집으로 가는 우회로까지 작은 언덕의 오솔길로 가기로 했다. 언덕을 오르기 시작했을 때, 아래쪽에서 버스 소리가 들려왔다. 나는 무심코 고개를 돌려 버스를 바라보았다. 그런데 버스 안, 창가 좌석에 윙베 형이 앉아 있는 게 아닌가!

도대체 왜 버스에 앉아 있는 걸까? 시내에 가는 길일까? 지금 이 시간에? 뭐 때문에 시내에 가는 거지?

"윙베 형을 봤어! 버스 안에 앉아 있었어."

"그래?"

게이르는 그다지 큰 관심을 보이지 않았다. 우리는 낯선 집 마당의 잔디를 가로질러 큰길로 나왔다.

"오늘 여자아이들과 굉장히 재밌게 놀았던 것 같아."

게이르가 말했다.

"응, 나도 그렇게 생각해. 다음에 다시 갈까?"

"그러자. 그런데 오늘 일은 비밀로 하는 게 좋을 것 같아. 여자아이들이랑 놀았다는 소문이 퍼지면…"

"네 말이 맞아. 오늘 일은 우리만 알고 있는 걸로 하자."

언덕 꼭대기에 이르니 집 앞에 주차된 아버지의 차가 보였다. 게이르의 아버지도 퇴근한 후였다. 두 사람은 학교에서 일하기 때문에 다른 집 아버지들보다 일찍 퇴근했다.

문득 오늘 오후에 집에 들어가기 위해 쓰레기통을 사용했던 기억이 났다.

"좀더 놀다 들어갈래?"

나는 게이르에게 물어보았다.

"다른 데 가서 놀아도 되고… 저 아래로 가서 나무 그네를 타는 건어때?"

게이르는 고개를 저었다.

"비 오잖아. 배도 고프고… 안 되겠어. 난 집에 갈래."

"알았어. 잘 가!"

"안녕!"

게이르는 집으로 뛰어갔다. 대문을 쾅 닫는 소리에 유리가 흔들렸다. 나는 구스타브센 씨의 집을 바라보았다. 부엌에서 빛이 새어나오고 있었다. 레이프 토레와 그의 어머니는 집에 돌아왔을까. 아니면 아직 그의 아버지만 집에 혼자 있는 걸까. 언뜻 봐서는 차가 차고 안에 있는지 없는지 알아내기 쉽지 않았다.

나는 고개를 돌려 언덕 위를 보았다. 마리안네의 아버지가 쓰레기통 뚜껑을 열고 입구를 꽉 조인 비닐봉지를 그 속에 넣었다. 그는 뜨개질로 짠 스웨터를 입고 있었고, 면도를 하지 않았는지 수염이 더부룩했다. 그는 항상 화가 난 듯 무뚝뚝한 표정을 짓고 있었지만, 실제로 화를 내고 있는지 확인할 방법은 없었다. 나는 그와 대화를 나눈 적이 한 번도 없었고, 그에 대한 소문을 들은 적도 없었다. 내가 알고 있는 것은 그가 뱃사람이라는 것과 일 년 중 대부분을 바다에서 지낸다는 것뿐이었다. 반면 한번 집에 오면 다음에 일을 나갈 때까지 꽤 오랫동안 머문다는 것도 알고 있었다. 그는 내가 쳐다보고 있다는 것을 알아채지 못하고 쓰레기통 뚜껑을 덮었다.

교차로 쪽에서 돌을 가득 실은 노란색 트럭이 달려왔다. 커다란 트럭이 짙은 매연을 쏟아내며 내 곁을 지나치자 발밑의 땅이 부르르 떨리는 것 같았다.

윙베 형은 내게 타고 다닐 수 있는 것 중에 세상에서 가장 큰 것의 그림을 보여준 적이 있다. 도서관에서 빌린 책으로 아폴로 프로젝트에 대한 내용을 담은 것이었다. 책에 나와 있는 것은 이 세상에서 가장 큰 것들뿐이었다. 로켓을 불과 몇 킬로미터밖에 되지 않는 발사대까지 옮기기 위해 특별히 제작한 탈것은 그 크기만큼이나 속도도 느렸다. 윙베 형은 그것이 달팽이처럼 느릿느릿 움직인다고 설명해 주었다.

가장 매혹적으로 다가왔던 것은 발사 순간이었다. 나는 로켓이 발사되는 순간의 사진을 셀 수 없이 들여다보았다. 한번은 텔레비전에서 그 장면을 본 적이 있었다. 로켓이 번개처럼 빠른 속도로 발사될 것이라 생각했지만 내 예상은 빗나갔다. 실제로 보니 완전히 반대였다. 로켓은 하늘을 향해 천천히 머리를 들었고, 몸체에서 쏟아낸 불꽃과 연기는 푹신한 방석처럼 땅을 덮었다. 연기가 거의 사라질 무렵 로켓은 하늘을 향해 천천히 올라갔다. 그와 동시에 들려온 굉음은 수천 킬로미터나 떨어진 곳에서도 들을 수 있을 정도였다. 발사대에서 분리된 로켓은 점점 속도를 더했고 쏜살같이 빠른 속도로 푸른 하늘 속으로 사라졌다.

가끔 나는 근처 숲속에서 로켓이 발사된다면 어떨까 상상해보곤 했다. 어느 날 갑자기 숲속 언덕 아래 숨겨져 있던 하얀 로켓이 녹색 나무와 회색 돌멩이 사이에서 불꽃과 연기를 내뿜으며 땅 위에 잠시 머물러 있다가 천천히 하늘을 향해 올라가는 모습과 깊 벽을 뒤흔드는 엔진의 굉음 소리.

생각만 해도 기분이 좋았다.

나는 집으로 향하는 발걸음을 빨리했다. 자갈길을 지나 대문을 열었다. 현관 매트 위에 신발을 벗는 순간, 아버지가 서재에서 나왔다.

나는 아버지를 쳐다보았다.

아버지는 화가 나 있는 것 같진 않았다.

"어디 갔다 오는 길이니?"

"게이르와 놀다 왔어요."

"그건 내 질문에 대한 올바른 대답이 아니야. 어디 갔나 왔냐고?"

"비맥스 근처에서 놀다 왔어요. 슈퍼마켓 뒤에…"

"그렇군. 거기서 뭘 하고 놀았니?"

"그냥… 놀았어요."

"슈퍼마켓에 한 번 더 다녀오거라. 감자가 다 떨어졌어. 감자를 사올 수 있겠니?"

"네."

아버지는 뒷주머니 지갑 속에서 돈을 꺼냈다.

"주머니!"

나는 몸을 일으켜 허리를 쑥 내밀었다.

아버지는 내게 돈을 건네주었다.

"주머니에 넣어. 얼른 다녀오거라."

"네."

아버지는 서재로 들어갔고, 나는 장화를 신은 후 소리나지 않게 대문을 닫고 언덕길을 뛰어 올라갔다.

윙베 형은 저녁식사 시간 직전에 집에 왔다. 형이 방에 들어가자마자 아버지가 저녁을 먹으러 내려오라고 소리쳤다. 아버지는 구운 고기와 양파, 삶은 감자와 꽃양배추를 내왔다. 어머니는 가사 도우미를 쓰기로 했다고 말했다. 일주일에 한 번씩 우리 집에 와서 집안일을 도와줄 여인은 나이가 지긋한 옐렌 씨라고 했다. 오전에 직장에서 전화했더니 당장 그날 오후부터 일을 시작할 수 있다는 대답을 들었다고 했다. 나는 아버지가 가사 도우미를 쓰는 것에 반대한다는 것을 잘 알고 있었다. 전에도 여러 번 말한 적이 있었기 때문이다. 하지만 식사 자리에서 아무 말도 하지 않는 것으로 보아 생각을 바꾼 것이 틀림없었다.

나는 가사 도우미 아주머니를 만날 생각에 기분이 들떴다. 나는 우리 집에 손님이 오는 것이 좋았다. 자주 있는 일은 아니었지만, 손님이 찾아오면 집 안에 낯설고 새로우며 기분 좋은 느낌이 감돌았다. 그들은 하나같이 윙베 형과 내게 관심을 표했다. 처음 보는 사람들은 "오, 아드님인가 봐요"라고 말했고, 낯익은 사람들은 "애들이 벌써 이렇게 컸군요"라고 말하곤 했다. 가끔 그들은 우리에게 축구팀이나 학교생활에 대해 이것저것 물어보기도 했다.

식사가 끝난 후, 나는 윙베 형 방에 갔다. 형은 스테이터스 쿠오의 「파일드라이버」 카세트테이프를 틀었다.

"오늘 형이 버스 타고 가는 걸 봤어. 어디 가던 길이었어?"

"시내."

윙베 형은 침대에 누워 책을 읽기 시작했다.

"시내에서 뭘 했는데?"

"귀찮게 하지 마. 자전거 부품을 사러 갔을 뿐이야."

"자전거가 망가졌어?"

형이 고개를 끄덕이며 나를 쳐다보았다.

"아무한테도 말하지 마. 어머니에게도. 알았지?"

"응. 맹세할게."

"지금 자전거는 프랑크네 집에 있어. 핸들 접속 부분이 떨어져 나갔거든. 하지만 프랑크의 아버지가 고쳐주신다고 약속했어. 내일 자전거를 돌려받을 수 있을 거야."

"아버지가 오늘 시내에서 형을 봤으면 어쩔 뻔했어? 아니, 아버지 친구가 형을 보기라도 했다면?"

윙베 형은 어깨를 으쓱 추켜보이며 무덤덤한 표정으로 다시 책을 읽기 시작했다. 나는 내 방으로 돌아왔다. 잠시 후 초인종 소리가 들렸다. 나는 어머니가 대문을 열어줄 때까지 기다렸다가 방문을 열고 나가보았다. 몸집이 크고 머리가 하얗게 센 아주머니가 안경을 끼고 계단을 올라오고 있었다.

"애는 칼 오베라고 해요. 막내랍니다."

어머니가 말했다.

내가 목례를 하니 그녀가 미소를 지었다.

"나는 옐렌이라고 해. 앞으로 잘 지내보자."

그녀가 내 어깨에 손을 얹자 온몸에 따스한 기운이 퍼졌다.

"첫째는 윙베라고 해요. 지금 방에 있을 거예요."

어머니가 말했다.

"형을 데려올까요?"

어머니는 고개를 저었다.

"그럴 필요는 없어."

어머니는 옐렌 씨에게 집 안 구석구석을 보여주었고, 나는 내 방으로 돌아갔다. 창밖에는 석양빛이 어렸다. 보슬비가 지붕과 벽을 가볍게 두드렸다. 지붕 홈통에서 물 흐르는 소리가 들렸다. 곧 커다란 빗방울이 창을 거세게 때리기 시작했다. 전조등 불빛이 우체통 앞 전나무를 감쌌다. 야콥센 씨가 퇴근해서 집에 오는 길이었다. 녹색 우체통과 그것을 받치고 있는 쇠다리가 침묵 속에서 빛을 발했다. 우체통은 전조등을 향해 "안 돼, 안 돼. 눈이 부셔. 얼른 불을 꺼"라고 말하는 것 같았다.

나는 침대에 누워 안네 리즈벳을 떠올렸다. 내일도 그녀의 집에 가고 싶었다. 하지만 그보다 먼저 학교에서 그녀를 볼 수 있을 것이다! 내일은 학교에 나오겠지? 그녀를 떠올리는 것만으로도 온몸 구석구석에 짜릿한 기쁨이 번졌다. 나는 훗날 그녀에게 내 애인이 되어달라고 말할 것이고, 그녀를 내 방에 초대할 것이다. 비록 친구를 내 방에 데려오는 건 금지되어 있지만 나는 무슨 일이 있어도 그녀를 내 방에 초대할 자신이 있었다. 창문으로 몰래 들어오는 일이 있다 하더라도!

책상 앞에 앉아 가방에서 책을 꺼내 숙제를 하기 시작했다. 옐렌 씨가 돌아간 후, 웡베 형이 부엌으로 내려가는 소리가 들렸다. 매주 월요일 저녁마다 형은 와플이나 스콘을 만들었다. 어머니와 나는 부엌에 앉아 그런 형의 모습을 지켜보곤 했다. 부엌은 훈훈했고, 우리는 형이 만드는 와플이나 스콘 냄새를 맡으면서 대화를 나누었다. 갓 구워낸 따뜻한 스콘이나 와플에 버터를 바르면 스르르 녹아버렸다. 우리는 버터를 바른 스콘 위에 갈색 염소젖 치즈를 얹어 먹었고, 버터를 바른 와플 위에는 설탕을 뿌려 먹었다. 항상 따뜻한 차도 함께 마셨다. 자주 있는 일은 아니었지만, 가끔 아버지도 부엌을 둘러보곤 했다. 하지만 아버지는 금방 서재로 다시 내려가버렸다.

나는 눈 깜짝할 새 숙제를 다했다. 이미 알파벳을 다 읽고 쓸 줄 알았기 때문에 하나도 어렵지 않았다. 가방에 알파벳을 써서 채워 넣은 후, 부엌으로 내려갔다. 예열 중인 오븐에 불이 켜져 있었다. 웡베 형은 두 팔을 걷어붙이고 앞치마를 두른 채 주걱으로 반죽을 하고 있었다. 어머니는 의자에 앉아 뜨개질을 하고 있었다.

"언제 완성되나요?"

나는 어머니 곁에 앉으며 물어보았다.

"하루, 이틀은 더 기다려야 돼."

어머니는 마치 보트 위에서 낚싯줄을 감아올리듯 뜨개실을 쭉 뽑아냈다.

"내가 얼마나 시간을 투자하느냐에 따라 달라지겠지."

"오늘 게이르와 함께 안네 리즈벳과 솔베이랑 놀았어요."

"그랬어? 걔네들은 누구니? 같은 반 친구들이니?"

나는 고개를 끄덕였다.

"이제 여자애들과도 같이 놀기 시작한 거야?"

윙베 형이 물었다.

"왜?"

"혹시 사랑에 빠진 건 아냐?"

나는 생각에 잠긴 표정으로 어머니와 윙베 형을 번갈아가며 쳐다보았다.

"그런 것 같아."

윙베 형이 큰 소리로 웃기 시작했다.

"넌 이제 겨우 일곱 살밖에 안 됐어! 사랑에 빠진다는 건 불가능해!"

"윙베, 그런 일로 놀리면 안 돼."

어머니가 말했다.

얼굴이 붉어진 형은 반죽이 담긴 오목한 접시를 향해 고개를 푹 숙였다.

"일곱 살이든 일흔 살이든 누구나 감정을 느낄 수 있는 법이란다. 감정이라는 것은 나이에 상관없이 모두 진실한 거야."

잠시 침묵이 흘렀다.

"하지만 지금 그런 감정을 느낀다 해도 이루어질 수는 없어요."

윙베 형이 말했다.

"네 말도 틀리진 않아. 그렇다 해도 감정을 느낄 수는 있지 않겠니?"

"형도 안네를 사랑한 적이 있잖아."

"아냐, 그런 적 없어!"

"형이 그렇게 말했잖아!"

"자, 이제 됐어. 그만해. 그건 그렇고 반죽은 다 되어가니?"

"네, 그런 것 같아요."

윙베 형이 대답했다.

"어디 한번 볼까?"

어머니는 뜨개질거리를 광주리에 넣고 몸을 일으켰다.

"칼 오베, 플레이트에 기름칠을 해주겠니?"

어머니는 녹인 버터와 조리용 브러시를 내게 건네준 후, 오븐 아래쪽 서랍에서 플레이트를 꺼냈다. 버터 색깔을 보니 강한 열을 가열해 빠른 시간 내에 녹인 것이 틀림없었다. 액체로 변한 버터 속에는 조그맣고 얇은 누런색 덩어리와 산호초처럼 보이는 커다란 갈색 덩어리가 떠 있었다. 약한 불로 천천히 녹인 버터는 좀더 맑고 연한 색을 띠기 마련이다. 나는 브러시를 사용해 플레이트에 녹인 버터를 칠했다. 천천히 녹인 버터는 브러시에 힘을 주어 칠해야 하고, 빨리 녹여 색이 짙고 묽은 버터는 힘들이지 않고 쉽게 브러시를 움직일 수 있다. 기름칠은 10초도 채 걸리지 않았다. 나는 다시 의자에 앉았고, 윙베 형은 스콘을 빚기 시작했다. 아래층에서 문소리가 들렸고, 계단을 오르는 아버지의 발소리가 뒤를 이었다. 나는 허리를 쭉 펴고 자세를 바로 했다. 다시 의자에 앉은 어머니는 뜨개질거리를 무릎 위에 얹고 아버지가 서 있는 부엌문 쪽으로 고개를 돌렸다.

"모두 바빠 보이는군."

아버지는 양손의 엄지손가락을 벨트 사이에 끼우고 바지를 추켜올렸다.

"보아하니 곧 뭔가 먹을 수 있을 것 같군."

"15분 정도 기다려야 해요."

어머니가 말했다.

"윙베, 스콘을 만들고 있니?"

윙베 형은 얼굴을 들지 않고 고개만 끄덕였다.

"좋아, 좋아."

아버지는 몸을 돌려 거실로 갔다. 아버지의 발밑에서 바닥이 삐걱거렸다. 아버지는 리모컨으로 텔레비전을 켠 후, 갈색 가죽 소파에 앉았다.

익숙한 목소리가 들렸다. 의학 프로그램을 진행하는, 약간 목이 쉰 듯한 의사의 목소리였다. 그는 항상 얼굴을 살짝 뒤로 젖히고 말하기 때문에 마치 천장을 보고 말하는 것 같기도 했다. 반면 그의 두 눈은 목소리를 조종하기라도 하듯 항상 아래쪽을 바라보고 있었다.

나는 자리에서 일어나 거실로 갔다.

텔레비전 화면에서는 푸른색 천 사이로 드러난 열린 피부와 살점 그리고 붉은 피를 보여주고 있었다.

"수술 장면인가요?"

"그런 것 같구나."

"저도 봐도 되나요?"

"응. 위험한 것 같진 않아."

나는 소파 끝에 앉았다. 화면으로 신체의 내부를 볼 수 있었다. 깔때기 같은 것을 꽂아놓은 피부 가장자리에는 열린 살갗을 고정시키기 위해 금속핀이 여러 개 꽂혀 있었다. 피가 흥건한 살점 아래에는 얇은 막에 둘러싸인 무언가가 피를 펑펑 쏟아내고 있었다. 천장에는 하얗고 날카로운 불빛이 이것들을 비추고 있었다. 수술용 장갑을 낀 한 쌍의 손이 너무나 익숙한 움직임으로 내장 기관을 이리저리 들추어보았다. 화면에서 확대된 장면을 보는 순간, 나는 그제야 수술대 위에 누워 있는 생명체가 사람이라는 것을 깨달았다. 플라스틱처럼 매끈한 푸른색 천 아래에는 한 사람이 누워 있었고, 푸른색 옷을 입고 수술대를 둘러싼 사람 중 가운데 서 있는 둘은 도롱뇽 눈동자 같은 램프 불빛 아래서 열린 살갗 속을 이리저리 살펴보았고, 나머지 셋은 이름 모를 낯선 의료용 기구가 담긴 쟁반을 들고 그 곁에 서 있었다.

아버지가 벌떡 일어났다.

"더는 못 보겠어. 이런 프로그램을 월요일 저녁에 내보내다니!"

"저는 더 보고 싶은데… 계속 봐도 되나요?"

"응, 그러렴."

아버지는 계단 쪽으로 걸어갔다.

가장 아래쪽에 있는 얇은 막이 불룩불룩 움직이자, 그 위로 쏟아졌던 피가 불쑥 솟아오르는가 싶더니 어디론가 사라졌다. 피는 다시 쏟아졌고, 무언가에 씻겨 내리듯 사라졌다. 같은 움직임이 쉴 새 없이 반복되었다.

문득 그것이 심장이라는 것을 깨달았다.

258

갑자기 슬퍼졌다.

심장이 제자리를 벗어나지 못하고 항상 같은 자리에서 뛰어야 한다는 사실 때문이 아니라, 우리가 눈으로 볼 수 없는 곳에서 제 모습을 드러내지도 못한 채 항상 비밀리에 움직여야 한다는 사실 때문이었다. 심장은 눈이 없는 작은 동물이라고 할 수 있다. 그런 심장이 평생 우리 몸속에 갇혀 있어야 한다는 것을 생각하면 너무나 우울하지 않는가.

나는 자리를 뜨지 않고 계속 화면을 지켜보았다. 나는 의학 프로그램 가운데 수술 장면을 가장 좋아했다. 나는 이미 오래전부터 장래에 의사가 될 거라고 결심했다. 부모님은 주변 사람들에게 나의 장래 희망이 의사라고 말하며 미소를 지었다. 부모님이 보기에 너무나 어린아이가 그런 말을 한다는 건 그저 우스운 농담에 불과했기 때문이다. 하지만 나는 진심이었고, 진정으로 어른이 되면 의사가 되고 싶었다. 사람들의 피부를 벌리고 내장 기관을 수술하는 일을 하고 싶었다.

나는 자주 도화지에 수술 장면을 그리기도 했다. 홍건한 피와 칼, 간호사들과 램프 불빛. 어머니는 몇 번이나 왜 이토록 많은 피를 그리느냐고 물었다. 집과 잔디, 태양을 그려보면 어떻겠느냐고 넌지시 권하기도 했다. 물론 나도 어머니가 원하는 그림을 그릴 수는 있었지만, 내가 원하는 것은 그게 아니었다. 내가 그리고 싶었던 것은 잠수부, 돛단배, 로켓 그리고 수술 장면 등이지 집과 잔디와 태양은 아니었다.

부모님이 오슬로에 살았을 때, 갓 걸음을 뗀 윙베 형은 나중에 커서 환경미화원이 되겠다고 했다. 그 말을 들은 할머니는 한참을 웃었고, 그 후에도 여러 번 그때 일을 되풀이해서 이야기해주었다. 할머니는 아버지의 어렸을 때 장래 희망이 만능맨이었다는 것을 기억해내기도 했다. 우리에게 그 이야기를 할 때마다 할머니는 이미 수백 번 되풀이했던 이야기인데도 눈물까지 흘리며 웃었다. 의사가 되겠다는 나의 장래 희망은 그 정도로 웃긴 이야기가 아니었고, 약간의 진지함도 내포하고 있었다. 의사가 되겠다고 결심했을 때의 내나이는 환경미화원이 되겠다고 말한 윙베 형의 나이보다 훨씬 많았으니까.

몸속에 있던 깔때기와 빨대와 핀셋이 차례차례 제거되었다. 프로그램 진행자는 사진을 보면서 방금 우리가 본 장면에 대해 설명해주었다. 나는 몸을 일으켜 부엌으로 갔다. 윙베 형이 만든 스콘은 이미 쟁반 위에 나란히 놓인 채 열을 식히고 있었다. 차를 끓이는 주전자에서는 김이 모락모락 새어나오고 있었다. 어머니는 버터와 버터칼, 접시와 컵, 스콘에 곁들여 먹을 것들을 식탁 위로 가져오는 중이었다.

다음 날, 며칠 동안 내리던 비는 그쳤고 기온은 급격히 떨어졌다. 작년에 신던 장화는 작아져서 발을 넣을 수 없었다. 어머니는 집에 있는 커다란 장화와 두꺼운 양말을 내어다주었다. 지난겨울에 입었던 푸른색 파카는 여전히 몸에 맞았다. 나는 개학 후 처음으로 다시 파카를 입었다. 대문을 나서며 파란 모자를 눌러 썼다. 이마 아랫부분까지 깊숙이 눌러쓰니 두 눈 위에 지붕을 이고 있는 것 같았다.

안네 리즈벳은 하늘색 파카를 입고 있었다. 광택이라곤 전혀 없고 꺼칠꺼칠하기까지 한 내 파카와는 달리, 그녀의 파카는 빛이 날 정도로 매끈매끈했다. 그녀의 하얀 모자 아래루는 검은색 머리카라이 흘러내렸다. 하얀 목도리와 파란색 바지, 새것처럼 보이는 빨간색 장화를 신은 그녀는 다른 여자아이들과 함께 서 있느라 내가 오는 것도 보지 못했다.

그녀의 하늘색 파카는 너무 예뻤다.

나도 그런 파카를 입고 싶었다.

학교에 도착한 우리는 책가방을 내려놓고 교실문이 열리기를 기다렸다. 나는 게이르에게 여자아이들의 모자를 낚아채 보자고 제안했다. 그는 솔베이의 모자를, 나는 안네 리즈벳의 모자를 낚아채기로 했다. 내게서 등을 돌리고 서 있던 안네 리즈벳은 내가 모자를 낚아채는 순간 신음소리를 내며 몸을 홱 돌렸다. 나는 그녀와 눈이 마주칠 때까지 잠시 기다렸다가 달리기 시작했다. 그녀에게 잡힐 듯말 듯한 정도의 거리를 두며 적당한 속도로 달렸다.

등 뒤에서 아스팔트와 부딪치는 그녀의 장화 소리가 들렸다.

그녀의 두 팔이 내 몸을 감쌌다!

오! 오! 오!

그녀의 매혹적인 하늘색 파카가 내 몸에 닿았을 때, 그녀는 미소를 지으면서 "얼른 줘! 얼른 달란 말이야!"라고 소리쳤다. 그녀의 머리 위로 모자를 치켜들고 있던 나는 그 순간을 버틸 용기가 나지 않았다. 내 몸을 감싸오는 커다란 기쁨에 무너져버려 나는 얼른 모자를 되돌려주었다. 그녀는 내 손에서 모자를 빼앗아 머리에 눌러썼고, 나는 그 모습을 제자리에 가만히 서서 지켜보았다.

그녀가 등을 돌려 내게 미소를 지었다!

그녀의 눈동자. 오, 그녀의 아름답고 짙은 두 눈동자가 반짝반짝 빛을 내고 있었다!

밝고 환한 아름다운 세상 속으로 한발 들어선 듯한 느낌이 스쳤다. 동시에 이 세상 밖의 모든 것은 색과 의미를 잃어버렸다.

종이 울렸다. 우리는 줄을 맞춰 계단과 복도를 걸어간 후, 교실에 들어가 각자 자리에 앉아 책을 꺼냈다. 나는 선생님이 말할 때는 조용히 귀담아 들었고, 기회가 생기면 여느 때와 마찬가지로 재잘재잘 수다를 떨었으며, 도화지 위에는 바닷속에 가라앉은 난파선과 개구리처럼 헤엄치는 잠수부를 그렸고, 도시락을 먹고 우유를 마셨으며, 쉬는 시간에는 운동장에서 아이들과 함께 공을 찼다. 집으로 돌아오는 버스 안에서는 게이르와 함께 앉아 노래를 불렀고, 등에 멘 가방을 덜렁거리면서 내리막길을 달렸다. 나는 몸과 영혼을 지닌 완벽한 생명체이기도 했고, 동시에 몸과 영혼이 분리된 조각난 생명체이기도 했다. 내 속에는 어느 순간부터 새로운 하늘이 생겨났고, 그 하늘 아래에는 너무나도 익숙한 생각과 행위들이 새로운 의미를 지닌 채 자라나고 있었기 때문이다.

그날도 우리는 안네 리즈벳의 집을 찾았다. 그녀는 집 앞 공터에서 아이들과 함께 줄넘기를 하고 있었다. 둘이 멀찍이 떨어져 줄의 양쪽 끝을 잡고 휙휙 돌렸다. 줄이 채찍 소리를 내며 땅을 치는 순간, 아이들이 한 명씩 안쪽으로 들어가 폴짝폴짝 뛰기 시작했다. 그들은 줄이 몸에 닿으면 밖으로 나왔고, 뒤이어 차례를 기다리던 아이들이 그 자리를 메꾸었다. 그녀는 학교에서 보았던 것과 같은 모자와 목도리를 두르고 있었다. 내가 그녀 앞에 다가가자 그녀는 환한 미소를 지었다.

"너희들도 끼워줄까?"

우리는 줄을 섰다. 나는 그녀에게 깊은 인상을 남기고 싶었다. 부르르 떨리는 줄 안으로 멋지게 뛰어 들어갔지만 단 두 번의 점프로 끝나고 말았다. 줄이 정강이에 닿았기 때문이다. 반면 평소 둔하기만 했던 게이르는 내 예상과 달리 꽤 오래 줄을 넘었다. 신체 통제력이 부족해 항상 사지를 힘없이 흐늘거리며 움직이던 게이르는 몇 차례 멋지게 점프한 후, 온몸에 힘을 실어 줄 밖으로 몸을 던졌다. 마치 결승점에 도달해 막 쓰러지려는 찰나 재빨리 한 발을 앞으로 디뎌 몸의 중심을 잡는 달리기 선수를 보는 것 같았다. 그녀 앞에서 게이르보다 못한 모습을 보였다고 생각하니 우울해졌다.

그녀의 차례가 되자 어둡던 기분은 금세 밝아졌다. 그녀는 잽싸게 줄 안으로 들어가 허공을 가르는 줄을 피해 마치 춤추듯 움직였다. 그녀는 한쪽 다리의 무게중심을 다른 쪽 다리로 여러 번 옮기면서 그 일에는 전혀 관심이 없다는 듯 앞만 바라보았다. 그녀는 빙빙 돌아가는 줄을 피해 바깥쪽으로 나올 때도 이것쯤은 아무것도 아니라는 듯 나를 돌아보며 미소를 지었다. 그녀의 미소는 "봤어? 너도 봤지? 내가 얼마나 잘하는지!"라고 말하는 것 같았다.

공터에 생긴 커다란 물웅덩이는 누런색이었다. 여기저기 흩어져 있는 작은 물웅덩이는 주변의 자갈돌보다 조금 연한 듯한 푸르스름한 회색빛을 띠고 있었다. 물론 웅덩이의 물은 자갈돌보다 훨씬 매끈매끈했다. 아래쪽 숲속에선 시냇물 흐르는 소리가 들렸다. 윙윙거리는 기계 소리도 함께 들렸다. 호기심이 생겨 나는 공터 가장자리에 서서 한 번도 가본 적이 없는 숲을 내려다보았다. 숲의 가장자리에는 널찍한 돌길이 있었고, 그 밑에는 누르스름한 습지가 자리하고 있었다. 습지 뒤에는 소나무가 빽빽하게 서 있었다. 소나무 사이에는 녹색 페인트칠을 한 조립식 간이 건물 한 채와 노란색 발전기가 한 대 서 있었다. 거기서 윙윙거리는 소리가 났던 게 분명했다.

어디선가 드릴 소리가 났다. 누가 드릴 작업을 하는지는 볼 수 없었지만, 낮카롭고 단조로우며, 메마른 듯한 금속성 소리가 산등성이에 부딪혀 노래하듯 메아리를 만들어내고 있었다. 내겐 꽤 익숙한 소리였다.

나는 고개를 돌려 아이들을 바라보았다. 게이르는 줄이 돌아가는 리듬에 맞추어 고개를 끄덕이며 안쪽으로 뛰어 들어갈 기회를 찾고 있었다. 이번엔 오래가지 못했다. 발이 줄에 걸려 터덜터덜 걸어나오는 그의 등 뒤로 줄은 다시 빙빙 돌아가기 시작했다. 안네 리즈벳의 차례가 되었다. 하지만 그녀의 팔이 줄을 건드려버렸다. 언뜻 일부러 그런 것 같기도 했다.

"우리도 저기 가볼까?"

그녀가 솔베이를 돌아보면서 말했다.

솔베이가 고개를 끄덕였다. 둘은 함께 우리에게 다가왔다.

"이제 뭐하지?"

안네 리즈벳이 물었다.

"빈 병 찾기 놀이는 어때?"

내가 제안했다.

"그래, 그러자!"

게이르가 소리쳤다.

"어디서? 어디 빈 병이 있는데?"

안네 리즈벳이 물었다.

"대로변에 가면 많아."

게이르가 말을 이었다.

"놀이터 뒤편에 있는 언덕 위에도 있고, 간이 건물 주변에도 있어. 가끔 강가에서도 찾을 수 있는데 가을에 가면 텅 비어 있어."

"버스 정류장과 다리 밑에두 빈 병이 많아."

내가 아는 척을 했다.

264

"한번은 봉지 가득 빈 병을 채운 적도 있었어."

게이르가 말을 이었다.

"슈퍼마켓 아래쪽 도랑 근처에서 찾았어. 빈 병을 들고 가게에 가서 돈으로 바꾸었더니 4크로네나 되더라!"

솔베이와 안네 리즈벳이 감탄하는 표정을 지으며 게이르를 바라보았다. 빈 병 찾기 놀이를 제안했던 건 나였는데! 그건 게이르가 아니라 내 아이디어였는데!

속상함을 달래기도 전에 우리는 언덕 아래쪽으로 달리기 시작했다. 회색 하늘은 마치 시멘트처럼 바짝 말라 있었다. 나뭇가지를 흔드는 바람을 한 줄기도 찾아볼 수 없었다. 모든 것이 침묵 속에 웅크리고 있는 것만 같았다. 아니, 소나무는 웅크리고 있기보다는 열린 하늘만큼이나 자유롭게 몸을 쭉 뻗고 있었다. 잠시 휴식을 취하는 것 같기도 했다. 웅크리고 있는 것은 전나무였다. 그들은 거뭇거뭇한 나무껍질처럼 어둑한 내면을 향해 가지를 모은 채 웅크리고 있었다. 호리호리한 나무 밑둥에 끊어질 듯 가지가 가녀린 활엽수들은 왠지 불안해하는 것 같았다. 언덕의 경사진 곳과 우리가 가고 있는 길 맞은편에 듬성듬성 서 있는 나이 많은 떡갈나무는 두려움에 떨고 있기보다는 왠지 외로워 보였다. 그들은 지금껏 그래왔던 것처럼 앞으로도 오랫동안 꿋꿋이 외로움을 이겨낼 것이다.

"저 밑에는 아주 긴 시멘트 터널이 있어."

안네 리즈벳이 아래쪽 경사진 곳을 가리키며 말했다. 검은 흙 위에는 꽃이 한 송이도 피어 있지 않았다. 흙을 깔아놓은 지 얼마 되지 않은 것 같았다.

우리는 그곳으로 가보았다. 정말 그녀의 말대로 지름이 50센티미터 정도 되는 시멘트 관이 있었다.

"이 안에 들어가본 적 있니?"

그들은 내 질문에 고개를 저었다.

"우리가 한 번 들어가볼까?"

게이르가 말했다. 그는 한 손으로 가장자리를 잡고 몸을 숙여 어둑어둑한 시멘트 관 안쪽을 들여다보았다.

"그 안에 갇히면 어쩌려고 그래?"

솔베이가 말했다.

"너희들은 안 들어가도 돼. 반대편 끝에 가서 우리를 기다리고 있으렴."

내가 말했다.

"정말 괜찮겠어?"

안네 리즈벳이 물었다.

"이것쯤이야!"

게이르가 나를 돌아보며 말을 이었다.

"누가 먼저 들어갈까?"

"네가 먼저 들어가."

"좋아."

그는 몸을 굽히고 윗몸을 시멘트 터널 속에 집어넣었다. 나는 터널 안을 들여다보았다. 무릎으로 기어가기에는 좁은 것 같았지만 엎드려 앞으로 가기에는 공간이 충분했다. 잠시 후, 이리저리 몸을 뒤틀던 게이르가 터널 속으로 사라졌다. 나는 안네 리즈벳을 한 번 돌아본 후, 몸을 굽히고 머리부터 먼저 터널 속에 집어넣었다. 무언가 썩은 듯한 냄새와 흙냄새가 함께 코를 찔렀다. 나는 팔꿈치를 바닥에 대고 지렁이처럼 꿈틀거리면서 터널 안으로 기어 들어갔다. 발끝까지 터널 안에 들어왔을 때 최대한 몸을 일으켜 머리 위에 공간이 어느 정도 있는지 확인해보았다. 다시 팔꿈치와 무릎과 발끝을 시멘트 바닥에 대고 꿈틀거리면서 어둠 속을 기어가기 시작했다. 처음 몇 미터 동안은 앞서가는 게이르의 그림자를 볼 수 있었지만, 그것도 오래가지 않았다. 게이르는 곧 칠흑 같은 어둠 속으로 사라져버렸다.

"아직 거기 있니?"

"응."

"무서워?"

"응, 조금. 넌?"

"나도, 조금."

갑자기 땅이 부르르 흔들렸다. 언덕 위로 자동차나 트럭이 지나가는 게 분명했다. 만약 시멘트 터널이 부서지면 어떡하지? 갑자기 터널이 무너져내려 이 속에 갇히면 어떡하지?

옅은 불안감 때문에 손가락과 발가락이 바르르 떨렸다. 이 느낌은 낯설지 않았다. 산을 오르다 갑자기 몸을 꼼짝할 수 없을 때 나를 덮쳤던 느낌과도 비슷했다. 두려움과 불안감에 갇혀 꼼짝달싹할 수 없을 때, 그 상황을 벗어날 수 있는 유일한 방법은 몸을 움직여보는 것뿐이라는 것을 나는 잘 알고 있었다. 그런데도 나는 움직일 수가 없었다. 나는 움직여야만 했다. 하지만 움직일 수가 없었다. 움직여야 하는데 움직일 수가 없었던 것이다.

"아직도 무서워?"

나는 게이르에게 말을 걸어보았다.

"조금. 방금 차 소리 들었어? 다시 한 대가 더 오는 것 같아!"

다시 터널 벽이 부르르 떨렸다.

나는 꼼짝도 하지 않았다. 터널 속에는 여기저기 물이 고여 있었다. 어느새 바지가 축축하게 젖어버렸다.

"빛이 보여!"

게이르가 앞에서 소리쳤다.

나는 시멘트 터널을 누르는 엄청난 중압감을 상상해보았다. 만약 터널 벽이 불과 몇 센티미터밖에 되지 않는다면 어떻게 하지? 심장이 걷잡을 수 없이 빨리 뛰기 시작했다. 몸을 홱 일으켜보고 싶은 충동을 느꼈다. 이 충동은 내 몸을 둘러싸고 있는 시멘트벽에 막혀 내 속에 머물러 있었다. 움직일 수가 없었다.

가끔 침대에 이불을 덮고 누워 있으면 윙베 형이 와서 나를 짓누를 때가 있다. 나는 형의 몸에 깔려 꼼짝할 수가 없었다. 이불은 가슴을 조여왔고, 내 손은 형의 손안에서 옴짝달싹하지 못했다. 형의 다리와 이불 밑에 있는 내 다리도 마찬가지였다. 형은 내가 어딘가에 갇히거나 짓눌려 꼼짝 못 하는 것을 세상에서 가장 싫어한다는 것을 잘 알고 있었다. 또한 내가 몇 초 동안 그런 상태에 있으면 바로 공황 상태에 빠져든다는 것도 잘 알고 있었다. 윙베 형은 바로 그 때문에 가끔 나를 그런 식으로 괴롭혔던 것이다. 나는 빠져나가기 위해 온 힘을 다해 발버둥 쳐보았지만 형의 힘을 당해낼 재간이 없었다. 결국 나는 목청이 터져라 비명을 질렀다. 마치 무언가에 홀린 듯 소리를 지르고 또 질렀다. 나는 두려움과 불안감에 휩싸였고, 벗어날 수 없다는 강박감에 허파가 터질 정도로 비명을 질렀다.

시멘트 터널 속에서도 그때와 비슷한 느낌이 내 심장을 조여오기 시작했다.

움직일 수가 없었다.

두려움은 점점 커졌다.

몸을 일으킬 수 없다는 생각에 사로잡히면 안 된다고 스스로를 다

독이며, 천천히 앞으로 나아가면 괜찮아질 것이라고 믿었다. 하지만 내 몸은 마음과는 달리 조금도 움직이지 않았다. 내 머릿속에는 내가 움직일 수 없다는 생각뿐이었다.

"게이르!"

"거의 다 왔어!"

그가 소리쳤다.

"넌 어디 있니?"

"꼼짝할 수가 없어!"

잠시 정적이 흘렀다.

다시 게이르의 목소리가 들렸다.

"내가 도와줄게! 터널 밖에 나갔다가 방향을 바꿔서 다시 돌아올 테니까 그때까지만 기다려!"

들숨처럼 나를 덮쳤던 두려움은 날숨처럼 내게서 빠져나갔다. 나는 팔을 움직이면서 무릎을 끌어당겼다. 파카의 등 부분이 꺼칠한 시멘트 터널에 닿았다. 순간 내게서 불과 몇 센티미터도 떨어지지 않은 곳에 돌과 흙이 수십 톤 있다는 생각이 스쳤다. 몸이 굳어졌다. 힘이 쭉 빠져 사지가 흐늘거리는 것 같았다. 나는 납작하게 엎드렸다.

안네 리즈벳과 솔베이가 이런 내 모습을 본다면 무슨 생각을 할까?

안 돼. 안 돼.

두려움이 스멀스멀 자라기 시작했다. 꼼짝할 수가 없었다. 나는 터널 속에 갇혀버린 것이다. 움직일 수가 없었다! 갇혀버린 것이다! 조금도 움직일 수가 없었다!

저 앞에 어둠을 뚫고 무언가가 움직였다. 시멘트에 사각사각 옷이

스치는 소리가 났다. 게이르의 숨소리도 들렸다. 그것이 게이르의 숨소리라는 건 의심할 여지가 없었다. 그는 자주 입으로만 숨을 쉬었다.

어둠 속, 게이르의 하얀 얼굴이 보였다.

"어디 걸린 거야? 조금도 움직이지 못하겠니?"

"아냐, 그런 것 같진 않아."

그는 내 팔을 잡아당겼다. 나는 등을 살짝 들고 양쪽 팔에 번갈아 몸을 의지하면서 앞으로 나아갔다. 게이르는 뒤를 향해 엉금엉금 기면서 내 팔을 잡아끌었다. 엄밀히 따지면 그가 나를 잡아끌었다고 할 수는 없었다. 왜냐하면 나도 앞으로 기어가고 있었으니까. 하지만 그의 도움을 받고 있다는 느낌은 지울 수 없었다. 입술을 쑥 내밀고 극도로 집중하고 있는 그의 하얀 얼굴을 보니 어둠 속에 갇혀 있다는 생각이 사라졌다. 습기 찬 시멘트 터널 속에서 조금씩 조금씩 앞으로 나아가다 보니 어느새 저 멀리 빛이 보이기 시작했다. 게이르는 터널을 빠져나갈 때 발부터 내놓았다. 그의 상체가 터널을 빠져나가자 나는 그제야 햇살 아래로 머리를 쑥 내밀 수 있었다.

안네 리즈벳과 솔베이는 나란히 서서 걱정스러운 얼굴로 나를 내려다보았다.

"어디에 걸렸었니? 그래서 꼼짝도 못 했던 거야?"

안네 리즈벳이 물었다.

"응. 잠시 그랬어. 하지만 게이르가 도와줘서 그다지 어렵진 않았어."

게이르는 양손과 무릎에 묻은 흙을 툭툭 털어냈다. 나는 허리를 쭉 폈다. 회색 하늘 아래의 세상은 광대하기 이루 말할 수 없었고, 사물의 윤곽은 선명하다 못해 날카롭기까지 했다.

"리틀 하와이로 가볼래?"

게이르가 제안했다.

"좋은 생각이야."

나는 숲속을 달리면서 행복한 기분에 온몸을 맡겼다. 우리가 리틀 하와이라고 부르는 작은 호수의 수면은 푸르다 못해 까맣게 보였다. 호숫가에 자리한 손바닥만 한 두 개의 작은 섬 위에는 나무들이 미동도 않고 서 있었다. 우리는 각각의 섬 위로 폴짝 뛰어올랐다. 안네 리즈벳과 내가 섬 하나를 차지했고, 솔베이와 게이르가 다른 섬을 차지했다.

안네 리즈벳의 입술은 시도 때도 없이 살짝 올라가 미소를 만들어 냈다. 두 눈을 움직이지 않을 때도 입은 웃고 있을 때가 많았다. 그녀의 입술 근육은 머릿속의 생각과 연결되어 있는 것 같았다. 그녀가 무언가를 떠올리면 부드럽고 빨간 입술이 살짝 벌어지면서 딱딱하고 하얀 이빨이 드러났다. 그 입술은 눈동자가 담고 있는 감탄과 기쁨을 흉내 낼 때도 있었고, 눈동자와는 전혀 상관없이 홀로 움직일 때도 있었다.

"너희들은 뱃사람이야."

그녀가 갑자기 말문을 열었다.

"오랫동안 바다에 나갔다가 집으로 돌아오는 길이라고 생각해 봐. 우린 아주 오랫동안 만나지 못했어. 어때?"

나는 고개를 끄덕였다. 게이르도 마찬가지였다.

여자아이들은 뭍으로 올라간 후 숲속으로 몇 발짝 더 들어갔다.

"이제 와도 돼!"

안네 리즈벳이 소리쳤다.

우리는 육지에 동아줄 던지는 시늉을 하고, 폴짝 뛰어내린 후 그

271

들을 향해 걸어갔다. 안네 리즈벳은 내 행동이 느려 마음에 들지 않는다는 듯 두 발을 동동 구르더니, 결국 내게로 달려오기 시작했다. 잠시 후, 그녀는 두 팔로 나를 끌어안고 뺨을 비볐다.

"얼마나 보고 싶었는지 알아! 오, 사랑하는 내 남편!"

그녀는 한 발짝 뒤로 물러났다.

"한 번 더!"

나는 다시 호숫가로 달려가 작은 섬 위로 뛰어오른 후, 게이르가 옆에 있던 섬으로 되돌아오기까지 잠시 기다렸다. 우리는 조금 전과 같은 행동을 되풀이했다. 다른 점이 있다면, 이번엔 우리가 여자아이들에게 달려갔다는 것이다.

이번에도 그녀는 두 팔로 나를 감싸 안았다.

심장이 콩콩 뛰기 시작했다. 나는 숲에 발을 딛고 저 높은 곳에 있는 하늘을 보면서 서 있었을 뿐 아니라, 내 가슴속에 발을 딛고 저 높은 곳에 있는 무언가 밝고 활짝 열린 것을 바라보고 있었기에 행복하기 그지없었다.

그녀의 머리카락에선 사과향이 났다. 나는 두꺼운 파카 속에 있는 그녀의 몸을 느낄 수 있었다. 차갑고 보드라운 그녀의 뺨이 내 뺨에 닿았을 때는 마치 불이 붙은 듯 화끈거렸다.

우리는 뱃사람 놀이를 세 번이나 하고 나서, 숲속으로 걷기 시작했다. 몇 분이 채 지나지 않아, 우리 앞에는 내리막길이 모습을 드러냈다. 그곳에서 자라는 나무는 대부분 활엽수였기에 땅에 떨어진 낙엽도 대부분 빨간색, 노란색, 갈색의 넓적한 나뭇잎이었다. 문득 나무는 벽, 낙엽 쌓인 땅은 카펫을 깔아놓은 바닥이라는 생각이 스쳤다. 시냇물 흐르는 소리가 들렸다. 숲길은 점점 좁아지더니 아래쪽 대로변을 향해 가파른 경사를 만들어냈다. 그 길은 너무나 가팔라서

272

끝부분에 도착하기 전에는 아래쪽에 있는 대로를 볼 수 없을 정도였다.

맞은편에는 흙 언덕이 있었고, 그 옆에는 육지 쪽으로 쑥 들어간 작은 회색빛 만이 있었다. 수평선 위로 활짝 열려 있는 하늘은 육지 위의 하늘보다 더 밝아보였다.

대로에는 차들이 속도를 내서 달리고 있었다. 우리는 갓길의 도랑을 따라 걸었다. 그곳에 버려진 빈 병들은 항상 새것처럼 반짝였다. 반면 숲속에 버려진 빈 병은 잡초와 나뭇잎이 붙어 있기도 했고, 가끔은 작은 날벌레가 붙어 있기도 했다. 그 병들을 들어올리면 마치 숲의 한 조각을 들어올리는 듯한 느낌이 들기도 했다.

그날은 어쩐 일인지 빈 병이 하나도 눈에 띄지 않았다. 걷다 보니 한때는 널찍한 농가였지만 지금은 숲과 대로변 사이에 끼어버린 땅이 나왔고, 거기에는 금방이라도 쓰러질 것 같은 집이 한 채 서 있었다. 언뜻 조립식 건물처럼 보이는 그 집의 주인이 아버지와 같은 학교에 다니는 사람이 맞는다면, 그는 라르센 씨가 틀림없었다. 우리는 길을 건너 자갈길을 따라 감믈레 튀바켄에 도착했다. 가끔 고개를 돌려 빈 병을 찾아보기도 했지만 이미 시들해진 후였다.

곧 주택가가 나타났다. 그곳에는 오래된 하얀 집들이 아주 많았다. 커다란 정원에는 과일 나무와 덤불들이 빽빽이 들어차 있었다. 정원 안으로 들어갈수록 주변의 색은 더욱 선명해졌다. 노란색 나뭇잎에는 붉은 기가 감돌았고, 부드러운 하늘에는 한기를 머금은 회색이 감돌았다. 문득 상자 밑바닥에 발을 딛고 서 있는 것 같았다. 하늘은 상자의 뚜껑이었고, 사방을 둘러싼 언덕은 상자의 벽이었다.

얼마나 더 걸었을까. 우리는 숲을 향해 뻗어 있는 널찍한 잔디밭에 이르렀다. 드넓은 마당 때문인지 그곳에 서 있는 집은 아주 작아

보였다. 잔디밭에서 언덕 아래로 이르는 길옆에는 넓은 시냇물이 흐르고 있었고, 시냇가에는 한 노부인이 쓰러진 나무 한 그루를 뭍으로 끌어올리느라 애쓰고 있었다.

잔가지가 풍성한 그 나무는 노부인의 키보다 세 배는 더 커보였다. 노부인은 우리가 거기 서서 보고 있다는 것을 눈치챈 것 같았다. 잠시 후 그녀는 허리를 펴고 일어나 우리에게 손짓했다. 그것은 예의상 건네는 손인사가 아니라 우리를 부르는 손짓이었다.

우리는 자갈로 뒤덮인 경사진 길을 뛰어가 축축하고 푹신한 잔디밭을 지나서 그녀 앞에 멈춰 섰다.

"너희들은 꽤 힘이 세어 보이는구나."

그녀가 말을 이었다.

"이 할머니를 도와줄 수 있겠니? 시냇물에 빠진 이 나무를 뭍으로 끌어올리려는데 힘이 모자라는구나. 무언가에 걸렸는지 꿈쩍도 하지 않아."

힘이 세어 보인다는 말에 우쭐해진 우리는 넘어져 있는 나무를 에워쌌다. 게이르는 물속에 첨벙 들어가 가지를 잡았고, 나도 물속에 들어가 반대쪽 가지를 잡았다. 안네 리즈벳과 솔베이는 뭍에 서서 나무둥치를 당겼다. 나무는 꼼짝도 하지 않았다. 우리는 게이르가 "영차, 영차" 외치는 구호에 맞춰 동시에 힘을 주었다. 잠시 후 나무가 움직이기 시작했다. 가지 끝부분을 들어올리려는 순간 나무가 스르르 움직여 시냇물 속으로 더 깊이 들어가 버렸다. 하지만 우리는 포기하지 않았고, 결국 나무를 뭍으로 옮길 수 있었다.

"오, 정말 잘 했어!"

노부인이 외쳤다,

"고마워! 혼자 힘으로는 어림도 없었는데 너희들이 도와주었어.

참 힘도 세고 착한 아이들이구나. 여기서 잠시만 기다려. 나도 너희
들에게 보답하고 싶으니까."

그녀는 구부정한 몸으로 천천히 걸어 집 안으로 사라졌다.

"우리에게 뭘 줄 것 같니?"

나는 아이들의 생각을 물어보았다.

"비스킷이 아닐까?"

게이르가 말했다.

"빵을 줄지도 몰라."

안네 리즈벳이 말을 이었다.

"적어도 우리 외할머니 집엔 항상 빵이 있어."

"난 사과를 줄 것 같아."

솔베이가 말했다. 나는 그녀의 짐작이 맞을 것이라고 생각했다.
왜냐하면 마당 한쪽은 사과나무로 가득했으니까.

하지만 다시 우리에게 걸어오는 노부인은 손에 아무것도 들고 있
지 않았다. 혹시 아무것도 찾지 못한 건 아닐까?

"고맙다는 인사로 너희들에게 이걸 줄게. 누가 받을래? 이건 모두
에게 주는 선물이야."

그녀는 손을 펼쳐 동전을 하나 내밀었다. 그것은 5크로네짜리 동
전이었다.

5크로네!

"제가 받을게요. 고맙습니다!"

"도와줘서 고마워. 안녕!"

우리는 들뜬 마음으로 언덕을 내려갔다. 우리는 온 길을 되걸으면
서, 그 돈으로 무엇을 할지 의견을 주고받았다. 게이르와 나는 당장
슈퍼마켓으로 가서 군것질거리를 사자고 제안했다. 안네 리즈벳과

솔베이도 군것질거리를 사는 데는 동의했지만 지금 당장 슈퍼마켓에 갈 수는 없다고 했다. 저녁식사 시간이 가까워져서 집에 가야 한다고 말했다. 우리는 내일 함께 모여 슈퍼마켓에 가기로 결정했다.

안네 리즈벳과 솔베이는 오솔길 위쪽에서 방향을 틀어 집으로 갔고, 게이르와 나는 슈퍼마켓이 있는 큰길을 따라 걸었다. 슈퍼마켓 앞에 도착한 우리는 내일까지 기다릴 수 없다는 것을 깨달았다. 우리 머릿속에는 오직 주머니에 들어 있는 5크로네짜리 동전 생각뿐이었다. 내일까지 기다린다는 것은 불가능한 일이었다. 결국 우리는 당장 군것질거리를 사놓고 내일까지 기다렸다가 안네 리즈벳과 솔베이를 놀래주기로 했다.

일은 그렇게 되었다.

군것질거리를 사고 다시 길을 걷다 보니 게이르 아버지의 차가 눈에 띄었다. 그는 우리 곁에 차를 세우고 팔을 뻗어 조수석 문을 열었다.

"얼른 타."

"칼 오베도 같이 가면 안 돼요?"

"그건 좀 힘들 것 같은데… 우린 시내로 갈 거야. 칼 오베는 다음에 태워줄게."

"네."

게이르는 내게 몸을 돌려 마치 연극배우라도 된 듯 과장된 몸짓으로 귓속말을 했다.

"혼자 먹으면 안 돼!"

나는 절대 그런 일은 없을 것이라며 강하게 고개를 저었다. 게이르가 탄 차가 움직이자, 나는 몸을 돌려 갓돌을 뛰어넘었다 내리막길을 달린 후에 놀이터와 폐차장, 축구장을 지나 숲을 가로지른 다음 습지 가장자리를 따라 걸었다. 우리 집이 보이는 곳에서 잠시 걸음을 멈추고, 봉지 속의 군것질거리를 파카 주머니 속에 나누어 넣었다. 봉지는 길에 버리고 다시 달리기 시작했다. 거실에 불이 켜진 것을 확인하고 골목길에 들어섰다. 아버지의 차는 평소처럼 외벽을 따라 주차되어 있었다. 그 옆에는 윙베 형의 자전거가 서 있었다!

자전거 핸들을 고정하는 작은 금속 부품은 나머지 부분과는 전혀 어울리지 않았고 반짝거리기까지 했다. 과연 아버지의 눈에 띄지 않을 수 있을까.

대문을 열고 들어섰다. 만약 아버지가 나오면 평소와 마찬가지로 파카를 옷걸이에 걸어둘 생각이었다. 만약 아버지가 서재나 이층 거실에 있다면 파카를 입은 채 내 방으로 가서 주머니에 들어 있는 군것질거리를 다른 곳에 숨겨놓고, 빈 파카를 들고 내려와 옷걸이에 걸어둘 생각이었다. 만약 아버지가 왜 파카를 입은 채 방에 들어왔느냐고 묻는다면 화장실이 급해서 그랬다고 둘러댈 생각이었다.

집 안에선 아무 소리도 들리지 않았다.

아니, 이층 거실에서 아버지의 발소리가 들렸다.

나는 살그머니 신발을 벗고 계단을 올라가 욕실 문을 열었다. 바지 지퍼를 내리고 작은 코끼리 코를 끄집어내서 오줌을 누었다. 변기물을 내리고 찬물에 손을 씻은 다음 수건으로 물기를 닦았다. 제자리에 서서 물탱크 소리가 잠잠해질 때까지 기다렸다가 욕실 문을 열었다. 거실 안을 흘낏 살펴보았다. 아무도 없었다. 얼른 내 방으로 가서 이불을 들추고 침대 위에 군것질거리를 쏟아부은 후 다시 이불로 잘 덮어두었다. 방에서 나오니 아버지 목소리가 들렸다.

"칼 오베, 이제 왔니?"

"네."

277

아버지가 불쑥 다가왔다.

"어디 갔다 왔어?"

"게이르와 함께 감믈레 튀바켄에서 놀다 왔어요."

"거기서 뭐하고 놀았니?"

아버지의 입술엔 힘이 들어가 있었고, 눈빛은 차가웠다.

"특별한 건 없었어요. 그냥 여기저기 돌아다녔어요."

나는 기분 좋은 목소리를 만들어보려 애쓰며 대답했다.

"왜 아직 파카를 입고 있는 거야?"

"화장실이 급해서 그랬어요. 지금 벗어서 걸어놓으려고요."

나는 계단을 내려갔다. 아버지는 거실로 들어갔다. 나는 현관에 옷을 걸어놓고 다시 올라왔다. 군것질거리를 숨길 만한 아무런 보호 장치가 없다는 것을 생각하니 불안해졌다. 책상 위에 있는 작고 둥그런 램프를 켰다. 길쭉한 전구 불빛이 누런빛으로 방 안을 채웠다. 나는 침대 위에 앉아 군것질거리를 덮고 있는 이불을 쭉쭉 펴서 주름을 없앴다.

이제 어떻게 하지?

불안감이 온몸을 감쌌다. 한순간 눈물이 날 것 같은 기분이 다음 순간 들뜨고 행복한 기분으로 변했다.

우주와 행성에 대한 책을 찾아 펼쳐보았다. 지난번 많이 아팠을 때 아버지에게서 빌린 책이었다. 그 책은 미래의 우주여행에 대한 그림으로 가득했다. 우주비행사의 장비와 로켓의 형태, 행성의 표면을 상상한 그림이 그려져 있었다.

문 밖에서 아버지의 발소리가 들렸다.

아버지가 문을 열고 나를 뚫어지게 바라보았다

어쩐 일인지 아버지는 방 안에 들어올 생각도, 내게 말을 건넬 생각도 없는 것 같았다. 나는 책을 덮고 자세를 바로 한 후, 이불 밑에 숨겨져 있는 군것질거리를 흘낏 바라보았다.

이불 속에 무언가 있을 거라고 생각하는 사람은 없을 것이었다.

"거기, 그게 뭐냐?"

"뭐가요? 아무것도 없는데요?"

"이불 밑에 말이다."

"이불 밑엔 아무것도 없어요!"

아버지가 나를 쏘아보았다.

아버지는 성큼성큼 방 안으로 들어와 이불을 옆으로 밀쳤다.

"감히 내게 거짓말을 하다니! 네 아버지에게 거짓말을 해?"

아버지는 내 귀를 잡고 비틀었다.

"거짓말할 생각은 없었어요!"

"이건 다 어디서 생긴 거냐? 무슨 돈으로 샀어?"

"어떤 할머니가 줬어요!"

나는 울기 시작했다.

"저는 나쁜 짓을 하지 않았어요!"

"어떤 할머니라고?"

아버지는 내 귀를 더욱 세게 비틀었다.

"왜 모르는 할머니가 네게 돈을 줬어?"

"아야! 아얏!"

"조용해! 넌 거짓말을 했어. 맞지?"

"네, 하지만 절대 거짓말할 생각은 없었어요!"

"내가 말할 때는 나를 봐. 거짓말을 했어, 안 했어?"

나는 고개를 들어 아버지를 쳐다보았다. 아버지의 눈은 분노로 이글거렸다.

"네, 했어요."

"이제 돈이 어디서 생겼는지 사실대로 말해봐."

"어떤 할머니가 우리에게 돈을 줬어요! 도와줘서 고맙다고!"

"우리라니? 누구?"

"게이르와 저와 안…"

"너랑 게이르와 또 누구?"

"아무도 아니에요. 저랑 게이르밖에 없었어요."

"거짓말쟁이 같으니! 얼른 따라와."

아버지는 다시 내 귀를 비틀며 나를 일으켜 세웠다. 내 얼굴은 눈물과 콧물로 범벅이 되었고, 급기야 딸꾹질을 하기 시작했다. 가슴속에 커다란 구멍이 생긴 것 같았다.

"서재로 내려와."

아버지가 귀에서 손을 떼며 말했다.

"전 정말… 정말… 나… 쁜 짓을 하지 않았어요. 주는 돈… 주는 돈을 받았을 뿐이에요."

아버지가 서재로 통하는 복도 문을 벽이 흔들릴 정도로 세게 열었다. 나를 질질 끌고 들어간 아버지는 두 번째 문을 연 후에야 나를 놓아주었다.

"자, 이제 돈이 어디서 났는지 사실대로 말해. 절대 거짓말하면 안된다!"

"어떤 할머니를 도와줬어요."

"뭘 도와줬지?"

"나무… 나무 한 그루가 시냇가에 널브러져 있었는데… 우린 그나무를 치워주었어요."

"그 때문에 할머니가 돈을 줬다고?"

"네."

"얼마나 줬지?"

"5크로네요."

"거짓말하지 마, 칼 오베! 돈이 어디서 났지?"

"거짓말이 아니라니까요!"

나는 소리를 꽥 질렀다.

순간 아버지의 손이 날아와 내 뺨을 때렸다.

"건방지게 누구 앞이라고 소리를 지르는 거야!"

아버지가 몸을 일으켰다.

"방법이 아주 없는 것도 아니지. 당장 네가 말한 그 할머니에게 전화해서 물어보면 돼."

아버지는 내 어깨에 손을 얹었다.

"어디 사는 할머니라고 했니?"

"감믈레 튀…바켄이오."

아버지는 책상으로 걸어가 전화번호를 누른 후, 수화기를 귀에 가져갔다.

"네, 여보세요. 저는 크나우스고르라고 합니다. 제 아들 때문에 전화를 드렸습니다. 제 아들이 오늘 전화받으신 분에게서 5크로네를 받았다고 하던데, 사실인가요?"

잠시 침묵이 흘렀다.

"아니라고요? 오늘 두 남자아이가 찾아오지 않았습니까? 5크로네를 준 적도 없다고요? 아, 네. 알겠습니다. 죄송합니다. 네, 감사합니다. 안녕히 계십시오."

아버지가 수화기를 내려놓았다.

나는 내 귀를 믿을 수 없었다.

아버지가 나를 빤히 바라보았다.

"오늘 집 근처에서 남자아이들을 본 적이 없다고 하더구나. 5크로네를 준 적도 없다던데?"

"하지만 제 말은 사실이에요! 우린 분명히 5크로네를 받았다고요!"

아버지가 고개를 절레절레 저었다.

"그런 일은 없었다고 했어. 자, 이제 사실대로 말해. 돈이 어디서 났지?"

억울하기 짝이 없어 다시 눈물이 울컥 솟았다.

"어떤… 어떤 할머니… 할머니가 돈을 줬어요!"

나는 딸꾹질을 하면서 말했다.

아버지가 나를 무섭게 쏘아보았다.

"더는 안 되겠구나. 지금 당장 네 방에 있는 군것질거리를 모두 쓰레기통에 버려. 그리고 오늘 잘 때까지 네 방에서 나오지 마. 나는 프레스트바크모 씨와 이야기를 좀 해봐야겠다."

"하지만 그건 제 것이 아닌걸요!"

"네 것이 아니라고? 넌 지금까지 어떤 할머니가 준 돈으로 그것을 샀다고 말하지 않았니? 그런데 그게 네 것이 아니라니?"

"게이르와 나눠 가져야 하는 거예요. 그래서 버리면 안 돼요."

아버지는 분노를 참지 못하고 입을 벌린 채 한동안 나를 매섭게 노려보았다.

"내가 시키는 대로 해! 지금부터 네 입에서 나오는 이야기는 단 한마디도 듣고 싶지 않아. 알아듣겠니? 너는 물건을 훔쳤고, 거짓말을 했을 뿐 아니라 내게 반항까지 했어. 얼른 네 방으로 들어가!"

나는 등에 따갑게 내리꽂히는 아버지의 눈길을 느끼면서 방으로 올라갔다. 침대 위에 있던 군것질거리를 모두 부엌 쓰레기통에 버린 후, 다시 내 방으로 돌아왔다.

　그해 가을과 겨울, 게이르와 나는 기회가 있을 때마다 안네 리즈벳과 솔베이를 찾아가 함께 놀았다. 손전등으로 집 아래쪽 숲속과 작은 오솔길을 비추어가며 일찍부터 찾아드는 어둠에도 아랑곳하지 않고 놀았고, 비가 오면 매끈매끈한 비옷에 비친 손전등 불빛을 보면서 장난치기도 했다. 가끔 그들의 방에 앉아 음악을 듣거나 그림을 그리기도 했고, 선박 건조소에 내려가 부두 위에서 놀기도 했다. 한 번도 가본 적 없는 언덕 뒤편으로 내려가 거대한 콘크리트 지지대가 있는 다리 밑의 숲에서 놀기도 했다.

　어느 토요일, 우리만의 비밀스런 쓰레기 처리장으로 모두 함께 가보았다. 그곳은 갈 때마다 매번 처음 가는 장소처럼 낯선 느낌이 들었다. 게이르와 나는 쓰레기 처리장에서 찾아낸 의자 네 개와 탁자 하나, 램프와 서랍장을 햇볕이 내리쬐는 숲속으로 가져갔고, 우리는 그곳이 마치 거실인 양 함께 앉아 있었다.

　안네 리즈벳을 바라볼 때마다 나를 감싸오는 간질간질한 느낌은 사라지지 않았다. 그녀는 너무나 아름다워서 가끔 눈이 마주치면 가슴이 저리기도 했다. 그녀의 매끈매끈한 하늘색 파카. 하얀 모자. 장화 목을 두른 북슬북슬한 털. 우리를 흘겨보는 그녀의 표정. 수천 개의 다이아몬드처럼 빛을 발하는 그녀의 미소.

　눈이 내리기 시작할 무렵, 우리는 눈 위에서 미끄러져 내리거나 눈 동굴을 만들 수 있는 장소를 찾으려고 여기저기 돌아다녔다. 하얀 눈 냄새가 나는 그녀의 따스하고 발그스름한 뺨은 항상 우리 곁에 맴돌았고, 그녀가 있는 곳에선 세상의 온갖 기회와 가능성이 넘처흘렀다. 짙은 안개가 나무 사이에 걸쳐 있는 어느 습기 찬 날, 우리는 매끈매끈한 비옷을 썰매 삼아 눈 쌓인 언덕을 내려가 보기로 했다.

나는 언덕 꼭대기에 엎드렸고, 안네 리즈벳은 내 등 위에 앉았다. 솔베이는 게이르 등 위에 앉았다. 우리는 함께 언덕 아래까지 신나게 미끄러져 내려갔다. 그날은 내 생애 최고의 날이었다. 우리는 몇 번이나 인간썰매 놀이를 되풀이했다. 그녀의 두 다리가 내 등을 조일 때의 느낌, 그녀가 두 손으로 내 어깨를 꽉 잡을 때의 느낌, 미끄러지며 속도가 붙기 시작할 때 들려오는 그녀의 환호성이 내 귓가에 닿을 때의 느낌, 아래쪽에 도착해 눈 위로 몸을 내던질 때 서로의 팔다리가 엉키는 느낌은 말로 표현할 수 없을 정도로 매혹적이었다. 짙은 안개는 여전히 진초록의 축축한 전나무 사이에 걸려 있었고, 습기 찬 공기는 우리 얼굴 위를 얇은 베일처럼 덮고 있었다.

그해 겨울, 우리는 새로운 장소를 꽤 많이 찾아냈다. 동네를 빙 두르는 도로 아래쪽에 자리한 숲과 피나 주유소 위쪽의 숲은 서로 다른 별개의 장소라고 생각해왔는데 알고 보니 서로 이어져 있다는 것을 깨달았다. 피나에 갈 때 자주 이용하던 자갈길은 그 끝이라고 생각했던 곳에 언덕 위의 동네로 향하는 또 다른 길이 이어져 있었고, 거기엔 우리가 한 번도 보지 못했던 낯선 아이들이 살고 있었다. 뿐만 아니라 그 동네엔 작지만 그럴싸한 골대가 설치된 축구장도 있었다.

안네 리즈벳과 솔베이의 집 아래쪽에는 엎어지면 코 닿을 만한 곳에 또 다른 주택가가 형성되어 있었다. 우리 반 다그 마그네는 알고 보니 솔베이의 이웃이었다. 서로 다른 세상에 속한다고 믿었던 두 사람의 집이 너무나 가깝다는 것을 깨달은 나는 놀라지 않을 수 없었다. 두 집 사이에 펼쳐진 숲 때문에 지금까지 속고 있었던 것이다. 그 숲의 실제 너비는 20미터, 최대 30미터에 불과했지만, 느낌상으로 수백 미터는 족히 되는 것 같았다.

쓰레기 처리장 주변의 장소도 마찬가지였다. 대부분의 사람들은 페르빅에서 시작되는 길에서 출발해 호베로 향하는 오른쪽 길로 방향을 바꾸지만, 이를 무시하고 앞으로 계속 나아가면 쓰레기 처리장으로 갈 수 있었다. 놀라운 사실은 학교 동쪽의 긴 평지길 끝에서 오른쪽으로 방향을 돌리면 불과 2백여 미터 앞 숲속에 쓰레기 처리장이 있다는 것이었다. 고립된 장소라고 생각했던 곳이 어느 날 갑자기 서로 이어져 있다는 것을 깨닫게 된 것이다. 첸나가 예르스타반네 바로 옆에 있다는 것을 아는 사람은 몇이나 될까. 섬 반대쪽에 있는 예르스타반네를 산둠이나 학교 앞에 있는 조그만 샛길로도 갈 수 있다는 사실을 아는 사람은 또 몇이나 될까.

나를 놀라게 한 또 다른 사실은, 우리 집에 가사 도우미로 오는 옐렌 씨가 안네 리즈벳 옆집에 산다는 것이었다. 옐렌 씨 부부에겐 아이가 없었다. 그래서인지 그녀는 나 혼자 또는 게이르와 여자아이들과 함께 그녀를 방문하면 진심으로 기뻐하며 환영해주었다. 그녀가 우리 집에 오면 나는 부모님에게도 하지 않은 온갖 이야기를 다 털어놓곤 했다. 그녀는 내게 잠긴 대문을 열쇠로 여는 방법을 가르쳐주기도 했다.

"열쇠를 꽂은 후에 몸 쪽으로 조금 당겼다가 돌리면 훨씬 쉬울 거야."

언덕 위에 올라가 아래쪽 길로 지나가는 자동차를 향해 돌멩이를 던져 마침내 명중했던 날도, 그 이야기를 옐렌 씨에게 털어놓았다. 돌멩이를 던진 것은 나였다. 게이르와 나는 여느 때와 마찬가지로 언덕 위 녹색 철망 옆에 서서 아래쪽으로 돌멩이를 던졌다. 먼저 돌멩이를 던진 게이르는 그날도 명중시키지 못했다. 내 차례가 되었다. 나는 다음 자동차가 오기를 기다렸다. 돌멩이는 내 주먹보다 컸고 꽤 무거웠기 때문에 던진다기보다는 아래로 쿵 떨어뜨렸다고 하는 게 더 정확할 것이다. 자동차 한 대가 모퉁이를 돌아 달려오고 있었다. 나는 돌멩이를 떨궜다.

돌멩이가 내 손을 벗어나자마자, 나는 그것이 자동차에 명중할 것이라고 직감적으로 알 수 있었다. 하지만 차 위에 떨어지는 돌멩이 소리가 그렇게 크리라곤 상상도 하지 못했다. 그와 동시에 급브레이크를 밟은 자동차가 옆으로 미끄러질 줄은 더더욱 상상하지 못했다.

게이르가 겁먹은 눈빛으로 나를 바라보았다.

"얼른 도망치자!"

그는 재빨리 돌산을 기어올라 맞은편 언덕 주택가로 몸을 숨겼다.

나는 온몸이 마비된 듯 꼼짝할 수 없었다. 손가락 하나도 까딱할 수 없었다. 두려웠다. 차문이 닫히는 소리, 시동 거는 소리와 함께 내쪽으로 차가 달려온다는 것을 알면서도 나는 움직일 수가 없었다.

30초쯤 지났을까. 위쪽으로 올라오는 자동차가 눈에 들어왔다. 눈물이 뺨을 타고 흘러내렸고, 두 다리는 사시나무 떨듯 달달 떨려 서 있을 수도 없을 지경이었다. 내게서 3미터쯤 떨어진 곳에 자동차가 멈춰 섰다. 분노로 얼굴이 벌겋게 달아오른 운전자가 차에서 내렸다.

"돌을 던진 사람이 너야?"

그는 언덕을 올라오면서 소리쳤다.

나는 고개를 끄덕였다.

그는 내 양팔을 잡고 마구 흔들었다.

"너 때문에 내가 죽을 수도 있었어! 돌멩이가 앞 차창에 떨어졌다면 내가 죽을 수도 있었다고! 알아? 어쨌든 너 때문에 내 차가 완전히 망가졌어! 수리하려면 돈이 얼마나 드는지 아니? 너는 상상도 못할 정도로 많은 돈이 든다고!"

그가 팔을 놓아주었다.

나는 눈물이 앞을 가려 아무것도 볼 수 없었다.

"이름이 뭐지?"

"칼 오베라고 해요."

"성은?"

"크나우스고르."

"이 동네에 사니?"

"아뇨."

"어디 사니?"

"노르도센 링베이."

그가 몸을 폈다.

"곧 네게 연락이 갈 거야. 아니, 너희 아버지에게 연락이 갈 테니까 기다려."

그는 성큼성큼 언덕을 내려가 차문을 쾅 닫고 눈 깜짝할 새에 그곳을 벗어났다.

나는 땅에 주저앉아 서럽게 울었다. 모든 희망이 사라졌다.

잠시 후 게이르가 언덕 위 주택가에서 달려왔다. 그는 무슨 일이 있었는지, 운전자가 내게 무슨 말을 했는지 쉬지 않고 질문을 퍼부었다. 그는 돌멩이로 자동차를 맞힌 사람이 그가 아니라 나라는 사실, 운전자가 알아낸 것이 그의 이름이 아니라 내 이름이라는 사실에 자못 안도하는 것 같았다. 그는 내가 왜 도망치지 않고 우두커니

287

서 있었는지 궁금해했다. 우리에겐 함께 도망칠 시간이 충분히 있었다. 내가 재빨리 도망치기만 했어도 그는 돌멩이를 던진 사람이 나라는 것을 알아낼 수 없었을 것이다.

"나도 몰라."

나는 눈물을 닦으면서 말했다.

"움직일 수가 없었어. 갑자기 꼼짝도 할 수가 없었단 말이야."

"집에 가서 말할 거니? 내 생각엔 그게 최선일 것 같아. 오늘 있었던 일을 이실직고하면 부모님은 화를 내시긴 하겠지만 곧 잊어버리실 거야. 하지만 아무 말도 하지 않고 있다가 갑자기 그 아저씨의 전화를 받는다면 상황은 더 나빠질 것 같아."

"용기가 나지 않아. 말을 못 할 것 같아."

"네 아버지 이름도 알려줬니?"

"아니, 내 이름만 말했어."

"하지만 전화번호부엔 네 이름이 등록되어 있지 않잖아! 그는 네 아버지에게 전화한다고 했어, 맞지? 다행히 넌 아버지 이름을 말하지 않았잖아!"

"그건 맞아."

실오라기 같은 희망이 생겼다.

"그렇다면 집에 가서 아무 말도 하지 않는 게 좋겠다. 어쩌면 아무 일 없이 그냥 넘어갈 수도 있을 것 같아."

게이르가 말했다.

집에 돌아오니 옐렌 씨가 나를 맞아주었다. 그녀는 내 얼굴에 눈물 자국이 남아 있는 것을 보고 무슨 일이냐고 물었다. 나는 그녀에게 비밀을 지켜달라는 약속을 받아낸 후 그날 있었던 일을 곧이곧대로 말했다. 그녀는 내 뺨을 쓰다듬어주면서 내가 직접 부모님께 말하는 것이 좋겠다고 조언했다. 나는 그럴 용기가 없다고 말했다. 그렇게 그날은 흐지부지 넘어갔다. 문제는 다음 날부터였다. 전화벨이 울릴 때마다 나는 지금껏 느껴보지 못했던 크나큰 두려움에 온몸이 얼어버렸다. 며칠간 어둑어둑한 그림자가 나를 지배했다. 어쩐 일인지 그는 전화를 하지 않았다. 며칠 동안 아무 일 없이 지내다 보니 어떻게든 잘 되겠지 하는 막연한 희망이 생겼다.

그러던 어느 날 그에게서 전화가 왔다.

전화벨이 울리자 아래층에 있던 아버지가 전화를 받았다. 약 3분 후 위층에 있는 전화기에서 딸깍 소리가 났다. 그건 아버지가 수화기를 내려놓았다는 신호였다. 계단을 올라오는 아버지의 발소리엔 단호한 의지가 담겨 있었다. 아버지는 어머니에게 먼저 갔다. 두 분의 방에서 큰 소리가 들려왔다. 나는 침대에 앉아 울기 시작했다. 몇 분 후 내 방문이 열리고 두 분이 함께 들어왔다. 그런 일은 한 번도 없었다. 두 분의 심각한 얼굴에는 짙은 그림자가 어려 있었다.

"칼 오베, 방금 어떤 남자에게서 전화를 받았어."

아버지가 말을 이었다.

"네가 그의 차 위로 커다란 돌을 던졌다고 하더구나. 그 때문에 차 지붕이 망가졌다고 했어. 그게 사실이니?"

"네."

"어떻게 그런 일을 할 수 있지? 도대체 무슨 생각으로 그런 짓을 한 거야? 까딱 잘못 했다간 큰 사고가 나서 그가 죽을 수도 있었다고! 알아? 이게 얼마나 심각한 일인지 이해할 수 있겠니, 칼 오베?"

"네."

"만약 돌멩이가 앞 차창에 명중했다면, 그는 차선을 벗어나서 다른 차와 충돌할 수도 있었어. 그가 목숨을 잃었을지도 몰라."

어머니가 말했다.

"네."

"수리비를 물어줘야 해. 엄청난 돈이 들 거야. 너도 알다시피 우리에겐 그만한 돈이 없어! 넌 그 돈을 어디서 어떻게 마련해야 하는지 알기나 해?"

"몰라요."

"넌 천하에 쓸모없는 새끼야!"

아버지가 몸을 홱 돌렸다.

"그런데도 넌 우리에게 아무 말도 하지 않았어."

어머니가 말을 이었다.

"벌써 일주일 전에 있었던 일이잖아. 앞으로는 그런 일이 있으면 바로 말하렴. 알았지? 약속할 수 있겠니?"

"네. 하지만 저는 옐렌 씨에겐 말했어요."

"옐렌 씨라고?"

아버지가 소리를 질렀다.

"우리에겐 아무 말도 하지 않고?"

"네."

아버지는 차가운 눈빛으로 나를 쏘아보았다.

"왜 그랬어?"

어머니가 말했다.

"달리는 자동차에 왜 돌을 던졌니? 그게 얼마나 위험한 일인지 알고 있었어?"

"우린 돌을 던져도 맞히지 못할 거라고 생각했어요."

"우리라고? 너 말고 다른 아이도 함께 있었던 거야?"

아버지가 물었다.

"게이르… 하지만 돌을 던져 맞힌 건 저였어요."

"안 되겠다. 프레스트바크모 씨를 만나 이야기를 해봐야겠어."

어머니를 바라보던 아버지가 내게로 눈길을 돌렸다.

"오늘 저녁부터 이틀 동안 밖에 나가지 마. 이번 주와 다음 주 용돈도 없어. 알겠어?"

"네."

두 분은 함께 내 방을 나갔다.

그 일도 그렇게 지나갔다. 사고가 있던 날부터 그 일이 밝혀지기까지 며칠 동안은 겉으로 보기엔 평상시와 다름없었지만 내겐 견딜 수 없을 정도로 어둡고 힘든 날이었다. 일상의 표면에선 조금의 움직임도 감지할 수 없었지만, 그 속에선 바들바들 떨고 있었던 것이다.

작년에도 이와 비슷한 일이 있었다. 그때 나는 두려움을 이기지 못하고 가출해버렸다. 그날의 사고 원인은 돌멩이가 아니라 칼이었다. 당시 동네 아이들은 모두 스카우트 나이프를 가지고 있었지만, 나는 가지고 있지 않았다. 부모님은 내가 나이프를 갖기엔 아직 너무 어리고 무책임하다고 했다.

그러던 어느 날, 아버지는 마치 성대한 의식을 치르기라도 하듯 나를 믿는다면서 나이프를 건네주었다. 나는 아버지가 사온 나이프가 걸스카우트 나이프라는 것을 알아차렸지만 실망감을 드러내진 않았다. 칼집에 새겨진 스카우트 대원은 바지가 아니라 치마를 입고 있었다. 물론 나는 어른들이 그토록 세세한 것까지 신경 쓰리라곤 기대하지 않았다. 잠시 나를 덮쳤던 실망감은 마침내 나도 다른 아이들과 마찬가지로 베고, 자르고, 찍고, 던질 수 있는 나이프를 손에 넣었다는 기쁨에 묻혀버렸다. 다만 내가 신경 써야 하는 점이 있다면, 칼집이 다른 아이들 눈에 띄지 않도록 조심해야 한다는 것이었다. 칼을 받은 바로 그날, 나는 레이프 토레와 함께 나이프로 긴 나무토막을 깎아 장검을 만들었다. 끝부분은 뾰족하게 잘 다듬었고, 다른 편 끝에는 손잡이 대용으로 짤막한 나무토막을 못질해 박아 넣었다.

우리는 직접 만든 검을 휘두르면서 동네를 돌아다녔다. 저 멀리 장난감 유모차를 몰고 오는 여자아이 둘이 보였다. 우리는 잠시 모퉁이에 숨어 있다가 그들을 습격했다. 우리는 해적이었고, 그들의 유모차는 우리가 공격할 배였다. 검의 끝부분으로 유모차 덮개를 마구 찌르자, 여자아이들이 비명을 지르면서 울기 시작했다.

우리는 작전상 후퇴했다. 그들은 집에 가서 부모님께 이르겠다고 말했다. 두려워진 우리는 그들의 뒤를 몰래 밟았다. 집에 들어갔다 나온 그들은 구스타브센 씨의 집과 우리 집을 차례차례 들렀다. 집에 들어가면 야단맞을 것 같아 우리는 가출하기로 결심했다. 언덕을 넘고 꼭대기의 숲을 가로질러 오솔길을 따라가다 보니 첸나 호수 끝자락에 이르렀다. 레이프 토레는 물론 나도 가본 적 없는 곳이었다.

집에서 너무 멀리 나와버린 우리는 그날 저녁 그곳에서 밤을 보내기로 했다. 우리는 호숫가에 앉아 저 멀리 맞은편을 바라보았다. 등 뒤에는 태양이 나직하게 걸려 있었고, 앞에는 저녁 빛을 머금은 자연풍경이 펼쳐져 있었다. 30분쯤 앉아 있었을까. 레이프 토레가 집에 가고 싶다면서 일어났다. 배가 고프다고 했다. 나는 그의 마음을 돌려보려 했지만 소용없었다.

"이미 가출해버렸는데 지금 집에 돌아가면 영 모양새가 안 나잖아?"

하지만 그는 집에 돌아가겠다고 고집을 피웠다. 밖에서 자기는 싫

다고 했다. 나는 어둠을 극도로 두려워했기에 홀로 밖에서 잔다는
건 상상도 할 수 없었다. 어쩔 수 없이 그를 따라 집으로 터덜터덜 걸
음을 옮겼다.

　마당에 서서 나를 기다리고 있던 아버지는 내 팔을 잡아 질질 끌
며 안으로 데려갔고, 나는 가택연금이라는 벌을 받았다. 나이프도
압수당했다. 유모차를 망가뜨렸을 때 사용했던 건 나이프가 아니
라 직접 만든 검이었는데 말이다. 부모님은 그 차이를 이해하지 못
했다. 나도 생각은 있는 아이였기에 나이프로 유모차를 찌르진 않았
다. 부모님이 압수했어야 하는 건 나이프가 아니라 검이었다. 그런
데도 부모님은 나이프를 가져갔다. 나는 부모님의 대화를 엿들었다.
　"이걸 봐, 칼집이 이렇게 망가졌잖아."
　아버지는 내가 칼집에 구멍을 뻥뻥 뚫어놓은 것이 치마 입은 걸스
카우트 대원을 가리기 위해서였다는 것을 이해하지 못했다. 아버지
는 그것을 보고 내가 아직 부주의한 어린아이에 불과하다고 마음대
로 생각해버렸다. 나는 다음 날 저녁까지 밖에 나가서 놀지 못했다.
창밖을 내다보니 레이프 토레가 신나게 놀고 있었다. 그는 아버지에
게 뺨을 한 대 맞은 것으로 벌을 대신했다. 물론 그는 따귀 한 대 정
도는 아무것도 아니라고 생각했다.

　그 일도 그렇게 지나갔다. 모든 것은 지나가기 마련이다. 여자아
이들은 새 유모차를 손에 넣었고, 운전자는 망가진 차를 수리했고,
나의 가택연금은 해제되었으며, 내 주머니는 다시 주말마다 용돈으
로 채워졌다. 저녁이 되면 집 앞 골목길은 아이들의 소리로 가득 찼
고, 아래쪽 숲은 밤낮과 계절을 가리지 않고 활짝 열려 있었다.

　안네 리즈벳과 솔베이는 우리 동네에 단 한 번도 놀러오지 않았
다. 항상 그들을 찾은 것은 나와 게이르였다. 덕분에 우리는 서로 다

른 두 세상을 넘나들면서 시간을 보냈다 해도 과언이 아니었다. 그 하나는, 저녁이 되면 동네 아이들이 모여 이런저런 놀이를 하거나 공을 차던 우리 집 앞, 별장이랍시고 나뭇가지를 쌓아올렸던 숲속, 모퉁이 길까지 구석구석 뛰어다녔던 우리 동네 골목길이었다.

겨울이 되어 물이 얼어붙으면 우리는 쳰나 호수에서 스케이트를 타기도 했다. 스케이트 날이 얼음을 가를 때의 매혹적인 소리는 호 숫가에 나직이 자리한 언덕에 부딪쳐 메아리를 만들어냈다. 우리는 이곳에서 매일매일을 강렬한 행복감으로 채웠다. 다른 하나의 세상 은 겉으로 보기에 첫 번째 세상과 그리 다르지 않았다. 이곳에서도 수많은 아이가 몰려나와 길에서 공을 찼고, 어둠이 내려앉은 후에도 떼 지어 놀았다. 아이들은 고무줄놀이와 줄넘기를 했고, 물이 얼면 스케이트를 탔고, 눈이 내리면 스키를 탔다. 그런데도 두 세상은 왠 지 느낌이 달랐다. 행복감이 속한 자리가 달랐던 것이다. 여기서의 행복감은 우리의 행위가 아니라 우리와 행위를 함께하는 사람들에 게 속해 있었다.

이 행복감은 너무나 강렬해서 그 세상을 벗어난 후에도 여운을 느 낄 수 있을 정도였다. 다그 로타르의 집 창고에서 탁구를 치던 날 저 녁, 숲속 길옆에 자리한 임시 건물 주변을 맴돌며 놀던 저녁, 게이르 의 방에서 함께 차이나체커를 하던 날 저녁, 침대 앞에서 잠옷으로 갈아입으려 옷을 벗던 날 저녁 등 시도 때도 없이 갑자기 떠오르는 안네 리즈벳의 모습에 나는 강렬한 행복감과 그리움에 젖어들었고, 그 때문에 머리가 어질어질해질 정도였다.

이 강렬한 느낌 속에는 안네 리즈벳뿐 아니라 가끔 아름다운 그녀 의 어머니, 어깨가 널찍한 그녀의 잠수부 아버지, 지하 욕실에 놓여 있던 노란 산소통, 그녀의 여동생과 남동생, 그녀의 집에 있는 방과 그 방을 채운 향긋한 냄새도 함께 자리하고 있었다.

그녀의 방에 있던 물건들은 내 방의 물건들과는 너무나 달랐다. 수많은 인형과 프릴이 달린 분홍색 인형옷. 우리가 함께 놀 때는 그녀의 열정이 더욱 강렬해져 빛을 발할 정도였다.

학교에서도 마찬가지였다. 우리는 서로 모른 척 다른 아이들과 함께 있다가도, 특별한 순간이 다가오면 운명처럼 엮였다. 둥글게 모여앉아 반지 돌리기 놀이를 할 때 마지막에 내게 반지를 건네주었던 건 그녀였고, 동대문을 열어라 놀이를 할 때 마지막에 두 팔로 나를 감싸 안으며 가두었던 것도 그녀였다. 그녀는 술래잡기를 할 때 술래가 된 나를 위해 일부러 느릿느릿 달리며 내 손에 잡혀주기도 했다. 오, 두 팔로 그녀를 감싸 안아 잡을 수만 있다면 나는 평생 그녀를 위한 술래가 되어도 상관없었다.

이런 일이 영원히 계속될 리 없다는 것을 알았던가.

아니, 나는 전혀 알지 못했다. 그때만 해도 이런 일이 영원히 계속될 것이라고 굳게 믿었다. 봄은 가벼움과 함께 찾아왔다. 거의 반년 동안 장화를 신고 다니다가 새 운동화를 신고 달리니 너무나 가벼워 마치 하늘을 나는 것 같았다. 두꺼운 겨울 바지와 파카 속에서 둔하기만 했던 움직임은 얇은 바지와 재킷 속의 가벼운 움직임으로 자리바꿈했다. 장갑, 목도리, 모자는 옷장 깊숙한 곳으로 치워졌고, 창고속으로 들어간 스키, 스케이트, 눈썰매를 대신해 자전거와 축구공이 마당에 자리를 잡았다.

눈높이에 나직이 걸려 있던 태양은 날이 지날수록 점점 높이 치솟았다. 아침에 학교에 갈 때는 선선한 기온에 재킷을 걸쳤지만, 오후에 집으로 돌아올 때는 점점 따가워진 햇살을 이기지 못해 가방 속에 재킷을 찔러넣었다. 그중에서도 동네 여기저기 흩어져 있는 오랜 낙엽 더미 냄새를 맡을 때면 봄이 왔다는 것을 더 선명히 느낄 수 있었다. 푸르스름한 빛을 담은 저녁의 어둠이 찾아오면 갓길에 미처 녹아내리지 못하고 남아 있던 눈 더미와 자갈돌이 박힌 얼음에서 한기가 뿜어져 나왔다.

골목길은 공 차는 아이들의 발소리와 그들의 웃음소리로 채워졌고, 자전거로 갓길을 왔다 갔다 하는 아이들도 그 수를 더해갔다. 소리를 치고, 달리기를 하고, 자전거를 타고, 웃음을 터뜨리는 아이들에겐 봄이 가져온 생기와 가벼움이 묻어 있었다. 하지만 봄을 가장 강렬하게 느꼈을 때는, 낙엽을 태우는 냄새가 바람을 타고 코끝을 간질일 때였다. 우리는 약속이라도 한 듯 냄새와 연기를 따라 모여들었다. 작은 주황색 파도를 닮은 낮고 조밀한 불꽃은 축축하고 어슴푸레한 저녁 빛 속에서 더욱 선명하고 날카로워 보였다. 작업용 장갑을 끼고 낙엽을 긁어모으는 갈퀴를 어깨에 걸치고 모닥불 곁에 서 있는 어른들은 언뜻 중산층을 대표하는 기사처럼 보이기도 했다. 가끔 그들은 겨울 내내 마당에 쌓아둔 온갖 잡동사니를 함께 태우기도 했다.

불꽃은 무엇인가.

그것은 낯설기도 했고, 동시에 너무나 오랜 역사를 머금은 고풍스러운 것이기도 했기에 주변의 사물과 전혀 어울리지 않았다. 구스타브센 씨의 캠핑카 옆에서 활활 타오르는 불꽃은? 안네 리즈벳의 장난감 불도저 옆의 불꽃은? 카네스트룀 씨의 습기를 머금은 색 바랜 정원용 가구 옆의 불꽃은 또 어떠한가?

하늘을 향해 쭉쭉 뻗어 올라가는 노랗고 빨간색을 담은 미묘한 색의 음영은 마른 나뭇가지를 삼키고, 플라스틱 조각을 녹이면서 전혀 예상치 못한 방향으로 춤을 추듯 너울거렸다. 형언할 수 없을 정도로 아름다운 이 불꽃은, 1970년대의 어느 평범한 저녁, 평범한 노르웨이 사람들 사이에서 무엇을 하고 있었던가?

불꽃이 피어오르면 또 다른 세상이 펼쳐졌다가 순식간에 사라진다. 그것은 물과 공기, 흙과 언덕, 태양과 별, 구름과 하늘이 속한 세상, 태초부터 존재했던 세상이기에 우리가 자연스럽게 간과해온 세상이다. 불꽃과 함께 이 세상이 펼쳐지면 그제야 우리는 지금껏 간과해왔던 세상을 새로운 시선으로 바라보게 된다. 한 번 눈길이 가면 다른 곳으로 시선을 돌릴 수 없을 정도로 매혹적인 이 세상은 벽난로와 오븐, 공장과 제조 시설, 차고 안이나 마당에 서 있거나 길 위를 달리는 자동차 속에서도 볼 수 있다.

따지고 보면 자동차도 고풍스럽기는 마찬가지다. 이 깊고 거대한 세월은 벽돌이나 나무로 지어올린 집, 파이프를 통해 흐르는 물속에도 잠겨 있다. 하지만 각각의 세대가 맞닥뜨리는 일상 속의 사물은 항상 새롭게 여겨질 뿐이다. 한 세대는 이전 세대를 벗어나 새로운 삶을 시작하는 사람들로 이루어져 있기 때문이다.

태초부터 존재해왔던 것들은 서서히 사람들의 무의식 속으로 자리를 옮겼고, 이른바 현대적이라 불리는 1970년대의 사물과 이들이 속한 주변 세상은 1970년대 사람들의 의식 속에 자리 잡았다. 그래서 그해 봄날 저녁, 각 개인의 가슴속에 흐르는 온갖 느낌과 감정도 현대적으로 느껴질 뿐이었다.

어린아이에 불과했던 우리에겐 과거와 역사가 존재하지 않았다. 모든 것이 새롭고 현대적일 뿐이었다. 우리는 사람들의 느낌과 감정이, 비록 물과 흙처럼 오래된 것은 아닐지라도, 인간의 역사만큼이나 오래된 것이라는 사실을 전혀 인식하지 못했다. 오히려 그 사실을 깨닫는 것이 이상하지 않은가. 우리에겐 가슴을 관통하며 비명과 웃음과 눈물을 만들어내는 온갖 느낌과 감정이 단지 냉장고를 열자마자 환하게 켜지는 불빛이나 누르기만 하면 소리를 만들어내는 대문 앞의 초인종과 별반 다르지 않았다.

이 모든 것이 영원히 지속될 것이라 믿었던 것일까.

그렇다. 나는 굳게 믿고 있었다.

하지만 나의 믿음은 오래 가지 않았다. 4월 말을 앞둔 어느 날, 나는 안네 리즈벳에게 놀러가도 되느냐고 물었고, 그녀는 안 된다고 잘라 말했다.

"왜?"

"다른 사람들이 오기로 했어."

"누구?"

나는 그녀의 삼촌이나 이모가 올 것이라고 생각했다.

"비밀이야."

그녀는 의미심장한 미소를 지으면서 말했다.

"우리 반 아이 중 한 명이니? 마리안네, 솔베이… 아니면 운니?"

"비밀이라니까. 어쨌든 넌 오늘 오면 안 돼. 안녕!"

나는 게이르에게 그녀가 한 말을 그대로 옮겼다. 우리는 그녀의 집 근처로 가서 몰래 살펴보기로 했다. 학교를 마치고 집으로 가던 길에 우리는 평소와는 다른 길을 통해 그녀의 집으로 갔다. 언덕 아래쪽에 자리한 건설부지로 내려가 공사 중인 첫 번째 집 근처에서 방향을 바꾼 우리는 숲속에 몸을 숨겼고, 습지를 가로질러 그녀의 집 앞 공터에 이르렀다.

아무도 없었다.

집 안에 있을까?

초인종을 누를 수는 없었다. 초대받지 못했기 때문이다. 갑자기 게이르가 근처에 사는 베문에게 놀러가자고 제안했다. 마침 베문이 대문 앞에 서서 둥그런 얼굴에 자못 멍청한 표정을 지으면서 우리를 바라보고 있었다. 베문은 그들이 조금 전 언덕 아래로 내려갔다고 말했다.

"혼자?"

"두 명이 더 있었어."

"누구?"

"자세히 못 봤어."

"남자였니, 여자였니?"

"남자애들이었어."

그는 처음엔 그들과 함께 있던 아이들이 우리라고 생각했다고 말했다. 우리는 자주 그곳에 갔으니 이상한 일은 아니었다. 하지만 그는 우리를 보는 순간 여자아이들과 함께 언덕길을 내려갔던 아이들이 우리가 아니라는 것을 알았다고 했다.

그가 웃음을 터뜨리자 게이르도 함께 웃었다.

도대체 누굴까?

그들은 지금 어디서 무엇을 하고 있을까?

"걔들을 찾아가보자."

나는 게이르에게 말했다.

"하지만 우리에게 오면 안 된다고 했잖아. 차라리 베문의 집에서 잠깐 놀다 가는 건 어때?"

나는 눈을 동그랗게 뜨며 애원하는 표정으로 그를 바라보았다.

"알았어."

"아무에게도 말하면 안 돼."

베문에게 말하자 그가 고개를 끄덕였다. 게이르와 나는 언덕 아래로 내려갔다.

그들은 어디로 갔을까?

슈퍼마켓 쪽으로 내려갔을 수도 있고, 그 근처에서 놀고 있을 수도 있었다. 넷이 함께 모여 있을 테니 그들을 발견하는 건 어렵지 않을 것 같았다.

"저 위로 올라가볼래?"

나는 교차로 앞에 멈춰 서서 다그 마그네의 집으로 향하는 오르막길을 바라보았다.

게이르가 어깨를 으쓱 추켜보였다.

우리는 완만한 자갈길을 오르기 시작했다. 다그 마그네의 집은 주변 지대보다 조금 높은 곳에 있었다. 마당에 있는 창고 안에는 자전거와 자동차 타이어, 갖가지 연장으로 가득 차 있었고, 베란다 밑에는 장작이 쌓여 있었다.

다그 마그네가 창가에 서서 우리를 내려다보고 있었다. 그저 그곳을 거쳐갈 뿐이라는 뜻을 명확히 전달하기 위해 우리는 창문에 눈길도 주지 않고 맞은편 숲을 향해 내려갔다. 봄이 다가오고 있었다. 겨울 내내 색을 잃었던 풀에는 연녹색이 스며들기 시작했지만, 나뭇잎은 싹을 틔우기 전이었다. 때문에 숲속을 살펴보는 것은 어렵지 않았다.

누군가 보였다. 솔베이의 집이 있는 언덕 아래에 무언가 파랗고 빨간 것이 움직이고 있었다.

"저기 있어."

게이르가 말했다.

우리는 멈춰 서서 숨을 죽였다.

그들은 신나게 웃으면서 대화를 나누고 있었다.

"누군지 확실히 보이니?"

나는 소리 죽여 물어보았다.

게이르는 고개를 저었다.

우리는 좀더 가까이 다가갔다. 나무 뒤에 몸을 숨기고 조금씩 조금씩 앞으로 나아갔다. 그들에게서 20미터쯤 떨어진 곳에 다다른 우리는 커다란 바위 뒤에 몸을 숨겼다.

나는 머리를 살짝 내밀어보았다.

에이빈과 게이르 B가 그들과 함께 있었다.

에이빈과 게이르 B.

젠장! 에이빈과 게이르 B는 우리 반이었다. 둘은 이웃에 사는 단짝이었고, 스베레의 집 근처에 살고 있었다. 스베레는 시브의 옆집에 살고 있었고, 시브의 집은 우리 집에서도 볼 수 있는 가까운 곳에 있었다.

그들과 우리의 다른 점은 무엇일까.

아무리 생각해도 다른 점은 없었다!

에이빈과 게이르 B는 단짝이었고, 게이르와 나도 단짝이었다. 에이빈은 우리 반에서 공부를 제일 잘했고, 나는 두 번째로 잘했다. 게이르 B와 게이르는 그저 우리를 따라다닐 뿐.

하지만 에이빈은 나보다 훨씬 잘생겼다. 곱슬머리에 솟아오른 광대뼈, 가느다란 눈매. 반면 나는 뻐드렁니에 풍선 궁둥이였다. 뿐만 아니라 그는 나보다 훨씬 힘이 셌다.

에이빈은 마른 나뭇가지에 매달려 그것을 부러뜨려 보려 애쓰고 있었다. 게이르 B는 나뭇가지 끝을 잡고 힘을 보탰다. 안네 리즈벳과 솔베이는 곁에 서서 그들을 지켜보고 있었다.

마침내 그들은 여자아이들 앞에서 과시하려던 목적을 달성했다.

젠장! 젠장!

우린 무엇을 할까? 모르는 척 그들에게 다가가볼까? 여섯이 함께 어울려 놀아도 되지 않을까?

나는 게이르를 돌아보았다.

"이제 어떻게 하지?"

그에게 나직이 속삭였다.

"글쎄. 저 아이들을 때려눕히는 건 어때?"

그도 역시 나직이 말했다.

"하하. 쟤들은 우리보다 훨씬 힘이 세잖아."

"그렇다고 여기 하루 종일 있을 수는 없잖아."

"이제 돌아갈까?"

"그러자."

우리는 온 길을 살금살금 되돌아왔다. 교차로에 이르자, 게이르가 베문에게 함께 가보자고 제안했다.

"싫어!"

"난 베문에게 들렀다 갈 거야. 안녕."

"알았어."

나는 몇 발짝 걷다 뒤를 돌아보았다. 게이르는 땅에 떨어진 나뭇가지 하나를 주워 양 무릎을 번갈아 툭툭 치면서 걷고 있었다. 갓돌을 따라 걷는 그를 보면서 나는 울기 시작했다. 아무에게도 우는 모습을 들키지 않으려고 축구장 옆의 오솔길을 통해 집으로 돌아왔다.

그것은 금요일에 있었던 일이었다. 나는 다음 날 오전 게이르의 집으로 가보았다. 그는 부모님과 함께 시내에 갈 거라고 했다. 어머니와 아버지는 대청소를 하고 있었고, 윙베 형은 스테이나르와 함께 버스를 타고 시내에 간 후였다. 나는 욕실에 들어가 문을 잠갔다. 빨래통을 뒤져 흙이 묻어 무릎이 새까맣게 변한 갈색 코르덴 바지를 찾아냈다. 그 바지를 입고 내 방에 들어가 옷장 문을 열고 허름한 노란색 스웨터를 꺼내 입었다. 소리 없이 계단을 내려가 지하실에서 가장 더럽고 낡은 장화를 꺼내들고 현관으로 갔다. 남은 건 재킷뿐이었다. 옷걸이에서 작년에 입었던 얇은 회색 재킷을 찾아냈다. 때묻은 재킷은 몸에 꽉 끼었고 지퍼도 고장나 있었다. 나는 오히려 잘됐다고 생각했다. 재킷의 앞자락이 열려 있어 허름한 스웨터가 그대로 보였으니까.

가장 더럽고 추한 옷을 골라 입은 나는 안네 리즈벳이 사는 동네로 갔다. 고개를 푹 숙이고 걷는 것도 잊지 않았다. 그렇게 하면 지나가던 사람들이 나를 불쌍하다고 생각할 것이라 믿었기 때문이다. 나는 그녀가 내게 무슨 짓을 했는지 알려주고 싶었다. 그렇다. 내가 어떤 기분인지 그녀에게 보여주고 싶었기 때문에 나는 일부러 가장 더럽고 추한 옷을 입고 고개를 푹 숙이며 걸었다.

초인종을 누를 생각은 없었다. 그녀와 마주 서서 이야기하고 싶지 않았다. 나는 단지 그녀가 우연히 지나가던 나를 보고서 내 마음을 알아줬으면 하는 바람뿐이었다.

베문의 집 앞에 이를 때까지도 그녀는 보이지 않았다. 하는 수 없이 그녀의 집 앞 골목길에 들어섰다. 원래 목적과 어긋나는 일이었다. 거기까지 가면 내가 우연히 그 동네를 지나치는 중이라 믿어줄 사람은 아무도 없을 테니까.

비외른 헬게를 찾아가볼까.

그는 나보다 한 살 어렸기 때문에 그와 함께 어울려 논다는 것은 생각할 수 없는 일이었다. 하지만 그는 축구를 잘했고 나이에 비해 꽤 어른스러웠다.

공터에 서서 잠시 생각에 잠긴 나는 결국 비외른 헬게를 찾아가 보기로 마음먹었다. 하지만 그녀가 살고 있는 집을 보는 것만으로도 슬퍼졌기에 나는 얼른 생각을 고쳐먹고 언덕 아래로 내려갔다. 건설 부지에 나란히 서 있는 중장비와 조립식 건물들이 길 건너편의 텅 빈 창문을 향해 우두커니 서 있었다. 새로 짓고 있는 예배당 건물을 보면서 멍하니 서 있던 나는 우리가 함께 공놀이를 했던 곳으로 발길을 옮겼다.

나지막한 울타리 너머 100여 미터쯤 앞에 쓰레기 처리장이 보였다. 나는 천천히 걷기 시작했다. 언덕 뒤편 나무 사이엔 에이빈과 게이르 B의 집이 나란히 서 있었다. 우리는 그곳에서 함께 논 적이 몇 번 있었다. 지난겨울 눈이 쌓이기 전에 그들과 함께 첸나 호수에서 스케이트를 타기도 했다. 나는 게이르 B와 스베레의 생일 파티에 초대받아 그들의 집에 가본 적도 있었다. 옷장에서 가장 멋진 옷을 꺼내입고 그의 집에 도착한 후에야, 하얀 봉투 안에 생일 선물로 넣어 간 10크로네짜리 지폐가 사라져버렸다는 것을 알았다. 나는 울기 시작했다. 10크로네는 당시 꽤 큰돈이었다. 다행히 그의 아버지는 잃어버린 돈을 찾으러 함께 가보자고 나를 달래주었다.

우리는 내가 온 길을 되돌아 걷기 시작했다. 아스팔트 위에 떨어져 있는 푸르스름한 지폐 한 장이 눈에 띄었다. 내가 돈을 빼돌리려 거짓말한 것이 아니라는 게 밝혀져 다행이었다.

길옆, 낯선 집 앞의 잔디 마당에서 인디언처럼 머리가 길고 검은 한 소년이 공으로 발재간을 부리고 있었다,

"안녕!"

304

그가 내게 말을 걸었다.

"안녕."

"넌 몇 번이나 할 수 있어?"

그가 뜬금없이 물었다.

"네 번."

"하하! 그건 아무것도 아냐."

"그러는 넌 몇 번이나 할 수 있는데?"

"조금 전에 열여섯 번까지 해봤어."

"어디 한번 해봐."

그는 발로 공을 짚고 서서 잠시 숨을 고른 후, 발끝으로 공을 톡 차서 허공으로 올렸다. 하나, 둘, 셋. 발끝에 맞은 공은 저 멀리 떨어졌다. 발을 쭉 뻗어 겨우 공을 맞추었더니, 이번엔 공이 덤불 속으로 들어가 버렸다.

"네 번밖에 못 했네."

"네가 그렇게 서서 보고 있으니까 집중할 수가 없잖아. 한 번 더해볼게. 기다려줄 거니?"

그가 말했다.

"응."

그는 이번엔 무릎으로 공을 차올렸다. 양 무릎으로 번갈아 공을 차올리던 그는 다섯 번째에 공을 놓쳐버렸다.

"이번엔 여덟 번."

"맞아! 잠깐만 기다려봐. 내가 또 다른 기술을 보여줄게."

"미안하지만 난 이만 가봐야 해."

"알았어."

소년의 아버지가 창가에 서서 우리를 지켜보고 있었다. 회색 머리에 숱이 많은 뚱뚱한 남자의 코에는 안경이 걸려 있었다. 길 건너편으로 뛰어가던 나는, 문득 입고 있는 지저분한 옷이 생각나 얼른 속도를 늦추고 고개를 푹 숙인 채 천천히 걷기 시작했다.

언덕 아래에 이르자 후진하며 다가오는 아버지의 차가 보였다. 아버지는 내게 손을 흔든 후, 팔을 쭉 뻗어 조수석 문을 열어주었다.
"얼른 타. 시내에 가는 길이야."
"옷이 너무 더러운데… 집에 가서 갈아입고 오면 안 될까요?"
"말도 안 되는 소리. 얼른 타."
나는 조수석 자리를 앞으로 밀기 위해 옆에 달린 손잡이를 들어올렸다.
"앞좌석에 앉아."
"앞좌석에요?"
한 번도 없었던 일이었다.
"응. 시간이 없으니까 얼른 타!"
나는 아버지가 시키는 대로 했다. 내가 차문을 닫자, 아버지는 기어를 넣고 차를 몰기 시작했다.
"옷이 좀 지저분하긴 하네. 하지만 잠시 다녀올 거니까 괜찮아."
나는 안전벨트를 매려 했지만 마음처럼 잘 되지 않았다. 차가 다리 위에 이르러서야 겨우 안전벨트를 맬 수 있었다.
"선착장에 갔다가 음반 가게에 들를 생각이야. 너도 같이 갈래?"
"네."
아버지는 한 손으로 운전대를 잡고, 연기가 모락모락 나는 담배를 손가락 사이에 끼운 다른 손은 기어 위에 얹었다. 언제나 그랬듯이 차를 급하게 몰았다.

우리는 한참 동안 아무 말도 하지 않았다.

왼쪽에는 빈홀멘이 보였다. 거기에는 유리섬유 홀과 거대한 크레인이 서 있는 조선소가 자리 잡고 있었다. 차로 반쯤 채워진 주차장 옆 바다 위에는 커다란 플랫폼이 떠 있었다. 다음 주에 견인될 콘딥 플랫폼이었다.

작은 터널을 지나 송게로 들어서자 아버지가 내게 흘낏 곁눈질을 했다.

"오늘도 게이르와 함께 놀았니?"

"아뇨. 게이르는 부모님과 함께 시내에 갔어요."

"그렇다면 시내에서 게이르를 만날 수도 있겠구나."

다시 침묵이 흘렀다.

나는 조금씩 초조해지기 시작했다. 입을 꾹 다물고 있으면 아버지의 좋은 기분을 망칠 것 같아서였다. 하지만 무슨 말을 해야 할까. 한마디도 떠오르지 않았다.

잠시 후, 겨우 할 말을 찾아냈다.

"어디에 주차하실 건가요?"

아버지가 나를 돌아보았다.

"빈자리에."

"사격장에 차를 세우는 게 좋을 것 같아요. 토요일엔 주차장이 꽉 차잖아요."

"사격장은 마지막 수단으로 사용하는 곳이야."

아버지는 뮈홀멘 근처의 빈자리에 차를 세웠다. 나는 높다란 목재 건물 사이를 성큼성큼 걷는 아버지를 놓치지 않으려 종종걸음으로 뒤를 따랐다. 남루하고 더러운 옷을 입고 있다는 사실에 부끄러워 고개를 들 수가 없었다. 사람들이 나를 보면서 비웃지 않을까 걱정하며 곁을 지나치는 사람들을 조심스레 쳐다보았다.

선착장 안의 해산물 시장으로 들어간 아버지는 차례를 기다리는 동안 유리 진열대를 살펴보았다.

"오늘은 새우를 살까?"

나는 고개를 끄덕였다.

"저기 보이는 대구는 어때?"

나는 아무 말도 하지 않았다.

아버지는 미소를 지으면서 나를 바라보았다.

"네가 대구 요리를 싫어한다는 건 나도 알아. 하지만 대구는 몸에 아주 좋은 생선이란다. 네가 어른이 되면 입맛이 변해 대구를 좋아하게 될 거야."

"그런 일은 없을 거예요."

나는 어머니와 함께 있을 때처럼 아버지와도 이런저런 이야기를 나누고 싶었다. 하지만 아버지 앞에선 어떤 말로 대화를 시작해야 할지 감을 잡을 수 없었다. 어쨌든 나는 아버지가 나를 시내에 데려왔다는 사실이 너무나 기뻤고, 이토록 기뻐하는 내 마음을 아버지도 알아줬으면 좋겠다고 바랐다.

아버지 차례가 되었다. 곁에 서 있던 여인이 생선을 가리키는 아버지를 뚫어지게 쳐다보았다. 그녀는 내가 보고 있다는 것을 알아차리자 얼른 도마 위의 생선으로 시선을 돌렸다. 나는 아버지를 향해 다시 고개를 돌렸다. 진열대 앞에서 생선을 가리키며 점원과 대화를 나누는 아버지에게선 여태껏 알아채지 못했던 묘한 매력이 발산되고 있었다. 그것은 짧은 턱수염, 푸른 눈동자, 꼬리가 약간 올라간 듯한 입술, 큰 키, 호리호리한 몸매 등 외모에서 발산되는 매력이 아니라 말로 표현할 수 없는 강렬하고 신비한 매력이었다.

308

"이제 됐어."

아버지는 잔돈을 돌려받은 후, 생선과 새우가 들어 있는 흰 봉지를 받아들었다.

"다음 가게로 가볼까?"

회색 하늘 아래의 시내는 여느 토요일과 마찬가지로 사람들로 북적였다. 아버지와 나란히 걷던 나는, 주류 전문점을 지나쳐 음반 가게로 향하는 길에서 두 발을 번갈아가며 폴짝 뛰었다. 내가 기뻐한다는 것을 아버지에게 보여주고 싶었다. 아버지는 나를 보면서 미소를 지었고, 나는 아버지에게 환한 미소를 되돌려주었다. 뭍으로 깊숙이 들어온 바다에서 바람이 불어 아버지의 머리를 헝클어놓았다. 아버지는 손을 올려 머리를 툭툭 치면서 흐트러진 머리를 정리했다.

"이 봉지 좀 들고 있을래?"

음반 가게에 들어선 아버지가 말했다. 나는 고개를 끄덕이며 봉지를 받아들었다. 아버지는 재빠른 손놀림으로 음반을 하나씩 들춰보았다.

금요일 저녁이나 토요일 저녁 우리가 잠자리에 들고 난 뒤, 어머니와 아버지는 함께 음악을 듣곤 했다. 아버지는 서재에서 혼자 음악을 들을 때가 많았다. 스테이나르는 아버지가 핑크플로이드 음반을 학교에 가져와 학생들에게 들려준 적이 있다고 말했다. 그의 목소리에는 아버지를 향한 존경심이 한껏 깃들어 있었다.

"너도 카세트테이프를 하나 골라봐."

갑자기 아버지가 내게 눈길도 주지 않고 말했다.

"하지만 제겐 카세트 플레이어가 없는걸요."

"윙베 것을 빌리면 되잖아. 어쩌면 넌 올해 성탄절 선물로 카세트 플레이어를 받을지도 몰라. 그럴 경우를 대비해 카세트테이프 하나쯤은 미리 장만해두는 것도 좋을 거야. 플레이어가 있는데 테이프가 없으면 그것도 곤란한 일이잖아!"

나는 주저하면서 진열대 앞으로 걸어갔다. 카세트테이프는 비닐 음반과는 달리 높다란 유리장 속에 진열되어 있었다. 진열장 여러 개 가운데 하나는 엘비스 프레슬리 테이프로 가득했다. 나는 가죽 양복을 입고 무릎에 기타를 올린 그가 미소 짓는 표지 사진을 바라보았다.

아버지는 음반 두 개를 골라 계산대에 내려놓으면서, 점원에게 나도 카세트테이프를 하나 고를 것이라고 말했다. 점원은 작은 열쇠를 들고 진열장 앞으로 걸어왔다. 나는 엘비스 테이프를 가리켰다. 그는 잠긴 진열장을 열고 내가 가리킨 테이프를 꺼내 작은 봉지에 따로 넣어주었다.

"나쁘지 않군."

차로 걸어가던 아버지가 말했다.

"엘비스는 내가 어렸을 때 굉장히 유명했어. 우리는 엘레빌레 프레세뢰스라고 부르기도 했단다. 내게도 오래된 앨범이 몇 장 있었어. 지금은 할아버지가 보관하고 있지. 다음에 할아버지 댁에 가면 그걸 가져올까? 너도 들어보게 말이야."

"네, 그럴 수 있다면 좋겠어요. 윙베 형도 좋아할 거예요."

"모르긴 해도 요즘은 꽤 가치가 올라 있을걸?"

아버지는 걸음을 멈추고 주머니에서 차 열쇠를 꺼냈다. 나는 트로뫼이 쪽의 갈테순 선착장에 차곡차곡 쌓여 있는 커다란 기름 탱크로 눈길을 돌렸다. 그것은 너무 커서 옆에 보이는 나직한 언덕들이 마치 장난감처럼 보였다.

아버지가 잠겨 있는 조수석 문을 열었다.

"집에 갈 때도 앞좌석에 앉으면 안 되나요?"

"그러렴. 하지만 오늘만이야."

"네."

아버지는 봉지를 뒷좌석에 놓고 담배에 불을 붙인 후 안전벨트를 맸다. 나는 이미 안전벨트를 맨 후였다. 곧 차가 출발했다. 나는 집으로 가는 길에 카세트테이프의 표지와 창밖을 번갈아가면서 보았다. 시내 중심의 교통 체증은 랑브뤼가까지 이어졌다. 길 양옆에 '바이' 라디오 방송국과 텔레비전 방송국, 나직하고 하얀 콘크리트 건물 위로 깃발이 펄럭이는 해산물 시장이 각각 자리 잡고 있었다. 그 길을 벗어나 반대쪽 만에 이르니 그제야 길이 조금 뚫리기 시작했다. 하얀 파도가 굽이쳐 들어오는 만의 바깥쪽에는 페리 선착장이 있었고, 선착장 위에는 목재 건물이 해안선을 따라 나란히 서 있었으며, 저 멀리 푸스네스 기계 설비소가 보였다. 그 뒤부터는 섬의 가장자리를 따라 숲이 형성되어 있었다. 섬 안쪽에는 주유소에 이르는 구불구불한 찻길을 따라 주택이 나란히 서 있었고, 그 길은 송게와 빈홀멘을 지나 다리까지 이어져 있었다.

남쪽에서 불어온 세찬 바람 한 줄기가 뭍을 훑으며 지나갔다. 문득 안네 리즈벳이 떠올라 우울해졌다. 어쩌면 콘딥 플랫폼 때문에 그녀 생각이 났는지도 모른다. 나는 이미 오래전에 플랫폼이 견인되는 날이 오면 그녀와 함께 다리 위에 서서 그 모습을 지켜보리라 마음먹었다. 이제는 그런 날이 오지 않을 것이다. 아니, 그런 날이 올까? 그녀는 아직 내 방에 들어와본 적이 없다. 나는 내 방에 함께 앉아 있는 그녀의 모습을 매일 저녁 상상했는데… 언젠가 내 물건으로 가득한 내 방에서 그녀와 함께 앉아 있을 것이라 생각하면, 가슴속에서 불꽃놀이하듯 기쁨이 솟구쳐 오르곤 했다. 안네 리즈벳과 함께 있는 나의 모습이란!

그녀는 왜 나를 마다하고 에이빈을 선택했을까? 나와 함께 그토록 즐거운 시간을 보냈는데도!

에이빈이 사라져야 한다고 생각했다. 그 자리에 다시 내가 들어가야 한다고 생각했다.

하지만 어떻게?

다리 아래는 해안선이 들쭉날쭉했다. 고깃배 한 척이 뭍으로 들어오고 있었다. 나는 뱃머리에 서서 노 젓는 사람을 볼 수 있었다.

아버지는 왼쪽 깜빡이를 넣고 속도를 늦췄다. 차 두 대를 먼저 보내고 길을 가로질러 우리 집으로 향하는 언덕 입구에 들어섰다. 집 앞에 차를 세우자 함께 모여 축구하던 레이프 토레, 롤프, 게이르 호콘, 트론, 게이르, 켄트 아르네가 일제히 나를 향해 고개를 돌렸다.

차에서 내린 나는 한 손을 번쩍 들어 인사를 건넸다.

"같이 놀자!"

켄트 아르네가 소리쳤다.

나는 고개를 저었다.

"식사 시간이야."

대문을 들어서려던 아버지가 갑자기 내 손을 쥐었다.

"어디 보자. 손에 사마귀가 아직 있네?"

"네."

아버지가 손을 놓았다.

"사마귀 없애는 방법을 아니?"

"모르는데요…?"

"내가 가르쳐주마. 아주 오래된 전통적인 방법이란다. 어떻게 하는지 가르쳐줄 테니 좀 있다 부엌으로 오너라. 너도 사마귀를 없애고 싶지?"

"네."

나는 집에 들어서자마자 바지와 스웨터를 빨래통에 던져넣고, 아침에 입었던 옷으로 다시 갈아입었다. 새로 산 카세트테이프는 책상 위 가장 잘 보이는 곳에 놓아두었다. 벽에 등을 기대고 다시 한번 카세트테이프를 보았다. 방 안 어디에 있더라도 테이프가 잘 보인다는 것을 확인한 다음 부엌으로 갔다. 아버지는 새우가 담긴 접시를 앞에 두고 앉아 있었다. 오븐 위에는 죽이 끓고 있었고, 어머니는 거실에서 화분에 물을 주고 있었다.

"식사하기 전에 사마귀 없애는 방법을 가르쳐줄게. 일종의 마법 같은 거야. 내가 어렸을 때 할머니가 가르쳐준 방법인데 이상하게도 효과가 있었어. 나도 어렸을 땐 너처럼 손에 사마귀가 많이 있었단다. 그런데 할머니가 가르쳐준 대로 하니 불과 며칠 만에 사마귀가 사라졌어."

"도대체 어떻게 했기에 사마귀가 사라졌나요?"

"이제 가르쳐줄 테니 잘 봐."

아버지가 몸을 일으켜 냉장고에서 하얀 포장지를 꺼내 식탁 위에 내려놓았다. 포장지를 펼치니 베이컨이 보였다.

"먼저 베이컨으로 손가락을 꼼꼼히 문지른 다음, 그 베이컨을 마당으로 가져가서 땅에 묻어야 한단다. 그러면 며칠 후에 사마귀가 없어질 거야."

"그게 정말이에요?"

"응! 참 이상하지? 하지만 사실이야. 정말 사마귀가 감쪽같이 사라진단다. 두고 봐! 자, 이제 손을 내밀어 봐."

나는 한 손을 내밀었다. 아버지는 내 손가락과 손등, 손바닥까지

베이컨으로 정성스레 문질렀다.

"다른 쪽 손도 내밀어 봐."

내가 다른 손을 내밀자, 아버지는 조금 전과 같은 동작을 되풀이했다.

"빠진 데는 없지?"

나는 고개를 끄덕였다.

"그럼 이제 마당으로 나가자. 네가 직접 베이컨을 들고 나가서 땅에 묻어야 해."

나는 아버지를 따라 계단을 내려갔다. 손에 베이컨을 들고 있었기 때문에 허리를 굽히지 않고 장화 속에 발을 집어넣었다. 삽을 들고 마당으로 나간 아버지는, 숲을 보고 서 있는 울타리 밑, 허브 정원 앞에서 멈춰 섰다.

아버지가 삽을 흙 속에 찔러넣고, 끝부분을 발로 꾹 누른 후 흙을 퍼올렸다. 몇 분 후, 아버지가 삽질을 멈췄다.

"이제 베이컨을 이 구덩이 속에 넣어."

나는 아버지가 시키는 대로 했고, 아버지는 흙으로 구덩이를 덮었다.

"이제 손을 씻어도 되나요?"

"그래. 이제 베이컨을 땅속에 묻었으니, 곧 사마귀가 없어질 거야."

"얼마나 오래 걸리나요?"

"글쎄… 일주일, 아니 이주일쯤? 네 믿음의 깊이에 따라서 달라질 거야."

나는 저녁을 먹은 후 밖으로 나갔다. 축구하던 아이들은 어디로 갔는지 보이지 않았다. 남아 있는 아이는 게이르 호콘, 켄트 아르네, 레이프 토레뿐이었다. 그들은 누가 길가의 벽돌담에 가장 높이 오를 수 있는지 내기를 하고 있었다. 달려가는 속도가 빠르면 수직으로 솟은 담벼락에 세 발짝, 아니 네 발짝까지 오를 수 있었다. 물론 그후에는 중력을 이기지 못한 몸이 땅에 떨어져 내릴 것이다. 담벼락에 필요 이상으로 높이 올라간다면 땅에 등부터 떨어질 것이다. 그래서 집중하지 않으면 크게 다칠 수도 있었다.

나는 처음이라 조심스레 시도해 보았다. 하지만 내 차례는 다시 돌아오지 않았다. 게이르 호콘이 무리하는 바람에 땅에 심하게 부딪쳐버렸다. 그가 담벼락에서 떨어져 땅에 부딪쳤을 때, 허파의 공기가 모두 빠져나오는 듯한 소리가 들렸다. 그는 온몸을 부르르 떨면서 신음소리를 냈고, 솟구치는 눈물을 억누르기 위해 갖은 애를 썼다. 그 모습을 본 우리가 의욕을 잃어버린 것은 너무나 당연한 일이었다.

비틀거리면서 일어난 게이르 호콘이 등을 돌렸다. 그가 다시 우리를 향해 돌아섰을 때 우리는 그가 울었다는 것을 눈치챘다. 너무나도 분명한 사실이었지만 우리는 아무 말도 하지 않았다.

왜 아무 말도 하지 않았을까.

만약 그게 나였다면 아이들은 분명 한마디씩 던졌을 텐데.

"이제 뭐하고 놀지?"

켄트 아르네가 말했다.

그가 말을 마치자마자 자전거를 타고 오는 클레페 씨가 눈에 띄었다. 검은색 재킷을 입고 검은색 모자를 쓴 그의 자전거는 좌우로 비틀거리고 있었다. 불그스름한 그의 얼굴에 축축 늘어진 살은 자전거핸들에 걸려 있는 비맥스 봉지처럼 양옆으로 흔들리고 있었다.

그는 호바르의 아버지였다. 호바르는 우리 집에서 꽤 멀리 떨어진 곳에 사는 열일곱 살 청년이었다. 우리는 그를 우러러보았지만 말은 걸어보지 못했다. 들리는 소문에는 그의 아버지 클레페 씨는 알코올 중독자였다. 자전거를 탄 그가 모퉁이를 돌아 우리 쪽으로 오는 것을 본 나는 기회가 생겼다고 생각했다. 나는 얼른 그에게 뛰어가 핸들에 걸려 있는 봉지 속을 들여다보았다.

"봉지 안에 술병이 들어 있어!"

나는 뒤에 서 있는 아이들에게 소리쳤다.

클레페 씨는 나를 본 척도 하지 않았지만, 아이들은 내 말에 크게 웃어주었다.

다음 날, 나는 게이르의 방에 앉아 안네 리즈벳에게 줄 연애편지를 썼다. 그의 집 구조는 우리 집과 같았다. 방의 구조와 크기, 방향까지 똑같았지만 어쩐 일인지 우리 집과는 너무나 달라보였다. 그의 집에 있는 모든 것은 사용하는 사람들의 편의에 적합하게 배치되어 있었다. 소파와 의자는 보기에 좋은 것이 아니라 앉기에 편안한 것들이었다. 우리 집에는 자로 잰듯 놓인 가구 사이로 먼지라곤 하나도 보이지 않았지만, 게이르의 집에는 사용하다 던져놓은 온갖 물건이 여기저기 흩어져 있었다.

한마디로 그들의 집은 그들의 삶과 일체를 이루고 있다 해도 과언이 아니었다. 우리 가족의 삶과 집도 일체를 이루고 있었지만, 우리는 그들과 다른 방식으로 살고 있었다. 게이르의 아버지는 혼자 연장을 독차지하는 법이 없었다. 그로와 게이르에게 자신이 하는 일을 가능한 한 많이 보여주는 것이 그의 교육 방식이지도 모른다. 그들은 지하실에 있는 커다란 작업대 위에서 못질하고 대패질했다. 우리는 썰매나 수레를 만들 때면 항상 게이르의 아버지를 찾았다. 그들의 정원은 아름답게 균형을 이루고 가꿔진 우리 집 정원과 너무나 달랐다. 아버지는 정원에서 많은 시간을 보냈다. 그 덕분에 우리 집 정원은 실용적이기보다는 보기에 아름다운 정원으로 변했다. 반면 그들의 정원은 실용성을 갖춘 생활용 정원이라 할 수 있었다. 우리 집 뒷마당에는 반듯한 잔디밭과 아름다운 수국이 자라는 화단이 있었지만, 그들의 뒷마당에는 잡초처럼 보이는 감자 싹이 돋아 있었다.

게이르의 방은 내 방과 그로의 방은 윙베 형의 방과 같은 위치에 있었으며, 두 방 사이에는 우리 집처럼 부모님 방이 있었다. 게이르는 방과 방 사이, 계단과 거실을 마음껏 뛰어다녔고, 배가 고프면 빵을 썰고 냉장고에서 필요한 재료를 꺼내 직접 샌드위치를 만들어 먹었다. 나도 게이르의 집에 있을 때면 방과 방 사이를 마음대로 뛰어다녔고, 게이르와 함께 빵을 썰어 먹었다. 가끔 거실에 앉아 크눗젠과 루드빅센 음반을 함께 들으면서 크게 웃음을 터뜨리기도 했다. 게이르는 가사를 다 외우고 있었을 뿐 아니라 그들을 똑같이 흉내 내어 노래를 부르기도 했다.

그는 축구에는 소질이 없었다. 축구뿐 아니라 공을 사용하는 모든 운동에 소질이 없었다. 그가 몸을 움직일 때면 왠지 사지가 따로따로 노는 것 같다는 생각마저 들었다. 그는 축구나 공놀이에 전혀 관심이 없었다. 나는 하루 종일 축구를 하다가 날이 어둑해져 아이들이 모두 집에 돌아갈 때가 되어도 축구를 더 하고 싶어 안달했다. 그는 이런 나를 이해하지 못했다.

그는 학교에서도 두각을 나타내지 못했다. 책을 더듬더듬 읽었을 뿐 아니라 간단한 계산 문제를 푸는 것도 힘들어했다. 수업 중에 읽은 책이나 배운 내용을 기억하는 일도 드물었다. 하지만 그는 큰 어려움을 느끼지 않았고, 그의 일상은 물 흐르듯 자연스럽기만 했다. 그가 잘하는 것이 있다면 다른 사람의 동작이나 목소리를 흉내 내는 것이었다. 가끔 성대모사를 하거나 유명인의 동작을 흉내 내는 그를 보려고 한 무리의 아이들이 그를 에워싸기도 했다. 게이르는 그 순간을 즐겼다. 아이들이 크게 웃기라도 하면, 그는 신이 나서 더 많은 것을 보여주었다. 아이들의 웃음소리는 그에게 활력소로 작용했다. 그렇다고 그가 그런 것에만 집착하는 건 절대 아니었다.

그에겐 자신만의 세계가 따로 있었다. 그림 그리기를 좋아하는 그는 가끔 시간 가는 줄도 모르고 하루 종일 방에 틀어박혀 그림을 그리기도 했다. 그는 모형 비행기를 조립하는 것도 좋아했다. 그의 웃음소리는 크고 요란해서 가끔 그가 발작을 일으키는 건 아닌가 의심스러울 때도 있었다. 하지만 그는 무엇보다도 방귀 뀌는 것을 좋아했다. 그는 방귀에 대한 갖가지 실험을 했을 뿐 아니라, 자주 방귀 이야기로 수다를 떨기도 했다.

게이르에게는 그로라는 누나가 있었다. 그 때문인지 나처럼 여자아이들에게 그다지 관심을 보이지 않았다. 하지만 내가 연애편지를 쓴다고 하니 눈을 반짝이면서 관심을 보였다. 내가 편지를 쓰면, 그가 그림을 그리기로 했다. 하트를 짓밟고 있는 한 소년과 그를 멀리서 바라보는 두 소년. 나는 그림 밑에 빨간 사인펜으로 글을 썼다. '에이빈은 우리의 심장을 짓밟았음.' 편지라고 해봤자 다섯 줄도 채 안 되는 것이었다.

안네 리즈벳에게
우리의 심장은 짓밟혔단다.

우리에게 다시 돌아와줘.

귀를 기울이고 잘 들어보렴.

우린 너를 사랑한단다.

우리는 그녀에게 이 편지를 주면 안 된다고 생각했다. 그녀는 분명 학교의 누군가에게 편지를 보여줄 것이고, 그러면 우리는 아이들의 웃음거리가 될 것이 틀림없었다. 곰곰이 생각한 끝에 우리는 그녀에게 편지를 보여주기만 하자고 결론 내렸다. 우리는 그림 그린 종이와 편지 쓴 종이를 각각 깔때기처럼 돌돌 말아 쥐고 그녀의 집으로 갔다. 옐렌 씨의 집을 지나 그녀의 집 창문 아래 섰다. 자갈돌을 창에 던지자 그녀가 창문을 열었다. 우리는 먼저 그림을 펼쳐보였다. 그녀가 미소를 지었다. 우리는 얼른 그 종이를 찢어 던지고 발로 꾹꾹 밟은 후 그곳을 떠났다. 이제 우리의 마음을 알았으니 선택은 그녀가 할 차례였다.

게이르가 교차로 앞에 멈춰 섰다.

"베문에게 잠시 들렀다 갈게. 너도 같이 갈래?"

나는 고개를 저었다. 언덕을 내려오면서 나도 다른 아이 집에 가보고 싶다고 생각했다. 다그 마그네에게 가볼까? 하지만 갑자기 그를 찾아가는 것이 뜬금없는 일 같아 마음을 바꿔먹고 집으로 가는 발걸음을 재촉했다.

침대에 누워 책을 읽고 있는데 윙베 형이 함께 공놀이를 하자고 했다. 나는 얼른 몸을 일으켰다. 밖에서 윙베 형과 함께 노는 것보다 더 좋은 일은 없었다. 우리는 집 안에 있을 때면 함께 퍼즐 놀이를 하거나 음악을 들었다. 하지만 밖으로 나가면 우리는 각자 흩어져서 놀았다. 형은 형의 친구들과 놀았고, 나는 내 친구들과 어울려 놀았다. 방학 때는 자주 축구나 탁구 또는 배드민턴을 치면서 함께 시간을 보냈지만 방학이 아닐 때는 둘이 함께 어울릴 일이 그다지 많지 않았다. 그날처럼 형이 함께 어울릴 친구를 찾지 못해 내게 손을 내밀어오면 이를 거절할 이유가 없었다.

우리는 한 시간 이상 공을 차며 놀았다. 윙베 형이 내게 공을 보내면 나는 슛 날리는 연습을 했다. 서로에게 센터링을 하기도 했다.

기적처럼 내 손에 있던 사마귀가 사라졌다. 시간이 지날수록 사마귀는 점점 작아졌고, 3주쯤 지나자 흔적도 없이 사라져버렸다. 언제 사마귀가 있었는지 기억이 안 날 정도로 매끈해진 손에 익숙해졌다.

안네 리즈벳은 끝내 돌아오지 않았다. 전에는 내가 그녀의 모자를 낚아채거나 목도리를 당기면 기쁨이 담긴 즐거운 비명을 질렀지만 지금은 짜증을 내거나 심지어 화를 내기도 했다. 그녀와 솔베이가 에이빈, 게이르 B와 함께 버스를 탈 때면 그 모습을 지켜보는 내 심장은 무언가 뾰족한 것에 찔린 듯이 아팠다.

매일 밤 나는 그들을 위험한 상황에서 구해내거나 그 비슷한 일을 떠올렸고, 그녀가 후회에 몸부림치면서 내게 돌아오는 상상을 했다. 가끔 죽어버린 나를 앞에 두고 슬픔과 후회에 젖어 있는 그녀를 상상하기도 했다. 꽃으로 장식된 관 속에 누워 있는 나와 내게 다시 돌아오고 싶어도 돌아올 수 없는 그녀를 상상하면 왠지 가슴이 저려왔다. 당시 죽음이라는 것은 내게 꽤 달콤하게 다가왔다. 내가 죽고 나면 안네 리즈벳뿐 아니라 아버지도 후회할 것이 틀림없다고 생각했기 때문이다.

꽃다운 나이에 세상을 떠나 관 속에 누워 있는 아들을 바라보는 아버지. 아니 아버지뿐 아니라 온 동네 사람이 나를 다시 바라볼 것이 틀림없었다. 내가 사라지고 나면, 사람들은 그제야 내 존재의 중요성을 깨달을 테니까. 그렇다. 그 시절 내가 생각했던 죽음의 의미는 달콤하고 기분 좋은 것이었으며 내게 큰 위안이 되었다. 하지만 현실은 내 머릿속의 상상과 너무 달랐다. 나는 매일 학교에서 그녀와 마주쳤고, 그럴 때마다 어쩔 수 없는 간당간당한 희망이 생겨났다. 그녀가 일깨웠던 어둠은 당시 나를 지배했던 어둠과는 다른 종류의 것이었다.

어느 날, 나는 게이르도 가끔 알 수 없는 어둠에 짓눌려 우울해한다는 것을 알게 되었다. 그날 저녁 우리는 게이르의 방에 함께 앉아 있었고, 게이르는 내게 무슨 일이 있느냐고 걱정스레 물었다.

"특별한 일은 없어."

"평소와 다르게 너무 조용하잖아."

그가 말했다.

"아… 그거? 그냥 말할 수 없이 슬퍼질 때가 가끔 있어."

"왜?"

"나도 몰라. 아무 이유 없어. 그저 슬프고 우울할 뿐이야."

"사실, 나도 그럴 때가 있어."

"정말?"

"응."

"아무 이유 없이 그냥 우울해질 때가 있다고?"

"응, 그렇다니까."

"전혀 몰랐어. 나만 그런 줄 알았는데…"

"그렇다면 이제부터는 이유 없이 우울한 기분이 들 때마다 '그럭저럭'이라고 말하는 건 어때? 둘 중 하나가 '오늘은 그럭저럭'이라고 하면, 길게 설명하지 않아도 다른 사람이 알아들을 수 있잖아."

"좋은 생각이야."

우리는 우리만의 새로운 단어를 사용하기 시작했다. 그 가운데는 윙베 형에게서 배운 낯선 단어도 있었다. 형은 섹스를 '성교'라는 단어로 바꾸어 말할 수 있다고 설명해주었다. 나는 게이르와 함께 언덕 꼭대기에 놀러갔을 때 주저하면서 이 놀랄 만한 지식을 전수해주었다.

"그건 성교라고도 해. 하지만 내가 이런 말을 했다는 걸 아무에게도 말하면 안 돼! 약속!"

그는 두말없이 약속했다.

그즈음 게이르가 베문을 찾는 날이 점점 많아지기 시작했다. 심지어 베문이 게이르의 집으로 가는 날도 있었다. 나는 이해할 수 없었다.

"왜 넌 요즘 베문과 함께 다니니? 베문은 뚱뚱하고 멍청한데다 우리 반에서 공부도 제일 못하는 애잖아."

게이르는 내 말에 그럴듯한 대답을 하지 않았다. 그저 베문과 함께 있는 게 재미있다고만 했다.

"왜 재밌어? 도대체 베문과 뭘 하기에 그렇게 좋아하는 거야?"

게이르는 베문과 함께 앉아 그림을 그린다고 했다. 시간이 흐르자, 수업 시간에 짝지어 과제를 해결해야 할 때도 게이르는 자연스럽게 내가 아니라 베문을 찾곤 했다. 결국 나도 게이르를 따라 베문의 집에 몇 번 가보았다. 단지 안네 리즈벳의 집에 가까이 갈 수 있다는 이유 때문이었다. 하지만 베문과 함께 있으면 지루하기 짝이 없었다. 다른 걸 해보자고 제안해도 베문과 게이르는 하던 걸 마저 하자며 나는 거들떠보지도 않았다. 그다지 신경이 쓰이진 않았다. 게이르가 그렇게 멍청한 애와 함께 놀고 싶다면 그러라지 뭐. 게이르와 나는 여전히 이웃집에 사는 단짝이니까.

게이르는 여전히 우리 집에 자주 놀러왔고, 우리는 같은 축구팀에서 공을 찼다. 우리 동네에 있는 아이들 대부분이 같은 팀에서 축구를 했고, 훈련이 있는 날에는 호베 경기장으로 갔다. 게이르의 어머니와 우리 어머니는 번갈아가며 우리를 차에 태워 훈련 장소로 데려다주었다.

훈련을 시작했을 때, 어머니는 내게 트레이닝복을 사주었다. 난생처음 트레이닝복을 입어볼 생각에 나는 며칠 전부터 들떠 있었다. 윙베 형의 트레이닝복처럼 매끈매끈한 푸른색 아디다스이기를 바랐다. 아니 그보다 푸마를 사주면 더 좋을 텐데. 적어도 험멜이나 애드미럴은 되었으면 좋겠다고 생각했다. 하지만 어머니가 사온 것은 갈색에 하얀 줄무늬가 있는 무명 브랜드 옷이었다. 나는 색깔도 마음에 안 들었지만, 천의 재질은 더더욱 싫었다. 매끈함과는 거리가 먼 그 옷을 입으면 영 폼이 나지 않았다. 몸 위로 멋있게 흘러내리기는커녕 여기저기 끼어 접히기도 했다.

특히 바지를 입으면 뽈록 튀어나온 내 엉덩이가 평소보다 더 도드라져 보였다. 나는 트레이닝복을 입을 때마다 엉덩이 부분이 신경 쓰였다. 경기장에서 훈련하며 달릴 때도 나는 엉덩이 생각만 했다. 풍선 같은 엉덩이를 달고 공을 따라 뛰는 내 모습은 얼마나 우스꽝스러울까. 게다가 내 옷은 갈색에다 볼품도 없는데. 다른 아이들에게는 내가 얼마나 바보처럼 보일까. 바보, 바보, 바보.

나는 어머니에게 아무 말도 하지 않았다. 트레이닝복을 받아들고 기쁜 표정을 지었을 뿐이다. 나를 위해 오랜 시간 시내를 둘러보면서 적지 않은 돈을 주고 옷을 사온 어머니에게 실망하는 기색을 내

비칠 용기가 나지 않았기 때문이다. 옷이 마음에 들지 않는다고 하면 어머니는 내가 감사해할 줄 모르는 무례한 아이라고 생각할 것이고, 어쩌면 옷을 제대로 사오지 못했다고 자책할지도 몰랐다. 나는 어머니가 슬퍼하는 모습을 볼 자신이 없었다.

"오, 정말 멋있어요. 내가 입고 싶었던 옷이랑 똑같아요. 잘 입을게요."

나는 이렇게 말하면서 억지 미소를 지었다.

봄에 시작된 축구 훈련을 하면서 나는 이상한 사실을 하나 발견했다. 내 속에 있는 나 자신의 모습과 잔디밭 위에 있는 내 모습이 너무나 다르다는 것이었다. 내 속에는 드리블을 하고 골을 넣고 싶다는 생각과 열망, 전혀 마음에 들지 않는 트레이닝복과 뽈록 튀어나온 엉덩이, 앞으로 돌출한 내 뻐드렁니에 대한 불만으로 가득했지만, 잔디밭에서 달리는 내 모습은 개성이라곤 하나도 찾아볼 수 없는 투명 인간에 불과했다. 공을 따라 움직이는 아이들의 머리와 팔다리는 언뜻 보기에 한 무리의 모기떼와 다름없었고, 코치가 이름을 기억하는 아이는 열 손가락 안에 들 정도였다. 보아하니 이름을 아는 아이들은 이웃집 아이거나 지인들의 아들딸이 틀림없었다.

한 무리의 이름 없는 아이들 속에서 처음으로 내 존재를 발견했던 때는 누군가가 찬 공이 골대 뒤 숲속으로 자취를 감추어버린 어느 날 저녁이었다. 아이들은 누가 먼저라고도 할 것 없이 숲속으로 들어가 공을 찾기 시작했다. 몇 분이 지나도 공을 찾았다는 아이는 나타나지 않았다. 갑자기 기적처럼 눈앞에 공이 보였다. 하얀 축구공은 어슴푸레한 저녁 빛을 머금고 덤불 속에 숨어 있었다. "공을 찾았어요!"라고 소리치면서 경기장 안으로 공을 들고 들어가면 그에 합당한 명예를 얻을 수 있었을 테지만, 나는 용기를 내지 못했다. 나는 아무 말도 하지 않고 공을 경기장 안으로 차 넣었다. 누군가 공을 보았다고 소리쳤다. "누가 찾았지?"라고 소리치는 또 다른 목소리가 뒤를 이었다. 나는 모른 척 숲속에 있는 다른 아이들과 함께 경기장으로 들어갔다. 그날 누가 공을 찾았는지는 지금껏 미스터리로 남아 있다.

비슷한 상황은 한 번 더 있었다. 내겐 이전보다 훨씬 기분 좋은 상황이었다. 훈련 중 골대 앞으로 달려가는 내 발 앞에 공이 흘러들어왔다. 골대에서 10미터 정도 떨어진 지점이었고, 주변에는 팔다리를 허우적거리면서 우왕좌왕하는 아이들로 가득했다. 언뜻 정신을 차려보니 내 앞에 빈 공간이 있었다. 나는 있는 힘을 다해 공을 찼고, 공은 매끈하게 골문 안으로 들어갔다.

"골!"

아이들의 함성이 들렸다.

"누가 골을 넣었지?"

나는 아무 말도 하지 않고 제자리에 가만히 서 있었다.

"누가 골을 넣었어? 아무도 없나?"

코치가 물었다.

"정말 아무도 없어? 할 수 없지. 경기를 계속하자!"

어쩌면 그들은 누가 자살골을 넣었기 때문에 아무 말도 하지 않았다고 생각했는지도 모른다. 골을 넣은 주인공이 나라고 말은 하지 않았지만, 그것이 나의 첫 골이라는 사실은 변하지 않았다. 그 생각을 하니 훈련이 끝날 때까지 입가에 미소가 떠나지 않았다. 집으로 가는 차 안에서도 들뜬 미소를 감출 수 없었다. 훈련을 마친 나는 차 안에서 기다리는 어머니에게 대뜸 오늘 첫 골을 넣었다고 자랑했다.

"오늘 골을 넣었어요!"

"그래? 잘했구나!"

집으로 돌아와 밤참을 먹을 때도 나는 골을 넣었다고 자랑했다.

"오늘 골을 넣었어!"

"시합을 했니?"

윙베 형이 물었다.

"아니, 우린 아직 시합을 해본 적이 없어. 오늘은 훈련만 했어."

"그렇다면 그건 골이라고 할 수 없어."

갑자기 양 볼을 타고 눈물이 흘러내렸다. 아버지가 굳은 표정으로 짜증스런 눈길을 던졌다.

"사내자식이 겨우 그런 일로 눈물을 짜다니! 그 정도는 참을 수 있어야 하지 않겠니?"

아버지의 말에 나는 소리내어 울기 시작했다.

쉽게 눈물을 흘리는 건 큰 문제였다. 나는 누가 야단치거나 조금만 꾸짖어도 울었고, 심지어는 꾸중을 들을지 모른다는 생각만으로도 눈물이 나왔다. 대부분은 아버지 때문이었다. 나는 아버지가 목소리만 높여도 울었다. 내가 우는 것을 아버지가 제일 싫어한다는 것을 잘 알면서도 어쩔 수 없었다. 아버지는 자주 목소리를 높였다. 하지만 어머니 앞에선 잘 울지 않았다. 긴 성장 과정을 거치면서 어머니 때문에 울었던 건 단 두 번뿐이었다. 두 번 다 내가 축구 훈련을 시작했던 그해 봄에 있었던 일이고, 특히 첫 번째에는 너무나 서럽게 울었다.

나는 아이들과 함께 숲에서 놀고 있었다. 둥그렇게 서 있는 무리 가운데 윙베 형, 형과 같은 반 학생인 에드문도 있었다. 다그 로타르,

스테이나르, 레이프 토레, 롤프도 그 자리에 함께 서서 이런저런 대화를 나눴다. 저 멀리 우베실렌 쪽에서 갈매기 울음소리가 들렸다. 땅에는 어둠이 나무둥치를 감싸며 나직이 깔려 있었지만, 하늘은 여전히 환했다. 우리는 학교와 선생님 이야기, 몰래 수업을 빼먹는 이야기, 나쁜 짓을 하다 들켜 수업 시간에 교장 선생님께 불려가는 이야기 등을 주제로 재잘거렸다.

윙베 형의 반에서 공부를 제일 잘하는 학생이 대화 주제로 등장했다. 나는 그때까지 조용히 듣고만 있었다. 나보다 나이 많은 아이들과 함께 어울린다는 사실만으로도 충분히 즐거웠기 때문이다. 하지만 주제가 바뀌자 나도 한마디 끼어들 수 있을 것 같았다.

"나는 우리 반에서 공부를 제일 잘해. 적어도 읽기와 쓰기, 사회과학 과목은 내가 최고야. 숙제도 내가 가장 잘해."

윙베 형이 내게 고개를 돌렸다.

"잘난 척하지 마, 칼 오베."

"잘난 척하는 게 아니라 정말이라니까! 이건 명백한 사실이야! 나는 다섯 살 때 알파벳을 다 배웠어. 우리 반 아이들 가운데 가장 먼저 글자를 배웠다고. 지금은 책도 줄줄 잘 읽어. 하지만 에드문은 나보다 네 살이나 많으면서 아직까지 책을 더듬더듬 읽는다며? 형이 그렇게 말했잖아! 그러니까 난 에드문보다 훨씬 똑똑해."

"잘난 척 그만하고 입 다물어."

윙베 형이 말했다.

"하지만 이건 사실이잖아. 그렇지, 에드문? 책을 잘 읽지 못한다는 건 사실이지? 그래서 따로 보조 수업을 받아야 하잖아? 우리 반에 에드문의 여동생이 있는데 걔도 책을 못 읽어. 아는 알파벳이 몇 개없어. 이건 거짓말이 아냐!"

분위기가 이상해졌다. 에드문의 눈에 눈물이 고이는가 싶더니, 그가 몸을 홱 돌려 가버렸다.

"이게 뭐하는 짓이야?"

윙베 형이 내게 소리를 질렀다.

"아니, 사실을 있는 그대로 말하는데 뭐가 잘못됐어? 난 우리 반에서 공부를 제일 잘하는 학생이고, 에드문은 자기 반에서 공부를 제일 못하는 학생이잖아."

"집에 가!"

윙베 형이 소리쳤다.

"당장 집에 가! 넌 여기 있을 자격 없어!"

"형은 그런 결정을 할 권리가 없어."

"입 닥치고 얼른 집에 가!"

형은 양손으로 내 어깨를 밀었다.

"알았어, 알았다고. 밀지 마!"

나는 언덕을 올라 길을 건넜다. 대문을 쾅 닫고 외투를 벗었다. 나는 사실만 말했을 뿐인데, 형은 왜 나를 떠밀어 집으로 보냈을까.

침대에 누워 책을 펼쳤지만 눈물이 고여 책을 읽을 수 없었다. 불공평하다는 생각뿐이었다.

퇴근한 어머니는 차를 끓이고 간단하게 배를 채우기 위해 음식을 준비했다. 윙베 형은 여전히 밖에 있었기에, 어머니와 나만 식탁에 앉았다. 어머니가 내게 울었냐고 물었다. 나는 그렇다고 대답했다.

"왜 울었어?"

"윙베 형이 나를 떠밀었어요."

"그렇군. 윙베가 집에 돌아오면 이야기를 해야겠다."

나는 외할아버지에게 쓴 편지를 어머니에게 보여주었다. 어머니는 외할아버지가 무척 기뻐하실 거라며 내게 봉투를 주었다. 나는 봉투 속에 편지를 넣었고, 어머니는 봉투 겉면에 주소를 적으면서 다음 날 우편으로 보내겠다고 약속했다. 배를 채운 나는 방에 들어가 침대에 누웠다. 책을 읽고 있는데 윙베 형의 목소리가 들렸다. 형은 계단을 올라와 어머니가 있는 부엌으로 들어갔다. 이제 어머니가 나를 떠밀었던 형을 야단치겠지? 나는 고개를 푹 숙인 윙베 형의 모습을 상상했다. 복도에서 목소리와 발소리가 들리더니 잠시 후 방문이 열렸다.

나는 어머니의 표정이 굳어 있는 것을 보고 얼른 침대에서 일어났다.

"윙베가 말한 게 모두 사실이니? 에드문이 글자를 못 읽는다고 네가 놀렸다는 게 사실이야?"

나는 고개를 끄덕였다.

"조금…"

"에드문이 슬퍼할 거라곤 생각하지 못했니? 다른 사람들의 이야기를 그런 식으로 하면 안 된다는 걸 몰랐어?"

어머니가 침대 곁으로 바짝 다가왔다. 두 눈은 가늘었고, 목소리는 높고 날카로웠다. 윙베 형은 어머니 뒤에 서서 나를 째려보고 있었다.

"칼 오베, 대답해봐. 알았어, 몰랐어?"

"에드문이 끝내 울어버렸어요. 그건 너 때문이야, 칼 오베."

나는 그제야 모든 것을 깨달았다. 어머니는 그날 있었던 일에 무자비할 정도로 날카로운 눈빛을 던져주었던 것이다. 약자의 위치에서 사람들의 동정을 받아야 할 사람은 내가 아니라 에드문이었다. 그는 나보다 네 살이나 많았지만, 슬퍼했던 사람은 그였고, 그를 슬

329

프게 한 사람은 나였다.

나는 세상이 떠나갈 듯 큰 소리로 울었다.

"ㅇㅇㅇㅇㅇㅇ…"

딸꾹질이 흐느낌과 함께 입 밖으로 흘러나왔다.

"ㅇㅇㅇㅇㅇ…"

어머니는 허리를 굽혀 내 뺨을 쓰다듬어주었다.

"잘못했어요, 어머니."

나는 흐느끼면서 말을 이었다.

"다시는 안 그럴게요. 약속할게요. 가슴에 손을 얹고 약속할게요."

엉엉 울며 소리치듯 잘못했다고 비는 내 모습에 어머니는 마음이 누그러진 것 같았다. 하지만 윙베 형은 며칠이나 지나서야 굳은 표정을 풀었다. 에드문은 형에게 중요한 사람이 아니었고, 단짝도 아니었다. 같은 반에서 공부하는 학생일 뿐인데 형은 왜 그런 반응을 보였을까. 나는 형을 이해할 수 있을 것 같기도 했고, 없을 것 같기도 했다.

어머니 때문에 울었던 적은 한 번 더 있었다. 어느 날 저녁 우리는 함께 길을 걸었다. 피나에서 뭘 사려던 어머니는 차를 타기보다는 걷는 게 좋겠다며 집을 나섰다. 나는 어머니와 단둘이 있고 싶어서 얼른 따라 나섰다. 나는 손전등을 챙겼다. 오솔길은 어둑어둑했다. 길을 걷던 나는 갓길에 있는 어떤 집의 어둑한 거실 창으로 손전등을 비췄다.

"그러면 안 돼!"

어머니가 날카롭게 소리쳤다.

"사람이 사는 집 안에 손전등을 비추면 어떡하니!"

나는 얼른 손전등을 아래로 내렸다. 몇 초가 채 지나기 전에 눈물이 흘렀고, 그것은 곧 흐느낌과 딸꾹질로 변했다.

"그게 그렇게 마음이 아팠니?"

어머니가 나를 내려다보며 말을 이었다.

"네게 가르쳐주려고 그랬어. 네가 한 행동은 굉장히 무례했단다."

내가 울었던 이유는 어머니에게 꾸중을 들었기 때문이 아니라, 나를 꾸짖은 사람이 어머니였기 때문이었다. 하지만 어머니는 아버지와는 달리 내가 울어도 더 화를 내지 않았다.

나는 집 밖에서는 거의 울지 않았다. 누구에게 맞았을 때는 예외였다. 하긴 누군가에게 맞았을 때 터져 나오는 눈물을 참아내기는 쉽지 않다. 나와 함께 놀기 위해 우리 집으로 찾아오는 아이들이 거의 없는 이유는 내가 이해하지 못하는 또 다른 사실 때문이었다. 나는 아이들과 자주 말다툼을 했다. 특히 레이프 토레와는 만나기만 하면 싸우기 일쑤였다. 대부분의 말다툼은 누가 어떤 놀이를 할지 결정할 때 각자의 고집을 굽히지 않아서 벌어졌다. 그런데 아이들은 나보다 레이프 토레를 더 좋아했다. 전나무 숲속에서 오두막을 지어 올리거나 공터에서 축구를 할 때처럼 아이들이 많이 모일 때는 별로 상관이 없었다. 반면 서너 명만 어울릴 때면 나의 입지는 눈에 띄게 줄어들었다.

다그 로타르처럼 나보다 나이 많은 아이들과 함께 있을 때는 큰 문제가 되지 않았다. 나는 그를 졸졸 따라다니면서 그가 하는 대로 따라 했고, 그의 말에 별 이의를 제기하지도 않았다. 나보다 한 살이나 많은 그에게 무언가를 가르치려 든다는 건 왠지 부자연스럽게 느껴졌기 때문이다. 하지만 게이르에게는 잘못을 바로 지적하곤 했다. 다시 말하면, 우리 사이의 서열은 위에서부터 다그 로타르, 나, 게이르 그리고 베문이라 할 수 있었다. 내 서열이 위라고 말하자 게이르는 화를 냈다.

"그건 사실이 아냐. 우리가 뭐하고 놀지 결정했던 건 대부분 나였잖아!"

나는 게이르의 말이 사실이 아니라고 반박했다.

"아냐, 그건 나였어!"

"하지만 네가 나보다 서열이 위라는 건 인정할 수 없어!"

"쳇, 그게 무슨 상관이야? 나는 다그 로타르가 내 위에 있다고 말했잖아? 그리고 넌 베문보다 위에 있다고 말했지?"

"그렇다면 내가 너와 함께 있을 때는 아무것도 결정할 수 없다는 말이니?"

"응, 틀린 말은 아냐."

게이르의 표정이 굳어지는가 싶더니 그가 몸을 홱 돌려 집으로 가 버렸다. 다른 아이들은 그보다 더 작은 일에도 화를 내곤 했다.

방과 후 이른 오후에, 게이르 호콘, 켄트 아르네, 레이프 토레와 함께 공터에 있을 때였다. 자갈을 가득 실은 트럭 한 대가 우리 곁을 지나갔다.

"너희들도 봤니? 저건 메르세데스야!"

내가 아는 척을 했다.

사실 나는 차, 보트, 모터사이클 등에 대해서 아는 것이 별로 없었다. 아무것도 모른다 해도 과언이 아니었다. 하지만 다른 아이들은 그런 것에 관심이 많아서, 가끔은 나도 조금 아는 척할 때가 없지 않았다.

"아냐!"

게이르 호콘이 반박했다.

"메르세데스에서는 트럭을 만들지 않아."

"너도 별 모양 장식이 달려 있는 걸 봤잖아?"

"넌 정말 멍청한 거니, 아니면 눈이 나쁜 거니? 그건 메르세데스 상표가 아니었어."

"아냐, 그건 메르세데스가 틀림없어."

나는 지지 않고 말했다.

게이르 호콘이 한숨을 훅 내쉬었다. 통통한 양 볼이 평소보다 훨씬 크게 부풀어 올랐다.

"메르세데스도 트럭을 만들어. 책에서 읽었단 말이야."

"나도 그 책을 한 번 봤으면 좋겠네."

게이르 호콘이 말을 이었다.

"넌 입만 열면 거짓말이야. 트럭에 대해서 아는 게 아무것도 없으면서."

"그러는 넌 아는 게 많아서 좋겠다. 네 아버지가 중장비 기사라서 주워들은 건 있는 모양이지?"

"그래, 그건 맞는 말이야."

그가 말했다.

"오호!"

나는 한껏 비꼬며 말을 이었다.

"네 아버지가 활강 스키를 사줬다고 활강 스키에 대해서도 좀 아는 척하는 모양인데, 정작 넌 스키를 타지도 못하잖아. 활강 스키가 있으면 뭐해? 탈 줄도 모르는 주제에. 아이들은 네가 응석받이에 불과하다고 수군거려. 네 아버지는 네가 손가락으로 가리키는 건 뭐든 다 사주니까."

"그건 사실이 아냐. 너, 지금 질투 나서 그런 말 하는 거지?"

"내가 왜 너한테 질투를 느끼니? 그럴 이유가 하나도 없잖아?"

"이제 좀 그만해, 칼 오베."

보다 못한 켄트 아르네가 소리쳤다.

게이르 호콘은 내게서 몸을 돌렸다.

"왜 내가 그만둬야 하니? 넌 게이르 호콘에겐 아무 말도 못 하면서 내게만 트집을 잡는구나."

"그건 게이르 호콘 말이 맞기 때문이야."

켄트 아르네가 말을 이었다.

"그 트럭은 메르세데스가 아니었어. 그리고 게이르 호콘만 활강 스키를 가지고 있는 건 아냐. 나도 활강 스키를 가지고 있다고."

"그건 네 아버지가 돌아가셨기 때문이야. 네 어머니는 그런 네가 불쌍해서 네가 원하는 건 뭐든 다 사주잖아."

"말도 안 돼. 우리 어머니는 내가 원하는 걸 사주고 싶어 할 뿐이야. 돈은 충분하니까."

"하지만 네 어머니는 가게에서 일하는 점원일 뿐이야. 돈을 많이 벌진 못해."

"그렇다고 교사라는 직업이 더 나은 건 아냐."

가만히 있던 레이프 토레가 끼어들었다.

"우리가 너희 집에 대해서 정말 아무것도 모른다고 생각하니? 너희 집 건물은 금방이라도 쓰러질 것처럼 벽에 금이 가 있어. 그건 네 아버지가 기초 공사에 대해서 아무것도 모르기 때문이야. 집을 지을 때 시멘트 속에 지지대를 설치하지도 않았잖아! 그보다 더 바보 같은 일을 할 수 있다고 생각해?"

"게다가 네 아버지는 시청에서 한자리 차지하고 있다는 이유로 다른 사람들보다 훨씬 잘난 줄 알고 있어."

켄트 아르네가 말했다.

"차를 타고 지나가다가 우리를 보면 괜히 멋있게 보이려고 손가락 하나만 까딱 올려 인사하잖아. 넌 그냥 입 닥치고 가만히 있는 게 좋아."

"내가 왜 가만히 있어야 돼?"

"싫다면 할 수 없지, 뭐. 넌 여기 서서 늘 하던 대로 입만 종알거리고 있으렴. 어차피 우린 너와 함께 놀지 않을 테니까."

그들은 말을 마치자마자 어디론가 뛰어가버렸다.

냉전이 오래가는 법은 없었다. 우리는 몇 시간도 채 지나지 않아 아무 일도 없었다는 듯 함께 어울려 놀았다. 하지만 이미 일어난 일을 돌이킬 수는 없었다. 어쩐 일인지 나는 비슷한 상황에 점점 더 자주 놓였고, 내가 다가가면 아이들이 슬그머니 자리를 피하는 일이 점점 더 많아졌다.

게이르도 마찬가지였다. 심지어 가끔 나를 피해 몸을 숨기기까지 했다. 소문이란 그런 것이다. 동네에 한 번 소문이 퍼지면 걷잡을 수 없어진다. 나는 무엇이든 제일 많이 아는 척, 항상 잘난 척하는 아이로 소문이 나 있었다. 하지만 내가 다른 아이들보다 아는 것이 많은 건 사실인데 일부러 모른 척할 수는 없지 않은가. 나는 당연한 것을 알고 있었고, 그런 나를 추켜세우는 사람이 많은 것도 사실이었다. 아이들에게 인기가 많은 다그 로타르는 남에게 칭찬을 들었거나 무언가 자랑하고 싶은 일이 있으면 항상 "내 자랑은 아니지만…"이라는 말로 운을 뗐다.

나는 다그 로타르와 내가 다른 점이 없다고 생각했다. 그렇다면 아이들이 나를 멀리하는 건 나의 행위나 말 때문이 아니라, 그냥 내 존재 자체 때문은 아닐까. 그렇지 않다면 롤프는 왜 함께 축구를 할 때마다 나를 '전문가 선생'이라고 불렀을까? 나는 정말 특별하게 다른 일을 한 적이 없다. 그런데도 그는 "넌 네가 정말 축구를 잘하는 줄 아나 보지? 전문가 선생?"이라고 말했다. 나는 축구를 어떻게 해야 하는지 가르쳐주었을 뿐이다. 그걸 알고 있는데도 모른 척할 수는 없지 않은가? 축구할 때는 불빛을 향해 모여드는 나방처럼 공을 따라 떼 지어 움직이는 것보다 각자의 위치에서 센터링을 하거나 드리블을 해서 공을 옮기는 것이 더 좋다.

그해 봄, 마침내 내가 틀리지 않았다는 것을 증명할 수 있었다. 여름방학이 시작되기 전, 우리는 학예회를 준비하기 위해 수업 시간까지 바꿔가면서 연습했다. 담임선생님은 연극 대본을 나눠주었다. 학기 마지막, 학생과 학부모가 다 모이는 가장 큰 행사에서 내가 아니라면 과연 누가 주인공을 맡을 수 있을까.

레이프 토레도, 게이르 호콘도, 트론도, 게이르도 아니었다.

주인공은 바로 나였다.

나, 나, 나!

나를 제외한 그 어느 누구도 주인공의 긴 대사를 외울 수 없었다. 있다면 남자아이 중에선 나와 에이빈, 스베레 정도였다. 하지만 담임선생님이 나를 주인공으로 지목한 것은 결코 우연이 아닐 것이다.

나는 주인공으로 지목되자 기뻐서 어쩔 줄 몰랐다.

방학 전 마지막 주에는 매일 연극 연습을 했고, 주인공 역을 맡은 나는 안네 리즈벳을 비롯한 아이들의 관심을 한 몸에 받았다. 학예회 날이 되자 학부모가 모여들었다. 날은 화창하기 그지없었다. 모두 옷을 잘 차려입고 교실 안으로 들어와 벽을 따라 나란히 배치된 의자에 앉았다. 사진을 찍는 사람도 있었다. 연극이 시작되자 관중석은 쥐죽은 듯 조용해졌다. 그들은 반짝이는 눈으로 끝까지 연극을 지켜본 후에 열심히 박수를 쳤다.

연극을 마친 우리는 리코더를 연주하고 노래를 불렀다. 담임선생님은 성적표를 나누어주며 방학을 잘 보내라고 말했다. 우리는 운동장을 가로질러 주차된 차를 향해 달려갔다.

게이르와 나는 성적표를 손에 들고 딱정벌레 자동차 앞에 서서 어머니를 기다렸다. 마르타 씨와 함께 이야기를 나누고 웃기도 하면서 걸어오던 어머니는 자동차 바로 앞에 도착한 후에야 우리를 발견했다.

서른두 살을 갓 넘긴 어머니는 베이지색 바지에 소매를 살짝 접은 버건디색 스웨터를 입고 있었고, 어깨 밑으로는 긴 머리를 늘어뜨리고 있었으며, 연갈색 구두를 신고 있었다. 갈색이 감도는 원피스를 입고 있는 마르타 씨는 어머니보다 두 살 많았다. 그들은 한창 젊은 나이에 들어선 여인들이었지만, 우리는 그걸 전혀 모르고 있었다.

어머니는 자동차 열쇠를 찾기 위해 한참이나 핸드백 안을 뒤적였다.

"참 잘하더구나."

마르타 씨가 칭찬을 해주었다.

"고맙습니다."

게이르는 아무 말도 하지 않고 햇살에 눈이 부신 듯 눈을 가늘게 떴다.

"아, 여기 있다. 겨우 찾았네."

어머니가 잠긴 차문을 열었다. 어른들은 앞좌석에 앉고 우리는 뒷좌석에 앉았다. 두 사람은 각자 담배를 꺼내들고 불을 붙였다. 우리는 햇살 속에서 차를 타고 집으로 갔다.

그날 저녁, 나는 부모님의 침실 문 앞에 서서 어머니가 헤어드라이기로 머리 말리는 모습을 지켜보았다. 아버지가 집에 없을 때면, 나는 귀찮을 정도로 어머니를 졸졸 따라다니면서 쉴 새 없이 재잘거렸다. 나는 헤어드라이기의 소음 때문에 말을 할 수 없어 가만히 서서 어머니를 지켜보기만 했다. 어머니는 한 손으로는 빗을 들고 머리카락을 들어올렸고, 헤어드라이기를 쥔 다른 손으로는 빗에 감긴 젖은 머리카락을 말렸다. 어머니는 가끔 고개를 돌려 내게 미소를 지어보였다.

나는 방 안으로 들어갔다. 침대 옆 작은 탁자 위에는 편지봉투 하나가 놓여 있었다. 훔쳐볼 의도는 전혀 없었지만, 거리가 그다지 멀지 않았기에 봉투에 적힌 어머니의 이름은 알아볼 수 있었다. 시셀. 그런데 봉투에 적힌 이름은 내가 아는 어머니의 이름보다 훨씬 길었다. 시셀과 크나우스고르라는 글자 사이에 낯선 이름이 하나 더 있었다. 나는 더 자세히 보기 위해 탁자 앞으로 다가갔다. '시셀 노룬 크나우스고르.'

노룬?

누굴까?

"어머니!"

어머니는 헤어드라이기를 내리고 나를 바라보았다. 그렇게 하면 내 목소리를 더 잘 들을 수 있다고 생각했던 것일까.

"어머니! 봉투에 뭐라고 적혀 있나요? 이건 누구 이름이죠?"

어머니는 그제야 헤어드라이기의 스위치를 껐다.

"지금 뭐라고 했니?"

"이게 누구 이름이냐고요!"

나는 고갯짓을 하며 봉투를 가리켰다. 어머니는 몸을 굽혀 봉투를

338

집어들었다.

"이건 내 이름인데, 왜?"

"하지만 거기에 노룬이라고 적혀 있잖아요! 노룬은 어머니 이름이 아니잖아요!"

"맞아. 이건 내 미들네임이란다. 시셀 노룬은 내 이름이야."

"항상 이 이름을 사용했었나요?"

나는 너무나 당황했다. 심장이 조여드는 것만 같았다.

"응. 평생 이 이름으로 불려왔어. 넌 몰랐니?"

"전혀 몰랐어요! 왜 제겐 아무 말도 하지 않았어요?"

눈물이 뺨 위로 흘러내렸다.

"세상에… 그렇게 중요한 건 아니잖아? 시셀은 내가 평소 사용하는 이름이고, 노룬은 미들네임이야. 일종의 추가적인 이름이란다."

가슴이 찢어지는 것 같았다. 이름 때문이 아니라 내가 지금껏 어머니의 이름도 모르고 있었다는 사실 때문이었다.

혹시 내가 모르고 있는 게 더 있는 건 아닐까.

한 달 후, 여름방학이 중반으로 접어들었을 때, 우리는 위트레 송은 오피오르 옆에 자리한 쇠르뵈보그로 갔다. 외할아버지 댁에서 보름 정도 머무르기 위해서였다. 들뜬 마음으로 새벽같이 일어나 오랫동안 기다려온 여행길에 오르니 너무나 낯선 기분이 들었다. 차 트렁크는 짐으로 꽉 찼고, 어머니와 아버지는 앞좌석에, 욍베 형과 나는 뒷좌석에 앉았다. 하루 종일 차를 타고 가면서 창밖으로 바라보는 자연풍경은 왠지 낯설기만 했다. 교차로로 향하는 내리막길, 다리로 향하는 오르막길 등 너무나 익숙했던 길조차도 낯설게 다가왔다 길과 집이 속해 있는 익숙한 풍경은 이제 여행길에 속한 낯선 풍경으로 변해버렸다. 길가의 돌멩이 하나, 바다 위의 돌섬 하나까지도 들뜬 마음과 기대감 때문인지 낯설게 다가왔다.

다리 옆 교차로에 이르렀을 때, 나는 두 손을 모으고 기도했다. 매번 먹혀들었던 기도였다.

사랑하는 신이시여.
오늘도 사고가 일어나지 않도록 도와주세요.
아멘.

우리는 다리를 건너 육지에 이르렀다. 길게 뻗은 도로 옆으로 거대하고 단조로운 숲, 나지막한 막사 건물과 커다란 소나무가 보이는 에비예를 차례차례 지나쳐갔다. 뷔글란즈피오르와 캠핑장을 지나 세테스달렌에 도착하니, 세월을 머금은 농장과 외양간과 반짝이는 간판을 내건 은 세공소가 보였다. 동네 사람들의 마당에 비좁은 찻길이 바짝 붙어 있는 곳도 있었다. 곧 나란히 자리한 집과 건물들이 듬성듬성해졌다. 줄지어 따라오던 건물들이 속도를 이기지 못해 차례차례 지쳐 떨어져나가는 것만 같았다. 마치 이른 여름, 달리는 보트가 속도를 더할수록 후미에 연결해둔 여러 개의 타이어가 하나둘 파도 속으로 잠겨버리고 마지막엔 동아줄만 남아 있는 모습을 보는 것 같기도 했다.

강가에 펼쳐진 모래밭, 하늘을 향해 가파르게 솟아오른 언덕과 산이 눈에 들어오기 시작했다. 짙고 옅은 갖가지 회색빛으로 무장한 헐벗은 돌산의 꼭대기에는 소나무가 몇 그루 서 있었다. 세차게 흐르는 강물과 폭포수, 갈대와 덤불은 우리가 차를 타고 달릴수록 점점 더 높이 떠오르는 태양 속에서 반짝이고 있었다. 도로는 주변의 높고 낮은 풍경 속에 자연스럽고 부드럽게 녹아 있었다. 양옆에 벽을 이루듯 빽빽하게 서 있는 나무 사이를 지나는가 하면, 불쑥 고지로 솟아올라 생각지도 못했던 풍경을 발밑에 두기도 했다.

가끔 도로변의 호수나 강가에서 졸음쉼터를 발견할 때도 있었다. 자갈이 깔려 있는 공터에는 통나무 탁자와 벤치가 마련되어 있었고, 나무 그늘 아래에서 쉬고 있는 사람들 옆에는 으레 차문이나 트렁크를 열고 세워놓은 자동차가 보였다. 통나무 탁자 위에는 백이면 백 보온병이 놓여 있었고, 가끔은 아이스박스나 휴대용 가스레인지도 볼 수 있었다.

"우리도 좀 쉬었다 가면 안 돼요?"

졸음쉼터를 몇 군데 지나친 후 슬쩍 물어보았다. 내겐 졸음쉼터와 페리가 여행의 정점이라 해도 과언이 아니었다. 우리 트렁크에도 아이스박스, 보온병, 주스와 플라스틱 컵, 플라스틱 접시 등이 들어 있었다.

"자꾸 보채지 마."

아버지는 한 번에 최대한 오랫동안 달리고 나서 쉴 생각이었던 것이다. 그건 세테스달렌을 지나, 호벤과 하우켈리그렌은 물론, 하우켈리 산맥을 지난 후에야 졸음쉼터에서 쉴 수 있다는 뜻이었다. 그렇다고 쉴 수 있는 곳을 발견했을 때 바로 차를 세우는 일은 없었다. 드물게 휴식을 취하다 보니 주변 경관이 아름다운 곳이 나와야만 그제야 쉴 만한 가치가 있다고 생각했기 때문이다.

평평한 산꼭대기에 오르니 나무 한 그루, 덤불 하나도 보이지 않았다. 직선으로 뻗은 길옆에는 이끼가 잔뜩 낀 돌무덤이 보일 때도 있었고, 매끈하게 닳은 평평한 바위가 보일 때도 있었다. 가끔 미처 녹지 못한 눈 더미 사이로 햇빛이 반사하며 반짝이는 호수도 보였다.

탁 트인 곳이었기에 아버지는 달리는 차에 속도를 더했다. 길 가장자리에는 무지막지하게 긴 제설용 알림 막대가 일정한 간격을 두고 서 있었다. 윙베 형은 겨울이 되면 자주 알림 막대의 끝부분까지 눈이 쌓일 때가 있다고 말해주었다. 막대는 언뜻 보기에도 수십 미터는 되는 것 같았다!

우리는 햇살 아래 펼쳐진 끝없는 고원을 달렸다. 졸음쉼터를 몇 군데나 지나쳤다. 갑자기 아버지가 깜빡이를 넣고 브레이크를 밟더니 차머리를 돌렸다.

호숫가였다. 검푸른 물을 담은 타원형 호수 건너편에는 완만하게 경사를 이룬 언덕이 있었고, 그 아래에는 푸르스름한 빛을 띤 눈 더미가 있었다. 커다란 눈 더미 한가운데는 구멍이 뚫려 있었고, 호수의 물은 그 구멍 속으로 빨려 들어가듯 자취를 감추었다.

사방은 쥐 죽은 듯 고요했다. 오랫동안 단조롭고 규칙적인 자동차 엔진 소리를 들어와서인지 갑자기 다가온 정적은 자연풍경의 일부분이 아니라 우리가 만들어낸 인공적인 상태처럼 느껴졌다.

아버지는 트렁크에서 아이스박스를 꺼내 통나무 탁자 위에 올려놓았다. 어머니가 아이스박스에 들어 있는 것을 꺼내기 시작하자, 아버지는 다시 차로 돌아가 보온병과 플라스틱 컵을 가져왔다. 윙베 형과 나는 호수로 달려가 살짝 손을 담가보았다. 물은 얼음처럼 차가웠다!

"얘들아, 설마 여기서 물놀이를 하려는 건 아니겠지?"

아버지가 등 뒤에서 소리쳤다.

"아니에요. 물이 얼음처럼 차가워요!"

"겁쟁이가 된 거야?"

"아니, 물이 얼음처럼 차갑다고요!"

내가 소리쳤다.

"알아. 농담이야. 물놀이할 시간도 없단다."

우리는 눈 더미 쪽으로 가보았다. 눈을 뭉쳐 눈싸움을 해볼 생각이었지만, 눈 더미는 돌처럼 딱딱해 도무지 눈을 긁어낼 수 없었다. 그렇다고 어머니와 아버지가 보고 있는데 눈 더미 위로 올라가는 것은 생각할 수도 없는 일이었다.

나는 눈 더미와 씨름하다 마침내 눈을 조금 긁어낼 수 있었다. 그것을 뭉쳐 물 위로 던지니 작은 빙하처럼 둥둥 떠 있었다. 집으로 돌아가면 7월 중순에 눈을 뭉쳐 던져보았다고 아이들에게 자랑할 수 있을 것이다.

"이리 와서 뭘 좀 먹으렴."

어머니 목소리가 들렸다.

우리는 자리에 앉아 도시락을 열었다. 빵 세 조각과 삶은 달걀. 탁자 위에는 비스킷도 있었다. 플라스틱 컵에 담긴 주스를 마시니 집에서 마실 때와는 맛이 달랐다. 나쁘지 않았다. 과일 열매를 따거나 캠핑할 때 길에서 마시던 주스맛과 비슷했다. 캠핑이라고 해봤자 작년 여름에 할아버지 할머니와 함께 스웨덴에 간 것이 전부였다.

등 뒤에서 차 소리가 들렸다. 차가 내 곁을 지나치는 순간 공기가 부르르 떨리는 것 같았다. 차는 순식간에 길 저편으로 사라졌다. 어머니와 아버지의 플라스틱 커피 잔에서 김이 모락모락 피어올랐다. 맞은편에서 캠핑용 카라반 한 대가 다가왔다. 나는 천천히 컵을 비우면서 곁눈질을 했다. 서서히 속도를 줄인 카라반은 깜빡이를 켜고 우리가 앉아 있는 졸음쉼터로 들어왔다.

"아니, 저 사람들은 생각이 있는 거야, 없는 거야?"

아버지가 몸을 돌리면서 말을 이었다.

"눈이 있다면 여기 탁자가 하나밖에 없다는 걸 보았을 텐데?"

다시 몸을 돌린 아버지는 커피 잔을 탁자에 내려놓고, 셔츠 주머니에서 타바코를 꺼냈다.

트레일러에 카라반을 이어붙인 자동차가 우리에게서 불과 몇 미터 떨어지지 않은 가까운 곳에서 멈추었다. 베이지색 바지와 노란색 티셔츠를 입은 뚱뚱한 남자가 바가지 모자를 쓰고 차에서 내렸다. 그가 캠핑용 카라반 안에 들어가는 순간, 자동차의 다른 쪽 문을 열고 한 여자가 내렸다. 하늘색 옷을 입은 그녀도 뚱뚱하긴 마찬가지였다. 그녀는 다림질 줄이 반듯하게 선 신축성 바지와 털실로 짠 스웨터를 입고 있었다. 입에는 불을 붙이지 않은 담배 한 개비가 매달려 있었고, 풍성한 머리카락은 백발이 섞인 금발이었으며, 코 위에는 알이 지저분한 커다란 선글라스가 얹혀 있었다. 그녀는 호숫가에서서 담배에 불을 붙이고 연기를 내뿜으면서 건너편 산등성이를 바라보았다.

나는 마지막 빵을 베어물었다.

남자가 휴대용 캠핑 탁자를 가져와 우리 탁자와 자신들의 차 사이에 펼쳤다. 아버지가 다시 몸을 돌렸다.

"정말 무례한 사람들이군! 우리가 여기 앉아 음식 먹는 걸 보면서도 뻔뻔스럽게 비집고 들어오다니!"

"우리한테 나쁜 짓을 하는 것도 아닌데 뭘 그러세요?"

어머니가 말을 이었다.

"저들도 경치 좋은 곳에서 좀 쉬고 싶었을 거예요."

"여기 경치가 좋은 건 맞는 말이야. 저들이 오기 전까지만 해도."

"조심하세요. 당신 말이 들릴지도 몰라요."

남자가 들고 오는 아이스박스에서 유리병 부딪히는 소리가 났다. 여자가 그에게 다가갔다.

"저들은 독일 사람들이야. 내가 무슨 말을 하는지 못 알아먹을 테니, 우린 하고 싶은 말을 해도 돼."

아버지가 커피 잔을 비우고 자리에서 일어났다.

"안 되겠어. 얼른 여길 떠나자."

"아이들이 아직 음식을 다 먹지도 못했는데 벌써 가려고요? 그렇게 바쁜 건 아니잖아요."

"아냐, 서둘러야 해. 하지만 음식을 다 먹을 때까지 기다려주지, 뭐. 얼른 먹어!"

아버지는 반쯤 피운 담배를 던지고 플라스틱 컵을 물에 헹궈 봉지에 담았다. 플라스틱 접시와 보온병도 봉지에 함께 넣은 다음 아이스박스 뚜껑을 닫고 트렁크에 집어넣었다. 낯선 남자와 여자는 호수 건너편의 완만한 산등성이를 바라보며 내가 이해할 수 없는 외국어로 대화를 나누고 있었다. 어머니는 음식을 싼 종이를 구겨서 비닐 봉지에 넣고 자리에서 일어났다.

"이제 차에 타볼까? 비스킷은 다음 쉼터에서 먹는 게 좋겠구나."

내가 우려했던 일이 일어난 셈이었다.

아버지는 내가 뒷좌석으로 들어갈 수 있도록 운전석을 앞으로 당겨주었다. 신선한 바깥 공기를 마신 후에 차 안에 들어오니 담배 냄새가 더욱 짙어진 것 같았다. 반대쪽에서 들어오던 윙베 형이 코에 주름을 만들며 인상을 썼다.

"멀미약 효력이 다 떨어진 것 같아요."

형이 말했다.

"다시 멀미할 것 같으면 말해."

어머니가 말했다.

"두 분이 줄담배만 안 피워도 멀미를 안 할 것 같은데…"

"조용해."

아버지가 소리쳤다.

"불평하지 마. 우린 지금 기분 좋게 여행을 즐기는 중이니까."

차는 천천히 길 위로 올라갔다. 나는 낯선 남자가 가리켰던 호수 건너편을 바라보았다. 무언가 움직이는 것 같았다. 녹색으로 뒤덮인 곳에 회색 점이 천천히 움직이고 있었다. 도대체 저게 뭘까?

나는 윙베 형의 옆구리를 쿡 찌르면서 창밖을 가리켰다.

"저게 뭐야?"

"순록떼 같은데? 작년에도 봤잖아. 기억 안 나니?"

"응, 기억나. 그때는 굉장히 가까이서 봤는데… 지금 저기 보이는 순록은 너무 작아서 생쥐처럼 보여."

우리는 다시 깨어 있는 듯 자는 듯 몽롱한 상태에 접어들었다. 산을 내려가 뢸달을 거쳐 오다에 이르렀다. 하당어피오르 끝에 자리한 오다는 공장 굴뚝에서 뿜어내는 연기로 가득한 오래되고 지저분한 공업도시인데도 도시 반대쪽에 자리한 거대한 산맥의 마법 같은 기운을 함께 나누고 있었다. 불과 몇 시간 전 우리가 지나온 세상과 눈앞에 보이는 세상은 이해할 수 없을 정도로 모습이 다르지만, 동시에 두 세상이 무언가를 공유하고 있다는 생각을 지울 수 없었다. 남쪽 지방은 나직한 언덕과 돌산, 서로 다른 종류의 나무들이 질서를 무시하고 서 있는 작은 숲, 탁 트인 듯하면서도 어딘지 모르게 울퉁불퉁하고 아기자기한 풍경으로 이루어져 있었다.

우리가 사는 섬에서 가장 높은 산은 불과 120미터밖에 되지 않는다. 그런 곳에 살다가 갑자기 거대한 산맥과 고원을 접하니 숨이 멎을 것만 같았다. 정갈하게 쭉쭉 뻗어 단순해보이기까지 하는 산줄기는 발아래 펼쳐진 세세한 풍경들을 집어삼킬 것만 같았다. 세상이 끝날 때까지 굳건하게 서 있을 것 같은 이 아름답고 거대한 산맥 아래 서 있으면, 하늘을 향해 높이 솟아오른 너도밤나무 한 그루쯤은 아무것도 아니라는 생각이 들 것 같았다. 크기도 크기지만 색깔은 또 어떠한가. 서쪽 지방의 자연은 남쪽 지방의 자연보다 훨씬 깊은 색을 머금고 있었다. 서쪽 지방의 녹색보다 더 깊고 강렬한 녹색이 있을 수 있을까.

하늘도 마찬가지였다. 서쪽 지방의 하늘은 내가 살던 남쪽 지방의 하늘보다 훨씬 강렬하고 선명한 푸른색을 띠고 있었다. 늦은 봄이나 이른 여름이 되면 은은하고 세련된 녹색으로 치장한 계곡 아래쪽은 과일나무에서 피어난 살구색 꽃으로 뒤덮였고, 꿈을 꾸듯 몽롱한 푸른색 산꼭대기에는 여기저기 하얗게 쌓인 눈도 볼 수 있었다. 푸른 수면 위로 햇빛을 반사하는 피오르는 양쪽 끝이 보이지 않을 정도로 높이 솟아오른 산만큼이나 깊었다.

차를 타고 서쪽 지방의 풍경 속으로 들어서면 경이롭기까지 했다. 우리가 지나쳐온 자연풍경은 눈앞에 보이는 풍경과 너무나 달라 마치 준비 없이 낯선 세계에 들어온 것 같기도 했다.

피오르를 따라 북쪽으로 올라가면 또 다른 낯선 풍경을 접하게 된다. 목장을 두른 전기 울타리, 붉은색 외양간, 낡은 흰색 목재 건물, 풀을 뜯는 소떼, 경사진 언덕을 따라 나란히 자리한 건초 더미. 트랙터와 농부들, 퇴비저장실, 집 앞 계단 위에 벗어놓은 목이 긴 갈색 장화, 목장에 그늘을 드리우는 커다란 나무와 말, 일반주택 아래층에 자리한 구멍가게. 길가에 천막을 치고 손 글씨가 적힌 팻말을 앞에 놓고 직접 수확한 체리나 딸기를 파는 동네 아이들.

언뜻 보기에 그곳의 삶은 내가 사는 곳의 삶과 너무나 달라 보였다. 허리가 구부정한 할머니가 입은 꽃무늬 원피스와 스카프는 내가 사는 곳에선 볼 수 없는 것이었고, 파란색 오버롤을 입고 챙이 달린 검은 모자를 쓴 채 길을 걷는 할아버지의 모습도 내가 사는 곳에선 자주 볼 수 없었다. 도시 이름조차 생소한 느낌을 주기에 충분했다. 튀세달, 에스페, 호블란, 섹세, 뵈르베, 오페달, 울렌스방, 로프트후스, 신사르빅.

나는 이중에서도 신사르빅이라는 도시 이름을 가장 좋아했다. 신사르빅? 도대체 무슨 뜻일까? 서쪽 지방의 특징을 들자면 자연을 두른 선명한 색, 사람들의 삶을 채우는 아기자기하고 세세한 일상 외에도 이유를 알 수 없는 고립감을 들 수 있다. 그것은 사람들의 모습이나 행위에서 느낄 수 있는 고립감이 아니라, 그들이 몸담고 있는 자연이 그들의 삶에 비해 필요 이상으로 크기 때문에 느낄 수 있는 것이었다.

강렬하게 쏟아져 내리는 햇살 때문일까. 푸르고 거대한 하늘 때문일까. 아니, 나란히 솟아오른 높은 산 때문인지도 모른다. 어쩌면 우리가 그곳을 지나쳐가는 관광객에 불과했기에 그렇게 느꼈는지도 모른다. 그도 그럴 것이, 우리는 서쪽 지방에 들어서고 나서 차를 세운 적이 없었다. 멀미하는 욍베 형 때문에 버스 정류장 옆에 딱 한 번 차를 세운 것을 제외하면 말이다. 그곳에는 아는 사람도 없었고, 우리 삶과 이을 수 있는 연결 고리도 없었다.

마침내 신사르빅 페리 선착장에 도착했다. 아버지가 차를 세우는 순간, 서쪽 지방의 특색이라 생각했던 고립감은 사라져버렸다. 오히려 자동차 밖으로 흘러나오는 라디오 소리와 차문이 열리고 닫히는 소리를 배경으로 뻣뻣해진 몸을 쭉쭉 펴면서 여기저기 어슬렁어슬렁 걷는 어른들, 줄지어 선 자동차 옆에서 조심스레 공차기를 하면서 노는 아이들을 보고 있으면 따스하고 아늑한 느낌마저 들었다. 윙베 형과 나는 방학 때 쓰려고 모아둔 용돈을 들고 선착장 끝에 있는 키오스크로 갔다.

"아이스크림?"

"응."

윙베 형은 보트 모양 아이스크림을 샀고, 나는 빨간 플라스틱 숟가락이 딸린 컵 아이스크림을 샀다. 우리는 선착장 방파제 위에 앉아 바닷물과 바위 위에 엉겨붙은 해초를 바라보면서 아이스크림을 먹었다. 저 멀리 페리 한 척이 들어오고 있었다. 소금물과 미역, 해초와 매연이 섞인 냄새가 났고, 햇볕은 얼굴을 태울 듯 따갑게 내리쬐고 있었다.

"멀미는 좀 가셨어? 아직도 어지러워?"

윙베 형은 고개를 저었다.

"공을 가져왔으면 좋았을 텐데. 하지만 보옌에 가면 공이 있을지도 몰라."

형은 외할아버지의 말투를 흉내 내어 '보옌'이라고 발음했다.

"응."

나는 햇살에 이맛살을 찌푸리며 말을 이었다.

"그런데 우리가 타고 갈 페리가 이걸까?"

"글쎄, 잘 모르겠지만 그럴걸?"

나는 두 다리를 흔들거리며 아이스크림을 커다랗게 한 덩어리 떠서 입에 넣었다. 너무 차가워서 혀를 이리저리 움직이며 아이스크림을 입속에서 바쁘게 옮겼다. 우리 차를 돌아보니, 아버지는 열린 차문 밖으로 다리 한쪽을 내밀고 담배를 피우고 있었고, 차 옆에 서 있는 어머니는 먹던 체리가 담긴 광주리를 차 지붕 위에 올려놓았다.

"내일은 뭐할 생각이야?"

형에게 물어보았다.

"난 외할아버지와 함께 목장에서 일할 거야. 외할아버지가 내게 모든 것을 다 가르쳐주겠다고 했어. 나중에 커서 목장 일을 도와줄 수 있도록 말이야."

"여기서 헤엄칠 수 있을까?"

"미쳤어? 피오르 물은 산꼭대기 물처럼 차갑단 말이야."

"왜?"

"북쪽으로 많이 올라왔으니까 그렇지!"

줄지어 페리를 기다리던 몇몇 자동차가 시동을 걸었다. 선착장에 들어오고 있던 페리의 앞문이 천천히 열렸다. 윙베 형은 몸을 일으켜 차를 향해 걷기 시작했다. 나는 남아 있는 아이스크림을 입에 털어넣고 형의 뒤를 따랐다.

페리는 우리를 크반달에 내려주었다. 거기서부터 비카산까지는 오르막길뿐이었다. 비좁기 짝이 없는 도로는 나선형을 그리면서 가파른 산꼭대기까지 이어졌다. 어떤 곳은 너무나 가팔라서 차가 뒤로 미끄러지지 않을까 겁나기까지 했다.

"여길 처음 찾는 관광객들은 이 길을 지날 때 많이 놀랄 거야. 그들은 이토록 구불구불하고 가파른 내리막길에서 브레이크를 밟는단다. 아주 위험한 일이지."

운전하던 아버지가 말했다. 문득 발아래 보이는 가파른 낭떠러지를 보니 소름이 돋았다.

"우리는 뭘 사용하나요?"

"우리는 브레이크 대신 기어로 속도를 조절한단다."

우리는 그곳을 처음 지나는 관광객이 아니고, 최선의 운행법을 알고 있어서 갓길에 차를 세우고 당황한 표정을 지으면서 연기가 모락모락 나는 차의 보닛을 여는 일은 하지 않아도 되었다. 하지만 우리에게도 위기는 다가왔다. 다음 모퉁이를 돌자 카라반을 후미에 단 자동차가 맞은편에서 달려오고 있었다. 자칫 충돌사고가 일어날 수도 있는 상황이었다. 두 차의 운전자는 급히 브레이크를 밟았다. 아버지는 차 두 대가 지나갈 수 있을 만큼 널찍한 공간을 찾아 후진했다. 카라반을 몰고 온 운전자는 우리 차를 지나치면서 손을 들어 고맙다는 인사를 건넸다.

"아버지, 아까 그 사람과 아는 사이인가요?"

아버지는 백미러로 나를 보면서 미소를 지었다.

"아니, 전혀 모르는 사람이야. 공간을 만들어주어서 고맙다고 내게 인사를 건넸을 뿐이란다."

다시 산을 넘어 새로운 피오르를 만났다. 양옆의 산은 하당어피오르에서 본 산만큼이나 높았지만, 훨씬 부드러운 느낌을 주었고 그다지 가파르지도 않았다. 피오르는 하당어피오르보다 너비가 넓어서 커다란 호수처럼 보이기도 했다. "무슨 일이야?"라고 말을 걸어오는 하당어피오르의 산에게, 이곳의 산은 "일은 무슨 일? 괜찮아. 진정해"라고 대답하는 것 같았다.

"번갈아가며 잘래?"

윙베 형이 말했다.

"그러지, 뭐."

"좋아. 내가 먼저 자도 되지?"

"오케이."

351

윙베 형은 내 무릎에 머리를 대고 두 눈을 감았다. 형의 머리가 닿은 곳은 따스했고, 나는 기분이 좋아졌다. 창밖으로 스쳐가며 쉴 새 없이 변하는 자연풍경과 내 무릎을 베고 자는 윙베 형. 마치 내가 서로 다른 두 장소에 동시에 존재하는 것 같았다.

윙베 형은 다음 페리 선착장에 도착할 때쯤 잠에서 깼다. 우리는 차에서 내려 페리 갑판에 올라가 불어오는 바람에 얼굴을 맡겼다. 30분쯤 지난 후, 우리는 다시 차에 탔고, 나는 윙베 형의 무릎을 베고 잠에 빠졌다.

눈을 뜨자마자 외할아버지 댁에 가까워졌다는 것을 직감적으로 느낄 수 있었다. 산은 조금씩 낮아졌고 나무와 나무 사이의 간격은 더욱 좁아졌다. 그런데도 남쪽 지방의 울퉁불퉁하고 비뚤비뚤한 풍경에는 비할 수가 없었다. 그곳의 길은 여전히 나와 상관없이 낯설었다. 차창 밖의 풍경을 건성으로 지나쳐오던 중, 갑자기 리헤스텐 산이 눈앞에 보였다. 수백 미터나 수직으로 뻗은 산 밑에는 역시 수백 미터 깊이의 피오르 물이 흘렀고, 피오르 건너편에는 외할아버지와 외할머니가 사는 집이 있었다.

우리는 지금껏 그 산을 바라보면서 차를 타고 왔지만 그곳이 아닌 다른 곳에서 다른 각도로 본 산은 낯설기만 했다. 기대감이 가슴을 조여왔다. 거의 다 왔어! 맞아, 저기 폭포수가 있어! 저긴 예배당이 있고! 저긴 호텔이 보여. 살부 팻말도 보여! 그리고 저기! 저기에 외할아버지 댁이 있잖아!

아버지는 속도를 줄이고 비좁은 자갈길 안으로 방향을 꺾었다. 집을 한 채 지나 열린 울타리 안으로 들어서서 오른쪽 헛간을 뒤로한 후, 가파른 언덕길을 올라 꼭대기에 있는 집 앞에 차를 세웠다. 나는

차가 멈추자마자 문을 열고 뛰쳐나갔다. 농장 끄트머리 벌통 앞에
방충복을 입고 양봉 도구를 손에 든 외할아버지가 서 있었다. 외할
아버지는 온통 흰색으로 무장하고 있었다. 흰색 오버롤을 입고 흰색
망사를 늘어뜨린 흰색 모자를 쓴 외할아버지가 손을 들어 우리에게
인사를 건넸다. 그 움직임은 너무나 느릿느릿해서 마치 물속이나 지
구와는 다른 중력이 지배하는 낯선 행성에서 움직이는 것 같았다.

나는 외할아버지에게 손을 흔들고, 집 안으로 달려갔다. 부엌에
있던 외할머니가 나를 맞아주었다.

"할머니, 비카산에서 다른 차와 부딪칠 뻔했어요! 우리는 이렇게
올라가고 있었고요…"

나는 노란 식탁보 위에 손가락으로 그림을 그렸다. 외할머니는 미
소를 지으면서 따스한 눈빛으로 나를 바라보았다.

"카라반을 달고 오던 차는 맞은편에서 이렇게 내려오고 있었
고요…"

"먼 길 오느라 수고했어. 얼마나 보고 싶었는지 아니?"

어머니가 다른 쪽 문을 통해 집 안으로 들어왔다. 문밖에서 아버
지가 짐 옮기는 소리가 들렸다. 윙베 형은 어디에 있을까? 외할아버
지에게 갔을까? 벌에게 쏘이면 어떡하려고?

나는 얼른 밖으로 나가보았다. 윙베 형은 아버지를 도와 짐을 옮
기고 있었다. 우주복처럼 생긴 하얀 방충복을 입은 외할아버지는 여
전히 벌통 앞에 서서 너무나 느릿느릿한 움직임으로 벌집을 꺼내고
있었다. 농장을 벗어난 해는 호수 뒤 언덕 위에 서 있는 전나무를 비
추어 내렸다. 머리 위의 나뭇가지가 지나가는 산들바람에 흔들렸다.
저 멀리서 작업복 차림의 샤르탄 삼촌이 장화를 신은 채 걸어오고
있었다. 길게 늘어뜨린 검은색 머리카락, 네모난 안경.

"오셨어요?"

삼촌이 차 앞에 멈춰 섰다.

"오랜만이야. 잘 있었어?"

아버지가 말했다.

"멀리 오느라 수고하셨어요. 힘드셨죠?"

"아니, 별로… 괜찮았어."

그해 여름, 샤르탄 삼촌은 이십대 초반이었다. 어머니보다 열 살 어린 삼촌은 표정이 시무룩해 항상 화가 나 있는 것 같았다. 내게 직접적으로 화를 낸 적은 한 번도 없었지만, 나는 그런 삼촌이 두렵기만 했다. 어머니의 형제 가운데 집에 남아 있는 사람은 삼촌밖에 없었다. 큰 이모 셸라우는 마그네와 결혼해 크리스티안산에 살고 있었고, 아들 욘 올라브, 딸 안 크리스틴과 함께 곧 이곳으로 놀러올 예정이었다. 막내 이모 잉군은 모르와 함께 오슬로에서 공부하고 있었다. 둘 사이에는 두 살배기 딸 잉빌이 있었다.

막내 샤르탄 삼촌과 외할아버지는 자주 말다툼을 했다. 나는 외할아버지가 외동아들인 샤르탄이 당신의 뜻을 따르지 않기 때문이라 짐작했다. 외할아버지는 때가 되면 샤르탄이 가업을 이어받아 농장을 운영해주길 바랐다. 하지만 샤르탄은 선박 배관 기술을 배웠고 곧 시내 조선소에서 일할 예정이었다.

사람들은 샤르탄에 대해 이야기할 때면 항상 그가 공산주의자라는 사실을 가장 먼저 언급하곤 했다. 그것도 아주 열성적인 공산주의자라고. 그는 내 부모님과 만나면 자주 정치 이야기를 했고, 그럴 때마다 눈을 반짝이면서 공산주의 이념에 대해 열변을 토했다. 평소에는 다른 사람과 눈을 마주치는 것도 수줍어했던 그가 정치 이야기를 할 때는 다른 사람이 된 것 같았다.

아버지는 집에 있을 때면 자주 비꼬듯 샤르탄 이야기를 했다. 어머니를 놀리기 위해서였다. 어머니는 공산주의자와는 거리가 멀었지만 정치에 관해서는 아버지와 의견을 달리할 때가 많았다. 아버지는 교사였고 벤스트레 정당*에 속해 있었다.

"얼른 샤워하고 올게요. 손님이 왔는데 분뇨 냄새를 풍길 수는 없으니까요."

샤르탄이 말했다.

"안에 들어가면 음식이 준비되어 있을 거예요."

나는 집 밖에 있는데도, 이층 욕실로 올라가는 삼촌의 발밑에서 나무 계단이 삐걱거리는 소리를 들을 수 있었다. 그 삐걱거리는 소리란!

안에 들어가니 정말 삼촌 말대로 음식이 차려져 있었다. 여전히 김이 모락모락 나는 따끈한 팬케이크가 차곡차곡 쌓여 있었고, 그 옆에는 접시 한가득 레프세**가 담겨 있었다. 그걸로는 모자라다는 듯, 빵과 샌드위치 재료도 한자리를 차지하고 있었다.

어머니는 거실과 부엌을 왔다 갔다 했다. 열여섯 살에 집을 떠나 스무 살에 아버지와 결혼해 욍베 형을 낳고 지금까지 타지에서 가정을 꾸리고 살아왔지만, 마치 자신의 집인 양 너무나 자연스럽게 움직이는 어머니를 보니 신기했다. 말투까지 변한 것 같았다. 평소와 달리 외할아버지와 외할머니의 말투를 더 닮은 것 같다는 생각이 들었다.

아버지 역시 평소와 달랐다. 기회만 있으면 들었던 이야기나 직접

---

* 자유당 이념을 지닌 노르웨이의 중도주의 정당.
** 밀가루나 감자 반죽을 석쇠에 구운 납작하고 말랑한 노르웨이 전통 빵.

겪은 이야기를 해주는 외할아버지 앞에서 뻣뻣할 정도로 예의를 갖추는 아버지를 보니 너무 낯설었다. 그런데도 익숙함을 느낄 수 있었던 이유는 아버지가 학부모나 동료들을 만났을 때도 그처럼 예의를 차렸기 때문이 아닐까. 반면 외할아버지는 예의를 차리기보다는 있는 그대로 자연스럽게 행동하고 말했다. 그런 외할아버지 앞에서 아버지는 왜 매번 공손하게 고개를 끄덕이며 "네" "그렇군요" 등의 대답만 대신했을까? 어머니는 외할아버지 댁에 오면 평소보다 더 자주 소리내어 웃었고, 말도 더 많이 했다. 아버지는 사라진 듯 존재감을 느낄 수 없었고, 어머니는 더 활발해졌다.

외할아버지 댁에서는 우리의 행동도 달라졌다. 집에서의 규칙은 생각하지 않았고, 하고 싶은 대로 해도 크게 야단치는 사람이 없었다. 우유를 쏟아도 아무도 뭐라고 하지 않았다. 외할아버지와 외할머니는 그런 일쯤은 얼마든지 있을 수 있다고 생각하는 것 같았다. 심지어 탁자 위에 다리를 올려놓아도 지적하는 사람이 없었다. 물론 아버지가 거실에 없을 때 이야기이기는 하지만 말이다.

주황색과 베이지색 줄무늬로 장식된 갈색 소파에 구부정하게 앉거나 옆으로 비스듬히 몸을 눕혀도 우리는 야단맞을 걱정을 하지 않아도 되니 좋기만 했다. 농장일을 도와준답시고 여기저기 돌아다녀도 불평하거나 뭐라고 하는 사람이 없었다. 오히려 그 반대였다. 그들은 우리가 일하는 걸 당연하게 여기며 반겼다. 우리는 건초 더미를 긁어모아 한곳에 쌓아올렸고, 암탉이 낳은 알을 거두어왔으며, 축사의 소똥을 퇴비 창고에 쓸어넣기도 했다. 식사 때가 되면 식탁 위로 접시와 음식을 날라왔고, 레드커런트, 블랙커런트, 구즈베리 등의 열매가 여물면 수확하기도 했다.

대문은 언제나 활짝 열려 있었고, 동네 사람들은 대문을 두드리지 않고 현관에 들어서서 외할아버지나 외할머니를 소리쳐 불렀다. 그들은 안에서 대답도 하기 전에 이미 거실로 들어와 마치 자기 집인 양 소파에 앉아 외할아버지와 함께 커피를 마시면서 대화를 나누었다. 외할아버지는 동네 사람들이 찾아와도 덤덤하게 앉아 마치 몇 초 전에 끊겼던 대화를 잇는 것처럼 자연스럽게 이야기 속으로 빠져들었다.

그곳을 찾는 동네 사람들은 하나같이 이상해보였다. 특히 한 사람은 더 이상했다. 사냥꾼처럼 보이는 그는 커다란 몸집에 남루한 옷을 입고 있었고, 항상 퀴퀴한 냄새를 풍겼다. 어스름한 저녁이 되면 어김없이 스쿠터를 타고 언덕길을 올라와 집이 떠나갈 듯 쩌렁쩌렁한 목소리로 이야기하다 가곤 했다. 그의 발음이 너무 부정확하고 흐릿해서 나는 그가 하는 말을 반도 이해할 수 없었다.

그가 찾아오면 외할아버지의 얼굴은 환해졌다. 그를 특별히 더 좋아해서 그런 것 같지는 않았다. 외할아버지는 누가 찾아오든 환한 표정으로 반갑게 맞았으니까. 외할아버지는 항상 우리를 무덤덤하게 대했지만, 나는 외할아버지가 우리를 좋아한다고 확신했다. 외할머니는 무덤덤한 외할아버지와 달리 항상 우리가 하는 이야기에 귀기울이며 관심을 보였다.

어머니는 꼼짝 않고 서서 식탁을 뚫어지게 바라보고 있었다. 식탁 위에 부족한 것은 없는지 눈으로 확인하고 있는 게 틀림없었다. 외할머니는 부엌에서 커피가 끓고 있는 주전자를 불에서 내렸다. 쉭쉭 김이 올라오는 소리는 짧은 한숨과 함께 사라졌다. 머리 위 이층에서는 아버지가 짐을 내려놓는 소리가 들렸다. 외할아버지는 방충복을 벗어 지하실에 걸어놓고 올라왔다.

"어디 보자, 많이 컸구나!"

외할아버지가 우리를 보며 말했다. 외할아버지는 마치 강아지에게 하듯 내 머리를 쓰다듬어주었다. 외할아버지는 윙베 형의 머리도 쓰다듬어준 뒤 자리에 앉았다. 외할머니가 부엌에서 주전자를 가져오자, 아버지와 샤르탄 삼촌이 함께 계단을 내려왔다.

외할아버지는 몸집이 자그마했다. 동글동글한 얼굴, 벗겨진 정수리 밑으로 빙 둘러가며 자란 흰 머리카락. 갈색 담배 부스러기가 묻어 있는 입가. 안경알 너머로 보이는 눈빛은 날카롭기 그지없지만, 안경을 벗으면 그 눈동자는 마치 잠에서 방금 깬 어린아이의 눈동자와 비슷했다.

"내가 식사 때를 딱 맞추어 온 것 같군."

외할아버지가 빵 한 조각을 접시 위에 올려놓으며 말했다.

"지하실에 계셨을 때 그 소리를 듣고 음식을 차린 거예요. 그러니 우연이라고 할 수 없죠."

어머니가 나를 돌아보며 말을 이었다.

"우린 언젠가 네가 집에 도착하기 10분 전에 이미 현관 쪽에서 네 소리를 들은 적이 있었어. 너도 기억하지?"

나는 고개를 끄덕였다. 아버지와 샤르탄 삼촌은 식탁을 사이에 두고 마주 보고 앉았다. 외할머니는 돌아가며 차례차례 커피를 따라주었다.

빵에 버터를 바르던 외할아버지가 고개를 들었다.

"칼 오베가 집에 오기도 전에 소리를 들었다고?"

"네, 참 이상했어요."

어머니가 말했다.

"그건 칼 오베의 수호신이었을 거야."

외할아버지가 나를 똑바로 바라보며 말을 이었다.

"네가 앞으로 아주 오래 살 수 있다는 의미지."

"그게 그런 의미였나요?"

어머니가 소리내어 웃으며 되물었다.

"그럼, 그렇고말고."

"설마 정말 믿으시는 건 아니죠?"

아버지가 말했다.

"애가 없는데도 소리를 들었다는 건 놀랄 만한 일이지. 그보다 더 놀랄 만한 일은 거기에 어떤 의미가 있다는 거야."

"참, 아버지도…"

샤르탄 삼촌이 끼어들었다.

"나이가 드시니 더 미신에 빠져드는 것 같아요."

나는 외할머니를 쳐다보았다. 손을 심하게 떨고 있어서 커피를 흘리지 않고 잔에 따르는 일조차 힘들어 보였다. 그 모습을 본 어머니가 대신 커피를 따르려고 자리에서 일어나려는 듯하더니 곧 생각을 바꾸었는지 빵이 담겨 있는 광주리로 손을 뻗었다.

나는 외할머니의 모습을 보는 것이 고통스러웠다. 결국 할머니는 잔의 받침대에 커피를 몇 방울 흘리고 말았다. 다 큰 어른이 손을 바들바들 떨면서 커피 한 잔도 제대로 따르지 못한다고 생각하니 기분이 이상했다. 나는 할머니의 움직임을 뚫어지게 바라보았다.

어머니가 내 손을 살짝 잡아쥐었다.

"팬케이크 좀 먹어볼래?"

나는 고개를 끄덕였다. 어머니는 팬케이크 하나를 내 접시 위에 올려주었다. 나는 팬케이크 위에 버터를 바르고 설탕을 뿌렸다. 어머니는 우유가 담긴 커다란 머그를 들어 내 컵에 따라주었다. 우유는 축사에서 금방 나온 것이었다. 미지근한 누런색 우유 표면에는 조그만 덩어리가 여기저기 떠 있었다. 나는 어머니를 쳐다보았다. 왜 내게 이 우유를 따라주었을까? 나는 이런 우유는 입에도 못 대는데? 그것이 방금 전까지 똥오줌을 싸던 소의 젖이라 생각하니 토할 것만 같았다.

아버지는 외할아버지에게 무언가를 물어보았고, 외할아버지가 생각에 잠겨 대답을 생각해내는 동안 나는 팬케이크를 두 개나 먹었다. 샤르탄 삼촌은 한숨을 크게 내쉬었다. 두 사람이 이미 예전에 했던 이야기를 되풀이해서 짜증이 났거나 두 사람의 대화가 마음에 들지 않았던 게 분명했다.

"올해는 리헤스텐에 올라가볼 생각이에요."

아버지가 말했다.

"좋은 생각이군. 경치가 좋은 곳이지. 산꼭대기에 오르면 마을 일곱 군데를 한눈에 볼 수 있어."

"기대됩니다."

어머니와 외할머니는 작년에 트로뫼이아에서 가져와 이곳에 옮겨 심은 떡갈나무와 호랑가시나무 이야기를 하고 있었다.

나는 꼭 그 나무들을 봐야겠다고 마음먹었다.

아버지의 눈길이 내게 머물렀다.

"칼 오베, 왜 우유를 안 마시니? 금방 짜온 거야. 그보다 더 신선하고 맛있는 우유는 찾아보기 힘들어."

"저도 알아요."

내가 우유를 끝내 마시지 않자, 아버지의 눈빛이 점점 굳어졌다.

"우유를 마셔."

"미지근한 데다 이상한 덩어리도 둥둥 떠 있어요."

"할머니 할아버지 앞에서 무례하기 짝이 없구나. 잔말 말고 주는 음식은 남기지 말고 다 먹어."

"요즘 애들은 모두 파스퇴르 공법으로 저온살균된 우유를 마셔요."

샤르탄 삼촌이 끼어들었다.

"냉장고에 든 우유를 마신다고요. 우리 동네에도 시내에 그런 우유를 파는 가게가 있어요. 애들이 원하면 내일 시내에 가서 사올게요. 금방 짠 소젖에는 익숙하지 않을 거예요."

"그럴 필요는 없어."

아버지가 말했다.

"금방 짠 우유가 훨씬 좋다는 건 누구나 다 알고 있어. 버릇없는 어린애 하나 때문에 일부러 가게에 가서 우유를 사온다는 건 말도 안 돼."

"저도 저온살균 우유를 좋아해요. 칼 오베를 충분히 이해할 수 있어요."

"정 그렇다면야… 자네가 약한 자의 편을 들어주기 위해 일부러 그런 말을 하는 것이 아니라면 나도 자네 의견을 존중해줄 수 있어. 하지만 이건 가정교육 문제이기도 해."

샤르탄 삼촌은 미소를 지으면서 시선을 떨구었다. 나는 우유컵을 들었다. 숨을 멈추고 표면에 떠 있는 하얀 덩어리를 생각하지 않으려 애쓰며 천천히 네 모금 만에 컵을 비웠다.

"마셔보니 어때? 생각보다 훨씬 맛있지?"

"네."

저녁을 먹은 후 우리는 밖에서 놀다 와도 되느냐고 물었다. 늦은 시간이었기만 허락을 받은 우리는 얼른 신발을 신고 나가 축사에 들어가 보았다. 어스름한 저녁 빛은 거미줄처럼 가볍게 우리를 에워싸고 있었다. 석양 속의 자연은 그 형태를 고스란히 유지하고 있었지만 원래 색깔은 간데없이 회색빛만 남아 있었다. 윙베 형은 축사 문의 고정 장치를 들어내고 힘껏 안쪽으로 밀었다. 꿈쩍도 하지 않았다. 형은 온몸에 힘을 싣고 다시 시도해보았다. 축사 안은 캄캄했다. 벽의 틈 구멍으로 흘러들어오는 어스름한 저녁 빛에 겨우 윤곽을 알아볼 수 있을 정도였다. 소 세 마리는 꼼짝도 하지 않았다. 인기척을 느낀 소 한 마리가 고개를 돌려 우리를 돌아보았다.

"자, 자, 괜찮아…"

윙베 형이 말했다.

축사 안은 따뜻했다. 우리 하나를 혼자 차지한 송아지가 분뇨관에서 멀찍이 떨어진 곳에 서서 발을 굴렀다. 우리는 송아지를 향해 몸을 굽혔다. 송아지가 두려운 눈으로 우리를 바라보았다. 윙베 형이 송아지를 쓰다듬어주었다.

"괜찮아. 두려워하지 마, 송아지야."

세월을 품고 낡아버린 것은 축사 문뿐 아니라 축사 안의 사방 벽과 바닥, 창문도 마찬가지였다. 마치 오래전 깊은 물속에 잠겨버린 건물을 보는 것 같았다.

윙베 형이 헛간으로 향하는 문을 열었다. 우리는 건초 더미 위로 기어 올라가 작은 통로를 거친 후 작은 닭장 문을 열어보았다. 바닥은 닭털과 톱밥으로 뒤덮여 있었다. 암탉들은 꼼짝 않고 벽을 뚫어지게 바라보고 있었다.

"달걀이 하나도 없네. 밍크 사육장으로 가볼까?"

윙베 형의 말에 나는 고개를 끄덕였다. 높다란 닭장 분을 닫고 나오니 작고 하얀 고양이 한 마리가 통로 아래를 쏜살같이 달려 어디론가 몸을 숨겼다. 우리는 얼른 아래로 내려가 고양이를 찾았다. 분명 거기 있다는 건 알고 있었지만, 어쩐 일인지 고양이의 그림자도 볼 수 없었다. 결국 고양이 찾기를 포기한 우리는 농장 서쪽 끝에 숲을 마주하고 자리한 밍크 사육장으로 발길을 옮겼다. 가까이 다가갈수록 퀴퀴하고 역한 냄새가 더 강해져 코를 들 수 없을 정도였다. 나는 입으로만 숨을 쉬기 시작했다.

밍크들이 우리 안에서 팽이처럼 움직이는 소리가 들렸다.

역겹고 불쾌하기 짝이 없었다.

숲 근처에 오니 어둠이 더욱 짙어졌다. 밍크들은 우리 안을 왔다 갔다 하면서 발로 쇠창살을 마구 긁기도 했다. 더 가까이 다가가 보았다. 검은색 밍크들이 멀찍이 도망가서 우리에게 고개를 돌리고 성난 소리를 냈다. 이빨은 하얗게 반짝였고, 눈동자는 검은 돌멩이 같았다.

20분 후, 집으로 돌아와 이층방 침대에 누웠다. 윙베 형은 맞은편 침대에 누워 축구 월간지를 읽었다. 나는 방금 본 밍크를 떠올렸다. 우리가 자는 동안에도 밍크들은 우리 안에서 밤새 초조하게 왔다 갔다 할 것 같았다. 문득 아래층 거실에서 어른들의 목소리가 들렸다. 꽤 높은 목소리였지만 화를 내는 것 같지는 않았다. 나는 그 소리에 마음이 편안해졌다. 무언가 강하게 표출하고 싶은 의지에 몸이 달아 있다면 나직이 중얼거리는 것은 불가능하다는 것을 잘 알고 있었기 때문이다.

다음 날 아침 외할아버지가 전날 바다에 던져놓은 그물을 거두러 가자고 했다. 우리는 신나서 당장 따라나섰다. 몇 분 후, 우리는 하얀 낚싯대를 들고 외할아버지와 함께 피오르로 향했다.

363

나무배는 붉은 부표에 연결된 채 물에 떠 있었고, 자욱한 안개는 공기 중에 무겁게 깔려 있었다. 외할아버지는 우리가 배에 오를 수 있도록 나무배를 끌어왔다. 모두 배에 올라타자 외할아버지는 땅에 노를 짚고 배를 밀어냈다. 윙베 형은 나무배 가로장에 앉아 노를 젓기 시작했다. 외할아버지는 후미에 앉아 필요하다 싶으면 방향을 일러주었다. 나는 뱃머리에 앉아 안개 속을 바라보았다. 건너편에 보이는 리헤스텐산은 안개 속에서 축축하게 젖은 회색 윤곽만 드러내고 있을 뿐이었다.

"여긴 평소 안개가 잘 안 끼는데 오늘은 이상하군. 적어도 이맘 때쯤이면 안개를 보기가 힘들단다."

"할아버지는 리헤스텐산에 올라가 보셨어요?"

윙베 형이 물었다.

"물론이지! 아주 여러 번 올라가 봤어. 하지만 그것도 오래전 일이야."

외할아버지는 허벅지에 팔을 대고 몸을 굽혔다.

"산 위에서 구조 작업을 한 적도 있단다. 노르웨이 최초의 비행기 사고였지. 너희들도 들어본 적 있니?"

"아뇨."

윙베 형이 대답했다.

"그날도 오늘처럼 안개가 자욱했지. 비행기 한 대가 리헤스텐산에 추락했어. 우린 쿵 하는 소리를 들었지만 그게 뭔지 잘 몰랐단다. 곧 비행기 한 대가 실종되었다는 소식을 들었고, 구조 인력이 필요하다는 경찰의 말에 내가 따라나섰지."

"찾았나요?"

내가 물었다.

"응, 하지만 모두 이미 세상을 떠난 후였어. 나는 기장의 머리를 보았단다. 그 모습은 죽을 때까지 잊지 못할 거야. 특히 한 점 흐트러짐 없이 뒤로 잘 빗어넘긴 기장의 머리카락은 아직도 생생하구나."

"비행기가 산등성이에 부딪쳤었나요?"

윙베 형이 물었다.

"아니, 여기선 볼 수 없어. 비행기는 산꼭대기 평평한 고원에 추락했단다. 우리는 꼭대기까지 올라가야 했지. 윙베, 왼쪽으로 조금 방향을 돌려!"

윙베 형이 눈을 가늘게 뜨고 집중했다. 외할아버지가 말하는 왼쪽이 어디인지 생각하는 것 같았다.

"그래, 잘하고 있어, 윙베! 그래서 말이야… 아, 그날 있었던 사고는 전국 일간지에 빠짐없이 실렸고, 라디오에서도 한참 동안 들을 수 있었단다."

회색 안개 속에 그물이 연결된 붉은 부표가 보였다.

"칼 오베, 네가 한번 건져볼래?"

나는 두근거리는 가슴을 억누르고 몸을 쑥 내밀어 두 손으로 부표를 건져올렸다. 하지만 미끄러운 부표는 순식간에 내 손을 벗어났다.

"밑에서부터 들어올리면 돼. 한 번 더 해봐! 윙베, 너는 뒤쪽으로 노를 저어보렴."

이번엔 부표를 배 위로 건져올릴 수 있었다. 윙베 형은 노를 거두어들였다. 외할아버지는 그물을 당기기 시작했다. 검푸른 물속에서 반짝이는 빛이 보이는가 싶더니 그 크기가 점점 커졌고 윤곽도 뚜렷해졌다. 곧 파닥거리며 몸부림치는 물고기들이 뱃전까지 올라왔다. 등에 갈색이나 푸른색 무늬가 박혀 있는 물고기들은 깨끗하고 매끈했다. 노란색 눈, 분홍색 입. 지느러미와 꼬리는 칼날처럼 날카로웠다. 나는 물고기 한 마리를 손으로 잡아보았다. 잠시 후 내 발밑에서 죽은 듯 꼼짝 않는 물고기를 보니 내 손안에서 엄청난 힘으로 파닥거렸던 그 물고기와 같은 것이라 생각하기가 쉽지 않았다.

외할아버지는 느릿느릿 그물을 건져올려 양동이 속에 던져넣었다. 그물에 갇힌 물고기는 전부 스무 마리였다. 대부분은 대구과 물고기였지만, 고등어도 두 마리 있었다.

윙베 형이 다시 노를 젓기 시작했다. 갑자기 저 멀리서 첨벙하는 소리와 함께 나직하게 쉭쉭 하는 소리가 들렸다. 빠르게 움직이는 돛단배 소리와 그리 다르지 않았다. 나는 소리나는 쪽으로 얼른 고개를 돌렸다. 30미터쯤 앞쪽에 이름 모를 시커먼 동물의 등이 수면을 가르고 있었다.

겁이 났다.

"저게 뭐죠? 저기 저거…"

윙베 형이 노를 들어 가리켰다.

"어디? 아, 저건 돌고래야. 근래에 돌고래 몇 마리가 피오르 안으로 들어온 것을 봤어. 꽤 드문 일이긴 하지만, 그렇다고 아주 없는 일도 아냐. 잘 봐둬. 돌고래를 발견하는 건 아주 좋은 징조란다."

"그래요?"

"그럼, 그렇고말고."

외할아버지는 지하실 싱크대에서 잡은 생선을 손질했다. 지하실은 집의 한 부분이라기보다는 동굴에 가까웠다. 시멘트 바닥은 자주 물기를 머금고 축축했으며, 천장은 낮아 아버지는 지하실에서 똑바로 설 수 없을 정도였다. 하지만 키가 작은 외할아버지에겐 아무 문제가 되지 않았다. 외할아버지는 평생 모아온 각종 연장과 도구들을 그곳에 보관해두었다. 몇 시간 전만 해도 힘차게 파닥거리던 물고기들은 손질이 되어 따로따로 비닐에 담겨져 냉동실로 향했다. 우리는 외할아버지와 함께 헛간 앞 잔디밭에 서서 비를 맞으면서 그물을 닦았다. 안에서 식사하러 들어오라는 어머니의 목소리가 들렸다.

우리는 이른 저녁을 먹고 나서 잠시 눈을 붙였다. 하루밖에 지나지 않았는데도 가만히 앉아 있을 수 없어 안절부절못하는 아버지가 살그머니 우리 방 앞에 와서 내게 손짓했다.

"잠시 나가서 산책이나 하자."

나는 장화를 신고 비옷을 입은 후 아버지를 따라나섰다. 아버지는 긴 다리로 성큼성큼 걸으며 마치 그곳의 풍경을 눈으로 잡아먹기라도 하듯 여기저기 뚫어지게 바라보았다. 전나무가 빽빽한 숲 위에는 안개가 걸려 있었고, 나무둥치 사이로는 검푸른 물을 담은 작은 호수가 보였다. 맞은편 길에서 오는 트랙터 한 대가 우리 곁을 지나쳤다.

"여기 어떠니? 좋아?"

"네…"

나는 아버지가 무슨 뜻으로 그렇게 말하는지 짐작할 수 없었기에 말끝을 흐렸다.

아버지가 걸음을 멈추었다.

"여기서 살 수 있을 것 같아?"

"네…"

"언젠가 우리가 이 농장을 물려받는다면 어떨 것 같니?"

"여기서 산단 말인가요?"

"응, 때가 되면. 아주 불가능한 일도 아냐."

나는 샤르탄 삼촌이 농장을 물려받을 것이라고 생각했지만, 차마 그 말을 입 밖에 낼 수가 없었다. 아버지의 기분을 망치고 싶지 않았기 때문이다.

"따라와 봐. 더 자세히 둘러보자."

아버지는 다시 걷기 시작했다.

여기서 산다고?

그건 너무나 낯선 생각이었다. 더구나 이곳에 사는 아버지의 모습은 상상하기 쉽지 않았다. 아버지와 건초 더미? 풀을 베어 사료 창고에 던져넣는 아버지? 가축들의 분뇨를 흙 위에 뿌리는 아버지? 거실 의자에 앉아 일기예보를 듣는 아버지?

어린아이에 불과했던 나는 그곳에서의 시간을 눈앞에 스치는 순간의 개념으로 경험했지만, 그럼에도 농장이 품고 있는 과거의 역사를 어렴풋이 느낄 수 있었다. 외할아버지는 평생 그곳에서 살아왔고, 내 머릿속의 외할아버지는 그곳을 떠나선 상상할 수 없는 인물로 자리 잡고 있었다. 그런 외할아버지의 이미지는 긴 세월 속에서 그가 직접 해온 일들 때문에 생겨난 것인지, 아니면 내 속에 조금씩 쌓여온 그에 대한 조각난 생각 때문에 생겨난 것인지는 알 수 없다. 물론 나는 과거에 외할아버지가 어떤 삶을 살아왔는지 잘 알지 못한다.

내가 들어 알고 있는 이야기는 그의 삶 전체에 비추어본다면 아무것도 아닐 것이다. 내 속에 자리 잡은 외할아버지의 모습은 이행정 엔진 트랙터와 떼려야 뗄 수가 없다. 외할아버지는 모든 일에 트랙터를 사용했고, 트랙터는 외할아버지 삶의 징수라 해도 과언이 아니었다. 약간 녹슨 빨간 트랙터의 시동을 걸기 위해선 금속 핸들을 발로 꾹 밟아야 했다. 손잡이 끝이 둥근 기어 반대편에는 가속페달이 있었다. 풀을 벨 때는 거대한 가위처럼 생긴 장비를 트랙터 앞에 달았고, 무거운 것을 옮길 때는 트랙터 뒤에 수레를 달았다.

외할아버지가 녹색 의자에 앉아 트랙터를 몰면 마치 트럭을 모는 것처럼 보이기도 했다. 내겐 트랙터 뒤의 수레에 앉아 외할아버지와 함께 보겐에 있는 가게에 가는 것보다 더 즐거운 일은 없었다. 외할아버지는 보겐에서 주로 개미산이나 사료, 인조비료를 구입했다. 트랙터 속도는 너무나 느려, 옆에 내려서 걸어가도 속도를 맞출 수 있을 정도였다. 하지만 속도는 중요하지 않았다. 나는 트랙터의 엔진 소리, 길 위로 뿜어져 나오는 매연 냄새를 좋아했다. 수레가 텅 비어 있을 때면, 나는 번갈아가면서 이쪽저쪽 가장자리에 몸을 기대고 눈에 보이는 모든 것을 빨아들였다. 테 두른 모자를 쓰고 앞에 앉아 트랙터를 모는 자그마한 외할아버지의 모습도 그중 하나였다. 외할아버지가 가게에서 물건을 사는 동안, 우리는 아이스크림을 손에 들고 뱃고동을 울리면서 베르겐에서 들어오는 커다란 선박을 바라보았다.

농장에는 무거운 짐을 옮길 때 사용하는 손수레가 있었다. 매일 새벽에 외할아버지가 커다란 우유통을 손수레에 실어 도로변에 내놓으면 우유 트럭이 와서 그것을 실어갔다. 금속재 손수레 바퀴는 자전거 바퀴만큼이나 컸다. 농장에는 나무 손잡이가 달린 커다란 낫이 세 개나 있었다. 크기가 좀 작은 낫은 풀을 벨 때 허리를 굽혀야 했다. 낫의 날을 갈 때는 헛간 앞에 있는 커다란 맷돌을 사용했다. 농장에는 얇고 긴 이빨 모양의 삼지창도 있었고, 납작하고 묵직한 삽도 있었다. 외할아버지는 축사의 분뇨를 긁어모아 지하 퇴비실로 내보낼 때 삽을 사용했다. 농장의 가장자리를 따라서는 전기 울타리가 세워져 있었다.

나는 윙베 형에게 속아 전기 울타리 바로 앞에서 소변을 본 적이 있다. 그건 내 평생 처음이자 마지막으로 있었던 일이다. 여느 농장과 마찬가지로 울타리 옆에 나란히 열을 지어 쌓아둔 건초 더미는 캄캄한 밤에 보면 마치 출정을 기다리며 줄지어 서 있는 병사들을 보는 것 같았다. 농장에는 외할머니가 팬케이크를 구울 때 사용하는 커다랗고 둥그런 플레이트와 아이스크림콘을 닮은 크룸케이크를 구울 때 사용하는 검은 석쇠도 있었다. 소젖을 짤 때 사용하는 금속 필터와 머리는 없고 목만 남은 것 같은 뚱뚱한 우유통도 있었다. 우유통은 손수레에 실리는 순간 갑자기 가치가 더해진 듯 심각해 보이기까지 했지만, 울퉁불퉁한 길을 내려가며 앞뒤로 흔들릴 때면 마치 즐겁게 콧노래를 부르는 것 같기도 했다. 오후로 접어들면 외할아버지는 축사 앞에 서서 노래를 부르면서 풀어놓았던 소들을 불러 모았다.

"소야, 오너라! 소들아! 오너라!"

개학하면 방학 때 뭐했냐고 묻는 친구들에게 이 모든 것을 어떻게 설명해줄 수 있을까? 그건 불가능한 일이다. 불가능할 수밖에 없다. 두 세상은 완전히 다르기 때문이다. 마치 내 생각 속과 지구 끝에 자리한 서로 다른 두 세상처럼.

외할아버지 댁에서 머물렀던 보름 동안 낯설었던 것들이 익숙해졌다. 거의 하루 온종일 차를 타고 집으로 되돌아오니 과거에 너무나 익숙하다고 생각했던 것들이 낯설게 변한 것 같았다. 트로뫼이아 다리를 건너 내리막길을 지나 마지막 골목길에서 만난 우리 집. 살색 외벽에 붉은 창틀, 메말라 누렇게 변한 잔디밭, 우리를 내려다보는 어두컴컴한 창문은 왠지 슬퍼 보이기도 했다.

익숙함과 낯섦이 동시에 나를 덮쳤다. 눈에 보이는 모든 것은 이미 잘 알고 있는 익숙한 것들이었지만, 왠지 내 눈에 담기기를 거부하는 듯 약간의 거부감을 발산하고 있었다. 그것은 새로 산 운동화를 신을 때와 비슷한 느낌이었다. 한 번도 사용하지 않은 빳빳한 새 운동화는 내 발에 길들여져 보드라워지기까지 자신만의 형태를 유지하기 위해 뻗대기 마련이다. 하지만 새 운동화도 몇 주만 지나면 다른 운동화와 별다를 것이 없다.

차를 타고 동네 안으로 들어왔을 때 나를 덮쳤던 이상하고 낯선 느낌은 며칠 동안 나를 떠나지 않았다.

아버지는 차를 세우고 시동을 껐다. 어머니의 무릎 위에는 하얀 아기 고양이 한 마리가 자고 있었다. 오전 내내 슬픈 듯 울부짖던 고양이를 우리에서 꺼내 놓으니, 고양이는 당황했는지 달리는 차 안에서 앞좌석과 뒷좌석을 왔다 갔다 하며 어쩔 줄 몰라 했다. 결국 어머니가 살그머니 안아 무릎 위에 올려놓으니 고양이는 조용히 잠들었다. 빨간 눈동자에 털이 하얀 고양이였다. 길고 복슬복슬한 털 때문에 언뜻 몸집이 꽤 커보였지만, 손을 대어 만져보면 털 밑에 숨겨진 머리와 목덜미는 작고 가늘었다.

"하양이는 어디서 잘 건가요?"

"하하, 고양이를 그렇게 부르기로 한 거야?"

아버지가 차문을 열고 나가면서 말했다.

"지하실에 공간을 마련해주자."

어머니가 한 손으로 고양이를 안아 올리면서 다른 손으로 차문을 열었다.

아버지는 내가 나올 수 있도록 앞좌석을 당겨주었다. 나는 너무 오랫동안 차 안에 앉아 있었기 때문에 다리에 힘이 빠져 제대로 걸을 수가 없었다. 나는 윙베 형이 나오기를 기다렸다가 아버지의 뒤를 따랐다. 아버지는 지하 세면실로 들어가 벽의 틈으로 호스의 끝부분을 밀어 넣었다. 호스의 다른 쪽 끝부분을 수도꼭지에 연결한 아버지는 물을 튼 다음 스프링클러를 가지고 밖으로 나갔다. 나는 어머니, 윙베 형과 함께 지하 창고로 들어가 광주리에 담요를 깔고 고양이를 내려놓았다. 그 옆에는 잘게 썬 소시지와 물을 담은 그릇을 놓아두었고, 작은 플라스틱 대야에는 모래를 넣어두었다.

"이 문을 제외한 다른 문은 모두 닫아놓아야겠어. 잠에서 깬 고양이가 밖으로 도망치지 않도록 말이야."

어머니가 말했다.

스프링클러에서 떨어지는 가는 물줄기가 마른 잔디밭을 적시는 동안 아버지는 트렁크에서 짐을 꺼내왔다. 나는 윙베 형, 어머니와 함께 부엌에 앉아 밤참을 먹었다. 그날은 일요일이었다. 일요일에 문을 여는 가게는 없기 때문에, 우리는 어머니가 쇠르뵈보그에서 가져온 빵과 버터, 치즈 등을 먹었다. 음식을 먹은 후엔 함께 차를 마셨다. 나는 차에 우유와 설탕 세 숟가락을 넣어 마셨다.

지하실에서 고양이 울음소리가 들렸다. 우리는 동시에 자리에서 일어났다. 계단에 서 있던 고양이는 우리를 발견하자 다시 아래쪽으로 뛰어 내려갔다. 우리는 고양이의 뒤를 쫓았다. 어머니는 부드러운 목소리로 고양이를 불렀다. 갑자기 고양이가 우리 발밑을 쏜살같이 지나쳐 계단을 올라가 거실 안으로 몸을 숨겼다. 우리는 한참 동안 거실을 돌아다니면서 고양이를 찾았다. 마침내 윙베 형이 거실 장식장과 벽 사이 틈에 숨어 있는 고양이를 빌견했지만, 손이 들어가지 않아 장식장을 옮기지 않는 한 고양이를 꺼내는 건 불가능했다.

어머니는 지하실에서 음식과 물이 담긴 그릇을 가져와 장식장 옆에 놓고 고양이가 스스로 나올 때까지 기다리는 수밖에 없다고 말했다. 고양이는 다음 날 아침까지도 장식장 뒤에서 나오지 않다가, 저녁이 되자 소리 없이 나와 음식을 먹고 다시 장식장 뒤로 들어가 버렸다. 그렇게 하기를 사흘. 결국 고양이는 제 발로 나왔고 다시는 장식장 뒤로 몸을 숨기지 않았다. 여전히 조그만 일에도 깜짝깜짝 놀라는 등 겁이 많았지만 새집에서 지내는 삶에 서서히 적응해 일주일쯤 지난 뒤부터는 온 집 안을 마음대로 뛰어다니면서 놀았고, 우리 무릎 위에 앉아 기분 좋은 듯 가르릉 소리를 내기도 했다. 저녁이 되면 텔레비전 앞에 서서 화면 속의 물건들을 낚아채려 앞발을 버둥거리기도 했다. 고양이는 특히 화면 속 축구공에 큰 관심을 보였다. 축구 선수들에겐 전혀 관심을 보이지 않았지만 공이 움직이면 따라 움직였다. 가끔은 공을 찾으려는 듯 텔레비전 뒤로 가 보기도 했다.

개학을 했고 가을이 시작되었다. 지하실에서 고양이가 움직이는 소리를 들으면 마치 거기에 사람이 사는 것 같은 착각이 들었다. 서서히 아침 기온이 떨어지더니 어느 날은 길 위에 살얼음이 끼기도 했다. 하지만 몇 시간만 지나면 살얼음은 햇볕에 녹아버렸다. 그럼에도 가을은 찾아왔다. 언덕 위의 나뭇잎은 노랗고 빨간색으로 알록달록하게 변했고, 불어오는 바람에 힘없이 가지를 놓아버렸다. 몸져누운 어머니는 내가 학교에 갈 때도 일어나지 못했고, 집에 돌아왔을 때도 침대를 벗어나지 않았다. 말을 걸어도 어머니는 베개에서 얼굴을 들지 못했다.

그즈음 하양이도 아프기 시작했고, 광주리에 누워 연신 기침만 뱉어냈다. 나는 학교에서 돌아오자마자 지하실 창고에 누워 있는 하양이부터 찾았다. 얼른 병이 낫기를 바랐다. 하지만 내 바람과는 달리 하양이는 점점 더 쇠약해져갔다. 어느 날 학교에서 돌아오니 하양이는 광주리를 벗어나 창고 구석에서 신음하며 몸을 비틀고 있었다. 하양이를 만져보았지만 여전히 고통스러운 듯 몸을 비틀었다.

"어머니! 어머니! 고양이가 죽을 것 같아요! 고양이가 죽어가고 있어요!"

나는 계단을 뛰어 올라가 어머니의 침실 문을 열었다. 어머니는 고개를 들고 잠에 취한 눈빛으로 나를 바라보며 힘없이 미소를 지었다.

"동물병원에 전화해보세요! 지금 당장! 급하단 말이에요!"

어머니는 천천히 몸을 일으켰다.

"무슨 일이니?"

"하양이가 죽어가고 있어요! 지하실에서 몸을 비틀면서 괴로워하고 있어요. 많이 아픈 것 같아요! 동물병원에 전화해보세요! 얼른!"

"칼 오베, 어쩔 수 없구나. 지금은 아무것도 도움이 안 될 거야. 게다가 나도 많이 아파서…"

"얼른 전화해보라니까요! 어머니, 고양이가 죽어가고 있단 말이에요!"

"미안하지만 정말 어쩔 수 없어. 전화한다 해도 고양이는 이미…"

"하지만 하양이는 지금 죽어가고 있다고요!"

어머니는 힘없이 고개를 저었다.

"어머니, 제발!"

어머니가 한숨을 내쉬었다.

"고양이는 우리 집에 오기 전부터 병에 걸려 있었을 기야. 게다가 알비노잖니. 알비노는 보통 고양이보다 훨씬 약하단다. 우리가 할

374

수 있는 일은 없을 것 같구나."

나는 젖은 눈으로 어머니를 바라보았다. 신경질적으로 문을 쾅 닫고 나와 지하실로 뛰어 내려갔다. 고양이는 발톱으로 바닥을 긁으면서 괴로운 듯 몸을 비틀고 있었다. 죽음이 가까이 온 듯 가끔 경련을 일으키기도 했다. 나는 몸을 숙여 고양이를 쓰다듬었다. 집을 뛰쳐나가 숲속 호수까지 미친 듯이 달렸다. 다시 집으로 달려올 때까지 눈물이 멈추지 않았다. 어머니에게 다시 애원해볼 생각이었다. 고양이에게 무엇을 해줄 수 있고 무엇을 해줄 수 없는지 수의사도 아닌 어머니가 어떻게 안단 말인가. 대문을 열고 들어간 나는 걸음을 멈추었다. 집 안에선 아무 소리도 들리지 않았다. 나는 발소리를 죽여 살금살금 지하 창고로 내려갔다. 고양이는 다시 광주리 속에 누워 있었지만, 머리를 축 늘어뜨리고 꼼짝도 하지 않았다.

"어머니! 얼른 여기 와보세요!"

나는 계단을 올라가 어머니의 침실 문을 다시 열었다.

"고양이가 꼼짝도 안 해요. 죽었는지 살았는지 어머니가 좀 봐주세요."

"아버지가 오실 때까지 좀 기다리면 안 되겠니? 아버진 금방 오실 거야."

"안 돼요!"

어머니가 말없이 나를 한참 바라보았다.

"정 그렇다면 할 수 없지…"

어머니는 천천히 이불을 옆으로 젖히고 몸을 일으켜 바닥에 발을 내려놓았다. 어머니는 하얀 잠옷을 입고 있었고, 머리는 부스스했으며, 얼굴은 평소보다 훨씬 창백했다. 나는 한 손으로 옷장을 짚고 한 발 한 발 옮기는 어머니를 뒤에 두고 계단을 뛰어 내려갔다. 갑자기 창고 안에 혼자 들어가기 싫어 문 앞에 서서 어머니를 기다렸다.

어머니는 몸을 굽혀 고양이를 만져보았다.

"어떡하지… 고양이는 이미 죽었어."

어머니는 나를 보며 몸을 일으켰다. 나는 어머니의 품을 파고들었다.

"고양이는 이제 괴로워하지 않을 거야."

"네."

나는 울지 않았다.

"당장 고양이를 묻어줄까요?"

"아버지와 윙베가 올 때까지 기다리는 게 좋지 않겠니?"

"네."

어머니가 침대에 누워 있는 동안, 아버지는 죽은 고양이를 들고 정원으로 갔다. 윙베 형과 나는 아버지의 뒤를 따랐다. 아버지는 구덩이를 파고 고양이를 내려놓은 다음 흙을 덮었다. 무덤 위에 십자가를 올려두자는 말은 입 밖에 꺼낼 수도 없었다.

*

고양이 사진은 두 장밖에 없었다. 화면 속에서 움직이는 수영 선수를 잡으려는 듯 텔레비전 앞에서 앞발을 들고 있는 사진과 소파에 앉아 있는 윙베 형과 나 사이에 누워 있는 사진이었다. 고양이 목에는 파란 리본이 매어져 있었다.

누가 리본을 매어두었을까?

어머니가 분명했다. 나는 어머니 외엔 그런 일을 할 사람이 없다는 걸 잘 알고 있었다. 지금 여기 앉아 이 책을 쓰고 있으려니, 나의 지난날을 채웠던 갖가지 일과 사람들에 대한 기억이 파도처럼 밀려와 새로운 생명을 얻은 듯 눈앞에서 살아 움직이고 있다. 그런데 이상하게도 내 과거 속에 어머니의 자리는 없었다는 듯 어머니를 찾아볼 수가 없다. 마치 어머니는 내가 직접 겪은 일이 아니라 누구에게서 들었던 이야기 속의 존재처럼 여겨질 뿐이다.

그 이유는 무엇일까.

내 유년기의 심연에는 항상 그녀, 나의 어머니, 엄마가 자리하고 있었다. 끼니때마다 우리에게 음식을 차려주었고 매일 저녁 우리를 부엌으로 불러모아 대화를 나눴다. 옷을 사주고, 뜨개질을 하거나 재봉틀로 옷을 만들어주었고 옷이 해지면 수선해주었다. 넘어져서 무릎에 상처가 생기면 반창고를 가져와서 붙여주었고 쇄골뼈가 부러졌거나 피부병으로 고생할 때 나를 병원에 데리고 갔다. 동네의 한 여자아이가 뇌수막염으로 세상을 떠났을 무렵, 감기 몸살로 뒷목이 뻣뻣하다고 하소연하던 내게 증상이 비슷하다며 아침에 출근할 때까지 걱정을 놓지 않았던 사람도 어머니였다. 우리에게 책을 읽어주고, 머리를 감겨주었으며 목욕을 마친 우리를 위해 침대 위에 잠옷을 올려놓았다. 오후에 축구 훈련장까지 차를 태워주었고, 학부모회의에 참석했으며 학예회에 와서 사진을 찍어주었다. 사진을 앨범에 정리해주었고 생일날 케이크를 만들어주었으며, 성탄절 과자를 굽고 사순절 전에 크림빵을 만들어주었다.

이 세상의 모든 어머니가 자식을 위해 하는 일을 나의 어머니도 했던 것이다. 어머니는 내가 고열에 시달리며 누워 있을 때, 찬물에 적신 수건을 내 이마 위에 놓아주었고 체온을 재기 위해 내 엉덩이에 체온계를 찔러넣었으며, 물과 주스, 포도와 비스킷을 침대로 가져다주었다. 한밤중에도 내가 걱정되어 잠옷 차림으로 내 방에 왔다

갔다 했다.

어머니는 항상 그 자리에 있었다. 그럼에도 나는 지금 그런 어머니의 모습을 떠올릴 수가 없다. 어머니가 내게 책을 읽어주었던 기억도, 내 무릎에 반창고를 붙여주었던 기억도, 학예회에 와주었던 기억도 없다.

도대체 무슨 까닭일까.

어머니는 내 생명의 은인이라 해도 과언이 아니다. 만약 어머니가 없었다면 나는 아버지 밑에서 자랐을 것이고, 십중팔구 자살했을 것이다. 하지만 어머니는 그 자리에 있었고, 아버지가 발산하는 어둠을 상쇄해주었다. 그렇기 때문에 나는 지금도 살아 있을 수 있다. 물론 현재의 삶을 넘치는 기쁨으로 살아내고 있는 건 아니지만, 이것은 내 유년기의 균형이나 불균형과는 아무 상관이 없다. 나는 지금도 살아 있고, 자식도 낳았다. 기본적으로 내가 아이들을 위해 할 수 있는 단 한 가지 일은, 아이들이 아버지를 두려워하지 않는 환경을 만들어주는 것뿐이다.

나는 내 아이들이 나를 두려워하지 않는다는 것을 잘 알고 있다. 내가 아이들의 방에 들어가도 아이들은 몸을 사리거나 시선을 아래로 떨구지 않는다. 아이들은 집 안에서 나와 부딪쳐도 자리를 피하지 않는다. 아이들이 나를 무덤덤한 눈으로 바라보면서 전혀 관심을 보이지 않는다 해도 나는 신경 쓰지 않는다. 나를 무시하는 사람이 다름 아닌 내 아이들이라면 나는 기꺼이 받아들일 수 있다. 내 존재를 당연하게 여기는 사람이 다름 아닌 내 아이들이라 해도 나는 기쁘게 받아들일 수 있다. 아이들이 마흔이 되고 쉰이 되었을 때 내 존재를 까맣게 잊어버린다 해도 나는 큰절을 하면서 감사히 받아들일 것이다.

아버지도 가족들 사이의 역학 관계를 잘 이해하고 있었다. 아버지는 자기인식력이 뛰어났다. 80년대 초 어느 날 저녁, 아버지는 프레스트바크모 씨에게 당신의 자식을 구제한 사람은 어머니라고 고백한 적이 있었다. 문제는 그것으로 충분했느냐 하는 것이다. 수년 동안이나 매시간 매초 아버지를 두려워했던 우리를 다독여주는 것이 과연 어머니의 책임이었던가. 아버지가 발산하는 어둠에서 우리를 끄집어내는 것이 과연 어머니의 책임이었던가.

어머니는 선택했다. 아버지 곁에 남아 있기로 한 어머니의 선택에는 분명 이유가 있었을 것이다.

아버지도 마찬가지였다. 아버지도 선택을 했고 그 자리에 남아 있었다. 70년대를 거쳐 80년대 초반에 이르기까지 아버지와 어머니는 그렇게 살았다. 튀바켄의 한 집에서 아들 둘, 차 두 대, 직업 두 가지를 갖고 살았던 것이다. 그들에겐 두 가지 삶이 있었다. 집 밖에서 영위하는 각자의 삶과 집 안에서 우리와 함께하는 삶. 어린아이에 불과했던 우리는 사람들의 무리 속에 섞여 있는 강아지와 다름없었고, 다른 강아지가 하는 일이나, 강아지 같은 삶에 관심을 두었을 뿐이다.

아버지가 집 밖에서 어떤 삶을 살았는지 나는 그저 짐작만 할 수 있었을 뿐이며, 그 삶이 아버지에게 어떤 의미를 지녔는지는 아는 바가 없다. 아버지의 옷차림은 항상 정갈하고 단정했지만 그것이 무엇을 의미했는지는 어른이 된 후에 우연히 만났던 아버지의 옛 제자를 통해 비추어볼 수 있었을 뿐이다.

아버지는 젊고 날씬한 몸매에 항상 옷을 멋지게 차려입는 교사였다. 아스코나 차에서 내려 당당하게 교무실로 걸어 들어가 책상 위에 서류와 책을 내려놓고 커피 한 잔을 가져와 동료 교사들과 몇 마디 나눈 후, 종이 치면 교실로 들어가 갈색 코르덴 재킷을 의자 등받이에 걸어놓고 초롱초롱한 눈망울로 자신을 쳐다보는 학생들을 한 번 둘러보았다. 아버지의 짙은 수염은 항상 잘 손질되어 있었다. 그는 반짝이는 푸른 눈동자와 아름다운 얼굴의 소유자였다. 남자아이들은 엄하고 용서라곤 없는 아버지를 두려워했고, 여자아이들은 다른 교사와는 달리 젊고 매력 있는 아버지를 짝사랑했다. 아버지는 자신의 일을 사랑했으며 그 일에 최선을 다하는 능력 있는 교사였다. 관심이 가는 주제에 대해 이야기할 때면 학생들은 그 열정에 마법처럼 빠져들었다. 아버지는 옵스트펠데르를 좋아했고 킹크와 비외르네뵈도 좋아했다.*

동료 사이에선 항상 예의를 갖추었고 그들과 조금 거리를 두기도 했다. 동료들과의 거리감은 아버지의 옷차림에서 특히 두드러졌다. 당시 교사들은 대부분 작업복 비슷한 티셔츠나 점퍼, 청바지를 입고 다녔다. 몇 달 동안 같은 양복을 입고 다니는 사람도 있었다. 거리감은 아버지의 공정하고 객관적인 말과 태도에서도 드러났다.

아버지는 자신을 드러내지 않으면서 상대방을 꿰뚫어 보았다. 상대방이 자신에 대해 아는 것보다 자신이 상대방에 대해 훨씬 많이 알아야 한다는 것은 아버지 삶의 규칙이기도 했다. 이 규칙은 부모님이나 형제들에게도 적용되었다. 아니, 특히 그들에게 더 많이 적용되었다 해도 과언이 아니었다.

아버지는 퇴근을 하고 나면 서재에서 홀로 시간을 보내다가 회의에 참석하기 위해 저녁 무렵에 다시 집을 나섰다. 아버지는 시청 임

* 시그비외른 옵스트펠데르: 노르웨이 작가이자 현대시의 창시자.
  한스 E. 킹그: 노르웨이 극작가이자 철학가.
  옌스 비외르네뵈: 노르웨이 작가이자 비평가.

원 가운데 벤스트레 정당을 대표하는 인물이었고, 여러 개의 상임위원회에 속해 있었다. 아버지 말로는 정당을 대표한 국회의원 후보로 활동한 적도 있다고 했다.

하지만 아버지는 항상 진실만 말하지는 않았다. 아버지는 주변 사람들을 조종하기 위해 진실을 교묘하게 왜곡할 때가 있었다. 물론 학교 동료들이나 정치인들 사이에서는 그런 일을 하지 않았으며, 오히려 순응적인 편이었고 품위도 있었다. 아버지는 그림스타에 지부를 둔 우표수집가 클럽의 회원이었으며 전시회도 여러 번 열었다.

여름이 되면 정원 일에 몰두했다. 그 일도 완벽을 추구하며 열정적으로 해냈다. 아버지의 손길이 닿은 정원은 70년대의 잘 정리된 전형적인 정원으로 변했다. 식물과 정원 가꾸기에 대한 아버지의 관심은 할머니의 영향이 컸다. 할머니와 아버지는 자주 식물과 덤불, 나무에 대한 지식과 경험을 주고받았다. 그들의 대화 주제는 대부분 태양, 흙, 습기와 산도醱度, 접붙이기와 가지치기, 개관에 대한 것이었다. 아버지는 친구가 없었으며, 사람들과는 주로 교무실이나 집 안에서 만났다. 반면, 부모님과 형제, 삼촌과 이모와는 빈번하게 왕래했다. 그들을 대하는 아버지의 말투와 태도는 우리에게 낯설어 보여 우리는 항상 미심쩍은 눈으로 지켜보곤 했다.

어머니의 삶은 여러 면에서 아버지의 삶과는 달랐다. 어머니는 친구가 많았다. 주로 직장 동료들이었지만, 이웃 주민들과 외지에 사는 친구들과도 왕래했다. 아버지는 이들이 나누는 대화를 '수다 떨기'라고 표현했다. 어머니는 그들과 만나 담배를 피우며 이야기했고 직접 구운 케이크를 먹기도 했다. 가끔은 담배 연기가 자욱한 거실에서 그들과 함께 뜨개질을 할 때도 있었다. 그것은 70년대의 전형적인 거실 풍경과 다르지 않았다.

어머니는 정치에 관심이 많았고, 강력한 정부와 복지의료 정책을 지지했다. 자본주의와 당시 세력을 넓혀가던 물질주의에 반대했고, 담만*이 주창하는 미래지향적인 환경운동에 참여했다. 어머니의 정치의식은 좌파에 가까웠다.

어머니는 20대에 들어서면서 어쩔 수 없이 정치에 대한 관심을 접었다. 직장과 아이들이 그 자리를 대신 채웠고, 넉넉하지 못한 경제 사정 때문에 매일 빠듯하게 살았기 때문이다. 30대 초반부터는 당시 사회적 경향에 휩쓸려 스스로의 존재 가치에 더욱 관심을 가지게 되었다. 아버지는 꼭 필요한 책만 읽었고, 어머니는 문학에 전반적인 흥미를 보이며 닥치는 대로 책을 읽었다. 어머니가 이상주의자였다면 아버지는 실용주의자였고, 어머니가 철학자였다면 아버지는 현실주의자였다.

아버지와 어머니는 함께 우리를 키웠다. 비록 우리는 절대 그렇게 생각하지 않았지만. 나는 항상 두 사람을 확실하게 구별했고, 완전히 분리된 서로 다른 존재라고 생각했다. 하지만 두 사람의 생각은 달랐을 것이다. 저녁이 되어 우리가 잠자리에 들면, 두 사람은 늦게까지 앉아 이웃이나 동료, 자식들에 대한 이야기를 나누었고, 정치나 문학에 대해 토론하기도 했다. 자주 있었던 일은 아니지만, 단둘이 여행을 갈 때도 있었다. 런던과 라인 강변의 도시에 가기도 했고, 등산을 하기도 했다. 그럴 때면 윙베 형과 나는 할아버지 댁이나 외할아버지 댁에 머물렀다.

집안일을 할 때 두 사람은 내 친구들의 부모님과는 달리 평등했다. 아버지는 설거지를 하고 요리를 했다. 당시 우리 동네에서 남자

• 에릭 담만: 노르웨이 작가이자 환경주의자.

가 집안일을 하는 경우는 찾아볼 수 없었다. 두 사람은 한때 음식을 발효시키거나 재어두는 일에 관심을 갖기도 했다. 아버지가 잡아온 물고기는 물론 늦여름이나 가을에 차를 타고 나가 수확해온 각종 과일과 열매들을 소금이나 설탕에 절여 겨울 내내 지하 창고에 보관해두었다. 선반 위에 나란히 진열된 병 속에는 라즈베리, 블랙베리, 블루베리, 월귤, 오디 등이 들어 있었다. 아버지는 천장의 희미한 불빛 아래서 그것들을 바라보며 뿌듯해했다. 살구로는 술을 담그기도 했다. 가끔은 트로뫼이아의 과수원에 가서 돈을 주고 사과와 배, 자두를 따오기도 했다. 우리 집 정원에는 크리스티안산에 사는 알프 삼촌에게서 선물로 받은 체리나무와 할머니에게서 받은 과일 나무도 있었다.

우리의 삶은 규칙적이고 예상 가능한 날로 채워졌다. 일요일이 되면 디저트를 곁들인 음식을 먹었고, 평일에는 서로 다른 방식으로 조리한 갖가지 생선 요리를 먹었다.

우리는 다음 날 수업이 언제 시작되는지, 무슨 과목을 공부할 것인지 알고 있었다. 저녁시간의 활동은 계절에 따라 달랐다. 눈이 내리면 스키를 탔고, 얼음이 얼면 스케이트를 탔다. 수온이 15도 이상 되면 맑은 날이든 비오는 날이든 가리지 않고 강이나 바다에서 헤엄을 쳤다. 우리의 일상은 계절이 바뀌고 해가 바뀌어도 변하지 않았다.

우리의 삶에서 단 한 가지 예측 불가능한 것이 있다면 그것은 바로 아버지였다. 유년기의 나는 아버지를 너무나 두려워했다. 어른이 된 후에는 아무리 애를 써도 당시의 느낌과 두려움을 고스란히 떠올릴 수 없었고, 떠올린다 해도 과거의 그 느낌과는 비교도 되지 않았다.

계단을 올라오는 아버지의 발소리가 들리면, 아버지가 내 방으로 들어오는 건 아닐까 두려웠다. 아버지의 광기 어린 눈동자, 통제력을 잃은 듯 움직였던 아버지의 입술, 아버지의 목소리. 지금 여기 앉아 있는 나는 가슴속을 휘젓는 과거의 소리 때문에 울고 있다.

갑자기 벽을 뚫고 밀려든 아버지의 분노는 파도처럼 나를 때리고 또 때리다가 썰물처럼 스르르 빠져나갔다. 그런 일이 있은 후엔 몇 주 동안 조용히 지낼 수 있었다. 그런데도 마음은 안정되지 않았다. 언제 갑자기 아버지의 분노와 맞닥뜨리게 될지 알 수 없었기 때문이다.

아버지가 화를 낼 때는 조금의 사전 경고도 없었다. 내가 두려워했던 것은 아버지가 내 귀를 비틀거나, 팔을 힘껏 움켜잡거나, 내가한 짓이 얼마나 나쁜지 보여주기 위해 어디론가 나를 질질 끌고 갔을 때 느꼈던 물리적인 고통과는 거리가 멀었다. 내가 진정으로 두려워했던 것은 분노를 담은 아버지의 목소리, 아버지의 얼굴, 아버지의 몸, 아버지의 존재 그 자체였다. 그 두려움은 하루도 빠짐없이 내 유년기를 지배했다.

가끔 나는 죽음을 생각했다. 그것은 세상에서 가장 따스하고 매력적인 생각이었다. 내가 죽으면 아버지에게 복수할 수 있을 것 같아서였다. 내가 죽고 나면, 아버지는 그제야 당신이 무슨 짓을 했는지 깨달을 것이고 비로소 후회할 것이다. 오, 후회하는 아버지의 모습을 볼 수만 있다면! 뻐드렁니와 풍선 궁둥이를 가진 아들의 시신이 담긴 작은 관 앞에서 두 손을 맞잡으며 애통한 표정으로 하늘을 올려다보는 아버지의 모습을 볼 수만 있다면!

상상만 해도 즐겁지 않은가! 유년기에 느꼈던 행복과 불행 사이의 거리는, 성인이 된 후에 느끼는 행복과 불행 사이의 거리보다 훨

썬 가깝기 마련이다. 유년기에는 아무리 슬프고 우울하더라도 대문 밖으로 고개만 쑥 내밀면 무언가 즐겁고 행복한 일이 기다리고 있었 다. 비맥스 앞에서 버스를 기다리는 일은 몇 년 동안 매일 반복되었 지만, 내겐 매번 즐거운 행사처럼 여겨졌다.

왜 그럴까? 나도 그 이유는 알지 못한다. 자욱한 안개 속에서 모든 것이 습기를 머금고 반짝일 때, 아스팔트 위의 진눈깨비 때문에 장 화가 축축해졌을 때, 숲속에 하얀 눈이 쌓였을 때, 아이들과 모여 이 야기를 나누거나 공을 찰 때, 여자아이들의 발을 걸기 위해서나 그 들의 모자를 낚아채 눈 더미 속에 던져넣기 위해 그들의 뒤를 쫓아 갈 때면 온몸의 신경이 깨어나고 가슴속에는 행복감이 방울방울 피 어올랐다. 내게 다가오는 여자아이의 허리를 힘껏 감싸 안았을 때도 마찬가지였다. 그녀는 마리안네가 될 때도 있었고, 시브가 될 때도 있었으며, 마리안이 될 때도 있었다. 나는 시기적으로 한 여자아이 를 특히 더 좋아하곤 했다.

그 행복감은 어디서 생겨나는 것일까? 축축한 눈 때문이었는지도 모른다. 젖은 파카 때문이었는지도 모르고, 함께 어울려다니는 예쁜 여자아이들 때문이었는지도 모른다. 겨울 타이어를 장착하고 정류 장에 들어서는 버스, 우리가 타면 하얗게 변하는 차창 또는 아이들 의 말소리와 웃음소리 때문이었는지도 모른다. 아니 버스에 함께 탄 안네 리즈벳 때문일지도 몰랐다. 항상 웃는 얼굴, 아름다운 미소, 윤 기 나는 머리카락, 발그레한 입술. 매일매일은 파티였고, 나는 항상 들뜨고 행복한 마음으로 일상을 맞아들였다.

예측 가능한 일은 아무것도 없었다. 버스를 탔다고 해서 일상의 파티가 끝난 것은 아니었다. 아니, 시작은 상기된 뺨으로 학교에 도 착해 습기 찬 옷을 옷걸이에 걸어놓은 다음 양말만 신고 교실에 들어갈 때부터였다. 모자로 가리지 못해 축축하게 젖어버린 머리 끝부분이 바짝 마르기도 전에, 우리는 쉬는 시간 종소리에 맞추어 계단과 복도를 지나 운동장으로 뛰어나가 놀았다. 집에 돌아오면 음악을 듣고, 책을 읽었다. 항상 아이들이 모여 있는 우베실렌으로 가서 아이들만이 가질 수 있는 열정으로 스키를 타기도 했다. 미끄러지듯 내리막길을 내려갔다가 헤링본 스타일로 오르막길을 오르는 일을 수차례 반복하다 어둠이 깔리면 스키폴을 겨드랑이에 끼고 한데 모여 온갖 이야기를 나누다가 다시 집으로 돌아왔다.

바다에서 안쪽으로 깊숙이 들어온 곳에는 살얼음이 끼어 있었고, 그 위에는 10센티미터 높이의 물이 찰랑거리고 있었다. 동네로 들어오면 창에서 새어나오는 불빛이 마치 둥근 지구본처럼 언덕 위를 덮고 있었다.

어둠이 내리면 소리는 더욱 강렬해진다. 푸른색의 짤막한 스키가 서로 부딪치는 소리, 눅눅한 눈 위를 스치는 소리, 비좁은 자갈길을 달리는 자동차 소리. 딱정벌레차의 운전자가 차문을 열고 내리면, 음산한 어둠은 새어나오는 불빛에 잠시 뒤로 물러섰다가 다시 소리 없이 골목길을 덮었다.

유년기는 이렇게 압축된 순간들이 영원히 계속되는 시기다. 어떤 순간은 정신이 혼미해질 정도로 나를 높이 들어올리기도 했다. 제설차가 갓길에 쌓아둔 눈 더미 위에서 토네와 함께 미끄러져 내리기를 반복했던 그날 저녁에도 나는 가슴이 터질 것만 같았다. 주체할 수 없는 행복감을 이기지 못해 나는 집으로 돌아오는 길에 두 팔을 활짝 벌리고 눈길에 드러누워 한참이나 축축하고 고요한 어둠 속에 몸을 맡겼다.

어떤 순간은 끝을 알 수 없는 심연으로 나를 끌어내리기도 했다.

그날 저녁, 어머니는 다음 해부터 다시 학교에 다니기로 했다고 말했다. 부엌에 함께 앉아 밤참을 먹던 우리는 어머니의 갑작스런 말에 놀라지 않을 수 없었다.

"학교는 오슬로에 있어. 1년짜리 과정이란다. 금요일에 집에 왔다가 월요일에 오슬로로 가야 해. 그러니까 나는 일주일 중에 집에서 사흘, 오슬로에서 나흘을 보내는 셈이지."

"어머니가 오슬로에 계시는 동안 우린 여기서 아버지와 함께 지내야 하나요?"

윙베 형이 물었다.

"응, 잘 될 거야. 걱정할 필요 없어. 아버지와 얼굴을 마주하는 시간이 더 많아질 테니까 좋은 점도 있어."

"왜 학교에 가나요? 어머니는 어른이잖아요?"

내가 물어보았다.

"평생교육 제도라는 게 있단다. 난 내가 하는 일에 대해 더 많이 배우고 싶어서 학교에 가는 거야. 아주 기대가 커."

"저는 어머니가 학교에 가는 게 싫어요."

"겨우 1년인데 뭘 그러니? 게다가 일주일에 사흘은 집에 있을 거야. 방학 때도 물론 집에 있을 거고. 방학은 아주 길단다."

"그래도 싫어요."

"네 마음도 이해한다만, 너무 걱정하지 마. 다 잘 될 거야. 아버지도 너희들과 더 많은 시간을 함께 보내고 싶어 한단다. 하지만 내년이 되면 반대가 될 거야. 아버지가 공부를 시작하고 난 집에 있을 거란다."

나는 입술을 오므려 차를 마셨다. 찻잔 바닥에 깔려 있는 검은 찻잎이 입속에 들어오는 걸 막기 위해서였다.

나는 구부정하게 몸을 일으켜 묵직한 주전자를 두 손으로 받쳐들고 찻잔을 다시 채웠다. 꽤 오랫동안 우려내서 찻물이 거뭇거뭇했다. 나는 우유를 가득 붓고 설탕도 세 숟가락이나 떠넣었다.

"차에 설탕을 넣어 마시니?"

윙베 형이 물었다.

"응. 왜? 그러면 안 돼?"

그 순간 계단을 올라오는 아버지의 발소리가 들렸다.

젠장, 찻잔을 방금 가득 채웠는데 어떡하지? 아버지가 오면 나는 찻잔을 다 비울 때까지 꼼짝없이 앉아 있어야 한다. 그럴 필요가 없었던 윙베 형은 서둘러 자리에서 일어나 부엌에서 나가버렸다.

아버지의 검은 그림자가 부엌을 지나쳤다. 텔레비전 켜는 소리와 아버지가 소파에 앉는 소리가 들렸다.

"당신도 뭘 좀 먹을래요?"

어머니가 거실을 향해 소리쳤다.

"아냐, 괜찮아."

나는 차를 식히기 위해 우유를 더 부은 후, 세 모금 만에 찻잔을 비웠다.

"잘 먹었습니다!"

어머니가 다시 학교에 다니기로 했다는 소식에 놀랐던 가슴은 내 방에 들어오자마자 진정되었다. 아직 4월이니까 학기가 시작되는 8월까지는 긴 시간이 남아 있다고 생각했다. 넉 달. 어린 시절의 넉 달은 억겁의 시간과도 같다. 어머니가 학교를 다니게 될 미래의 시간은 내가 중학교에 입학하게 될 미래의 시간만큼 또는 성인식이나 열여덟 살 생일을 맞는 미래의 시간만큼이나 멀고 희미하게 느껴졌다. 유년기 한가운데 있던 우리에게 미래라는 건 존재하지 않았다. 눈앞의 순간은 엄청난 속도로 스쳐갔지만, 그 순간들이 속한 매일매일은 우리가 전혀 알아채지 못할 정도로 천천히 미끄러져 갔기 때문이다.

학예회를 마치고 3학년이라는 딱지를 떼어내던 날도 나는 어머니가 곧 오슬로로 갈 것이라는 생각을 하지 못했다. 그전에 찾아올 긴 여름방학 때문이었을까. 어머니가 침실 바닥에 여행 가방을 열어놓고 옷장에서 꺼낸 옷을 챙겨넣던 날, 나는 그제야 어머니가 오슬로에 갈 것이라는 사실을 떠올렸다. 내게도 많은 일이 생겼다.

다음 날은 4학년이 되어 학교에 가는 첫날이었다. 나도 이제 고학년 학생 대접을 받을 것이라 생각하니 기분이 좋아졌다. 새 교실에서 새 담임선생님을 만날 기대감에 뱃속이 간질간질해졌다. 비록 짐을 싸는 어머니의 모습을 보고 조금 슬퍼지긴 했지만, 그 슬픔은 매일 아침 출근하는 어머니의 뒷모습을 바라볼 때의 슬픔과 그다지 다르지 않았다.

짐을 싸던 어머니가 고개를 돌려 나를 바라보았다.

"이번 주엔 목요일에 집에 올 거야. 사흘만 더 있으면 다시 집에 온단다."

"저도 알아요. 잊은 물건 없이 다 챙기셨어요?"

"응, 그런 것 같아. 여행 가방을 닫을 수 있도록 좀 도와주겠니? 거기 무릎을 대고 눌러봐."

나는 어머니가 시키는 대로 했다.

아버지가 계단을 올라왔다.

"준비 다 됐소?"

아버지가 여행 가방을 턱으로 가리키면서 말을 이었다.

"내가 옮겨줄게."

어머니는 나를 안아주고는 아버지를 따라 계단을 내려갔다.

나는 욕실 창으로 아버지와 어머니를 바라보았다. 녹색 딱정벌레 차에 올라타는 어머니의 모습은 트렁크에 여행 가방을 싣는 것만 빼면 여느 날과 다를 바 없었다. 나는 어머니에게 손을 흔들었다. 어머니도 내게 손을 흔들어주었다. 시동을 건 차는 후진해서 진입로를 벗어났고, 언덕길 아래에서 자취를 감추었다.

이제 무슨 일이 일어날까.

앞으로 나의 하루는 어떤 모습으로 다가올까.

그때까지만 해도 나의 하루를 꼼꼼하게 연결해준 사람은 어머니였다. 윙베 형과 내 삶의 중심을 잡아주었던 것도 어머니였다. 우리는 그것을 잘 알고 있었고, 아버지도 그렇게 알고 있었다. 하지만 정작 어머니는 몰랐던 것 같았다. 그렇지 않다면 어떻게 오슬로로 홀쩍 가버릴 생각을 할 수 있었을까.

접시에 부딪치는 나이프와 포크, 살짝 움직이는 팔꿈치, 꼼짝도 하지 않는 머리, 곧게 편 허리. 말하는 사람은 아무도 없었다. 세 사람. 아버지와 두 아들이 함께 앉아 식사를 하고 있었다. 사방팔방으로 우리를 에워싸고 있던 것은 70년대라는 한 시대였다.

침묵은 점점 자랐다. 우리는 자라고 있는 침묵을 느낄 수 있었다. 침묵은 녹아 없어질 수 있는 것이 아니라 평생 짊어지고 가야 할 짐이다. 우리는 침묵 속에서 말할 수 있다. 그렇다고 해서 침묵이 사라지는 것은 아니다.

아버지는 감자 껍질을 담아놓은 접시에 고기뼈를 올려놓고, 다시 고기 한 점을 더 집어들었다. 윙베 형과 나는 고기를 한 점씩 먹었다.

윙베 형이 식사를 마쳤다.

390

"잘 먹었습니다."

"기다려, 디저트도 있으니까."

"고맙지만 사양할래요."

"왜? 파인애플과 생크림을 먹을 건데. 너도 그거 좋아하잖아?"

"그런 음식을 먹으면 여드름이 더 성해져서요."

"아, 그래? 그렇다면 할 수 없지."

윙베 형이 자리에서 일어나자, 아버지는 윙베 형은 안중에도 없다는 듯 내게 시선을 돌렸다.

"너는 먹을 거지, 칼 오베?"

"네. 그건 제가 가장 좋아하는 거예요."

"좋아."

나는 아버지가 음식을 다 먹을 때까지 자리에 앉아서 기다렸다. 윙베 형의 방에서 음악 소리가 흘러나왔다. 창밖에는 골목길에 모여 돌멩이 두 개를 골대 삼아 축구하는 아이들이 보였다. 잠시 후 바람 빠진 공을 퍽 차는 소리와 함께 아이들의 함성이 뒤를 이었다. 어떤 형식으로 축구를 하든, 경기가 벌어지는 곳에선 항상 들을 수 있는 소리였다.

마침내 식사를 마친 아버지가 음식 찌꺼기를 쓰레기통에 부어넣고, 파인애플과 생크림이 담긴 그릇을 식탁에 올려놓았다.

우리는 아무 말도 하지 않고 그릇을 비웠다.

"잘 먹었습니다."

아버지는 대답하지 않고 자리에서 일어나 주전자에 물을 붓고 찬장에서 커피 봉지를 꺼냈다.

갑자기 아버지가 내게 몸을 돌렸다.

"칼 오베!"

"네?"

"여드름 때문에 윙베를 놀리면 안 된다, 알았지? 네가 그랬다는 소리가 내 귀에 들리지 않도록 해!"

"네."

나는 아버지가 무슨 말을 더 할까 싶어 기다려보았다.

아버지는 몸을 돌려 커피 봉지 귀퉁이를 가위로 잘랐다. 나는 윙베 형의 방으로 가보았다. 형은 전자 기타를 연주하고 있었다. 검은색 레스 폴* 카피였다. 문득 형이 처음 전자 기타를 연주하던 날 깜짝 놀랐던 기억이 났다. 나는 그때까지만 해도 전자 기타는 앰프에 연결해야 소리가 나는 줄 알았다. 형은 여드름이 가득한 얼굴로 기타를 내려다보며 나직이 줄을 튕기고 있었다.

"놀래?"

"난 이미 잘 놀고 있는 중이야."

"같이 놀자는 말이었어, 바보야!"

"카드 놀이를 할까? '52장 뽑기'는 어때?"

"에이, 장난치지 마. 그건 단 한 번밖에 할 수 없는 놀이잖아. 그러지 말고 나한테 기타를 가르쳐주는 건 어때?"

"나중에."

"제발…"

"그럼 하나만 가르쳐줄게. 여기 앉아봐."

나는 침대 위, 형의 옆자리에 앉았다. 형은 기타를 내 무릎 위에 올려주고 손가락 세 개로 코드를 잡았다.

"이건 E 코드야."

* 깁슨사의 전자 기타 상표.

형이 내 손을 핑거 보드로 가져갔다.

나는 형이 손가락을 댄 자리에 내 손가락을 대어보았다.

"좋아, 그런 다음에 줄을 쳐봐."

나는 형이 시키는 대로 했지만, 소리가 나는 줄은 몇 개밖에 되지 않았다.

"핑거 보드를 더 꾹 눌러봐. 다른 손가락이 줄에 닿아선 안 돼. 그러면 소리가 안 나거든."

"알았어."

나는 다시 시도해보았다.

"잘했어. 그렇게 하면 E코드를 연주하는 거야."

나는 형에게 기타를 건네주고 일어났다.

"기타 줄의 이름을 기억하고 있니?"

"응, E, A, D, G, B, G."

"맞아. 당장 밴드를 결성해도 될 것 같은데?"

"그러려면 형이 기타를 빌려줘야 돼."

"말도 안 되는 소리! 그건 안 돼!"

나는 아무 말도 하지 않았다. 자칫 형이 화를 내기라도 하면 분위기가 망가질 것 같아 얼른 다른 질문을 생각해냈다.

"내일은 학교에 언제 가?"

"1교시 수업부터 들어가야 돼. 넌?"

"난 11시까지만 가면 될 것 같아."

"될 것 같다고?"

"아냐, 확실해. 그건 그렇고 아버지는 언제 출근하는지 혹시 알아?"

"아버지도 1교시 수업이 있을 거야."

그건 좋은 소식이었다. 오전에 혼자 집에서 몇 시간을 보낼 수 있을 테니까.

나는 윙베 형의 방에서 나왔다. 내 방 책상 밑에는 새 책가방이 놓여 있었다. 작년까지 사용했던 푸른색 사각형 책가방은 작고 유치해 보였다. 새 책가방은 짙은 녹색이었고 내가 좋아하는 비닐 냄새가 났다.

나는 책가방 냄새를 다시 킁킁 맡고 나서 침대에 누워 천장을 바라보며 비틀스의 『서전트 페퍼스 론리 하트 클럽 밴드』 앨범에 수록된 곡을 들었다.

점점 더 좋아지고 있어요!
끊임없이 계속 좋아지고 있어요!
더, 더, 더!
It's getting better all the time!
Getting so much better all the time!
Better, better, better!

나는 기분이 좋아져 한 팔을 들어 마구 흔들어대면서 고개를 끄덕였다. 기쁨이 온몸을 꽉 채워왔다. 베터, 베터, 베터! 노래를 따라 불렀다. 베터, 베터, 베터!

버스에서 내리니 검은색 학교 건물이 셀 수 없이 많은 창으로 햇살을 반사하고 있었다. 고학년 학생이 된 우리는 학교에서 어떻게 행동해야 하는지, 학교는 우리에게 무엇을 기대하는지에 대해 이미 잘 알고 있었기에 의젓하고 당당하게 걸었다. 잘 빗은 머리에 멋진 옷차림을 한 1학년 신입생들은 부모님과 함께 깃대 아래 서서 교장 선생님의 연설을 듣고 있었다. 우리는 가랑비가 내리는 운동장을 어슬렁어슬렁 거닐면서 침을 툭툭 뱉기도 했고, 벽에 비스듬히 몸을 기대 각자 방학 때 무엇을 하며 시간을 보냈는지 이야기를 나누었다. 쇠르뵈보그의 시골 농장에서 3주를 보냈던 일은 내겐 유일한 여행담이었지만 이젠 이야깃거리도 안 되었다. 다행히도 욘 올라브의 집을 혼자 1주일 정도 방문했던 적이 있어서 그 이야기를 해야겠다고 마음먹었다. 왜냐하면 그 집에는 여자아이가 한 명 있었기 때문이다. 나의 사촌 메레테는 예쁘장한 금발로 오슬로 외곽에 살고 있었다. 나는 그 아이와 함께 어울려 놀았다고 말했다. 물론 예테보리에 있는 북유럽의 최대 놀이동산, 리세베리와는 비교도 안 되었지만 무언가 할 이야기가 있다는 것만으로 나는 만족해야 했다.

여자아이 몇 명이 내가 알 수 없는 생소한 곳에서 줄넘기 줄을 꺼내와 폴짝폴짝 뛰기 시작했다.

아니, 그건 뛴다기보다 춤을 추는 것 같았다.

우리는 그들에게 차라리 높이뛰기를 같이하자며 꾀었다. 높이뛰기를 하면 곁에서 지켜보고 있는 다른 남자아이들 앞에서 체면이 좀 설 것 같아서였다. 둘이 줄 양쪽 끝을 잡고 섰다. 우리는 팽팽하게 당겨진 줄을 향해 힘껏 달렸고, 다리부터 차올려 줄 너머로 몸을 던졌다.

우아하고 절제된 움직임으로 허공에 발을 차올리는 여자아이들을 보니 감탄이 절로 나왔다. 그들은 휙 하는 소리와 함께 줄을 넘어 안정감 있게 착지했다.

줄 높이는 점점 올라갔고, 남은 아이는 한 명뿐이었다. 나는 안네 리즈벳이 보고 있었기에 끝까지 살아남고 싶었지만 마음처럼 잘 되지 않았다. 마지막 생존자는 예상했던 대로 마리안네였다.

탁, 탁, 탁. 마리안네가 발을 구르며 뛰었다. 획. 쉽게 줄을 넘었다.

그녀는 수줍게 미소 지으며 손가락 하나를 올려 어깨까지 내려오는 머리를 옆으로 쓸어넘겼다. 이번 학기엔 마리안네를 좋아하게 될 것 같았다.

그럴 일은 없을 것이다. 그녀는 우리 반 학생이니까.

그렇다면 A반에서 찾아볼까.

어쩌면 다른 학교 학생과 사랑에 빠지게 될지도 모른다. 앞날은 알 수 없으니까.

첫 번째 시간에는 시간표와 새 교과서를 받은 다음 각자 방학 때 경험했던 일을 발표했다. 두 번째 시간에는 학급 임원 선거가 있었다. 나는 작년에 시브와 함께 임원을 지낸 적이 있었기에 당연히 재선출될 것이라고 생각했다. 그런데 에이빈이 손을 번쩍 들고 선거에 출마하고 싶다고 말하는 게 아닌가. 결국 선거에는 여섯 명이나 출마했다. 에이빈이 그중 한 명이라는 이유 때문에, 나는 선거에서 절대 자기에게 표를 던지면 안 된다는 불문율을 어기고 내 이름을 적어내기로 마음먹었다. 에이빈과 막상막하가 될 경우 내가 던진 한 표가 결과를 좌지우지할 수도 있을 것이었기 때문이다. 비밀투표였기 때문에 내가 내 이름을 적어냈다는 사실이 공개될 리는 만무했다. 행여 선생님이 내 필체를 알고 있다 해도 아이들에게 말하지는 않을 것이었다.

그건 크나큰 실수였다.

나는 작은 투표용지에 대문자로 내 이름을 써서 조그맣게 구겨쥔 후, 용지를 걷기 위해 모자를 들고 책상 사이를 돌아다니는 선생님에게 건네주었다. 선생님은 선거에 출마한 아이들의 이름을 칠판에 적고, 쉴비를 시켜 투표용지에 적힌 이름을 큰 소리로 읽으라고 했다. 선생님은 호명된 이름을 표시하기 위해 칠판 앞에 자리를 잡고 섰다.

내 이름이 불리기까진 꽤 오랜 시간이 걸렸다. 초반엔 에이빈의 이름밖에 불리지 않았다. 투표용지가 얼마 남지 않은 것을 보니 마음이 초조해졌다. 나는 그때까지 한 표도 얻지 못한 상태였다! 이게 정말 있을 수 있는 일인가.

마침내 한 표가 나왔다.

"칼 오베."

쉴비가 투표용지에 적힌 내 이름을 불렀다. 선생님은 칠판에 적힌 내 이름 뒤에 작대기 하나를 그었다.

"에이빈."

"에이빈."

"에이빈."

"그게 마지막 용지였지? 자, 이제 결과를 살펴볼까? 에이빈과 마리안네가 올해 우리 학급 임원으로 선출되었어!"

나는 시선을 떨구었다.

한 표.

어떻게 이런 일이 있을 수 있단 말인가.

심지어 그건 내가 던진 표였다.

나는 우리 반에서 제일 공부를 잘하는 학생인데! 적어도 언어와 사회 과목은 나를 따라올 학생이 없는데! 게다가 수학은 우리 반에서 두 번째, 아니 세 번째로 잘하니까 전체로 따진다면 내가 최고라

할 수 있다! 도대체 누가 나보다 더 낫다 할 수 있단 말인가.

좋다. 에이빈이 임원으로 선출된 것은 받아들일 수 있었다. 하지만 한 표라니! 어떻게 이런 일이?

정말 아무도 내게 표를 던지지 않았단 말인가.

무언가 잘못된 것이 틀림없었다.

정말 아무도 내 이름을 적지 않았을까?

집에 돌아오니 아버지가 대문 앞에 서 있었다.

나는 깜짝 놀라 몸을 움찔했다.

어떻게 이런 일이 가능할까?

아버지는 내가 올 때까지 대문 앞에 서서 기다리고 있었던 걸까?

"비맥스에 가서 장을 좀 봐 오너라. 자, 여기."

아버지는 시장 볼 내역을 적은 종이 한 장과 100크로네짜리 지폐 한 장을 내게 주었다.

"거스름돈은 그대로 가져오너라, 알았지?"

"네."

나는 책가방을 내려놓고 바로 골목길을 달리기 시작했다.

내가 꼼꼼하게 챙기는 것이 있다면 그건 바로 거스름돈이었다. 비맥스가 처음 문을 열었을 때, 아버지의 심부름을 갔던 윙베 형이 거스름돈을 덜 받아온 적이 있었다. 나는 그때처럼 무섭게 화를 내는 아버지의 모습을 본 적이 없었다. 윙베 형은 엄청나게 야단을 맞았다. 내가 아버지에게 야단맞을 때와는 차원이 달랐다. 그날, 형은 나보다 훨씬 일찍 잠자리에 들어야 했다.

나는 종이에 적힌 것을 읽어보았다.

감자 1kg

다진 고기 1포장

양파 2개

커피

파인애플 1캔

생크림 $\frac{1}{4}$리터

오렌지 1kg

파인애플? 아버지는 또 디저트를 먹으려는 걸까? 월요일인데?

나는 계산대 앞에서 차례를 기다리는 동안 진열대의 잡지를 뒤적였다. 돈을 지불하고 거스름돈을 주머니에 잘 넣은 후 묵직한 봉지를 양손에 나누어 들고 집으로 갔다.

부엌에 있던 아버지에게 구입한 물건과 거스름돈을 건네주었다. 아버지가 거스름돈을 주머니에 찔러넣는 모습을 보며, 혹여 아버지가 무슨 말을 더 할까봐 그 자리에서 잠시 기다렸다. 하지만 아버지는 아무 말도 하지 않았다.

"거기 앉아봐!"

아버지가 의자를 가리키며 말했다.

나는 아버지가 시키는 대로 의자에 앉았다.

"허리를 똑바로 펴!"

나는 허리를 똑바로 폈다.

아버지는 흙이 묻은 감자를 꺼내 흐르는 물에 헹구었다.

도대체 아버지가 원하는 건 뭘까?

"어때?"

아버지가 싱크대 앞에 서서 감자를 씻으며 고개만 돌렸다.

나는 영문을 모르겠다는 표정으로 아버지를 쳐다보았다.

"담임선생님이 뭐라고 하든?"

"담임선생님이오?"

"그래, 담임선생님 말이다. 개학 첫날인데 아무 말도 하지 않았어?"

"네, 앞으로 학교생활을 함께 잘 해보자고 했어요. 그리고 시간표와 교과서를 나누어주었어요."

"시간표는 괜찮은 것 같아?"

아버지는 오븐 옆의 찬장 문을 열고 냄비를 꺼냈다.

"보여드릴까요?"

"아냐, 아냐. 그럴 필요 없어. 그냥 기억나는 대로만 말해봐."

"네… 괜찮은 것 같았어요."

"좋아."

그날 저녁, 어머니가 집에 없다는 사실이 무엇을 의미하는지 깨달았다.

집은 죽어버렸다.

아버지는 서재에 있었고, 거실과 부엌은 죽어 있었다. 가끔 숲에 홀로 있을 때 덮쳤던 느낌이 다시 찾아왔다. 숲이 나를 감싸안으려 하지 않는다는 느낌.

방은 방이었을 뿐이고, 내가 들어갈 수 있는 공간에 불과했다.

다행히도 내 방은 그렇지 않았다. 내 방은 언제나 그랬듯 나를 부드럽고 포근하게 감싸주었다.

다음 날 비맥스 앞에 가니 스베레와 게이르 호콘이 내게 다가왔다. 주변에는 같은 반 아이들이 몇 명 더 있었다.

"칼 오베, 넌 어제 누굴 찍었니?"

게이르 호콘이 물었다.

"비밀이야."

"넌 네 이름을 적어냈지? 네가 받은 한 표는 네가 스스로 적은 표였잖아, 그렇지?"

"아냐."

"거짓말하지 마. 우린 벌써 아이들에게 다 물어봤어. 널 찍은 아이는 한 명도 없던데? 그렇다면 네 이름을 적은 건 너밖에 없어."

"아냐, 그건 사실이 아냐. 난 내 이름을 적지 않았어."

"그럼, 누가 네 이름을 적었을까?"

"나도 모르지…"

"우린 이미 아이들에게 다 물어봤다고. 아무도 널 찍지 않았대. 이제 이실직고하는 게 좋을걸?"

"아냐, 아니라니까."

"애들한테 다 물어봤다니까. 너밖에 없어."

"그렇다면 누군가가 거짓말을 한 게 분명해."

"누가 뭐 때문에 이런 거짓말을 하겠니?"

"그걸 내가 어떻게 알아?"

"거짓말을 하는 건 너야. 네가 네 이름을 적었어, 맞지?"

"아냐, 난 내 이름을 적지 않았어!"

학교에 소문이 퍼지기 시작했다. 나는 끝까지 딱 잡아뗐다. 아이들은 무슨 일이 있었는지 훤히 다 알고 있었다. 하지만 내가 인정하지 않으니, 아이들도 결국 긴가민가했다. 아이들은 나답다고 입을 모았다. 항상 내가 제일 잘난 줄 안다고 덧붙이기도 했다. 하지만 그건 사실이 아니었다. 진정으로 자기가 잘난 줄 아는 사람이라면 투표용지에 자기 이름을 적어내진 않을 것이다. 아이들이 과일서리를 할 때, 가게에서 물건을 훔칠 때, 새총으로 작은 새를 맞힐 때, 빨대를 이용해 체리나무나 행인들에게 침을 뱉을 때, 체육 비품실이나 탈의실에 선생님을 가둘 때, 교생 선생님의 의자에 압정을 놓아둘 때, 칠판지우개를 물에 흠뻑 적셔놓을 때, 절대 함께하지 않았고 오히려 그것이 나쁜 일이라고 말했던 것은 나에 대한 아이들의 생각을 바꾸는 데 아무런 도움이 되지 않았다. 하지만 나는 내가 옳다는 것을 잘 알고 있었고, 다른 아이들의 행위가 잘못된 것이라는 사실도 잘 알고 있었다. 나는 가끔 신에게 그들을 용서해달라고 기도했다. 그들이 욕설을 내뱉을 때도 기도했다.

사랑하는 신이시여, 욕을 한 레이프 토레를 용서해주소서. 진심으로 한 말은 아닐 테니 그를 용서해주소서.

물론 나도 속으로 욕할 때가 있다. 제기랄, 우라질, 빌어먹을, 씨팔, 좆같은 새끼, 망해버려, 염병하네 등… 하지만 나는 자기방어를 위해 꼭 필요할 때만 욕을 했고, 꼭 필요할 때만 거짓말을 했다. 물건을 훔치지 않는다는 것, 선생님을 괴롭히지 않는다는 것, 외모와 옷차림에 신경을 많이 쓴다는 것, 항상 올바르고 제일 뛰어난 학생이 되고 싶어 한다는 것은 모두 사실이긴 하지만, 나에 대한 전반적인 소문은 여전히 좋지 않았고, 레이프 토레나 게이르 호콘은 대놓고 나를 따돌릴 때도 있었다. 그럴 때면 나는 다그 로타르나 다그 마그네를 찾았다. 아이들이 한꺼번에 많이 어울리다 보면 항상 누군가는 섞이지 못할 때가 있고, 따돌림을 당할 때도 있다. 나도 예외는 아니었다.

그렇긴 하지만, 방에 혼자 앉아 책을 읽는 게 가장 쉬운 일이라는 건 두말할 나위가 없다.

내가 크리스천이라는 소문도 도움이 되진 않았다. 사실 그건 어머니 때문이었다. 1년 전, 어머니는 내가 만화책 읽는 것을 전적으로 금지했다. 그날은 평소보다 일찍 집에 왔고, 아버지는 퇴근 전이었기에 기분 좋게 계단을 뛰어 올라갔다.

"배고프니?"

거실에 앉아 있던 어머니가 무릎 위에 책을 내려놓고 내게 물었다.

"네."

어머니는 부엌으로 가서 샌드위치를 만들어주었다.

창밖에는 소나기가 내리고 있었다. 버스에서 내린 아이들이 갑작스레 내리는 비에 당황해서 서둘러 비옷에 딸린 모자를 덮어썼다.

"오늘 네 책장을 좀 살펴봤어."

어머니가 빵을 썰며 말을 이었다.

"네가 요즘 읽는 책을 보고 깜짝 놀랐단다."

"깜짝 놀랐다고요? 왜요?"

어머니는 접시에 빵을 얹고 냉장고에서 치즈와 버터를 꺼냈다.

"네가 그런 책을 읽는다고 생각하니 끔찍하더라. 폭력뿐이었어! 재미로 총을 쏘고 웃는 장면도 발견했단다! 넌 그런 책을 읽기엔 아직 너무 어려."

"하지만 내 친구들도 모두 그런 책을 보는걸요."

"친구들이 그렇다 하더라도 너까지 그럴 필요는 없잖아."

"하지만 전 그런 책이 좋아요!"

나는 나이프로 빵에 버터를 발랐다.

"문제는 바로 그거야!"

어머니는 자리에 앉은 후 말을 계속했다.

"네가 보는 잡지에 등장하는 인물들은 하나같이 추악하고 폭력적이야. 특히 여자 등장인물의 경우는 더했어. 이해할 수 있겠니? 그런 책을 보다 보면 의식하지 못하는 사이에 태도나 말투도 바뀌게 된단다."

"등장인물들이 서로 죽이는 걸 말씀하시는 거예요?"

"응, 예를 들자면 그래."

"하지만 그건 재미로 하는 거잖아요!"

어머니가 한숨을 푹 내쉬었다.

"네 막내 이모 잉군이 만화책의 폭력성에 대해 논문을 쓴 건 너도 알고 있지?"

"아뇨."

"어쨌든 네게 좋지 않아. 이건 간단하고 명백한 사실이니까 너도 이해할 수 있을 거야."

"그럼 앞으로 만화책을 읽으면 안 되나요?"

"응."

"네? 뭐라고요?"

"다 네 잘못이야."

"정말 만화책을 한 권도 못 읽게 되나요? 어머니… 정말…? 단 한 권도?"

"도널드 덕은 봐도 좋아."

"도널드 덕? 내 친구 중에 도널드 덕을 보는 애는 아무도 없어요!"

나는 훌쩍훌쩍 울면서 내 방으로 뛰어갔다.

나를 따라온 어머니가 침대에 앉아 내 등을 쓰다듬어주었다.

"만화책 대신 책을 읽어봐. 훨씬 좋을 거야. 욍베랑 나랑 함께 일주일에 한 번씩 시내 도서관에 가서 책을 빌려오는 건 어때? 네가 원하는 만큼 얼마든지 많이 빌려도 돼."

"하지만 전 책을 읽기 싫어요. 제가 읽고 싶은 건 만화책이에요!"

"칼 오베, 난 이미 결정했어."

"그런데 아버지는 만화책을 읽잖아요!"

"아버지는 어른이잖니. 네 경우와는 달라."

"그렇다면 전 앞으로 만화책을 영영 읽을 수 없나요?"

"오늘은 저녁에 교대근무를 해야 돼. 하지만 내일 저녁엔 시간이 나니까 같이 도서관에 가도록 하자. 어때?"

나는 대답하지 않았다. 어머니는 몸을 일으켜 방에서 나가버렸다.

어머니 눈에 띄었던 만화책은 분명 『캄프세리엔』이나 『비 빈네르』였을 것이다. 거기엔 전쟁 중에 '프릿츠' 또는 '사우어크라우트' 등 이름이 괴상한 독일인이 사살당하면서도 미소를 띠는 장면이나 총탄 속에서도 서로에게 "제기랄!" 또는 "병신!" 등의 욕설을 내뱉는 장면이 실려 있다. 어머니는 『에이전트 X9』이나 『세리에 스페셜』을 보았는지도 모른다. 거기엔 비키니를 입은 여인, 아니 가끔은 그것조차도 입지 않은 여인들이 등장한다.

나는 특히 모디스티 블레이즈가 옷을 벗어던지는 장면을 보면 괜스레 기분이 좋아졌다. 물론 혼자 있을 때만 그렇다. 여럿이 함께 있을 때면 그런 장면에 얼굴을 붉히며 당황하게 된다. 텔레비전에서 어린이 프로그램 「아가톤 삭스」가 방영될 때 부모님이 옆에 있기라도 하면 나는 고개를 들지 못했다. 주제가가 흐를 때 주인공이 망원경으로 벌거벗은 여인을 훔쳐보는 장면이 잠깐 나오기 때문이다. 가끔은 잠자리에 들기 전, 이른 저녁시간인데도 우연히 텔레비전에서 섹스 장면을 보게 될 때가 있다. 아버지, 어머니, 그들의 두 아들, 온 가족이 함께 거실에 앉아 텔레비전을 보는데 벌거벗은 남녀가 서로 엉켜 있는 장면을 보면, 시선을 어디로 돌려야 할까?

그건 끔찍한 일이었다.

하지만 만화책만큼은 자유롭게 읽을 수 있었다. 어머니는 단 한 번도 내가 만화책 보는 것에 대해 이런저런 간섭을 하지 않았다.

그런데 갑자기 만화책 읽는 것을 금지시키다니!

이보다 더 어이없고 불공평한 일이 있을 수 있을까.

눈물이 났다. 화가 치밀어 올랐다. 거실로 가서 어머니는 내 삶을 결정할 권리가 없다고 소리쳤다. 하지만 나는 이미 이 싸움의 패배자가 누가 될 것인지 너무나 잘 알고 있었다. 어머니는 이미 마음의 결심을 했다. 내가 계속 고집을 피우며 반항한다면 어머니는 아버지에게 일러버릴 것이다. 그렇게 된다면 일은 뻔하지 않은가.

나는 친구들에게서 빌린 만화책은 되돌려주었고, 다른 만화책들은 쓰레기통에 버렸다. 다음 날 우리는 도서관에 가서 대여카드를 만들고 책을 빌려왔다. 그날 이후, 나는 책에 푹 빠져버렸다. 매주 수요일이 되면 나는 양손에 책이 가득 담긴 가방을 들고 아렌달 도서관 계단을 내려왔다. 욍베 형과 어머니와 함께 각자 빌린 책을 차에 싣고 집으로 오면, 나는 곧장 방으로 들어가 침대에 누워 책을 읽었다. 매일 저녁은 물론, 토요일과 일요일엔 종일 집에서 책만 읽었다. 잠시 밖에 나가 산책을 하거나 아이들과 함께 어울릴 때도 있었지만 대부분 책 읽는 시간으로 채워졌다. 일주일이 지나면 우리는 다 읽은 책을 담은 가방을 양손에 나누어 들고 도서관에 가서 반납했고 다시 새 책을 가방 가득 빌려왔다.

나는 도서관에 있는 모든 시리즈물을 다 읽었다. 그중에서도 서부의 황야에 사는 한 소년의 이야기가 담긴 '포코모토' 시리즈를 제일 좋아했다. '얀과 하디 소년단' '봅시가의 아이들' '레이디 탐정' 시리즈도 나쁘지 않았다. 실제 인물의 전기를 그린 '소문난 악동 오총사' 시리즈에도 흠뻑 빠져들었다. 헨리 포드, 토머스 앨바 에디슨, 벤저민 프랭클린, 프랭클린 D. 루스벨트, 윈스턴 처칠, 존 F. 케네디, 리빙스턴, 루이 암스트롱. 이러한 인물들에 관한 책을 읽을 때면 항상 마지막 장을 덮으며 눈물을 흘렸다. 모두 마지막엔 죽어버리니까. 그 외에도 세상의 갖가지 진귀한 탐험 이야기를 실은 '비 바르 메' 시리즈를 읽었고, 돛단배와 우주선에 대한 책도 읽었다.

윙베 형은 내게 데니켄*의 책을 읽어보라고 권했다. 세계의 주요 문명은 외계인과 접촉함으로써 탄생되었다는 내용이었다. 우주 비행의 과거와 현재를 다룬 아폴로 프로젝트에 대한 책도 읽어보았다. 뿐만 아니라 아버지가 보관하고 있던 낡은 청소년 도서 시리즈도 모두 읽었다. 아버지가 두 아들을 데리고 캠핑을 하다가 멸종되었다고 알려진 큰바다쇠오리를 발견한 이야기가 가장 기억에 남았다.

전쟁 중에 영국의 한 소년이 체펠린으로 불리는 비행선에 납치되었던 이야기도 읽어보았다. 쥘 베른**의 『해저 2만리』와 『80일간의 세계 일주』도 읽었다. 텔레마크에 살던 한 가난한 가족이 복권에 당첨되어 큰 부자가 된 이야기도 읽었으며, 『몬테크리스토 백작』『삼

• 스위스 출신 작가이자 고고학자.
•• 과학소설 분야를 개척한 프랑스 작가.

총사』『20년 후』『철가면』도 차례차례 읽었다. 특히『소공자』『올리버 트위스트』『데이비드 코퍼필드』『집 없는 아이』『보물섬』『캐리비안의 유령선』은 도서관에서 대여한 책이 아니라 직접 구입한 책이었기 때문에 여러 번 읽었다.

『바운티호의 반란』도 읽었고, 잭 런던의 책도 읽었다. 베두인족과 거북이 사냥꾼, 밀항선과 자동차 경주 선수에 대한 책을 읽었고, 스웨덴의 한 소년이 우여곡절 끝에 북 치는 소년으로 미국 내전에 참전한 이야기, 여러 시즌을 거치며 성장한 축구 선수 이야기도 읽었으며, 윙베 형이 학교에서 빌려온 문제의식을 담은 책도 몇 권 읽었다. 학생 신분으로 임신을 했거나, 어쩌다 악의 구렁텅이에 빠져 마약을 시작한 학생에 대한 이야기였다.

나는 작가가 누구든, 어떤 내용을 담고 있든 가리지 않고 책이란 책은 눈에 보이는 대로 다 읽었다. 호베에서 열린 연중 벼룩시장에서는 로바콜 전집을 사서 읽기도 했다. 이다라는 소녀를 주인공으로 한 시리즈는 무려 열네 권이나 되는데도 다 읽었고, 아버지의 책장에 꽂혀 있던 고전 탐정물 시리즈도 다 읽었다. 용돈을 받으면 '크눗 그립' 탐정 시리즈를 한 권씩 사 모으기도 했다. 크리스토퍼 콜럼버스, 마젤란, 바스코 다 가마, 아문센과 난센의 전기도 읽었다.

할머니와 할아버지가 윙베 형과 내게 성탄절 선물로 주었던『아라비안나이트』와 노르웨이 전래 동화책도 읽었다.『아서왕』과『원탁의 기사』도 읽었고, 로빈 후드와 리틀 존, 마리안의 이야기도 읽었다. 피터 팬도 읽었고, 부잣집 소년과 삶을 바꾸어 살았던 가난한 소년의 이야기도 읽었다. 전쟁 당시 덴마크의 사보타주에 참여했던 한 소년의 이야기, 눈사태 속에서 사람들의 목숨을 구해준 한 남자의 이야기, 무인도에서 홀로 살며 난파선을 뒤져 목숨을 연명했던 이상한 남자의 이야기, 사관후보생으로 군함에 승선했던 한 영국 소년의 이야기, 마르코 폴로와 칭기즈 칸의 이야기도 읽었다.

그렇게 책을 읽다 보니 몇 주, 몇 달이 금세 지나가버렸다. 나는 책에서 우리는 항상 용기를 가져야 하며, 특히 언제나 진실하고 바른 태도로 사는 것이 너무나 중요하다는 것을 배웠다. 무슨 일이 있어도 포기하면 안 된다는 것도 배웠다. 굳건한 신념을 바탕으로 당당하고 용감하고 진실하게 살아간다면 가끔 외롭고 고통스러울 때도 있겠지만 결국은 보답받을 수 있다는 것을 배웠던 것이다. 나는 자주 여기에 대해 생각해보았다. 특히 혼자 있을 때는 언젠가 아이들이 나를 찾아줄 것이라는 믿음으로 위안을 받기도 했다.

나는 나중에 커서 튀바켄의 모든 아이가 나를 우러러보는 훌륭한 사람이 될 것이라는 상상을 해보기도 했다. 물론 그런 날이 당장 찾아오지 않는다는 것도 나는 잘 알고 있었다. 예를 들어 나와 내가 좋아하는 여자아이에 대해 조소 섞인 말을 한 아스게이르를 주먹으로 쳤을 때, 내가 얻은 것은 존중과는 거리가 먼 것이었다. 아스게이르는 내게 한 대 맞고선 화를 참지 못해 나를 때려눕혔다. 그는 땅에 널브러진 내 몸 위에 앉아 집게손가락으로 내 가슴과 빰을 쿡쿡 찌르면서 경멸스런 말을 쏟아냈다. 나는 마침 입안 가득 들어 있는 노란 폭스 캐러멜을 그에게 뱉어보았지만, 찐득한 캐러멜은 생각했던 것과는 달리 내 얼굴 위로 떨어져버렸다.

나는 그에게 똥 냄새가 난다고 말했다. 그건 사실이었다. 뿐만 아니라 나는 그의 덧니가 상어 이빨처럼 흉하다고 말했다. 옆에 서서 구경하던 아이들의 동의를 얻어보려 한 말이었지만 소용없었다. 나는 패배자였고 땅에 납작하게 쓰러져 있다는 사실은 어떤 식으로도 도움이 되지 않았다.

현실은 내가 책을 읽으며 꿈꿔온 이상과는 너무나 거리가 멀었다. 대부분의 아이들은 이상과 명예를 같은 개념으로 생각했다. 그렇게 따지면 그날 내 명예는 땅에 떨어져버렸다 해도 틀린 말은 아니었다. 나는 느리고 약했으며 겁이 많았다. 강하고 빠르고 용기 있는 사람과는 거리가 멀었다. 내가 이상과 명예에 대해 그 누구보다 더 잘 안다 해도 그것을 실천에 옮길 수 없다면 무슨 소용이 있을까. 조그만 일에도 눈물을 흘리는데? 내가 다른 아이들보다 약한 존재였기 때문에 오히려 이상적이고 영웅적인 행위에 대해 더 많이 알고 있다는 사실이 너무나 불공평하게 느껴졌다. 나는 약자의 이야기를 다룬 책도 읽어보았다. 그중 한 권은 크나큰 파도가 되어 책을 덮은 후에도 몇 달 동안이나 내 가슴을 흔들었다.

그해 가을, 나는 몸이 많이 아파 며칠이나 학교에 가지 못했다. 집에 누워만 있으려니 심심하기 짝이 없었다. 어느 날 아침, 아버지가 출근 전에 책 몇 권을 가지고 내 방에 들어왔다. 아버지가 어렸을 때인 50년대에 읽었던 책을 지하실에 보관해두었는데 문득 내 생각이 나서 가져왔다고 했다.

그중 몇 권은 크리스천 출판사에서 출간한 것이었는데 무슨 이유에서인지 내게 강렬한 여운을 남겼다. 특히 한 권은 머릿속에서 지울 수 없을 정도였다. 병든 홀어머니를 모시고 살아가는 한 소년의 이야기였다. 소년은 어머니를 간호하면서 생계를 꾸리기 위해 일을 해야만 했다. 그것도 모자라 동네 불량배들은 기회만 생기면 소년을 괴롭혔다. 단지 여느 아이들과는 조금 다른 생활을 한다는 이유로 그들은 소년에게 주먹질을 하고, 욕을 했으며, 심지어 소년의 물건을 빼앗기도 했다.

진실하고 정의로우며 효성도 지극한 소년이 번번이 불의에 쓰러지는 이야기를 읽으니 참을 수가 없었다. 나는 세상의 불공평함과 악에 눈물을 흘렸다. 선과 정의가 악과 불의에 짓밟히는 일이 계속될수록 가슴을 짓눌러 오는 묵직한 압박감도 더 커졌고 결국 내 영혼의 심연조차 고통에 떨리기 시작했다.

나는 좋은 사람이 되겠다고 결심했다. 내가 도울 수 있는 일은 도울 것이며, 절대 나쁜 짓은 하지 않겠다고 다짐했다. 그날부터 나는 나 스스로 크리스천이라 부르기 시작했다. 나는 아홉 살이었고, 내 주변에 자신을 크리스천이라 부르는 사람은 아무도 없었다. 어머니와 아버지는 물론이었고, 내 친구들과 그들의 부모님 가운데서도 크리스천은 찾아볼 수 없었다. 외이빈 순트만 제외하고선 말이다. 그는 극장에 가지 않았고, 텔레비전도 보지 않았으며, 콜라나 군것질 거리에 눈도 돌리지 않았다. 그렇기 때문에 1970년대 말, 튀바켄의 한 소년이 크리스천이 되겠다고 결심했던 것은 비교적 고립적인 행위라고 할 수 있었다.

나는 매일 아침에 일어나기 전과 저녁에 잠자리에 들기 전에 기도를 했다. 가을이 되어 아이들이 과일을 서리하기 위해 감믈레 튀바켄으로 갈 때면, 나는 무언가를 훔치는 것은 나쁜 일이라고 말렸다. 아이들이 함께 있을 때는 용기를 낼 수 없어 아무 말도 할 수 없었지만, 한 명씩 따로 불러 말리는 것은 어렵지 않았다. 나는 무리의 반응과 개인의 반응이 다르다는 것을 잘 알고 있었다. 사람들은 무리 속에 있을 때 격려와 선동으로 쉽게 용기를 낼 수 있다. 반면 고립되어 있는 개인은 그렇게 행동하기 힘들다. 그래서 나는 한 명씩 찾아가 얼굴을 마주보며 설득하기로 했다.

먼저 내가 잘 알고 있는 아이들, 즉 내 또래의 아이들부터 차례차례 한 명씩 찾아가 과일서리는 나쁜 일이라고, 일부러 나쁜 일을 할

411

필요는 없다고 말했다. 하지만 아이들이 무리 지어 과일서리를 하러 갈 때 혼자 외롭게 남아 있는 건 싫었기 때문에, 나도 그들을 따라갔다. 나는 어스름한 석양빛 아래, 과수원 안으로 살금살금 들어가는 아이들을 지켜보며 울타리 옆에 서 있었다. 아이들은 사과를 따서 주머니에 불룩하게 집어넣고 집으로 돌아갔다. 아이들이 내게 예의상 사과 한 개를 건넬 때면, 난 항상 거절했다. 그 사과를 받아먹으면 나 또한 그들보다 나을 게 없다고 생각했기 때문이다.

부활절이 되어 쇠르뵈보그의 외할아버지 댁을 찾았을 때, 내게 새로운 친구가 생겼다. 그는 쉴 새 없이 욕을 했기 때문에, 나는 제발 욕을 하지 말라고 수도 없이 말했다. 어느 날 오후, 그가 나를 따라 외할아버지 댁에 왔다. 나는 행여나 그가 약속을 어기고 외할아버지 앞에서 욕을 할까봐 안절부절못했다. 그 일이 있은 후, 그가 나를 슬슬 피하기 시작했다. 같이 놀 친구가 없으니 심심하기 짝이 없었지만, 나는 내가 옳았다고 생각하며 참아냈다.

나는 버스에서 나이 드신 분들에게 항상 자리를 양보했고, 무거운 것을 들고 가는 사람을 보면 항상 도움이 필요하냐고 물어보았다. 달리는 차에 매달리지도 않았고, 물건을 망가뜨리지도 않았으며, 새총으로 조그만 동물을 쏘지도 않았다. 길을 걸을 때는 항상 개미나 딱정벌레를 밟지 않으려 잘 살폈고, 심지어 봄이 되어 게이르와 함께 부모님께 드린다며 야생화를 꺾을 때도 생명을 죽인다는 생각에 우울해했다.

겨울이 되어 눈이 내리면, 나이 많은 사람들을 위해 집 앞에 쌓인 눈을 치워주기도 했다. 어느 월요일, 길 위에는 전날 밤새 내린 눈이 무릎까지 쌓여 있었다. 나는 게이르에게 동네 할아버지의 집 앞에 쌓인 눈을 치워주자고 제안했다. 그는 내키지 않은 표정을 지었다.

눈을 치워준 대가로 동전 한 닢 정도는 받을 수 있을지 모른다고 하자, 게이르는 그제야 나를 따라나섰다.

아버지는 며칠 전 커다란 제설용 삽을 구입했다. 반짝반짝 광이 나는 빨간색 삽이었다. 그날 아침, 아버지는 이미 우리 집 앞의 눈을 치웠기 때문에 오후엔 사용할 일이 없을 것이라 생각했다. 나는 아버지의 삽을 들고, 녹색 제설용 삽을 들고 나온 게이르와 함께 길을 걸었다.

내가 선택한 집은 길모퉁이에 있었다. 초인종을 누르니 나이 많은 할아버지가 대문을 열어주었다. 우리가 여느 아이들처럼 창에 눈덩이를 던지고 도망치는 게 아니라 오히려 집 앞의 눈을 치워준다고 하니 환한 표정을 지었다. 눈을 치우는 일은 힘들긴 했지만 재미있었다. 우리는 대문 앞에 쌓인 눈을 옆으로 치워 길을 만들었다. 옆에 쌓아둔 눈 더미를 발로 툭툭 차니 마치 눈사태가 난 것처럼 반대편 아래쪽으로 무너져내렸다. 회색 하늘이 머리 위에 묵직하게 걸려 있었고, 쌓인 눈은 축축해서 두 손으로 꼭 짜면 물이 뚝뚝 흘러나올 것만 같았다. 토룽겐 위엔 안개가 자욱했다. 아이들은 썰매나 스키를 타고 골목길을 지났고, 퇴근길의 자동차들은 미끄러지면서 힘겹게 오르막길을 오르고 있었다. 눈을 다 치웠다고 말하기 위해 대문을 두드리니, 할아버지는 고맙다는 말만 하고 집 안으로 쏙 들어가버렸다. 게이르가 불만 가득한 표정으로 나를 바라보았다.

"대가로 돈을 받을 수 있다고 했잖아?"

"어… 사실은 그랬는데… 잊어버렸나봐. 하지만 그분이 우리에게 돈을 안 준 건 내 잘못이 아니잖아?"

"그렇다면 우린 이 많은 일을 공짜로 해준 거네?"

"그런 것 같아. 할 수 없지, 뭐. 이제 집에 가자."

게이르는 뾰로통한 표정으로 내 뒤를 따랐다. 골목길에 이르자 대문 앞에 서 있는 아버지의 모습이 보였다. 심장이 멎는 것 같았다. 배가 조여들어 숨을 쉴 수 없을 정도였다. 아버지의 눈은 분노로 이글거렸다.

"얼른 이리 오지 못해!"

진입로에 들어서자 아버지가 소리를 질렀다.

나는 고개를 푹 숙이고 걸었다.

"고개 들어!"

나는 아버지가 시키는 대로 했다.

아버지가 주먹으로 내 뺨을 내리쳤다.

내 입에선 바람이 빠져나가는 듯한 소리가 났다.

아버지는 내 멱살을 잡고 벽으로 밀어붙였다.

"네가 내 삽을 가져갔구나! 그건 새로 산 삽이야! 내 거란 말이야! 감히 내 물건에 손을 대다니! 게다가 내겐 아무 말도 안 하고! 나는 삽을 도둑맞은 줄 알았어!"

나는 딸꾹질까지 하며 서럽게 우느라 아버지가 무슨 말을 하는지 잘 듣지 못했다. 아버지가 나를 끌고 집 안으로 들어가더니 맞은편 벽 쪽으로 내동댕이쳤다.

"다시는 이런 짓을 하면 안 돼! 절대 안 돼! 내가 부를 때까지 네 방에서 꼼짝도 하지 마! 알았어?"

"네, 아버지."

아버지는 서재로 들어가 문을 쾅 닫았다. 나는 외투를 벗었다. 손이 바들바들 떨렸다. 장갑과 모자를 벗고, 발을 비틀어 장화에서 빼냈다. 바지와 스웨터를 벗었다. 나는 방에 들어가 침대에 드러누웠다. 가슴이 찢어지는 것 같았다. 내 속은 온통 빨갛게 물들어버린 것

414

같았다. 나도 모르게 흐느끼기 시작했다. 눈물이 베개로 흘러내렸다. 갑자기 참을 수 없는 분노가 치밀어 올라 내 몸을 갈기갈기 찢어놓았다. 증오심에 복수를 해야겠다는 생각밖에 나지 않았다. 아버지에게 복수하고 말 거야. 두고 봐. 아버지를 짓밟아버릴 테니까. 두고 보라고.

갑자기 책에서 읽은 착한 소년은 이런 일을 당했을 때 어떻게 대응할지 궁금해졌다. 진실한 크리스천이라면 어떻게 할까?

용서해야 한다는 생각이 들었다.

아버지를 용서하겠다고 마음먹으니 따스한 기운이 온몸을 휘감았다.

그렇다. 나는 아버지를 용서해야 한다.

훌륭한 생각이었다.

훌륭한 생각을 함으로써 나도 훌륭한 사람이 되었다.

하지만 그건 내가 혼자 있을 때뿐이었다. 아버지와 같은 공간에 있을 때면, 아버지가 내 속에 있는 모든 것을 남김없이 빨아들이는 것만 같았다. 결국 내 머릿속에 남아 있는 건 아버지밖에 없었다.

어머니가 없는 집에서 아버지와 함께했던 첫날은 앞으로 다가올 날들이 어떠할지 예상할 수 있는 지표가 되었다. 미리 만들어놓은 아침식사, 냉장고에 들어 있는 도시락. 방과 후에 장을 보는 것은 내가 할 일이었다. 아버지가 저녁식사를 준비할 때, 부엌에 앉아 아버지의 질문에 대답하는 것도 내가 할 일이었다. 가끔은 날카로운 칼날이 등을 찌를 때도 있었다.

"등을 똑바로 펴!"

아버지는 요리하는 내내 나를 부엌에 앉혀둘 때도 있었고, 30분

동안이나 의자에 꼿꼿이 앉아 질문에 대답하는 일이 얼마나 끔찍한 일인지 갑자기 깨달은 사람처럼 방으로 가도 좋다며 나를 내보낼 때도 있었다.

저녁을 먹은 후, 우리는 방에 들어가 책을 읽거나 밖에 나가서 놀았고, 아버지는 회의에 참석하거나 서재에서 홀로 시간을 보냈다. 일주일에 한 번은 다 함께 스토아까지 차를 타고 가서 큰 장을 보았다. 아버지는 저녁에 가끔 텔레비전을 보기 위해 거실로 나올 때도 있었다. 우리는 소파에 앉아 꼼짝도 하지 않았고, 아버지가 묻는 말에 짤막하게 대답만 했다.

아버지가 윙베 형을 간섭하는 일은 서서히 줄어들었다. 그 대신 윙베 형과는 달리 용기가 없어 무언의 반항조차 할 수 없는 나와 함께 시간을 보내는 일이 더 많아졌다. 그렇다고 해서 항상 아버지가 원하는 대로 일이 흘러갔던 건 아니다.

아버지가 계단을 올라오는 소리는 불길한 징조를 의미했다. 얼른 음악 소리를 낮추었다. 침대에 누워 책을 읽고 있다 축 처져 있다고 야단맞을까봐 얼른 일어나 등을 꼿꼿하게 펴고 앉았다.

아버지가 내 방에 들어오려는 걸까?

그렇다.

방문이 열리고 아버지가 성큼성큼 들어왔다.

저녁 8시. 아버지는 오후 4시에 저녁을 먹고 그때까지 서재에만 앉아 있었다.

방 안을 훑어보던 아버지의 시선이 책상 위에서 멈추었다.

"거기 그건 뭐냐?"

아버지가 책상 앞으로 다가가 카드 뭉치를 집어올렸다.

"카드 게임을 해볼까?"

"네, 그러죠."

나는 책을 내려놓으며 대답했다.

아버지가 침대 위, 내 곁에 걸터앉았다.

"새로운 카드 게임을 하나 가르쳐줄게."

아버지는 카드 뭉치를 집어들어 방바닥에 휙 던졌다.

"52장 뽑기라는 거야. 52장을 다 주워야 한단다. 먼저 시작해봐!"

아버지와 함께 정말 카드 게임을 하는 줄로만 알았던 나는 실망하지 않을 수 없었다. 내가 바닥으로 내려가 무릎을 꿇고 카드를 한 장 한 장 주워올리는 동안, 아버지는 침대 위에 앉아서 큰 소리로 웃었다. 순간 생각지도 못했던 말이 내 입에서 빠져나왔다. 돌이켜 생각해보니 내가 왜 그때 그런 말을 했는지 이해할 수가 없다.

나는 하지 말았어야 하는 말을 이미 내뱉은 후였다.

"에잇 씨팔! 왜 이런 짓을 하세요?"

아버지의 몸이 순간적으로 굳어졌다. 아버지는 내 귀를 비틀어쥐고 나를 일으켰다.

"너를 낳아준 아버지 앞에서 감히 욕을 해?"

아버지가 내 귀를 잡은 손에 더 힘을 주며 소리쳤다. 나는 울기 시작했다.

"한 장도 빠짐없이 다 주워!"

내가 몸을 굽혀 카드를 줍는 동안에도 아버지는 내 귀를 놓지 않았다.

카드를 모두 줍자 아버지는 그제야 내 귀를 놓고 방에서 나갔다. 밤참을 먹을 시간이 되어도 아버지는 서재에서 나오지 않았다. 부엌에는 우리 몫의 음식이 덩그러니 차려져 있을 뿐이었다.

다음 날 아버지는 평소와는 달리 저녁 준비를 할 때 나를 부르지 않았다. 음식이 다 되니, 그제야 우리를 부르는 아버지의 목소리가 들렸다. 우리는 한마디도 하지 않고 저녁을 먹었다. 소스를 곁들인 고래 고기, 삶은 감자와 구운 양파를 침묵 속에서 먹어치운 우리는 잘 먹었다고 말한 후 자리에서 일어났다. 아버지는 설거지를 했다. 아버지가 거실에서 오렌지를 먹었다는 건 오렌지향으로 알 수 있었고, 커피를 마셨다는 건 주전자의 물 끓는 소리로 알 수 있었다. 아버지는 서재로 내려가 음악을 듣다가 외투를 입고 차에 올랐다.

자동차 소리가 언덕 아래로 사라지자마자, 나는 거실로 나갔다. 갈색 가죽 소파에 앉아 탁자 위에 다리를 올려보았다. 부엌으로 가서 냉장고 문을 열어보았다. 우리 몫의 밤참인 듯 샌드위치를 담은 접시 두 개가 냉장고 속에 있었다. 찬장 문을 열어 건포도 통을 꺼냈다. 한 손으로는 건포도를 한 움큼 쥐어 입으로 가져갔고, 다른 손으로는 먹은 것이 티나지 않도록 통 속에 들어 있는 건포도를 평평하게 정리했다. 건포도를 우물우물 씹으면서 거실로 되돌아가서 텔레비전을 켰다. 7시 30분이 되면 「밀항」이 재방송될 예정이었다. 우주 여행에 대한 공포 드라마였다. 물론 금요일 저녁에 본방송을 보는 것은 금지되어 있었다. 하지만 어머니와 아버지는 재방송을 한다는 사실조차 몰랐기 때문에, 가끔 두 분이 집에 없는 날이면 우리는 재방송을 보기도 했다.

윙베 형도 거실로 와서 소파에 앉았다.

"뭘 먹고 있니?"

"건포도."

"나도 먹을래."

"너무 많이 먹지 마. 그러면 아버지에게 들킬지도 모르니까."

418

나는 소파에서 몸을 일으키는 형에게 말했다.

"알았어."

웡베 형이 찬장 문을 열며 대답했다.

"아몬드도 먹을래?"

형이 소리쳤다.

"응. 표시나지 않게 조금만 가져와."

어둠 속의 가로등 불빛은 거의 주황색처럼 보였다. 가로등 밑의 아스팔트도 같은 색으로 반짝이고 있었다. 가로등 뒤의 전나무도 마찬가지였다. 하지만 저 멀리 있는 숲은 칠흑 같은 어둠 속에 숨어 있었다. 가파른 언덕길을 올라오던 스쿠터가 미끄러지는 소리가 들렸다.

"가져왔어. 받아."

웡베 형은 내 손에 아몬드 몇 개를 떨구어주었다. 형의 체취가 코에 스며들었다. 날카롭게 비린 듯하면서도 은은한, 뭐라 말로 표현할 수 없는 냄새였다. 쇳조각 냄새와 비슷한 것 같기도 했다. 땀 냄새가 아니라 피부에서 나는 냄새였다. 금속 냄새. 형과 싸울 때나 형이 나를 간지럽힐 때, 나는 그 냄새를 맡을 수 있었다. 가끔은 누워서 책을 읽을 때도 그 냄새가 났다. 나는 누워 있는 형에게 바짝 몸을 붙여 코를 킁킁거렸다. 나는 형을 사랑했다. 웡베 형을 너무나 사랑했다.

「밀항」이 시작되기 5분 전, 웡베 형이 소파에서 일어났다.

"대문을 잠그자. 불을 다 끄고 공포 분위기를 조성해보면 어떨까?"

"안 돼! 하지 마!"

웡베 형이 큰 소리로 웃었다.

419

"벌써 겁나는 거야?"

나는 벌떡 일어서서 형의 앞을 가로막았다. 형은 두 팔로 나를 덥석 안아올려 등 뒤에 내려놓고는 계단 쪽으로 걸어갔다.

"하지 말라니까! 제발!"

형이 다시 소리내어 웃었다.

"내려가서 대문을 잠글게."

형이 계단을 내려가며 말했다.

나는 형을 잡으려고 뛰어갔다.

"진심이야. 하지 마, 형."

"진심이라는 건 나도 알아."

형이 대문을 잠그고 그 앞을 막아섰다.

"하지만 집에 우리만 있을 때는 내가 모든 걸 결정해."

형이 불을 껐다.

옆방에서 새어나오는 희미한 불빛 아래, 형의 미소는 마치 악마의 미소처럼 보였다. 나는 계단을 뛰어올라가 의자에 앉았다. 형이 차례차례 불 끄는 소리가 들렸다. 현관, 복도, 거실 탁자 위의 램프, 부엌 천장의 전구. 소파 뒤편 벽에 걸린 작은 전구 네 개는 빛을 잃었고, 마지막으로 텔레비전 옆에 있는 작은 램프도 빛을 잃었다. 남은 것은 창으로 새어 들어오는 거리의 가로등 불빛과 텔레비전 화면에서 나오는 빛뿐이었다.

「밀항」이 시작되었다. 시작부터 무서웠다. 낫을 든 남자가 고개를 돌렸다. 그는 얼굴에 마스크를 쓰고 있었다. 너무나 무서워 손가락과 발가락이 오그라들었다. 심장이 콩알만해졌다. 하지만 나는 화면에서 눈을 떼지 않았다. 뗄 수가 없었다. 30분 후, 방송이 끝나자 윙베 형이 몸을 일으켰다.

"아무 말도 하지 마. 움직이지도 마!"

내가 형에게 소리쳤다.

"칼 오베, 너 혹시 그거 아니?"

"몰라! 몰라!"

"난 네가 생각하는 사람이 아냐. 난 다른 사람이야."

"아냐, 넌 윙베 형이잖아! 말해봐, 형 이름이 윙베라고!"

"난 사이보그. 그리고 이건…"

형이 팔을 뻗어 스웨터를 들어올렸다.

"이건 피와 살이 아니라 금속과 전선이야. 언뜻 보기엔 피와 살처럼 보이지만, 사실은 아니란다. 난 인간이 아니야."

"거짓말하지 마!"

나는 울기 시작했다.

"윙베 형이잖아! 윙베! 얼른 말해봐, 윙베라고!"

"이제 넌 나와 함께 지하실로 내려갈 거야. 히히히…"

"형!"

나는 소리를 꽥 질렀다.

윙베 형이 미소 띤 얼굴로 나를 바라보았다.

"장난친 것뿐이야. 설마 정말 내가 사이보그라고 생각했던 건 아니겠지?"

"다시는 그런 장난치지 마! 그리고 얼른 불을 켜!"

형이 한 발짝 내게 가까이 다가왔다.

"오지 마!"

"알았어, 알았다고."

형이 웃으며 말했다.

"이제 불을 켜고 밤참을 먹을까? 배고프지?"

"얼른 불부터 켜!"

형은 벽 램프의 스위치를 올리고, 저녁 뉴스를 방영하는 텔레비전 옆의 램프를 켰다. 우리는 함께 부엌으로 가서 밤참을 먹었다. 윙베 형은 차를 끓였다. 뒷정리만 깨끗하게 한다면 문제될 것은 없었다. 아버지는 우리끼리 있을 때 불을 올려 차를 끓일 것이라곤 생각지도 못할 것이다. 차를 마신 후, 우리는 축구게임 보드를 가져와 거실 탁자 위에 올려놓고 게임을 했다. 살짝 열어둔 윙베 형의 방 문틈으로 퀸의 「어 나이트 앳 디 오페라」가 흘러나왔다.

대문 밖에서 아버지의 차 소리가 들렸다. 우리는 서둘러 거실을 정리하고 각자 방으로 들어갔다. 아버지는 가끔 윙베 형을 불러 둘이서 뭘 하며 시간을 보냈느냐고 물을 때도 있었다. 하지만 그날 저녁엔 바로 거실로 들어가 텔레비전을 켰다.

아버지와 우리 사이에 거리가 있다는 것은 우리에게 다행스러운 일이었다. 하지만 아버지가 원하는 건 그게 아니라는 느낌이 들었다. 그 느낌은 날이 갈수록 점점 더 무겁게 내려앉았다. 하지만 그것은 아무도 해결할 수 없는 문제였다.

다음번에 아버지가 우리를 찾았을 땐 그 느낌이 더욱 강해졌다. 감기에 걸린 나는 갑작스런 고열에 시달리고 있었다. 나는 윙베 형의 침대에 앉아 벽에 등을 기댄 채 형의 책을 읽고 있었고, 윙베 형은 책상에서 숙제를 하고 있었다. 턴테이블에서는 더 붐타운 래츠의 음악이 흘러나왔다.

갑자기 방문이 열렸다. 아버지가 문 앞에 서서 우리를 바라보고 있었다. 기분이 좋아 보였다. 아버지의 눈동자는 생기 있게 빛나고 있었다.

"음악을 듣고 있구나. 꽤 좋은걸. 누가 연주하는 거지?"

"더 붐타운 래츠라고 해요."

웡베 형이 대답했다.

"신흥도시의 들쥐로군. 기억나니? 언젠가 내가 「크리스털 팰리스」를 결정체 궁전이라고 했더니 너희들이 배꼽을 쥐고 웃었던 거 말이야. 너희들은 그때 내 말을 믿지 않았어!"

아버지가 미소를 지으며 방 안으로 들어왔다.

"너도 음악 듣는 걸 좋아하니, 칼 오베?"

나는 고개를 끄덕였다.

"일어나, 춤을 춰보자."

"아버지, 전 지금 아파요. 열도 난단 말이에요. 꼼짝도 못 할 것 같아요."

"엄살 부리지 말고 얼른 일어나."

아버지는 내 손을 잡아끌어 일으킨 후, 춤을 추듯 빙글빙글 돌렸다.

"그만하세요, 아버지! 난 지금 아프다고요! 움직일 수가 없어요!"

하지만 아버지는 들은 척도 하지 않고 나를 계속 빙글빙글 돌렸다. 속도가 더 빨라졌다. 견딜 수가 없었다. 금방이라도 토할 것 같았다.

"그만하세요, 아버지! 그만!"

나는 소리를 질렀다.

아버지는 갑자기 움직임을 멈추고 나를 침대에 집어던지듯 내려놓은 후 방을 나가버렸다.

매주 금요일 어머니가 집에 오면, 나는 누구보다 먼저 어머니 곁에 가 있으려고 애를 썼다. 내가 먼저 어머니와 이야기를 하고 있으면, 어머니와 함께 대화를 나누기 위해 들어서던 아버지도 나를 쫓아내지 못했다. 어머니가 집을 나서는 일요일 저녁이나 월요일 아침이 되면, 아버지는 우리에게 더 가까이 다가왔다. 아니, 내게 가까이 다가왔다고 하는 게 더 정확할 것이다. 요리할 때마다 나를 부엌으로 불러들여 이런저런 대화를 해보려 시도했다. 우리는 침묵 속에서 식사했고, 아버지는 설거지를 마치면 예외 없이 서재로 내려갔다. 가끔 우리와 함께 텔레비전을 볼 때도 있었지만, 대개 밤참을 먹을 때까지 혼자 서재에서 시간을 보냈다. 그렇기 때문에 집에는 윙베 형과 나만 덩그러니 남아 있는 것 같았다.

그렇다고 내가 시간을 보내는 방법이 아버지가 집에 있을 때와 없을 때에 따라 크게 다른 건 아니었다. 나는 거의 매일 책을 읽으면서 시간을 보냈으니까. 어머니가 집에 없어서 우리는 매주 도서관에 갈 수 없었다. 나는 이미 학교 도서관에서 빌린 책을 다 읽었고, 부모님 책장에 꽂혀 있는 책도 거의 다 읽은 후였다. 애거사 크리스티의 책을 읽었고, 스탕달의 『적과 흑』도 읽었으며, 우연히 발견한 프랑스 작가의 단편집도 읽었다. 욘 미셸레*의 책도 한 권 읽었고, 톨스토이의 전기도 읽었다.

나는 직접 책을 쓰려고 시도해본 적도 있다. 돛단배 항해를 다룬 이야기였다. 각 선원들을 세세하게 묘사하고 항해 목적과 배에 실었던 물건 등에 대해 10장 정도 쓰고 나니, 윙베 형이 요즘 돛단배에 대한 책을 쓰면 구석기 사람 취급을 받는다고 핀잔을 주었다. 형은 시류에 따라 현대적인 이야기를 써야 한다고 말했다. 그 말에 나는

* 노르웨이 작가이자 정치가 겸 방송인.

글쓰기를 멈췄다. 가을에 접어들었을 때, 나는 신문을 세 부 만들어 칼센 씨, 구스타브센 씨, 프레스트바크모 씨의 집에 각각 한 부씩 배달했다. 하지만 그들에게선 아무 말도 들을 수 없었다. 마치 내가 만들었던 신문은 존재한 적이 없다는 듯 자취를 감추어버린 것이다.

나는 집 안과 집 밖에서 서로 다른 삶을 살고 있었다. 항상 그렇게 살아왔고, 다른 아이들도 그렇게 살고 있다고 믿었다. 토요일 저녁 온 가족이 텔레비전 앞에 모이면, 아이들은 순응적이고 부드럽게 변했다. 반면 숲속을 뛰어다닐 때면 아이들은 완벽한 자유 속에서 조금의 거리낌도 없이 마음 가는 대로 행동하곤 했다.

가을이 되면 두 삶의 차이점은 더 두드러졌다. 봄과 여름엔 집 밖에서의 삶이 큰 비중을 차지했고, 아이들의 삶과 어른들의 삶은 그 경계가 더욱 뚜렷해졌다. 하지만 가을이 오고 어둠이 내려앉는 시간이 점점 앞당겨지면 마치 무언가를 서로 연결하던 고리가 툭 끊어지듯, 아이들은 대문이 닫히는 순간 각자의 세상 속으로 빨려 들어갔다. 어둡고 차가운 저녁시간은 눈에 보이지 않는 것에 대한 기대감과 긴장감으로 장전되었다.

가을은 어둠, 흙, 물, 텅 빈 공간이었고, 숨소리, 웃음소리, 손전등 불빛, 오두막, 모닥불, 여기저기 떼를 지어 몰려다니는 아이들이었으며, 그 후에 찾아드는 각자의 방이었다. 비록 나는 집에 친구들을 데려올 수 없고, 동네 아이들 가운데 내 방에 들어와 본 아이가 단 한 명도 없었지만, 나는 그들의 집에 자유롭게 드나들 수 있었다. 자주 찾는 곳도 있었고, 드물게 찾는 곳도 있었다.

그해 가을엔 다그 로타르의 집에 자주 드나들었다. 우리는 어둠 속에서 함께 뛰어놀다가 발갛게 상기된 얼굴로 그의 집에 함께 들어갔다. 그의 방에 앉아서 모노폴리 게임을 하며 비틀스의 앨범 『레드』나『블루』를 들었다. 나는 비틀스의 초창기 노래가 실린 『레드』를 더 좋아했다. 그들의 초창기 곡은 즐거운 분위기에 단순한 멜로디가 특징이었다. 우리는 후렴구를 큰 소리로 따라부르기도 했다. 영어 가사라도 상관없었다. 우리는 의미보다 소리에 집중했으니까.

얼마간 시간이 흐른 뒤엔 『블루』를 듣는 날이 더 많아졌다. 우리는 비틀스의 후반기 곡 특성이라고도 할 수 있는, 조금 어두운 듯하면서 낯선 멜로디에 매료되기 시작했다.

그 당시 저녁시간은 내 생애에서 가장 행복했던 시간이었다. 특별한 일이 있었던 것은 아니었기 때문에 이상하기도 했다. 우리는 다른 아이들과 마찬가지로 함께 앉아 보드 게임을 했고, 음악을 들었고, 관심 있는 일에 대해 수다를 떨었다.

나는 집에서만 맡을 수 있는 특유의 향을 좋아했다. 집에 들어오기 직전에 눈으로 볼 수 있을 뿐 아니라 온몸으로도 느낄 수 있었던 어둠, 습기와 낯선 느낌이 가득한 어둠 속을 거니는 것도 좋아했다.

나는 가로등 불빛을 좋아했다. 어둠 속에서 한 무리의 아이들이 모여 만들어내는 분위기와 목소리, 그들의 몸집도 좋아했다. 바다 쪽에서 안개를 헤치고 들려오는 뱃고동 소리도 좋아했다. 그런 날 저녁이면 무슨 일이든 일어날 수 있다는 생각에 마음이 들뜨곤 했다.

나는 정처 없이 동네 여기저기를 돌아다니면서 예상치 못한 상황에 부딪히는 것도 좋아했다. 간이 선착장 위쪽 숲에는 임시 가건물들이 나란히 서 있었다. 저녁이 되면 그 건물들은 텅 비었다. 우리는 불빛이 새어나오는 창으로 안을 들여다보았다. 저 안에 포르노 잡지도 있을까? 아니나 다를까, 우리의 예상은 틀리지 않았다. 하지만 아무도 창문을 깨고 들어갈 생각은 하지 못했다. 그런데도 임시 가건물 안에 포르노 잡지가 있다는 사실은 우리에게 하나의 가능성으로 다가왔다. 언젠가는 누군가 창문을 깨고 들어가 포르노 잡지를 훔쳐갈 것이 틀림없었다. 그 누군가가 우리가 될지도 모르는 일이었다.

당시에는 어느 날 갑자기 집 앞 골목길 한가운데 떨어져 있는 포르노 잡지를 발견할 수 있었고, 길가 도랑이나 시냇가, 다리 밑에서도 포르노 잡지를 볼 수 있었다. 누가 그곳에 포르노 잡지를 버렸는지는 알 수 없었다. 그것은 길가에 피어 있는 하얀 아네모네나 호랑버들, 콸콸 흐르는 시냇물이나 빗방울에 매끈하게 닳은 바윗돌처럼 신이 창조한 자연의 일부분 같았다.

여기저기 버려진 잡지들은 모양새도 다 달랐다. 물에 젖어 구멍이 나 있거나, 햇살에 바짝 말라 손만 대도 부스러질 것 같은 것이 있는가 하면, 색이 바랜 것도 있었고, 흙이나 정체불명의 거뭇거뭇한 얼룩이 묻은 것도 있었다.

그것을 떠올릴 때마다 알 수 없는 욕망이 나를 덮쳤다. 우리는 최신 유행의 물결을 따르기라도 하듯 포르노 잡지에 대해 떠들며 웃었고, 욕심스런 눈길로 잡지를 뒤적이기도 했다. 하지만 내 속에 자리한 욕망은 다른 곳에 있었다. 내 생각이 닿을 수 없는 깊고 깊은 곳에.

동네 아이들 가운데 포르노 잡지를 가지고 있는 아이들이 분명히 있을 것 같았다. 스쿠터를 탈 수 있는 나이가 된 아이들, 담배를 피우기 시작하고 가끔 학교에 결석하는 아이들, 한마디로 말하자면 피나에 모이는 아이들이었다. 그들은 악의 축에 자리한 존재였다. 그러니 포르노 잡지란 것은 내겐 너무나 어울리지 않는 것이었다. 포르노 잡지는 악의 무리에 속하는 것이었다.

참을 수 없을 만큼 단단한 나의 욕망은 아무리 침을 꿀꺽 삼켜도 사라지지 않았고, 그럴수록 더 야만스러운 힘이 나를 덮쳤다. 벌거 벗은 여인들을 보고 있으면 두 다리에 힘이 풀리는 것 같았다. 끔찍 했지만 매혹적이었다. 세상이 환하게 열리는 것 같으면서도 눈앞에 지옥이 보이는 것 같았다. 반짝이는 빛이 솟아나는 것 같다가도 어 둠이 떨어져내렸다.

우리는 무성한 전나무 가지 아래 서서 시간 가는 줄도 모르고 포 르노 잡지를 뒤적였다. 여인들은 축축한 습지, 빛바랜 잔디나 그 비 슷한 것들에서 갑자기 솟아오른 것만 같았다. 가끔은 찢어져나간 페 이지도 있었다. 하지만 우리는 그곳에 무언가 부드럽고도 단단한 것 이 있었다는 것을 잘 알고 있었다. 욕망은 사라지지 않았고, 어느덧 우리는 어디에 포르노 잡지가 있다는 소문만 들리면 주저하지 않고 그곳을 찾았다.

게이르가 가장 열성을 보였다. 그는 이미 2학년 때 아버지가 보던 『비 멘』이라는 성인 잡지를 학교에 가져온 적이 있었다. 우리는 숲속 에 앉아 웃옷을 벗은 잡지 속의 여인들을 훔쳐보았다. 동시에 지나 가는 사람들의 의심을 사지 않기 위해, 마치 우리가 보고 있는 것이 만화책이라도 되는 양 큰 소리로 도널드 덕이나 돌리 덕 이야기를 하곤 했다. 그런 포르노 잡지가 임시 가건물 안에 보란 듯이 놓여 있 었다.

우리는 가건물을 빙빙 돌았다. 문은 잠겨 있었다. 우리는 포르노 잡지를 훔치기 위해 창문을 깨고 고정 장치를 들어올려 안으로 들어 갈 만한 용기는 없었다. 이미 고개를 들어버린 욕망은 다른 곳을 향 해 눈길을 돌리기 시작했다.

폐차가 있는 숲속에 가면 있을까?

비맥스 옆에 있는 버스 정류장 건너편 도랑은 어떨까?

다리 밑의 숲속은?

아, 맞다. 쓰레기 처리장! 그곳에 가면 꽤 많이 있지 않을까. 백 권, 아니 천 권 정도?

9월 말의 어느 일요일 오전, 아버지는 낚시를 하려고 집을 비웠고, 어머니는 거실에 앉아 있었으며, 윙베 형은 자전거를 타고 섬 동쪽으로 갔다. 나는 베이지색 재킷과 청바지를 입고 대문을 나섰다. 비에 젖은 자갈길을 지나 게이르의 집 앞에 이르니 기대감에 전율이 흘렀다. 마침내 숲속 쓰레기 처리장에 가기로 한 날이 온 것이다. 날씨는 화창했지만, 이른 아침에 내렸던 비 때문인지 햇빛이 비치지 않는 곳과 집 앞 전나무가 드리운 그림자 속은 여전히 축축하게 젖어 있었다.

게이르는 어느새 대문 앞에 서서 나를 기다리고 있었다. 우리는 함께 달리기 시작했다. 언덕을 오르고 길게 이어진 평평한 길로 접어들었다. 양옆의 정원에는 겨울을 맞이하기 위해 집 안에 들여놓은 배들이 방수포 밑에 놓여 있었다. 대부분은 작은 플라스틱 보트였고, 나무배도 더러 보였다. 이름이 귀에 익은 캐빈크루즈 한 대도 볼 수 있었다. 잔디는 누렇게 변해 있었고, 집 뒤편의 나뭇잎들은 불그스름한 색을 띠고 있었으며, 하늘은 더할 나위 없이 푸르렀다. 우리는 재킷을 벗어 허리에 동여맸다. 셰틸의 집을 지나 골목길의 끝과 오솔길의 시작을 알리는 작은 울타리를 넘었다. 맞은편에 새로 지은 예배당에서는 텐 싱Ten Sing 합창단 아이들이 성가 연습을 하고 있었다.

길옆의 작은 강은 꿈을 꾸듯 천천히 아래쪽으로 흐르고 있었다.

길가의 잔디와 덤불들은 불어난 물에 잠겨 있었고, 차가운 녹색 수면에 이는 작은 떨림이 없다면 강이 흐르고 있는지조차 모를 정도였다. 내리막길이 시작되자 길가의 강물은 폭포수처럼 아래로 떨어져 내렸고, 우리는 신나게 달리기 시작했다. 오솔길을 덮고 있는 작은 돌들은 그늘 속에서는 광택 없는 회색을 띠고 있었고, 햇살 아래에선 반짝이는 하얀색을 띠고 있었다.

저 앞에 누군가가 다가오고 있었다. 우리는 속도를 줄여 걷기 시작했다. 나이 많은 노부부였다. 백발의 여자는 털실로 짠 스웨터를 입고 있었고, 팔꿈치에 가죽을 덧댄 코르덴 재킷을 입은 남자는 지팡이에 몸을 의지해 걷고 있었다. 그는 조금 벌린 입을 달달 떨고 있었다.

우리는 고개를 돌려 그들을 바라보았다.

"톰메센 선생님 아니야?"

게이르가 말했다.

그는 2학년 때 우리를 가르쳤던 선생님이었다.

"나는 톰메센 씨가 벌써 오래전에 죽은 줄로만 알았어!"

우리는 숲속의 오래된 지름길을 통해 쓰레기 처리장에 도착했다. 작고 하얀 비닐봉지들과 크고 검은 비닐봉지들이 산을 이루어 햇살을 반사시켰다. 갈매기 수십 마리가 그 위를 날아다니고 있었다. 우리는 언덕 기슭으로 내려가 쓰레기 더미의 가장자리에 이르렀다. 우리 키의 네 배는 될 정도로 쓰레기가 높이 쌓여 있는 곳도 있었고, 발밑에 여기저기 흩어져 있는 곳도 있었다.

우리는 책과 잡지가 들어 있는 비닐봉지와 종이 박스부터 뒤적여 보았다. 셀 수 없을 정도로 많았다. 『홈』『우리』『노르웨이 주간지』 등 구세대들이 즐겨 보던 잡지와 여자아이들이 주로 보던 『스타렛』

『신세대』『낭만』 등의 잡지,『VG』『아그데르포스텐』『보르트란』『아프텐포스텐』『다그블라데』 같은 일간지도 있었다.『A-매거진』『여성과 패션』 승마 잡지도 있었고,『도널드 덕』 만화책 시리즈도 있었다. 나는 60년대 말에 발행된 만화책『팬텀』을 따로 챙겼다.『템포』『캡틴 미카』 같은 만화책 시리즈와『에이전트 X9』 포켓북도 그날의 전리품에 속했다.

우리가 정작 원했던『알레 멘』『렉』『칵테일』 또는『현실 리포트』 같은 성인 잡지와 운이 좋으면 찾을 수 있다고 믿은 외국 잡지는 눈에 띄지 않았다.『위크엔드 섹스』 같은 덴마크 잡지나 비슷한 종류의 스웨덴 잡지 또는 영국 잡지는 어디에도 없었다. 포르노 잡지는 한 권도 찾을 수 없었다! 누가 우리보다 먼저 와서 다 가져가버린 건 아닐까. 분명히 어딘가에는 있을 텐데!

우리는 한 시간 정도 더 찾아다니다 결국 포기하고 풀숲에 앉아 쓰레기 더미 속에서 찾아낸 평범한 만화책을 읽기 시작했다. 하루 온종일 두근거리는 가슴으로 무언가 다른 것을 찾아 헤맸던 나는 거기 앉아 있는 것조차 마음에 들지 않았다. 뭔가 부족했다. 나는 일어나 나무 사이를 거닐면서 아래쪽에 흐르는 시냇물을 바라보았다. 저기서 물장구를 치고 놀면 휑하니 뚫린 가슴을 채울 수 있을까.

"물에 들어가서 놀래?"

"응. 읽던 거 마저 읽고."

게이르는 만화책에서 눈을 떼지 않고 대답했다.

나는 우리가 찾아낸 빈 병 쪽으로 걸어갔다. 봉지 두 개를 가득 채운 빈 병은 대부분 노란색 '아렌달 양조장' 상표가 찍힌 긴 갈색 유리병이었고, 짧고 통통한 녹색 하이네켄 병도 더러 섞여 있었다. 그중 하나를 꺼냈다. 병 겉면에는 풀과 흙이 묻어 있었다. 겨울이 다가오기 전에 마당을 정리하던 어느 집 주인이 모퉁이에 버려져 있던 빈 병을 가져와 이곳에 버린 것이 틀림없었다.

동경을 닮은 욕망은 여전히 내 속에 머물러 있었다.

나는 손에 들고 있던 유리병을 이리저리 돌려가며 찬찬히 살펴보았다. 짙은 녹색 유리가 햇빛을 받아 반짝였다.

"여기다 고추를 집어넣을 수 있을까?"

게이르가 읽던 만화책을 무릎에 내려놓고 나를 돌아보았다.

"어… 응. 그런데 병 입구가 너무 작은 것 같지 않니? 왜? 한번 넣어보게?"

"응. 너도 해봐."

게이르가 다가와 병을 집어들었다.

"누가 보면 어쩌지?"

그가 걱정했다.

"쓸데없는 걱정은 하지 마! 여긴 숲속이잖아. 정 걱정이 되면 저기 구석진 곳으로 가자."

우리는 커다란 소나무 뒤로 갔다. 나는 벨트를 풀고 바지를 무릎까지 내린 후, 한 손으로 고추를 잡고 다른 한 손으로 병을 잡았다. 부드럽고 온기 가득한 피부에 차갑고 딱딱한 유리병 입구가 닿았다. 고추를 집어넣기에는 좀 작았다. 하지만 엉덩이를 비틀어가며 조금씩 집어넣었더니 어느새 고추가 병 속으로 쑥 미끄러져 들어갔다. 순간 등을 타고 전율이 흘렀다. 심장이 뛰듯 고추가 발딱발딱 움직이더니 병 입구가 조금씩 세게 조여들었다.

"난 안 돼. 넣을 수가 없어."

게이르가 말했다.

"난 넣었지롱! 이것 봐!"

나는 그에게 몸을 돌렸다.

"그런데 움직일 수가 없어. 너무 꽉 조여서 아무것도 할 수가 없어!"

나는 병이 얼마나 꽉 조이는지 보여주기 위해, 병을 잡고 있는 손을 놓았다. 병은 여전히 고추에 매달려 있었다.

"하하하!"

게이르가 웃음을 터뜨렸다.

고추를 꺼내려는 순간, 날카로운 통증이 휙 스쳐갔다.

"아얏! 아, 제기랄!"

"뭐야?"

"오! 아, 씨팔!"

날카로운 칼날이나 유리조각에 찔린 것 같았다. 나는 몸을 비틀면서 있는 힘을 다해 고추를 병에서 끄집어냈다.

고추 머리 부분에 검은색 벌레가 한 마리 붙어 있었다.

"오! 씨팔! 씨팔!"

나는 비명을 지르며 커다란 집게가 달린 검은색 벌레를 멀리 휙 던지고, 양팔을 휘저으면서 사방팔방 뛰어다녔다.

"뭐야? 왜? 뭐냐고? 도대체 왜 그러는 거야, 칼 오베?"

"벌레! 벌레가 내 고추를 물었어!"

게이르는 입을 쩍 벌리고 나를 바라보더니 큰 소리로 웃기 시작했다. 그가 좋아할 만한 유머였다. 그는 덤불 위에 앉아 몸을 가누지 못할 정도로 웃었다.

"아무한테도 말하지 마!"

나는 벨트를 매면서 말했다.

"약속할 수 있지?"

"알았어! 하하하!"

각자 양손에 봉지를 들고 뒷목에 따가운 햇볕을 받으며 집으로 가는 동안, 나는 게이르에게 세 번이나 더 같은 약속을 받아냈다. 욕을 했기 때문에 용서해 달라는 기도도 말없이 했다.

"피나에 가서 빈 병을 돈으로 바꿀까?"

게이르가 제안했다.

"맥주병은 안 바꿔줄걸?"

"아, 맞다. 그러면 이건 어디다 숨겨놓고 가자."

우리는 왔던 길을 되돌아갔다. 폭이 좁은 시냇물을 건너 맞은편 아래쪽에 자리한 예배당 옆에 이른 우리는 무성한 나무 사이에 빈 병을 담은 봉지를 숨겼다. 이끼와 풀과 돌멩이를 모아 봉지를 잘 덮어놓고 주변에 사람이 있는지 살펴본 후에 천천히 내려왔다. 예배당 옆길로 달리면 사람들이 의심할 것 같았기 때문이다.

셰틸이 자신의 집 지하실 입구 앞에서 자전거를 거꾸로 세워놓고 기름칠을 하고 있었다. 그는 한 손으로 페달을 잡고 뒷바퀴를 빙글빙글 돌리면서, 다른 한 손으로는 작은 병에 든 기름을 체인에 뿌리고 있었다. 그의 검은색 머리카락이 이마 위로 흘러내렸다.

"안녕."

"안녕!"

"어디 갔다 오는 길이니?"

"쓰레기 처리장에."

"거기서 뭘 했어?"

"포르노 잡지가 있는지 찾아봤어."

게이르가 말했다. 나는 그를 쳐다보았다. 도대체 지금 무슨 말을 하고 있는 거지? 그건 비밀인데!

"찾았어?"

셰틸이 미소를 지으며 우리를 바라보았다.

게이르가 고개를 저었다.

"내 방에 몇 권 있는데, 빌려줄까?"

"응!"

게이르가 신나게 대답했다.

"정말?"

나는 믿을 수가 없어 다시 물어보았다.

그가 고개를 끄덕이며 물었다.

"지금?"

"난 저녁 먹으러 집에 가야 돼."

"나도."

게이르가 말을 이었다.

"숲속에 숨겨두면 되잖아."

셰틸이 고개를 저었다.

"말도 안 되는 소리! 숲속에 숨겨두면 망가질 거야. 집으로 가져가서 봐. 저녁에 너희들 집으로 갈게."

"응, 그게 좋겠다. 하지만 집 밖에서 만나야 돼. 초인종을 누르면 안 돼, 알았지?"

"오, 그래?"

그가 미소를 지으며 눈을 가늘게 떴다.

"혹시 너희 아버지에게 잡지를 보여줄까봐 겁나니?"

"아냐, 꼭 그런 건 아니지만… 우리 아버지는 질문을 많이 하는 사람이라서… 게다가 형은 우리 집에 온 적이 한 번도 없었잖아."

"알았어. 다섯 시쯤 너희 집 앞에서 만나자. 오케이?"

"다섯 시엔 축구 토토를 하는데…"

"그렇다면 여섯 시. 설마 여섯 시에 시작하는 어린이 프로그램을 보겠다고 하는 건 아니겠지?"

"오케이. 여섯 시!"

어머니는 부엌에 앉아서 라디오를 켜놓고 책을 읽고 있었다. 불 위에는 죽이 끓고 있었다. 냄비 가장자리와 밑바닥에 붙어 있는 쌀알과 열기에 바짝 말라버린 하얀 우유 자국을 보니 죽이 끓어 넘친 것 같았다.

"어머니!"

어머니가 책을 내려놓았다.

"오, 지금 오는 길이니? 어디서 놀다 왔어?"

"여기저기 돌아다니면서 빈 병을 찾았어요. 월요일에 가게에 가서 돈으로 바꿀 거예요."

"그렇구나."

"오늘 저녁엔 피자를 먹을 건가요?"

어머니가 미소를 지었다.

"응, 그럴 생각이야."

"아, 신난다!"

"내가 준 책은 좀 읽어봤니?"

나는 고개를 끄덕였다.

"어제 시작했어요. 굉장히 재미있는 책 같아요. 지금 방에 올라가서 계속 읽을 생각이에요."

"그러렴. 15분 후에 저녁 먹으러 내려와."

어머니는 금요일에 집에 올 때마다 항상 조그만 선물을 가지고 왔다. 그 주에 내가 받은 선물은 어슐러 르 귄이 쓴『어스시의 마법사』라는 책이었다. 처음 몇 장밖에 읽지 않았는데도 흥미롭다는 것을 직감적으로 알 수 있었다. 그런데도 나는 책을 읽기보다는 어머니와 함께 더 많은 시간을 보내려고 노력했다. 어머니가 집에 있으면 내 삶의 수준은 급진적으로 향상되었다. 아버지가 조그만 일로 꼬투리를 잡는 일도 없었고, 갑자기 화를 내는 일도 없었기 때문이다. 나는 침대에 누워 있고 어머니는 부엌에 있다 하더라도, 집은 어머니의 존재감만으로도 온화하게 채워졌다.

웡베 형과 아버지와 함께 축구 토토 중계방송을 보았다. 아버지는 여느 토요일과 마찬가지로 영국제 캐러멜을 준비했다. 아버지는 웡베 형과 내게 각각 8폴더씩 배팅할 수 있도록 허락해주었다. 내가 다섯 게임밖에 맞히지 못하자 두 사람은 소리내어 웃었다. 그도 그럴 것이 내가 맞힌 게임은 전체의 절반에도 미치지 못했기 때문이다. 주사위를 던져 승패를 예상한다 해도 그보다는 나을 것 같았다. 아버지는 다섯 게임이나 열 게임이나 승패를 정확히 맞히는 것이 어렵긴 매한가지라고 말했다. 하지만 차별을 두기 위해 열 게임을 맞힌 사람은 복권 회사에서 배당금을 받고, 다섯 게임을 맞힌 사람은 오히려 복권 회사에 배당금을 돌려줘야 한다고도 덧붙였다. 웡베 형은 일곱 게임을 맞혔고, 아버지는 열 게임을 맞혔지만 그 주에는 열 게임을 맞힌 사람도 배당금을 받을 수 없었다.

결과가 다 나온 후, 시계를 보니 6시 2분 전이었다. 셰틸은 불룩한 비닐봉지를 자전거 짐받이에 얹고 언덕길을 내려오고 있었다. 나는 자리에서 일어나 잠시 밖에 다녀오겠다고 말했다.

"지금 나가려고? 어린이 방송이 곧 시작되는데?"

아버지가 말했다.

"별로 보고 싶지 않아요. 더구나 게이르와 만나기로 이미 약속했기 때문에 나가야 해요."

"약속? 알았다. 여덟 시 전까지는 들어오너라."

"어디 가니?"

문 옆에 서 있던 어머니가 물었다.

"피자 만드는 걸 도와달라고 부탁하려던 참이었는데."

"저도 도와드리고 싶지만 약속이 있어서요."

"우리 아들이 약속이 있구나. 상대방이 게이르가 확실한 거냐? 애인이 아니라?"

"네, 확실해요."

"여덟 시까지는 집에 오너라."

어머니가 말했다.

아버지가 자리에서 일어났다.

"시셀, 이제 몇 년만 더 있으면 저녁시간에 우리 둘만 집에 남아있겠군."

아버지가 바지춤을 끌어올린 다음 한 손으로 머리를 쓸어넘겼다. 나는 이미 현관에 나와 있었기 때문에 어머니가 어떻게 대답했는지는 들을 수 없었다. 온몸에 전율이 흘렀고 기대감에 침을 삼킬 수 없을 정도였다. 운이 좋으면 오후 햇볕에 이미 숲이 말라 있을 것이라 생각했기에 장화 대신 운동화를 신었다. 푸른 스웨터와 어머니가 직접 만들어준 파란색 누비 바지를 입고 대문을 열었다. 한 발을 땅에 짚고 다른 한 발은 자전거 페달에 올려놓은 셰틸 옆에 게이르가 서 있었다. 내가 그들에게 달려가자 둘은 동시에 내게로 고개를 돌렸다.

"언덕 아래에 있는 보트 창고로 가자. 거긴 아무도 없을 거야."

내가 제안했다.

"좋아. 나는 자전거를 타고 갈게. 조금 있다 거기서 만나자."

셰틸이 말했다.

게이르와 나는 언덕을 내려가 오솔길을 거쳐 작은 시냇물을 뛰어 넘은 후 다시 언덕 아래로 달렸다. 발을 옮길 때마다 발밑의 땅이 부르르 떨리는 것 같았다. 우리는 자갈길을 지나 잔디가 펼쳐진 언덕 기슭에 도착한 다음 속도를 늦추었다. 셰틸은 언덕 꼭대기 낡은 하얀 집 옆에서 우리를 향해 내려오는 중이었다.

셰틸은 우리보다 두 살 많았고 다른 아이들과 잘 어울리지 않았다. 적어도 우리가 보기엔 그랬다. 높이 솟은 광대뼈, 가느다란 눈과 윤기 나는 검은색 머리카락. 언뜻 인디언을 연상시키는 외모 때문인지 그는 여자아이들에게 인기가 많았다. 언제부터인지 여자아이 몇 명이 셰틸의 이름을 입에 올리기 시작했고, 곧 여기저기서 자주 그의 이름이 들렸다. 전에는 그림자 속에서 있는지 없는지조차 알 수 없었던 그가 갑자기 햇빛에 모습을 드러냈다는 것은 그리 이상한 일이 아니었다. 하지만 그의 이름을 입에 올리고 그를 바라보았던 여자아이들의 얼굴에 일종의 자랑스러움이 어려 있었다는 사실은, 셰틸이 흥미로운 존재라기보다는 오히려 셰틸을 선택함으로써 자신들이 더 흥미로운 존재가 되었다는 것을 의미하는 것 같았다. 셰틸에게서 변한 점은 찾아볼 수 없었다. 그는 여전히 혼자 자전거를 타고 다녔고, 항상 우리를 친절하게 대해주었다.

그는 자전거 지지대를 내렸다. 주황색 DBS 경주용 자전거의 핸들은 활처럼 구부러져 있었고, 한쪽 레이저 테이프가 떨어져 덜렁거리고 있었다. 그는 짐받이의 덮개를 올려 실어온 비닐봉지를 집어들었다. 우리는 언덕 기슭에 누워 갈대풀을 하나씩 입에 물고 언덕을 내려오는 그를 바라보았다.

"이제 포르노 파티를 시작해볼까!"

그가 비닐봉지 아랫부분을 잡고 잔디 위에 내용물을 쏟아놓았다. 태양은 우리 등 뒤에 나직이 걸려 있었고, 그의 그림자는 땅 위에 길쭉하게 깔려 있었다. 바위섬 부근에서 갈매기 울음소리가 들려왔다.

나는 잡지 한 권을 손에 들고 힘이 풀어져 흐늘거리는 몸뚱이를 잔디 위에 눕혔다. 사진 속의 신체 일부분, 예를 들어 여인들의 젖가슴만 봐도 전율이 온몸을 휘감아왔다. 손가락으로 살짝 가린 다리 사이에 수줍게 드러난 분홍빛만 봐도 야만스러울 정도의 욕망이 나를 덮쳤다. 뒤틀린 듯 벌어진 입술도 마찬가지였다. 여인들의 하얀 엉덩이를 보면 가만히 엎드려 있을 수 없을 정도였다. 문득 시작도 끝도 없는 망망대해 한가운데 떠 있는 것 같은 느낌이 들었다.

"게이르, 도끼 자국*을 발견했어?"

그가 고개를 저었다.

"아니. 그런데 엄청나게 큰 젖가슴을 봤어. 너도 볼래?"

그가 고개를 끄덕이는 내게 잡지를 들어보였다.

셰틸은 우리에게서 좀 떨어진 곳에 다리를 꼬고 앉아 잡지를 보고 있었다. 잠시 후, 그는 잡지를 내려놓고 우리에게 다가왔다.

"같은 잡지를 너무 오래 봐서 이젠 싫증이 났어. 이제 새 잡지를 구할 때가 된 것 같아."

"형은 이 잡지들을 누구한테 받았어?"

나는 한 손을 들어 햇빛을 가리며 그에게 물어보았다.

• 꽉 조이는 속옷 때문에 드러나 보이는 여성의 성기.

"받긴 누구한테 받아? 모두 내가 직접 산 거야."

"직접 샀다고?"

"응."

"이렇게 낡은 걸 보니까 새로 산 건 아닌 것 같은데?"

"중고품이야. 멍청이 같으니. 시내 이발소에 가면 중고 잡지를 파는 데가 있어. 포르노 잡지도 꽤 많아."

"정말 형이 직접 샀어?"

"응."

나는 그를 몇 초간 말없이 바라보았다. 지금 농담을 하는 걸까.

그렇진 않은 것 같았다.

나는 잡지를 더 뒤적여보았다. 테니스 유니폼을 입은 여자 둘이 보였다. 한 명은 하늘색 치마, 다른 한 명은 흰색 치마를 입고 있었다. 하얀 테니스 셔츠, 하얀 헤어밴드와 손목밴드, 역시 하얀 테니스 양말과 하얀 테니스화. 둘 다 라켓을 손에 들고 있었다. 설마…?

나는 다음 장으로 넘겨보았다.

한 명이 머리를 뒤로 젖히고 잔디밭에 누워 있었다. 목 아래까지 끌어올린 셔츠 밑으로 젖가슴이 보였다. 혹시 팬티를 안 입고 있는 건 아닐까?

역시 예상했던 것처럼 팬티는 보이지 않았다.

다음 장으로 넘기니 둘 다 벌거벗은 몸으로 엉덩이를 번쩍 치켜들고 네트 옆에 무릎을 대고 앉아 있었다. 말할 수 없이 매혹적이었다. 환상적이었다.

"게이르, 이걸 좀 봐. 여자 둘이 테니스를 치고 있어!"

그는 손에 들고 있는 잡지에 정신이 팔려 건성으로 고개만 끄덕였다.

셰틸이 낡아서 무너질 것 같은 나무 선착장으로 내려갔다. 그는 진흙 속에서 찾아낸 돌멩이를 물속으로 던졌다. 잔잔하던 수면은 돌멩이와 만나 작은 원을 그리며 물결을 만들어냈다.

잡지를 서너 권 뒤적였을까. 눈앞에 셰틸의 발이 보였다. 나는 고개를 들어 그를 쳐다보았다.

"엎드려 있으니 너무 좋아."

"하하하! 엎드려서 비비적거리는 게 좋은가 보구나!"

"응."

"그렇겠지. 그런데 이제 난 가봐야 해. 원한다면 잡지는 너희들이 가져. 난 시시해졌어."

"정말 우리가 가져도 돼?"

게이르가 말했다.

"응. 가져가."

셰틸은 지지대를 차올리고, 우리에게 손을 들어보였다. 곧, 그는 언덕 위로 자전거를 끌고 올라갔다. 그는 마치 반려견을 데리고 산책하는 것처럼 보였다.

우리는 따로 말을 하진 않았지만 누구 집에 잡지를 숨겨둘지 이미 결정한 후였다. 한 시간쯤 지나, 우리는 집 앞에서 작별 인사를 나눴다. 잡지를 챙겨들고 간 것은 게이르였다.

어머니가 만든 피자가 오븐 속에 들어 있었다. 가장자리가 높이 부풀어 오른 크러스트는 가운데 자리 잡은 다진 고기, 토마토, 양파, 양송이버섯, 파프리카, 치즈의 모임을 에워싼 산맥처럼 보였다.

우리는 토요일 저녁이 되면 거실에서 저녁을 먹었다. 식사 중에 텔레비전을 보는 것은 있을 수 없는 일이었다. 아버지가 피자 한 조각을 내 접시 위에 덜어주었다. 나는 콜라를 컵에 따랐다. 1리터짜리 녹색 병에는 흰색 코카콜라 상표가 새겨져 있었다. 가게에는 녹색 병에 빨간색 상표가 접착제로 붙어 있는 페트병도 볼 수 있었다. 당시 남쪽 지방에선 펩시콜라를 팔지 않았다. 펩시콜라는 노르웨이 축구컵에 참가했을 때, 아이들과 함께 전철역 앞에서 마셨던 게 전부였다. 노르웨이 축구컵에 참가하면 아침마다 콘플레이크를 마음껏 먹을 수 있어 좋았다.

피자를 다 먹고 나니, 아버지가 게임을 하자고 제안했다. 모두 아버지의 말에 찬성했다.

어머니가 식탁을 치우는 동안, 아버지는 서재에서 볼펜 네 개와 종이 한 뭉치를 가져왔다.

"시셀, 당신도 할 거지?"

아버지가 이미 설거지를 시작한 어머니에게 물었다.

"그럴까요?"

어머니가 거실로 나왔다. 팔과 얼굴에 비누 거품이 묻어 있었다.

"무슨 게임을 하려고? 야치?"

"각자 종이 위에 나라, 도시, 강, 바다, 호수, 산 이름을 한 줄씩 적는 게임이야. 단, 정해진 알파벳으로 시작하는 이름이라야 하지. 정해진 3분 내에 이름을 제일 많이 적는 사람이 이기는 거야."

한 번도 해본 적 없는 게임이었지만, 듣고 보니 꽤 재미있을 것 같았다.

"상품도 있나요?"

윙베 형이 물었다.

아버지가 미소를 지었다.

"아니, 명예만 있을 뿐이야. 이긴 사람은 패밀리 마스터가 될 수 있단다."

"먼저 시작해. 나는 차를 끓여올 테니까."

어머니가 부엌으로 가면서 말했다.

"그러면 먼저 연습 게임부터 해볼까? 본 게임은 당신이 오면 시작하는 걸로 하고."

아버지가 우리에게 고개를 돌렸다.

"M부터 시작하자. 알파벳 M. 준비됐어?"

"네."

윙베 형은 한 손으로 종이 위를 가리고 벌써 무언가를 적기 시작했다.

"네."

나는 산 이름 항목에 몽블랑을 적었다. 도시 이름에는 만달, 모리스타운, 미윈달렌, 몰데, 말뫼, 메트로폴리스, 뮌헨을 적었다. 바다와 강 이름은 아무것도 생각나지 않았다. 그런데 M으로 시작하는 나라는 뭐가 있을까? 나는 내가 알고 있는 나라 이름을 모두 떠올려 보았다. 아무것도 없었다. 묄벤? 그건 강 이름인 것 같은데? 모이라는 도시 이름. 미들이스트? 아, 맞다. 미시시피가 있었지!

"시간이 다 됐어."

아버지가 말했다.

아버지와 윙베 형의 종이를 슬쩍 훔쳐보니 내가 꼴찌라는 건 자명한 일이었다.

"칼 오베, 네가 적은 것부터 읽어봐."

내가 모리스타운이라고 말하는 순간, 아버지와 윙베 형이 동시에 소리내어 웃었다.

"웃지 마세요!"

"모리스타운은『팬텀』만화책에나 나오는 도시야. 그게 실제로 존재하는 도시라고 생각했니?"

윙베 형이 말했다.

"그래서 어쩌라고? 살라는 뉴욕에 있는 유엔 본부에서 일하잖아? 유엔 본부는 실제로 있는 건물이야. 그러니 모리스타운이 실제로 존재하지 말라는 법은 없어!"

"꽤 그럴듯한 대답이구나, 칼 오베. 좋아, 0.5점을 줄게."

아버지가 말했다.

나는 윙베 형에게 코를 찡긋하며 혀를 쏙 내밀었고, 형은 빈정대는 웃음을 내게 돌려주었다.

"차를 가져왔어."

우리는 부엌으로 가서 각자의 찻잔을 가져왔다. 나는 우유와 설탕을 듬뿍 넣었다.

"이제 본격적으로 게임을 시작해볼까. 잠자리에 들기 전까지 알파벳 3개 정도는 할 수 있겠지?"

알고 보니, 어머니의 수준도 나와 막상막하였다. 어쩌면 어머니는 윙베 형이나 아버지만큼 집중하지 않는지도 모른다. 어쨌든 나로선 나쁘지 않았다.

아버지가 첫 게임의 점수를 발표하자, 어머니가 뜬금없이 이름을 바꾸었다고 말했다.

"결혼 전에 쓰던 이름으로 바꾸었어. 그래서 난 이제부터 크나우스고르가 아니라 하틀뢰이란다."

갑자기 온몸에 한기가 도는 것 같았다.

"크나우스고르가 아니라고요?"

나는 입을 쩍 벌리고 어머니를 쳐다보았다.

"우리 어머니잖아요!"

어머니가 미소를 지었다.

"물론 그렇지! 나는 앞으로도 계속 너희들의 어머니로 살 거야!"

"왜요? 왜 우리와 같은 이름을 쓰지 않는 거죠?"

"알다시피 난 태어날 때부터 시셀 하틀뢰이였단다. 그게 바로 내 이름이야. 크나우스고르는 아버지의 이름이란다. 그리고 너희들의 이름이지!"

"두 분이 이혼하실 건가요?"

어머니와 아버지가 미소를 지었다.

"아냐, 그런 일은 없을 거야."

어머니가 말을 이었다.

"단지 우린 이제부터 서로 다른 이름을 사용할 뿐이란다."

"그 결과로 조금 불편한 일을 감수해야 해. 지금부터는 할머니 할 아버지를 뵐 수 없단다. 그분들은 네 어머니가 이름 바꾸는 걸 싫어 하셔서 우리와 다시 만나지 않겠다고 하셨어."

나는 아버지에게로 고개를 돌렸다.

"성탄절에도요?"

아버지가 고개를 끄덕였다.

나는 울기 시작했다.

"칼 오베, 그렇다고 울 필요는 없어. 곧 괜찮아질 거야. 할머니 할 아버지는 단지 화가 났을 뿐이란다. 하지만 곧 화를 푸실 거야."

나는 자리를 박차고 일어나 방으로 뛰어갔다. 잠시 후, 문 밖에서 발소리가 들렸다. 나는 침대에 누워 베개에 머리를 파묻고 소리내어 펑펑 울었다.

"칼 오베."

아버지가 침대 가장자리에 걸터앉았다.

"네 마음도 이해한다만… 할머니 할아버지가 그렇게 좋아?"

"네!"

나는 베개에 머리를 파묻고 소리 질렀다. 흐느끼는 소리에 맞추어 온몸이 흔들렸다.

"할머니 할아버지는 화를 내시며 네 어머니를 보지 않겠다고 했어. 그러니 우리가 그분들을 뵙는다 해도 별로 즐겁지 않을 거야. 이해할 수 있겠니?"

"어머니는 왜 이름을 바꾸어야만 했나요!"

나는 다시 소리를 질렀다.

"어머니는 원래 사용하던 이름을 다시 찾은 것뿐이야. 그게 바로 네 어머니가 원하던 일이었어. 너나 나, 할아버지나 할머니가 그런 일로 네 어머니에게 이래라저래라 할 수는 없잖아, 그렇지 않니?"

아버지는 내 어깨에 잠시 손을 올려놓았다가 곧 방을 나가버렸다.

나는 눈물을 닦고 어머니가 사준 책을 계속 읽기 위해 책을 펼쳤다. 윙베 형이 방에 들어가는 소리, 거실의 미닫이문이 닫히는 소리, 그 안에서 들려오는 음악 소리가 내 귀에 닿기도 전에, 나는 책 속에 빠져들기 시작했다. 주인공은 외딴 섬에 살고 있는 소년 게드였다. 그에게 특별한 능력이 있는 것을 알아챈 마을 사람들은 그를 마법사 양성 학교에 보냈다. 마법사 학교에서 뛰어난 학생이라 인정받은 게드는 자만심에 사로잡혔고, 결국 아이들 앞에서 해서는 안 될 마법을 선보이고 말았다. 지하 세계, 죽음의 세계로 향하는 문을 열어버리고 만 것이다. 검은 그림자가 열린 문으로 빠져나와 게드를 덮쳤다. 그는 겨우 목숨을 건지긴 했지만 그 후 몇 년 동안이나 아무런 힘을 쓸 수 없을 정도로 쇠약해졌다.

지하 세계의 그림자는 게드를 놓아주지 않았다. 할 수 없이 그는 그림자를 피해 아무도 모르는 세상의 끝으로 도망쳤다. 모든 욕심을 버리고 은둔 생활을 하던 게드는, 과거 자신이 행하던 마법은 공허한 행위와 얕은 속임수에 불과하다는 사실을 깨달았다. 뿐만 아니라 세상 어딘가에는 존재와 관련된 더 깊고 의미 있는 마법이 존재한다는 사실과 존재들 간의 균형을 바로잡는 것이 바로 진실한 마법사들이 해야 하는 일이라는 것도 깨달았다.

게드는 세상의 모든 물건과 생명체는 그들의 존재에 적합한 이름을 가지고 있으며, 존재와 그 이름 사이의 관계를 이해할 수 있어야 진정한 마법을 행할 수 있다는 것을 알아냈다. 하지만 게드가 모르는 것도 있었다. 그것은 그가 마법을 행할 때마다 존재 간의 균형이 어긋나고, 그 결과는 그도 모르는 다른 곳에서 예상치 못한 형태로 나타난다는 사실이었다. 낙심한 게드는 마법에서 손을 떼기 시작했다. 마을의 마법사라면 누구나 할 수 있는 간단한 마법조차 행하지 않자, 사람들은 게드를 형편없는 마법사라고 무시했다.

게드는 나이는 어렸지만 표정에는 항상 심각한 빛이 어려 있었고, 얼굴에는 커다란 흉터가 있었으며, 자주 몸을 떨었다. 하지만 그의 능력을 사용해야 할 때가 오면, 그는 주저하지 않았다. 어느 날 마을의 한 아이가 죽어가고 있다는 말을 들은 게드는 지하 죽음의 세계로 들어가 아이를 데리고 나왔다. 그것은 죽음과 삶을 다루는 심각한 일이었고, 자칫 세상의 균형을 깰 수 있는 위험한 마법이었다.

그 일이 있은 후, 게드는 시름시름 앓기 시작했다. 마을 사람들은 그제야 게드가 어떤 사람인지 깨달았다. 게드의 마법으로 지하 세계에서 빠져나왔던 그림자는 세상을 떠돌면서 게드를 찾아 헤매다 마침내 그를 발견하게 되었다. 그림자는 게드가 마법을 행할 때마다 게드의 존재를 느낄 수 있었고, 천천히 게드를 향해 가까이 다가왔던 것이다.

다시 생명의 위협을 느낀 게드는 살던 곳을 떠나 방랑의 길에 올랐다. 배를 타고 망망대해를 떠돌던 게드는 더욱더 가까이 다가오는 그림자를 느낄 수 있었다. 수차례의 위험을 가까스로 넘기긴 했으나 그도 운명처럼 다가오는 죽음을 피할 수는 없었다. 그는 그림자의 이름을 알아내는 데 평생을 바쳤다. 고대 생명체들과 현명한 마법사들에게 그림자에 대해 물어보았으나 아무것도 알아낼 수 없었다.

그림자는 여전히 이름 없는 낯선 존재로 남아 있었다. 검푸른 바다 위에서 홀로 배에 앉아 있던 게드는 점점 가까이 다가오는 그림자를 보았다. 순간, 그는 그림자의 이름을 알아차렸다. 그림자의 이름은 게드였다. 그림자는 바로 그 자신이었던 것이다.

마지막 장까지 읽은 나는 책을 덮고 불을 껐다. 시계는 거의 자정을 가리키고 있었고, 내 눈은 눈물로 흠뻑 젖어 있었다.

그림자가 게드 자신이었다니!

그해 가을과 겨울에는 일주일에 한두 번은 혼자 집에 있었다. 아버지는 저녁이 되면 회의에 참석하러 나갔고, 윙베 형은 학교 관악대 연습이나 배구 또는 축구 훈련에 참가했고, 가끔은 친구들 집에 놀러가기 위해 집을 비웠다.

나는 집에 혼자 있는 것을 좋아했다. 아무런 간섭을 받지 않아 좋긴 했지만, 어둠이 내려앉는 저녁시간이 빨라질수록 혼자 있는 게 그리 좋지는 않다는 생각을 하게 되었다. 어두운 창문에 내 그림자가 비칠 때면 불쾌하고 두려웠다. 어둠은 죽은 자들의 세상이었고 죽은 자들 그 자체였기 때문이었다.

물론 사실은 그렇지 않다는 것을 나도 잘 알고 있었다. 하지만 머릿속에 단단히 뿌리박힌 생각에서 벗어나긴 쉽지 않다. 특히 책 속에 빠져 있다가 갑자기 고개를 들면, 나는 그 어디에도 속하지 않은 존재라는 생각이 들어 더욱 두려워졌다. 나와 세상을 가로막는 어둠 때문에 완전히 고립된 느낌이 들었던 것이다.

아버지가 오기까지 충분한 시간이 있다면 욕조에 물을 받고 목욕을 해도 좋을 테지만, 아버지는 내가 아무 때나 목욕하는 것을 좋아하지 않았다. 아버지는 목욕은 일주일에 한 번만 해도 충분하다고 했다. 뿐만 아니라, 아버지는 내가 하는 일이라면 매의 눈으로 지켜보곤 했다. 가끔 아버지가 없을 때 욕조에 물을 받아놓고 음악을 들으면서 따뜻한 물속에 몸을 담가보기도 했다. 그런 나의 모습을 제삼자의 눈으로 지켜보노라면, 내 머리는 뻥 뚫린 해골을 닮아 있었다. 두려워서 노래를 불러 보았지만, 노랫소리는 벽에 부딪쳐 내게 다시 돌아왔다. 나는 숨이 멎을 정도로 두려워 물속에 머리를 넣어 보았다. 아무것도 볼 수 없었다!

누군가 몰래 다가오고 있는 건 아닐까! 분명 무슨 소리가 들렸는데! 물속에 머리를 담갔던 2초, 3초, 4초 동안 시간 속에 구멍이 생겼다. 나는 그 구멍으로 누군가 살며시 다가오고 있다고 믿었다. 욕실 안에는 아무도 없었다. 하지만 집 안에는 이미 무언가 들어와 있을지도 몰랐다.

그럴 때면 얼른 부엌과 내 방의 불을 끄고 창밖을 바라보는 수밖에 없었다. 창에 어른거리는 내 그림자가 아니라 창밖에 자리한 다른 집들, 다른 가족들을 보는 것이 최선이었다. 가끔은 골목길에 나와 노는 아이들도 볼 수 있었다. 마음의 안정을 얻는 데 그보다 더 좋은 방법은 없었다.

그날 저녁에도 부엌에 가서 의자에 무릎을 대고 어둠이 내린 창밖을 바라보았다. 진눈깨비가 휘날리고 있었다. 거세게 몰아치는 바람에 지붕 홈통과 배수관이 부르르 떨렸다. 어둠 속, 가로등이 만들어내는 누런 불빛 속에는 바람에 흩날리는 눈송이만 보일 뿐 사람이라곤 그림자도 보이지 않았다.

자동차 한 대가 언덕길을 올라와 모퉁이에서 방향을 꺾었다. 우리 집으로 오는 걸까?

그렇다. 차는 우리 집 앞에서 멈추었다.

도대체 누굴까?

나는 계단을 내려가 현관에 멈춰 섰다.

이 시간에 우리 집에 올 손님은 없을 텐데?

도대체 누구지?

두려워지기 시작했다.

나는 대문의 울퉁불퉁한 반투명 유리에 얼굴을 가져갔다. 대문을 열 필요는 없었다. 그저 거기에 서서 누군지 살펴보기만 할 생각이었다.

자동차 문이 열리고 거뭇거뭇한 물체가 툭 떨어져내렸다!

그것은 네 발로 걸어오고 있었다!

세상에! 오, 세상에!

그것은 마치 한 마리 곰처럼 비틀거리면서 대문 앞에 다가오더니 벌떡 몸을 일으켜 두 발로 서는 것이 아닌가!

나는 깜짝 놀라 뒤로 물러섰다.

도대체 뭘까?

딩동. 초인종 소리가 들렸다.

정체를 알 수 없는 그것은 다시 네 발로 땅을 짚고 서 있었다.

끔찍했다. 눈사람 괴물인가?

설마, 여기에? 튀바켄에?

그것은 다시 벌떡 몸을 일으켜 두 발로 서서 초인종을 누른 후, 네 발로 땅을 짚었다.

심장이 쿵쿵 소리를 내며 뛰기 시작했다.

아, 나는 그제야 깨달았다.

시청 직원 중에 온몸이 마비된 남자가 틀림없었다.

그가 분명했다.

눈사람 괴물이 차를 몰고 여기까지 올 리는 없었다!

그가 차로 돌아가기 위해 몸을 돌리는 순간, 대문을 열었다. 그가 고개를 돌렸다.

짐작했던 대로였다.

"안녕! 아버지 집에 계시니?"

나는 고개를 저었다.

"아뇨. 회의에 참석하신다고 나가셨어요."

턱수염을 기른 그의 입가에는 항상 침이 고여 있었다. 그는 장애자를 위해 특별히 고안된 차를 타고 다녔고, 동네 아이들을 자주 그 차에 태워주곤 했다.

"집에 오시면 내가 다녀갔다고 전해주렴."

"네."

그는 두 팔의 도움을 받아 자동차로 간 후, 차문을 열고 좌석에 앉았다. 나는 눈을 동그랗게 뜨고 그를 지켜보았다. 차 안으로 들어간 그의 움직임은 차 밖에 있을 때와는 정반대였다. 그는 능숙한 손놀림으로 시동을 걸고 재빨리 후진한 다음 언덕 아래쪽으로 차를 몰

452

왔다.

나는 대문을 닫고 방으로 올라갔다. 침대에 눕자마자 대문 열리는 소리가 들렸다.

윙베 형이 집에 온 것 같았다.

"칼 오베, 집에 있니?"

계단 쪽에서 형의 목소리가 들렸다. 나는 얼른 몸을 일으켜 나가 보았다.

"배고파. 지금 같이 밤참 먹을래?"

형이 소리쳤다.

"아직 여덟 시밖에 안 되었는데?"

"이를수록 좋아. 그러면 아버지가 오시기 전에 차를 끓일 수 있으니까. 어쨌든 난 지금 당장 뭘 좀 먹어야겠어. 배고파 죽겠어."

"차가 다 끓으면 나를 불러."

약 15분 후, 우리는 각자 빵이 담긴 접시와 차가 담긴 커다란 머그 잔을 앞에 두고 식탁에 앉았다.

"방금 누가 왔다 갔어?"

윙베 형이 물었다.

"응, 시청 직원 중에 몸이 마비된 사람 있잖아. 그 사람이 다녀갔어."

나는 고개를 끄덕이며 대답했다.

"뭐 때문에?"

"그건 나도 모르지."

윙베 형이 나를 가만히 쳐다보았다.

"오늘 누가 네 이야기를 하더라."

순간 온몸에 한기가 스쳤다.

453

"어?"

"응, 엘렌이 하는 말을 들었어."

"엘렌이 뭐라고 했는데?"

"네 걸음걸이가 이상하다고 했어."

"거짓말하지 마!"

"정말이야. 게다가 네가 이상하게 걷는 건 사실이잖아, 그렇지? 넌
한 번도 그런 생각 안 해봤어?"

"그렇지 않아!"

나는 소리를 꽥 질렀다.

"맞아, 그건 사실인걸. 아이고, 우리 아가가 제대로 걷지도 못한
대요."

윙베 형이 자리에서 일어나 발을 질질 끌며 걷기 시작했다. 그 모
습을 보는 내 눈에 눈물이 맺히기 시작했다.

"내 걸음걸이는 전혀 이상하지 않아."

"엘렌이 그런 말을 했어. 내가 한 말이 아니라고."

윙베 형이 의자에 앉아 말을 이었다.

"아이들이 네 이야기를 하면서 수군거려. 네가 좀 이상하대."

"그렇지 않아!"

나는 소리를 지르며 빵 조각을 형에게 던졌다. 형은 살짝 몸을 틀
었고, 빵 조각은 오븐을 맞혔다.

"아이고, 우리 아가, 화났어요?"

나는 찻잔을 손에 쥐고 몸을 일으켰다. 그것을 본 윙베 형도 벌떡
몸을 일으켰다. 내가 쏟아부은 뜨거운 찻물은 형의 배에 떨어졌다.

"칼 오베, 너는 화를 내는 것조차 귀여워. 우리 아가에게 걷는 방
법을 가르쳐줘야겠네? 그 정도는 내가 가르쳐줄 수 있어."

나는 눈앞에 아무것도 보이지 않았다. 내 눈을 가로막고 있는 것은 눈물이 아니라 분노였다. 스멀스멀 자란 분노는 곧 붉은 안개처럼 내 머릿속까지 꽉 채워버렸다.

나는 윙베 형에게 몸을 던져 주먹으로 힘껏 배를 쳤다. 형은 내 팔을 잡아 비틀었다. 나는 형의 손에서 벗어나려 몸부림쳤지만, 그럴수록 형은 더 세게 내 팔을 움켜쥐었다. 발로 차려 하니, 형이 나를 자기 쪽으로 끌어당겼다. 내가 형의 손을 물려고 하자, 그제야 형이 나를 놓아주었다.

"자, 자, 진정해."

나는 다시 형에게 몸을 던졌다. 형의 얼굴을 주먹으로 힘껏 내리치고 싶었다. 옆에 칼이 있었다면 한순간도 주저하지 않고 형의 배에 찔러넣었을 것이다. 하지만 형은 나보다 한 수 위였다. 이전에도 여러 번 있었던 일이었기에, 형은 나를 꿰뚫어 보았던 것이다. 형이 다시 나를 꽉 움켜쥐고 자기 쪽으로 당겼다. 화를 내니 더 귀엽다며 놀려댔다. 내가 손을 물려고 하자 형이 나를 밀쳤다.

나는 다시 형에게 몸을 던지는 대신 거실로 달려나갔다. 탁자 위에는 과일을 담아놓은 접시가 있었다. 나는 오렌지를 집어들고 있는 힘을 다해 바닥에 내리쳤다. 오렌지가 터지면서 즙이 튀었다. 노란 오렌지 즙이 벽지에 가늘고 긴 자국을 남겼다.

윙베 형은 부엌 문 앞에 서서 지켜보았다.

"도대체 무슨 짓이야?"

나는 형의 시선을 따라가다가 그제야 벽지에 오렌지 즙이 튄 것을 보았다.

"형이 지워! 이건 다 형 잘못이니까."

"지울 수 없어. 닦으면 닦을수록 자국이 더 커질 뿐이야. 아버지가

455

보면 엄청 화를 내실 텐데 어떡하지? 왜 그런 짓을 했어?"

"아버지 눈에 띄지 않을 수도 있잖아."

윙베 형이 나를 가만히 바라보았다.

"그러길 바라야지…"

형은 허리를 굽혀 오렌지를 주워들고 부엌으로 갔다. 사그락거리는 소리로 미루어보아, 형은 음식물 쓰레기통 밑바닥에 오렌지를 버리고 그 위를 무언가로 덮어놓는 것 같았다. 잠시 후, 형이 걸레를 가지고 나와 거실 바닥을 닦았다.

나는 여전히 몸이 바르르 떨려 제자리에 서 있을 수도 없을 지경이었다.

벽지에 튄 오렌지 즙은 가늘긴 했지만 꽤 길게 이어져 있었다. 아버지 눈에 띄지 않을 리가 없었다.

윙베 형은 주전자와 찻잔을 닦고 오븐 앞에 떨어져 있는 빵 조각을 버린 다음 식탁에 떨어져 있는 빵 부스러기를 깨끗이 훔쳤다. 나는 두 팔로 머리를 감싼 채 식탁 앞에 앉았다.

윙베 형이 내 앞에 멈춰 섰다.

"미안해. 널 울리려고 한 건 아니었어."

"처음부터 날 울리려고 했잖아. 다 알아!"

"네가 그렇게 화낼 줄은 몰랐어. 네가 화를 내니까 더 놀려주고 싶은 마음이 생겼어. 어쨌든 미안해."

"문제는 그게 아냐."

"그럼 뭐가 문제라는 거야?"

"내가 이상하게 걷는다는 거…"

"쓸데없는 소리 하지 마. 모두 각자 걷는 방식이 있어. 중요한 건 그게 아니잖아. 어떻게 걷든 목적지까지 가기만 하면 돼. 난 단지 네

화를 돋우고 싶어서 놀렸던 것뿐이야. 네 걸음걸이는 다른 애들과 비교했을 때 전혀 이상하지 않아."

"정말?"

"응, 정말이고말고!"

아버지는 내가 잠자리에 들고 나서 집에 왔다. 나는 어둠 속에서 들려오는 아버지의 발소리에 온정신을 집중했다. 내 예상과 달리 아버지는 곧장 부엌으로 들어갔다. 부엌에서 나온 후에도 벽지 앞에 멈춰 서지 않았다.

벽지에 튄 오렌지 즙을 보지 못한 것이 틀림없었다.

나는 그제야 안도의 한숨을 내쉴 수 있었다.

다음 날 저녁, 나는 게이르와 함께 수영장에 갔다. 각자 가방을 하나씩 어깨에 멘 우리는 홀테에서 버스를 타고 시내 버스터미널에서 내린 다음, 언덕을 올라 수영장이 있는 스틴타 홀로 갔다. 내 가방 안에는 짙은 청색의 아레나 수영복, 노르웨이 국기가 측면에 그려진 하얀 스피도 수영모, 스피도 물안경, 비누와 수건이 들어 있었다. 우리는 작년 겨울부터 아렌달 수영클럽의 회원이 되어 수영 강습을 받았다. 처음 시작할 때는 수영장의 이쪽 끝부터 저쪽 끝까지 헤엄치는 것도 힘들어했다. 수영클럽의 회원이 되기 위해선 최소한 그 정도는 할 수 있어야 했다.

팔에 문신을 한 코치는 수영장 가장자리에서 우리에게 구령을 불러주었다. 이상하게도 코치의 목소리를 들으면 힘들이지 않고 수영을 할 수 있었다. 그런데도 우리의 실력은 어디 내보일 수 있을 정도는 아니었다. 특히 우리보다 나이 많은 남자아이들과는 실력이 천지 차이였다. 호리호리한 근육질 몸에 기다란 사지를 쭉쭉 뻗어가며 헤엄치는 그들을 보면, 벌린 입과 날벌레 눈 같은 물안경까지도 멋있어 보였다. 그에 비해 우리는 파닥파닥 물장구를 치며 앞으로 나아갔다가 옆으로 미끄러지기를 반복하는 작은 올챙이에 불과했다.

시간이 흐르자 우리의 실력도 점점 나아졌다. 1천 미터도 문제없이 헤엄칠 수 있게 되었다. 하지만 내가 수영을 계속했던 것은 그 때문이 아니었다. 나는 수영 선수가 될 마음은 조금도 없었다. 가끔 수영 대회에 나가 있는 힘을 다해 헤엄쳐도 게이르를 이길 수 없었다. 내가 계속 수영장에 나갔던 것은 다른 이유 때문이었다. 수영장에 가기 위해 버스에 올라타는 일과 어둠을 뚫고 아렌달로 가는 버스에 앉아 창밖을 내다보는 일을 좋아했기 때문이었다. 수영장 옆에 있는 상점은 물론 실내와 실외를 한곳에 섞어놓은 듯한 수영장 건물 안에 들어가는 것도 좋았다. 두꺼운 겨울옷으로 무장하고 건물 안으로 들어서면, 채 5분도 되지 않아 옷을 벗고 샤워를 하고, 작은 천 조각 하나만으로 몸을 가린 채 소독약 냄새가 나는 투명하고 차가운 물에 몸을 던지는 일도 좋았다.

수영장 벽에 부딪치며 메아리를 만들어내는 온갖 소리와 창밖에 내려앉은 어둠, 트랙 사이의 산호초 장신구를 닮은 분리대와 다이빙대도 좋았고, 훈련을 마친 후 따뜻한 물로 샤워하는 그 시간도 좋았다. 이 과정이 끝나면, 우리는 젖은 머리 위에 모자를 눌러쓰고, 소독약 냄새를 풍기면서 다시 두꺼운 겨울옷으로 몸을 꽁꽁 감싼 채, 피곤한 사지를 끌며 기분 좋게 어둠 속으로 나갔다.

수영모를 쓰고 물안경을 썼을 때 내 안에 내가 갇혀버린 듯한 느낌도 좋았다. 수영대회에 나갔을 때 나만의 트랙을 바라보며 출발점에 서 있을 때의 기분도 좋았다. 마치 우주비행사 같은 외로움에 젖어 있던 머릿속은 경기가 시작되면 혼란과 패닉으로 채워지기 일쑤였다.

물안경 속으로 물이 들어와 앞을 볼 수 없을 때도 마찬가지였다. 물을 삼킬 때나 턴을 제대로 하지 못하면 숨이 가빠져 물을 삼킬 때도 있었다. 이미 저 앞으로 달아나버린 옆 트랙 선수들을 보게 되면, 승부에 집착하는 또 다른 내면의 목소리가 고개를 들었다. 머릿속에서는 나와의 대화가 꽤 진지하고 침착하게 진행되는 동안, 내 팔다리는 죽을 둥 살 둥 바쁘게 움직였다. 그것은 마치 땅 밑의 벙커에서 사령관들이 작전을 짜는 동안, 머리 위 지상에서는 총알이 휙휙 날아다니는 전쟁터의 혼란스러운 상황과도 비슷했다.

나는 젖 먹던 힘까지 짜내어 헤엄쳐도 게이르를 이길 수 없다는 사실을 이해할 수 없었다. 나는 모든 면에서 게이르보다 훨씬 나았다. 게이르보다 아는 것도 훨씬 많고 승부욕도 더 강한데, 게이르는 항상 나보다 먼저 결승점에 도달했고, 나는 한참 뒤에 결승점에 도달할 수 있었다.

코치의 호루라기 소리가 들리면, 나는 수영장 가장자리에 팔을 얹고 물 밖으로 나가 게이르와 함께 샤워실로 들어갔다. 수영모와 수영복을 벗는 순간부터 우리의 움직임은 눈에 띄게 느려졌다. 샤워기 밑에서 따뜻한 물을 맞으면서 눈을 감고 있을 때면 몸을 움직일 필요가 없었고, 말을 할 필요도 없었다. 저녁 자유수영 시간에 맞추어 수영장에 온 남자가 큰 소리로 노래를 불러도 우리는 웃지 않았다. 창백할 정도로 몸이 하얀 아이들이 천천히 샤워실로 들어가는 모습, 콸콸 흘러내린 물줄기가 바닥 타일에 부딪치는 소리와 수영장 안에서 들려오는 희미한 메아리 같은 소리, 허공을 뿌옇게 채우는 수증기, 누군가 말할 때마다 생겨나는 텅 빈 메아리 소리. 이 모든 것은 마치 꿈을 꾸는 듯 몽롱한 분위기를 자아냈다.

우리는 평소 함께 훈련하는 아이들이 모두 집에 갈 때까지 샤워기 밑에 서 있었다. 게이르는 벽을 보고 서 있었고, 나는 엉덩이를 보이지 않기 위해 벽을 등지고 서 있었다.

나는 가끔 게이르 몰래 그를 살짝 훔쳐보기도 했다. 그의 팔은 내 팔보다 훨씬 가늘었지만 힘은 훨씬 셌다. 나는 게이르보다 훨씬 컸지만, 그는 나보다 훨씬 빨랐다. 하지만 게이르가 나보다 수영을 더 잘하는 것은, 그가 나보다 수영을 더 좋아했기 때문이다.

그림도 마찬가지였다. 그는 사람을 제외한 모든 것을 눈에 보이는 것과 똑같이 그려냈다. 집, 자동차, 보트, 나무, 탱크, 비행기, 로켓. 그건 거의 풀 수 없는 수수께끼 같았다. 나는 그렸다가 지우고, 다시 그리기를 반복하지만, 그는 단 한 번에 그림을 그려냈다. 그의 어머니는 그가 그림을 그릴 때 지우개나 자를 사용하지 못하게 했다.

게이르는 가끔 말을 이상하게 할 때도 있었다. 상상하다를 산산하다, 사각형을 사간형으로 발음하는 것이 그 예였다. 오렌지는 남성 명사인데도 그는 항상 중성 명사로 표현했다. 그때마다 내가 바로잡아주었지만, 게이르는 아랑곳하지 않았다. 마치 그렇게 말하는 것이 자기만의 고유한 치열이나 눈동자 색깔이라도 되는 것처럼.

게이르가 내 시선을 의식하고 눈을 마주쳤다. 그는 입가에 미소를 띠며 샤워기의 물이 나오는 부분을 손으로 꾹 눌렀다. 두꺼워진 물줄기가 가장자리로 흘러내렸다. 그가 소리내어 웃으면서 나를 돌아보았다. 나는 그에게 내 손을 들어보였다. 손가락 끝은 발갛게 변해 있었고, 물에 젖어 쭈글쭈글했다.

"이것 봐. 손가락이 건포도처럼 변했어."

그는 자신의 손가락을 확인해보았다.

"나도 그래. 샤워를 할 때마다 온몸이 이렇게 변한다면 참 우스울 거야, 그렇지?"

"불알은 항상 그렇잖아."

우리는 각자의 불알을 확인해보기 위해 허리를 굽혔다. 나는 손가락으로 예민한 부분을 살짝 쓰다듬어보았다. 온몸에 전율이 흘렀다.

"여길 만지니까 기분이 좋아져."

게이르가 나를 돌아보았다. 그는 물을 끄고 샤워실 밖으로 나가 수건으로 몸을 닦았다. 나는 비누를 탈의실 안으로 던졌다. 미끄러지며 바닥을 가로지른 비누가 모퉁이 벽에 부딪쳐 배수관 위에서 멈췄다. 나는 물을 끄고 몸을 닦으려다 비누가 여전히 바닥에 놓여 있는 것이 마음에 걸려, 얼른 비누를 주워 쓰레기통에 넣어버렸다. 보송보송한 수건으로 얼굴을 닦았다.

"고추에 털이 자라면 기분이 어떨까?"

게이르가 아랫배를 쑥 내밀고 팔자걸음을 걸으면서 말했다.

나는 웃음을 터뜨렸다.

"털이 아주 길게 자라면 어떡하지?"

"무릎까지!"

"그렇게 길게 자라면 매일 빗으로 빗어야 할 거야!"

"고무줄로 묶고 다니면 되지!"

"미장원에 가서 손질해야 될지도 몰라! 안녕하세요, 고추털을 손질하러 왔는데요!"

"오, 그러세요? 어떻게 해드릴까요?"

"스포츠형으로 잘라주세요!"

그 순간, 문이 열렸다. 우리는 웃음을 뚝 그쳤다. 슬픈 눈동자를 지닌 나이 많고 뚱뚱한 남자가 들어왔다. 웃음이 사라진 샤워실의 빈

461

자리는 그가 우리에게 눈인사를 건네고는 몸을 돌려 수영복을 벗을 때 시작되었던 우리의 코웃음으로 채워졌다. 우리가 샤워실을 나설 때, 게이르가 큰 소리로 말했다.

"저 아저씨 것은 무지무지하게 클 것 같아!"

"어쩌면 아주 작을지도 몰라!"

나도 게이르에게 지지 않으려 소리 높여 말했다. 우리는 샤워실 문을 닫고 탈의실로 들어갔다. 우리는 남자가 우리가 하는 말을 들었을 것이라며 한참을 웃었다. 잠시 후, 우리는 웃음을 멈추고 천천히 옷을 입기 시작했다. 들리는 소리라곤 리놀륨 바닥에 부딪치는 우리의 발소리, 바지에 다리를 집어넣는 소리, 재킷 안에 팔을 끼워 넣는 소리, 사물함을 열고 닫는 소리, 수영장 안의 열기 때문인지 낯선 남자가 내쉬는 지친 한숨 소리밖에 없었다.

사물함에서 가방을 꺼내 수영 용품을 하나씩 넣기 시작했다. 나는 물안경을 손에 들고 한참을 바라보고 나서 가방에 넣었다. 새 물안경이기도 했거니와 그것이 내것이라는 뿌듯함 때문이었다. 수영복과 수영모, 수건을 넣고 마지막으로 비눗갑을 넣었다. 부드러운 곡선으로 처리된 모서리, 예쁜 초록색, 향수 냄새와 그리 다르지 않은 향긋한 냄새. 비눗갑은 수영 용품의 세계가 아니라 어머니의 서랍 속에 들어 있는 갖가지 은밀하고도 여성스러운 물건과 같은 세계에 속해 있다. 귀걸이, 반지, 향수병, 벨트 장식, 브로치, 스카프, 베일. 어머니는 그런 세계가 있다는 것도 모를 것이다. 그렇지 않다면 왜 내게 여자 수영모를 사주었을까. 이 서로 다른 두 세계가 절대 만날 수 없다는 것은 너무나 당연한 진리다.

게이르는 옷을 거의 다 입었다. 나는 서둘러 팬티를 입고 내복 바지에 다리를 차례차례 끼워넣었다. 겉옷을 입기 전에 양말을 찾으려고 몸을 돌려봤지만 어쩐 일인지 양말은 한 짝밖에 눈에 띄지 않았다. 다시 둘러봐도 마찬가지였다.

양말 한 짝을 찾을 수 없었다.

나는 사물함 안을 들여다보았다.

텅 비어 있었다.

이럴 수가!

안 돼! 이럴 수가!

나는 양말 한 짝이 옷 속에 묻혀 있을까 싶어 옷을 들추어보기도 하고 허공에 흔들어보기도 했다.

하지만 양말은 나타나지 않았다.

"왜 그래? 무슨 일이야?"

게이르가 물었다. 그는 옷을 다 입고 벤치 반대편에 서서 나를 바라보았다.

"양말 한 짝을 찾을 수가 없어. 너도 한번 찾아볼래?"

그가 허리를 굽혀 벤치 밑을 둘러보았다.

"여긴 없는데."

어떡하지?

"분명 어딘가에 있을 거야. 나를 도와서 좀 찾아줘. 제발 부탁이야!"

내 목소리가 살짝 떨렸다. 하지만 게이르가 눈치챈 것 같지는 않았다. 눈치챘다 해도 못 들은 척한 것이 분명했다. 그는 몸을 굽혀 벤치 밑을 살살이 뒤졌고, 나는 혹여 수건과 함께 샤워실로 가져간 건 아닌가 싶어 샤워실까지 가보았다. 수영복과 함께 가방 속에 집어넣은 건 아닐까?

나는 서둘러 되돌아와서 가방 속에 있는 물건을 바닥에 쏟아놓왔다.

거기에도 양말은 없었다.

"거기도 없어?"

나는 게이르에게 물어보았다.

"없어. 칼 오베, 서둘러야 해. 버스 시간이 다 되었어."

"양말을 찾아야 돼."

"여긴 없어. 이미 샅샅이 다 찾아봤잖아. 양말 한 짝만 신고 집에 가면 안 되니?"

나는 대답하지 않았다. 다시 한번 옷을 흔들어보고, 몸을 굽혀 벤치 밑을 살펴보았다. 샤워실에도 한 번 더 다녀왔다.

"이젠 정말 서둘러야 돼."

게이르가 손목시계를 들어보이며 말했다.

"버스를 놓쳐서 집에 늦게 가면 부모님이 화내실 거야."

"내가 옷 입는 동안 한 번만 더 찾아봐줄래?"

그는 고개를 끄덕이고는, 건성으로 양말을 찾기 시작했다. 그가 탈의실을 거닐며 눈으로 바닥을 훑을 때, 나는 티셔츠와 스웨터를 입었다.

혹시 사물함 제일 위에 있는 건 아닐까?

나는 벤치 위에 올라가 사물함 안을 살펴보았다.

아무것도 보이지 않았다.

나는 바지를 입고 덧바지까지 껴입은 후, 재킷의 지퍼를 올리고 신발 끈을 묶기 위해 몸을 굽혔다.

"서둘러!"

게이르가 재촉했다.

"거의 다 됐어. 밖에 나가서 기다려."

그가 밖으로 나간 후, 나는 재빨리 샤워실 안을 한 번 더 살펴보았다. 쓰레기통 속을 살펴보았고, 창틀에 손을 얹어 확인해보기도 했으며, 심지어는 수영장 문까지 열어보았다.

양말은 어디에도 없었다.

건물 밖으로 나가니 게이르는 벌써 언덕 옆에 서 있었다. 게이르는 나를 보더니 달리기 시작했다.

"기다려!"

그는 멈출 기색이 없었고 몸을 돌리지도 않았다. 어쩔 수 없었다. 나도 달리는 수밖에. 어둠 속, 회색 나무를 지나 가로등 불빛이 비치는 큰길로 나왔다. 걸을 때마다 양말을 신지 않은 발의 맨살이 거칠거칠한 신발 안가죽에 부딪혀 따끔따끔했다.

양말 한 짝을 잃어버렸다.

내 안의 또 다른 내가 말을 걸어왔다.

양말 한 짝을 잃어버렸어. 양말 한 짝을 잃어버렸다고.

머릿속에서 딸깍딸깍하는 소리가 나기 시작했다. 가끔 빨리 달릴 때면 왼쪽 관자놀이 뒷부분에서 이런 소리가 날 때가 있었다. 딸깍딸깍. 걱정되긴 했지만 아무에게도 말할 수 없었다. 그것은 무언가 떨어져 나간 듯한 소리나 무언가 서로 부딪칠 때 나는 소리와 비슷했다. 만약 아이들에게 말했다간 내 머릿속의 나사가 풀어졌기 때문이라고 놀림받을 것이 틀림없었다.

딸깍, 딸깍, 딸깍.

딸깍, 딸깍, 딸깍.

나는 상점 앞까지 게이르의 뒤를 따라 달렸다. 우리는 수영장에 올 때마다 그 상점에 들러 사탕이나 캐러멜을 사 먹곤 했다. 게이르는 상점 앞에서 초조한 듯 발을 동동 구르면서 나를 기다리고 있었다. 나는 게이르 앞에 멈춰 섰다. 제설차가 갓길로 치워놓은 눈 더미 위에 올라서니, 이제까지와는 다른 각도에서 상점을 볼 수 있었다. 상점의 지하실 같은 분위기는 모든 것을 바꾸어놓았다. 진열대는 단지 '진열대'에 불과했고, 상품은 단지 '상품'에 불과했다. 상점은 한마디로 여느 평범한 '상점'과 다르지 않았다. 그 생각은 내 머릿속에서 제대로 형태를 갖추기도 전에 사라져버렸다.

게이르가 상점 문을 열고 들어섰다.

나는 그의 뒤를 따랐다.

"시간이 얼마나 있지?"

그에게 물어보았다.

"빠듯해. 11분 후에 버스가 출발해."

계산대 뒤의 빈 공간에서 휴식을 취하던 점원이 읽고 있던 신문을 내려놓고 우리에게 다가왔다. 무덤덤한 얼굴에는 어딘지 모르게 우리를 경멸하는 듯한 표정이 살짝 어려 있었다. 그녀는 꽤 나이가 많아 보였고, 턱에 난 모반에서는 회색 털 세 가닥이 길게 뻗어나와 있어서 징그럽기도 했다.

상점의 벽 한쪽은 파이프와 파이프 세척기, 타바코를 마는 종이와 기계, 타바코, 담뱃갑과 담배, 갖가지 색과 형태의 코담배가 나란히 진열되어 있었다. 포장지에는 조그마한 글자와 여기에 어울리는 작은 그림이 그려져 있었다. 강아지, 늑대, 말, 돛단배, 경주용 차, 미소 띤 흑인, 담배 피우는 뱃사람, 무덤덤한 표정의 여인. 군것질거리가 진열된 곳은 흡연 상품의 진열대와는 달리 포장지를 볼 수 없었다. 초콜릿, 사탕, 젤리 등은 투명한 플라스틱 박스에 담겨 있었고, 이것과 우리들 사이에는 글자와 그림이 없었다. 거기서는 눈에 보이는 그대로의 물건을 바로 살 수 있었다. 검은색 젤리는 짭짤한 감초맛, 노란색은 레몬맛, 주황색은 오렌지맛, 빨간색은 딸기맛, 갈색은 초콜릿맛이 났다. '풋내기'라고 불리는 납작하고 네모난 초콜릿 속에는 각진 겉모양만큼이나 딱딱한 캐러멜이 들어 있었고, 하트 모양 초콜릿 속에는 젤리처럼 부드러운 복숭아맛 크림이 들어 있었다.

이처럼 대부분은 맛과 색이 서로 예상 가능한 조합을 이루고 있었지만, 그렇지 않은 것도 있었다. 검은색 사탕 중에는 짙은 녹색 맛이 나는 것이 있었고 짙은 녹색 사탕 중에서는 연녹색 목캔디를 연상시키는 유칼립투스 맛이 나는 것도 있었다. 검은색 사탕 중에는 황토색 '덴마크의 왕' 맛이 나는 것도 있었다. 반면 황토색 '덴마크의 왕' 사탕 중에서 검은색 맛이 나는 것은 없었다. 유칼립투스 맛이 나는 연녹색 사탕 중에서 진녹색이나 검은색 맛이 나는 것도 없었다.

"뭘 사려고 하니?"

점원이 물었다.

게이르는 주머니에서 돈을 꺼내 계산대 위에 올려놓고 허리를 굽혀 진열대를 살펴보았다. 그는 시간이 촉박해 안절부절못하고 있었다.

"어…"

"서둘러!"

갑자기 그가 폭포수처럼 말을 쏟아냈다.

"요거 세 개, 저거 세 개 그리고 저거 세 개. 저기 있는 거 네 개, 요거 한 개 그리고 이거 한 개."

그가 서로 다른 플라스틱 박스를 가리키며 말했다.

"이거 세 개…?"

점원이 사탕 담을 종이 봉지의 입구를 벌리며 진열대를 향해 돌아섰다.

"네, 녹색 사탕이오. 참, 그건 네 개 주세요. 저 빨간 거랑 흰 거… '폴카'는 세 개 주시고… 인공 젖꼭지 젤리는 다섯 개 주세요."

우리가 각자의 사탕 봉지를 들고 상점을 나서니 버스가 출발할 시간까지는 불과 4분밖에 남지 않았다. 서두르면 버스를 탈 수 있을 것 같아 계단을 뛰어 내려갔다. 내리막길을 내려갈 때는 길이 너무 미끄러워서 갓길의 손잡이를 잡고 걸었다. 영 속도가 나지 않았다.

언덕 아래 펼쳐진 시내가 눈에 들어왔다. 눈 쌓인 도로 위를 누런 불빛으로 감싸고 있는 가로등, 버스들이 미끄러지듯 들어왔다 나가는 터미널 건물, 빨간 벽돌로 지은 커다란 교회의 녹색 첨탑 위에는 반짝이는 별로 가득한 검은 하늘이 지붕처럼 떠 있었다. 열두어 걸음 남았을 때, 게이르가 손잡이를 놓고 달리기 시작했다. 두 발짝도 옮기기 전에 몸의 중심을 잃어버렸다. 넘어지지 않으려면 아래쪽을 향해 계속 달려야 했다. 쏜살같이 아래쪽으로 뛰어가던 그가 갑자기 생각을 바꾸었는지, 뛰지 않고 미끄러져 내려가기 시작했다. 하지만 상체에 남아 있는 속력을 이기지 못해 앞으로 고꾸라져버린 게이르는 갓길의 눈 더미 위로 몸을 굴렸다. 너무 순식간에 일어난 일이라 나는 한참 후에야 웃음을 터뜨렸다.

"하하하!"

게이르는 꼼짝도 하지 않았다.

많이 다친 건 아닐까?

나는 얼른 아래로 내려가 그에게 다가갔다. 그가 신음하며 짧게

숨을 들이쉬더니 잠시 후 텅 빈 메아리처럼 긴 한숨을 내뱉었다.

"아, 젠장…"

그가 가슴을 움켜쥐며 나직하게 말했다.

"에잇, 씨팔, 씨팔, 씨팔…"

"난 네가 욕을 안 했으면 좋겠어."

그가 잠깐 어둡고 매서운 눈길을 내게 던졌다.

"다쳤어?"

그가 다시 신음소리를 냈다.

"숨 쉬기 힘들어?"

그가 고개를 끄덕이며 몸을 일으키자 숨소리가 정상으로 돌아왔다. 눈에는 눈물이 어려 있었다.

"버스를 놓칠 것 같아."

내가 말했다.

"숨을 제대로 쉴 수가 없어. 하지만 울진 않아!"

그가 옆구리를 움켜쥐고 오만상을 찌푸리면서 천천히 일어섰다.

"걸을 수 있겠어?"

"응."

아레나 쇼핑센터 앞에 이르자, 우리가 탔어야 할 버스가 터미널을 빠져나와 모퉁이 쪽으로 사라지는 게 보였다. 다음 버스가 올 때까지 30분이나 기다려야 했다.

우리는 터미널 안으로 들어가 벤치에 앉아서 사탕과 젤리를 먹었다. 사람들은 거의 보이지 않았다. 햄버거와 감자칩을 손에 들고 길 건너편에 서 있는 자동차로 걸어가는 두 아이, 술 냄새를 풍기며 고개를 푹 숙인 채 바닥에 앉아 자고 있는 노숙자, 키오스크에서 일하는 아르바이트생의 친구로 보이는 여자아이가 전부였다.

게이르는 흰색과 빨간색이 섞인 사탕을 하나 입에 넣었다.

"그건 무슨 색 맛이 나?"

그가 영문을 모르겠다는 표정으로 나를 돌아보았다.

"흰색과 빨간색이지 뭐긴 뭐야!"

"그렇다고 해서 꼭 흰색과 빨간색 맛이 나는 건 아냐. 내가 먹었을 때는 녹색 맛이 난다고 느낄 수도 있잖아?"

"도대체 지금 무슨 말을 하고 있는 거야?"

"네가 먹은 사탕에서 잼 맛이 난다고 한번 생각해봐."

"잼?"

"정말 아무것도 모르겠니? 누구나 다 똑같은 맛을 느낀다고 장담할 수 없다고!"

하지만 그는 내 말을 이해하지 못했다. 솔직히 나도 내 말을 완전히 이해한 건 아니었다. 한번은 다그 로타르와 함께 검은색 젤리를 먹은 적이 있다. 우리는 젤리를 입에 넣는 순간, 동시에 "녹색 맛이 나!"라고 소리쳤다. 그해 늦가을, 할아버지와 할머니, 군나르 삼촌, 알프 삼촌과 쉴비 숙모가 우리 집에 왔을 때, 우리는 아버지가 며칠 전 그물을 쳐서 직접 잡은 새우와 게와 랍스터를 먹었다. 식사 도중에 쉴비 숙모가 아버지에게 말을 걸었다.

"정말 직접 잡은 랍스터인가요? 맛이 정말 좋아요."

"응, 정말 맛있어."

할머니도 맞장구쳤다.

"맛으로 따지자면 랍스터를 따라갈 음식이 없지요. 하지만 이 랍스터가 우리 모두에게 똑같은 맛으로 느껴지는지는 알 수 없어요."

쉴비 숙모가 아버지를 흘낏 쳐다보았다.

"무슨 말씀이신지…?"

470

"저는 랍스터의 맛이 이렇구나 하고 느끼지만, 제수씨는 어떤 맛을 느끼는지 알 수 없다는 뜻이었습니다."

"랍스터 맛이 어디 가겠어요? 랍스터가 랍스터 맛을 내는 건 당연하지 않나요?"

쉴비 숙모의 말에 모두가 웃음을 터뜨렸다.

나는 그들이 왜 웃는지 이해할 수 없었다. 아버지의 말은 틀리지 않았다. 하지만 나도 그들을 따라 웃어버렸다.

"제가 느끼는 맛과 제수씨가 느끼는 맛이 같다고 장담할 수는 없지 않습니까? 제수씨가 랍스터 맛이라고 생각했던 게 제게는 잼 맛이 날 수도 있는 법이니까요."

쉴비 숙모는 무슨 말인가를 하려다가 입을 다물었다. 랍스터와 아버지를 번갈아 쳐다보던 숙모는 고개를 절레절레 흔들었다.

"무슨 말씀인지 모르겠군요. 여기 있는 건 랍스터고, 랍스터에선 잼 맛이 아니라 랍스터 맛이 나요."

사람들은 다시 웃기 시작했다. 나는 아버지의 말이 옳다는 것을 알고 있었지만 정확한 이유는 모르고 있었다. 나는 그 후에도 오랫동안 그 일에 대해 생각해보았다. 그때마다 이해할 수 있을 것 같으면서도, 그 생각이 머릿속에서 확실하게 형태를 잡기 직전에 놓쳐버리곤 했다. 당시의 내가 정확히 이해하기에는 너무나 큰 생각이었다.

하지만 게이르에겐 더더욱 큰 생각이었던 게 분명했다. 터미널 문이 열렸다. 스티그였다. 그는 우리를 발견하고 환한 미소를 지으면서 다가왔다.

"안녕!"

"안녕."

"버스를 놓쳤어?"

그가 우리 옆에 앉아 말을 걸었다.

게이르가 고개를 끄덕였다.

"먹을래?"

게이르가 사탕이 든 봉지를 그에게 건넸다. 스티그는 인공 젖꼭지 모양의 젤리를 하나 집었다. 게이르가 권했으니 나도 그에게 권할 수밖에 없었다. 도대체 게이르는 왜 그런 짓을 했을까? 봉지 속에 사탕이 많이 들어 있는 것도 아닌데.

스티그는 우리보다 한 학년 위 학생이었다. 그는 일주일에 세 번, 시내에 와서 체조 훈련을 받았다. 전국 체전에 참가할 만큼 실력이 뛰어났지만 단 한 번도 잘난 척을 하거나 거만을 떤 적은 없었다. 반면 전국 체전에 수영 선수로 참가했던 스노레는 우리를 상대하지 않으려 했다. 스티그는 항상 우리를 친절하게 대해주었고, 그는 내가 아는 사람들 가운데 가장 착했다.

마침내 버스가 왔다. 나는 게이르와 나란히 앉았고, 그는 우리 앞자리에 앉았다. 버스가 랑브뤼가에 이르자 대화는 끊겼고, 스티그는 집에 도착할 때까지 앞만 바라보았다. 게이르와 나도 침묵을 지켰다. 문득 잃어버린 양말 한 짝이 떠올랐다.

어떡하지? 어떡하지?

무슨 일이 생길까?

아, 정말 어떡하지?

30분이나 늦게 왔다는 사실만으로도 아버지의 관심을 끌기에 충분했다. 아버지는 현관에 서서 나를 기다리고 있는지도 모른다. 아니 어쩌면 아버지는 다른 일에 정신을 쏟고 있느라 내가 집에 온 것을 눈치채지 못할 수 있었다. 그렇다면 아무 문제가 없을 것이다. 살금살금 지하실로 들어가 빨래 건조대에 널린 다른 양말을 신고 나오면 되니까.

버스가 다리 위에 이르자 거센 바람이 몰아쳐 유리창이 흔들렸다. 항상 뭐든지 제일 먼저 하고 싶어 하는 게이르가 그곳에서 내릴 사람은 우리밖에 없는데도 굳이 팔을 뻗어 정지벨과 연결된 줄을 잡아당겼다.

버스 정류장은 언덕 아래쪽에 있었다. 나는 거기서 내릴 때마다 약간 죄책감에 시달렸다. 우리를 내려주기 위해 정차한 버스는 다시 백여 미터 앞에 보이는 오르막길을 오르기 위해 다시 속도를 내야 한다는 생각 때문이었다. 그래서 가끔 나는 가만히 앉아 있다가 다음 정류장인 비맥스 앞에서 내려 한 정거장을 걸어 집으로 갈 때도 있었다.

그날도 마찬가지였다. 게이르가 정지벨 줄을 잡아당기는 순간, 죄책감이 내 가슴을 콕 찔렀다. 버스는 짜증이 나는 듯 브레이크를 밟고 멈춰 섰다.

우리는 버스가 모퉁이를 돌아 사라질 때까지 갓길에 쌓인 눈 더미 옆에 서 있었다. 버스 안에 있던 스티그가 우리에게 손을 흔들어주었다. 우리는 길을 건너 집으로 향하는 골목길을 걷기 시작했다.

평소에는 대문 앞 계단을 발로 툭툭 차며 장화에 묻은 눈을 털고, 대문 옆에 세워놓은 기다란 솔로 바짓가랑이에 묻은 눈을 털어낸 후 집에 들어갔다. 하지만 그날은 아버지가 들을까봐 계단을 발로 찰 수가 없었다. 솔로 바지에 묻은 눈만 대충 털어낸 후, 현관에 들어가 소리나지 않게 조심조심 대문을 닫았다.

그 소리만으로 충분했다. 어느새 아버지가 서재 문을 열고 나와 내 앞에 서 있었다.

"늦었구나."

"네, 죄송해요. 게이르가 길에서 미끄러지는 바람에 버스를 놓쳤어요."

나는 양말을 신은 발의 장화 끈부터 풀기 시작했다.

아버지는 갈 생각을 하지 않고 내 앞에 서 있었다.

장화에서 발을 빼내고 장화를 벽 쪽에 세워놓았다.

아버지를 쳐다보았다.

"왜?"

"아무것도 아니에요."

심장이 쿵쿵 소리를 내며 더 빨리 뛰기 시작했다. 장화 한 짝을 신은 채 집 안으로 들어간다는 건 생각할 수도 없는 일이었다. 거기 가만히 서서 아버지가 서재로 다시 들어갈 때까지 기다린다는 것도 있을 수 없는 일이었다.

나는 천천히 다른 쪽 장화 끈을 풀기 시작했다. 갑자기 좋은 생각이 떠올랐다. 나는 얼른 목도리를 풀어 장화 옆에 내려놓았다. 장화 끈을 다 풀어갈 무렵, 나는 목도리를 쓰윽 당겨 맨발을 살짝 가렸다.

"왜 맨발이야?"

아버지가 물었다.

나는 발을 흘낏 내려다보고 아버지에게 짧은 눈길을 던졌다.

"찾을 수가 없었어요."

나는 다시 바닥으로 시선을 떨구었다.

"잃어버렸어?"

"네."

다음 순간, 아버지가 내 팔을 꽉 움켜쥐고 벽으로 밀었다.

"양말을 잃어버렸다고?"

"네!"

아버지는 고개를 절레절레 흔들며 내 팔을 놓아주었다.

"도대체 몇 살이야? 우리가 백만장자인 줄 알아? 네가 옷이나 양말을 잃어버릴 때마다 우리가 얼씨구나 하면서 다시 사줄 줄 알았어?"

"아니에요."

나는 눈물이 그렁그렁 맺힌 눈으로 바닥만 내려다보았다. 아버지가 내 귀를 잡고 비틀었다.

"바보 같은 녀석 같으니! 네 물건은 네가 간수해야 돼!"

"네."

"다음 주부터 수영장에 가는 건 금지다! 알았어?"

"네?"

"앞으로는 수영장에 갈 생각도 하지 말라고!"

"하지만, 아버지…"

"뭐가 하지만이야! 그런 건 없어!"

내 귀를 놓고 서재로 가던 아버지가 갑자기 몸을 돌렸다.

"넌 네 물건에 책임질 줄 모르는 어린애에 불과하다는 것을 오늘 저녁에 스스로 증명했어. 앞으로는 수영장에 가는 것도 금지야. 수영장에 가는 건 오늘이 마지막이었어. 알아듣겠니?"

"네."

"네 방에 들어가. 오늘 저녁엔 밤참도 없다."

다음 주엔 수영장에 가지 않았다. 하지만 그다음 주엔 더 참을 수가 없어 아무 일도 없었던 것처럼 수영복을 챙겨 게이르, 다그 로타르와 함께 버스를 탔다. 걱정되긴 했지만, 아무 일도 없을 거라는 생

475

각이 들기도 했다. 집에 돌아오니 여느 때와 다름없었다. 아버지는
앞으로 수영장에 가지 말라는 말도 하지 않았다.

12월 초, 그날은 내 생일 사흘 전으로 어머니가 집에 오기 이틀 전
이었다. 화장실에 앉아 있는데 귀에 익은 아버지의 자동차 소리가
들렸다. 나는 곧 대문 열리는 소리가 들릴 것이라 생각했지만, 짐작
과는 달리 초인종 소리가 뒤를 이었다.

무슨 일이지?

나는 서둘러 엉덩이를 닦고 물을 내린 후 바지를 치켜올렸다. 욕
조 위의 창으로 머리를 쑥 내밀어보았다.

새 스키복을 입은 아버지가 대문 앞에 서 있었다. 아버지가 입고
있는 방한용 반바지와 푸른색 긴 겨울 양말은 물론 파란색과 흰색이
울긋불긋하게 섞인 스키까지 모두 새것이었다.

"얼른 나와 봐! 스키 타러 갈 거야!"

나는 재빨리 외투를 입고 밖으로 나갔다. 아버지는 벌써 자동차
지붕 랙 위에 내 스키를 얹어놓았다. 그 옆에는 아버지의 새 스플릿
케인* 스키가 나란히 얹혀 있었다.

"스키를 사셨어요?"

"응. 좋지? 이제 함께 스키를 탈 수 있게 되었어."

"네. 그런데 어디로 갈 건가요?"

"외곽으로 나가보자. 호베는 어때?"

"호베에도 스키장이 있나요?"

"물론이지. 거기 스키장이 제일 좋아."

• 노르웨이 스키 상표명.

나는 그 말을 의심했지만 아무 말도 하지 않고, 새 옷으로 무장한 낯선 모습의 아버지 옆에 앉아 함께 차를 타고 호베로 향했다. 스키장에 도착할 때까지 우리는 아무 말도 하지 않았다.

"이제 다 왔군!"

아버지는 오래된 낡은 군사기지를 가로질러 그곳에 도착했다. 나란히 서 있는 빨간색 건물과 조립식 가건물은 비행장으로 사용했다는 소문이 도는 사격장과 숲 언저리 바위산 위에 자리한 시멘트 포구, 제헌절 축제일이 되면 올라가서 놀곤 했던 숲속의 벙커와 마찬가지로 전쟁 당시 독일군이 지어놓은 것이었다. 군사기지를 뒤로한 아버지의 차는 숲속에 난 비좁은 길을 지나 커다란 모래더미 옆에 멈춰 섰다.

아버지는 스키를 내리고, 스키 왁스가 종류별로 들어 있는 작은 박스를 꺼냈다. 그것도 새로 산 모양이었다. 우리는 왁스 설명서를 찬찬히 읽어본 후 그날의 눈 상태에는 파란색 스웍스* 왁스가 적합하다고 결론내리고, 스키에 왁스칠을 했다. 아버지는 스키를 신는 데 꽤 오랜 시간을 들였다. 고정 장치에 발을 끼우는 것이 익숙지 않은 것 같았다. 아버지는 스키폴의 손잡이 고리에 손을 끼울 때도 밑에서부터 손을 넣는 것이 아니라 바로 넣어버렸다. 그렇게 하면 스키를 타다 폴을 잃어버릴 확률이 높았다.

나는 아버지가 아무것도 모르는 어린아이 같다고 생각했다.

굼뜬 아버지의 움직임을 보고 있으니 마음이 언짢고 아팠다. 하지만 나는 아무 말도 할 수 없었다. 그 대신 나는 아버지가 볼 수 있도록 천천히 내 손을 스키폴 고리에 밀어넣었다.

• 스키 왁스 및 스키 용품을 생산하는 노르웨이 제조업체.

아버지는 나를 보지 않았다. 아버지의 시선은 모래 더미 위쪽의 작은 언덕 기슭을 향하고 있었다.

"이제 출발해볼까!"

아버지가 스키 타는 모습을 한 번도 본 적이 없었지만, 나는 아버지가 스키를 못 탈 것이라는 생각은 단 한 번도 하지 않았다. 아버지는 스키를 타고 미끄러지듯 앞으로 나아가는 게 아니라, 걸을 때처럼 짧은 보폭으로 걷고 있었다. 비틀거리며 걷던 아버지는 가끔 넘어지지 않기 위해 눈 위로 힘껏 찔러넣은 스키폴에 몸을 의지하기도 했다.

나는 처음이라 그럴지도 모른다고 생각했다. 곧 동작이 익숙해지면 스키장을 미끄러지듯 가로지를 수 있을 것이라 믿었다. 언덕 꼭대기에 이르니 나뭇가지 사이로 저 아래 흰 거품을 만들어내는 바다가 보였다. 거기서부터 언덕 아래쪽까지는 크로스컨트리 트랙이 마련되어 있었다. 내 짐작과는 달리, 아버지의 움직임은 처음과 비교해 전혀 달라지지 않았다.

가끔 아버지는 고개를 돌려 내게 미소를 짓기도 했다.

그런 아버지를 보니 마음이 아팠다.

불쌍해. 불쌍해 죽겠어. 아버지가 너무 불쌍해.

그와 동시에 나는 그런 아버지가 부끄러웠다. 내 아버지가 스키도 못 타다니. 나는 아버지에게서 멀찍이 떨어져서 뒤를 따랐다. 지나가는 사람들에게 우리가 부자지간이라는 것을 보여주고 싶지 않아서였다. 아버지는 단지 스키장에서 우연히 만난 관광객이었고, 나는 스키를 멋지게 탈 수 있는 그 동네 토박이였던 것이다.

트랙이 숲속으로 접어들자 바다도 시야에서 사라졌다. 하지만 여전히 나뭇가지 사이로 파도 소리를 들을 수 있었고, 눈 쌓인 숲속의 겨울 냄새 사이로 짜디짠 바닷물과 비릿한 해초 냄새도 희미하게 맡을 수 있었다.

아버지가 멈춰 서서 스키폴에 몸을 기댔다. 나도 아버지 옆에 멈춰 섰다. 커다란 배 한 대가 수평선을 향해 미끄러져 가고 있었고, 머리 위의 하늘은 옅은 회색빛을 머금고 있었다. 토룽겐에 자리한 두 등대 사이에는 창백한 석양빛이 걸려 있었다.

아버지가 나를 바라보면서 물었다.

"스키가 잘 나가니? 왁스칠을 한 게 도움이 되었어?"

"네. 아버지는요?"

"응, 나도 그래. 이제 집으로 가볼까? 저녁시간이 다 되었어. 이번엔 네가 앞장서서 가봐!"

"아버지가 먼저 가시지 않고요…?"

"아냐, 네가 앞장서. 이번엔 내가 네 뒤를 따라갈게."

생각지도 못했던 순서 재배치에 머릿속이 복잡해졌다. 아버지가 내 뒤를 따른다면 내가 얼마나 스키를 잘 타는지, 또 당신이 얼마나 스키에 소질이 없는지 알아차리게 될 것이다. 나는 스키폴을 눈 위로 찔러 내릴 때마다 아버지의 눈에 내 모습이 어떻게 비칠지 의식하지 않을 수 없었고, 아버지를 향한 연민은 날카로운 칼날처럼 내 의식을 꿰뚫었다. 몇 미터도 채 가지 않아, 나는 속도를 늦추었고 아버지처럼 스타카토로 발을 옮기기 시작했다. 물론 아버지처럼 굼뜬 움직임은 아니었다. 너무 표시를 내면 아버지는 내가 무슨 짓을 하고 있는지 금방 알아차릴 테니까.

저 아래 조약돌이 깔린 발밑의 해안선으로는 하얀 거품을 머금은 파도가 굽이쳐 들어오고 있었다. 가끔 불어오는 바람에 눈송이가 휘날렸다. 바람을 탄 갈매기 한 마리가 날개를 움직이지도 않고 공중

에 떠 있었다. 차에 가까워졌다. 마지막 언덕 앞에 이르자 좋은 생각
이 떠올랐다. 나는 갑자기 중심을 잃은 것처럼 트랙 옆으로 몸을 던
졌다. 아버지가 내 곁을 지나갈 때에 맞추어 몸을 일으키고 바지에
묻은 눈을 털었다.

"조심해야지."

우리는 집으로 가는 동안 아무 말도 하지 않았다. 집 앞 모퉁이를
돌 때가 되어서야 나는 그날의 스키가 끝났다는 생각에 안도의 한숨
을 내쉴 수 있었다.

현관에 서서 스키복을 벗을 때도 우리는 말을 하지 않았다. 계
단으로 향하는 문을 열던 아버지가 문득 몸을 돌리고 나를 바라보
았다.

"내가 저녁식사를 준비하는 동안 말동무가 되어줬으면 좋겠
구나."

나는 고개를 끄덕이며 아버지의 뒤를 따랐다.

거실에 멈춰선 아버지가 벽지를 자세히 들여다보았다.

"아니, 이게 뭐야! 너도 봤니?"

나는 벽지에 묻은 오렌지 즙에 대해선 까맣게 잊고 있었다. 놀란
표정을 지으며 고개를 저었던 내 연기가 그럴듯했는지, 아버지는 내
게 아무 말도 않고 벽지에 생긴 자국에 손가락을 대어 만져보았다.
내가 화를 내며 오렌지를 바닥에 내팽개쳤고 그 때문에 오렌지 즙이
벽지에까지 튀었다는 것은 전혀 상상하지 못했을 것이다.

아버지는 몸을 일으켜 부엌에 들어갔다. 나는 평소와 다름없이 의
자에 앉아 아버지를 지켜보았다. 아버지는 냉장고에서 대구 한 마리
를 꺼내 조리대에 올려놓았다. 찬장에서 소금과 후추, 밀가루를 꺼
내 접시 위에 뿌리고, 부드러운 생선살을 접시 속에서 이리저리 뒤

집었다.

"내일 수업을 마친 후에 네 생일 선물을 사러 같이 시내에 가자."

아버지가 내게 눈길도 주지 않고 말했다.

"저도요? 생일 선물은 비밀일 텐데 제가 봐도 되나요?"

"네가 축구 유니폼을 갖고 싶다고 했지?"

"네."

"그렇다면 너도 같이 가서 네 몸에 맞는 옷을 사는 것도 나쁘지 않아."

아버지는 버터 한 조각을 나이프로 베어내고 그것을 손가락으로 프라이팬 위에 떨어뜨렸다.

나는 리버풀 유니폼을 갖고 싶었다. 하지만 시내 인터스포츠 가게에 도착하니 리버풀 유니폼은 진열대에서 찾아볼 수 없었다.

"여기 일하는 사람에게 물어보면 안 될까요? 창고에 있을지도 모르잖아요?"

"여기 없으면 없는 거야. 다른 유니폼을 사."

"하지만 저는 리버풀 팬인데요…"

"에버튼은 어때. 리버풀과 같은 도시에 연고를 둔 팀이야."

나는 에버튼 유니폼을 살펴보았다. 파란색 상의와 흰색 하의. 엄브로 상표를 달고 있었다.

아버지를 쳐다보았다. 아버지는 기다리기 지루하다는 듯 몇 번이나 초조하게 사방을 둘러보았다.

나는 스웨터 위에 상의를 껴입고, 하의는 몸에 대어보기만 했다.

"좋아요."

"그렇다면 그걸로 하자."

아버지는 내 손에서 옷을 가져가 계산대로 성큼성큼 걸어갔다. 점원이 옷을 포장하는 동안 아버지는 지갑에서 돈을 꺼내고 머리를 쓸어넘기며, 성탄절 쇼핑을 위해 분주하게 길을 걷는 사람들을 창 너머로 바라보았다.

생일날, 나는 새벽같이 일어나 옷장 문을 열었다. 저녁 때까지 기다릴 수 없어 재빨리 선물 포장지를 뜯고 유니폼을 꺼내 냄새를 맡아보았다. 이 세상에서 새 옷 냄새보다 더 좋은 게 있을까. 나는 반짝반짝 윤기 나는 하의를 입고, 상의를 걸쳤다. 상의는 하의보다 조금 거친 듯한 재질이었다. 하얀 축구 양말까지 신은 나는 욕실로 가서 거울을 보았다.

이리저리 몸을 돌려가며 거울에 비친 내 모습을 바라보았다.

내 눈에도 꽤 멋있어 보였다.

비록 원했던 리버풀 유니폼은 아니지만, 리버풀과 같은 도시의 팀이라니 상관없었다.

아버지가 욕실 문을 홱 열고 들어왔다.

"여기서 뭘 하고 있어?"

아버지가 나를 빤히 바라보았다.

"벌써 선물 포장을 뜯은 거야? 혼자서?"

나는 아버지의 손에 질질 끌려 방으로 갔다.

"다시 포장해! 지금 당장!"

나는 울면서 옷을 벗고 원래대로 포장하기 시작했다. 포장지 끝에 덜렁거리는 테이프로 포장을 마무리할 때까지 아버지는 제자리에 서서 나를 지켜보았다.

포장을 끝내자 아버지는 그것을 들고 어디론가 가버렸다.

"마음 같아서는 가게에 반납하고 싶지만, 네 생일이라서 특별히 봐주는 거야. 이건 저녁 때까지 내가 보관해야겠다."

나는 이미 생일 선물로 무엇을 받을지 알고 있었다. 게다가 가게에서 직접 입어보기까지 했다. 그러니 생일날 포장을 뜯어 미리 입어본다고 해서 문제될 것은 없다고 생각했다. 저녁이 되어 케이크를 먹으며 풀어보는 다른 선물들과는 차원이 다르다고 생각했다. 어떻게 하면 아버지를 이해시킬 수 있을까. 아무리 생각해도 내가 옳다는 생각밖에 들지 않았다. 그 옷은 내 것이었다! 생일이 되면 그건 이미 내 것이 아니었던가!

나는 다른 가족이 일어날 때까지 침대에 누워 있었다. 부엌에 내려가니 어머니가 환한 얼굴로 생일 축하한다고 말해주었다. 어머니는 전날 구워놓은 빵을 데우며 달걀을 삶고 있었다. 나는 전혀 기쁘지 않았다. 아버지를 향한 증오 때문에 온 세상에 검은 그림자가 드리워지는 것 같았다.

저녁이 되자 우리는 함께 케이크를 먹고 콜라를 마셨다. 우리는 생일이라고 해서 친구들을 초대하는 법이 없었다. 그날도 마찬가지였다. 나는 하루종일 시무룩해 있었고, 케이크를 먹으면서도 아무 말을 하지 않았다. 아버지는 아침의 일을 까맣게 잊었는지 환하게 미소를 지으며 선물을 내 앞에 내려놓았다. 나는 여전히 시무룩한 표정으로 에버튼 유니폼을 바라보았다.

"멋진 유니폼이구나. 한번 입어봐."

어머니가 말했다.

"벌써 가게에서 입어봤어요. 몸에 잘 맞아요."

"입어봐! 어머니와 윙베도 볼 수 있게."

"싫어요."

아버지의 표정이 굳어졌다.

나는 하는 수 없이 욕실에 들어가 옷을 갈아입고 나왔다.

"아주 잘 어울리는구나. 올겨울엔 축구팀에서 네가 가장 멋있을 거야."

"이제 벗어도 되나요?"

"다른 선물을 열어볼 때까지 기다려. 자, 이건 내가 주는 선물이야."

아버지는 작은 사각형 포장을 내게 건네주었다. 카세트테이프가 틀림없었다.

나는 포장지를 뜯어보았다.

그것은 윙스의 새 앨범 『백 투 더 에그』였다.

나는 아버지를 쳐다보았다. 아버지는 무심한 듯 창밖으로 시선을 돌렸다.

"마음에 드니?"

"네! 이건 윙스의 새 앨범이잖아요! 지금 당장 들어보고 싶어요!"

"조금만 기다려. 다른 선물도 열어봐야지."

"이건 내가 주는 선물이야."

어머니가 말했다.

부피는 컸지만 매우 가벼웠다. 도대체 뭘까?

"네 방에 두고 사용하면 돼."

포장지를 뜯어보았다. 나무다리 네 개 위에 촘촘한 그물이 덮인 간이 의자였다.

"걸상이네."

윙베 형이 말했다.

"고맙습니다. 책 읽을 때 사용하면 안성맞춤일 것 같아요!"

"자, 이건 내가 주는 선물."

윙베 형이 말했다.

"어? 형도 선물을 샀어?"

그건 기타 교본이었다.

나는 눈물이 글썽한 눈으로 윙베 형을 바라보았다.

"고마워."

"솔로 연주법도 있고 음계 설명서도 있어. 그리 어렵지 않을 거야. 거기 보이는 검은색 점을 따라 누르면 돼."

나는 그날 저녁 내내 『백 투 더 에그』를 들었다.

윙베 형은 내 방에 들어와 레드 제플린의 드럼 연주자 존 본햄이 앨범에 수록된 곡 중 하나를 연주했다고 설명해주었다. 윙스 앨범의 또 다른 곡 첫머리에는 한 노르웨이 목사의 목소리가 삽입되어 있다는 기사를 신문에서 읽었다고 말해주었다. 아니나 다를까, 「리셉션」이라는 곡의 첫머리에서는 라디오에서 녹음한 듯한 남자 목소리를 들을 수 있었다.

"거기!"

윙베 형이 소리쳤다.

"앞으로 돌려봐! 다시 들어보자!"

그제야 내 귀에 노르웨이 남자의 목소리가 들렸다.

"이제 이 순간을 신약성서의 빛으로 비추어 보도록 합시다."

힘없고 연약한 노인의 목소리였다.

폴 매카트니, 린다 매카트니, 데니 레인, 스티브 홀리나 로렌스 쥬버조차도 이해하지 못하는 말을 윙베 형과 내가 알아들을 수 있다고 생각하니 날아오를 것만 같았다.

아버지는 성탄절 즈음엔 항상 기분이 좋았다. 심지어는 오전에도 미소를 띠고 있을 때가 많았다. 한 해의 마지막 날이 되자 그간 문을 닫았던 상점들이 잠시 문을 열었다. 어머니는 그때를 놓치지 않고 시내에 가서 장을 보고 폭죽을 사왔다. 올해는 아버지에게 폭죽을 구입하는 데 불필요하게 많은 돈을 쓸 필요가 없다고 말했는지, 아버지는 뒷전에 있었고 어머니가 폭죽을 구입했다.

일은 생각처럼 잘 되지 않았다.

매년 아버지는 시내에서 사온 폭죽을 보여주며, 올해는 구스타브센 씨를 이길 수 있을 거라고 말하거나, 올해 폭죽놀이는 그 어느 때보다 더 장관일 거라고 말하곤 했다. 저녁이 되면, 아버지는 눈 덮인 잔디밭으로 나가 폭죽을 질서정연하게 배치했다. 이마에 흘러내린 머리와 턱수염은 어둠에 가려 알아볼 수 없었다. 아버지는 빨래 건조대를 가져와 가장 큰 폭죽을 그 옆에 기대어놓았고, 크기가 좀 작은 폭죽은 일렬로 세워놓은 병 입구에 꽂아놓기도 했다.

아버지는 미리 준비를 끝내놓고, 밤 11시 30분이 되면 우리를 불러 모았다. 우리는 정원에서 함께 폭죽을 터뜨리며 가는 해를 보내고 오는 해를 맞았다. 아버지는 항상 가장 작은 폭죽부터 차례차례 불을 붙였고, 12시 정각이 되면 가장 큰 폭죽을 터뜨렸다. 가끔은 윙베 형과 내게 가늘고 긴 슈팅스타를 나누어주기도 했다. 폭죽을 모두 터뜨린 후엔 항상 올해도 장관이었다고 말했다. 그중에서 우리 폭죽이 가장 훌륭했다는 말도 잊지 않았다. 아버지의 그 말은 논란의 여지가 있었다. 폭죽에 많은 돈을 쓰는 건 우리 집뿐 아니라 구스타브센 씨나 칼센 씨도 마찬가지였기 때문이다.

하지만 그해 마지막 날은 달랐다. 폭죽의 제왕이었던 아버지가 권좌에서 물러났기 때문이다.

나는 그 이유가 무엇인지 곰곰이 생각해보았다. 이유가 무엇이든 간에 결과가 좋게 나올 리 없을 것이라 짐작했다. 아니, 그것은 짐작이 아니라 확신이었다.

11시 30분을 조금 넘기자, 어머니가 폭죽 하나를 설치할 시간이 되었다고 말했다. 나는 어이가 없어 입을 쩍 벌리고 어머니를 바라보았다.

"지금 폭죽 하나라고 했나요? 폭죽을 하나만 산 거예요? 하나?"

"응. 그걸로도 충분하지 않겠니? 아주 큰 거야. 점원이 그 가게에서 제일 크고 멋있는 거라고 했어."

아버지는 입가에 차가운 미소를 지으며, 윙베 형과 내 뒤를 따라 뒷마당의 테라스로 나왔다.

어머니가 사온 폭죽은 정말 엄청나게 큰 것이었다.

병 입구에 꽂아 넣으려 했더니 폭죽이 너무 커서 잘 맞지 않았다. 결국 폭죽과 병이 함께 옆으로 쓰러져버렸다. 어머니는 허리를 펴고 사방을 둘러보았다. 베이지색 가죽 코트는 단추를 잠그지 않아 열려 있었고, 지퍼를 올리지 않은 긴 부츠의 목은 어머니가 발을 옮길 때마다 마치 커다랗게 자란 두 개의 꽃잎처럼 밑으로 축 늘어졌다. 어머니는 목에 갈색 목도리를 두르고 있었다.

"좀더 큰 게 있으면 좋겠는데…"

어머니의 말에 아버지는 모른 척 아무 말도 하지 않았다.

"아버지는 폭죽을 터뜨릴 때 빨래 건조대를 사용했어요."

윙베 형이 말했다.

"아, 맞다!"

정원에서 여름에만 사용하던 빨래 건조대는 벽에 세워져 있었다. 어머니는 그것을 가져와 폭죽을 세워놓았다. 언뜻 봐도 아슬아슬했다. 어머니는 폭죽을 바로 세워보려고 안간힘을 썼다. 이미 폭죽놀이를 시작한 집이 하나둘 생겨났다. 밤하늘에 쏘아올려진 폭죽은 자욱한 구름과 안개에 가려 소리만 쾅쾅 날 뿐, 반짝이는 불빛은 거의 볼 수 없었다.

"어머니, 폭죽을 그 옆에 비스듬히 세워보세요. 아버지도 그렇게 했어요."

어머니는 윙베 형의 말대로 했다.

"12시 정각인데, 폭죽을 쏘지 않을 생각이오?"

"잠시만 기다려봐요."

어머니는 주머니에서 라이터를 꺼내 한 손으로 바람을 막고, 상체를 뒤로 쭉 뺀 채 불을 켰다. 폭죽의 전선 끝에 불이 붙자 어머니는 허둥지둥 우리에게 달려왔다.

"모두 새해 복 많이 받아!"

어머니가 말했다.

"새해 복 많이 받으세요."

윙베 형의 목소리였다.

나는 아무 말도 하지 않고 폭죽만 지켜보았다. 전선 끝에서부터 타오르던 불길은 폭죽에 이르지도 못하고 바람 빠지는 소리를 내며 꺼져버렸다.

"아! 실패한 것 같아요! 불이 꺼져버렸단 말이에요! 폭죽은 하나밖에 없는데 어떡하죠? 왜 폭죽을 하나만 샀어요? 어떻게 그럴 수가 있어요?"

"올해 마지막 날은 이렇게 보내는군. 내년부터는 내가 다시 폭죽놀이를 맡을까?"

아버지가 말했다.

그날처럼 어머니가 불쌍해 보인 적은 없었다. 우리는 신년을 맞으며 환호하는 이웃집 사람들을 뒤로하고 따스한 거실로 들어왔다. 어머니가 최선을 다했는데도 결과가 만족스럽지 않았다는 사실 때문에 더 마음이 아팠다.

보름 후, 나는 어린이 스키대회가 열리는 첸나 호숫가에 서서 얼어붙은 발을 동동 구르면서 내 차례가 오기를 기다렸다. 노동당 어린이회에서 주최하는 크로스컨트리 대회에는 온 동네 아이가 모두 참가했고, 완주만 하면 등수에 관계없이 모두 메달을 받았다. 아이들은 가슴에 번호표를 달고 찬바람을 맞으면서 자기 차례를 기다렸다. 마침내 내 차례가 되어 신나게 앞으로 나갔지만 스키가 자꾸 뒤로 미끄러지는 바람에 속도를 낼 수가 없었다. 덕분에 내 성적은 하위권을 벗어나지 못했다. 겨우 완주를 하고 메달을 목에 건 나는 얼른 집으로 돌아와버렸다.

어둠은 나뭇가지 사이에 걸려 있었고, 차가운 밤공기는 나무둥치를 후려치고 있었다. 스키는 마음과 달리 뒤로 미끄러져서 언덕을 오를 때는 옆으로 비스듬히 걸어야만 했다. 마침내 집 앞 골목길에 이르렀다. 가로등 불빛 건너편에 우리 집이 보였다. 나는 담벼락에 스키를 세워놓고 대문을 열었다.

이게 무슨 냄새지?

할머니?

할머니가 오셨나?

아니, 그럴 리가…

어쩌면 아버지가 크리스티안산에 다녀오면서 할머니 댁의 냄새를 옷에 묻혀왔는지도 몰랐다.

부엌에서 말소리가 들렸다.

나는 서둘러 신발을 벗었다. 양말이 젖어 있었다. 젖은 양말을 신고 집 안으로 들어가면 바닥에 자국이 남기 때문에 아버지에게 야단맞을 것이 분명했다. 나는 얼른 지하실로 가서 건조대에 널려 있는 마른 양말로 갈아신고 재빨리 계단을 올라갔다.

이층에 이르니 냄새가 더 강하게 났다. 할머니가 틀림없었다.

"우리 막내가 온 모양이지?"

아버지가 말했다.

"네."

"얼른 이리와 봐!"

나는 부엌에 들어갔다.

할머니가 앉아 계셨다.

나는 할머니에게 뛰어가 품에 안겼다.

할머니는 소리내어 웃으며 내 머리를 쓰다듬어주었다.

"그새 또 이렇게나 컸구나!"

"여긴 웬일이세요? 차는요? 할아버지는 어디 계세요?"

"버스 타고 왔어."

"버스요?"

"응, 우리 아들 혼자 손주들을 보고 있으니 잠깐이나마 도와주려고 들렀지. 보다시피 이미 저녁식사도 준비해놨어."

"얼마나 오래 계실 건가요?"

할머니가 소리내어 웃었다.

"내일 버스 타고 돌아갈 생각이야. 네 할아버지를 도와줄 사람도 필요하니까. 네 할아버지는 혼자 오래 있질 못해."

"좀더 있다 가시면 안 돼요?"

나는 할머니 품에 파고들며 말했다.

"자, 자… 이제 네 방으로 올라가거라. 식사 때가 되면 다시 부를게."

아버지가 말했다.

"그전에 선물부터 풀어봐야지."

할머니가 말했다.

"참, 성탄절 선물 잘 받았어요. 감사합니다, 할머니. 아주 마음에 들었어요."

할머니가 몸을 굽혀 핸드백을 들어올려, 그 속에서 작은 상자를 꺼내 내게 내밀었다.

나는 얼른 포장지를 뜯었다.

그것은 스타트 축구팀의 기념품이었다.

한쪽에는 스타트 축구팀의 로고가 새겨져 있고, 다른 한쪽에는 노란색 상의와 검은색 하의 유니폼을 입은 축구 선수가 한 명 그려져 있는 흰색 컵이었다.

"오, 스타트 컵! 고맙습니다!"

나는 할머니를 다시 껴안았다.

할머니가 혼자 우리 집에 왔다고 생각하니 기분이 이상했다. 항상 할아버지나 아버지와 함께 있는 모습만 봐서일까. 아버지와 할머니는 부엌에서 이런저런 대화를 나누었다. 나는 살짝 열어둔 문틈으로 그들의 말소리를 들을 수 있었다. 누군가 한 사람이 자리에서 일어나 무언가를 할 때는 짧은 침묵이 흘렀다. 할머니가 웃으며 말하는 소리, 아버지가 무언가 중얼거리는 소리가 그 뒤를 이었다.

아버지가 우리를 불렀고, 우리는 부엌에서 함께 저녁을 먹었다.

아버지는 평소와 너무나 달랐다. 친밀감과 거리감이 동시에 느껴졌다. 귀 기울여 할머니의 말을 듣다가도 갑자기 다른 곳을 바라보거나 자리에서 일어나 무언가를 가져오곤 했다. 다시 할머니를 바라보며 미소를 지었다가 농담을 해서 할머니를 웃기기도 했다. 그러고는 다시 다른 곳을 바라보는 일이 반복되었다.

할머니는 다음 날 저녁에 집으로 돌아가셨다. 할머니가 윙베 형과 내게 포옹하며 작별 인사를 한 뒤 아버지가 할머니를 시내버스 터미널까지 태워다드렸다. 나는 『러버 소울』 앨범을 들으면서 『퀴리 부인』 전기를 읽었다. 「노르위전 우드」가 흘러나오자 나는 책에서 눈을 떼고 천장을 바라보았다. 멜로디가 내 몸속으로 촉촉히 젖어 들어왔고, 나는 갑자기 공중에 붕 뜬 것 같은 느낌에 사로잡혔다. 진정 매혹적인 느낌이었다. 아름다운 멜로디 때문만은 아니었다. 마치 나와 주변 세상이 완전히 분리된 것 같은 느낌 때문이었다.

예전에 한 여인이 내게 속해 있었어. 아니 내가 그녀에게 속해 있었다고 해야 하나…

그녀는 내게 그녀의 방을 보여주었어. 멋지지 않아, 노르웨이의 숲?

I once had a girl, or should I say, she once had me…

She showed me her room, isn't it good, norwegian wood?

너무나, 너무나 매혹적이었다.

나는 『퀴리 부인』을 읽다가 10시가 되자 불을 껐다. 잠들기 직전, 내 방에 있는 모든 것이 조각난 사진으로 변해 방 안에 흩뿌려져 있는 것을 보았다. 그 그림이 어디서 생겨났는지는 알 수 없었지만, 나는 주저 없이 받아들였다. 갑자기 방문이 열리고 불이 켜졌다.

아버지였다.

"오늘 사과를 몇 개 먹었니?"

"한 개요."

"확실해? 할머니가 네게 사과를 하나 주었다고 하던데?"

"네?"

"그리고 저녁식사 후에 하나를 더 먹었잖아. 기억나니?"

"아, 맞아요! 깜박 잊고 있었어요!"

아버지는 불을 끄고 말없이 방을 나갔다.

다음 날 저녁식사 후, 아버지가 나를 소리쳐 불렀다. 나는 부엌으로 갔다.

"거기 앉아라. 사과 하나 먹어."

"네, 고맙습니다."

아버지가 사과 한 개를 내게 건넸다.

"여기 앉아서 먹어."

나는 아버지를 쳐다보았다. 나를 바라보는 아버지의 눈은 진지하게 굳어 있었다. 나는 얼른 시선을 내리고 사과를 먹기 시작했다. 사과를 다 먹으니, 아버지가 사과 한 개를 더 내밀었다.

도대체 사과를 어디에서 가져왔을까? 혹시 사과 봉지를 등 뒤에 숨겨놓았던 건 아닐까?

"하나 더 먹어."

"고맙습니다. 그런데 사과는 하루에 한 개만 먹으라고 하셨잖아요?"

"넌 어제 두 개나 먹었잖아. 그렇지?"

나는 고개를 끄덕이며 아버지가 주는 사과를 받아먹었다.

아버지가 사과 한 개를 더 주었다.

"하나 더 먹어. 오늘은 너의 행운의 날이야."

"배불러요."

"하나 더 먹어!"

나는 아버지가 주는 사과를 먹기 시작했다. 앞서 먹은 두 개의 사과보다는 천천히 먹었다. 아직 저녁식사가 다 소화되지도 않았는데 사과가 연달아 들어가니, 뱃속으로 내려가는 차가운 사과 조각을 느낄 수 있을 정도였다.

아버지가 사과 한 개를 더 내밀었다.

"더는 못 먹겠어요."

"어제는 배에 구멍이 난 것처럼 먹었잖아. 벌써 잊었어? 어제는 먹고 싶은 대로 먹었으면서 오늘은 왜 못 먹어? 오늘은 네가 원하는 만큼 얼마든지 먹어도 돼. 얼른 먹어."

나는 고개를 저었다.

아버지가 허리를 굽혔다. 나를 바라보는 아버지의 눈동자는 차갑기만 했다.

"어서 먹어! 지금 당장!"

나는 사과를 먹기 시작했다. 사과를 삼킬 때마다 배에 경련이 일어나는 것 같았다. 나는 사과를 토해내지 않기 위해 몇 번이나 침을 꿀꺽 삼켜야만 했다.

아버지는 등 뒤에 서 있었다. 아버지의 눈을 피하기는 쉽지 않았다. 나는 울면서 사과를 삼켰고, 사과를 삼키면서 울었다. 결국 더는 못 먹을 것 같았다.

"배가 너무 불러요! 더는 못 먹겠어요!"

"다 먹어봐! 네가 사과를 좋아한다는 걸 잘 알고 있으니까."

나는 한 입 더 베어 물어보려 했지만 불가능했다.

"정말 더 못 먹겠어요."

아버지가 나를 뚫어지게 바라보더니, 반쯤 남은 사과를 싱크대 밑의 쓰레기통에 버렸다.

"이제 네 방으로 가. 오늘 일로 네가 뭔가 배웠기를 바란다."

방으로 돌아오자 오직 어른이 되고 싶다는 생각밖에 들지 않았다. 내 인생은 내가 결정하고 싶었다. 아버지가 미웠다. 아버지를 증오했지만, 나는 아버지의 손을 벗어날 수 없었다. 아버지를 벗어나는 것은 불가능했다. 아버지에게 복수하는 것도 불가능했다. 상상 속이라면 또 모를까.

어느덧 나는 상상 속에서 어른이 되어 아버지에게 주먹질을 하고 있었다. 아버지보다 몸집이 훨씬 큰 어른이 되어 아버지의 뺨을 힘껏 비틀었다. 아버지의 입술은 내 뻐드렁니를 놀릴 때처럼 앞으로 툭 튀어나왔다. 나는 주먹 쥔 손으로 아버지의 코를 힘껏 때렸다. 아버지의 코에서 피가 쏟아졌다. 아, 나는 아버지의 코가 뇌로 쑥 박혀들어갈 때까지 주먹질을 하고 싶었다. 아버지가 숨을 거둘 때까지. 아버지를 벽에 밀어붙이고 계단 밑으로 던져버리고 싶었다. 아버지의 뒤통수를 잡고 탁자가 깨질 때까지 내리치고 싶었다.

하지만 아버지와 같은 공간에 들어서는 순간, 나는 아버지의 아들이 되어버렸고, 아버지는 나보다 몸집이 훨씬 큰 어른이 되어버렸기에 나는 아버지의 뜻을 따를 수밖에 없었다. 아버지는 내 의지를 아무것도 아닌 것처럼 박살내버렸다.

무의식적으로 내 방을 확 트인 바깥세상이라 여겼던 것은 그 때문인지도 몰랐다. 책을 읽을 때면, 비록 침대에 꼼짝 않고 누워 있을지라도 나는 드넓은 대자연 속에서 움직이는 것처럼 자유로움을 느꼈다. 그곳은 현재 내가 알고 있는 공간이 아니라 낯선 사람들로 가득 찬 낯선 땅이었다. 그런데도 언젠가 가본 적이 있는 것 같은 익숙한 곳이기도 했다. 책에서 읽었던 석기시대 소년 비외르네클로가 살던 곳은 쥘 베른의 책에서 읽었던 곳으로 오버랩되기도 했다.

음악을 들을 때도 마찬가지였다. 현실의 나와는 상관없는 듯한 강렬한 느낌이 내가 속한 공간을 활짝 열어주었다. 나는 비틀스와 윙스를 자주 들었고, 윙베 형이 좋아하는 게리 글리터, 머드, 슬레이드, 스위트, 레인보우, 스테이터스 쿠오, 러쉬, 레드 제플린, 퀸의 음악도 들었다.

윙베 형은 중학교에 입학하면서 조금 다른 경향의 음악을 듣기 시작했다. 형의 낡은 카세트테이프 가운데에는 더 잼의 싱글이나 「노 모어 히어로스」 같은 스트랭글러즈의 싱글이 보일 때도 있었다. 더 붐타운 래츠와 더 클래쉬의 비닐 음반, 『샴 69』과 크라프트베르크의 카세트테이프 외에도, 형이 직접 「팝 스페셜」이라는 라디오 음악 방송에서 녹음한 카세트테이프도 볼 수 있었다. 형은 비슷한 음악을 좋아하는 친구를 사귀기 시작했고 함께 기타를 연주하기도 했다. 보르 토르스텐센은 그중 한 명이었다.

5월 초 어느 날, 아버지가 집을 비웠을 때, 형이 그를 집에 데려왔다. 둘은 방에서 기타를 연주하고 음악을 들었다. 잠시 후, 내 방문을 두드리는 소리가 들렸다. 윙베 형과 보르였다. 침대에 누워 있던 나는 얼른 몸을 일으켰다.

"이것 좀 봐!"

윙베 형이 벽에 걸려 있는 엘비스 포스터를 가리켰다.

"뒷면에 뭐가 있는지 알아맞혀 봐."

보르가 고개를 저었다.

윙베 형이 압정을 떼어내고 포스터의 뒷면을 보여주었다.

"조니 로튼!" 그런데 얘는 조니 로튼 대신 엘비스가 보이도록 걸어놓았어!"

두 사람은 소리내어 웃었다.

"이걸 내게 팔래?"

보르가 내게 물었다.

나는 고개를 저었다.

"안 돼, 이건 내 거야."

"잘못 걸어놓았잖아!"

보르가 다시 웃었다.

"아냐. 이건 엘비스야!"

"엘비스는 아무것도 아냐!"

보르가 말했다.

"엘비스 코스텔로라면 모르지만."

윙베 형이 끼어들었다.

"아, 그건 네 말이 맞아."

보르가 말했다.

두 사람이 방을 나간 후, 나는 포스터의 양면을 한참 바라보았다. 조니 로튼이라는 남자는 못생긴 반면, 엘비스는 잘생긴 얼굴이었다. 왜 내가 잘생긴 사람을 두고 못생긴 사람이 보이게 걸어놓아야 하지?

그맘때쯤, 우리는 밖에 나가서 연례행사처럼 하던 일을 했다. 자작나무 가지를 쳐내고 그 자리에 작은 병을 고정시켜 놓으면, 다음

• 본명은 존 라이든(John Lydon). 영국의 펑크 록 음악가.

날 병 속에는 찐득한 나무 진액이 가득 찼다. 우리는 그 진액을 마시기도 했고, 버드나무 가지의 껍데기로 피리를 만들어 불기도 했다. 하얀 아네모네로 꽃다발을 만들어 어머니에게 선물로 주기도 했다. 그런 일을 하기에 나이가 들긴 했지만, 누군가를 기쁘게 해줄 수 있다면 가끔은 어린아이처럼 유치한 일도 할 수 있다고 생각했다.

수업이 3교시밖에 없던 어느 날, 일찍 집에 돌아온 나와 게이르는 함께 숲으로 갔다. 나는 멀리서 보면 하얀 눈이 쌓였다고 착각할 만큼 하얀 아네모네 꽃이 많이 피어 있는 곳을 알고 있었다. 꽃에도 생명이 있다고 생각하니 가슴이 아팠지만, 기쁨을 전해주려는 선한 목적으로 꽃을 꺾는다면 괜찮을 것이라 믿었다. 나뭇가지 사이로 햇빛이 스며들었고, 발밑의 이끼와 이름 모를 풀들은 반짝이는 녹색을 머금고 있었다. 우리는 각자 양손 가득 하얀 꽃을 꺾어 집으로 돌아왔다.

집에는 아버지밖에 없었다. 지하실에 있던 아버지는 내가 들어가자 짜증난 듯한 표정으로 몸을 휙 돌려 나를 바라보았다.

"아버지에게 주려고 꽃을 꺾어왔어요."

아버지는 손을 내밀어 꽃을 낚아채고는 그것을 커다란 싱크대 속으로 던져버렸다.

"이런 짓은 조그만 여자아이들이나 하는 짓이야."

아버지는 여자아이 같은 나를 부끄러워했을까. 어느 날 아버지의 동료들이 집으로 찾아왔다. 두 사람은 긴 금발머리에 빨간 내복을 입고 계단 위에 서 있는 나를 쳐다보았다.

"따님이 참 예쁘군요!"

아버지의 동료가 말했다.

"사내아이랍니다."

아버지는 미소를 띠며 말했지만, 나는 아버지가 동료의 말에 기분이 언짢아졌다는 것을 잘 알고 있었다.

나는 옷에 특별히 관심이 많았고, 원하는 신발을 손에 넣지 못하면 울기까지 했다. 아버지가 조금만 목소리를 높여도 눈물을 흘렸다. 아버지가 보기엔 객관적으로 충분히 목소리를 높일 수 있는 상황이었기에, 그런 나를 이해할 수 없었을 것이다. 사내아이가 왜 저 모양일까?

아버지는 나를 마마보이라고 부르기도 했다. 그건 사실이었다. 그 달 말에 어머니가 공부를 마치고 집에 돌아왔을 때 나보다 더 기뻐한 사람은 아무도 없었다.

여름방학이 끝나고 나는 5학년이 되었다. 어머니가 공부를 마쳤으니 아버지가 공부할 차례였다. 아버지는 베르겐에서 북유럽 지역학을 전공해 고등교사가 되려고 했다. 숙소는 판토프트 학생마을에 마련했다.

"나는 매주 집에 올 수 없을 것 같아. 하지만 한 달에 한 번은 집에 들를 수 있을 거야."

아버지가 떠나기 전, 식사를 하며 말했다.

"유감스러운 일이군요."

나는 어른스럽게 대답했다.

아버지에게 작별 인사를 하기 위해 집 앞까지 나갔다. 아버지는 짐을 트렁크에 넣고 조수석에 앉았다. 어머니가 아버지를 공항까지 태워다줄 예정이었다.

내가 본 것 중에서 가장 이상한 모습이었다.

아버지는 작은 딱정벌레차에 전혀 어울리지 않았다. 게다가 운전석이 아닌 조수석에 앉아 있는 아버지의 모습은 물론, 어머니가 운전석에 앉아 시동을 걸고 고개를 돌려 후진할 때 그 옆에 앉아 있는 아버지의 모습은 너무나 낯설어 기괴하기까지 했다.

아버지가 조수석에 어울리는 사람이 아니라는 것은 확실했다.

나는 손을 흔들었다. 아버지가 손을 가볍게 들어올리자 차는 사라졌다.

이제 뭘 할까?

창고에 가서 톱질을 하고 못질을 해서 뭔가 만들어볼까?

부엌에 가서 와플이나 달걀을 구워볼까? 차를 끓여볼까?

거실 탁자에 발을 올리고 앉아볼까?

좋은 생각이 떠올랐다.

나는 윙베 형의 방에 가서 음반을 한 장 골라 틀어놓고 볼륨을 끝까지 올렸다.

매거진의 『플레이』였다.

방문을 열어놓고 거실로 갔다.

베이스 기타 소리에 벽이 흔들릴 정도였다. 나는 윙베 형의 방에서 쏟아져나오는 음악을 들으면서 눈을 감았다. 리듬에 맞추어 고개를 끄덕이기 시작했다. 부엌으로 가서 조리용 초콜릿을 한 입 베어물었다. 음악 소리가 나를 에워쌌지만 나는 음악 속에 있지 않았다. 음악은 거실 탁자나 벽에 걸린 그림들처럼 집의 일부분이었다. 다시 리듬을 따라 고개를 끄덕이기 시작했다. 마치 음악을 흡수해 내 몸속에 가두어둔 것 같은 느낌이 들었다. 두 눈을 감고 있으면 그런 느낌이 더 강해졌다.

아래층에서 목소리가 들렸다.

눈을 뜨고 재빨리 숨을 들이쉬었다.

혹시 아버지가 잊은 게 있어 되돌아온 건 아닐까?

나는 서둘러 윙베 형의 방으로 가서 볼륨을 낮추었다.

"뭘 하고 있는 거야?"

윙베 형의 목소리였다.

오, 나는 안도의 한숨을 내쉬었다.

"아무것도 안 했어. 형 음반을 좀 들었을 뿐이야."

윙베 형이 계단을 올라왔다. 낯선 소년이 형의 뒤를 따라왔다. 한 번도 본 적 없는 얼굴이었다. 배구 훈련을 하며 사귄 친구일까?

"미쳤어? 이렇게 볼륨을 높이면 스피커가 터질 수도 있단 말이야. 벌써 스피커가 망가졌을지도 몰라. 바보 같은 새끼!"

"그런 줄 몰랐어. 미안해. 천 번 만 번 미안해."

형 뒤에 서 있던 소년이 미소를 지었다.

"여긴 트론이야."

윙베 형이 그를 소개했다.

"그리고 여긴 바보 멍청이 내 동생."

"안녕, 동생!"

트론이 말했다.

"안녕."

윙베 형이 방에 들어가 볼륨을 살짝 높인 후 스피커에 귀를 가져 갔다.

"다행히 망가지진 않은 것 같아."

형이 허리를 펴며 말했다.

"운 좋은 줄 알아. 만약 스피커가 망가졌으면 네가 새 스피커를 사 줘야 할 테니까 말이야. 내가 끝까지 따라다니면서 너를 달달 볶았을 텐데 아쉽다."

형이 내게 고개를 돌리며 말을 이었다.

"아버지는 언제 가셨어?"

나는 어깨를 으쓱 추켜보이며 대답했다.

"30분쯤 전에."

윙베 형이 방문을 닫았다. 거실에서 어슬렁거리던 나는 창밖으로 유모차를 밀고 가는 마리안네와 솔베이를 발견했다. 나는 얼른 밖으로 나가 그들에게 달려갔다.

"어디 가는 길이니? 나도 같이 가도 돼?"

"응. 그러는 넌 어디 가는 길이니?"

"저 위쪽에."

"누구 집?"

나는 어깨를 추켜보였다.

"이 아기들은 누구야?"

"레오나르젠 씨의 아기."

"아기를 봐주는 데 얼마나 받아?"

"5크로네."

"돈 벌어서 뭐하게?"

"특별한 건 없어. 재킷을 살까 생각 중이야."

"나도 새 재킷을 살 생각이야. 검은색 마티니크 재킷. 너희들도 본 적 있지?"

"아니."

"소매만 다른 재질로 제작되었는데, 마치 올록볼록한 물결 같아. 소매통도 굉장히 넓어. 그리고 앞부분의 지퍼는 다른 천으로 덮여 있단다. 너희들은 어떤 재킷을 사고 싶은데?"

이번엔 마리안네가 어깨를 으쓱 추켜보였다.

"난 코트를 사고 싶어."

"코트? 색깔은? 밝은 색?"

"글쎄… 반코트를 사고 싶어."

"남자아이들 가운데 옷 이야기를 하는 애는 너뿐이야."

솔베이가 말했다.

"나도 알아."

최근 들어 나도 그런 생각을 자주 했다. 사실 여자아이들과 대화를 나누기는 쉽지 않았다. 그들의 모자를 낚아채고 가끔 그들에게 욕 한마디를 던져도 대화는 이어지지 않았다. 그걸로 끝이었다. 그 럭저럭 대화를 이어갈 만한 주제는 숙제 이야기밖에 없었다. 문득 여자아이들은 옷에 관심이 많다는 생각이 떠올랐다. 옷 이야기를 시 작하면 그들과 끝없이 이야기를 나눌 수 있을 것 같았다.

비맥스 근처에 이르렀다. 나는 그들에게 작별 인사를 하고 언덕 기슭의 놀이터로 가보았다. 텅 비어 있었다. 폐차가 있는 풀밭도 텅 비어 있었고, 축구장도 텅 비어 있었다. 프레스트바크모 씨의 담장 을 뛰어넘어 집 앞 쪽으로 간 나는 초인종을 눌러보았다. 게이르는 저녁식사 중이었고, 식사 후엔 베문에게 놀러갈 예정이라고 했다.

그렇군.

골목길도 텅 비어 있었다. 일요일 오후였기에 모두 함께 식사를 하거나 친척을 방문하거나 가족들과 산책을 나간 것이 틀림없었다.

갑자기 좋은 생각이 떠올랐다. 욍베 형의 친구가 집에 있지 않은 가! 어쩌면 욍베 형의 방에서 함께 놀 수 있을 것 같았다.

나는 언덕을 뛰어 내려갔다. 하지만 집 앞에 자전거는 보이지 않 았다. 그들은 이미 어디론가 가버린 후였다.

이젠 정말 뭘 하며 놀지?

구름이 잔뜩 끼어 있어서 그리 덥진 않았다. 그러니 나벤에서 헤엄을 치는 아이들도 없을 것이다.

나는 천천히 선착장으로 발길을 돌렸다. 거기도 텅 비어 있을 게 분명했다. 정박되어 있는 보트를 바라보면서 유리섬유나 목재, 석유와 짜디짠 바닷물 냄새를 맡는 것 외엔 따로 할 일이 없을 것 같았다.

예상은 빗나갔다. 거기에는 한 무리의 아이들이 어울려 놀고 있었다.

나는 티나지 않게 슬그머니 무리 사이에 끼었다. 배를 소유한 아이들은 배 안에 앉아 바닷물에 침을 뱉어가며 선착장에 서 있는 아이들을 바라보았다. 선착장에 서 있는 아이들은 배를 소유하지 않은 아이들로, 배를 가지고 있는 아이들과 친하게 지내고 싶어서 따라다니는 아이들이었다.

나는 선착장에 서 있었지만, 배를 가지고 싶다는 생각은 하지 않았다. 내가 배를 소유한다는 것은 다음 날 아침 눈을 떴을 때 내가 바이킹 시대로 되돌아가 있는 것만큼이나 비현실적인 일이었다. 내가 갖고 싶은 것은 배가 아니라 다른 것들이었다. 윙베 형의 신발과 똑같은 하늘색 나이키 로고의 하얀 테니스화, 하늘색 리바이스 바지, 하늘색 카타리나 재킷이었다. 푸마 축구화와 애드미럴 체육복, 엄브로 반바지도 갖고 싶었다. 스피도 수영복과 흑백이 섞인 아디다스 올림피아 신발도 갖고 싶었다. 발목까지 내려오는 정강이 보호대와 푸마 가방도 내가 원했던 것이었다.

겨울 용품으로는 아토믹 활강 스키, 다이나스타르 활강 스키화, 스키바지와 거위털 점퍼, 스플릿케인 유리섬유 스키, 로테펠라 바인딩도 갖고 싶었다. 사미족의 신발같이 발끝이 코끼리 코처럼 쑥 올

504

라온 가죽 장화와 하얀 셔츠, 빨간 후드 스웨터도 갖고 싶었다. 내가 신고 다니는 짙은 청색 장화 말고 하얀 고무장화를 갖고 싶다는 생각도 했다. 언젠가 한 번 본 적이 있는 연홍색 산호초 목걸이도 갖고 싶었다. 연홍색이 없다면 흰색도 상관없었다.

나는 보트, 스쿠터, 자동차 등에는 관심이 없었다. 하지만 또래 남자아이들과의 대화에 끼기 위해 몇몇 브랜드 명은 따로 기억하고 있었다. 보트의 경우엔 5마력 야마하 엔진을 장착한 10피트 위드 드로메딜레, 스쿠터의 경우엔 스즈키, 자동차의 경우엔 BMW였다. 이런 것들의 이름엔 평소 자주 사용하지 않는 알파벳 Y, Z, W가 꽤 많이 들어가 있다는 생각이 들었다.

같은 이유로, 나는 울버햄튼 원더러스 축구 클럽도 좋아했다. 내가 처음으로 팬이라 자처했던 축구팀이었다. 그 후에는 리버풀 팬이 되었지만, 울버햄튼을 볼 때마다 가슴이 뛰었던 것은 사실이다. 몰리뉴라는 멋있는 이름의 경기장을 거점으로, 주황색 바탕에 검은 글씨로 '늑대'라고 새겨진 멋진 유니폼을 사용하는 팀을 어떻게 좋아하지 않을 수 있을까.

그렇다. 나는 바지, 재킷, 스웨터, 신발 그리고 스포츠 용품에 관심이 많았다. 그건 내가 다른 아이들 눈에 멋있어 보이고 싶어서였고, 항상 이기고 싶었기 때문이다. 당시 나의 가장 큰 영웅이었던 존 매켄로*가 심판의 판정에 불만을 품고 날카로운 눈빛으로 노려보거나, 서브 직전에 공을 잔디 위에 떨어뜨리고 고개를 돌려 심판을 쏘아볼 때면, 나는 당황해서 '안 돼, 하지 마! 하면 안 돼! 그 점수는 잃어버려도 되는 점수야, 하지 마!'라고 속으로 소리치기도 했다. 그가 끝내

* 미국 출신의 프로 테니스 선수.

심판에게 다가가 욕설을 내뱉고, 심지어는 라켓을 땅에 힘껏 내리쳐 몇 미터나 허공으로 튀어오를 때면 나는 고개를 돌려버렸다. 그의 존재는 내게 너무나 큰 의미가 있었기에, 그가 경기에서 지는 날이면 나는 울기까지 했다. 집에 가만히 있을 수가 없어서 밖으로 뛰쳐나가 갓돌 위에 앉아 패배의 슬픔을 삭일 때도 있었다.

리버풀 팀도 마찬가지였다. FA컵 결승전에서 리버풀이 패했던 날도 나는 울면서 밖으로 뛰쳐나갔다. 리버풀 팀에는 내가 좋아했던 엠린 휴스와 레이 클레멘스도 있었고, 후에 함부르크와 뉴캐슬에서 활약했던 케빈 키건도 있었다. 한번은 윙베 형의 축구 잡지에서 케빈 키건과 그의 후임자였던 케니 달글리시를 비교한 기사를 읽은 적이 있었다. 그들의 장점과 단점을 하나하나 비교하다 보니 전체적으로는 비슷한 것 같았다. 그 가운데 특히 내 눈에 띄었던 것은 그들의 성격을 비교한 항목이었다. 케빈 키건은 외향적이라고 적혀 있었고, 케니 달글리시는 내성적이라고 적혀 있었다.

내성적이라는 단어를 보는 순간, 나는 낙담하지 않을 수 없었다.

나도 내성적인 사람이라는 생각이 들었기 때문이었다.

정말 내가 내성적인 사람일까.

나는 웃을 때보다 울 때가 더 많다. 게다가 나는 방에 틀어박혀 책만 읽는 아이다.

그게 바로 내성적인 사람의 특성 아닐까.

내성적, 내성적. 나는 내성적인 사람이 되고 싶지 않았다.

내성적이라는 말은 내가 알고 있는 말 가운데 가장 불쾌한 말이었다.

하지만 내가 내성적이라는 생각은 점점 커지기만 했다.

케니 달글리시는 혼자 있는 시간이 더 많았다.

506

나도 마찬가지다! 하지만 나는 혼자 있고 싶지 않았다! 나는 외향적인 사람이 되고 싶었다. 외향적인 사람!

한 시간쯤 후, 숲속 길로 되돌아온 나는 얼마나 멀리까지 볼 수 있는지 시험해보려고 나무 위로 기어 올라갔다. 그때 언덕을 올라오는 어머니의 딱정벌레차가 눈에 들어왔다. 손을 흔들었지만, 어머니는 나를 못 본 것 같았다. 나는 얼른 나무에서 내려와 어머니의 차를 따라 달렸다. 언덕을 올라 집 앞에 도착하니, 어머니가 차에서 내려 핸드백을 어깨에 메고 차문을 닫으려던 참이었다.

"이제 오니? 오늘 저녁에 빵을 구우려고 하는데, 좀 도와줄래?"

그해부터 우리는 아버지의 손에서 서서히 벗어날 수 있었던 것 같다.

수년이 흐른 후, 아버지는 베르겐에 있을 때부터 술을 마시기 시작했다고 고백했다.

"밤에 잠을 잘 수가 없었어. 그래서 잠자리에 들기 전에 술을 조금씩 마시기 시작했단다."

그 후 나는 아버지가 베르겐에 있을 때 어떤 여자를 사귀었다는 것도 알게 되었다.

우연히 들은 이야기였다. 90년대 초 어느 해 여름 아버지를 방문했던 날이었다. 아버지는 술에 취해 있었고, 나는 아버지에게 그해 겨울 아이슬란드로 이사 갈 계획이라고 말했다.

"아이슬란드? 나도 거기 한 번 가본 적이 있어. 레이캬비크에 가봤지."

"에이, 설마… 도대체 언제 가보셨단 말씀이세요?"

"내가 베르겐에 살 때였어. 너도 기억하지? 그때 아이슬란드 출신의 여자와 잠깐 사귀었단다. 그녀와 함께 레이캬비크로 여행을 갔었어."

"어머니와 같이 살고 있을 때 말인가요?"

"응, 나는 그때 서른다섯이었고 학생마을에서 혼자 자취를 하고 있었어."

"자기 합리화까지 하면서 미안해하실 필요는 없어요. 누구나 하고 싶은 일을 하며 살 권리는 있으니까요."

"고맙다, 아들아."

그때는 아무것도 알지 못했다. 삶의 경험이 많지 않아 짐작도 하지 못했다. 단지 아버지가 집에 없다는 사실만 인지했을 뿐이었다. 하지만 아버지가 없는 집에서 난생처음으로 하고 싶은 일을 하며 시간을 보낸다고 해도 나는 아버지의 그림자에서 벗어날 수 없었다. 흙 묻은 신발 때문에 현관이 지저분해졌을 때, 음식을 먹다가 식탁 위에 흘렸을 때, 배를 먹다가 배 즙이 턱 밑으로 흘러내렸을 때엔 어김없이 아버지의 모습이 번개처럼 머릿속을 스쳤다. 질질 흘리지 않고서는 아무것도 못 먹느냐고 야단치는 아버지의 목소리도 들을 수 있었다.

시험 성적이 잘 나왔을 때는 아버지에게 가장 먼저 자랑하고 싶었다. 어머니에게 자랑하고 싶은 마음과는 차원이 다른 것이었다. 동시에 외부 세계도 조금씩 변하기 시작했다. 매우 서서히 변했던 나의 외부 세계는 좋은 점과 나쁜 점을 동시에 드러내고 있었다. 보드랍고 말랑말랑하면서도 희미하고 무디기도 했던 어린아이의 세계는 날카롭고 선명하게 변하고 있었다. 불확실성과 모호성은 조금씩 사라지기 시작했다. 나는 '나'였고, 나의 말과 행동에는 효불호기 분명했나. 그것은 일종의 제약이면서 다른 무언가로 향하는 열린 문이기도 했다.

　이 새로운 세상은 나와 직접적인 관계가 없는 더 큰 차원의 세계였다. 가족이라는 울타리에서 조금씩 벗어난 나는 이 새로운 세상의 일부로 서서히 변하기 시작했다. 그해 가을, 나는 5학년이 되었고, 여자아이들을 향한 나의 관심은 더욱 커졌다. 나는 그들을 나와 크게 다른 존재라 생각하지 않았고, 내 안에 있는 그 무언가 때문에 다른 남자아이들과는 달리 그들에게 쉽게 다가갈 수 있었다. 그것은 크나큰 실수였다. 가장 큰 실수는 내가 그들에 대해 아무것도 모른다는 사실이었다.

　나이가 꽤 많은 새로운 선생님이 전근을 왔다. 회스트 선생님은 여러 과목을 가르쳤는데 특히 연극을 좋아했다. 가끔 선생님이 작은 연극 무대를 꾸미면, 나는 항상 자원해서 배역을 맡았다. 내가 아닌 다른 사람이 되어 아이들의 관심을 한 몸에 받는 것보다 더 즐거운 일은 없었다.

　나는 특히 여자 역을 맡을 때 재능을 발휘했다. 머리를 귀 뒤로 넘기고 입술을 쏙 내민 채 엉덩이를 좌우로 흔들면서 걸었고, 목소리 톤을 높여 여자처럼 말했다. 회스트 선생님은 그런 나를 보며 웃다가 가끔 눈물을 찔끔 흘리기도 했다.

　어느 날 저녁, 스베레와 함께 놀고 있었다. 그는 공부를 잘했고 나처럼 연극 무대에 서는 것도 좋아했다. 외모도 나와 비슷해, 그와 내가 쌍둥이라고 생각했던 교생 선생님이 둘이나 있었다. 나는 스베레에게 회스트 선생님 댁에 놀러 가보자고 제안했다. 그녀는 우리 동네에서 동쪽으로 3킬로미터쯤 떨어진 곳에 살고 있었다.

　"좋은 생각이야. 하지만 내 자전거는 펑크가 나서 거기까지 걸어가야 할 것 같아."

"히치하이킹을 하자."

"오케이."

우리는 교차로까지 내려가 길옆에 섰다. 나는 그해 들어 히치하이킹을 꽤 자주 했다. 주로 다그 마그네와 함께 호베나 롤리헤덴으로 갈 때 히치하이킹을 했으며, 길가에 1시간 이상 서 있어본 적이 없을 정도로 쉽게 차를 얻어탈 수 있었다.

그날 저녁엔 한 번 만에 성공해 차를 얻어탔다.

우리보다 나이가 조금 더 많은 소년들이 차 안에 앉아 있었다.

차 안에는 음악이 크게 흘렀고, 저음의 베이스 소리에 유리창이 흔들릴 지경이었다. 운전을 하던 소년이 뒷좌석에 앉아 있는 우리에게 고개를 돌렸다.

"어디로 갈 거니?"

우리가 목적지를 말하자, 그는 기어를 바꾸고 가속페달을 밟았다. 순간 우리의 등이 의자에 부딪혔다.

"거기 누가 사는데?"

"회스트 씨. 우리 학교 선생님이야."

스베레가 대답했다.

"아!"

조수석에 앉아 있던 소년이 말했다.

"선생님을 찾아가서 나쁜 짓을 하려는 거지? 우리도 어렸을 때 많이 해봤어."

"우린 그것 때문에 가는 건 아냐. 그냥 한번 찾아가 보려고."

그가 나를 돌아보았다.

"그냥 한번 찾아가 본다고? 왜? 숙제나 뭐 그런 거 때문에?"

"아니. 그냥 한번 뵙고 싶어서."

그가 고개를 앞으로 돌렸다. 우리는 그때부터 목적지에 도착할 때까지 아무 말도 하지 않았다. 차가 급정거했다.

"다 왔어. 잘 가."

운전하던 소년이 말했다.

약간의 죄책감이 나를 사로잡았다. 우리를 거기까지 태워준 소년들을 실망시켰다는 생각 때문이었다. 그렇다고 거짓말을 할 수는 없었다. 나는 진심으로 고맙다는 인사를 하고 내렸다.

그들은 음악 소리와 함께 어둠 속으로 사라졌다.

스베레와 나는 자갈길을 터벅터벅 걸었다. 커다란 나뭇잎을 달고 있는 가느다란 나뭇가지가 길 양옆을 채웠다. 우리는 선생님 집에 한 번도 가본 적이 없지만, 그녀가 어디에 살고 있는지는 잘 알고 있었다.

대문 앞에는 자동차 두 대가 나란히 서 있었고, 창이란 창에서 환한 불빛이 새어나왔다.

나는 초인종을 눌렀다.

"오, 너희들 왔니?"

대문을 연 회스트 선생님이 놀란 표정으로 말했다.

"선생님을 뵈려고 찾아왔어요."

내가 먼저 말문을 열었다.

"들어가도 되나요?"

스베레가 물었다.

선생님은 잠시 주저했다.

"이를 어쩌지… 마침 집에 손님이 와 있어서 말이야. 그런데 나를 보려고 그 먼 길을 온 거니?"

"네."

511

"그렇다면 잠시 앉았다 가렴. 30분 정도. 괜찮겠지? 마침 케이크
가 있으니까 한 조각 먹고 가. 과일주스도 줄게."

우리는 집 안으로 들어갔다.

거실은 어른들로 가득했다. 회스트 선생님은 그들에게 우리를 소
개했다. 우리는 구석에 자리를 잡고 앉았다. 그녀가 비스킷 세 개를
담은 접시와 과일주스가 담긴 컵을 탁자에 내려놓았다.

그녀는 우리를 자신이 제일 좋아하는 학생들이라고 소개하며 연
극을 매우 잘한다고 칭찬했다.

"그렇다면 짧은 연극 한 토막만 보여줄 수 있겠니?"

누군가 우리에게 물었다.

회스트 선생님이 우리를 돌아보았다.

"네, 얼마든지. 너도 할 수 있지?"

나는 스베레에게 물어보았다.

"응."

나는 머리를 귀 뒤로 넘기고 입술을 뾰족하게 내민 후 연극을 시
작했다. 극본 없이 즉흥적으로 한 연극이었지만, 거실에 모여 있던
어른들은 모두 큰 소리로 웃어주었다. 우리는 연극을 마치고 발갛게
상기된 얼굴로 허리를 굽혀 인사했다. 박수 소리에 뿌듯함을 감출
수 없었다.

성탄절 직전에 있었던 카니발에서도 그 성공을 이어갔다. 다그 마
그네와 나는 여자로 분장했다. 무대 위에서 화장을 하고 치마를 입
고 핸드백까지 든 나를 알아보는 아이는 아무도 없었다. 심지어 다
그 로타르까지도 나를 알아보지 못했다. 연극을 마치고 5분 정도 지
났을까. 그는 옆에 서 있는 내게 조금 전 무대 위에 있던 낯선 여자아
이는 누구냐고 물어보기까지 했다.

나는 여자로 분장하는 데 전혀 수치심을 느끼지 않았고, 여자아이들과 함께 그들의 관심사를 주제로 자주 대화를 나누기도 했다. 그런데도 여자아이와 사귀는 데 아무런 문제가 없었다. 내가 사귀었던 여자아이 중에 가장 예뻤던 아이는 마리안이었다. 하지만 그녀와 사귀었던 기간은 2주를 넘지 않았다. 우리는 함께 스케이트를 탔고, 그녀는 내 무릎 위에 앉아 내게 입을 맞추었다. 나는 그녀의 생일 파티에 초대받은 단 한 명의 남자아이였다.

그날도 역시 그녀는 내 무릎 위에 앉아 내 팔에 안겨서 친구들과 이야기를 나누었다. 나는 그녀를 좋아했지만, 어쩐 일인지 그녀에게서 벗어나고만 싶었다. 그녀는 학교에서 가장 예쁘다고는 할 수 없었지만, 외모가 꽤 출중한 편에 속했다. 하지만 나는 그녀를 볼 때마다 솟아오르는 연민과 동정심을 억누를 수가 없었다. 그녀는 어려운 가정환경에서 홀어머니와 여동생과 함께 살고 있었다. 나는 그녀가 새 옷 입은 모습을 한 번도 본 적이 없었다. 그녀는 항상 친척에게서 물려받은 낡은 옷을 입고 학교에 왔다. 뿐만 아니라, 나는 그녀의 방에서 입맞춤을 할 때조차도 밀실공포증에 휩싸인 듯 답답함을 느꼈다. 나는 벗어나고 싶었다. 결국 나는 다그 마그네를 시켜 관계를 끝내자는 말을 그녀에게 전했다.

같은 날, 나는 아주 큰 실수를 해버렸다. 그녀가 비를 피해 내가 있는 쪽으로 달려왔다. 나는 반사적으로 발을 걸었고, 그녀는 땅에 고꾸라져버렸다. 그게 전부가 아니었다. 그녀가 불같이 화를 내자 그녀의 친구들이 몰려와 함께 나를 몰아세웠던 것이다. 그 후 며칠 동안 나는 여자아이들 사이에서 아주 몹쓸 아이로 낙인 찍혀버렸다. 그녀를 다치게 할 의도는 전혀 없었으며, 단지 장난으로 발을 걸었을 뿐이라고 말해도 상황은 나아지지 않았다. 여자아이들은 나를 진심으로 증오하는 것 같다가도 어느 날 갑자기 내게 다가와 친절하게 말을 걸기도 했다. 나는 그들을 이해할 수 없었다.

그즈음, 아이들은 학교나 각자의 집에서 돌아가며 파티를 열기 시작했다. 파티에서 나와 춤추기를 원하는 여자아이도 적지 않았다. 그들을 향한 나의 태도 역시 이중적이었다. 적어도 같은 반 여자아이들에게는 그랬다. 나는 그들을 입학했을 때부터 무려 5년 동안이나 알고 지냈기에 무덤덤할 수밖에 없었다.

그 무렵, 여자아이들이 변하기 시작했다. 스웨터가 볼록 솟아오르기 시작했고, 골반도 넓어졌다. 그들은 같은 학년 남자아이들은 거들떠보지 않았던 반면, 두세 살 많은 남자아이들에게 관심을 보이기 시작했다. 그런데도 그들은 새롭게 변해버린 세상에 대해서는 아무것도 모르고 있었다. 남자와 여자 그리고 인간의 욕망에 대해서 그들이 아는 건 아무것도 없었다.

그들이 윌버 스미스의 책을 읽어본 적이 있는가? 폭풍이 몰아치는 성난 하늘 아래서 성폭행당하는 한 여인의 이야기를. 그들이 켄 폴릿의 책을 읽어본 적이 있는가? 한 남자가 거품 가득한 욕조 속에 눈을 감고 누워 있는 여인의 음모를 깎는 이야기를. 그들이 크뉫 팔바켄의 『곤충 여름』을 읽어본 적이 있는가? 건초 더미 위에 누워 있는 여인의 속옷을 벗겨 내리는 남자의 이야기를.

나는 특히 그 장면이라면 책을 펼치지 않고도 떠올릴 수 있을 정도다. 그들이 포르노 잡지를 본 적이 있는가? 음악에 대해선 뭘 알고 있는가? 그들은 단지 더 키즈가 부른 쓰레기 같은 히트송에만 관심을 보일 뿐이었다. 그들은 음악이 무엇인지도 모르고 있었다. 옷차림도 마찬가지였다. 그들은 가끔 말로 형언할 수 없는 이상한 조합으로 옷을 차려입고 학교에 오기도 했다.

그런 그들이 나를 업신여긴다는 것은 있을 수 없는 일이다. 나는 윌버 스미스, 켄 폴릿, 크눗 팔바켄의 책을 읽었고, 이미 몇 년 전부터 포르노 잡지를 보았으며, 진정한 음악 세계를 추구하는 밴드의 음악을 들었다. 패션 감각 또한 누구에게도 뒤지지 않았다. 그런 내가 여자아이들 앞에서 작아져야 할 이유는 무엇이란 말인가.

나는 진실을 보여주기 위해 음악 시간에 작은 쇼를 하기로 마음먹었다. 우리는 매주 금요일에 각자 좋아하는 음악을 가져와 함께 들었다. 여섯 명의 학생이 선택해온 음악을 다 듣고 나면, 우리는 가장 좋아하는 음악에 투표했다. 내가 가져간 음악은 항상 꼴찌를 면하지 못했다. 레드 제플린, 퀸, 윙스, 비틀스, 폴리스, 잼, 스키드. 결과는 매번 한 표 또는 두 표를 얻어 꼴찌를 했다. 나는 아이들이 음악을 듣고 표를 준 게 아니라 나를 보고 표를 줬다고 생각했다. 그들은 음악에 귀를 기울이지도 않았다. 나는 솟구치는 짜증을 억누를 수 없어, 결국 윙베 형에게 하소연했다. 최신 히트곡 스타일의 음악을 싫어하는 형은 나를 이해해주었을 뿐 아니라, 그들을 한번 속여보라며 아이디어를 주기도 했다.

더 키즈의 두 번째 앨범은 아직 발매 전이었다. 다음 주 금요일, 나는 윙베 형이 며칠 전에 손에 넣은 더 알레르베르스테의 첫 음반『마테리알트레텟』을 학교에 가져갔다. 나는 아이들에게 그것이 더 키즈의 두 번째 음반을 선구매한 것이라고 속였다. 음악 선생님에게는 이미 나의 의도를 알려준 후였다. 선생님은 겉면에 아무런 표시가 되어 있지 않은 하얀 음반을 꺼내 첫 곡을 틀어주었다.

나는 아이들에게 공식적으로 발매된 것이 아니어서 커버에 아무것도 없다고 둘러댔다. 나는 아이들이 더 알레르베르스테라면 코웃음을 친다는 것을 잘 알고 있었다. 지난번에 같은 밴드의 싱글「레네

515

헨데르」를 틀었을 때, 아이들은 이후 며칠 동안이나 "레네 헨데르, 레네 헨데르"라고 나를 따라다니면서 놀렸다.

그날 같은 밴드의 첫 앨범에 수록된 첫 곡이 흘러나오자, 교실 안은 조용해졌다. 잠시 후, 음악이 멋지다고 수군거리는 소리가 여기저기서 들려왔다. 그날 제일 많은 표를 얻은 곡은 바로 그 곡이었다. 아이들이 더 키즈의 곡이라고 알고 있었던 바로 그 곡! 나는 의기양양하게 일어나 진실을 밝혔다.

"너희들이 더 키즈의 곡인 줄 알고 표를 주었던 곡은, 사실 더 알레르베르스테의 곡이었어! 이건 너희들이 음악에 대해선 아무것도 모른다는 사실을 말해주고 있어. 너희들이 히트곡이라면 무조건 좋아한다는 사실도!"

아이들은 불같이 화를 냈지만, 내게 아무 말도 하지 못했다. 나는 아이들을 멋지게 속인 것이다.

나는 아이들이 내 등 뒤에서 무슨 말을 수군거리는지 다 알고 있었다. 자존심이 세고, 스스로 아주 잘난 줄 알고 있으며, 항상 뭔가 특별한 것을 좋아하는 아이라고. 하지만 그건 사실이 아니었다. 나는 특별한 음악이 아니라 음악다운 음악을 좋아했을 뿐이다. 그건 내 잘못이 아니지 않은가. 나는 윙베 형 덕분에 음악에 대해 많은 것을 배웠다. 나는 형의 음악 잡지를 수도 없이 읽었고, 형은 내게 많은 종류의 음악을 들려주었다. 나는 매거진, 더 큐어, 스트랭글러스, 심플 마인드, 엘비스 코스텔로, 스키드, 스티프 리틀 핑거스, XTC 등의 외국 밴드 음악뿐 아니라 초트, 블라우풍크트, 더 알레르베르스테, 더 컷, 스타방게르앙상블, 디프레스, 베통 히스테리아, 헤르베르크 등 노르웨이 밴드 음악도 들었다.

윙베 형이 가르쳐주는 기타 코드의 수도 점점 늘어났다. 가끔 형이 집에 없을 때, 나는 검은색 깁슨 피크를 손에 쥐고 검은색 펜더 기타스트랩을 어깨에 두른 채 기타 연주하는 시늉을 하기도 했다.

나는 드럼 교본도 구입했다. 바닥에 책을 쌓아놓고 나무 막대기 두 개로 드럼을 쳤다. 제일 왼쪽에 쌓아놓은 책은 하이햇, 그 옆엔 스네어 드럼, 그 뒤에 책 세 권을 더 올린 것은 탐탐 드럼이 되었다. 당시 나와 함께 가장 많은 시간을 보냈던 친구는 다그 마그네였다. 우리는 그의 집에서 음악을 듣고 그의 12현 기타를 연주해보기도 했다.

그가 우리 집에 올 때도 있었다. 어머니는 이제 친구들이 찾아오는 것을 반대하지 않았다. 우리는 함께 책을 읽기도 했고, 카세트테이프를 들었으며, 여자아이들 이야기나 앞으로 결성할 밴드 이름을 생각해보기도 했다. 그는 '다그 마그네와 무명의 사도들'이라 부르고 싶어 했고, 나는 '블로프롭'Blodpropp, 혈전이라 이름 붙이고 싶어 했다. 우리는 둘 다 꽤 그럴듯한 밴드 이름이라는 데 의견을 모았지만, 최종 결정은 내리지 못했다. 중요한 건 아니었다. 밴드를 결성해 무대 위에 오르기 전까지만 이름을 정하면 되니까.

그해 겨울은 그렇게 지나갔다. 학급 파티에 참가했던 것도 잊을 수 없는 기억이었다. 우리는 파티에서 '키스, 클랩, 클렘'*이라는 놀이를 했고, 셔플 댄스를 추며 빙글빙글 돌기도 했다. 우리는 5년 동안 같은 반이었기에 서로 속속들이 잘 알고 있었고 형제자매처럼 가까이 지냈다. 하지만 우연히 안네 리즈벳의 몸이 내게 닿자, 내 몸에

• 묵찌빠나 가위바위보 따위의 놀이.

폭발할 것 같은 강렬한 전율이 흘렀다. 그녀의 머리카락에서 나는 향긋한 냄새, 반짝이는 두 눈동자는 예나 지금이나 변함이 없었다. 오, 얇고 하얀 블라우스 밑에 볼록 솟아오른 두 개의 작은 젖무덤은 또 어떠한가.

이 환상적이고 매혹적인 느낌은 도대체 무엇이란 말인가.

그것은 새롭고도 익숙한 느낌이었다. 오랫동안 잊고 있었던 그 느낌에 젖어드니, 나는 다시 그곳으로 되돌아가고 싶어졌다.

겨울이 가고 봄이 왔다. 저녁의 어둠이 찾아드는 시간은 매일 조금씩 늦추어졌고, 쌓여 있던 눈은 차가운 봄비에 서서히 자취를 감추었다.

3월의 어느 날, 비가 내리는 어둑어둑한 아침이었다. 나는 여느 때와 마찬가지로 아침을 먹으려고 부엌에 갔다. 어머니는 교대 근무 때문에 이른 새벽에 출근한 후였다. 라디오가 켜져 있었다. 어머니가 라디오 끄는 것을 깜박 잊고 그냥 나간 것 같았다. 나는 부엌에 들어가기 전부터 라디오 뉴스 진행자의 목소리와 억양 때문에 밤새 무슨 일이 있었다는 것을 짐작할 수 있었다. 버터 바른 빵 위에 살라미 한 장을 얹고 컵에 우유를 따랐다. 북극해의 오일 플랫폼이 바다 속에 가라앉았다는 사고 뉴스가 흘러나왔다.

빗방울이 창틀을 타고 천천히 흘러내렸다. 지붕 위로 떨어지는 규칙적인 빗방울 소리가 얇은 장막처럼 집을 에워쌌다. 지붕 홈통에서 빗물이 흘러내리는 소리가 들렸다. 창밖에서는 구스타브센 씨의 차에 시동이 걸렸고 전조등이 켜졌다. 끔찍한 사고였다. 셀 수 없이 많은 사람이 숨졌거나 실종 상태라고 했으며 정확한 수는 파악되지 않았다고 했다.

섬에 사는 사람들 대부분은 가족 중 그곳에서 일하는 사람이 적어도 한 명은 있었다. 구조된 사람 가운데 알렉산데르 셸란이라는 남자는 한쪽 다리가 부러졌다고 했다. 왜 오일 플랫폼이 무너졌을까? 백 년마다 한 번씩 찾아온다는 집채만 한 파도 때문이었을까? 폭발 사고였을까? 부실공사 때문인지도 몰랐다.

1교시는 수학 시간이었지만, 선생님은 밤새 있었던 사고에 대해 이야기해주었다. 문득 외할아버지라면 무슨 말을 할지 궁금해졌다. 외할아버지는 항상 석유가 미래라고 말했다. 하지만 나는 외할아버지와 뜻을 달리 하는 사람들의 말도 자주 들을 수 있었다. 어느 날 뉴스에서는 석유 보유량이 일반인들이 예상하는 것보다 훨씬 빨리 줄어들 것이라는 예측을 내놓았다. 빠르면 25년 후엔 석유가 고갈되어버릴지도 모른다고 했다.

내겐 2004년이라는 해가 너무나 먼 미래의 시간 같아 감을 잡을 수가 없었다. 공상과학책이나 잡지에서 접할 수 있는 허황된 미래의 시간이 아니라 현실 속의 시간을 말하는 것이었기에 더더욱 그러했다. 정말 2004년이라는 시간이 올까. 내가 살아 있는 동안? 동시에 나는 무언가 끔찍한 일을 경고라도 하는 듯한 그들의 음울한 말투에 더욱 불안해졌다. 무언가 끝이 난다는 사실이 슬퍼지기도 했다. 모든 것은 언젠가 끝날 수밖에 없다는 사실이 두려웠다.

나는 모든 것이 변치 않고 영원히 지속되기를 바랐다. 그래서 지미 카터가 재선되기를 바랐고, 오드바르 노를리와 그의 노동당이 다음 총선에서 승리하기를 바랐다. 나는 지미 카터를 좋아했고, 항상 피곤해 보이긴 했지만 오드바르 노를리도 좋아했다.

나는 모겐스 길스트럽과 올로프 팔메는 좋아하지 않았다. 두 사람 모두 왠지 음흉한 분위기를 풍겼기 때문이다. 특히 그들의 입술과 눈빛에서 교활함마저 느낄 수 있었다. 에이나르 푀르데와 레이울프

스테엔도 마찬가지였지만, 앞선 두 사람만큼 음흉한 분위기는 아니
었다.

반면 나는 한나 크반모를 좋아했다. 하지만 골다 메이르와 메나헴
베긴은 캠프데이비드 협정에도 불구하고 좋아할 수가 없었다. 안와
르 사다트는 마음을 정할 수가 없었다. 브레즈네프도 호불호를 결정
할 수 없었지만 그건 사다트와는 완전히 다른 이유 때문이었다.* 그
는 갖가지 군사 장비를 앞세워 미끄러지듯 행진하는 수천 명의 군사
를 향해 기계적으로 손을 흔들었다. 두툼한 털옷과 털모자를 쓰고,
몽골인을 생각나게 하는 눈매와 짙은 눈썹 그리고 속마음을 전혀 알
수 없는 무덤덤한 표정으로 말이다. 그런 그의 모습을 보면 그가 인
간이 아니라 무언가 알 수 없는 다른 생명체 같다는 생각이 들었다.

페르 클레페는 어떤가?

그렇다, 나는 그를 꽤 좋아했고, 그의 클레페 정책이 성공하기를
진심으로 바랐다.

한스 함몬 로스박은 좋아했지만 트뤼그베 브라텔리는 속삭이는
듯 나직한 목소리와 이상한 R 발음, 좁은 어깨와 해골 같은 커다란
머리, 짙고 두터운 눈썹 때문에 그리 좋아하지 않았다.**

---

* 오드바르 노를리: 노르웨이의 정치가; 모겐스 길스트럽: 덴마크의 진보당 소속
  정치가; 올로프 팔메: 스웨덴의 사회민주당 소속 정치가; 에이나르 푀르데: 노
  르웨이의 노동당 소속 정치가; 레이울프 스테엔: 노르웨이의 노동당 소속 정치
  가; 한나 크반모: 노르웨이의 사회주의 좌파당 소속 정치가; 골다 메이르: 이스
  라엘의 첫 여성 총리; 메나헴 베긴: 이스라엘의 정치가; 안와르 사다트: 이스라
  엘의 대통령을 역임한 군인이자 정치가; 브레즈네프: 소비에트 연방의 공산당
  서기장을 역임한 군인이자 정치가.
** 페르 클레페: 노르웨이의 경제학자이자 정치가; 한스 함몬 로스박: 노르웨이의
  경제학자이자 정치가; 트뤼그베 브라텔리: 노르웨이의 노동당 소속 정치가.

북극해의 사고를 주제로 약 15분 동안 이야기를 나눈 후, 정식 수업이 시작되었다. 우리는 수학 문제를 풀었고, 선생님은 책상 사이를 돌아다니면서 손을 들고 질문하는 아이들을 도와주었다. 어둠의 손이 아침 시간을 놓아버린 듯 창밖이 서서히 밝아오고 있었다. 쉬는 시간이 되자, 어떤 아이가 오일 플랫폼 내에 에어포켓이 있다면 그 속에서 며칠 동안 생명을 유지할 수 있다고 말했다. 또 다른 아이는 우리 학교 학생들의 부모님 중에는 사고를 당한 사람이 없다고 말했다. 하지만 롤리혜덴 초등학교에 다니는 한 아이의 아버지는 실종되었다고 덧붙였다. 소문이 어디서 흘러 나오는지는 알 수 없었고, 진위 여부도 알 수 없었다.

2교시 과목은 노르웨이어였다. 나는 선생님이 교탁 뒤에 자리 잡고 앉자마자 손을 들었다.

"칼 오베?"

"선생님, 저희가 제출한 작문 과제를 다 확인하셨나요?"

"잠시 기다려보렴."

선생님은 칠판에 중요한 문법 사항 몇 개를 적었다. 지난주 목요일에 제출했던 작문 과제를 확인하다 발견한 사항 같았다.

잠시 후, 선생님은 가방에서 노트 한 뭉치를 꺼내 교탁 위에 올려놓았다.

"이번에도 글을 멋지게 잘 쓴 학생이 꽤 많았어. 마음 같아서는 하나하나 다 읽어보고 싶었지만 그럴 시간이 없었단다. 그래서 우선 네 편만 골라봤어. 하지만 이 네 편의 작문이 가장 훌륭하다는 말은 아니란다. 모두 각자의 개성을 살려 글을 잘 쓴다는 건 이미 알고 있으니까 오해하지 않길 바란다."

나는 교탁 위의 노트 가운데 내 것이 있는지 살펴보았다. 적어도 제일 위에 있는 것은 내 것이 아니었다.

안네 리즈벳이 손을 들었다.

하얀 스웨터는 그녀와 너무나 잘 어울렸다. 검은색 머리, 검은색 눈동자, 빨간 입술, 훈훈한 교실에 앉아 있으면 항상 발그스름하게 달아오르는 양볼도 흰색 스웨터와 잘 어울렸다.

"할 말이 있니?"

"네, 선생님이 작문을 읽을 때 뜨개질을 해도 되나요?"

"방해가 될 것 같진 않으니 그렇게 해도 돼."

여자아이 넷이 가방에서 실과 바늘을 꺼내 뜨개질을 시작했다.

"숙제를 해도 되나요?"

게이르 호콘이 질문했다.

누군가가 킥킥 웃었다.

"질문할 때는 항상 손을 먼저 들고 말해, 게이르 호콘. 숙제를 해도 되냐고? 물론, 안 돼!"

게이르 호콘이 상기된 얼굴로 미소를 지었다. 그의 뺨이 발갛게 상기된 것은 선생님에게 핀잔을 들었기 때문이 아니라 수줍거나 민망함을 무릅쓰고 용기를 냈기 때문이었다. 그는 항상 아이들 앞에서 말할 때 얼굴이 빨개지곤 했다.

선생님이 아이들의 작문 과제를 읽기 시작했다. 첫 작품은 내 것이 아니었다. 하지만 아직 세 개나 남아 있어서 조급하지는 않았다. 나는 책상 밑으로 발을 쭉 뻗었다. 나는 1교시 수업 시간을 좋아했다. 교실 창밖의 어둠을 바라보면 마치 우리가 빛의 캡슐 속에 앉아 있는 것 같았다. 아이들의 부스스한 머리칼, 잠에서 덜 깬 눈, 부드럽고 무딘 움직임은 창밖이 환해지기 시작하면서 아이들의 재잘거리는 말소리, 여기저기 뛰어다니는 발소리, 생기를 담은 반짝이는 눈빛으로 바뀌었다.

두 번째 작문도 내 것이 아니었다. 세 번째도 마찬가지였다.

나는 안절부절못하고 네 번째 작품을 집어드는 선생님을 쳐다보았다. 저것도 내 것이 아닌데?

선생님은 내 작품을 읽지 않을 것이다.

실망감 때문에 온몸에서 힘이 쭉 빠져나갔다. 동시에 또 다른 느낌이 생겨났다. 나는 내 작품이 제일 훌륭하다는 것을 잘 알고 있었다. 선생님도 잘 알고 있었다. 그럼에도 선생님은 아이들 앞에서 내 작품을 읽어주지 않았다. 지난번에도 마찬가지였다. 그렇다면 작문 과제를 제출할 이유가 없지 않은가. 다음번에는 글을 아무렇게나 써서 제출해야겠다고 생각했다.

마침내 선생님이 네 작품을 모두 읽었다.

나는 손을 번쩍 들었다.

"선생님, 왜 제 글은 읽지 않으셨어요? 별로였던가요?"

선생님의 눈이 살짝 가늘어지는 듯했다. 하지만 선생님은 곧 눈을 크게 뜨고 미소를 지었다.

"매주 스물다섯 작품을 다 읽을 수는 없어. 너도 그건 이해할 수 있지? 사실 네 작품은 내가 자주 읽어본단다. 오늘은 이 학생들의 글을 읽을 차례였어."

선생님이 손뼉을 딱딱 쳤다.

"오늘도 훌륭한 작품을 접했다고 생각해. 모두 상상력이 대단하더구나! 너희들이 제출한 글을 정말 재미있게 잘 읽었어."

선생님이 주번을 맡은 게이르 B에게 눈짓을 하자, 그가 앞으로 걸어나갔다. 선생님이 확인한 과제를 아이들에게 돌려주는 것은 주번이 할 일이었다. 나는 내 작품을 훑어보았다. 빨간 볼펜으로 수정한 곳은 각 장마다 하나씩밖에 없었다. 마지막 장에는 선생님이 쓴 후기가 적혀 있었다.

'상상력이 풍부하고 문장력도 좋아, 칼 오베. 하지만 결말이 좀 갑작스럽다는 생각이 드는구나. 틀린 글자는 많지 않지만, 앞으로는 좀더 또박또박 쓰는 연습을 하렴.'

작문의 주제는 미래였다. 나는 우주여행에 대한 글을 썼다. 우주여행을 앞둔 우주 비행사들이 어떤 훈련을 하는지 자세히 적다 보니 열 장을 훌쩍 넘겨버렸다. 곰곰이 생각하던 나는 우주 비행선에 기술적인 문제가 생겨 우주여행이 취소되었고, 비행사들은 집으로 되돌아가야만 했다고 결말을 내버렸다.

내가 '호텔'이라고 적은 곳에 선생님이 빨간 볼펜으로 알파벳 L을 하나 더 적은 부분이 눈에 띄었다. 손을 번쩍 치켜들자 선생님이 내게 다가왔다.

"선생님, 호텔이라는 글자에는 원래 L이 하나밖에 없어요! 책에서도 봤어요. 확실해요."

선생님이 허리를 굽혔다. 선생님의 손에서는 향긋한 비누 냄새가 났고, 목 언저리에서는 향수 냄새가 희미하게 풍겼다.

"아, 어떤 면에서 보면 네 말도 맞아. 하지만 Hotel은 영어식 표기법이란다. 노르웨이식으로 표기하면 Hotell이 되지."

"하지만 '호텔 푀닉스'는 L을 하나밖에 쓰지 않아요. 그 호텔은 노르웨이, 심지어 아렌달에 있는걸요."

"네 말이 맞아."

"그렇다면 이건 틀린 게 아니죠?"

"그래, 이번엔 맞다고 하자. 어쨌든 좋은 글이었어, 칼 오베."

선생님이 허리를 펴고 교탁으로 돌아갔다. 비록 나만 들을 수 있는 칭찬이었지만 그것만으로도 뿌듯하고 자랑스러웠다.

창밖에는 비를 실은 바람이 몰아치고 있었다. 나뭇가지가 거센 바람에 부러질 듯 흔들렸다. 우리는 쉬는 시간이 끝나기도 전에 체육관으로 들어갔다. 높다란 벽에 부딪쳐오는 바람 소리는 세찬 파도 소리 같았다. 환풍기에서 윙윙거리는 소리가 들렸다. 마치 건물이 살아 있는 것만 같았다. 체육관 안에 몸을 숨긴 거대한 동물이 외로움을 견디기 위해 슬픈 노래를 부르는 것 같기도 했다.

탈의실 벤치에 앉아 옷을 벗다가 살아 있는 것은 소리일지도 모른다는 생각이 스쳤다. 높아졌다 낮아졌다 하는 소리는 마치 술래잡기를 하는 것처럼 체육관 안팎을 맴돌았다. 벌거벗은 나는 수건을 들고 수증기로 가득한 샤워실로 갔다. 대리석처럼 창백한 아이들 틈에 섞여 물을 틀었다. 머리에 닿은 뜨거운 물줄기가 얼굴과 가슴, 벌거벗은 등 위로 흘러내렸다. 젖은 머리가 이마에 달라붙었다. 눈을 감았다. 누군가 소리를 질렀다.

"토르의 고추가 커졌어! 토르의 고추가 발딱 서 있다고!"

나는 눈을 뜨고 소리친 아이를 향해 고개를 돌렸다. 스베레였다. 그는 건너편에 서서 미소 짓고 있는 토르를 가리켰다. 양팔을 밑으로 쭉 내리고 자랑스럽게 서 있는 토르의 고추는 정말 위를 향해 서 있었다.

토르는 우리 반에서, 아니 우리 학교에서 제일 큰 고추를 가지고 있었다. 양다리 사이에서 커다란 소시지처럼 덜렁거리는 그의 고추를 모르는 아이는 없었다. 왜냐하면 그는 항상 몸에 꽉 끼는 바지를 입고 그것을 위로 비스듬히 당겨 올리고 다녔기 때문에, 보지 않으려야 보지 않을 수가 없었다. 평소에도 토르의 고추가 크다고 생각했지만, 막상 딱딱하게 발기된 것을 보니 상상했던 것 이상이었다.

"세상에!"

게이르 호콘이 소리쳤다.

모두 토르를 쳐다보았고, 흥분된 분위기에서 들뜨기 시작했다. 무언가 해야만 했다. 이토록 특별한 순간을 그냥 넘길 수는 없었다.

"헨셀 선생님에게 데려가자!"

스베레가 소리쳤다.

"지금 당장! 서두르지 않으면 금방 다시 작아질 거야!"

헨셀 선생님은 체육 담당이었다. 독일에서 온 그녀는 노르웨이어를 잘 못했고, 굉장히 엄격했으며, 몸을 치장하는 데 관심이 많았다. 한가닥도 흐트러짐 없이 잘 빗어올린 머리에 조그마한 안경을 걸친 그녀는 가끔 새침을 떨기도 했다. 무덤덤한 듯하면서도 세심한 그녀에게 우리는 새침데기라는 별명을 붙여주었다.

그녀는 체육 시간이 되면 우리에게 악몽으로 다가왔다. 특히 체조 종목에 관심이 많아서 우리가 축구하며 노는 것을 허락하지 않았기 때문이다. 그녀는 여전히 하얀 스타킹에 체조복 차림이었고, 호루라기를 목에 건 채 체육관 안에서 뒷정리를 하고 있었기 때문에, 아이들은 토르를 그녀에게 데려가자는 스베레의 제안을 두말없이 받아들였다.

"안 돼! 하지 마!"

토르가 소리쳤다.

스베레와 게이르 호콘은 아랑곳하지 않고 토르의 팔을 움켜쥐었다.

"두 사람 더 필요해!"

스베레가 소리쳤다.

다그 마그네와 게이르 B가 다가가 토르의 다리를 한쪽씩 잡고 들어올렸다. 토르는 몸을 버둥거리면서 반항했지만 그다지 싫어하는 것 같진 않았다. 나머지 아이들은 그들의 뒤를 따랐다. 만약 그 광경을 누가 보았다면 꽤 이상하기도 하고 웃기기도 했을 것이다. 토르의 거대한 고추는 불뚝 솟아올라 있었고, 아이들 넷이 그런 토르의 사지를 잡고 허공으로 들어올린 채 탈의실을 나와 헨셀 선생님이 있는 체육관으로 들어가고 있었다. 그 뒤를 따라가는 여러 명의 학생들도 그들과 마찬가지로 실오라기 하나 걸치지 않은 알몸이었다. 30대 전후반의 헨셀 선생님은 체육관 끝의 단상 옆에 서 있다가 고개를 돌려 우리를 바라보았다.

"무슨 일이니?"

토르를 들어올리고 있던 아이들 넷이 헨셀 선생님 앞에 마치 조각상을 내려놓듯 토르를 내려놓았다. 5초 후, 아이들은 아무 말도 하지 않고 다시 조금 전처럼 토르를 들어올려 탈의실로 돌아왔다.

헨셀 선생님은 우리의 예상과는 달리, 단지 "오, 안 돼! 이런 짓을 하면 안 돼!"라고 말했을 뿐, 비명을 지르거나 입을 쩍 벌리고 토르를 뚫어지게 쳐다보지 않았다. 그런데도 우리는 토르의 발기된 고추를 그녀에게 보여주겠다던 소기의 목적을 달성했기 때문에 만족했다.

탈의실에 돌아온 우리는 앞으로 무슨 일이 벌어질지 토론했다. 헨셀 선생님은 이 일을 입에 담는 것조차 민망해할 것이 틀림없었기에 일을 더 크게 만들지는 않을 것이고, 그렇다면 우리가 벌받는 일도 없을 것이라는 의견이 지배적이었다. 하지만 우리의 짐작은 이번에도 빗나갔다. 일은 크게 확대되었고, 교장 선생님이 직접 우리 반에 찾아와 훈계를 했다. 토르를 운반했던 아이들 넷은 교장실로 불려가 반성문을 썼고, 그 일에 가담했던 아이들도 크게 야단을 맞았다. 체면을 구기지 않은 학생은 토르뿐이었다. 교장 선생님과 담임선생님 그리고 헨셀 선생님은 토르를 왕따의 희생자로 규정했던 것이다. 토르는 희생자였을 뿐 아니라 승자이기도 했다. 그는 이 선풍적인 사건을 계기로 손가락 하나 까딱하지 않고 자신의 감탄할 만한 신체적 특징을 전교에 알릴 수 있었다.

그날 저녁 나는 한참 동안 거울 앞에 서서 벌거벗은 내 몸을 들여다보았다.

말처럼 쉽지 않았다. 우리 집에 하나뿐인 전신거울은 계단 밑 현관 앞에 있었다. 벌거벗은 채 현관에 서서 거울을 볼 수는 없는 일이었다. 집에 아무도 없다 해도 갑자기 누가 찾아오는 경우가 생길지 몰랐다. 그렇다면 아무리 빨리 그 자리를 벗어나 계단을 올라가도 대문을 열고 들어오는 사람에게 내 엉덩이를 보여주게 될 것은 뻔했다.

남은 것은 욕실 거울밖에 없었다.

세면대 위에 걸려 있는 거울은 얼굴만 중점적으로 볼 수 있도록 고안된 것이었다. 두 다리를 최대한 뒤로 뻗고 얼굴을 거울에 바짝 가져가면 전신을 볼 수도 있었지만, 그토록 이상한 각도에서는 전혀 도움이 되지 않았다.

나는 어머니가 설거지를 마칠 때까지 기다렸다. 어머니가 신문과 커피 잔을 들고 거실로 들어가자마자, 나는 얼른 부엌으로 가서 의자를 가져왔다. 어머니가 왜 의자를 욕실로 가져가느냐고 묻는다면, 나는 목욕을 하며 음악을 듣기 위해 카세트테이프 플레이어를 올려놓을 것이 필요하다고 대답할 생각이었다. 만약 어머니가 바닥에 내려놓아도 되는데 왜 굳이 의자를 가져가느냐고 다시 묻는다면, 목욕을 하다 욕조의 물이 튀면 감전 위험이 있기 때문이라고 대답할 생각이었다.

어머니는 아무것도 묻지 않았다.

나는 욕실 문을 잠그고 옷을 벗은 다음 벽에 바짝 붙여 세워둔 의자 위에 올라갔다.

먼저 몸의 앞부분부터 거울에 비추어보았다.

내 고추는 토르의 것과는 달랐다. 조그만 병뚜껑 같았다. 손으로 톡 건드리면 바르르 떨리는 깃털처럼 보이기도 했다.

나는 고추를 움켜쥐었다. 내 것은 발기를 하면 얼마나 더 길어질까.

몸을 돌려 옆모습을 비추어보았다. 옆에서 보니 정면에서 보는 것보다 좀더 길어보이는 것 같기도 했다.

우리 반 아이들의 고추는 모두 내 것과 비슷하다는 생각이 들었다. 토르의 것만 제외한다면.

빼빼 마른 팔은 더 볼품없었다. 가슴도 마찬가지였다. 문득 노르웨이컵에 참가한 내 모습을 떠올려보았다. 허리에서 머리 쪽으로 올라갈수록 점점 좁아지는 상체. 내가 원하는 모습과는 정반대였다. 우리는 축구 훈련을 할 때 가끔 팔굽혀펴기를 했지만 나는 단 한 번도 제대로 해본 적이 없었다. 그러니 나는 팔굽혀펴기를 하나도 못한다 해도 틀린 말이 아니었다.

의자에서 내려와 욕조에 물을 받았다. 수도꼭지는 빨간색과 파란색 눈이 박힌 짤막한 쇠 대들보 아래 툭 튀어나온 입처럼 생겼다. 얼른 방으로 달려가 카세트테이프 플레이어를 가져와 의자 위에 올려놓고 「아웃랜도스 다모르」를 틀었다. 그 곡은 내게 일종의 목욕 음악이었다. 천천히 욕조에 몸을 담그자 뜨거운 물이 살갗을 콕콕 찔러

엉거주춤 앉았다 서기를 몇 번이나 반복해야만 했다.

　어느 정도 물 온도에 적응이 되고 나서 욕조에 누웠다. 큰 소리로 노래를 따라 부르며, 미래에 유명한 사람이 된 내 모습을 상상해보았다. 여자아이들은 유명해진 내게 뭐라고 할까. 아이 필 로 로 로. 노래를 불렀다.

　아이 필 로 로 로, 아이 필 로, 아이 필 로, 아이 필 소 론리. 아이 필 소 론리. 아이 필 소 론리 론리 론리 로. 론리 로. 아, 아이 필 소 론리! 소 론리. 소 론리. 아이 필 소 론리. 아이 필 소 론리. 아이 필 소 론리.

　나는 스팅의 목소리에 담겨 있는 섬세한 분위기에 젖어들었다. 마지막에 들은 흐느끼는 소리까지 놓치지 않았다. 노래를 따라 부르다가 가끔 욕조 난간을 주먹으로 쾅쾅 내리치며 기분을 내보기도 했다. 음악이 끝나자, 나는 수건에 손을 닦고 카세트테이프를 뒷면으로 돌려「마소코 탕가」를 틀었다. 역시 내가 좋아하는 노래였다.

　오, 마소코 탕가!

　목욕을 마치고 방에 들어온 나는 옷장 앞에 서서 무슨 옷을 입을지 고민했다. 잠자리에 들기까지는 몇 시간 더 기다려야 했다.

　나는 하얀 단추가 달린 하늘색 셔츠와 짙은 청색 리바이스 바지를 꺼냈다.

　"제헌절 축제 때 입을 옷은 언제 사러 갈 건가요?"

　나는 거실로 나가 어머니에게 물어보았다.

　"아직 3월 말이니까 시간은 충분히 있어."

　"지금 사면 더 싸게 살 수 있지 않을까요?"

　"글쎄, 좀더 기다려보자. 지금 당장은 돈이 넉넉하지 않아. 너도 알

다시피 아버지가 공부를 하고 있잖아."

"그래도 조금은 있을 것 같은데요?"

어머니가 미소를 지었다.

"어쨌든 5월 17일 제헌절 축제 때 입을 옷은 꼭 사줄 테니까 걱정하지 마."

"신발도 사주세요."

"응, 신발도."

성탄절이 겨울을 대표하는 명절이라면, 제헌절 축제는 봄을 대표하는 최고의 행사였다. 우리는 학교에서 국가를 불렀고, 국가의 가사를 작사한 헨리크 베르겔란*에 대해서 배웠으며, 1814년에 에이즈볼**에서 무슨 일이 있었던지도 배웠다. 각 가정에서는 국기를 내걸었고, 아이들은 작은 피리를 불며 축제 분위기를 냈다. 5월 17일이 되면, 사람들은 이른 아침부터 전통의상과 양복 또는 드레스를 차려입고 거리로 쏟아져나왔다. 날씨가 춥거나 비가 오는 날이면 그 위에 코트나 망토를 걸쳐입기도 했다. 아이들은 작은 깃발을 손에 들고 있었으며, 간혹 관악기 케이스를 손에 든 아이들도 보였다. 동네마다 학교 관악대에서 연주하는 아이들을 꽤 많이 볼 수 있었다. 그들은 전통의상이나 양복을 입는 대신 관악대 유니폼을 입었고, 행사가 끝나면 옷을 갈아입었다.

트로뫼이 관악대의 유니폼은 황토색 재킷에 흰 옆선이 그어진 검은색 바지였다. 머리에는 낯설고 우스꽝스럽기까지 한 검은색 모자

---

* 노르웨이 시인.

** 노르웨이의 초기 헌법이 제정된 도시.

를 썼다. 재킷의 가슴 부분에는 여기저기 관악 합주 대회에 참가해 받아온 메달이 빽빽하게 달려 있었다.

하나둘씩 골목길을 빠져나간 자동차는 모두 시내로 향했다. 시내 중심에는 차를 세울 곳이 없어 몇 킬로미터나 떨어진 곳에 차를 세워야만 했다. 시내 거리에는 행진을 하거나 행진하는 것을 구경하기 위해 사방팔방에서 모여든 사람들로 발 디딜 틈이 없었다. 아이들은 모두 자신의 학교 깃발 뒤에 줄지어 서서 행진해야 했다.

튀홀멘에 모인 우리는 산드네스 초등학교 깃발 아래 자랑스럽게 줄을 섰다. 그곳에는 아렌달에 있는 학교 학생들뿐 아니라 외곽 학교의 학생들도 모두 함께 모였다. 우리는 두 줄로 서서 시내를 가로질러 행진할 예정이었다. 길 양옆은 사람들로 인산인해를 이루었다. 우리는 행진을 하면서도 어딘가에 서 있을지 모르는 부모님을 찾아 쉴 새 없이 양옆을 두리번거렸다. 언제 어디서 갑자기 우리에게 손을 흔들어주거나 사진을 찍어줄지 모르기 때문이었다.

1980년 5월 17일 축제는 여느 해와는 달랐다. 아침에 눈을 뜨니 비가 내리고 있었다. 새 옷 위에 비옷을 덧입어야 할 생각을 하니 우울해졌다. 어머니는 내게 하늘색 리바이스 청바지와 하얀 트레토른 테니스화, 회색빛이 감도는 흰색 정장 재킷을 사주었다. 나는 그중에서도 바지가 제일 마음에 들었다.

집 앞 언덕 위에서 아이들이 불어대는 나팔과 피리 소리가 들려왔다. 차문이 열리고 닫히는 소리, 정원에서 서로를 외쳐 부르는 소리. 스트레스와 기대감이 공존하는 분위기였다.

튀홀멘에 도착한 우리는 가랑비를 맞으면서 롤리헤덴 학교 학생들과 두 줄로 나란히 섰다. 축구 훈련을 같이하던 아이도 몇 명 있었지만, 대부분은 처음 보는 얼굴이었다.

한 여자아이가 고개를 획 돌렸다.

금발의 곱슬머리, 커다랗고 파란 눈동자. 그녀가 내게 미소를 지었다. 나는 미소를 되돌려주지는 않았지만 그녀를 바라보았다. 그녀가 고개를 앞으로 돌렸다.

행진이 시작되었다. 저 앞에서 관악대가 연주하는 음악 소리가 들려왔다. 한 선생님이 노래를 부르기 시작했다. 우리도 노래를 따라 불렀다. 20분 정도 지나자 인내심을 잃고 행진 중에 장난치는 아이들이 생겨났다. 특히 남자아이들은 큰 소리로 웃고 떠들며, 앞서 가는 여자아이들의 치마를 깃대로 슬쩍 들추기도 했다. 나는 앞에 걷고 있던 금발의 곱슬머리 여자아이에게 깃대를 가져갔다. 다그마그네와 함께 걸었던 건 내게 행운이었다. 혼자 덤터기를 쓸까봐 걱정하지 않아도 되었기 때문이다. 그녀의 치마 밑으로 깃대를 찔러넣고 아랫부분을 살짝 들춰올렸다. 그녀가 고개를 획 돌리면서 깃대를 한 손으로 낚아챘다.

"하지 마!"

그러나 그녀의 눈동자는 웃고 있었다.

나는 다른 여자아이들에게도 같은 장난을 쳤다. 다시 그녀에게 장난을 걸었을 때 의심을 사지 않기 위해서였다.

"하지 말라니까!"

그녀는 소리치며 몇 발짝 앞으로 뛰어갔다.

"아, 유치해! 어린아이처럼 이게 무슨 짓이니!"

그녀는 화를 내고 있는 걸까?

몇 초가 지났다. 그녀가 고개를 돌려 내게 미소를 보냈다. 아주 짧은 미소였지만 그것으로 충분했다. 나는 그녀가 화를 내지도 않았고, 나를 유치한 아이라 생각하지도 않는다고 믿었다.

그런데 그녀가 동쪽 지방 억양으로 말했던 것 같은데?

이 동네 아이가 아닌 것 같았다. 친척 집에 놀러온 걸까?

그렇다면 다시 그녀를 볼 수 없을 것 같았다.

아니, 걱정할 필요는 없었다. 다른 지방에서 놀러온 아이라면 동네 학교 학생들이 행진하는 데 낄 수 없을 테니 그녀는 분명 이곳에 사는 아이가 틀림없다고 생각했다.

문득 정신을 차리고 깃발을 높이 치켜들었다. 작년 5·17 행진에 참가했을 때, 깃발을 땅에 질질 끌며 걸었다고 아버지에게 심하게 꾸중 들었던 기억이 떠올랐기 때문이다.

다그 마그네가 환하게 미소를 지었다. 어디선가 카메라 플래시가 터졌다. 그의 부모님이 저 앞에 서 있었다. 정장을 잘 차려입고 나온 그들을 보니 평소와는 너무나 달라 낯설기 그지없었다.

나는 다시 금발머리 소녀에게 눈을 돌렸다.

키는 그리 크지 않았다. 분홍색 재킷, 하늘색 치마, 얇은 흰색 스타킹. 금발의 곱슬머리, 작고 앙증맞은 코, 커다란 입술, 볼에는 조그만 보조개가 보였다.

뱃속이 팽팽하게 당겨왔다.

그녀가 뒤에서 다가오는 깃대를 막기 위해 상체를 비틀었을 때, 나는 그녀의 젖가슴이 꽤 크다는 것을 눈치챘다. 재킷 앞섶이 열려 있었기에 볼 수 있었다. 그녀의 젖가슴을 가리고 있는 하얀 블라우스는 꽤 얇았다.

오, 신이시여, 그녀와 연애를 할 수 있도록 도와주소서!

"칼 오베!"

어디선가 어머니의 목소리가 들렸다. 나는 주위를 둘러보았다. 어머니는 푀닉스 호텔 옆길에 서서 손을 흔들고 있었다. 아버지는 내게 고개를 끄덕였고, 어머니는 카메라를 눈앞에 가져갔다.

다시 시내 중심으로 되돌아갈 때, 그녀가 몸을 돌려 나를 바라보았다. 행진은 끝이 났고, 그녀는 사람들의 무리 속에서 자취를 감추었다. 나는 그녀의 이름도 알 수 없었다.

학생들의 행진이 끝나자 사람들은 삼삼오오 집으로 향했다. 대부분 옷을 갈아입고 간단하게 배를 채웠다. 텔레비전으로 전국 곳곳에서 중계되는 행진 장면을 보는 사람들도 있었다. 평상복으로 갈아입은 그들은 다시 차를 타고 호베에 모였다. 그곳에서는 지역 단위의 축제가 열리고 있었다.

가판대에서는 소시지와 아이스크림, 탄산수를 팔았다. 제비뽑기를 해서 상품을 나누어주는 가판대도 있었다. 아이들은 저마다 10크로네짜리 지폐 한 장을 주머니에 넣고 여기저기 돌아다녔다. 소시지를 사먹는 아이, 자루뛰기 게임을 하는 아이, 콜라병에 빨대를 꽂아 마시는 아이, 팔에는 케첩 자국이 있고 입에는 아이스크림을 묻힌 아이. 고학년이었던 우리는 여기저기 어슬렁어슬렁 돌아다녔다. 신나게 축제를 즐기고 있었지만, 작년에 비해 그 움직임은 많이 느려졌다.

나는 행진할 때 본 금발머리 소녀를 찾기 위해 오후 내내 사방을 두리번거렸다. 언뜻 분홍색 재킷이나 하늘색 치마가 눈에 띄면 심장이 벌렁벌렁 뛰었다. 하지만 그녀는 어디서도 찾을 수 없었다. 그녀가 몇 학년인지 알고 있었고, 그녀와 같은 반인 아이와 함께 축구를 하는데도 나는 그녀에 대해 물어볼 수 없었다. 내가 그녀에 대해 수소문한다면 아이들은 대번에 내 속마음을 알아차릴 것이고, 눈 깜짝할 사이에 소문이 퍼질 것이 분명했다. 하지만 언젠가는 꼭 그녀를 만날 수 있으리라 믿었다. 우리가 살던 섬은 그리 크지 않았으니까.

보름 후, 아버지가 공부를 마치고 집으로 돌아왔다. 전공과목을 1년도 채 안 되는 기간에 이수한 아버지의 얼굴은 자랑스러움으로 가득했다. 아버지는 수집했던 우표를 모두 처분했고, 정치 활동도 그만두었다. 아버지의 손길이 닿은 정원은 완벽했고, 중학교 교사로서 해야 할 일은 눈을 감고도 할 수 있을 정도였다. 아버지가 집에 돌아와서 가장 먼저 한 일은 새로운 직장으로 옮기기 위해 이력서를 보내는 것이었다. 아버지는 새 직장을 얻었고, 우리는 다음 해에 아버지의 직장이 있는 곳으로 이사할 예정이었다.

그해 초여름, 아버지는 보트를 장만했다. 25마력 야마하 엔진을 장착한 '라나 피스크 17' 모델이었다. 나와 윙베 형과 어머니는 선착장에 서서 아렌달에서 새로 산 보트를 타고 들어오는 아버지를 기다렸다. 아버지는 핸들을 잡고 서 있었다. 우리에게 손도 흔들지 않았고, 미소 짓지도 않았지만, 나는 아버지가 뿌듯해한다는 것을 잘 알고 있었다.

아버지는 속도를 늦추었지만 방향을 꺾어 선착장으로 들어올 기회를 놓쳐버렸다. 보트는 가교에 살짝 부딪혔다. 아버지는 후진해서 다시 시도했고, 마침내 선착장에 들어올 수 있었다. 아버지는 계류용 로프를 어머니에게 던졌다. 어머니는 뭘 어떻게 해야 할지 몰라 로프를 받아들고 가만히 서 있기만 했다.

"새 보트는 어때요, 아버지?"

"좋아. 너도 봤지?"

아버지는 빨간 기름통을 들고 뭍으로 올라온 후, 배의 방수 덮개를 내렸다. 잠시 제자리에 서서 보트를 한 번 바라보고 나서 우리는 함께 차를 타고 집으로 왔다. 그 차는 어머니의 것이었지만 아버지가 운전대를 잡았다.

새 학년이 시작되었다. 나는 학교에서 돌아오면 아버지와 함께 보트를 타고 바다에 나가 그물을 쳤고, 다음 날 아침 새벽같이 일어나 그물을 거두기 위해 다시 바다로 나갔다. 우리는 새벽잠에서 깨어나지 못한 피곤한 얼굴로 빵 몇 조각을 뱃속에 밀어넣고는 어둠 속으로 나갔다. 사람이라곤 그림자도 보이지 않는 조용한 선착장으로 차를 타고 가서 방수 덮개를 올리고 빨간 기름통을 제자리에 넣은 다음 계류 장치에 묶어놓았던 로프를 풀었다. 시동을 걸고 조심스레 후진해서 선착장을 빠져나갔다.

나는 바람막이 창이 있는 앞자리에 앉아 주머니에 손을 넣고 양팔을 몸에 꼭 붙였다. 너무나 추웠다. 새 보트는 나무배보다 훨씬 빨랐지만, 섬을 빠져나가는 데 30분은 족히 걸렸다. 아버지는 육지와 예르스타홀멘의 비좁은 물길을 지날 때면 양손으로 핸들을 꽉 잡고 정신을 집중해 보트를 몰았다. 지난여름, 그곳에 삐죽이 솟아오른 바위에 부딪친 적이 있기 때문이리라.

만에 이르면 아버지는 자리에 앉았다. 몰아치는 파도는 뱃전에 부딪쳤고 물방울을 만들어내며 허공으로 튕겨나갔다. 아버지는 자주 뭍에서 가까운 곳에 그물을 쳐놓았다. 나는 뱃머리에 구부정하게 앉아 그물을 연결해둔 부표를 건져올려야 했다.

미끌미끌한 부표는 건져올리기 쉽지 않았다. 한번에 건져올리지 못하면 아버지는 내게 정신 차리라고 고함을 질렀다. 아버지는 부표에 손만 대면 저절로 올라오는 줄 아는 것 같았다. 얼음처럼 차가운 바닷물에 손이 얼어붙을 것 같았다. 그 시간대 바다에는 항상 바람이 세게 불곤 했다. 아버지의 머리가 바람에 헝클어졌고, 두 눈에는 짜증스런 기색이 내비치기 시작했다. 신경질적으로 후진해서 다시 부표를 향해 배를 몰았다. 그래도 내가 부표를 건져올리지 못하면 아버지는 더 크게 소리를 질렀고, 나는 울기 시작했다. 내가 눈물을 보이면 아버지는 더 화를 냈다. 가끔은 직접 부표를 건져올리기 위해 내게 핸들을 넘겨주기도 했다.

"부표 쪽으로 방향을 틀어! 부표 쪽으로 뱃머리를 틀란 말이야! 바보 같은 녀석! 너는 어째 잘하는 게 하나도 없니?"

배를 운전하는 게 쉽지 않다고 말하면, 아버지는 내 발음을 흉내내며 비꼬기까지 했다.

"운던이 아니고 운전이라고! 운!전!"

나는 추위에 달달 떨면서 울었다. 아버지는 상체를 쑥 내밀어 부표를 끌어올렸다. 수평선에 동틀 녘 어스름한 빛이 걸릴 때쯤, 아버지는 그물을 거두어 올렸다. 눈동자에 어려 있던 짜증이 서서히 사라지면, 아버지는 화를 낸 게 미안했는지 내게 부드럽게 몇 마디 건네기도 했다. 하지만 이미 내 영혼도 두 손처럼 꽁꽁 얼어붙어 있었기에 분위기를 누그러뜨려 보려는 아버지의 노력은 아무 소용이 없었다.

나는 아버지를 증오했다. 아들이 아버지를 증오할 수 있는 그 이상의 증오심이었다. 집으로 돌아오는 길에 우리는 아무 말도 하지 않았다. 하얀 양동이 속에는 물고기들이 파닥거렸다. 아버지는 지하실에서 잡은 물고기를 손질했고, 나는 책가방을 메고 대문을 나섰다. 내 친구들의 아침은 방금 시작되었을지 모르지만, 나의 아침은 이미 몇 시간 전에 시작되었다.

같은 해 가을, 밴드를 결성하려던 우리의 꿈이 드디어 실현되었다. 밴드 이름은 내가 제안했던 '블로프롭'으로 결정되었다. 우리는 밴드 이름을 재킷과 책가방에도 써놓았다. 연습은 새로 지은 예배당의 지하실을 빌려서 했다. 연습 장소를 빌릴 수 있었던 것은 동네 의사이자 예배당의 임원이기도 했던 남자의 집에서 가사 도우미 일을 하던 다그 마그네의 어머니 덕분이었다. 다그 마그네는 내 친구들 가운데 조금이나마 음악적 재능을 엿볼 수 있는 유일한 아이였다. 그는 기타와 보컬을 맡았고, 나는 기타를 연주했으며, 켄트 아르네는 어머니에게서 선물받은 베이스 기타를 연주했다. 드럼은 다그 로타르가 맡았다.

우리는 체육관에서 열린 연말 학예회 무대에서 첫 연주를 했다. 욍베 형은 내게 더 키즈의 「선생님을 사랑하게 되었어요」라는 곡의 기타 코드를 가르쳐주었다. 그것은 더 키즈의 곡 가운데 가장 인기가 많은 곡이었고, 욍베 형이 아는 곡 중 가장 쉬운 곡이었지만 내겐 한없이 어렵기만 했다. 형은 꽤 유명한 곡 가운데 우리가 연주할 수 있는 것은 그것밖에 없다고 생각했기 때문에 그 곡을 가르쳐주었는지도 몰랐다.

연주는 그다지 자랑할 만한 것이라곤 할 수 없었다. 박자는 엉망이었고, 켄트 아르네는 연주 도중에 베이스 기타의 음을 다시 조율하기도 했다. 아이들의 반응도 시원찮았다. 4학년 아이들까지도 혹평을 했다. 그런데도 우리는 뿌듯해 어쩔 줄 몰랐다. 구멍 난 청바지에 청재킷을 입고 목에 스카프를 두른 채 연주를 마치고 무대 위에 서 있을 때의 그 기분은 그 무엇에도 비할 수 없었다. 우리는 6학년이었고, 내년에 중학생이 될 것이며, 이미 밴드를 결성해 무대 위에도 서보았다. 비록 그날 이후 밴드는 해체되었지만 후회는 없었다.

다그 로타르와 켄트 아르네는 밴드에 관심을 보이지 않았다. 하지만 다그 마그네와 나는 이인조 그룹으로 꾸준히 연습했다. 우리는 그의 집에서 녹음을 하고 음악을 들으며, 성공해서 유명해진 우리의 모습을 상상해보기도 했다.

그해 여름 시내에 새로 문을 여는 사가나타 센터에서 다른 신생 밴드와 함께 어깨를 나란히 하고 연주해보고 싶다는 생각이 들었다. 나는 다리 옆에 살고 있는 호바르를 찾아갔다. 나보다 다섯 살 많은 그는 시내에 단 하나뿐인 펑크 밴드에서 활동하고 있었기 때문에 우리가 무대에 설 수 있도록 도와줄 수 있을 것 같아서였다. 그는 지인들에게 말은 해보겠지만 장담할 수 없다고 말했다.

그해 봄, 우리는 학부모들이 참관한 행사에서 두 곡을 연주했다. 다그 마그네는 기타, 나는 스네어 드럼을 연주했다. 첫 번째 곡은 내가 직접 작사한 노래 「속물들을 짓밟아봐」였고, 두 번째 곡은 오게 알렉산데르센*의 「람프」였다. 나는 연주를 시작하기 전에 관중석에 앉아 있는 학부모들에게 펑크 음악을 간단하게 소개했다.

"최근 영국의 중산층을 중심으로 펑크라고 하는 새로운 장르의 음악이 생겨났습니다. 이미 들어보신 분도 있으리라 짐작합니다. 펑크를 연주하는 이들은 음악성을 바탕으로 하는 연주가라기보다는 기존 사회에 저항하는 반항아이자 개혁자로서의 이미지를 지니고 있습니다. 이들은 징이 박힌 벨트와 가죽 재킷을 입고 다니며 안전핀을 항상 가지고 다닙니다. 안전핀은 그들의 상징이라 해도 과언이 아닙니다."

• 노르웨이의 록 싱어.

나는 열정이 담긴 눈으로 관중석에 앉아 있는 미용사, 비서, 요양사, 가사 도우미, 가정주부들을 바라보았다. 나는 열두 살이었고, 지난 5년 동안 해마다 학기 말이 되면 한 도시의 시장이나 베들레헴의 요셉이 되어 무대에 올랐다. 그해도 예외는 아니었다. 나는 펑크 음악의 대변인이자 밴드 블로프롭의 멤버로 무대에 올랐다.

"펑크 음악을 소개하기 위해 먼저 우리가 직접 만든 곡부터 연주하겠습니다. 제목은 「속물들을 짓밟아봐」입니다."

그때까지 12현 기타를 어깨에 메고 내 옆에 서 있기만 했던 다그 마그네가 연주를 시작했다. 나는 스네어 드럼을 치며 노래를 불렀다.

우리의 다음 무대는 학급 장기자랑 무대였다. 지난번과 똑같이 두 곡을 연달아 연주했다. 연주를 마치자 꽤 많은 아이가 환호를 했다. 담임선생님이었던 빨간 턱수염의 핀소달 씨는 다그 마그네에게 다가와 기타 연주가 많이 늘었다고 칭찬해주었다.

질투심에 속이 쓰렸다.

나는 가만히 있을 수가 없어 NRK*에 편지를 보냈다. 아이들이 나와서 각자 좋아하는 음악인의 곡을 직접 연주할 수 있는 프로그램이었다. 나는 오게 알렉산데르센의 「람프」를 연주하고 싶다고 편지를 썼다.

나는 꽤 오랫동안 그 꿈속에서 살았다. 하지만 끝내 대답을 듣지 못했고, 하룻밤 사이에 유명한 팝스타가 되기를 바랐던 내 꿈은 서서히 시들었다. 동시에 또 다른 꿈이 고개를 들기 시작했다. 어느 날

---

* 노르웨이의 국영방송국.

축구 코치 외이빈 씨가 훈련을 마친 후 우리를 불러모았다. 스타트팀과 미윈달렌팀의 본경기 전 시범 경기를 우리가 장식할지도 모른다고 했다. 나는 1년 전 시리즈 결승전에서 스타트팀이 종료 몇 초를 남겨두고 득점해 챔피언이 된 게임을 크리스티안산 구장에서 직접 관람했다. 경기를 마치고 수백 명의 관중과 함께 잔디밭으로 내려가 환호했으며, 열성 팬들과 함께 선수들의 탈의실 밖에서 노래를 부르기도 했다.

스베인 마티센 선수의 유니폼에 손을 대보기도 했다. 그와 동시에 눈동자에 욕심이 덕지덕지 붙은 한 남자가 와서 나를 저지했던 기억도 났다. 나는 몇 년 동안 격주 일요일에 스타트팀의 홈경기를 보았다. 군나르 삼촌은 스베인 마티센 선수와 아는 사이였기 때문에 그의 사인을 받아 윙베 형에게 선물로 주었다.

나는 스타트팀의 홈구장인 크리스티안산 경기장에서 뛰게 되면 그곳에 온 수많은 관중뿐 아니라 선수들 사이에서도 이름을 알릴 수 있는 기회가 될 것이라 생각했다. 내가 속한 주니어 축구팀은 전국에서 상위권을 유지하는 몇 안 되는 축구팀이었다. 우리는 토너먼트에서 대부분의 팀을 이기고 매년 결승에 올랐다. 선수 개인으로 치자면, 나는 발도 느리고 특별한 기술도 없었기에 전국에서 하위권에 맴돌았다. 하지만 나는 이것이 성장 과정의 일부라고 생각했다. 나는 원래 축구에 엄청난 재능이 있으며, 언젠가는 다른 상위권 선수들처럼 실력을 발휘할 수 있으리라 믿었다.

생각으로는 무엇을 못 할까. 생각 속에서 나는 욘처럼 온갖 불가능한 위치에서도 골을 넣을 수 있는 선수였고, 한스 크리스티안처럼 혼자서도 수비수를 몇 명이나 제칠 수 있는 선수였다. 문제는 생각과 몸을 일치시켜야 한다는 것이었다. 그렇게만 할 수 있다면 얼마나 좋을까. 경기장에서 시범 경기를 할 때도 호베에서 훈련할 때처럼 골을 넣을 수 있을까. 난 항상 가을엔 좀더 나은 경기를 했는데. 그렇다면 수비수 몇 명쯤은 혼자서 제칠 수 있지 않을까.

그랬다. 모든 것은 내 머릿속에서만 이루어지고 있었다. 비록 머릿속에서 그렸던 나의 모습을 한 번도 보여주지 못했지만, 이상하게도 나는 계속 미드필더로 뛸 수 있었다. 그해 초, 우리는 트로뫼이 체육관 옆 흙 구장에서 첫 연습 경기를 했다. 후반전에 교체되어 경기장을 나가던 내 눈에서 눈물이 흘러내렸다. 나는 흐르는 눈물을 감추기 위해 고개를 숙이고 걸었지만, 코치가 눈치채고 탈의실까지 나를 따라왔다. 교체되어 나왔다 해도 경기장에 남아 나머지 경기를 보는 것이 원칙이었지만, 나는 교체되어 나왔다는 사실이 너무나 실망스러워 그곳에 앉아 있을 수 없었다. 눈물을 보이고 싶지 않기도 했다.

"무슨 일이야, 칼 오베?"

"아무것도 아니에요."

"교체되었다고 그러는 거니? 모두에게 기회를 주기 위해선 어쩔 수 없어. 너도 알잖아. 내가 너를 교체했다고 해서 팀에서 내보내겠다는 말은 아니야. 오늘만 그런 거니까 실망하지 마. 어차피 오늘은 연습 경기니까."

나는 억지 미소를 지었다.

"정말 아무것도 아니에요. 저는 괜찮아요."

"진심이니?"

"네."

나는 다시 울컥 솟아오르는 눈물을 애써 억눌렀다.

"그렇다면야…"

이후 나는 경기에 나갈 때마다 코치가 나를 불쌍하게 여겨 경기에 끼워주는 건 아닌가 하는 생각을 했다. 어쩌면 코치는 그날 같은 일을 다시 겪고 싶지 않았는지 모른다. 기분 좋은 생각은 아니었다. 그와 동시에 내게 부족한 점이 있다 할지라도 팀에 남아 있는 것이 가장 중요하다고 생각했다.

우리는 쳰나에서 훈련을 하고 경기를 했다. 축구장 옆에는 브라테클레이브라는 꽤 큰 동네가 있었고, 함께 훈련하는 아이들은 대부분 그 동네에 살고 있었다.

그날 나는 뜻밖에도 그녀를 다시 만났다.

6월 초였고 하늘은 구름 한 점 없이 맑았다. 우리는 경기장 한쪽에 원뿔을 설치하고 공을 차며 셔틀런 훈련을 했다. 골대 주변과 중앙 부분의 잔디가 망가진 데다 땅도 울퉁불퉁했기 때문이었다. 뉘엿뉘엿 지고 있는 해가 나무로 기다란 그림자를 만들어내는 시간이었지만, 훈련을 하며 뛰어다니다 보니 이마와 목에서 땀이 줄줄 흘러내렸다.

구장 양쪽에 나란히 서 있는 나무 사이로 새소리가 들렸다. 저 멀리서는 갈매기 소리가 자동차 소리, 잔디 깎는 기계 소리에 섞여 들려왔다. 탈의실로 사용하던 임시 건물 쪽에서 아이들의 웃음소리가 들려왔고, 갈색의 미적지근한 쳰나 호수에서 아이들이 물장구치는 소리도 들을 수 있었다. 우리는 이 모든 소리를 뒤로하고 숨을 헐떡이면서 패스 연습을 했다.

내가 속한 팀은 그해 가장 우수한 성적을 낸 팀이었고, 모두 나보다 한 살 많았다. 내년에는 생일 때문에 작년과 마찬가지로 나보다 한 살 어린아이들과 같은 팀에서 훈련받을 예정이었다. 지역 시리즈에서 선두를 달리고 있던 우리 팀은 한 달 후 노르웨이컵에 참가하기로 결정했다. 물론 오슬로 울레볼 경기장에서 열릴 결승전까지 갈 가능성은 거의 없었다. 나는 하얀 엄브로 반바지에 르꼬끄 스포르티브 운동화를 신었다. 나는 훈련을 마치면 항상 운동화에 왁스칠을 했기 때문에 내 운동화는 손으로 구부려도 휘어질 만큼 부드러웠다.

그날 저녁엔 여자아이 넷이 자전거를 타고 경기장에 놀러왔다. 그들은 골대 뒤에 자전거를 세워두고 경기장 옆에 자리 잡고 앉아 우리를 보며 대화도 나누고 웃음을 터뜨리기도 했다. 가끔 경기장에 놀러오는 여자아이들이 있긴 했지만, 그녀를 본 건 그날이 처음이었다. 청바지와 하얀 티셔츠를 입고 있었지만, 나는 제헌절 축제 때 행진하면서 본 금발머리 소녀가 확실하다고 생각했다.

나는 훈련을 하면서도 머릿속에서 그녀의 모습을 지울 수가 없었다. 내가 했던 모든 행동은 그녀에게 보여주기 위해서였다. 우리는 훈련을 마치고 스트레칭을 한 후 XL1 병에 든 스포츠 음료를 돌려가며 마셨다. 나는 라스, 한스 크리스티안과 함께 여자아이들의 발치에 앉았다. 둘은 여자아이에게 농담을 던졌고, 여자아이들은 소리내어 웃으며 농담을 되던졌다.

"저 애들이랑 아는 사이야?"

나는 조심스레 물어보았다.

"응."

라스가 무덤덤하게 대답했다.

"너랑 같은 반이니?"

"응, 카이사랑 순바. 그 옆에 있는 둘은 한스 크리스티안과 같은 반이야."

그렇다면 그녀의 이름은 카이사 또는 순바가 틀림없었다.

나는 양손으로 잔디를 짚고 몸을 뒤로 쭉 뻗었다. 주황색 햇빛에 눈이 부셨다. 한 선수가 터치라인으로 가서 물이 담긴 양동이에 얼굴을 담갔다. 그가 얼굴을 들고 고개를 뒤로 젖히자 흩어진 물방울이 허공에서 반원형을 그리다 순식간에 사라졌다. 그는 손가락으로 젖은 머리를 뒤로 쓸어넘겼다.

"저 중에 한 명을 본 적이 있어. 제일 오른쪽에 앉아 있는 애 말이야. 저 아이 이름은 뭐니?"

"카이사?"

"응, 쟤 이름이 카이사니?"

라스가 고개를 돌려 나를 바라보았다. 곱슬머리에 주근깨가 가득한 얼굴은 어찌 보면 꽤 심술궂어 보이기도 했다. 하지만 그녀의 눈동자는 항상 따스하게 반짝였다.

"우리 이웃집에 사는 애야. 걸음마를 배울 때부터 알고 지냈던 사이지. 왜? 관심 있어?"

"아냐. 그런 거 없어."

라스가 손가락으로 내 가슴을 쿡쿡 찔렀다.

"에이, 거짓말하지 마. 내가 소개시켜줄까?"

"소개시켜준다고?"

갑자기 입안이 바짝 말랐다.

"응. 흔히들 그러지 않니? 관심 있는 애가 있다면 말이야. 왜 그래? 그런 건 네가 제일 잘 알면서?"

"응, 그렇긴 하지만… 아냐, 지금은 싫어. 아니, 앞으로도 그런 일은 없을 거야. 난 관심 없어. 그냥 궁금했을 뿐이라고. 전에도 본 적이 있는 애 같아서 말이야."

"카이사는 꽤 예쁜 편이야."

라스가 나직이 귓속말을 했다.

"가슴도 아주 커."

"응."

나는 무심코 그녀를 향해 고개를 돌렸다. 라스가 웃음을 터뜨리며 몸을 일으켰다. 나는 그녀와 눈이 마주쳤다.

그녀가 나를 봐주었다!

나도 자리에서 일어나 탈의실로 가는 라스의 뒤를 따랐다.

"나도 좀 줘."

그가 XL1 병을 내게 던졌다. 나는 고개를 뒤로 젖혀 녹색 액체를 목구멍 속에 부어넣었다.

"호수에 같이 갈래?"

그가 내게 물었다.

"아니, 집에 일찍 가야 해."

"카이사도 갈지 모르는데?"

"오, 그렇다면야!"

그가 나를 바라보았다. 나는 내가 한 말이 농담이라는 것을 증명하기 위해 힘 있게 고개를 저었다. 그가 미소를 지었다. 다른 아이들도 하나둘 탈의실로 들어오기 시작했다. 나는 티셔츠와 신발만 갈아 신고, 점퍼를 걸친 채 가방을 자전거 짐받이에 얹었다.

자전거를 타고 숲속을 가로지르는 오래된 오솔길에 접어들었다. 햇빛이 사라진 지 꽤 오래되었는지 공기가 갑자기 선선해졌다. 입을 벌리고 자전거를 타면 온갖 날벌레가 입속으로 들어올 것 같아 입을 꾹 다물었다. 지난해 큰불이 났던 평지를 비추어내리던 해는 언덕이 시작되는 곳에서 사라졌다. 양옆에는 전나무가 돌담처럼 빽빽하게 서 있었다.

내 자전거는 어릴 때부터 계속 타던 DBS 콤비 자전거였다. 훌쩍 자란 내 키에 맞추어 안장과 핸들을 최대한 올렸더니 행동이 굼뜬 돌연변이 생명체처럼 보이기도 했다. 나는 속도를 내서 달리며 길 위에 움푹 파인 곳이나 울퉁불퉁하게 솟아오른 곳을 피해 요리조리 핸들을 꺾었고, 브레이크를 잡아 뻣뻣해진 뒷바퀴로만 경사진 곳을 내려가기도 했다.

서둘러!
두디딜리두두
서둘러!
두디딜리두두
서둘러!
두디딜리두두

상고머리 남자가 오네
어슬렁 걸어오네
독특한 눈매의 남자
그는 홀리 롤러
무릎까지 내려오는 긴 머리
하고 싶은 대로 하는 광대 같은 녀석

서둘러!
두디딜리두두
서둘러!
두디딜리두두

서둘러!
두디딜리두두

그것은 비틀스의 앨범 『에비 로드』에 수록된 「컴 투게더」라는 노래였지만, 나는 내 귀에 들리는 대로 불렀다. 원래 가사는 그렇지 않다는 것을 잘 알고 있었지만, 기쁨에 휩싸여 숲속의 내리막길을 기분 좋게 내려가는데 그게 무슨 상관이란 말인가. 아스팔트 교차로에서 브레이크를 잡고 자동차 한 대를 보낸 후, 다시 힘껏 페달을 밟아 속도를 냈다. 반대편의 오르막길을 쉽게 오르기 위해서였다. 날벌레 한두 마리가 입속으로 들어간 것 같아 기침해서 뱉어보려 했지만 쉽지 않았다. 언덕 꼭대기에 이른 나는 피나까지 자전거 전용 도로로 달렸다. 여름에만 볼 수 있는 주유소 앞 야외 테이블에는 한 무리의 아이들이 앉아 있었다.

테이블 옆에는 그들이 타고 온 것으로 보이는 스쿠터가 나란히 세워져 있었다. 나는 언제부터인가 그곳을 지나가는 것이 두렵지 않았다. 생각할 수 있는 최악의 일이라 해봤자 누군가가 내게 다가와 한두 마디 던지는 게 고작이었다. 그런데도 나는 그곳을 지나치는 게 그리 즐겁지는 않았다.

나는 그들을 지나쳐 맞은편 길로 들어섰다. 슬쩍 곁눈질로 살펴보니 욘이 보였다. 그 외에도 토르, 운니가 있었고, 예전에 나와 사귀었던 옆 반 마리안도 그들과 함께 앉아 있었다. 아무도 내게 관심을 보이지 않았다. 어쩌면 나를 못 보았는지도 모른다.

자전거를 타고 집으로 갈 때는 주도로를 따라가면 가장 빨리 갈 수 있다. 하지만 나는 자전거에서 내려 언덕 꼭대기까지 자전거를 끌고 갔다. 무성한 나무에 가려 등 뒤의 주도로가 보이지 않을 때부

터는 한적한 시골마을 같은 풍경이 눈앞에 펼쳐졌다. 나는 가슴 벅
찬 느낌을 조금이나마 더 즐기고 싶어 일부러 먼 길로 돌아갔던 것
이다.

그곳에서는 집과 길을 전혀 볼 수 없었다. 눈에 보이는 것은 사방
에 펼쳐진 키 큰 나무와 녹색 나뭇잎뿐이었고, 귀에 들리는 것은 지
저귀는 새소리뿐이었다. 발밑에는 단단하게 다져진 흙과 넓적한 돌,
여기저기 서로 엉켜 있는 굵은 나무뿌리가 오솔길을 이루고 있었다.
시냇가에는 풀이 무성했으며, 죽어서 쓰러져버린 매끈한 나무둥치
옆에는 바짝 말라 떨어진 나뭇가지들이 즐비했다. 그것은 내가 기억
하는 한 항상 그곳을 지키고 있었다.

뒤편 언덕 능선에는 기다란 갈대풀과 어린 나무 사이로 오래된 나
무 그루터기가 듬성듬성 자리하고 있었다. 오솔길의 처음 100여 미
터를 걷다보면 그곳은 수수께끼로 가득한 깊고 깊은 숲이라는 생각
을 하게 된다. 가을이나 겨울이 되면, 동네를 에워싼 길에서부터 아
래쪽으로 완만하게 뻗어 있는 돌길과 오렌지색 지붕도 나뭇가지 사
이로 볼 수 있었다. 문제는 세상이 상상력을 제한하는 것이 아니라
상상력이 세상을 제한하는 것이 아니었던가. 하지만 그날 내가 그
곳을 찾았던 이유는 아이들과 함께 놀기 위해서가 아니라, 카이사가
날 바라보았을 때의 그 가슴 벅찬 느낌을 좀더 즐기고 싶어서였다.

카이사. 그녀의 이름은 카이사였다!

자전거를 끌고 언덕을 오른 나는 경사가 완만해지자 자전거에 올
라타 예배당 아래쪽 큰길로 나왔다. 셰틸의 집 앞에는 한 무리의 아
이들이 모여 공을 차고 있었다. 그의 아버지는 반바지를 입고 테라
스의 야외용 캠핑 의자에 앉아 있었다. 불룩 나온 배가 반팔 셔츠를
뚫고 나올 것만 같았다. 그의 옆에는 그릴에서 연기가 모락모락 피

어오르고 있었다.

아, 기분 좋은 이 냄새!

맞은편에서는 톰이 파일럿 선글라스를 끼고 웃통을 벗은 채 세차를 하고 있었다. 그는 밑자락을 접어올린 짧은 청 반바지를 입고 있었다. 열린 차문으로 흘러나오는 닥터 후크의 음악 때문인지 그의 차는 작고 통통한 비행선처럼 보였다. 초록의 나뭇잎 사이로 저 멀리 푸른 바다와 만 반대편에 있는 하얀 가스탱크가 보였다. 자전거를 타고 내리막길을 달리니 얼굴에 부딪쳐오는 바람 때문에 눈물이 흘렀다.

우리 집 앞에는 조그마한 아이들이 모여 공놀이를 하고 있었다. 마리안네의 남동생, 게이르 호콘의 남동생, 벤테의 남동생, 얀 아틀레의 남동생이었다. 그들은 내게 인사를 건넸지만, 나는 모른 척 그들을 지나쳐 자전거에서 내렸다. 집 앞 골목길에는 차 두 대가 서 있었다. 안네 마이 씨의 시트로엥과 다그니 씨의 2CV. 오늘 그들이 우리 집에 온다는 걸 깜박 잊고 있던 나는, 그들의 차를 보는 순간 반가운 마음에 걸음을 빨리했다.

그들은 어머니와 함께 거실에 앉아 있었다. 탁자 위에는 어머니가 직접 구운 케이크가 3분의 1가량 남아 있었다. 담배를 손에 들고 대화를 나누는 그들에게 인사를 했다. 잘 지내냐고 묻는 말에 예의 바르게 대답한 뒤 축구 훈련을 마치고 오는 길이라고 덧붙였다. 방학은 언제 시작하냐고 물어서 벌써 시작했고 잘 지내고 있다고 말했다. 안네 마이가 M 초콜릿 봉지를 꺼냈다.

"이젠 다 커서 이런 걸 좋아할지 모르겠구나."

"M 초콜릿이오? 어른이 되어도 싫어할 수 없을 것 같아요."

초콜릿을 받아들고 부엌으로 가려는 찰나, 안네 마이 씨가 다시 말을 걸며 웃음을 터뜨렸다.

"그런데 네 등에 도대체 뭐라고 적혀 있는 거지? 트라우마?"

"쟤네 축구팀 이름이 트라우마야."

어머니가 대신 대답했다.

"트라우마!"

다그니 씨의 말에 모두들 웃음을 터뜨렸다.

"이게 그렇게 웃긴 건가요?"

"우리가 하는 일과 관련 있거든. 무언가 끔찍한 일을 경험했을 때, 그걸 트라우마라고 한단다. 네 등에 트라우마라고 적혀 있는 걸 보니 너무 웃겨."

"아, 네. 하지만 이건 그런 뜻이 아니에요. 트로뫼이아의 옛날 이름이 트루마거든요. 바이킹 시대에 사용했던 이름이라고 알고 있어요. 우리 축구팀 이름은 거기에서 따온 거예요."

그들은 내가 방으로 들어갈 때까지 웃음을 멈추지 않았다. 나는 카세트 플레이어에 더 스페셜스 카세트테이프를 넣고, 침대에 누워 책을 읽기 시작했다. 그날의 마지막 햇빛이 침대 맞은편 벽을 비추었고, 골목길을 채웠던 아이들의 목소리는 서서히 사라졌다.

다음 주에도 내 머릿속에는 카이사 생각뿐이었다. 그녀에 대한 그림 두 가지가 자리바꿈하며 나를 떠나지 않았다. 하나는 제헌절 축제 때 행진하면서 본 그녀의 모습이었다. 분홍색과 하늘색 옷, 금발 머리, 푸른 눈동자. 나는 매일 저녁 잠자리에 들 때마다 벌거벗고 들판에 누워 나를 바라보는 그녀의 모습을 떠올렸다. 그녀의 커다랗고 하얀 젖가슴, 분홍색 젖꼭지를 생각하면 심장이 조여드는 것 같았다. 나는 몸을 뒤척이며 내가 그녀에게 할 수 있는 소소하나마 갖가지 강렬한 일들을 상상해보았다.

다른 하나는 내가 만들어낸 그림이었다. 바위섬 절벽 위에서 햇살을 정면으로 받으면서 바다로 뛰어내리는 나의 모습. 그리고 나를 지켜보는 그녀의 모습을 떠올리면 벅차오르는 가슴이 환호성을 지르는 것만 같았다. 다이빙하다 브레이크를 밟은 것처럼 수면에 발이 닿자마자 하얀 거품이 이는 푸른 바닷물 속으로 잠기는 내 모습, 입술에 묻은 소금기를 느끼면서 천천히 수면 위로 올라오는 나를 바라보는 그녀의 모습을 떠올리면 행복감으로 가슴이 터질 것만 같았다.

가끔은 저녁식사 중에 뜬금없이 그녀를 떠올릴 때도 있었다. 생선 껍질을 벗길 때나 내장을 갈아서 다진 고기를 입안 가득히 넣었을 때 불현듯 떠오르는 그녀의 모습은, 고기를 씹을 때 물컹물컹하고 혐오스러운 느낌과 목으로 넘기기 전 이빨에 진득하게 달라붙는 불쾌한 느낌마저도 씻은 듯이 없애주었다. 한마디로 그녀는 내 삶의 빛이었다.

하지만 현실에서는 그녀를 만날 수 없었다. 그녀가 사는 동네와 내가 사는 동네는 직선거리로 따지면 불과 몇 킬로미터밖에 되지 않았지만, 사회적 거리는 훨씬 멀었다. 이 사회적 거리감은 자전거나 버스로 좁혀질 수 있는 것이 아니었다. 카이사는 꿈이었고, 내 머릿속의 그림이었으며, 밤하늘의 별이었다.

그러던 어느 날 꿈 같은 일이 벌어졌다.

우리는 첸나 경기장에서 시합을 했다. 봄시즌은 이미 끝났지만, 사정이 있어 연기했던 경기를 뒤늦게 치르게 되었다. 우리는 여느 때와 마찬가지로 관중 열대여섯 명 앞에서 땀을 뻘뻘 흘리며 잔디밭을 뛰어다녔다. 나는 터치라인 쪽에 나란히 앉아 있는 세 여자아이를 보는 순간, 본능적으로 그중 한 명이 카이사라는 것을 알아차렸다. 나는 경기가 끝날 때까지 공에 집중하는 것만큼 관중석에도 집중했다.

경기가 끝난 후, 한 여자아이가 내게 다가왔다.

"할 말이 있어서 왔어. 해도 될까?"

"물론이지."

나는 가슴이 벅차오르는 것을 숨길 수 없어 미소를 지었다.

"너, 혹시… 카이사가 누군지 아니?"

나는 갑자기 발갛게 달아오르는 얼굴을 감추려고 얼른 고개를 숙였다.

"응."

"카이사가 네게 뭘 좀 물어보고 싶대."

"어, 그게 뭐니?"

가슴속에서 뜨거운 피가 끓어올랐다. 온몸이 후끈거리기 시작했다.

"카이사가 너랑 사귀고 싶대. 넌 어때?"

"난 괜찮아."

"좋아. 그럼 네 말을 카이사에게 전해줄게."

그녀가 등을 돌려 걷기 시작했다.

"카이사는 지금 어디 있니?"

그녀가 고개를 돌렸다.

"탈의실 앞에서 너를 기다리고 있을 거야. 경기 마치면 그쪽으로 와."

"알았어."

그녀의 뒷모습을 보면서 나는 잠시 시선을 아래로 떨구었다.

"하느님, 감사합니다."

나는 속으로 중얼거렸다. 드디어 카이사와 사귀게 된 것이다!

이게 꿈일까 생시일까?

내가 정말 카이사와 사귀는 걸까?

꿈에 그리던 카이사와?

나는 얼떨떨한 기분으로 터치라인 쪽을 걸었다. 큰 문제가 생겼다는 생각에 갑자기 정신이 멍해졌다. 나를 기다리며 서 있는 그녀에게 도대체 무슨 말을 해야 할까. 또 그녀와 함께 있을 때는 뭘 해야 할까.

탈의실로 들어갈 때는 아무 문제가 없다. 그녀를 못 본 것처럼 스쳐 지나가거나, 살짝 미소만 건네줘도 될 것이다. 어차피 탈의실에 들어가서 옷을 갈아입어야 하니까. 하지만 탈의실에서 나올 때는 …

저녁이 되니 선선해졌다. 잔디 냄새가 어려 있는 공기는 새소리로 가득 차 있었다. 우리 팀이 경기에서 이기자 들뜨고 즐거운 분위기가 탈의실까지 이어졌다. 카이사는 친구들과 함께 탈의실 앞에 서 있었다. 자전거를 잡고 있던 그녀가 내게 고개를 살짝 돌리면서 미소를 지었다. 나도 미소를 지어주었다.

"안녕."

"안녕."

"옷 갈아입고 나올게."

그녀가 고개를 끄덕였다.

나는 그녀 앞에서 체면을 구기지 않을 방법을 찾기 위해 가능한 한 천천히 옷을 갈아입으면서 머리를 굴렸다. 준비 없이 그녀를 만난다는 건 말도 안 되는 일이었다. 나는 데이트 계획을 확실하게 세워야 했다.

숙제? 정강이 보호대를 풀며 생각했다. 보호대 안쪽은 땀에 젖어

미끌미끌했다. 아니, 그건 카이사에게 비호감으로 비칠 수도 있다.

나는 보호대를 가방에 넣고 다른 쪽 정강이 보호대를 풀면서 창밖을 내다보았다. 발에 감아놓았던 붕대를 풀어 돌돌 말았다. 이미 옷을 다 갈아입고 집으로 간 아이도 더러 있었다.

"세상에! 너 완전히 머리가 돌았구나, 그렇지?"

욘이 요스테인에게 말했다. 요스테인은 골키퍼 장갑을 낀 손으로 욘의 따귀를 때렸다.

"하지 마! 이 새끼야!"

욘이 소리쳤다. 나는 그들에게 카이사와 사귄다고 자랑하고 싶었지만, 차마 입 밖에 낼 수가 없었다. 말없이 청바지를 입었다.

"우와, 바지 좀 봐! 패션이 장난 아닌걸! 소위 졸부 패션이라는 거지?"

요스테인이 내게 말을 걸었다.

"남말 하고 있네."

"내 바지가 어때서?"

그가 빨간 옆선으로 장식된 자신의 검은색 바지를 내려다보며 말을 이었다.

"바보야, 이건 펑크 패션이야."

"아냐, 네 바지는 인터메조 브랜드잖아. 거기서 파는 건 다 그래."

"내 벨트도 졸부 패션이라고 생각하니?"

"아니, 그건 펑크 패션이야."

"그럼 됐어. 어쨌든 네 바지는 속물 냄새가 솔솔 나."

"아니라니까!"

"네가 뭐라고 하든지 네가 페미라는 건 숨길 수 없어."

페미? 그게 뭐지?

"하하하! 넌 페미가 맞아!"

요스테인이 웃음을 터뜨렸다.

"그러는 넌 파파보이잖아."

"우리 아버지가 돈이 많다고 해서 내가 뭐든 다 할 수 있는 건 아니잖아?"

"그건 맞아."

나는 흰색 푸마 상의 지퍼를 올리면서 말했다.

"안녕, 난 이제 가볼게."

"잘 가."

나는 데이트 계획을 세우지도 못하고 탈의실을 빠져나왔다.

"안녕."

나는 자전거 핸들에 손을 올리고 있는 여자아이들에게 인사를 건넸다.

"경기에서 이긴 걸 축하해. 모두 참 잘하더라."

카이사가 말했다.

그녀는 하얀 티셔츠를 입고 있었다. 티셔츠 아래로 볼록 솟아오른 젖가슴이 보였다. 리바이스501 청바지. 빨간 벨트. 하얀 양말. 하늘색 로고가 새겨진 하얀 나이키 테니스화.

나는 침을 꿀꺽 삼켰다.

"그렇게 생각해?"

그녀가 고개를 끄덕였다.

"저 위로 가보는 건 어때?"

그녀가 제안했다.

"미안하지만 오늘 저녁엔 시간이 없어서 안 될 것 같아."

"오, 그래?"

"응. 지금 당장 집에 가야 해."

"그렇구나…"

그녀가 나와 눈을 마주치며 말을 이었다.

"뭐 때문에?"

"아버지를 도와주기로 약속했거든. 벽돌담 쌓는 일이야. 내일 만나면 안 될까?"

"그러자."

"어디서?"

"방과 후에 내가 너희 동네로 갈게."

"내가 어디 사는지 아니?"

"튀바켄. 맞지?"

"응."

나는 허공으로 다리 한쪽을 차올려 자전거 안장에 올라앉았다.

"안녕!"

"안녕, 내일 보자!"

나는 최대한 자연스러워 보이려 노력하며 힘들이지 않고 자전거 페달을 밟았다. 그들이 보이지 않는 곳에 이른 후엔 몸을 일으켜 상체를 앞으로 쑥 내밀고 있는 힘을 다해 페달을 밟았다. 너무나 환상적이었지만 동시에 끔찍하기도 했다.

그녀가 내게 온다고 했다. 내가 어디 사는지 안다고 했다. 나와 사귀고 싶다고 했다. 아니, 우린 이미 사귀는 사이가 되었다. 나는 카이사와 사귄다! 오, 내가 원하는 것은 손만 뻗으면 닿을 곳에 있었다! 하지만 걱정이 없는 것도 아니었다. 그녀를 만나면 무슨 이야기를 해야 할까? 무슨 일을 해야 할까?

30분 후, 집 앞에 도착했다. 어머니는 뒷마당이 보이는 테라스에 앉아 야외용 테이블 위에 커피 한 잔을 두고 신문을 읽고 있었다. 나는 테라스로 가서 어머니 맞은편에 앉았다.

“아버지는 어디 계시나요?”

“낚시한다고 바다로 갔어. 오늘 경기는 어땠니?”

“좋았어요. 우리 팀이 이겼어요.”

잠시 침묵이 흘렀다.

“무슨 일이라도 있었니?”

어머니가 나를 바라보며 물었다.

“아무 일도 없었어요.”

“뭐 궁금한 거라도 있어?”

“아뇨, 없어요.”

어머니는 내게 미소를 짓고 다시 신문을 읽기 시작했다. 프레스트바크모 씨의 집에서 라디오 소리가 들렸다. 그쪽으로 고개를 돌려보았다. 마르타 씨가 어머니와 똑같이 야외용 의자에 앉아 신문을 읽고 있었다. 숲을 향한 돌담 앞에선 프레스트바크모 씨가 괭이를 들고 허리를 굽힌 채 허브정원을 가꾸고 있었다. 골목길에서 무언가 움직이는 것 같아 얼른 고개를 돌려보았다. 알비노 특유의 하얀 머리카락으로 보아 4학년 프레디가 틀림없었다. 그는 등에 활을 메고 있었다.

나는 다시 어머니에게 고개를 돌렸다.

“어머니, 혹시 ‘페미’가 무슨 뜻인지 아세요?”

어머니가 신문을 내려놓았다.

“페미?”

“네.”

"잘은 모르지만 '페미닌'의 줄인 말이 아닐까?"

"여성스럽다는 말인가요?"

"응, 바로 그거야. 그런데 갑자기 그건 왜 묻니? 누가 너보고 여성스럽다고 했어?"

"아니에요. 오늘 경기 중에 누가 다른 아이에게 하는 말을 들었어요. 전에 들어본 적 없는 말이라 여쭈어본 거예요."

어머니가 나를 바라보며 무슨 말인가를 하려 했지만, 나는 얼른 자리에서 일어났다.

"이제 들어가서 옷을 갈아입어야겠어요."

밤참을 먹은 후, 나는 윙베 형에게 그날 있었던 일을 이야기해주었다.

"오늘부터 카이사와 사귀기로 했어."

공부하고 있던 윙베 형이 책에서 얼굴을 들고 미소를 지었다.

"카이사? 한 번도 들어본 적 없는 이름인데? 누구야?"

"롤리헤덴에 다니는 학생이야. 6학년. 굉장히 예뻐."

"물론 그렇겠지. 축하해."

"고마워. 그런데 문제가 있어. 형이 조언을 해줬으면 좋겠는데…"

"뭘?"

"잘 모르겠어… 나는 카이사에 대해 아는 게 하나도 없거든. 그러니까… 그애를 만나면 뭘 해야 될까? 내일 여기 온다고 했단 말이야. 그애를 만나면 무슨 말을 해야 할지 모르겠어. 아무 생각이 안 나."

"다 잘 될 거야. 너무 걱정하지 마. 정 할 게 없으면 끌어안고 뽀뽀라도 하든지."

"하하하."

"잘 될 거야, 칼 오베. 걱정하지 마."

"정말 걱정 안 해도 될까?"

"물론이지."

"오케이. 그런데 뭐 하고 있었어?"

"숙제. 화학이랑 지리."

"나도 얼른 고등학생이 되었으면 좋겠어."

"공부할 게 엄청 많아."

"그래도…"

윙베 형은 다시 책으로 시선을 옮겼고, 나는 내 방으로 갔다. 형은 고등학교 1학년을 마치고 2학년으로 올라갈 예정이었다. 형은 사회학 계열을 전공하고 싶어 했으나, 아버지는 과학 계열을 권했다. 결국 형은 아버지의 말을 따를 수밖에 없었다. 이상하다는 생각만 들었다. 아버지는 노르웨이어와 영어 등 언어를 전공했으면서 아들에게는 과학을 권하다니.

나는 『매카트니 II』를 틀어놓고 침대에 누워 카이사를 만나면 무슨 이야기를 할지 곰곰이 생각해보았다. 가끔씩 온몸에 흐르는 전율이 나를 뒤흔들어놓았다. 그녀와 사귀다니! 어쩌면 그녀도 지금 침대에 누워 나와 같은 생각을 하고 있는지도 몰랐다. 혹시 팬티만 입고 침대에 누워 있는 건 아닐까. 「계약직 비서」라는 곡이 흐를 때, 나는 몸을 돌려 엎드렸다. 매트리스에 하체를 문지르며 앞으로 다가올 일을 떠올렸다.

저녁을 먹고 한 시간쯤 지나자 그녀가 왔다. 나는 창밖으로 골목길을 바라보며 내내 마음의 준비를 했지만, 막상 자전거를 타고 오르막길을 올라오는 그녀의 모습을 보자 당황해서 아무 생각도 할 수 없었다. 심지어 몇 초 동안의 짧은 시간이긴 했지만 숨도 제대로 쉴 수 없었다. 골목길에 함께 서 있던 켄트 아르네, 게이르 호콘, 레이프 토레 그리고 외이빈이 그녀를 향해 일제히 고개를 돌렸다. 순간 말할 수 없이 자랑스럽고 뿌듯한 기분이 들었다. 튀바켄에서는 그녀만큼 예쁜 여자아이를 볼 수 없었다. 그런 그녀가 나를 찾아오고 있었다.

나는 신발을 신고 재킷을 걸친 뒤 밖으로 나갔다.

그녀가 아이들 앞에 멈춰 서서 이야기를 나누고 있었다.

나는 자전거를 끌고 그들에게 다가갔다.

"칼 오베, 네가 어디 사는지 얘가 물었어!"

게이르 호콘이 소리쳤다.

"아, 그래?"

나는 카이사와 눈을 마주쳤다.

"안녕. 길 찾는 데 어렵진 않았어?"

"동네를 찾는 건 어렵지 않았지만, 네가 정확히 어디 사는지 잘 몰라서…"

"이제 가볼까?"

내가 그녀에게 물었다.

"그러지, 뭐."

나는 자전거에 올라앉았다. 그녀도 자전거에 올라탔다.

"안녕!"

나는 골목길에 서 있는 아이들에게 손을 흔들고 카이사를 돌아보았다.

"저 위로 가자."

"좋아."

나는 아이들이 질투심에 불타는 눈으로 우리의 뒷모습을 바라본다는 것을 잘 알고 있었다. 어떻게 칼 오베가…? 도대체 칼 오베는 어디서 저 아이와 만났을까? 어떻게 저런 여신 같은 아이와 사귈 수 있었을까?

경사가 가파른 곳에 이르자 카이사가 자전거에서 내렸다. 나도 카이사를 따라 자전거에서 내렸다. 나뭇잎을 흔들며 스쳐간 바람 한 줄기 뒤로 정적이 찾아들었다. 들리는 소리라곤 자전거 바퀴 소리와 걸음을 옮길 때마다 허벅지가 스치는 소리, 땅에 또각또각 부딪치는 그녀의 샌들 소리뿐이었다.

나는 잠시 멈춰 서서 그녀가 내 옆에 올 때까지 기다렸다.

"재킷이 참 예쁘구나. 어디서 샀니?"

"고마워. 크리스티안산에 있는 바야조라는 가게에서 샀어."

"아, 그렇구나."

우리는 엘그스티엔 교차로에 이르렀다. 나는 그녀의 볼록한 젖가슴에서 눈을 뗄 수가 없었다. 혹시 그녀가 내 눈길을 느꼈으면 어떻게 하지?

"가게로 가볼까? 거기 아이들이 모여 있을지도 모르잖아."

"흠…"

그녀는 나를 만난 걸 벌써 후회하는 걸까?

지금쯤 그녀에게 키스를 해야 할까? 그렇게 하는 게 옳은 걸까?

언덕 꼭대기에 이르렀다. 나는 다시 자전거에 올라탔다. 그녀가 자전거에 앉기를 기다렸다가 함께 페달을 밟았다. 얼굴을 스치는 바람을 느낄 수 있었다. 나는 한 손으로 핸들을 잡고, 고개를 살짝 돌려 그녀를 바라보았다.

"라스와 잘 아는 사이니?"

"라스? 응. 우린 이웃인 데다 같은 반이야. 너도 라스를 아니? 참,

이미 알고 있구나. 너희들은 같은 축구팀이잖아."

"맞아. 어제 우리 팀 경기를 봤니?"

"응. 정말 잘하더라!"

나는 아무 말도 하지 않고, 두 손으로 핸들을 잡고 가게가 있는 쪽으로 언덕길을 내려갔다. 가게 문은 닫혀 있었고, 가게 앞은 텅 비어 있었다.

"아무도 없네. 너희 집 쪽으로 가볼까?"

"그러지, 뭐."

나는 기회가 조금이라도 생기면 그녀에게 키스하리라 마음먹었다. 최소한 그녀의 손은 잡아볼 생각이었다. 무언가 해야만 했다. 이제 우리는 서로 사귀는 사이니까.

아, 카이사가 내 애인이라니!

하지만 기회는 오지 않았다. 우리는 숲속 오솔길을 따라 첸나로 향했다. 그곳도 텅 비어 있었다. 잠시 후, 그녀의 집 앞에 도착했다. 거기까지 가면서 우리는 거의 아무 말도 하지 않았다. 그렇다고 최악이라 할 정도로 분위기가 나쁜 것 같진 않았다.

"부모님이 집에 계셔서 너를 초대하기 곤란해."

그렇다면 언젠가는 내가 그녀의 집에 갈 수도 있다는 뜻인가?

"아냐, 괜찮아. 시간이 꽤 흘러서 나도 이제 집에 가봐야 해."

"그래, 여기서 너희 집까지는 꽤 멀잖아!"

"내일 다시 만날까?"

나는 그녀에게 슬그머니 제안해보았다.

"내일은 안 돼. 부모님이랑 배를 타고 바다에 나가기로 약속했거든."

"그럼, 목요일은 어때?"

"좋아. 네가 이리로 올래?"

"그럴게."

우리는 내내 자전거를 사이에 두고 있었기에 몸을 굽혀 그녀에게 키스하는 것은 불가능했다. 집 바로 앞이라 그녀가 키스를 원하지 않을지도 몰랐다.

나는 자전거에 올라탔다.

"이제 갈게. 안녕!"

"안녕, 잘 가."

나는 일 초라도 빨리 그곳을 벗어나기 위해 페달을 힘껏 밟았다.

그리 나쁘진 않았다. 진전이 있었던 건 아니었지만, 그렇다고 해서 최악이라 할 수도 없었다. 하지만 다음에도 이런 식으로 데이트한다면 그건 문제였다. 그냥 대화만 나눌 수는 없지 않은가. 나는 그녀에게 키스해야 했다. 그렇지 않으면 우리는 정식으로 사귀는 사이라 할 수 없을 것이다. 하지만 어떻게 해야 거기까지 진도를 나갈 수 있을까.

나는 마리안과 부둥켜안고 키스해본 적이 있다. 하지만 나는 마리안에게 관심이 없었고 그리 좋아하지도 않았기 때문에 아무 문제가 없었다. 그저 두 팔로 그녀를 감싸안고 입술을 가져가 맞대었을 뿐이다. 함께 걸을 때는 스스럼없이 손을 잡았다. 하지만 카이사에게는 그렇게 할 수 없었다. 갑자기 뜬금없이 두 팔로 그녀를 안을 수는 없지 않은가. 혹시 그녀가 싫어하면 어떻게 해야 할까? 키스를 해야 했다. 한 가지 확실한 것은 다음에 그녀를 만나면 꼭 키스를 해야 한다는 것이었다. 아무도 보지 않는 적절한 장소에서.

그녀가 부모님과 함께 바다에 간 것이 너무나 잘 된 일이라고 생각했다. 덕분에 나는 계획 짤 시간을 하루 더 벌 수 있었다.

잠자리에 들기 직전, 목요일에 축구 훈련이 있다는 것이 떠올랐다. 그녀에게 전화를 해서 알려주어야 했다. 다음 날은 그 생각으로 하루종일 마음을 졸였다. 우리 집 전화는 복도에 있기 때문에 미닫이문을 닫지 않으면 통화 내용을 모두 들을 수 있었다. 만약 미닫이문을 닫는다면 가족들의 호기심을 건드리게 될 것이다. 그렇다면 공중전화를 이용하는 수밖에 없었다. 나는 자전거를 타고 공중전화가 있는 피나 주유소 앞 버스 정류장으로 갔다. 가능한 한 느지막한 시간에 그곳에 도착하기 위해 한참을 기다렸다 8시를 조금 넘겨 집을 나섰다. 나는 매일 8시 30분까지는 무슨 일이 있어도 집에 와야 했고, 9시 30분에는 잠자리에 들어야 했다. 다른 집 아이들은 학년이 올라갈수록 잠자리에 드는 시간이 조금씩 늦어졌지만, 우리 집은 그렇지 않았다.

자전거를 세워두고 공중전화 부스 안에서 전화번호부를 펼쳤다. 그 와중에도 그녀에게 무슨 말을 해야 할지 몰라 머릿속은 복잡하기만 했다.

번호를 눌렀다. 마지막 한 자리를 남겨두고 손을 멈췄다. 심호흡을 하고 마지막 번호를 눌렀다.

"페데르센입니다. 여보세요?"

낯선 여인의 목소리가 들렸다.

"카이사와 통화할 수 있나요?"

나는 재빨리 말했다.

"누구니?"

"칼 오베라고 합니다."

"잠깐만 기다려."

수화기 너머 발소리와 말소리가 들렸다. 버스 한 대가 천천히 정류장으로 들어오고 있었다. 나는 수화기를 귀에 바짝 댔다.

"여보세요?"

"카이사니?"

"응."

"칼 오베야."

"알아."

"안녕."

"안녕, 무슨 일로 전화했니?"

"내일 축구 훈련이 있어. 그래서 너희 동네로 가겠다는 약속을 지킬 수 없을 것 같아서 전화했어."

"그럼 내가 훈련하는 곳으로 갈게. 첸나 옆에 있는 경기장이지?"

"응."

침묵이 흘렀다.

"어땠어?"

내가 겨우 말문을 열었다.

"뭐가?"

"보트 여행… 좋았어?"

"응."

다시 침묵이 흘렀다.

"그럼 내일 보자!"

"응, 안녕."

수화기를 내려놓자마자 아버지의 동료인 40대 남자와 눈이 마주쳤다. 버스에 앉아 있던 그는 나와 눈이 마주치자 얼른 고개를 돌렸다. 나는 먼지가 뿌옇게 앉은 공중전화 부스 문을 열고 나왔다. 무더운 공기 속에는 버스가 남기고 간 매연으로 가득했다. 피나 주유소 앞에는 어린아이 둘과 그들의 부모로 보이는 남녀가 함께 앉아 아이스크림을 먹고 있었다. 자전거를 타고 그 앞을 지나려는 찰나 욘이 가게에서 나왔다. 그는 벌거벗은 상체에 나무신을 신고, 손에는 헬멧을 들고 있었다.

"어, 칼 오베!"

"안녕!"

그는 검은색 바이저가 달린 검은색 헬멧을 머리에 눌러쓰고 오토바이 뒷자리에 앉았다. 오토바이 핸들을 잡은 청년이 발로 페달을 힘껏 두 번 눌렀다. 욘이 내 앞을 지나가며 한 손을 올려 흔들었다. 이마에서 땀이 흘러내렸다. 나는 손을 올려 머리를 뒤로 쓸어 넘겼다. 손에도 땀이 흥건했지만 머리카락은 괜찮았다. 카이사를 만날 때 멋진 모습을 보여주기 위해 이미 전날 머리를 감았기 때문이었다. 언덕 위, 비맥스 앞 버스 정류장에 이른 나는 잠시 자전거를 세우고 갓돌에 한 발을 올렸다.

문득 무엇을 해야 할지 알 것 같다는 생각이 들었다.

몇 주 전, 나는 한 무리의 아이들과 함께 어울린 적이 있었다. 무리의 중심은 토르였다. 그는 자전거를 개조해 오토바이 안장을 달고 앞쪽에 거대한 톱니바퀴 모양의 장식을 달아놓았다. 그는 바퀴 하나를 번쩍 들고 왔다 갔다 하면서 아스팔트 위로 침을 툭툭 뱉었다. 거기엔 트로와 사귀는 메레테도 있었다. 나는 다그 마그네와 함께 우연히 그곳을 지나가다 그들과 어울렸다. 토르가 자전거를 타고 메레테에게 가서 키스를 했다. 주머니에서 회중시계를 꺼낸 그가 얼마나 오랫동안 키스할 수 있는지 시간을 재보자고 하자, 메레테가 고개를 끄덕였다. 둘은 부둥켜안고 입을 맞추었다. 우리는 바쁘게 움직이는 그들의 혀를 똑똑히 볼 수 있었다. 메레테는 두 눈을 감은 채 두 팔로 토르를 감싸안고 있었고, 토르는 두 눈을 뜨고 양손을 주머니에 넣은 채 서 있었다. 아이들은 그들을 둘러싸고 구경했다. 10분이 지나자 토르가 회중시계를 허공으로 높이 쳐들고, 손등으로 입을 닦았다.

"10분!"

그것도 한 가지 방법이었다. 나는 카이사를 만나면 시계를 꺼내 얼마나 오랫동안 키스할 수 있는지 시험해보자고 할 생각이었다. 그러면 자연스럽게 키스할 수 있을 것 같았다.

자전거 머리를 홀테 쪽으로 틀었다. 남은 것은 키스하기에 적당한 장소를 찾는 것밖에 없었다. 물론 숲속으로 들어가는 게 좋을 것이다. 하지만 숲속 어디서? 그녀 집 근처에 있는 숲? 아니, 거긴 내가 잘 모르는 곳이다. 가능하면 우리 집 근처 숲이 좋을 것 같았다.

그렇다고 우리 집에서 너무 가까워도 안 될 것 같았다.

어차피 그녀 집 근처에서 만나기로 약속한 터였다.

아! 피나에서 언덕 위 숲으로 향하는 오솔길은 어떨까. 활엽수 그늘이라면 키스 장소로 완벽할 것 같았다. 우리를 보는 사람은 아무도 없을 것이고, 땅은 부드러울 것이며, 햇빛은 나뭇잎 사이로 아름답게 비추어내릴 것이다.

다음 날 나는 축구 훈련장에 가장 먼저 도착하지 않으려고 오르막길만 나오면 자전거에서 내려 자전거를 끌고 갔다. 하지만 그리 큰 도움이 되지는 않았다. 훈련장에 도착하니 잔디밭 위에서 빙빙 돌아가며 물을 뿜어내는 스프링클러밖에 보이지 않았다. 크리스티안과 한스 크리스티안이 입구 울타리 위에 앉아 햇빛을 향해 얼굴을 찌푸리고 있었다.

"아무도 공을 가져오지 않았어?"

그들이 동시에 고개를 끄덕였다.

"그런데 네가 카이사와 사귄다는 게 사실이야?"

크리스티안이 물었다.

"응."

나는 터져나오는 미소를 감추기 위해 입술을 꽉 깨물었다.

"참 예쁜 애야."

그가 말했다.

크리스티안은 단 한 번도 여자아이와 사귄 적이 없었다. 그는 여자에 관심이 없었다. 하지만 노르웨이컵에 출전했던 첫날, 저녁이 되자 그가 키오스크에 가서 포르노 잡지를 사왔다. 운 나쁘게도 주니어팀의 코치였던 그의 아버지에게 들켜버렸다. 침낭 속에 누워 마치 최면에 걸린 듯 포르노 잡지를 들여다보고 있는데 그의 아버지가 들어왔던 것이다. 결국 그는 팀 전원이 보는 앞에서 포르노 잡지를 쓰레기통에 버리고 아버지에게 잘못했다고 싹싹 빌어야 했다.

"어… 그래."

잠시 후 외이빈 씨가 공과 열쇠를 가져왔다. 우리는 스프링클러를 지나 가까운 골대 앞으로 가서 슛 연습을 시작했다. 외이빈 씨는 스프링클러를 잠근 다음 경기장 밖으로 가져갔다. 아이들이 모두 모였다. 우리는 경기장을 몇 바퀴 돌고 스트레칭을 하며 몸을 푼 후, 일곱 명씩 한 팀을 만들어 미니 게임을 했다. 미니 게임이 끝날 즈음, 카이사가 전에 본 적 있는 친구 셋과 함께 모습을 드러냈다. 우리는 서로를 발견하고 손을 흔들었다.

"집중해, 칼 오베! 연애는 훈련을 마친 후에 해도 돼!"

외이빈 씨가 외쳤다.

훈련이 끝난 후 나는 터치라인으로 가서 아무렇지도 않게 자연스러운 동작으로 물이 든 양동이에 머리를 푹 담갔다. 자연스럽게 행동하는 건 쉽지 않았다. 그녀가 나를 보고 있다는 사실, 아니 그녀의 친구도 함께 나를 보고 있다는 사실이 신경 쓰였다.

그녀가 내게 다가왔다.

"탈의실에 가서 갈아입을 거니?"

나는 고개를 끄덕였다.

"나도 따라갈게. 할 말이 있어."

할 말이 있다고? 벌써 관계를 끝내자고 할 참일까?

우리는 걷기 시작했다. 그녀가 손을 내밀었다. 그녀의 손이 내 손에 살짝 닿을락 말락 했다. 실수였을까? 아니, 내가 그녀의 손을 잡아도 될까?

나는 카이사를 바라보았다.

그녀가 미소를 지었다.

나는 재빨리 그녀의 손을 잡았다.

누군가가 우리 등 뒤에서 휘파람을 불었다. 고개를 돌려보니 라스와 욘이었다. 눈이 마주치자 그들은 딴청을 피웠다. 나는 미소를 지었다. 내 손을 잡고 있는 그녀의 손에 살짝 힘이 들어갔다.

그날 저녁만큼 탈의실로 가는 길이 멀게 느껴졌던 적은 없었다. 그녀와 손을 잡고 걷는다는 사실이 믿기지 않았다. 참을 수가 없었다. 가슴이 터질 듯한 행복감을 견딜 수 없어 얼른 손을 빼버리고 싶다는 생각마저 들었다.

"빨리 나와."

탈의실에 도착하자 그녀가 나를 보며 말했다.

"응, 알았어."

나는 벤치에 앉아 벽에 머리를 기댔다. 심장이 걷잡을 수 없이 빨리 뛰었다. 정신을 차리고 서둘러 옷을 갈아입은 후 밖으로 나갔다. 여자아이들은 경기장 아래쪽에 서서 자전거에 몸을 기대고 있었다. 나는 그들에게 다가가 카이사 옆에 섰다. 그녀는 환한 표정을 지으면서 작고 예쁜 손으로 흘러내린 머리를 넘겼다. 연분홍색 반투명 매니큐어를 바른 손톱이 반짝거렸다. 그녀의 친구들이 약속이라도 한 듯 일제히 자전거에 올라타 저 멀리 사라졌다.

"이번 주 토요일에 집에 혼자 있을 거야."

그녀가 말을 이었다.

"어머니에겐 순바가 올 거라고 했어. 그래서 어머니가 피자를 만들고 콜라를 사놓겠다고 했는데… 사실 순바는 안 올 거야. 너는 어때?"

나는 침을 꿀꺽 삼켰다.

"좋아."

탈의실 앞에 아이들 몇 명이 모여 우리에게 휘파람을 불고 환호성을 질렀다. 카이사가 한 손을 자전거 핸들에 얹었다. 다른 한 손은 아래로 늘어뜨리고 있었다.

"갈까?"

"응."

"아래쪽으로?"

그녀가 고개를 끄덕였다. 우리는 함께 자전거를 타고 그늘진 오솔길로 들어갔다. 그녀는 내 뒤를 따라왔다. 긴 언덕 꼭대기 지점에 이른 나는 브레이크를 잡고 그녀가 오기를 기다렸다. 함께 나란히 내리막길을 달리고 싶어서였다.

맞은편 길에 햇볕이 내리쬐었다. 허공에는 누군가 흐트려놓은 듯 이름 모를 날벌레가 가득했다. 내리막길 중간 지점에서 오른쪽으로 방향을 틀면 숲속으로 향하는 샛길이 나왔다. 나는 그곳으로 들어가면 적당한 장소를 찾을 수 있겠다고 생각했다. 나는 바람에 머리를 휘날리며 카이사에게 샛길로 들어가 보자고 말했다. 그녀가 고개를 끄덕였다. 우리는 방향을 틀어 완만한 비탈길을 올랐다. 10미터쯤 오르니 속도를 낼 수 없어 자전거에서 내렸다.

우리는 아무 말도 하지 않고, 잡초와 바짝 말라버린 나무껍질로 뒤덮인 길을 걷기 시작했다. 꼭대기에 이르러 숲 안쪽을 들여다보니 생각과는 달랐다. 딱딱한 나무 그루터기로 뒤덮인 땅을 키 큰 전나무가 빽빽하게 둘러싸고 있었다.

"안 되겠는걸. 돌아가야겠다."

카이사는 여전히 아무 말도 하지 않았다. 우리는 자전거를 타고 온 길을 내려갔다. 그녀는 안장에서 몸을 일으켜 브레이크를 잡고 내리막길을 달렸다.

아무래도 피나 주유소 위쪽 오솔길로 가야 할 것 같았다.

문득 두려움을 닮은 긴장감이 밀려왔다. 높은 산꼭대기에 서서 발 아래 출렁이는 바닷물을 바라볼 때와 비슷한 느낌이었다. 바닷물 속으로 뛰어내리든가 발길을 돌리든가, 두 가지 중 하나를 택해야 했다.

그녀는 내가 무슨 생각을 하는지 알고 있을까?

나는 곁눈질로 그녀를 슬쩍 훔쳐보았다.

오, 그녀의 볼록한 젖가슴.

오, 오, 오.

그녀의 표정은 심각했다. 무슨 뜻일까?

우리는 자전거에서 내려 큰길로 향하는 오솔길을 함께 걸었다. 머리 위에 길게 늘어진 나뭇가지에는 커다란 나뭇잎이 매달려 그림자를 만들어내고 있었다. 우리는 첸나를 벗어날 때부터 아무 말도 하지 않았다. 나는 가볍게 아무 말이나 해선 안 된다고 생각했다. 내 입에서 나오는 말은 모두 묵직하고 의미 있는 말이어야 했다.

그녀는 허리 부분을 끈으로 조인 파스텔 톤 녹색 면바지를 입고 있었다. 허벅지 부근은 헐렁했지만 사타구니와 엉덩이 부근은 약간 끼는 듯했다. 티셔츠 위에는 얇은 카디건을 걸치고 있었다. 연한 베이지색 실로 짠 옷이었다. 샌들을 신은 맨발의 발톱에는 손톱과 같은 색 매니큐어를 발랐고 발목에는 발찌를 하고 있었다.

그녀는 너무나 예뻤다.

큰길로 나온 우리는 오르막길과 내리막길이 맞닿은 지점에서 멈춰 섰다. 나는 그녀에게서 도망치고 싶었다. 모른 척 페달을 밟고 그녀의 삶에서 사라져버리고 싶었다. 하지만 그렇게 가버리면 다시 돌아오지 못할 것 같았다. 튀바켄, 트로뫼이아, 아우스트 아그데르, 노르웨이, 유럽… 이 모든 곳을 등지고 살아야 할 것 같았다. 후세 사람들은 그런 나를 두고 자전거를 탄 방랑자라 부를 것이다. 자전거를 타고 유령처럼 영원히 세상을 떠돌아야 하는 운명의 남자.

"도대체 어디로 갈 거니?"

그녀가 내리막길을 달리며 물었다.

"내가 잘 아는 좋은 장소가 있어. 여기서 그리 멀지 않아."

그녀는 더 말하지 않았다. 피나를 지났을 때, 나는 나뭇가지 사이에 가려진 언덕길을 가리켰다. 언덕이 가팔라지기 시작하자 그녀가 자전거에서 내렸다. 그녀의 이마에 땀방울이 맺혔다. 우리는 낡은 흰색 집과 낡은 빨간색 외양간을 지났다. 푸른 하늘에는 구름 한 점

없었다. 태양은 서쪽 하늘에 소리 없이 걸려 있었다. 석양빛을 머금은 나뭇잎은 불에 활활 타는 듯했다. 허공은 새소리로 가득 채워져 있었다.

갑자기 토할 것 같았다. 우리는 작은 샛길로 들어갔다. 예상했던 것처럼 나뭇가지 사이로 비추어내리는 햇빛이 아름답기 그지없었다. 수면에 닿아 굴절현상을 일으키는 빛처럼 무성한 나무를 피해 꺾인 햇빛이 비스듬히 땅에 닿았다.

나는 멈춰 섰다.

"여기에 자전거를 세워놓자."

우리는 지지대를 발로 툭 차서 자전거를 기대어놓았다. 나는 안쪽으로 걸어갔다. 그녀는 말없이 내 뒤를 따랐다. 몸을 눕힐 적당한 장소가 있는지 살펴보았다. 풀이나 이끼가 깔려 있는 곳이 좋을 것 같았다. 우리의 발소리만 들렸다. 나는 내 뒤에 바짝 붙어 따라오는 그녀를 돌아볼 용기가 없었다. 저기. 마침내 마음에 드는 장소를 찾아냈다.

"여기 잠시 앉을까?"

나는 그녀에게 눈도 돌리지 않고 땅에 풀썩 앉았다. 그녀는 잠시 주저하더니 천천히 내 옆에 앉았다. 나는 주머니에서 시계를 꺼내, 그녀의 눈앞에 번쩍 치켜들었다.

"우리가 얼마나 오랫동안 키스할 수 있는지 시간을 재보는 건 어때?"

"뭐?"

"시계도 가져왔어. 토르는 10분이나 했어. 우린 그보다 더 오래 할 수 있을 거야."

나는 시계를 땅에 내려놓았다. 7시 42분이었다. 나는 그녀의 어깨에 손을 가져가 그녀를 뒤로 눕히면서 입을 맞추었다. 땅에 머리가 닿는 순간, 나는 내 혀를 그녀의 입속에 쩔러넣었다. 내 혀와 만난 그녀의 혀는 마치 작은 짐승처럼 날카롭고도 부드러웠다. 나는 그녀의 입속에서 혀를 이리저리 돌려보았다. 양손은 몸에 딱 붙이고 있었다. 오직 혀와 입술로만 그녀를 만졌던 것이다. 우리의 몸은 나뭇가지 아래 세워둔 보트 두 척과 다름없었다. 나는 최대한 혀를 부드럽게 움직여보려고 노력했지만, 머릿속에는 너무나 가까이 있는 그녀의 젖가슴과 허벅지, 허벅지 사이의 은밀한 곳, 바지 속, 팬티 속에 대한 생각뿐이었다.

몸이 뜨겁게 달아올랐다. 하지만 나는 그녀에게 손댈 용기가 없었다. 그녀는 두 눈을 감고 내 입속에서 천천히 혀를 움직였다. 나는 눈을 뜨고 더듬더듬 시계를 찾아 잘 보이는 곳에 옮겨놓았다.

3분밖에 지나지 않았다. 그녀의 입가에 침이 흘러내렸다. 그녀가 몸을 비틀었다. 나는 하체를 땅에 붙이고 그녀의 입속에서 쉴 새 없이 혀를 움직였다. 생각했던 것만큼 기분이 좋지 않았다. 솔직히 좀 지루하고 괴로웠다. 그녀가 머리를 움직이자 머리 밑에 있던 마른 나뭇잎이 소리를 냈다. 우리의 입은 진득진득한 침으로 가득 찼다.

7분이 지났다. 4분만 더 견딜 수 있다면… 음… 그녀가 소리를 냈다. 하지만 기분이 좋아서 내는 소리가 아니었다. 무언가 잘못 돌아가고 있는 게 틀림없었다. 그녀가 몸을 비틀었다. 하지만 나는 포기하지 않았다. 그녀가 머리를 움직이는 대로 따라가면서 혀를 돌리는 일을 멈추지 않았다. 그녀가 눈을 떴다. 하지만 그녀의 눈은 내가 아니라 머리 위의 하늘을 향했다.

9분. 혀끝이 아파오기 시작했다. 입가에는 계속 침이 흘러내렸다. 내 치아교정기가 그녀의 이빨에 부딪쳤다. 11분까지 견디지 않아도 될 것 같았다. 10분에서 1초만 지나도 토르를 이길 수 있으니까. 바로 지금. 우리는 토르 커플을 이겼다. 격차를 더 벌릴 수 있다는 생각이 뒤를 이었다. 15분은 되어야 이겼다고 말할 수 있지 않을까. 5분 정도는 더 견딜 수 있을 것 같았다. 하지만 혀가 너무 아팠다. 입속에서 혀가 마구 자라는 것 같았다. 또 침은 어떤가. 미적지근한 입속에 고여 있을 때는 몰랐지만 차갑게 식어 턱 밑으로 흘러내리니 불쾌하기 짝이 없었다.

12분. 이 정도면 충분하지 않을까? 정말 충분할까? 아니, 조금만 더. 조금만 더. 조금만 더.

시계가 정확히 7시 57분을 가리켰을 때 고개를 들었다. 그녀가 몸을 일으켜 내게는 눈도 돌리지 않고 입가에 흘러내린 침을 손으로 닦았다.

"15분! 우린 토르보다 5분이나 더 했어! 우리가 이겼어!"

나는 몸을 일으키며 말했다.

우리는 길가에 세워놓은 자전거를 향해 걷기 시작했다. 그녀는 옷에 묻은 흙과 나뭇잎을 털어냈다.

"잠깐만. 등에도 뭐가 묻었어."

그녀가 멈춰 섰다. 나는 그녀의 카디건에 묻어 있는 흙을 털어주었다.

"이제 됐어."

"난 이제 집에 가야 돼."

그녀가 자전거를 끌어내며 말했다.

"나도 마찬가지야. 난 저 위에 보이는 지름길로 가면 돼."

나는 손으로 위쪽을 가리키며 말했다.

"안녕, 잘 가."

그녀는 자전거에 올라타서 울퉁불퉁한 오솔길을 달리기 시작했다.

"안녕."

나는 핸들에 손을 얹고 오르막길을 올랐다.

그날 저녁, 나는 잠에 빠지기 직전까지 그녀의 커다란 우윳빛 젖가슴과 숲속에서 하고 싶었으나 하지 못했던 일들을 상상했다. 문득 그녀에게 전화해야 한다는 생각이 들었다. 토요일 몇 시에 그녀 집에 가면 되는지 시간을 정하지 않았기 때문이었다. 하지만 그건 내일 생각해도 되는 일이었다. 토요일 오전에 전화해서 물어봐도 상관없다고 생각했다.

토요일 오후 2시가 되었다. 더 기다릴 수 없었던 나는 자전거를 타고 공중전화 부스로 갔다. 또 다른 문제는 내가 집에 8시 30분 전까지 들어가야 한다는 것이었다. 그렇다. 시간이 흘러 나이가 들어도 귀가 시간은 변함이 없었다. 8시쯤 잠자리에 들 시간이라며 그녀의 집을 나온다면, 그녀는 나를 어떻게 생각할까. 나는 어머니에게 아주 중요한 약속이 있어 토요일에 9시 30분, 아니 10시까지 들어오면 안 되느냐고 은근슬쩍 물어보았다. 어머니는 그 중요한 약속이라는 게 뭔지 알고 싶어 했지만, 나는 말할 수 없다고 대답했다.

"대답할 수 없다면 귀가 시간을 늦춰줄 수 없어. 우린 네가 어디서 뭘 하는지 알 권리가 있거든. 솔직하게 말한다면 허락해줄 수 있어. 너도 이해하지?"

물론 나는 이해할 수 있었다. 어머니가 정 원한다면 체면을 구기고 카이사 이야기도 해줄 수 있었다. 하지만 먼저 그녀와 통화를 해야 했다.

하늘에는 회색 구름이 가득 끼어 있었다. 윤기 없는 거뭇거뭇한 그림자는 세상의 색을 모두 빨아들인 것 같았다. 길도 회색, 도랑 속의 돌멩이도 회색, 심지어 녹색 나뭇잎조차 어둑한 회색빛을 머금고 있었다. 전날의 무더위는 온데간데없이 사라져버렸다. 기온은 16, 17도 정도로 춥다고 할 수는 없었다. 하지만 자전거를 타고 내리막 길을 달릴 때는 옷깃을 목까지 올려야 했다. 정류장에는 마을버스 두 대가 나란히 서 있었다. 가끔은 밤새 정류장에 주차되어 있는 버스를 보기도 했다. 한 대는 시내로 가는 버스였고, 다른 한 대는 섬 외곽으로 나가는 버스였다. 운전기사들은 시동을 건 채 창문을 열고 대화를 나누고 있었다.

나는 정류장의 뾰족 모자를 닮은 녹색 지붕 아래 자전거를 세웠다. 길가에 졸졸 흐르는 시냇물 속에는 잔 나뭇가지와 쓰레기들이 둥둥 떠 있었다. 대부분은 피나에서 흘러나온 초콜릿 포장지였다. 캐러멜로, 호비, 네로, 브라보. 파란 후바부바 풍선껌 포장지도 보였다. 상표가 떨어져 나간 투명한 페트병, 신문지, 알 수 없는 것들로 가득 찬 종이 박스도 있었다. 나는 주머니에서 동전을 꺼내 공중전화기에 넣고 전화번호부를 펼쳤다. 집게손가락을 전화기에 대고 수화기를 귀에 갖다 댄 채 먼지 묻은 부스창을 한참이나 멍하니 바라보았다. 정신을 가다듬고 번호를 눌렀다.

"여보세요?"

카이사의 목소리였다!

"안녕, 난 칼 오베야. 카이사니?"

"응. 안녕."

"내가 언제 너희 집에 가면 되겠니? 우린 시간 약속을 하지 않았 잖아. 네가 원하는 시간을 말해줘. 난 아무 때나 괜찮으니까."

"어… 그 약속은 취소되었어."

"취소되었다고? 왜? 네 부모님이 생각을 바꾸고 집에 계시기로 한 거야?"

"아니, 그건 아닌데… 어… 난… 저… 응, 이제 너와 사귀지 않을 거야."

뭐라고?

지금 그녀가 절교 선언을 한 건가?

하지만… 우린 사귄 지 닷새밖에 안 되었는데!

"여보세요?"

그녀의 목소리가 들렸다.

"이제 우린 끝난 거니?"

"응. 끝났어."

나는 아무 말도 할 수 없었다. 수화기 너머로 그녀의 숨소리가 들렸다. 눈물이 뺨을 타고 흘러내렸다. 꽤 오랜 침묵이 흘렀다.

"안녕."

갑자기 그녀가 말했다.

"응, 안녕."

나는 전화기를 내려놓고 버스 정류장으로 갔다. 손등으로 흐르는 눈물을 닦았다. 코를 훌쩍이며 자전거 페달을 밟기 시작했다. 눈물이 앞을 가려 길이 보이지 않았다. 그녀는 왜 갑자기 그런 말을 했을까? 왜? 아무 문제 없이 너무 잘 되고 있었는데? 하필이면 오늘, 그녀와 단둘이 있기로 한 날 그런 말을 한 이유는 뭘까? 그녀는 며칠 전만 해도 나를 좋아했는데, 왜 갑자기 오늘 관계를 끝내자고 말했을까? 혹시 우리가 거의 대화를 나누지 않았기 때문일까?

그녀는 너무나 예뻤는데… 그렇게 예쁜 아이와 또 언제 사귀어볼 수 있을까.

아, 제기랄.

씨팔!

씨팔! 씨팔!

비맥스 앞에 이르렀을 때 나는 소맷귀로 눈물을 훔쳤다. 토요일, 문을 닫기 직전이라 가게 앞 주차장은 장바구니를 든 사람들과 자동차로 가득했다. 아이들도 셀 수 없이 많았다. 그들이 내 눈물을 본다면, 나는 바람 때문에 저절로 눈물이 났다고 말할 생각이었다. 바람을 가르며 자전거를 타는 모습을 봤기에 아무도 의심하지는 않을 것이다.

작은 언덕을 올라 평지에 이르렀다. 머릿속이 멍해졌다. 아무 생각도 나지 않았다. 거의 10초 동안이나 멍하니 앞만 보며 갔다. 갑자기 카이사의 모습이 떠올랐다. 그녀와 헤어졌다고 생각하니 참을 수 없는 슬픔에 북받쳐 흐느껴 울기 시작했다. 눈물을 멈출 수가 없었다.

나는 자전거를 집 앞에 세우고 잠금장치를 걸어놓았다. 대문 앞에 서서 귀를 기울였다. 누구와도 마주치고 싶지 않았다. 아무 소리도 들리지 않는다는 것을 확인한 나는 그제야 계단을 올라 욕실에 들어갔다. 얼굴을 박박 문질러 씻고 내 방으로 들어가 침대에 누웠다.

잠시 후, 윙베 형의 방에 가보았다. 침대에 앉아 기타를 연주하던 형이 고개를 들어 나를 바라보았다.

"무슨 일 있었어? 운 것 같은데? 혹시 카이사와 헤어졌어?"

나는 고개를 끄덕이며 다시 울기 시작했다.

"칼 오베. 오늘 일은 금방 잊을 거야. 세상의 반은 여자잖아. 눈만 돌리면 여자를 찾을 수 있어. 카이사는 잊어버려. 금방 괜찮아질 거야."

"그럴 것 같지 않아. 우린 사귄 지 5일밖에 안 되었는걸. 형은 카이사가 얼마나 예쁜지 알기나 해? 난 카이사 외에 아무와도 사귀고 싶지 않아. 아무도! 그런데 하필이면 오늘… 오늘은 단둘이 있기로 한 날인데…"

"진정해."

윙베 형이 몸을 일으켰다.

"내가 노래 한 곡 들려줄까? 도움이 될지도 몰라."

"무슨 노랜데?"

나는 의자에 앉았다.

"잠깐만 기다려봐."

윙베 형은 선반에 꽂혀 있는 싱글 음반을 뒤적였다.

"바로 이거."

형은 더 알레르베르스테의 싱글 한 장을 꺼내 내게 보여주었다.

"제목은「돌아갈 수 없는 길」이야."

"아, 그거?"

"가사를 잘 들어봐."

윙베 형은 음반을 꺼내 턴테이블의 둥그런 플래터 위에 얹었다. 조심스레 바늘을 들어올려 빙글빙글 돌아가고 있는 음반 위에 살짝 내려놓았다. 지직지직 소리 뒤를 이어 흥겨운 드럼 연주가 시작되었다. 베이스 기타, 전자 기타, 전자 오르간 소리는 곡이 끝날 때까지 보컬을 받쳐주었다. 도입 부분의 간단하고 기억하기 쉬운 기타 멜로디를 따라 스타방게르 지역 사투리로 노래하는 메인 보컬의 목소리가 뒤를 이었다.

내가 잘 안다고 말했던 건 절대 과장이 아니었어.
우리 관계가 영원할 수는 없다고
너는 질질 끌어보려 했지.
감정의 콘돔이 폭발할 때까지
영원한 계획, 영원한 생각은
단 1분 만에 사라졌지.
너는 나를 안아주었고, 나는 그보다 더 큰 것을 주고 싶었지만
우리 관계는 이미 끝난 후였어.

"잘 들어봐!"
윙베 형이 말했다.

결국엔 다 잘 될 거야. 모든 일에는 끝이 있는 법이잖아.
잠을 자. 눈을 뜨고 새로운 내일을 맞아.
되돌아갈 수 없어. 고마워해야 할 것도,
더 이야기해야 할 것도 없어. 코트를 걸치고 걸어봐.

"응."

우리는 평범한 세상에서 1센티미터밖에 떨어져 있지 않았지.
나는 내가 했던 말을 되새기며 짜증을 내고 있어.
우리는 술에 취해 감정적으로 변했지.
우리의 대화도 마찬가지였어.
너는 내 심장을 짓밟았고
나는 아직 상처에서 벗어나지 못했어.

왜 우리는 같은 벽에 머리를 찧는 일을 반복해야 할까.
서로에게 관심이 없는 것을 깨달은 후에도.

결국엔 다 잘 될 거야. 모든 일에는 끝이 있는 법이잖아.
잠을 자. 눈을 뜨고 새로운 내일을 맞아.
되돌아갈 수 없어. 고마워해야 할 것도,
더 이야기해야 할 것도 없어. 코트를 걸치고 걸어봐.

"다 잘 될 거야."
윙베 형이 말했다. 음악이 끝나자 턴테이블의 바늘은 저절로 제자리를 찾아갔다.
"모든 일에는 끝이 있는 법이야. 잠을 자. 눈을 뜨고 새로운 내일을 맞아."
"무슨 말인지 이해할 수 있을 것 같아."
"도움이 되었니?"
"응, 조금. 한 번 더 들어보면 안 될까?"

저녁식사를 했다. 다행히도 어머니와 아버지는 내가 울었다는 것을 눈치채지 못했다. 나는 집에 가만히 앉아 있을 수 없어 식사 후에 밖으로 뛰쳐나갔다. 골목길은 텅 비어 있었다. 주말이라 친한 친구들은 모두 가족과 함께 집을 비웠다. 나는 터덜터덜 선착장으로 내려가보았다. 지난봄에는 새 보트를 장만한 집이 꽤 많았다. 게이르 호콘과 켄트 아르네도 그때 보트를 장만했다. 5마력 야마하 엔진을 장착한 GH 10과 10피트 위드 드로메딜이었다.
선착장에 모여 있는 아이들에게 다가갔다.

"우리의 페미께서 오시는군."

내가 발을 멈추자 외른이 소리쳤다.

잠시 잊고 있던 말이었다.

아이들이 킥킥 웃는 것을 보고, 그게 좋은 의미가 아니라는 것을 깨달았다.

"안녕."

외른이 엔진 시동 로프를 잡아당겨 시동을 걸었다.

"칼 오베, 여기 와볼래?"

"싫어."

"네게 보여줄 게 있어."

그가 고개를 돌려 보트 뒤쪽에 앉아 있는 남동생에게 말을 이었다.

"내가 신호를 주면 후진해."

그의 동생이 고개를 끄덕였다.

"이리 와보라니까."

그가 뱃머리로 걸어왔다.

나는 주저하면서 몇 발짝 앞으로 다가갔다. 갑자기 외른이 두 팔로 내 다리를 휙 감았다.

"후진!"

그가 동생에게 소리쳤다.

보트가 뒤로 빠지기 시작했다. 나는 외른에게 두 다리를 잡혀 질질 끌려갔다. 바닥에 넘어진 나는 선착장 가장자리까지 끌려가 곧 물에 빠질 지경이었다. 그런데도 외른은 내 다리를 놓아주지 않았고, 보트는 계속 후진하고 있었다. 나는 가장자리에 힘껏 매달렸다. 외른의 남동생은 속도를 높였다. 엔진 소리가 귀를 때렸다. 내 다리

585

는 보트 위에, 내 몸은 물 위에, 두 손은 선착장 가장자리에 매달려 있었다. 나는 그만하라고 소리치며 울기 시작했다. 구경하던 아이들의 입가에 미소가 떠올랐다.

"그만하면 됐어!"

외른이 소리쳤다.

막간극은 1분도 지나지 않아 막을 내렸다. 외른의 남동생은 보트를 앞쪽으로 몰았고, 외른은 내 다리를 놓아주었다. 나는 울면서 그곳을 서둘러 빠져나왔다. 눈물은 벼랑 위에 오를 때까지 멈추지 않았다. 나는 바위에 잠시 몸을 기댔다. 바람 한 점 없는 공기는 햇볕에 달아오른 언덕과 바짝 말라버린 풀과 야생화 냄새로 가득 차 있었다.

카이사에게 전화해서 헤어지자고 한 이유를 물어볼까 생각해보았다. 다음에 다른 누군가를 사귀게 된다면 도움이 될 것 같았다. 하지만 일이 더 복잡해질 것 같아서 그 생각은 접기로 했다. 전화기를 통해 이어질 나의 뻔한 말과 그녀의 주저하는 말. 이미 끝난 일이었다. 그녀는 나와 사귀기를 거부했다. 그뿐이었다. 너무나 간단하지 않은가.

집으로 가는 길에도 몸은 계속 떨렸다. 찬물에 한참 얼굴을 담그고 마음을 진정시켰다. 커튼을 닫았다. 외부에 있는 그 어떤 것도 내 방으로 들이고 싶지 않았다. 모터헤드의 「에이스 오브 스페이즈」를 틀었지만 왠지 분위기에 어울리지 않아 금방 폴 매카트니의 새로 나온 솔로 앨범으로 바꾸어 틀고, 내가 직접 구입한 베이글리*의 『황금산』을 펼쳤다. 이미 한 번 읽은 책이었지만 상관없었다. 남미의 피라

---

* 영국 작가.

미드와 거대한 해저 세계의 보물에 대한 이야기였다.

밤참을 먹기 위해 부엌으로 가니 어머니가 나를 보며 미소를 지었다.

"칼 오베, 너도 이제 데오드란트를 쓸 나이가 된 것 같구나. 내가 내일 하나 사줄게."

"데오드란트요?"

"응, 너도 그렇게 생각하지 않니? 곧 중학교에 입학할 나이잖아."

"사실 너한테서 냄새가 좀 나긴 해. 몸에서 암내가 나면 여자아이들이 좋아하지 않아."

윙베 형이 말했다.

아, 그래서 카이사가 내게 헤어지자고 말했던 걸까?

밤참을 먹은 후 윙베 형의 방으로 가서 물어보았다. 형은 미소를 지으며 그렇게 간단한 이유 때문은 아닐 거라고 대답했다.

다음 날 아침, 아버지가 내 방에 들어와서 여름 내내 침대에 누워 책만 읽으면 안 된다면서 밖에 나가서 좀 움직이라고 말했다.

"바다에 가서 헤엄치는 건 어때?"

나는 한마디도 하지 않고 책을 덮었다. 방을 나갈 때도 아버지에게 눈길을 주지 않았다.

잠시 골목길의 갓돌에 앉아 작은 돌멩이를 무심하게 길 위로 던졌다. 무작정 그곳에만 있을 수는 없었다. 누가 보면 내가 할 일이 없거나 같이 놀 친구가 없어서 그러는 것이라고 대번에 알아차릴 것이다.

길옆, 크리스텐 씨의 마당과 숲이 맞닿은 곳에는 커다란 체리나무 한 그루가 서 있었다. 나는 체리가 잘 익었으면 하나쯤 따 먹어볼 생각으로 터벅터벅 걸음을 옮겼다. 그 나무의 소유자는 불분명했다. 어떤 이는 크리스텐 씨의 나무라 했고, 또 어떤 이는 야생목이라 주장했다. 우리에겐 상관없는 일이었다. 우리는 나무에 혼자 기어 올라갈 수 있는 나이가 되었을 때부터 해마다 여름만 되면 열매를 모두 처리해버렸다.

서리당했다고 불평하는 사람은 없었다. 나는 그 나무의 잔가지 하나까지 잘 알고 있었다. 나무 꼭대기까지 올라가 가지가 휘어질 때까지 조심조심 몸을 옮겼다. 열매가 다 익을 때까지는 좀더 기다려야 할 것 같았다. 열매의 반은 딱딱한 녹색이었고 나머지 반은 희미하게 붉은빛이 감돌았다. 나는 열매를 따서 우물우물 씹어넘기고 씨는 힘껏 멀리 뱉었다.

외른이 자전거를 타고 왔다. 한 손으로는 짐받이에 올려둔 기름통을 잡고, 다른 한 손으로는 핸들을 잡고 있었다. 나를 본 그가 조심스레 브레이크를 잡고 멈추었다.

"칼 오베!"

나는 재빨리 나무에서 내려왔다. 내가 땅에 발을 디디기까지의 시간과 그가 자전거에서 내려 나무 쪽으로 걸어오는 시간은 거의 비슷했다. 그는 내게서 몇 미터 떨어진 곳에 서 있었다. 눈이 마주쳤다. 나는 얼른 언덕 위로 달리기 시작했다.

"미안하다는 말을 하려고 왔어! 어제 일 말이야! 많이 울었다며?"

그가 등 뒤에서 소리쳤다.

나는 뒤돌아보지 않았다.

"그럴 마음은 없었어! 얼른 이리 와봐. 화해하려고 왔어!"

나는 어림없는 소리라고 생각하며 쉬지 않고 우거진 잡초와 덤불 사이로 날렸다. 언덕 위쪽에 이르러 내려다보니 그가 자전거를 타고 선착장으로 가고 있었다. 나는 그가 자취를 감춘 후에 언덕에서 내려왔다. 딱딱한 체리 열매에는 이미 흥미를 잃어버렸기에 다시 위쪽으로 발길을 돌렸다. 가끔 골목길을 어슬렁거리면 누군가가 창문으로 내다보고 함께 놀기 위해 밖으로 나오기도 했다. 그것을 노린 나는 양쪽 길가에 자리한 집에서 잘 보이는 골목길을 천천히 걷기 시작했다.

텅 비어 있었다. 모두들 바다나 강으로 간 것이 틀림없었다. 직장에서 일하는 사람들도 있을 것이다. 토베 칼센 씨의 남편이 누런 잔디밭 위 야외용 침대에 누워 라디오를 듣고 있었다. 게이르와 트론의 어머니인 벤케 야콥센 씨는 베란다 파라솔 밑에서 하얀 챙모자를 쓰고 담배를 피우고 있었다. 얇고 하얀 옷을 걸친 그녀 옆에는 두 살짜리 막내가 놀고 있었다. 나는 스프링클러 물줄기 사이로 아이의 모습을 볼 수 있었다. 몸을 돌렸다. 게이르가 육상 선수처럼 손을 쭉 펼치고 언덕 위로 뛰어오고 있었다.

그가 내 앞에 멈춰 섰다.

"왜 혼자야? 베문은?"

내가 먼저 말을 걸어보았다.

"오늘 가족들이랑 함께 여행을 떠났어. 나랑 같이 배 타러 갈래?"

"그러지, 뭐. 어디로 갈 건데?"

게이르가 어깨를 으쓱 추켜보였다.

"예르스타홀멘은 어때? 아니면 그 근처 조그만 바위섬이나?"

"오케이."

게이르의 집에는 조그마한 나무배밖에 없었다. 그렇기 때문에 모터보트를 가지고 있는 다른 아이들보다 행동반경이 좁을 수밖에 없었다. 그런데도 우리는 가끔 게이르의 나무배를 타고 몇 킬로미터씩 노를 저어 작은 바위섬까지 가곤 했다. 게이르의 부모님은 나무배를 타고 먼 바다로 나가는 것을 허락하지 않았기 때문에 우리는 섬에서 가까운 바위섬에만 갈 수 있었다.

나무배에 올라탔다. 나는 배를 뭍에서 밀어냈고, 게이르는 노를 고정대에 끼운 후 갑판을 한 번 치고 그 반동을 이용해 힘껏 노를 젓기 시작했다. 그의 얼굴이 일그러지기 시작했다.

"영차, 영차. 으… 흐으…"

노를 저을 때마다 신음소리가 흘러나왔다.

푸른빛을 머금은 바다 위를 스치던 거센 바람이 가끔씩 뭍을 향해 불어왔다. 저 멀리 바다에는 하얀 파도가 치고 있었다.

게이르가 몸을 돌려 작은 바위섬의 위치를 확인하고 뱃머리를 살짝 돌렸다. 다시 신음소리를 담은 노젓기가 계속되었다. 나는 손을 뻗어 바닷물에 담그고, 배의 꼬리를 물고 따라오는 잔물결을 바라보았다.

바위섬이 가까워졌다. 나는 뭍을 향해 뛰어내려 파도가 치지 않는 우묵한 곳으로 나무배를 끌어왔다. 로프 묶는 법을 몰랐기 때문에 로프는 게이르에게 건네줄 수밖에 없었다. 그는 바위에 박힌 작은 쇠 작대기에 로프를 묶어 배를 고정시켰다.

"헤엄칠래?"

그가 물어보았다.

"응."

바위섬에는 먼 바다가 보이는 곳에 거의 2미터나 되는 낭떠러지가 있었다. 우리는 그곳에 올라가 다이빙을 했다. 바람은 차가웠지만 물은 그리 차갑지 않았다. 한 시간쯤 수영한 후, 섬에 올라와 몸을 말렸다.

옷을 입은 게이르가 주머니에서 라이터를 꺼냈다.

"그건 어디서 났어?"

"별장에 있는 걸 가져왔어."

"뭘 태워보는 건 어때?"

"응, 그러려고 가져왔어."

바위섬에는 갈라진 틈마다 잡초가 자라고 있었고, 섬 한가운데는 풀로 뒤덮인 조그마한 평지가 있었다.

게이르가 구부정하게 앉아 한 손으로 바람을 막으며 라이터 불을 풀 위로 가져갔다. 불은 금방 붙었고 아주 투명한 작은 불꽃이 솟아올랐다.

"나도 해보면 안 돼?"

게이르가 몸을 펴고 바닷물에 젖어 뻣뻣해진 머리카락을 뒤로 쓸어 넘기면서 내게 라이터를 건네주었다.

"앗, 조심해! 불이 번지고 있어!"

게이르는 큰 소리로 웃으면서 발로 불을 밟아 껐다. 불이 다 꺼졌다고 생각했을 무렵, 이미 밟아서 꺼놓았던 반대쪽 불씨에서 다시 불꽃이 피어올랐다.

"너도 봤니? 불꽃이 저절로 생겨났어!"

그가 불을 껐다. 나는 섬 한가운데로 가서 조그마한 평지를 덮은 잡초 위에 불을 붙였다. 순간 거센 바람 한 줄기가 스쳤다. 불이 번져 작은 담요처럼 평지를 덮었다.

"좀 도와줘. 불이 번져서 끄기 힘들어."

내가 게이르에게 도움을 요청했다.

우리는 풀 위에서 펄쩍펄쩍 뛰었다. 뛰는 것만큼은 자신 있었다.

곧 불꽃이 사그라졌다.

"라이터를 줘봐."

나는 게이르에게 라이터를 돌려주었다.

"여러 곳에 동시에 불을 붙여보면 어떨까?"

그가 말했다.

"좋아."

그가 먼저 불을 붙이고 내게 라이터를 건네주었다. 나는 얼른 반
대편으로 뛰어가 불을 붙이고, 다시 게이르에게 라이터를 되돌려주
었다. 게이르는 조금 전 불을 붙인 곳 가까이에 라이터를 가져갔다.

"풀이 탈 때 지직지직 소리가 나!"

그가 말했다.

불꽃은 바짝 마른 잡초를 소리내어 집어삼키며 점점 세력을 넓혀
갔다. 내가 불을 붙였던 곳은 기다란 뱀처럼 불꽃이 자라났다.

다시 거센 바닷바람이 몰아쳐왔다.

"우와!"

불꽃이 몇 센티미터 정도 쑥 올라가더니 사방팔방으로 번져나가
기 시작했다.

"도와줘!"

그의 목소리에 두려움이 묻어 있었다.

나는 불붙은 풀을 마구 발로 밟았다. 다시 바람이 불었다. 불꽃이
무릎까지 올라왔다.

"아, 이를 어쩌지… 저기도 불이 번지기 시작했어!"

"윗옷을 벗어! 옷으로 불을 끄자! 영화에서 그렇게 하는 걸 봤어!"

우리는 윗옷을 벗어 불붙은 풀 위로 마구 내리쳤다. 바람은 멈추
지 않았고, 한 번씩 뭍을 향해 불어올 때마다 불꽃은 되살아났다.

불이 걷잡을 수 없을 정도로 번졌다.

우리는 불을 끄기 위해 미친 사람처럼 펄쩍펄쩍 뛰었지만 도움이 되지 않았다.

"안 되겠어. 불을 끌 수 없을 것 같아."

게이르가 말했다.

"점점 더 번지는데 어떡하지?"

"정말 어떻게 하면 좋지?"

"모르겠어. 보트에 있는 파래박을 사용하면 안 될까?"

"파래박? 너 바보 아냐?"

"아냐. 그냥 한번 생각해본 것뿐이야."

아, 아, 어떡하지… 불이 점점 더 번져가고 있었다. 몇 미터나 떨어져 있어도 열기를 느낄 수 있을 정도였다.

"도망치자! 그 수밖에 없을 것 같아. 서둘러!"

게이르가 소리쳤다.

춤추듯 너울거리던 불꽃은 야생마처럼 날뛰기 시작했다. 우리는 얼른 나무배를 뭍에서 밀어내고 올라탔다. 노를 젓는 게이르의 팔에는 올 때보다 훨씬 더 힘이 들어갔다.

"젠장! 저길 봐! 아직도 타고 있어!"

"휴, 그러게. 이렇게 불이 번지리라곤 생각도 못 했어."

"나도 마찬가지야."

"들키지만 않았으면 좋겠어."

"걱정하지 마. 아무도 못 봤을 거야."

뭍에 다다른 우리는 모든 흔적을 없애기 위해 나무배를 풀숲 뒤로 가져갔다. 불에 그슬려 거뭇거뭇한 자국이 남아 있는 티셔츠를 벗어 바닷물에 빨았다. 완벽을 기하기 위해 바지도 벗어 물에 헹궜다. 누가 묻는다면 옷을 입은 채 바다에서 헤엄쳤다고 말할 생각이었다. 우리는 행여 몸에 탄내가 배었을까봐 냄새를 없애기 위해 몸을 물에 담그고 나서 집으로 갔다.

윙베 형의 방으로 가서 창밖을 보니, 아버지가 잔디밭에 마련한 야외용 침대에 누워 있었다. 아버지는 해가 쨍쨍하게 나면 마치 축 늘어진 도마뱀처럼 몇 시간 동안 꼼짝도 하지 않고 일광욕을 했다. 그러고 나면 아버지의 몸은 건강한 갈색으로 변해 있었다. 멀지 않은 곳에서 라디오 소리가 들렸다. 어머니가 거실 창 아래 테라스에서 라디오를 듣고 있는 게 분명했다.

약 한 시간 후, 어머니가 데오드란트를 들고 내 방에 들어왔다. 데오드란트에는 '남성용'MUM이라고 적혀 있었다. 파란색 병뚜껑을 열고 냄새를 맡아보니 달짝지근하고 기분 좋은 냄새가 났다. 남성용. 갑자기 내가 어른이 된 것 같았다. 적어도 이젠 청년이라고 할 수 있을 것 같았다. 이제 몇 주만 있으면 나는 데오드란트를 사용하는 중학생이 될 테니까.

어머니가 사용법을 알려주었다. 몸을 씻고 난 후에 겨드랑이에 문지르면 된다고 했다. 몸을 씻지 않고 사용하면 더 역한 냄새가 날 수 있다고도 했다.

어머니가 방을 나간 후, 나는 어머니가 알려준 대로 겨드랑이에 데오드란트를 문지르고 킁킁 냄새를 맡아보았다. 침대에 누워 『드라큘라』를 펼쳤다. 내가 제일 좋아하는 책이었다. 이미 한 번 읽었지만 처음과 다름없이 흥미진진했다.

"밤참 먹으러 와!"

어머니가 부엌에서 소리쳤다. 나는 얼른 책을 내려놓고 봄을 일으켰다.

이미 자리에 앉아 있는 아버지의 눈빛은 햇볕에 그을린 몸처럼 어두웠다. 어머니는 뜨거운 물을 찻잔에 부은 다음 우리 사이에 자리를 잡고 앉았다.

"오늘 마르타 씨가 함께 별장 여행을 가자고 했어요."

"말도 안 되는 소리! 그 외에 다른 말은 하지 않았소?"

어머니는 고개를 저었다.

"특별히 다른 말은 없었어요."

나는 식탁만 내려다보았다. 가능한 한 빨리 그곳을 벗어나고 싶었지만 내색하지 않으려 조심하면서 음식을 먹었다.

옆집에서 자동차 엔진 소리가 들렸다. 시동이 걸리자마자 푹 꺼지는 일이 반복되자, 아버지가 몸을 일으켜 창밖을 내다보았다.

"구스타브센 씨 가족은 지금 여행 중인 걸로 아는데?"

아무도 대답하지 않자, 아버지가 내게 고개를 돌렸다.

"네, 맞아요. 하지만 롤프와 레이프 토레는 집에 있어요."

차에 시동이 걸렸다. 툭툭 끊어질 듯 이어지는 엔진 소리와 함께 차가 사라졌다.

"누가 구스타브센 씨의 차를 몰고 있어."

나는 아버지의 말에 밖을 내다보기 위해 몸을 일으켰다.

"앉아!"

나는 얼른 자리에 앉았다.

"무슨 일이죠?"

어머니가 물었다.

"애들이 부모님 차를 훔쳐 타는 것 같아."

아버지가 어머니를 향해 고개를 돌렸다.

"어떻게 이런 일이?"

언덕 위에서 자동차 소리가 들려왔다.

"저 집 사람들은 자식 간수를 어떻게 하는지 모르겠군. 레이프 토레는 칼 오베와 동갑인데, 벌써 부모님 차를 훔쳐 타다니. 말세군, 말세야."

나는 마지막 빵 조각을 꿀꺽 삼키고 뜨거운 차를 식히기 위해 우유를 듬뿍 넣었다. 한 모금에 잔을 비우고 자리에서 일어났다.

"잘 먹었습니다."

"응, 이제 자러 갈 거니?"

"네."

"잘 자."

"안녕히 주무세요."

아버지가 갑자기 내 방에 들어와 불을 켰다.

"일어나!"

나는 침대에서 몸을 일으켰다.

아버지가 나를 뚫어지게 바라보았다.

"칼 오베, 네가 담배를 피운다는 소리를 들었어."

"네? 그런 적 없어요. 진심이에요. 저는 한 번도 담배를 피운 적이 없어요. 사실이에요."

"내가 들었던 말과는 다른데? 난 네가 담배를 피운다고 들었어."

나는 고개를 들어 아버지의 어두운 눈빛을 정면으로 받아냈다.

"정말 담배를 피운 적 없니?"

나는 고개를 떨어뜨렸다.

"네."

아버지가 내 귀를 비틀었다.

"거짓말하지 마!"

내 귀를 비트는 아버지의 손에 힘이 들어갔다.

"정말 담배 피운 적 없어?"

"네, 없어요!"

나는 크게 소리를 질렀다.

아버지가 내 귀를 놓아주었다.

"롤프에게서 들은 말이야. 너는 롤프가 내게 거짓말을 했다고 생각하니?"

"네. 저는 정말 담배를 피운 적이 없어요."

"그렇다면 롤프가 내게 거짓말을 했다는 거냐?"

"모르겠어요."

"왜 울어? 네가 정말 죄책감을 느끼지 않는다면 울 이유도 없잖아. 난 너를 잘 알고 있어, 칼 오베. 난 네가 담배를 피웠다는 것도 알고 있어. 하지만 앞으로는 절대 담배에 손도 대지 마라. 이번만은 봐준다."

아버지가 방에서 나갔다. 아버지의 눈은 들어올 때와 마찬가지로 어두웠다.

나는 이불깃으로 눈물을 닦고 침대에 누워 천장을 바라보았다. 잠이 오지 않았다. 나는 단 한 번도 담배를 피운 적이 없다.

하지만 아버지는 내가 나쁜 짓을 했다는 것을 알고 있었다.

어떻게 알았을까?

도대체 어떻게 알 수 있었던 걸까?

다음 날 우리는 가만히 앉아 있을 수가 없어 나무배를 타고 바위섬으로 다시 가보았다.

"우와, 까맣게 타버렸어."

게이르가 노를 내려놓고 말했다.

우리는 배를 잡고 깔깔 웃느라 물에 빠질 뻔했다.

그해 여름은 겉으로 보기엔 다른 해의 여름과 그리 다르지 않았다. 우리는 쇠르뵈보그에 며칠 머물렀고, 할아버지와 할머니의 별장에도 다녀왔다. 그 외엔 동네 여기저기를 돌아다니면서 시간을 보내거나 방에 혼자 누워 책을 읽었다. 하지만 나의 내면에는 큰 변화가있었다. 나는 곧 중학생이 되어 새 학기를 맞을 예정이었다. 교장 선생님은 졸업식 날, 이제 여름방학이 끝나면 우리는 산드네스 초등학교 학생이 아니라 롤리헤덴 중학교에서 7학년을 맞을 것이라고 말했다. 우리는 이제 코흘리개 어린이가 아닌 것이다.

7월에는 열심히 아르바이트를 했다. 이른 아침부터 따가운 햇볕아래서 딸기를 따서 포장했으며 당근을 정리하기도 했다. 점심시간이 되면 산등성이에 앉아 서둘러 점심을 먹고 자전거로 에르스타반네까지 가서 오후 일을 시작하기 전에 잠시 헤엄을 쳤다. 아르바이트를 해서 번 돈은 노르웨이컵 기간에 쓸 생각이었다. 내가 대회 기간에 집을 비운 사이, 어머니와 아버지는 산에서 시간을 보냈다.

그해 여름은 유난히 더웠다. 흙 구장에서 경기를 치른 어느 날, 나는 갑자기 쓰러져 병원으로 실려갔다. 정신을 차리니 이미 해가 진저녁이었고, 나는 혼자 누워 있었다. 저 멀리서 록시 뮤직의 「조금만더」라는 음악이 희미하게 들려왔다. 텐트 천장을 쳐다보는 순간 말로 형언할 수 없는 행복감이 밀려들었다. 무엇 때문에 행복감을 느꼈는지는 알 수 없었지만 나는 저항하지 않고 온몸으로 받아들였다.

대회 기간에 셸과 함께 어울려 다녔기 때문일까, 지하철역 벽을향해 목이 터져라 폴리스의 노래를 불렀기 때문일까, 가판대에서 셸

수 없이 많은 기념품 배지를 샀기 때문일까. 그중에는 더 스페셜스와 더 클래쉬의 배지도 있었다. 아니, 어쩌면 아침에 눈을 뜰 때부터 저녁에 잠자리에 들 때까지 코에 걸치고 다닌 검은 선글라스 때문인지도 몰랐다.

그렇다. 그런 일 때문이었을 것이다. 셸은 나보다 한 살 많았고, 학교에서 여자아이들에게 가장 인기가 많았다. 브라질인 어머니에게서 태어난 그는 가무잡잡한 피부에 검은 머리를 지닌 아름다운 소년이었다. 항상 정의롭고 용감했기에 모두 그를 존중했고 심지어 우러러보기까지 했다. 그가 나와 어울리는 데 반감을 표시하지 않았던 것은 내게 크나큰 행운이었다. 셸 덕분에 나의 지위는 튀바켄의 무리를 하찮게 내려다볼 수 있을 정도로 향상되었다. 그들은 나를 은근히 따돌렸지만, 셸은 달랐다. 라스가 노르웨이컵에 참가하기 위해 오슬로까지 온 것도 내겐 행운이었다. 나는 내가 바랄 수 있는 것보다 훨씬 많은 것을 얻은 셈이었다.

어쩌면 그 때문에 텐트 안에 혼자 누워 있었을 때 말할 수 없는 행복감을 느꼈는지도 모른다. 그게 아니라면 내 귓가에 희미하게 다가왔던 록시 뮤직의 「조금만 더」라는 노래 때문이었을 것이다. 쉽고 아름다운 멜로디는 어스름한 여름밤을 뚫고 나를 찾아왔고, 나는 음반 수천 장이 진열된 음반 가게 수백 개와 낯선 사람들로 가득한 대도시 한가운데 있었다. 도시 곳곳에서는 책이나 음반으로만 접할 수 있었던 밴드들이 공연했고, 끊임없이 들려오는 자동차 소리와 사람들의 말소리, 웃음소리를 배경으로 브라이언 페리의 목소리까지 들려오는데 행복하지 않을 수가 있을까.

　조금만 더―아무것도 없어.

조금만 더—아무것도 없다는 것을 알잖아.

8월 중순의 어느 느지막한 저녁, 우리는 게를 잡기 위해 토룽겐으로 갔다. 아버지는 하얀 양동이와 새로 산 수중 손전등과 갈퀴, 심지어 잠수 마스크와 오리발까지 챙겼다. 바위섬에 오르자 갈매기 한무리가 머리 위를 떼 지어 날며 울부짖었다. 어떤 갈매기는 우리 머리카락을 채어갈 듯 잽싸게 수직으로 내려왔다가 다시 날아오르기도 했기에 공포스럽기까지 했다. 하지만 잔잔한 밤바다를 바라보면서 바위섬 가장자리에 자리를 잡고 나니 갈매기들도 조용해졌다.

어머니는 모닥불을 피웠다. 아버지는 옷을 벗고 오리발을 신었다. 수중 손전등을 들고 잠수 마스크를 낀 아버지가 바닷속으로 사라졌다. 아버지가 물 위에 떠오르자 스노클에서 작은 폭포수처럼 물이 뿜어져나왔다.

"한 마리도 없어. 저쪽으로 가보자."

윙베 형과 나는 천천히 아버지가 가리키는 쪽으로 걸어갔다. 갈매기가 등 뒤에서 시끄럽게 울부짖기 시작했다. 어머니는 우리를 위해 음식을 준비했다.

다시 물 위로 모습을 드러낸 아버지가 버둥거리는 커다란 게 한마리를 손에 쥐고 있었다.

"양동이를 가져와!"

윙베 형이 양동이를 가지고 물에 내려가자 아버지는 게를 양동이 안에 넣고 다시 헤엄쳐서 사라졌다.

아버지를 향한 연민과 동정심이 불쑥 솟아올랐다. 아버지는 게를 어떻게 잡는지 모르고 있었다. 게를 잡을 때는 손전등으로 어두한 해인신을 비추며 갈퀴로 쓸어야 한다. 바위섬에 우리밖에 없어 다행이라는 생각이 들었다.

양동이가 버둥거리는 게로 가득 차자 아버지는 모닥불 옆에서 몸을 덥혔다. 우리는 소시지를 굽고 탄산수를 마셨다. 보트에 내려갈 때가 되자 아버지는 바닷물을 떠와 모닥불을 껐다. 나는 바위틈에서 죽은 갈매기 한 마리를 발견했다. 손을 대어보았다. 여전히 온기가 남아 있었다. 갑자기 갈매기의 발이 부르르 떨렸다. 나는 깜짝 놀라 뒷걸음질 쳤다. 아직 살아 있을까?

나는 몸을 굽혀 손가락으로 갈매기의 흰 가슴살을 살짝 찔러보았다. 아무런 반응이 없었다. 나는 몸을 일으켰다. 죽은 갈매기가 그곳에 있다는 사실에 괜히 불쾌해졌다. 죽었다는 것 때문이 아니라, 숨이 끊어졌는데도 살아 있을 때와 똑같은 형태와 색깔을 지니고 있다는 사실 때문이었다. 주황색 부리, 누런색과 검은색이 섞여 있는 눈동자, 커다란 날개. 갈매기의 발은 파충류의 껍질 같았다.

"뭘 보고 있니?"

아버지의 목소리가 등 뒤에서 들렸다.

고개를 돌리니, 아버지의 손전등이 내 얼굴을 정면으로 비추었다. 나는 불빛을 가리기 위해 손을 올렸다.

"죽은 갈매기를 보고 있었어요."

아버지가 손전등을 내렸다.

"그래? 어디 있니?"

"저기요."

나는 갈매기를 손가락으로 가리켰다.

아버지의 손전등 불빛을 받은 갈매기는 마치 환한 수술대 위에 누워 있는 환자처럼 보였다. 눈동자가 불빛에 반사되어 반짝였다.

"이 근처 어딘가에 새끼들이 있을 거야. 어미가 사라졌으니 앞으로 살아나가기 힘들겠구나."

"새끼들이 있다고요?"

"응, 지금쯤이면 아직도 새끼들이 둥지를 벗어나지 못했을 거야. 갈매기들이 우리를 쫓아내려고 그토록 크게 울부짖었던 것도 새끼들을 지키기 위해서란다. 자, 이제 내려가자."

우리는 시내의 반짝이는 불빛 사이로 차를 몰았다. 다리를 건너 집에 도착할 때까지 양동이 두 개에 가득 담긴 게들은 산 채로 버둥거렸다. 아버지는 집에 들어오자마자 팔팔 끓는 물에 게를 집어넣었다. 죽음이 그들의 갈색 껍질을 서서히 에워쌌다.

이틀 후, 아버지는 크리스티안산으로 이사했다. 벤네슬라의 한 고등학교에서 새 일자리를 찾았기 때문이다. 집에서 통근하기에 너무 먼 거리라, 아버지는 슬레테이아라는 동네 작은 아파트에 세 들어 살기로 했다. 아버지는 새집에 가져갈 물건들을 빌려온 트레일러에 실었다. 그때부터 아버지는 주말에만 집에 왔다. 하지만 그도 시간이 지나니 점점 뜸해졌다. 아버지는 그곳에 사는 동안 우리가 함께 살 집을 알아볼 예정이었고, 살 집을 구하게 되면 다음 해 여름에 모두 그곳으로 이사를 가기로 했다.

아버지가 집에 없으니 나는 한결 마음이 편했다. 내가 중학교에 입학하는 해에 맞추어 아버지가 13년을 근무하던 학교를 떠나 일자리를 옮겼다는 것은 내겐 크나큰 행운이었다. 만약 아버지가 계속 중학교에서 일했다면, 나는 항상 말과 행동을 조심해야 했을 것이다. 수업 시간에 손을 드는 것조차 힘들었을지 모른다. 윙베 형의 중학교 생활은 그러했지만, 나는 아버지의 눈치를 보지 않고 중학교에 나닐 수 있어서 기뻤다.

중학교에 입학하고 처음 며칠 동안은 6년 전 초등학교에 처음 입학했을 때와 그리 다르지 않았다. 선생님들과 학교 건물은 새롭고 낯설기만 했다. 함께 초등학교를 다녔던 친구들을 제외하면 새롭고 낯선 아이들뿐이었다. 중학교에서는 이전과 다른 규칙을 따라야 했으며, 학교 안에 도는 갖가지 소문과 뒷말도 초등학교 때와는 달랐다. 한마디로 분위기가 완전히 달랐다.

중학교에 오니, 운동장에서 노는 아이도 보이지 않았다. 고무줄놀이를 하거나 줄넘기를 하는 아이도 없었고, 술래잡기나 얼음땡을 하는 아이도 없었다. 초등학교 때와 같은 것이 있다면 여전히 축구를 하는 아이들을 볼 수 있다는 점이었다. 하지만 그들조차도 초등학교 때처럼 쉬는 시간에는 축구를 하지 않았다. 중학교 아이들은 쉬는 시간이 되면 함께 무리를 지어 서 있었다. 담배를 피우는 아이들은 한구석에 모여 서서 라이터와 담배를 손에 들고 웃으며 대화를 나누었다. 가죽 재킷을 입은 아이도 있었고 청 재킷을 입은 아이도 있었으며, 대부분은 스쿠터를 타고 다녔다. 몇몇 아이를 둘러싼 소문도 초등학교 때와는 차원이 달랐다. 도둑질을 했다거나, 술에 취해 학교에 왔다거나, 마약을 했다는 소문도 들을 수 있었다.

소문의 주인공들은 긍정도 부정도 하지 않았다. 우리 눈에 보이는 그들은 수수께끼에 둘러싸인 악의 존재였다. 입학 첫날부터 목쉰 웃음소리를 내뱉으며 그들과 함께 어울릴 수 있었던 아이는 욘밖에 없었다. 그들은 책에서 배울 수 있는 지식과 지혜를 경멸했고, 학교를 증오했으며, 대부분은 나름의 손재주가 있어 이미 8학년에 사회로 진출하기도 했다.

학교 측에선 그들이 나가주기를 기다렸다는 듯 두말없이 자퇴 처리를 해주었다. 하지만 입에 담배를 물고 있는 겉모습만 제외하면 그들도 다른 평범한 아이들과 비슷했다. 일반적으로 평범하다고 하는 아이들도 쉬는 시간이 되면 삼삼오오 모여서 이야기를 하곤 했으니까. 여자아이들은 여자아이들대로, 남자아이들은 남자아이들대로 따로 모였다. 가끔 남자아이가 여자아이들을 괴롭힐 때도 있었다. 그럴 때면 비명과 뜀박질이 뒤를 이었다. 남자아이들이 주먹 다툼을 할 때도 없지 않았다. 그럴 때면 마치 해일에 휩쓸린 듯 전교생이 모여들어 구경을 했다. 모른 척하기는 쉽지 않았다.

새로운 학교생활에 적응하기까지는 몇 주일이나 걸렸다. 우리는 모든 것을 직접 알아내야 했다. 선생님들의 한계와 선호도를 파악해야 했고, 학업적인 면에서의 우열은 물론 학교 안팎에서 서로 다르게 허용되는 것이 무엇인지 알아내야 했다.

라르센 씨는 과학 과목을 맡았다. 가끔 술에 취해 출근하기도 했고, 항상 소파에서 자다가 금방 일어난 것 같은 옷차림을 하고 있었다. 언제 수업을 하든, 항상 잠에 취한 듯 발음이 부정확했고 집중력 같은 것은 찾아볼 수 없었다. 하지만 그는 갖가지 실험을 좋아해서, 과학 시간이 되면 항상 연기가 나고 폭발음이 들렸다. 우리는 그의 과학 수업 시간을 꽤 좋아했다.

음악 과목은 콘라드 씨가 맡았다. 청소년센터의 관장이기도 한 그는 여성용 블라우스 같은 셔츠 위에 검은색 조끼를 입고 다녔다. 둥그런 얼굴에 안경을 끼고 콧수염을 길렀으며 머리가 듬성듬성 빠지기 시작한 그는 항상 생기가 넘쳤고 아이들을 친구처럼 대했다. 우리는 그의 이름을 부르며 그와 친하게 지낼 수 있었다.

수학 과목은 웽베 형의 담임선생님이었던 베스타 씨가 맡았다. 대머리인 그는 항상 양 볼이 발갛게 상기되어 있었고, 안경 너머로 보이는 눈동자는 날카롭기 그지없었다. 가정 과목을 맡은 한센 씨는 백발에 안경을 낀 굉장히 엄격한 여자였다. 그녀는 우리에게 감자 삶는 법, 어묵 굽는 법을 가르쳐주는 데 열성을 다했다.

우리 반 담임선생님인 콜로엔 씨는 언어와 종교 과목을 맡았다. 20대 후반의 그는 키가 크고 호리호리한 데다 얼굴 윤곽이 상당히 날카로웠으며, 참을성도 많지 않았다. 그는 학생들과 거리를 두었지만, 가끔은 학생들과 가까이 지내려고 열정적으로 노력하는 때도 있었기 때문에 우리를 놀라게 했다.

초등학교 때는 과제나 시험을 보면 선생님들이 일반적인 평가나 조언을 적어주었다. 하지만 중학교에 오니 선생님들은 우리가 하는 모든 일에 점수를 매기고 성적에 반영했다. 이 새로운 사실은 교실 내에 일종의 긴장감을 조성하는 원인이 되었다. 우리는 갑자기 같은 반 아이들이 무엇을 잘하고 무엇을 못하는지 알게 되었다. 성적을 비밀에 부친다는 것은 불가능했다. 아니 가능하긴 했지만 성적을 숨기는 아이들은 으레 성적이 좋지 않은 아이로 낙인찍혀버렸다.

내 성적은 주로 M과 M+를 맴돌았다.* 가끔 S를 받을 때도 있었지만, G는 거의 받지 않았다. 나는 아이들에게 내 성적을 실제보다 조금 낮게 알려주었다. 중학교에 와보니 공부 잘하는 책벌레들은 그다지 인기가 없다는 것을 깨달았기 때문이다. 예를 들어 S를 받은 아이들은 개성이 없고 재미도 없으며 매사에 진지하기만 하다는 인식이 자리 잡고 있었던 것이다. 나는 초등학교에서 바닥을 기었던 내 입지를 조금이나마 높이기 위해 머리를 굴려보았다. 물론 구체적인 방법은 생각해보지 않았다. 내가 속한 사회를 지배하는 일반적 통념을

• 1999년 개정되기 전 노르웨이의 성적 시스템으로 숫자 대신 알파벳을 사용했다. S, M, G, Ng, Lg의 순서이며 한국의 수, 우, 미, 양, 가로 대체할 수 있다. 즉, S는 수, M은 우에 해당한다.

바탕으로 나의 직관과 짐작을 따라갈 뿐이었다.

내 입지를 높일 수 있는 수단 중에는 축구가 있었다. 나는 같은 축구팀에서 활동하는 8학년, 9학년 학생들을 꽤 많이 알고 있었다. 그들 중 네댓 명은 남자는 물론 여자아이들에게도 인기가 많았다. 로니, 게이르 헬게 또는 셸에게 스스럼없이 다가가 함께 어울릴 수 있는 아이는 우리 반에서 나밖에 없었다. 물론 그들은 내게 큰 관심을 기울이지 않았고, 나 또한 그들에게서 얻을 수 있는 것이 별로 없었다.

하지만 내게 중요한 것은 그들과 함께 서 있는 모습을 다른 아이들에게 보여주는 것이었다. 동네의 왕으로 군림했던 게이르, 게이르 호콘, 레이프 토레는 하룻밤 사이에 동네의 광대로 전락했다. 중학교에서 그들은 아무것도 아니었다. 그렇기 때문에 그들은 밑에서부터 다시 올라갈 수 있는 전략을 마련해야만 했다. 나는 그들이 3년 내에 예전과 같은 입지를 되찾을 수 있으리라 생각하지 않았다. 나는 교실을 나서면 그들에게 고개도 돌리지 않았다.

입학하고 처음 몇 주 동안 나는 단짝이라도 된 듯 라스와 자주 어울렸다. 그는 옆 반 학생이었고 브라테클레이브에 살고 있었다. 튀바켄에 사는 아이들은 그쪽 동네 아이들과 거의 왕래가 없었다. 라스는 축구를 잘했고, 사교성이 뛰어나 다른 아이들과 잘 어울렸다. 약간 붉은기가 감도는 곱슬머리에 항상 쾌활한 라스는 웃음소리도 컸다. 그는 아이들과 자주 장난을 쳤지만 단 한 번도 악의를 품고 장난친 적은 없었다. 그의 아버지는 스케이트 선수였다. 왕년에 유럽 챔피언 타이틀을 거머쥐기도 했으며, 세계 선수권 대회는 물론, 스퀴벨리 동계 올림픽에도 국가대표로 참가한 적이 있었다. 라스의 집 지하실에는 트로피와 메달, 상장, 세월을 머금고 바짝 말라버린 월

계수로 가득했다. 그의 아버지는 친절하고 사려 깊었으며, 우유부단함과는 거리가 멀었다. 라스의 어머니는 덴마크 사람이었고, 가족들에게 그다지 큰 관심을 보이는 것 같지 않았다.

라스와 함께 있으면 내게 묻은 튀바켄의 흔적을 없앨 수 있어서 좋았다. 나는 변화를 위해 스스로 노력하기도 했다. 그것은 하룻밤 새 일어난 일이라 해도 과언이 아니었다. 나는 이제 선한 사람으로 살지 않기로 결심했다. 욕을 하기 시작했고, 과일 서리도 했으며, 돌멩이를 던져 가로등이나 공사장의 가건물 창을 깨기도 했다. 수업시간에 반항조로 대답했고, 신에게 기도하는 일도 그만두었다. 너무나 자유롭고 홀가분했다.

나는 특히 과일 서리를 좋아했다. 위험이 크면 클수록 더 좋았다. 아침에 일어나 학교에 가는 길에 자전거를 세워놓고 남의 집 정원에 들어가 사과를 대여섯 개, 많으면 열 개까지 훔쳤다. 그런 다음 아무 일도 없었다는 듯 자전거에 올라타 가던 길을 갔다. 그때 그 느낌은 이전에는 단 한 번도 느껴본 적이 없었고, 심지어 있는 줄도 몰랐던 것이었다. 학교 가는 길에 지나치는 집 중에는 최근에 정원을 새로 가꾼 집이 있었다. 그 정원 한가운데 서 있는 한 그루의 사과나무에는 작은 사과가 딱 한 개만 열려 있었다. 그 사과가 그 집 가족들에게 얼마나 소중한 것인지 깨닫기 전에는 과일 서리에 대해 생각조차 하지 않았다. 하지만 봄에 심은 나무 한 그루에서 사과가 딱 하나만 열렸을 때, 그 사과가 익기를 기다리며 매일매일 정성스레 나무를 가꾸는 집주인의 마음을 생각하니, 생각이 바뀌었다. 나는 그들의 단 하나뿐인 사과 열매를 언젠가 꼭 훔쳐 먹겠다고 결심했다.

나는 사람들의 눈을 피하기 위해 저녁까지 기다리지 않았다. 학교 가는 길에 자전거에서 내려 울타리를 넘어가 잔디밭을 성큼성큼 걸어 들어갔다. 아무렇지 않게 마치 내 것인 양 사과를 따서 한 입 베어 물고 자전거로 되돌아왔다. 새로운 세상이 열리는 것 같았다. 가게에서 물건을 훔쳐본 적은 없었지만, 기회가 오면 그것도 해보리라 마음먹었다.

집에서의 내 모습도 조금씩 변하기 시작했다. 이전보다 훨씬 자유롭게 행동했고, 기분이 좋았으며, 말도 많아졌다. 어머니는 내가 변했다는 것을 깨닫지 못했을 수도 있다. 내가 갇혀 있던 속박과 굴레는 오직 아버지가 가까이 있을 때만 나를 조여왔고, 아버지의 분노는 주로 어머니가 없을 때 내게 쏟아졌기 때문이었다.

그렇게 따지면 어머니와 욍베 형 앞에서 내 모습은 그다지 달라진 것이 없다 해도 틀린 말은 아니었다. 나는 항상 어머니와 대화를 많이 나누었다. 대화의 주제는 바깥 세상에 대한 것보다 시도 때도 없이 충동적으로 입밖에 불쑥 내놓는 나의 사고와 생각의 조각들이 더 많았다. 하지만 중학교에 입학하면서, 나는 어머니 앞에서 말을 가리기 시작했다. 머릿속에 있는 모든 것을 거르지 않고 내놓는 것은 옳지 않다고 생각했기 때문이다. 내가 속한 두 세상 가운데 하나는 깨끗하고 환해야 했다. 반대편 세상에 존재하는 길고 검은 온갖 그림자를 끌어들일 필요는 없었다.

그해 가을, 내가 속해 있던 두 개의 세상이 문을 열었다. 차고의 자동문처럼 기계적으로 열린 것이 아니라, 마치 살아 있는 유기체처럼 근육을 움직여 문을 열었던 것이다. 매주 금요일, 아버지가 집에 오면 내가 속한 한쪽 세상의 문이 닫혔고, 과거의 검은 그림자가 다시 머리를 들었다.

나는 가능한 한 그 세상 속에 오래 머물지 않으려고 갖은 노력을 했다. 집 안에서의 세상은 매일 비슷한 일이 반복되는 세상이었고,

앞일을 예상할 수 있는 세상이었다. 반면 집 밖에서의 세상은 무슨 일이 일어날지 전혀 예상할 수 없는 세상이었다. 하지만 어떤 일이 일어나면 그것은 너무나 명확했고 의심할 여지가 없었다. 불분명한 것은 오직 그 일이 발생하기까지의 원인과 과정뿐이었다.

매주 금요일 저녁이 되면 학교의 구 체육관을 개조한 청소년센터에서 갖가지 행사가 열렸다. 중학생이라면 누구나 참여할 수 있는 행사였다. 지난 몇 년간 그곳은 내게 신화적인 장소, 감히 범접할 수 없는 장소였다. 나는 윙베 형이 옷을 잘 차려입고 그곳에 가는 것을 보았다. 심지어 스카프를 두르고 간 적도 있었다. 그곳에는 댄스파티를 하는 곳, 탁구를 칠 수 있는 곳, 까롬*을 즐길 수 있는 곳, 콜라와 소시지를 파는 곳이 있었으며, 가끔은 영화를 상영하거나 콘서트를 열 때도 있었다. 아이들은 그간 멀리서만 지켜보았던 경이로운 장소에 갈 수 있다는 사실 때문에 며칠 전부터 그 이야기만 했다. 특히 여자아이들이 더 큰 관심을 보였다. 사실 그곳을 찾는 아이들 대부분은 여자였으며, 남자아이들은 가끔 무리를 지어 그곳을 찾았을 뿐이었다.

중학생이 되고 처음 맞는 금요일에 나는 자전거를 타고 그곳으로 갔다. 왠지 엄숙한 종교의식에 초대받은 것 같았다. 공기는 선선했고, 학교 앞 언덕길에는 7학년 여자아이들이 떼를 지어 서 있었다. 모두 평소보다 옷차림에 더 신경 쓴 것 같았다. 누구 하나 학교에서 보았던 평범한 모습을 하고 있지 않았다.

나는 자전거를 밖에 세워두고 담배를 피우는 무리 앞을 지나쳤다.

• 일종의 핑거포켓볼 게임.

입장료를 내고 어두컴컴한 실내로 들어가니, 구 체육관 천장에는 형형색색의 디스코 전구가 불빛을 발하고 있었다. 귀를 찢을 듯한 음악 소리가 거대한 스피커에서 흘러나오고 있었다. 나는 체육관 안을 둘러보았다. 8, 9학년 학생도 꽤 많았다. 하지만 어느 누구도 나를 보며 알은체하지 않았다. 다행히 체육관 안에는 7학년 학생이 더 많았다. 청소년센터 행사에 호기심과 관심이 있는 아이들은 새내기 7학년들뿐이라 해도 과언이 아니었으니까.

댄스장은 텅 비어 있었다. 여자아이들은 대부분 벽쪽에 나란히 자리한 테이블 앞에 앉아 있었고, 남자아이들은 주로 탁구나 까롬 게임을 할 수 있는 다른 방에 모여 있었다. 매일 저녁 스쿠터 무리가 모이곤 하는 체육관 입구에도 몇 명이 서 있었다. 그들은 대부분 중학교를 자퇴하고 사회에 나가 일하는 아이들이었지만, 여자아이들에게 관심이 있어 그곳을 찾은 것 같았다.

나는 그곳에 탁구를 치러 온 것도 아니었고, 한 손에 콜라를 들고 어슬렁거리기 위해서 온 것도 아니었다. 내가 좋아하는 것은 음악이었고, 여자아이들이었고, 춤추는 것이었다.

텅 빈 댄스장에 홀로 나갈 용기는 없었다. 잠시 후 여자아이 둘이 수줍은 듯 춤을 추기 시작했다. 곧 두 명이 더 합류했다. 나는 그제야 용기를 내 그들과 함께 춤을 추었다.

음악의 리듬과 번쩍이는 불빛에 빠져 정신없이 춤을 추었다. 한 곡, 두 곡. 나는 아는 얼굴이 있나 두리번거렸다. 콜라 한 병을 사서 라스와 에릭에게 다가갔다.

뛰어난 패션 감각, 긴 속눈썹과 부드러운 피부, 아는 것이 많고 공부도 잘하지만 크게 잘난 척하지 않는 나의 존재감은 그 나이 또래 아이들과 마찬가지로 사춘기적 재앙을 몰고 오기 충분했다. 연이어

청소년센터를 방문했던 당시 나의 태도는 내 이미지를 끌어올리는 데 아무 도움이 되지 않았지만, 정작 나는 아무것도 모르고 있었다.

나는 외부의 객관적인 눈으로 나를 보지 못했고, 단지 내부에서 우러나는 느낌과 감정만으로 음악을 듣고 춤을 추었다. 불이 번쩍이는 어둠 속, 여자아이들의 젖가슴과 허벅지, 입술과 눈동자, 그들의 자극적인 향수와 땀 냄새 속에서 비지스 특유의 가성으로 부른「펑키타운」의 매혹적이고 흥겨운 리듬, 한 번 들으면 잊을 수 없는 스프링스틴의「헝그리 하트」에 맞추어 정신없이 춤을 추었던 것이다.

내게 금요일 저녁은 모든 평범한 것이 마법에 걸린 듯 어둡고 모호한 그림자처럼 변하는 시간이었다. 그런데도 나는 그 속에서 말로 형언할 수 없을 정도로 값지고 풍부한 희망과 가능성을 느낄 수 있었다. 그렇기 때문에 금요일 저녁에 집에 돌아오면, 내 머릿속은 항상 아플 정도로 멍했다. 체육관! 쉴비, 헤게, 운니, 마리안네! 게이르 호콘, 레이프 토레, 트론, 스베레! 머스터드와 케첩을 바른 소시지! 교실에 있는 것과 똑같은 책상과 의자. 벽에 걸린 체조용 사다리.

하지만 그처럼 평범한 것들도 어둠이 잦아들고 번쩍이는 디스코 불빛이 돌아가면 마법에 걸린 듯 변해버렸다. 남은 것은 짙은 눈동자, 부드럽고 아름다운 몸, 쿵쿵 뛰는 심장, 번개처럼 재빨리 반응하는 온몸의 신경뿐이었다. 나는 청소년센터의 첫 금요일을 어리둥절한 기분으로 보냈고, 기대에 가득 찬 마음으로 다음 금요일을 기다렸다.

청소년센터의 장점은 여자아이들에게 쉽게 다가갈 수 있다는 것이었다. 평소 여자아이들은 우리들이 범접할 수 없는 존재였다. 대부분은 새침을 떨며 무심한 듯 우리를 거들떠보지도 않았고, 세상에서 자신들이 가장 잘난 것처럼 행동했으며, 남자아이들이 하는 말이나 행동은 모두 유치하기 짝이 없는 것으로 치부했다. 그들은 쉬는 시간이 되면 휴대용 카세트 플레이어로 음악을 듣거나 자기들끼리 모여 이야기를 나누었고, 가끔 뜨개질을 하기도 했다. 그들에게 다가가는 것은 불가능한 일이었다. 물론 나도 시도는 해보았다. 나는 여자아이들의 언어를 이해하고 그들의 언어로 대화를 나눌 수 있었으니까. 하지만 그것이 전부였다. 그들은 수업 시작 종이 울리면 뒤도 돌아보지 않고 교실로 들어가버렸다.

하지만 청소년센터에서는 달랐다. 나는 그들에게 거리낌 없이 다가가 함께 춤을 추지 않겠느냐고 물어보았다. 큰 포부를 안고 학교에서 제일 예쁜 9학년 여학생에게 집적거리지만 않는다면 매번 만족할 만한 결과를 얻을 수 있었다. 함께 댄스장 한가운데로 나가 그들의 부드럽고 온기 넘치는 몸에 내 몸을 부딪치며 노래가 끝날 때까지 몸을 흔들기만 하면 되었다.

가끔은 그들이 슬쩍 던지는 은밀한 미소나 눈빛을 기대하면서 관계를 진전시키고 싶을 때도 있었다. 비록 내 바람이 이루어진 적은 없었지만 나는 그 순간을 마음껏 즐길 수 있다는 사실만으로도 만족했다.

금요일 저녁은 벌거벗은 몸과 미래의 천국을 보장하는 약속과도 같은 시간이었다. 안네 리즈벳, 토네, 마리안, 카이사 등 그동안 내가 사귀었던 여자아이들도 청소년센터를 찾았다. 그들이 다른 남자아이와 함께 서 있는 모습을 보면 여전히 심장 한구석이 찔리는 듯한 고통을 느꼈지만, 내겐 이미 지나간 과거에 불과했다. 나는 그들이 다른 아이들에게 과거의 내가 어떠했다는 말만 하지 않는다면 그것으로 족했다.

나는 특히 카이사를 두려워했다. 그녀와 함께 숲속에서 했던 행위가 얼마나 황당하고 바보 같은 짓이었는지는 한참 후에야 깨달았다. 나는 그녀 앞에서 바보짓을 했고, 그 때문에 여전히 수치심에 사로잡혀 있었다. 그래서 그날 있었던 일은 누구에게도 말하지 않으리라 단단히 결심했다. 심지어 라스에게도 아무 말을 하지 않으리라 마음먹었다. 아니, 라스에게는 더더욱 아무 말도 할 수 없었다. 하지만 카이사로서는 전혀 수치스러워할 필요가 없었다. 나는 그녀가 누군가에게 귓속말을 하고 그들이 함께 나를 흘낏 돌아볼까봐 두려웠다. 다행히 그런 일은 일어나지 않았다. 문제는 예상치 못했던 곳에서 발생했다.

나는 초등학교 4학년 때부터 옆 반의 리세에게 관심이 있었다. 나는 그녀의 옷차림과 미소와 예쁘장한 얼굴을 보는 것을 좋아했다. 그녀는 성격이 꽤 날카로워서 모욕을 당하거나 불의를 보면 참지 않았다. 한마디로 겁이 없는 아이였다. 하지만 그녀의 얼굴과 몸매는 부드럽기만 했다. 7학년이 되자 그녀의 몸에도 굴곡이 생기기 시작했고, 내가 그녀를 슬쩍 훔쳐보는 날이 점점 많아졌다. 그녀는 마리안과 단짝이었다.

나는 예전에 마리안과 사귄 적이 있었지만 과거의 앙금을 뒤로하고 그녀와는 친구 사이로 지내게 되었다. 우리는 가끔 함께 앉아 대화를 나누기도 했고, 방과 후 집으로 가는 길을 함께 걷기도 했다. 그러던 어느 날 마리안이 리세에게서 들은 이야기를 내게 전해주었다.

점심시간이 되면 구 체육관은 식당으로 변했다. 어느 날 점심을 먹기 위해 그곳에 들어서던 나를 보고 리세가 이렇게 소리쳤다고 했다.

"휴, 쟤만 보면 토할 것 같아! 소름 끼쳐!"

"솔직히 난 그렇게 생각하지 않지만…"

함께 걷던 마리안이 주저하며 말을 이었다.

"게다가 난 네가 페미라고 생각하지 않아."

"페미?"

"응, 모두들 그렇게 말하는걸."

"뭐?"

"전혀 모르고 있었어?"

"응."

내가 알기 전에는 비밀처럼 쉬쉬하며 떠돌아다니던 말들이, 우연인지 필연인지 내가 알고 나니 공개적으로 떠돌기 시작했다. 소문은 번개처럼 빠르게 퍼져나갔다. 어느 날 갑자기 나는 페미가 되어버렸다. 모두 나를 페미라고 불렀다. 우리 반 여자아이들, 옆 반 여자아이들, 우리 반 남자아이들, 옆 반 남자아이들, 심지어 축구팀에서도 나를 페미라고 불렀다.

어느 날 축구 훈련을 마치고 오니, 욘이 기다렸다는 듯 내게 한마디 던졌다.

"젠장, 넌 정말 어쩔 수 없는 페미야!"

동네 골목길에서 우연히 마주친 4학년짜리 꼬맹이도 나를 가리키며 소리쳤다.

"페미, 페미, 페미!"

이미 선고는 내려졌고, 상황은 그보다 더 나쁠 수 없었다. 크리스틴 타마라와 말다툼할 때도, 그녀는 모든 논지를 제쳐두고 단지 '페미'라는 한 단어로 나를 완벽히 제압해버렸다. "안녕, 페미!" "이리로 와봐, 페미!" "페미!" 나를 짓눌러오는 그 말 때문에 다른 생각은 할 수 없을 정도였다. 그것은 내 의식 속에 검은 벽을 쌓아올렸고, 나는 거기서 벗어날 수 없었다. 더 큰 문제는, 내가 할 수 있는 일은 아

614

무엇도 없다는 것이었다.

이들 정도 여성스럽지 않게 행동한다고 해서 소문이 사그라지지는 않을 것 같았다. 어쩌면 그것은 평생 나를 따라다닐지도 몰랐다. 이미 나의 약점을 알아챈 아이들은 기회가 생길 때마다 이것을 이용했다. 하지만 라스는 예외였다. 공공연하게 소문이 떠돌기 시작했을 때 나는 라스마저도 내게서 등을 돌리지 않을까 걱정했다. 나와 함께 다닌다면 라스도 잃을 게 많다고 생각했기 때문이다.

그것은 기우였다. 오히려 그는 내게 소문에 신경 쓰지 말라고 위로해주었다. 게이르, 다그 마그네, 다그 로타르도 소문에 아랑곳하지 않고 나를 예전처럼 대해주었다. 선생님과 부모님도 마찬가지였다. 하지만 이들을 제외한 모든 사람에게는 내가 무슨 말을 하든, 어떤 행동을 하든 페미로 통했다.

생물 수업 시간이었다. 쇠르스달 선생님이 성교육을 하고 있는데, 축구팀의 골키퍼이자 옆 반 학생인 요스테인이 살짝 들어와 빈자리에 앉았다. 아무도 그가 들어온 것을 눈치채지 못했다. 쇠르스달 선생님이 동성애에 관한 이야기를 시작했다. 갑자기 요스테인이 "동성애라면 칼 오베가 전문가예요! 칼 오베는 동성애자거든요! 칼 오베에게 물어보면 돼요!"라고 소리쳤다. 여기저기서 킥킥거리는 웃음소리가 들렸고 곧 교실 전체가 웃음바다로 변해버렸다. 그는 즉시 교실 밖으로 쫓겨났지만, 이미 씨는 뿌려진 후였다.

나는 내가 정말 동성애자일지도 모른다는 생각이 들었다. 문제는 바로 그것이라는 생각이 뒤를 이었다. 페미에다 동성애자. 모든 희망이 사라졌다. 삶의 목적이 사라져버렸다. 눈앞이 캄캄해졌다. 세상이 그토록 어둡게 보였던 것은 난생처음이었다.

이머니에게는 아무 말도 하지 않았다. 몇 주가 흐른 뒤, 나는 용기를 내어 윙베 형에게 슬쩍 말해보았다. 가게로 가는 형의 뒤를 따라 언덕길을 올랐다.

"지금 바빠?"

"응, 조금. 왜?"

"문제가 생겼어."

"무슨 문제?"

"애들이 나를 두고 하는 말을 들었는데…"

윙베 형이 내게 흘낏 곁눈질을 했다. 나는 형이 나를 귀찮아한다고 생각했다.

"뭔데?"

"아… 그게… 그러니까…"

윙베 형이 멈춰 섰다.

"애들이 뭐라고 하는데? 얼른 말해봐!"

"애들이 나를 페미라고 불러. 내가 여성스럽대."

윙베 형이 웃음을 터뜨렸다.

형이 왜 웃지?

어떻게 웃을 수 있지?

"칼 오베, 그건 신경 쓸 일이 아냐."

"세상에… 어떻게 이게 신경 쓸 일이 아니라고 말할 수 있어? 형도 잘 알면서?"

"데이비드 보위를 생각해봐. 그는 양성애자라고 알려져 있잖아. 하지만 록음악계에선 오히려 장점이라고 생각하지. 데이비드 실비언도 마찬가지야."

"양성애자?"

나는 실망하지 않을 수 없었다. 윙베 형은 아무것도 이해하지 못한다고 생각했다.

"응. 반은 남자, 반은 여자."

형이 나를 바라보았다.

"소문은 곧 사라질 테고, 아이들은 다 잊어버릴 거야. 걱정하지
마."

"그럴 것 같진 않은데…"

나는 발길을 돌려 집으로 돌아왔고, 형은 계속 언덕길을 올랐다.

내 말이 맞았다. 소문은 사라지지 않았다. 하지만 나는 조금씩 적
응하기 시작했다. 페미라는 그림자에 갇혀 있다는 사실이 너무나 끔
찍했지만 나는 서서히 내가 페미라는 사실을 받아들였다. 일상에서
벌어지는 또 다른 일들이 저마다의 강렬함을 지니고 나를 덮쳤기에
그림자 속에 머물러 있을 수만은 없었다.

우리는 언제나 그랬듯이 새로운 일을 찾아 여기저기 두리번거렸
다. 게이르와 함께 지낼 때는 우리만의 비밀스런 장소를 찾아다녔
지만, 라스와 함께 다닐 때는 그 반대로 일이 벌어지는 곳을 찾아다
녔다. 우리는 히치하이킹을 해서 호베로, 실쇠로, 섬 동쪽으로 갔고,
무언가 흥미로운 일이 벌어질 것 같아 비맥스 앞을 기웃거리기도
했다.

피나와 시내로도 가보았고, 새로 지은 체육관 앞이나 텐 싱 합창
단이 연습하는 예배당에도 가보았다. 체육관에는 체조하는 여자아
이들이 있었고, 예배당에는 노래 부르는 여자아이들이 있었기 때
문이다. 우리의 머릿속에는 오로지 여자아이들에 대한 생각밖에 없
었다.

여자, 여자, 여자. 누구의 젖가슴이 큰지, 누구의 젖가슴이 작은지

를 두고 이야기했으며, 앞으로 누가 예뻐질 것 같은지, 누가 지금 제일 예쁜지에 대해서도 이야기했다. 누구 엉덩이가 제일 예쁜지, 누구 다리가 제일 예쁜지 또는 누가 다가가기 쉬운 아이인지, 누가 다가가기 어려운 아이인지에 대해서도 이야기를 주고받았다.

캄캄한 어느 겨울밤, 우리는 버스를 타고 하스텐순으로 갔다. 그곳에는 텐 싱 합창단에 소속된 금발머리 여자아이가 살고 있었다. 조금 통통했지만 숨이 멎을 만큼 예뻤고, 우리보다 한 살 많았다. 우리는 그녀의 집 대문을 두드렸다. 그녀의 방에 들어가 수줍게 이런 저런 이야기를 나누는 동안 우리의 욕망은 주체할 수 없을 정도로 커졌다. 버스를 타고 집에 돌아오는 길엔 온갖 감정으로 가슴이 벅차올라 단 한마디도 할 수 없었다.

어머니가 크리스티안에 살고 있던 아버지에게 간다고 주말에 집을 비웠다. 나는 라스를 집으로 불러 함께 과자를 먹고 콜라를 마셨다. 아이스크림을 먹으면서 텔레비전을 보기도 했다. 곧 오슬로에서 열리는 콘서트가 방송될 예정이었다. 4월의 마지막 날 저녁, 기분 좋은 봄날이었다. 여느 때 같으면 골목길을 돌아다니면서 심심풀이로 잔 돌멩이를 여기저기 던졌을 테지만, 그날 저녁엔 집에서 시간을 보냈다.

우리 집에는 포르노 잡지가 단 한 권도 없었다. 비록 부모님이 안 계시는 주말이긴 하지만, 포르노 잡지를 집 안에 들여올 용기가 나지 않았다. 하는 수 없이 우리는 크눗 팔바켄의 『곤충 여름』에 나오는 한 문단으로 만족해야 했다. 나는 그 문단이라면 외울 정도였다. 그것도 시들해지자 우리는 여자아이들을 집으로 초대하자고 의견을 모았다. 라스는 벤테를 추천했다

"벤테? 누구지?"

"저 윗동네에 사는 애 있잖아. 꽤 예뻐."

"아, 벤테?"

나는 나도 모르게 소리를 질렀다.

"그런데 걔는 우리보다 한 살 어리잖아!"

나는 그녀와 자주 마주쳤지만, 한 살 어리다는 이유로 단 한 번도 관심을 가져보지 않았다. 라스는 최근 그녀의 몸에 굴곡이 생기기 시작했다고 말했다.

"내가 직접 봤어. 젖가슴도 생겼어. 진짜 예뻐!"

나는 본 적 없지만 라스가 그렇다면야…

우리는 번개처럼 재빨리 옷을 입고 언덕을 올라가 그녀의 집 초인종을 눌렀다. 그녀는 갑자기 찾아온 우리를 보고 놀라는 것 같았다. 우리 집에 함께 가자고 제안했더니 그날 저녁은 안 된다고 거절했다.

"할 수 없지, 뭐. 다음에 놀러와!"

"응, 다음에…"

우리는 터덜터덜 집으로 돌아와 텔레비전을 보면서 여러 밴드에 대해 이야기를 나눴다. 앞으로 어떤 밴드의 공연에 함께 가면 좋을지 이야기하다가 갑자기 우리 반 시브가 대화 주제로 떠올랐다. 이전에는 전혀 관심이 없었지만 우리는 주저 않고 그녀의 집으로 찾아가 초인종을 눌렀다. 다음 일은 생각도 하지 않고.

우리는 욕망을 주체하지 못하고 길 잃은 짐승처럼 이 집 저 집을 돌아다녔다. 포르노 잡지도 손에 넣을 수 있었다. 책장을 넘기면서 사진을 보고 있으면 여기저기 몸이 쑤시기 시작했다. 사진 속 여인들은 너무나 가까운 동시에 너무나 먼 존재였다. 닿을 수 없을 정도로 멀리 떨어진 존재였지만, 숨겨져 있는 주체할 수 없이 강렬한 느낌을 일깨우기엔 충분했다.

나는 목청이 터져라 힘껏 소리를 지르고 싶은 충동을 느꼈다. 여자아이를 볼 때마다 그녀를 쓰리뜨리고 옷을 벗겨 내리고 싶었다. 그런 생각을 할 때마다 침을 삼킬 수 없을 만큼 목구멍이 부어오르고 격렬하게 심장이 뛰었다. 그들의 옷 속에는 벌거벗은 몸이 있고, 이론적으로 그 옷만 벗기면 언제든 벌거벗은 몸을 볼 수 있다고 생각하니 숨이 멎을 것 같았다. 하지만 이룰 수 없는 불가능한 일이라는 생각도 들었다.

사람들은 그런 것을 다 알면서도 어떻게 아무렇지 않은 듯 길을 걸을 수 있을까.

억지로 참고 있는 것일까.

아무것도 아니라는 듯 스스로를 속이면서까지.

적어도 나는 그렇게 할 수 없을 것 같았다. 내 머릿속에 든 생각은 오직 하나뿐이었다. 아침에 눈을 뜰 때부터 저녁에 잠자리에 들 때까지.

우리는 포르노 잡지를 보고, 카드 게임을 했다. 어디를 가든 카드를 들고 다녔다. 아이들의 집을 찾아갔고, 청소년센터를 찾았다. 음악을 듣고, 축구를 하고, 바다에 나가 헤엄을 치고, 과일 서리를 하고, 쉴 새 없이 이런저런 이야기를 주고받으면서 여기저기 돌아다녔다.

셰르스티?

마리안네?

토베?

벤테 릴?

크리스딘?

리세?

안네 리즈벳?

카이사?

마리안?

레네?

레네의 언니?

레네의 어머니?

내 평생 주변에 있는 여자에 대해 그토록 잘 알고 있던 때는 없었다. 훗날 『호주 여행』이 좋은 소설인지 아닌지 또는 헤르만 브로흐*가 로베르트 무질**보다 더 나은 작가인지를 두고 나의 관점이 바뀔 수는 있어도, 레네가 시브보다 훨씬 예쁘다는 점을 두고 생각이 바뀌지는 않을 것이라 확신했다.

라스는 꽤 흥미로운 친구였다. 그는 부모님과 함께 돛단배 항해를 해보았고, 혼자 요트를 타기도 했다. 나와 비교도 할 수 없을 만큼 스키도 잘 탔다. 가끔은 아버지와 함께 스키를 타러 오플리나 호브덴까지 가기도 했다. 그럴 때면 옛 친구인 에릭과 스베이눙을 함께 데려가기도 했다. 라스가 이런 일로 시간을 낼 수 없을 때면, 나는 혼자 방에 앉아 음악을 듣거나 책을 읽었고, 윙베 형이나 어머니와 대화를 나누었다. 숲이나 산, 선착장이나 감플레 튀바켄을 찾는 일은 없었다.

늦겨울의 어느 일요일, 나는 자전거를 타고 라스의 집으로 갔다.

• 오스트리아 작가.
•• 오스트리아 작가.

그는 아버지와 함께 스베이능을 데리고 오플리의 스키장으로 간다고 했다. 이미 오래전에 계획해서 예약을 해놓았기 때문에 나와 함께 갈 수 없다고 했다. 갑작스러운 말에 실망해서 눈물이 나왔다. 라스는 내 눈물을 보았다. 나는 얼른 몸을 돌려 자전거에 몸을 실었다. 라스에게 눈물을 보이다니! 있을 수 없는 일이었다.

집에 도착하자마자 라스에게서 전화가 왔다. 내 자리를 마련했다며 가는 길에 나를 데리러 우리 집에 들르겠다고 덧붙였다. 나는 그까짓 것은 아무것도 아니라는 듯 사양을 했어야 했다. 그가 보고 실망했을 것이 틀림없던 내 눈물은 먼지 때문에 어쩔 수 없었던 것이라 말하면서 그의 제안을 정중하게 거절했어야 했다. 하지만 나는 그렇게 하지 못했다. 오플리의 활강 스키장은 리프트가 설치된 최신식 스키장인 데다 나는 한 번도 가보지 못한 곳이었다. 결국 나는 자존심을 억누르고 그를 따라나섰다.

그의 아버지는 50년대의 우아한 동작으로 스키를 탔다. 나는 그토록 자연스럽고 우아한 동작을 본 적이 없었다. 하지만 눈물은 라스뿐 아니라 나 자신마저도 실망시켰다. 왜 내 눈물은 시도 때도 없이 나오는 걸까. 난 열세 살이나 되었는데. 하필 눈물에 대해 변명거리도 없는 이런 때에.

공예 시간에 욘이 갑자기 나를 놀리기 시작했다. 화가 잔뜩 난 나는 눈물을 흘리면서 공구대 위에 있던 나무접시를 들어 그의 머리를 힘껏 내리쳤다. 나는 복도로 쫓겨났다. 수업이 끝나자 그가 미소 띤 얼굴로 내게 다가와 미안하다고 사과했다.

"네가 울 줄은 몰랐어. 너를 울리려고 놀렸던 건 아냐."

하지만 이미 때는 늦었다. 내 눈물을 본 아이들은 분명 나를 연약하고 하찮은 아이라 생각할 것이 틀림없었다. 그동안 터프한 척해

온 나의 노력이 물거품이 되는 순간이었다. 욘은 입학 첫날부터 선생님들에게 엉덩이를 치켜들며 놀렸고, 어느 날 갑자기 눈썹을 몽땅 밀고 올 때도 있었으며, 최근에는 결석도 자주 했다. 아이들은 욘이 8학년이 되면 분명 사회로 나갈 것이라 수군거렸다. 나는 욘이 어떻게 되든, 구렁텅이에 빠진 나 자신부터 구해내야 했다.

라스의 집 지하실에는 역기가 있었다. 주로 그의 아버지가 사용하는 것이었지만, 가끔 라스도 역기를 들며 운동한다고 했다. 어느 날 오후, 나는 역기를 들어봐도 되느냐고 물어보았다.

"물론이지."

그가 흔쾌히 승낙했다.

"너는 얼마나 들어올릴 수 있니?"

그의 물음에 나는 원반을 몇 개 더 끼워달라고 부탁했다.

"네가 직접해봐."

"어떻게 하는지 몰라서 그래."

"그렇다면야. 알았어. 따라와."

나는 그의 뒤를 따라 지하실로 내려갔다. 그는 막대에 원반을 끼워놓고 나를 바라보았다.

"너는 올라가. 혼자 해볼래."

"뭐야? 지금 농담하는 거야?"

"아냐. 얼른 올라가. 나는 좀 있다 올라갈게."

"알았어."

그가 위층으로 올라간 후, 나는 벤치에 누웠다. 역기를 들어올리려 힘을 써보았지만 꼼짝도 하지 않았다. 1센티미터도 움직이지 않았다. 나는 끼워져 있는 원반을 절반가량 빼내고 다시 역기를 들어올렸지만, 도움이 되지는 않았다. 고작 2, 3센티미터 움직인 게 전부였다. 역기를 들어올려 가슴까지 내렸다가 다시 팔을 쭉 뻗어올려야한다는 것쯤은 알고 있었다.

원반 두 개를 더 뺐다.

여전히 무리였다.

결국 나는 원반을 모두 빼내고 막대만 들어올렸다 내리기를 몇 번반복했다.

"어땠어? 얼마나 들어올릴 수 있었니?"

이층에 올라가자 라스가 내게 물었다.

"너처럼 많이 들진 못했어. 원반을 두 개나 빼야 했거든."

"그 정도면 아주 잘한 거야!"

"그래? 그렇구나."

초등학교 1학년 때 안네 리즈벳부터 시작해 지금까지 여자아이를 사귈 때마다 무언가를 배웠다고 생각했다. 새 여자친구를 사귈 때마다 나는 더 나은 남자로 거듭날 수 있다고 생각했다. 하지만 카이사와의 일은 크나큰 실패였고 내 인생의 수치로 남았다. 그런데도 나는 무언가를 배웠다. 앞으로는 절대 같은 실수를 하지 않을 자신이 있었다.

하지만 인생이 생각대로 흘러가는 법이 있던가.

나는 레네를 짝사랑하기 시작했다. 그녀는 옆 반 학생이었고, 전교에서 제일 예뻤다. 그녀에게 경쟁자라곤 있을 수 없었다. 그녀는 그 누구보다 예뻤지만 수줍음도 많았다. 나는 예쁜 여자아이가 부끄러움을 많이 타는 걸 전에는 본 적이 없었다. 보호본능을 일으키는 그녀를 마음에 품지 않기는 쉬운 일이 아니었다.

그녀의 언니 토베는 9학년이었고, 레네와는 정반대였다. 토베도 예쁘긴 했지만 매우 활발했고 말괄량이였다. 그들 자매는 항상 아이들에게 둘러싸여 있을 만큼 인기가 많았다.

하지만 레네에게 대놓고 치근덕거리는 남자아이는 없었다. 그녀는 그저 멀리서 바라보고 홀로 가슴앓이를 하는 대상이었다. 적어도 나는 그랬다. 가느다란 두 눈, 솟아오른 광대뼈, 자주 발갛게 상기되는 보드랍고 하얀 뺨, 키가 크고 날씬한 몸매. 그녀는 걸을 때 항상 고개를 비스듬히 기울였고 손은 깍지를 꼈다. 가끔 그녀에게서 언니의 성격이 보일 때가 있었다. 큰 소리로 웃을 때 푸른 눈동자를 스쳐가는 고집과 자신감은 보호본능을 일으키게 하는 그녀의 연약하고 수줍은 이미지와는 거리가 멀었다.

레네는 한 송이 장미꽃이었다. 그녀를 멀리서 바라보기만 했던 나는, 어느새 나도 모르게 고개를 비스듬히 기울인 채 걷고 있었다. 그렇게 하면 그녀와 더 가까워질 수 있을까. 그렇게 하면 그녀와 나 사이에 보이지 않는 다리가 생길까. 나는 그녀와 사귈 엄두를 내지 못했다. 그녀는 내가 범접할 수 없는 저 높은 곳에 있는 존재였다. 그녀에게 함께 춤을 추자며 손을 내미는 것은 상상조차 할 수 없었다. 그녀에게 말을 거는 것도 마찬가지였다. 나는 그저 멀리서 그녀를 바라보며 꿈을 꾸는 것만으로 족했다.

대신 나는 힐데와 사귀기 시작했다. 그녀가 먼저 사귀자고 제안했고, 나는 별생각 없이 그러자고 대답했다. 그녀는 레네와 같은 반 학생이었고, 남자아이처럼 몸이 건장했으며 나보다 머리 하나가 더 컸다. 얼굴은 예쁘장했고 착했지만 사귄 지 이틀 만에 내게 절교를 선언했다.

"넌 나를 조금도 좋아하지 않는 것 같아. 너는 오직 레네만 생각하고 있어."

625

"아냐, 네가 잘못 생각하고 있는 거야."

하지만 그녀의 말은 사실이었다. 내가 레네를 좋아한다는 것은 전교생이 다 알고 있는 사실이었다. 내 머릿속에는 오직 레네 생각뿐이었고, 쉬는 시간에 운동장에 모여 서 있을 때도 그녀가 어디서 누구와 함께 있는지 꿰뚫고 있었다. 그러니 아이들이 모를 리가 없었다.

어느 날 라스가 누구에게서 들은 이야기라며 레네도 나를 싫어하진 않는다고 전해주었다. 내가 페미임에도. 공예 시간에 소리내어 울었음에도. 축구 경기를 할 때 재바르게 움직이지 못했음에도. 역기 막대만 겨우 들어올릴 수 있음에도.

운동장에 서 있는 그녀를 바라보았다. 눈이 마주치자 그녀가 미소를 지으며 발갛게 상기된 얼굴을 살짝 돌렸다.

나는 기회가 눈앞에 왔을 때 잡아야겠다고 생각했다. 지금이 아니면 영영 기회가 오지 않을지도 모른다고 생각했다. 잃을 것도 없다고 생각했다. 그녀가 거절하면 나는 다시 이전의 생활로 돌아가면 그만이었다.

그녀는 거절하지 않았다.

금요일이 되었다. 나는 그녀에게 라스를 보냈다. 라스와 레네는 6년 동안 같은 반에서 공부했기 때문에 서로 잘 알고 있었다. 라스가 입가에 미소를 띠고 내게 돌아왔다.

"레네가 네 제안을 받아들였어."

"정말?"

"응. 이제 넌 레네랑 사귀는 거야."

일은 그렇게 시작되었다.

이제 레네에게 가면 되는 걸까.

나는 그녀 쪽으로 시선을 던졌다. 그녀가 내게 미소를 지었다.

그녀에게 가서 무슨 말을 하면 될까.

"얼른 가봐. 레네에게 나의 키스를 전해줘."

라스가 운동장을 가로지를 듯 한참이나 내 등을 떠밀었다.

"안녕."

"안녕."

그녀가 한쪽 발을 아스팔트 위로 살짝 꼬면서 말했다.

나는 너무나 아름다운 그녀의 모습에 정신을 잃을 것만 같았다.

오, 세상에…

"거절하지 않아줘서 고마워."

갑자기 생각지도 않았던 말이 툭 튀어나왔다.

그녀가 소리내어 웃었다.

"뭘 그런 걸 가지고… 그건 그렇고 다음 시간은 무슨 과목이니?"

"다음 시간?"

"응."

"어… 노르웨이어였던가…?"

"나한테 묻지 마. 내가 그걸 어떻게 알겠니?"

종이 쳤다.

"수업 끝나고 만날까? 아니, 학교 마친 후에?"

"그러자. 난 오늘 체육관에 가야 해. 체조 훈련이 끝난 후에 보자."

문제는 앞으로 잘될 것이냐가 아니라, 언제 그녀가 그만 사귀자고 말할 것이냐였다. 나는 관계가 언젠가는 끝날 것이라는 사실을 잘 알고 있었지만, 시도는 해보고 싶었다. 앞날은 알 수 없지 않은가. 나는 눈을 뜨고 있는 동안 매분, 매초 그녀를 생각했다. 그녀는 일종의 지속적인 흥분과 안개처럼 희미한 존재로 내게 다가왔다. 나는 포기하고 싶지 않았다. 싸우고 싶었다. 솔직히 무엇을 위해 싸워야 하는지 알지 못했고, 왜 싸워야 하는지도 알지 못했다. 그녀를 소유하기 위해서? 하지만 어떻게? 있는 그대로의 모습을 보여주면 된다고? 아, 그것은 너무나 진부한 말에 불과했다.

나는 우선 나누어야 한다고 생각했다. 그녀와 대화할 때 내 어깨에 내려앉는 무거운 짐을 나누기 위해 그녀와 친구들이 함께 있는 곳을 찾았고, 체육관으로, 첸나 호숫가로, 실쇠 선착장으로 레네와 함께 다녔다.

그즈음 학교에서 학생들에게 성경책을 한 권씩 나누어주었다. 다음 해 가을에 있을 성인식을 준비하기 위해서였다. 나는 레네에게 성경을 어떻게 했느냐고 물어볼 작정이었다. 그녀가 내게도 같은 질문을 던진다면, 나는 성경을 버렸다고 대답할 생각이었다. 일종의 전초전으로 나는 아이들에게 성경을 어떻게 했느냐고 물어보았다. 레네는 내 말을 들었고, 나를 따라다녔고, 차차 지루해하기 시작했다. 그녀는 한 송이 장미꽃이었다. 우리는 길모퉁이에서 입을 맞추었고, 손잡고 학교 운동장을 거닐었다. 하지만 나는 어린 소년에 불과했다. 치아 교정틀을 제거해 하얗고 가지런한 이빨을 가졌다 해도 소용없었다. 레네는 나와 함께 있는 것을 점점 더 지루해했다.

어느 날 저녁, 그녀가 축구 훈련장에 따라왔다. 관중석에 있던 그녀가 갑자기 사라지더니 훈련을 마칠 때까지 돌아오지 않았다. 탈의실에서 옷을 갈아입던 나는 분명 무언가 잘못되었다는 생각을 떨칠 수 없었다. 입구의 콜라 자판기 옆에 멈춰 서서 밖을 내다보았다. 거기엔 레네 라스무센이 있었고, 비다르 에이케르가 있었다. 둘은 나란히 서서 대화를 나누며 소리내어 웃었다. 그녀가 웃는 얼굴을 보며, 나는 우리 관계가 끝났다는 것을 직감했다. 비다르 에이케르는 9학년에 재학 중이던 작년에 자퇴했고, 피나에서 어슬렁거리는 무리에 속한 아이였다. 그는 스쿠터에 몸을 기대고 레네와 함께 서서 이야기를 나누고 있었다.

나는 혼자 터벅터벅 관중석으로 갔다.

30분쯤 후, 힐데가 다가와 내 옆에 앉았다.

"칼 오베, 나쁜 소식이 있어. 레네가 이제 너와 사귀지 않겠대."

"응."

나는 뺨에 흐르는 눈물을 보이지 않기 위해 얼른 고개를 돌렸다. 하지만 그녀는 이미 내 눈물을 보고, 뜨거운 것에 몸을 데이기라도 한 듯 벌떡 일어났다.

"지금 울고 있니?"

"아니."

"너, 레네를 진심으로 좋아하는구나?"

그녀의 목소리에는 의외라는 듯 약간의 놀라움이 담겨 있었다.

나는 대답하지 않았다.

"칼 오베…"

나는 손으로 눈물을 닦고 코를 훌쩍이며 떨리는 긴 한숨을 내뱉었다.

"아직도 레네가 거기 서 있니?"

힐데가 고개를 끄덕였다.

"너랑 함께 가줄까?"

"아냐, 괜찮아. 먼저 가."

그녀가 관중석 끝에 있는 문을 열고 사라졌다. 나는 얼른 몸을 일으켜 가방을 어깨에 걸치고 걸어나왔다. 눈물을 한 번 더 훔치고 복도를 지나 입구의 문을 열었다. 둘은 여전히 거기 서 있었다.

나는 고개를 숙이고 그들 앞을 지나갔다.

"칼 오베!"

레네가 나를 불렀다.

나는 아무 말도 하지 않고 그곳을 빠져나와 앞만 보며 힘껏 달렸다.

레네는 비다르와 사귀기 시작했다. 나는 몇 달 동안 실연의 상처에서 헤어나지 못했다. 하지만 다시 찾아온 생기로운 봄기운에 마음을 추스를 수 있었다. 8학년과 9학년 학생들이 일주일 동안 캠핑을 가서 학교에는 7학년 학생들뿐이었다. 우리는 신이 나서 여자아이들을 괴롭히기 시작했다. 한 명이 뒤에서 살금살금 다가가 상의를 올리면, 앞에 있던 다른 한 명이 다가가 두 손으로 여자아이의 젖가슴을 만졌다. 여자아이들은 달아나려 몸을 비틀면서도 소리를 크게 지르진 않았다. 덕분에 선생님들은 전혀 눈치채지 못했다.

우리는 복도와 운동장, 사람이 별로 없는 건물 뒤편을 가리지 않고 장난을 쳤다. 그 무렵, 피나에 모이는 무리 가운데 미니와 외이스테인을 포함한 몇 명이 셰르스티를 성추행했다는 소문이 돌았다. 그들은 셰르스티를 움직이지 못하도록 꽉 잡고서 바지를 내리고 손가락을 넣었다고 했다.

라스와 나는 저녁 무렵, 셰르스티를 찾아갔다. 우리도 그들과 비슷한 경험을 해보고 싶어서였다. 초인종을 눌렀다. 셰르스티의 아버지가 대문을 열어주었다. 곧이어 내려온 그녀에게 안으로 들어가도 되느냐고 물어보았다. 그녀는 딱 잘라서 거절했다. 앞으로도 집 안에 들어올 생각은 하지 말라며, 도대체 무슨 생각으로 왔냐고 되물었나.

그녀의 눈빛은 입술 사이로 새어나오는 말보다 훨씬 당찼고, 우리가 무엇을 원하는지 정확히 알고 있었다. 몇 주 후, 우리는 호베에서 열린 보트 전시회에 가보았다. 라스와 나는 트라우마 축구팀을 대표해 작은 테이블 앞에 서서 복권을 팔았다. 그중에는 1등 복권도 있었다. 우리는 그것을 몰래 손에 넣었다. 다음 아이가 와서 복권을 팔기 시작했을 때, 우리는 사람들의 의심을 사지 않기 위해 전시회장을 천천히 둘러보면서 뜸을 들이다가 다시 복권 파는 장소로 갔다. 우리는 우연히 지나가다 들른 것처럼 각자 복권을 한 장씩 구입하고 즉석에서 열어보았다. 내가 구입한 복권을 내밀며 상품을 받을 수 있는지 물어보는 동안, 라스는 미리 몰래 훔쳐놓았던 1등 복권을 내밀었다. 그들은 그것이 유효기간이 지난 복권이라고 했지만, 우리는 아니라며 고집을 피웠다. 결국 그들은 상품의 반만 주겠다고 했다. 우리는 그것으로 만족했기에 얼른 그들의 제안을 받아들였다. 우리는 거대한 초콜릿 상자를 팔 밑에 끼우고 깔깔대면서 전시회장을 나섰다. 조금 불안하기도 했다. 몇 걸음 걷지 않아 셰르스티와 마주쳤다.

"같이 갈래?"

라스가 그녀에게 물었다.

"그러지, 뭐."

그녀의 대답에 갑자기 기분이 이상해졌다.

우리는 숲을 가로질러 조약돌이 깔린 해안선까지 내려갔다. 함께 앉아 초콜릿을 먹기 시작했다.

그녀는 빨간 바지와 파란 파카를 입고 있었다. 나는 조심스레 그녀의 허벅지에 손을 올려보았다. 그녀는 아무 말도 하지 않았다. 나는 더 용기를 내어 허벅지 안쪽을 손으로 더듬기 시작했다. 그녀는 여전히 아무 말도 하지 않았다. 라스도 나를 따라 그녀의 다른 쪽 허벅지에 손을 올렸다.

"난 너희들이 뭘 원하는지 다 알아. 하지만 너희들이 원하는 건 절대 얻을 수 없을 거야."

"우리가 원하는 건 아무것도 없어."

나는 침을 꿀꺽 삼키면서 말했다. 주체할 수 없는 욕망이 목구멍까지 솟구쳐올랐다.

"아무것도 없어."

라스가 말했다.

나는 그녀의 다리 사이로 손을 가져갔다. 가슴 벅찬 행복과 욕구 불만을 해소하기 위해 소리를 지르고 싶었다. 라스가 손을 올려 점퍼의 지퍼를 내리고 셔츠 안으로 손을 가져갔다. 나도 라스를 따라 그녀의 셔츠 안으로 손을 넣었다. 그녀의 하얀 피부는 달아올라 있었다. 나는 젖가슴을 손으로 덮어보았다. 젖꼭지는 딱딱했고, 가슴은 탱탱했다. 손을 다시 허벅지로 내렸다. 나는 그녀의 다리 사이를 쓰다듬으면서 수도 없이 침을 삼켰다. 그때 바지 지퍼를 내린 것은 큰 실수였다.

"안 돼! 지금 도대체 뭐 하는 거니?"

"아무것도."

그녀가 자리에서 일어나 셔츠를 내렸다.

"초콜릿 더 없어?"

"어, 아… 여기!"

라스가 그녀에게 초콜릿을 건넸다. 우리는 아무 일도 없었다는 듯 바다를 바라보면서 초콜릿을 먹었다. 매끈매끈하고 키 작은 바위에 부딪쳐오는 파도는 하얀 눈보라처럼 보였다. 갈매기 몇 마리가 퍼덕 퍼덕 날갯짓을 했다.

초콜릿 상자가 텅 비자, 우리는 왔던 길을 되돌아가 다시 보트 전
시회장 쪽으로 발길을 옮겼다. 셰르스티가 작별 인사를 했다.

"안녕, 또 보자!"

우리도 집으로 돌아가려고 자전거를 세워둔 곳으로 갔다. 코치 외
이빈 씨가 거기 서 있었다. 우리를 발견한 그의 표정이 굳어졌다. 우
리는 전시회장 안에서 벌어진 일은 모른다며 딱 잡아뗐다. 그는 우
리가 한 일을 증명해보일 수는 없지만, 우리가 무슨 일을 했는지는
다 알고 있다고 말했다.

"왜 상품의 절반만 받아도 만족한다고 했지?"

우리는 정말 모르는 일이라며 계속 잡아뗐다. 그는 우리에게 무척
실망했다고 말하면서 최소 그날 하루 동안은 우리를 보지 않겠다고
덧붙였다. 우리는 자전거를 타고 각자 집으로 갔다.

월요일이 되었다. 라스는 수업이 시작하기도 전에 시브의 셔츠를
올렸고, 나는 두 손으로 시브의 젖가슴을 덮쳤다. 그녀는 비명을 지
르면서 우리에게 너무 유치하다고 소리쳤지만, 곧 아무 일도 없었다
는 듯 조용히 교실로 들어갔다.

1교시는 노르웨이어였다. 선생님은 우리에게 도서관에 가서 각자
책 한 권을 빌려 읽고 다음 주까지 독후감을 써오라고 했다. 나는 학
교 도서관에 있는 책을 모두 읽었다고 말했다. 콜로엔 선생님은 내
말을 믿어주지 않았다. 하지만 그건 사실이었다. 그는 책을 한 권씩
꺼내 책 내용을 물어보았지만 나는 거침없이 대답했다. 결국 그는
내게 다른 책을 읽고 독후감을 써도 된다고 허락해주었다. 그렇다고
그 시간에 휴식을 취해도 된다는 말은 아니었다. 나는 역사책 한 권
을 꺼내 창가 책상에 앉았다. 창밖엔 안개가 끼어 있었지만 선선하

지는 않았다. 운동장은 텅 비어 있었다. 나는 책을 펼치고 사진부터 보았다.

벌거벗은 여자가 사진 속에 있었다. 그녀는 너무 말라서 골반뼈가 오목한 접시처럼 보일 정도였다. 갈비뼈도 선명하게 보였다. 두 다리 사이에는 작고 검은 털 한 줌이 있었다. 그녀 뒤에는 철제 침대가 나란히 놓여 있었고, 거기에는 다른 여자들도 있었다.

영혼이 떨리는 것 같았다.

그녀가 뼈만 남아 앙상할 정도로 말랐기 때문이 아니라, 벌거벗은 여자의 몸인데도 그 어떤 매력을 느낄 수 없었기 때문이었다. 다음 장을 넘겨보니, 구덩이 속에 산더미처럼 쌓여 있는 시신들 사진이 나왔다. 구덩이 앞에도 시신 몇 구가 널브러져 있었다. 그다음 장부 터는 눈에 보이는 것 그 이상도 그 이하의 감흥도 없이 있는 그대로 받아들였다. 뼈는 뼈일 뿐이고, 손은 손일 뿐이었으며, 코는 코, 입은 입일 뿐이었다. 어디선가 태어나 자란 후 흙 위에 널브러져 있는 것 자체였다.

나는 자리에서 벌떡 일어났다. 혼란스러웠다. 토할 것만 같았다. 할 일을 찾지 못한 나는 학교 담벼락에 등을 기대고 앉았다. 안개로 자욱한 공기는 햇살에 천천히 데워지고 있는 중이었다. 시멘트와 아 스팔트로 둘러싸인 공터 한가운데는 조그만 돌산 사이로 삐죽이 머 리를 내민 키 큰 잡초가 바람에 흔들리고 있었다. 토할 것 같은 느낌 은 사라지지 않았다. 내 눈앞에 보이는 것과 책 속에서 본 것이 다르 지 않다는 생각 때문이었다. 녹색 잔디, 노란 민들레, 시브의 젖가슴, 셰르스티의 허벅지, 사진 속의 해골 같은 여인.

나는 건물 안으로 들어가 게이르를 소리쳐 불렀다. 그가 의아한 표정을 지으면서 내게 다가왔다.

"여자의 나체 사진을 찾았어. 한번 볼래?"

"물론이지."

나는 책을 펼쳐 사진 속의 앙상한 여인을 보여주었다.

"바로 이거야."

"오, 세상에! 아, 끔찍해!"

"왜? 네가 보고 싶어 하던 나체 사진이잖아."

"에이, 젠장! 이 여자는 마치 죽은 시체 같아."

바로 그거였다. 사진 속의 여자는 살아 있는 죽음이었고, 죽어 있는 생명이었다.

어머니와 나는 주말에 아버지를 방문했다. 아파트에 혼자 살고 있는 아버지를 보니 기분이 이상했다. 하얀 건물의 꼭대기 층 창문으로 새어 들어오는 햇빛은 집 전체를 환히 밝혔고, 가구는 거의 없어서 아무도 살지 않는 집 같았다.

아버지는 여기서 뭘 하지?

아버지는 우리를 할아버지 댁으로 데려갔고, 우리는 거기서 함께 저녁을 먹었다. 우리가 언제 그곳으로 이사를 갈지는 아무도 몰랐다. 그전에 해야 할 일이 너무나 많았다. 살던 집을 팔아야 하고 새집을 사야 하며, 어머니는 새 직장을 구해야 하고, 우리는 전학을 가야 했다. 나는 아예 아무 생각도 하지 않기로 마음먹었다. 내가 해결할 수 있는 일이 아니었기 때문이다. 하지만 내가 살던 동네와 다니던 학교를 떠나고 싶은 마음이 없지는 않았다. 내가 사용할 수 있는 카드는 이미 다 사용해버렸다는 생각이 들었다. 나는 그곳에서 실수에 실수를 거듭하면서 살았다. 어느 날 체육 수업을 마치고 복도에 서 있는데 셰르스티가 내게 다가왔다.

"칼 오베, 그거 알아?"

"아니. 뭘?"

나는 최악의 상황을 머리에 그리며 마음의 준비를 단단히 했다. 그녀의 표정에 조소의 빛이 섞여 있었기 때문이다.

"탈의실에서 네 이야기를 했어. 결론은 우리 반 여자아이 가운데 너를 좋아하는 애는 한 명도 없다는 거야."

나는 갑작스레 솟구쳐오르는 분노 때문에 말없이 그녀를 바라보기만 했다.

"들었어? 우리 반 여자아이들은 아무도 너를 좋아하지 않는다고!"

나는 그녀의 뺨을 때렸다. 갑작스런 움직임과 찰싹하고 뒤를 잇는 소리는 그녀의 뺨을 빨갛게 물들임과 동시에 주변에 있던 아이들의 시선을 모았다.

"야, 이 머저리 같은 새끼야!"

그녀가 소리를 지르면서 주먹으로 내 입을 쳤다. 나는 그녀의 머리카락을 쥐고 힘껏 잡아당겼다. 그녀는 내 배를 때리고 정강이를 걷어차면서 내 머리카락을 쥐어뜯었다. 나는, 아무도 거들떠보지 않는 보잘것없고 하찮은 존재에 불과한 나는, 울기 시작했다. 갑자기 너무나 많은 일을 한꺼번에 겪은 것 같은 느낌과 함께 서러운 흐느낌이 입술 밖으로 새어나왔다. 불과 몇 초도 지나지 않았는데 아이들이 우르르 모여들었다.

누군가가 내가 운다고 소리쳤다. 내겐 아무 도움이 되지 않았다. 그때 뒷목의 옷깃을 잡아당기는 거대한 손길이 느껴졌다. 콜로엔 선생님이었다. 그는 다른 한 손으로 셰르스티의 옷깃을 잡고 있었다.

"이게 무슨 짓이야? 너희들 싸웠어?"

636

나는 아무 일도 없었다고 말했다. 셰르스티도 똑같이 말했다. 우리는 선생님 손에 질질 끌려 교실 안으로 들어갔다. 나는 웃음거리의 주인공이 되었다. 눈물을 흘리면서 소리내어 울었을 뿐 아니라 여자아이와 주먹질하며 싸웠기 때문이다. 반면에 셰르스티는 영웅이 되었다. 남자아이에게 맞았지만 지지 않고 주먹질을 했고 울지도 않았다.

도대체 어디까지 내려가야 바닥이 보일까.

콜로엔 선생님은 우리에게 화해의 악수를 나누라고 말했다. 우리는 선생님이 시키는 대로 했다. 셰르스티는 미소 띤 얼굴로 내게 미안하다고 말했다. 그녀의 미소에는 마치 우리가 비밀을 공유한 은밀한 사이라도 된다는 듯 진심이 어려 있었다.

도대체 무슨 의미일까.

5월의 마지막 주가 되자 갑자기 무더워지기 시작했다. 우리 반 아이들은 선생님과 함께 부케비카로 소풍을 갔다. 모래는 하얗고 바다는 푸르렀으며, 머리 위의 하늘에는 태양이 이글거렸다.

바닷물에서 헤엄치던 안네 리즈벳이 뭍으로 걸어나왔다.

그녀는 비키니 수영복 위에 하얀 티셔츠를 입고 있었다. 젖은 티셔츠 밑으로 동그란 젖가슴의 윤곽이 드러났다. 그녀의 윤기 나는 검은 머리카락은 햇살에 반짝였다. 나는 환한 미소를 짓는 그녀를 바라보았다. 눈을 뗄 수가 없었다. 문득 내 옆에서 이상한 기운이 느껴져 고개를 홱 돌려보았다. 거기엔 콜로엔 선생님이 서 있었다. 그 역시 안네 리즈벳을 바라보고 있었다.

그의 눈빛과 내 눈빛에선 다른 점을 찾아볼 수 없었다. 나는 그가 보는 것이 내가 보는 것과 같다는 것을, 그의 생각과 내 생각이 같다는 것을 직감적으로 느낄 수 있었다.

안네 리즈벳.

그녀는 이제 겨우 열세 살인데.

그는 내가 보고 있다는 것을 깨닫는 순간 얼른 시선을 아래로 내렸다. 1초도 채 되지 않는 시간이었다. 하지만 내겐 그것으로 충분했다. 나는 그 순간, 이 세상에 존재하는지도 몰랐던 그 무언가에 대해 어렴풋이 이해할 수 있게 되었다.

사흘 후, 아버지가 나를 데리러 학교에 왔다. 나는 그날 조퇴를 하고 아버지와 함께 우리가 살 집을 보러 갔다. 크리스티안산에서 20킬로미터 떨어진 곳, 강가에 있는 집이었다. 나는 집이 마음에 드는지 솔직하게 말해야 했다. 아버지는 그 집이 1800년대에 지은 아주 오래된 집이라고 했다. 농가로 사용하던 집이라 근처에 외양간이 있었고, 마당은 화단과 허브 정원을 함께 가꿀 수 있을 정도로 넓었다. 커다란 과일 나무도 있었다. 닭장을 지어 닭을 키울 수도 있었고, 감자와 당근, 갖가지 채소를 직접 키울 수도 있었다. 나는 집을 보기도 전에 집이 마음에 든다고 말하리라 결심했다. 어차피 아버지가 이미 결심했다면 내가 무슨 말을 하든 내 의견은 고려하지 않을 것이 뻔했으니까.

파란 하늘, 초록 잔디. 집 옆에 흐르는 강물은 햇빛을 받아 반짝였다. 나는 집이 마음이 든다는 것을 표현하기 위해 이 창문 저 창문으로 뛰어다니면서 밖을 내다보았다. 그런 나의 행동은 조금 과장되긴 했지만 거짓은 아니었다. 문제는 해결된 것이나 다름없었다. 계약을 하고 집을 사기만 하면 되었다. 어머니는 간호사 학교에 이력서를 냈고, 아버지는 고등학교 교사로 일을 계속할 참이었다.

나는 그곳에 있는 학교로 전학 갈 예정이었다. 하지만 욍베 형의

638

앞날은 그때까지도 확실하게 정해지지 않았다. 형은 이사 가는 것을 반대했다. 난생처음으로 아버지에게 맞서 자신의 의견을 피력했던 것이다. 우리는 단 한 번도 아버지와 말다툼해본 적이 없었다. 항상 고함을 지르는 쪽은 아버지였고, 우리는 그것을 받아들이기만 했다.

윙베 형은 아버지에게 맞섰다.

아버지는 화를 참지 못했다.

윙베 형은 아랑곳하지 않고 끝까지 자신의 뜻을 굽히지 않았다.

"저는 고등학교에서의 마지막 해를 크리스티안산에서 다니긴 싫어요. 제가 왜 그래야 하나요? 제 친구들은 다 여기 있어요. 1년밖에 안 남았는데 전학을 가서 다시 처음부터 시작하는 건 무의미한 일이라고 생각해요."

아버지와 형은 거실에 서 있었다. 윙베 형의 키는 아버지와 비슷했다. 키가 비슷한 아버지와 형이 나란히 서 있는 걸 처음 보는 것 같았다.

"넌 네가 어른이 되었다고 생각하나 본데, 넌 아직 어린아이에 불과해. 가족과 함께 있어야 해!"

"싫어요."

"그래? 그럼 여기서 혼자 살겠단 말이냐? 어떻게? 내게서 한 푼이라도 도움받을 생각은 하지 마!"

"대출을 받으면 돼요."

"누가 네게 돈을 빌려주겠니?"

"학자금 대출을 받으면 돼요. 이미 다 확인해봤어요."

"대학교에 가기도 전에 학자금 대출을 받는다고? 그게 현명한 일이라고 생각하니?"

"꼭 그렇게 해야 한다면 어쩔 수 없죠."

"잠은 어디서 잘 건데? 난 이 집을 팔아야 해."

"자취방을 구하면 돼요."

"마음대로 해. 하지만 우리에게 도움받을 생각은 하지 마. 난 단한 푼도 줄 수 없으니까. 알았어? 만약 여기서 살고 싶으면 그렇게해. 하지만 우리에게 도와달라고 손을 내밀어도 소용없을 테니 그리알아. 넌 이제 완전히 혼자 힘으로 살아야 한다, 알았어?"

"네. 저는 괜찮아요."

일은 그렇게 마무리되었다.

우리는 대문을 나섰고, 그곳에 다시 돌아올 일은 없었다.

하지만 그곳에서의 삶이 완전히 끝난 것은 아니었다. 그날 저녁, 운니의 집에서 파티가 열렸다. 여자아이들 몇 명은 미리 가서 파티준비를 했고, 우리는 각자 자전거를 타고 6시쯤 그곳에 모였다. 정원에서 파티를 즐기는 아이도 있었고, 지하 거실에서 파티를 즐기는아이도 있었다.

지붕 위로 여름밤이 찾아들었다. 나란히 자리한 빨간 지붕들이 저물어가는 햇빛을 반사시킬 무렵, 술을 마신 아이는 아무도 없었지만분위기는 서서히 무르익기 시작했다.

지난 1년 동안의 비밀스런 생각과 욕망이 꿈틀꿈틀 모습을 드러내 공기 중으로 떠올랐다. 셔츠 밑을 더듬는 손은 폭력적이지도, 공격적이지도 않았다. 라일락향이 풍기는 정원에는 뜨거운 입김과 친밀감만이 있을 뿐이었다.

입술과 입술이 마주치고, 키스가 오갔다. 상의를 벗어던지고 젖가슴을 드러낸 채 정원을 거니는 여자아이도 있었다. 그것은 사춘기를앞둔 존재들의 향연이었다.

불과 한 달 전만 해도 내가 싫다며 돌아섰던 아이들이 하나둘 내게 다가와 무릎 위에 앉아 입을 맞추고 젖가슴을 내 얼굴에 문질렀다. 누가 내게 오든 상관없었다. 학기 중에 서서히 내 마음에 들어온 아이도 있었고, 마음에 들었다가 싫어진 아이도 있었지만 그 자리에서는 아무 의미도 지니지 못했다.

나는 그들의 하얗고 부드러운 젖가슴에 머리를 기댔고, 달아올라 딱딱한 자두빛 유두에 입을 맞추었으며, 그들의 허벅지와 다리 사이를 손으로 쓰다듬었다. 그들은 거부하지 않았다.

그날 저녁엔 "안 돼"라는 말이 존재하지 않았다. 그들은 몸을 굽혀 내게 키스했고, 그들의 눈동자는 짙고 따스했으며 약간의 놀라움이 담겨 있었다. 아마 내 눈동자도 다르지 않았을 것이다. 이게 우리의 모습이란 말인가. 이런 행위를 하는 것이 정말 우리란 말인가.

나는 그해 여름 이후 그들을 만나지 못했다. 그들이 어떻게 변했는지, 어떻게 살고 있는지 궁금해서 인터넷을 뒤져보기도 했지만 찾아낸 것은 하나도 없었다. 그들은 평범한 중산층 가정의 부모가 되었을 것이고, 사회 중심에서 벗어난 곳에서 각자의 삶을 살고 있을 것이다.

그들에게 나는 어떤 사람이었는지 알 수 없다. 그들의 기억 속에 희미하게 존재하는 한 그들은 어린아이의 모습으로 나를 기억하고 있는지도 모른다. 그들도 성인이 되기까지의 삶에서 크고 작은 수많은 일을 겪었을 것이다. 그렇기 때문에 우리의 유년기는 한때 지나가는 소용돌이에 불과했을 것이다.

유년기의 무게는 입으로 훅 불면 사방으로 흩어지는 민들레 홀씨만큼이나 가벼운 것인지도 모른다. 바람을 타고 시간 속을 흐르는 작은 강을 건너 무성한 풀 위에 떨어져내려 결국은 자취를 감추어버릴 민들레 홀씨. 그 민들레 홀씨에 담긴 유년의 기억. 아름답지 않은가.

이삿짐을 실은 차가 떠난 후, 나는 어머니 아버지와 함께 자동차를 타고 언덕을 내려가 다리를 건넜다. 다시는 이곳에 돌아오지 않을 것이라 생각하며 눈에 익은 풍경을 마지막으로 바라보았다. 등 뒤에 남아 있는 저 집과 저 동네가 이젠 영원히 내 삶에서 사라질 것이라 생각하니 이루 말할 수 없는 안도감이 밀려왔다. 하지만 동네 곳곳의 풍경과 그곳에 살던 사람들의 세세한 모습이 마치 기억의 절대음감처럼 너무나 분명하고 명확하게 지금까지 내 추억 속에 남아 있을 줄은 짐작도 하지 못했다.

크나우스고르가 불러낸 기억의 조각들

• 옮긴이의 말

『나의 투쟁』은 칼 오베 크나우스고르라는 한 남자의 생을 속속들이 헤집어놓은 방대한 양의 고백이자 반추하는 소설이다. 그의 글에선 때로는 읽는 사람이 부끄러워질 정도로 거침없고 솔직한 문장을 만나기도 한다.

『유년의 섬: 나의 투쟁 4』는 작가의 어린 시절, 즉 태어난 직후부터 십대 중반까지의 삶을 그렸다. 이 책을 읽고 번역하는 동안, 나는 노르웨이의 6, 70년대 사회와 그 시대를 살던 사람들의 사고방식을 접할 수 있었다. 비슷한 시기의 우리나라 시대상과 그리 다르지 않다는 느낌이 들었다.

크나우스고르의 가족은 그가 갓 태어나자마자 노르웨이 남쪽의 뭍과 연결된 작은 섬마을로 이사했다. 허허벌판이었던 그 섬은 60년대 말의 우리나라처럼 곳곳에 집과 건물이 들어서고 도로가 생겨났던 곳이다. 그때는 외적인 모습과 마찬가지로 사람들의 인식과 생활 모습도 근대적으로 변하던 시기였다. 그럼에도 여전히 보수적이고 가부장적인 모습, 초기 현대 사회로 발돋움하는 과도기적 현상을 여러 곳에서 볼 수 있었다.

나는 크나우스고르의 동갑내기 부모님이 대화를 나눌 때 독자들에게 어떤 방식으로 전달해야 할지 많이 고민했다. 알다시피 유럽이나 영미 언어에서는 활자로는 존댓말과 반말을 구별하기가 쉽지 않다. 물론 예의와 격식을 갖추기는 하지만 부부 간에 존대어를 쓰는 경우는 매우 드물기 때문이다.

고심 끝에 나는 원문을 파괴하지 않는 범위 내에서 남편과 아내의 미묘한 서열과 거리감을 표현하기로 했다. 현대인이라 자부하지만 내면에는 여전히 가부장적인 남성상을 숨기고 있는 아버지, 시대를 앞서 나갔지만 내면에는 역시 이전 시대의 순종적인 여성상을 숨기고 있는 어머니. 그들 간의 눈에 띄는 사건과 사고가 없는 이상, 두 사람의 미묘한 서열을 표현하기 위해서는 그들이 나누는 대화를 이용하는 수밖에 없었다.

크나우스고르는 『유년의 섬: 나의 투쟁 4』에서 자신의 어린 시절을 세세하게 표현했다. 또래 아이들 사이에서 두각을 나타내고 싶은 욕심이 없지 않았기에, 어린 크나우스고르는 우리가 말하는 밉상 이미지와 연결될 때도 있다. 물론 한없이 여리고 착한 소년의 이미지도 볼 수 있다. 나는 그의 어린 시절 에피소드를 읽으면서 얼굴을 찌푸리기도 했고, 배를 잡고 크게 웃기도 했다. 나는 아직도 그가 어린 시절의 꿈을 한 줄로 표현한 문장을 기억한다.

"나는 나중에 커서 튀바켄의 모든 아이가 나를 우러러보는 훌륭한 사람이 되고 싶었다."

지구 반대편에 자리한 한국과 노르웨이. 그토록 거리가 먼데도 비슷한 시기에 비슷한 시대상과 인간상을 담고 있는 두 나라를 떠올리면 언뜻 신기하다는 생각이 든다. 비록 언어가 다르고 환경도 다르지만 우리는 크나우스고르라는 한 남자의 유년기를 통해 우리와 생각과 느낌이 비슷하다는 것을 알 수 있었다. 동시에 두 나라의 서로 다른 자연 풍경과 일반적인 삶도 함께 들여다볼 수 있었다.

크나우스고르는 왜 이런 소설을 썼을까. 그는 가슴속에 품고 살아갈 수도 있는 삶의 한 시기를 왜 우리에게 보여주려 했을까. 궁금한 마음으로 그의 책을 처음 펼쳐보았던 날이 떠오른다. 아무것도 없었다. 우리도 살면서 한 번쯤은 경험해보았음직한 평범하기 그지없는 일상이었다. 그런데도 나는 그의 책을 내려놓을 수가 없었다. 저녁 식사를 준비하면서 조리대 위에 책을 올려둔 채 곁눈질로 읽다가 음식을 태운 것은 다반사였다.

이 세상에 자신을 드러내는 글은 수도 없이 많다. 감동을 주는 글도 있고, 지혜를 담은 글도 있다. 크나우스고르의 소설은 눈물이 날 정도로 감동적이거나 수첩 한 켠에 적어놓고 두고두고 간직할 만한 지혜가 담겨 있는 것도 아니다. 독자의 입장에서는 글쓴이를 무의식 중에 우러러보기 마련이다. 나보다 훨씬 나은 사람일 것이라는 생각 때문일까. 그럴 만도 하다. 우리는 활자의 힘과 영향력을 잘 알고 있기 때문이다. 하지만 크나우스고르의 소설을 읽는 우리의 눈은 수평을 향한다. 나와 같은 사람. 가끔은 혀를 쯧쯧 차며 눈높이가 약간 아래로 낮아지는 것 같은 느낌을 받을 때도 있다.

나는 크나우스고르가 쓴 소설의 흡인력은 그의 솔직함에서 비롯되는 것이라 생각했다. 그는 자신을 내려놓았고, 과거의 행위와 생각과 관점을 아플 정도로 속속들이 파헤치며 삶의 전환점을 마련하고 싶었던 것이라 생각했다. 반평생을 살다 보면 가끔은 우리도 무언가를 정리하고 앞으로 다가올 삶을 다시 시작하고 싶다는 생각을 할 때가 있을 것이다. 어떤 이는 이직을 하기도 하고, 어떤 이는 그간 못해 보았던 새로운 일을 시도하기도 할 것이다. 크나우스고르는 삶의 반환점을 돌기 위해 글을 썼다. 과거의 조그만 기억과 감정도 놓치지 않고 도려내어 활자로 나열했고, 이를 바탕으로 한 발짝 더 높이 도약하고 싶었던 것이리라.

우리가 그의 소설을 읽는 이유는 무엇일까. 이처럼 바쁘게 돌아가는 현대 사회를 살며, 우리가 군이 황금 같은 시간을 소비해가며 그의 글을 읽는 이유는 그의 삶이 바로 우리의 삶이기 때문이다. 지난 삶의 갖가지 기억과 행위를 받쳐주고 감싸주는 그의 날카로운 직관력과 철학적 사고는 인간적 보편성을 바탕으로 하기에, 우리는 우리의 삶을 그의 삶 속에서 비추어내고 고개를 끄덕이고 함께 앞으로 나아갈 수 있다. 그는 무언가를 가르치려 들지 않는다. 오히려 자신의 부끄러운 기억을 솔직하게 고백하면서 수줍게 우리에게 묻는다. "나는 이제 무엇을 해야 합니까?"라고.

이 책을 번역하면서 나는 나의 과거, 우리의 과거를 돌아보게 되었다. 덕분에 잊은 줄 알았던 기억의 조각들이 제자리를 찾았고, 지금의 나는 그 기억을 바탕으로 존재한다는 것도 깨달았다. 이 책을 읽는 독자들도 크나우스고르의 기억을 훔쳐보는 일이 끝날 때 즈음, 지금 이 순간 발을 디디고 있는 자신만의 세상, 그 존재의 바탕을 더욱 확고히 다질 수 있기를 바라는 마음 가득하다.

2019년 9월
노르웨이에서 손화수

칼 오베 크나우스고르 Karl Ove Knausgård

매일 글을 쓰고, 담배를 피운다. 세상 밖으로 뛰쳐나가고 싶은 욕구를
가끔 느낀다. 이 욕구를 누그러뜨리기 위해 글을 쓴다. 글을 씀으로써
세상 밖으로 향하는 문을 열고, 글을 씀으로써 좌절한다. 1968년 노르웨이
오슬로에서 태어나, 베르겐 대학에서 문학과 예술을 전공했다.
1998년 첫 소설『세상 밖으로』로 노르웨이 문예비평가상을 받았다.
2004년 두 번째 소설『어떤 일이든 때가 있다』도 비평가들에게
호평을 받았다. 세 번째 소설『나의 투쟁』이후 그의 삶은 완전히 변했다.
그의 자화상 같은 소설은 2009년부터 2011년까지 총 6권, 3,622쪽으로
출간되어 노르웨이에서 기이한 성공을 거두었다. 총인구 500만 명의
노르웨이에서 50만 부 이상이 팔렸다. 모든 것이 이례적이었다.
'크나우스고르 현상'이 일어났다. 그의 모든 것을 담은 이 소설을 전 세계가
읽고 이야기했다. 2009년 노르웨이 최고 문학상 브라게상을 받은 뒤
『나의 투쟁』은 독일, 영국, 프랑스, 그리스 등 유럽 전역과 미국, 캐나다,
브라질 등 아메리카 대륙은 물론 중국, 일본 등 아시아에서도
속속 번역되었다. 각종 문학상을 휩쓸었고 그의 새로운 글쓰기에 대한
찬사가 잇따랐다. 2015년 월 스트리트 저널 매거진이 크나우스고르를
'문학 이노베이터'로 선정하면서 그는 "21세기 최고의 문학혁명을
일으킨 작가"로 칭송받았다. 2017년 '예루살렘 문학상'을 수상했고
2019년에는 작은 노벨문학상이라고 불리는 '스웨덴 한림원
북유럽문학상'을 수상했다. 크나우스고르는 2020년
'한스 크리스티안 안데르센 문학상' 수상자로 선정되어
다시 한번 문학성을 인정받았다.

손화수 孫和秀

한국외국어대학교에서 영어를, 오스트리아 잘츠부르크 모차르테움 대학에서 피아노를 공부했다. 1998년 노르웨이로 이주한 후 크빈헤라드 코뮤네 예술학교에서 피아노를 가르쳤다. 2002년부터 노르웨이 문학을 번역하기 시작했다. 2012년에는 노르웨이 번역인 협회 회원(MNO)이 되었고 같은 해 노르웨이 국제문학협회(NORLA)에서 수여하는 번역가상을 받았다. 『벌들의 역사』『부러진 코를 위한 발라드』『노스트라다무스의 암호』 『파리인간』『이케아 사장을 납치한 하롤드 영감』 등을 번역했다. 스테인셰르 코뮤네 예술학교에서 가르치고 있으며, 철 따라 찾아오는 노르웨이의 백야와 극야를 벗 삼아 책을 읽고 번역을 하고 있다.

나의
투쟁
4

유년의섬

지은이 칼 오베 크나우스고르
옮긴이 손화수
펴낸이 김언호

펴낸곳 (주)도서출판 한길사
등록 1976년 12월 24일 제74호
주소 10881 경기도 파주시 광인사길 37
홈페이지 www.hangilsa.co.kr
전자우편 hangilsa@hangilsa.co.kr
전화 031-955-2000~3 **팩스** 031-955-2005

부사장 박관순 **총괄이사** 김서영 **관리이사** 곽명호
영업이사 이경호 **경영이사** 김관영
편집 백은숙 노유연 김지수 김지연 김대일 김영길
마케팅 서승아 **관리** 이주환 문주상 이희문 김선희 원선아
디자인 창포 **CTP 출력및인쇄** 예림 **제본** 예림바인딩

제1판 제1쇄 2019년 10월 1일

값 16,000원
ISBN 978-89-356-6792-5 04850
ISBN 978-89-356-7011-6 (세트)

• 잘못 만들어진 책은 구입하신 서점에서 바꿔드립니다.
• 이 도서의 국립중앙도서관 출판시도서목록(CIP)은 서지정보유통지원시스템 홈페이지
 (http://www.nl.go.kr/ecip)와 국가자료공동목록시스템(http://www.nl.go.kr/kolisnet)에서
 이용하실 수 있습니다.
 (CIP제어번호: CIP2019034164)
• 이 책은 노르웨이 국제문학협회(NORLA)의 지원을 받아 출간했습니다. **N** NORLA

세계의 미디어
크나우스고르 현상에 빠지다

크나우스고르가 우리에게 보여주려고 하는 것은 그의 본연의 얼굴,
우리의 가장 원초적이고도 보편적인 욕망, 자기 인식을 위한 탐색,
삶을 내 것으로 만들려는 한 인간의 투쟁이다.
영국_가디언

나는 말라리아에 걸린 듯 『유년의 섬』에 빠져들었다.
나흘 동안 소설을 탐독한 것 이외에는 아무것도 하지 않았다.
메일에 답하지 않았고, 강아지 산책도 걸렀으며,
싱크대에는 접시가 쌓여갔다.
흔들리지 않는 전조등 같은 그의 문체는 마치 고속도로 한가운데
서 있는 동물처럼 우리의 넋을 빼놓고 매료시킨다.
크나우스고르는 현대소설의 연금술사다.
미국_뉴욕타임스

지난 10년간 세계 문학계에서 크나우스고르만큼 호평을 받은 작가는 없다.
모든 독자가 이 작가에 대해 이야기하고 싶어 한다.
미국_뉴요커

강렬하고 야심적이다. 정말 특별한 독서 경험이다.
노르웨이_VG

크나우스고르의 문장은 마술적이다. 우리는 거기서 헤어나기 힘들다.
독일_NDR

『유년의 섬』은 시시하고 평범하고 마라톤 같은 일상을 광기에
가깝게 그림으로써 독자들까지 미치게 만든다.
이 책을 읽을 땐 크리넥스 상자와 검은 선글라스가 필요할지 모른다.
독일_슈피겔

카오스 같다. 매혹적이다. 큐비스트 같다. 그리고 과학적이다.
크나우스고르의 글쓰기에는 흥취와 도취의 힘이 서려 있다.
그러면서도 부드러운 미각적 감각을 지녔다.
프랑스_르몽드

그날이 그날처럼 묘사되는 뻔한 일상들. 그런데 왜 그것이 보고 싶어 죽겠는가.
이 기이한 욕구. 크나우스고르의 소설은 설명할 수 없는 이상한 작품이다.
프랑스_누벨 옵세르바퇴르

새로운 음악적 글쓰기다. 페이지마다 느긋하고 여운이 긴 리듬이 새겨져 있다.
독자들은 주의 깊게 귀를 기울여야 한다.
이탈리아_국영 방송 RAI

이 책의 독자는 이 책의 작가와 분리될 수 없는 친구이자 반려자가 된다.
중국_북경청년보

『유년의 섬』은 감각의 브리지(bridge)들이다. 삶에 대한 묘사와 회고는
소박하지만 매우 감각적이다. 그의 회고록은 삶의 열기가 불태워지듯 쓰였다.
미국_반스 앤 노블스 리뷰

크나우스고르는 자기비하를 일종의 장엄함으로, 수치심을 정화된 형태의
자부심으로 바꾸어놓았다. 무엇보다 소설을 진실을 이야기하는
가장 고통스러운 방법으로 변화시켰다.
미국_데일리 비스트

크나우스고르의 소설은 21세기의 가장 중요한 문학적 성취다.
영국_선데이 익스프레스

이것은 글로 쓴 가상현실이다.
하지만 읽고 난 후에는 또 하나의 과거가 우리의 마음속에 스며드는 것 같다.
영국_파이낸셜 타임스

크나우스고르는 세계 문학계에 센세이션을 불러일으켰다.
그에게는 완전히 새로운 천재성이 있다.
미국_크리스천 사이언스 모니터

『유년의 섬』은 독자들에게 계속해서 책장을 넘기게 하고 크나우스고르가
왜 매력적인 작가인지 이야기하게 한다.
미국_배니티 페어

크나우스고르의 소설은 삶의 모든 템포와 맥박을 담고 있다.
크나우스고르의 야망은 거대하고, 그의 소설은 그것을 실현해낸다.
미국_하버드 리뷰 온라인